한국 현대 문학의 현장

한국 현대 문학의 현장

저자 소개

김 석 봉

1969년 전남 광주 출생
서울대학교 인문대 국어국문학부 및 동대학원 졸업. 문학박사.
현재 울산대학교 인문대학 국어국문학부에 재직 중.
주요 논저로 『신소설의 대중성 연구』(역락, 2005)와 「식민지 시기 〈조선일보〉 신춘문예의 제도화 양상 연구」, 「식민지 시기 〈동아일보〉의 문인 재생산 구조 연구」 등이 있다.

한국 현대 문학의 현장

초판 인쇄 2011년 12월 2일
초판 발행 2011년 12월 12일

지은이 김석봉
펴낸이 이대현
편 집 이소희
펴낸곳 도서출판 역락
　　　　　서울 서초구 반포4동 577-25 문창빌딩 2층
　　　　　전화 02-3409-2058(영업부), 2060(편집부)
　　　　　팩시밀리 02-3409-2059
　　　　　이메일 youkrack@hanmail.net
　　　　　등록 1999년 4월 19일 제303-2002-000014호

ISBN 978-89-5556-952-0 93810
정 가 28,000원

* 잘못된 책은 교환해 드립니다.

한국 현대 문학의 현장

김 석 봉

역락

머리말

　이 책은 이른바 개화기부터 1920년대 초반에 이르는 기간 동안을 연구대상으로 한 글을 묶은 것이다. 그렇게 본다면 이 책에 실린 글들은 본인의 연구 기간 동안 전체를 포괄하는 글들을 묶은 것이라고도 할 수 있다. 한 권의 책을 묶으면서 어찌 개인적인 감화가 없을까 만은 이는 모두 생략하고 전체적인 책의 구성에 대해 설명하는 것으로 대신한다.

　1부는 선행 연구사 검토에 해당하는 글을 모았다. 언제나 논문을 쓰다보면 첫 머리에 선행 연구사 검토라는 대목이 있기 마련인데 이 글들을 따로 묶은 이유는 본인의 첫 번째 책인『신소설의 대중성 연구』(역락, 2005)를 제대로 이해하기 위해서이다. 본인이 어떤 문제의식을 가지고 그 책을 썼는지를 살핀 셈이다. 2부는 신소설의 다양한 측면을 살핀 글들을 모아서 묶었으며 3부는 신소설을 살피면서 나타나는 문제의식들을 묶어 보았고 마지막으로 4부는 1920년대 초반을 다루었다.

　여기 묶인 글들은 각기 다른 시간을 거치면서 학회지에 발표되기도 하고 개인적으로 여기 저기 발표했던 것들이다. 따라서 일관된 문제의식을 기대할 필요는 없다. 다만 그것들이 모두 이러한 일련의 과정을 거치면서 준비되었고 발표되었다는 점만을 기억하면 충분하다. 그렇기에 각 논문의 말미에 출처를 밝히는 것 또한 생략하기로 한다. 다만 한 가지 바라는 점은 이 책을 읽는 사람들 중 한 사람이라도 다른 견해가 있다면 다행이라는 것이다.

늘 변함없이 내 곁에 함께하는 아내에게 고마움을 전한다. 그리고 편집 과정에서 노고를 아끼지 않은 역락의 관계자분들께도 고마움을 표시한다.

이 책은 금년 초에 세상을 떠나신 아버님의 영전에 바치는 것이 도리일 듯싶다.

2011년 12월

김석봉

차 례

제1부

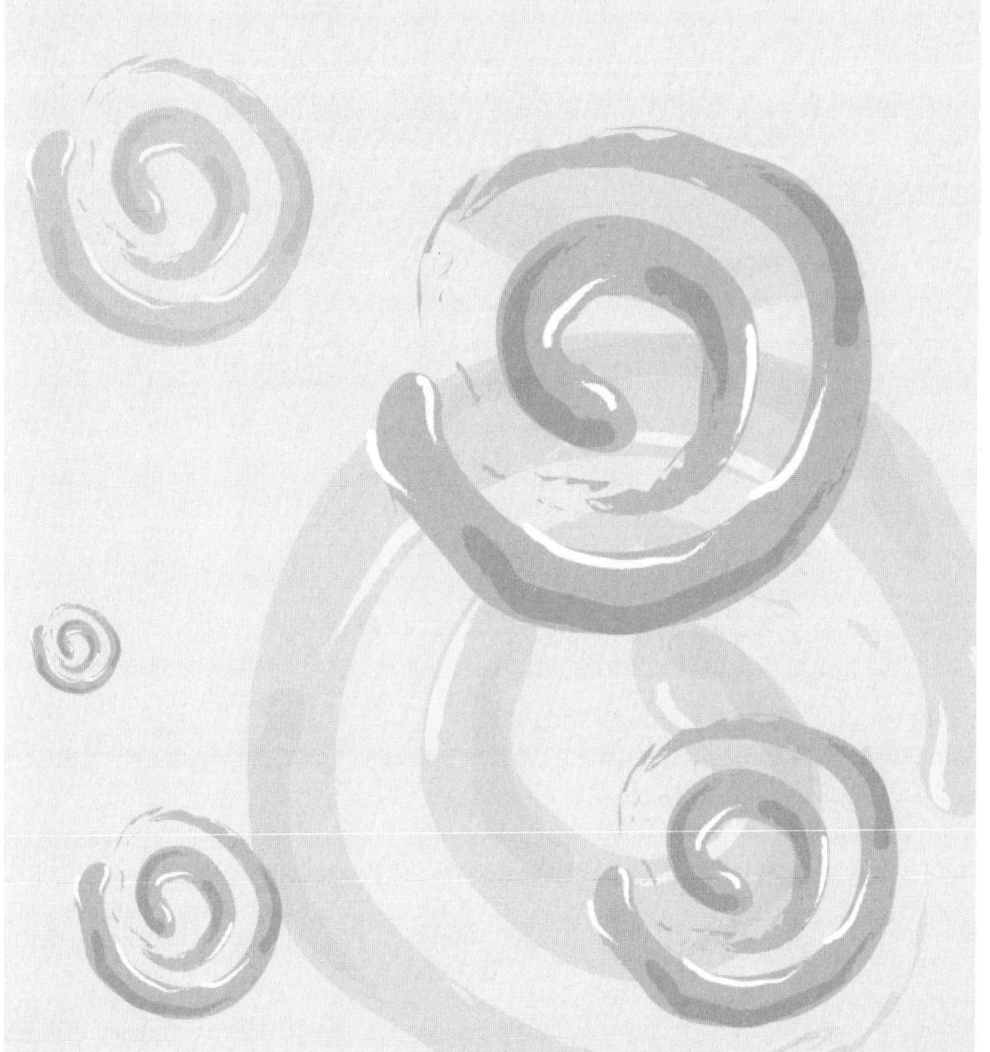

개화기 서사 문학 연구의 경향과 전망

1. 문제제기 및 논의의 방향

이 글은 개화기의 서사 문학을 대상으로 현재까지 진행된 선행 연구 성과를 종합적으로 검토하고 그 연구 경향을 논의하는 것을 일차적인 과제로 삼는다. 그리고 이 검토의 결과물을 비판적으로 재구성함으로써 이후 연구를 위한 토대를 마련하는 것을 두 번째 목표로 삼는다. 따라서 이 글의 일차적인 검토의 대상은 개화기에 발표된 서사 문학 텍스트가 아니라 그것을 대상으로 한 연구 및 연구 경향으로 제한되며 개별 연구에서 진행된 텍스트 선정 문제와 그를 분석하는 그거가 되는 방법론적 태도를 주요한 검토 대상으로 삼는다.

논의의 진행 과정에서 용어의 사용과 관련된 몇 가지 문제가 제기될 수 있는데 이러한 문제는 이 글의 논지 전개와 직접 관련될 뿐만 아니라 이후 본격적인 연구에 있어서도 일정한 의미를 지니기 때문에 용어의 함의에 대한 사전(事前) 정의가 필요하다.

먼저 문제 삼을 수 있는 것은 일반적으로 언급되는 "개화기(開化期)"라는 시기가 구체적으로 어느 시기를 포괄하는 범주이며 이른바 "애국 계몽 시대"[1]와의 관계에서 그 내포 시기와 의미를 어떻게 확정할 수 있을지에 대해 명시적으로 동의된 내용이 없다는 것이다. 사실 개화기라는 시기 개념의 포괄 범위에 대한 논의는 문학사 서술·연구에 국한된 문제만이 아니라 한국 근대사 서술과도 관련되어 일면적인 판단을 내리기 어렵다.

일반적으로 문학 연구로 논의를 제한할 경우 임화가 '과도기'로 규정한 이래[2] '개화기'라는 시기는 대체로 1894년 갑오경장 이후부터 1910년에 이르는 기간을 포괄하고 있으며, 개화기 문학 연구는 이 시기에 발표된 다양한 문학 양식을 그 대상으로 삼는다. 대부분의 연구자들이 취하고 있는 이러한 입장이 지닌 의미는, 1910년대 문학을 개화기와 구별되는 것으로 인식하여 이 시기를 "개화기"와 구분된 독립적인 문학 연구의 과제로 상정하고 있다는 것을 통해서도 짐작할 수 있다.[3] 그런데 이러한 연구 태도는 지나치게 정치 사회사적인 관점에 의존하고 있는 것이 아닌가라는 의문을 갖게 만든다. 즉, 문학의 내적 발전 및 변화 양상에 근거한 '문학사의 시기 구분'이라기보다는 1910년을 기점으로 한 정치, 사회적인 변동에 대한 문학외적인 연구 성과를 그대로 수용함으

---

1) 이 개념은 권영민, 『민족 문학론 연구』(민음사, 1988)에 사용된 개념이다. 이 책에서 저자는 애국 계몽기를 대개의 연구에서 사용하는 개화기의 대체물로 사용하고 있다. 한편 저자는 『서사 양식과 담론의 근대성』(서울대 출판부, 1999)을 통해 19세기 중반부터 1910년까지를 '개화 계몽 시대'로 범주화 했다. 이러한 시기 설정이 지니는 문제에 대한 논의는 별개의 장을 마련하는 것이 바람직할 것으로 생각되며 이 글에서는 문학 연구의 영역에서 통용되는 "개화기"라는 용어를 사용한다.
2) 임화, 『개설 신문학사』, 임규찬 편, 한길사, 1993, 128~129쪽.
3) 1910년대 등장하는 새로운 경향의 문학을 본격적인 논의의 대상으로 삼은 대표적 연구 업적으로 김복순, 『1910년대의 한국 문학과 근대성』(소명출판, 1999) 및 양문규, 『한국 근대 소설사 연구』(국학자료원, 1994)를 들 수 있다.

로써 취할 수 있는 연구 태도가 아닌가라는 것이다.[4]

따라서 이 글은 서사 문학과 관련하여 "개화기"라는 범주가 포괄하는 시기를 1910년대 중·후반, 구체적으로는 이광수의 장편 『무정』이 발표되는 시점까지 확장하여 바라볼 것을 제안하고자 한다. 물론 정치 사회적으로는 '1910년 기준'을 수용하는 것에 별다른 이의를 제기하기 어렵지만 문학 연구의 관점을 유지한다면 1900년대에 출현하여 개화기의 대표적인 서사양식으로 자리한 신소설이 1910년대 들어 보여주는 변화까지 포괄하여 논의하기 위해서라도 "개화기"라는 시기 범주의 내포를 연장할 필요성이 있다는 것이 이 글의 전제가 된다.[5]

두 번째 문제는 당대 서사 문학의 양식적인 다양성과 관련된다. 현재의 학제 구분에 따를 때 '현대 문학 연구자'들에게 있어서 "개화기"라는 시대 구분 용어는 곧바로 "신소설"과 짝을 이룬다. 하지만 앞서 논의한 시기 구분에 따르면 개화기에는 신소설 이외에도 다양한 형식의 서사 문학이 존재하고 있었다. 이 글의 표제를 "개화기 서사 문학"이라 한 것도 선행 연구에서 일부 발견되는 이러한 혼란을 피하려는 의도이다. 따라서 이 글에서 논의의 중심으로 삼고자하는 "서사 문학"은 일반적으로 언급되는 역사·전기 소설, 우화/토론체 소설, 신소설, 서사적 성격의 신문 논설 등을 포괄하는 확장된 개념이다.

논의의 대상을 이처럼 확장하는 이유는 1900년대 문학 양식을 바라

---

4) 이 지적이 양문규와 김복순의 논의까지 포괄하여 비판하고자하는 것은 아니다. 두 연구자의 논의는 문학의 내적 논리를 비교적 충실히 따르고 있는 연구 경향으로 생각된다. 따라서 이 문장을 통해 비판하고자하는 바는 특히 신소설을 대상으로 한 연구에서 쉽게 찾아볼 수 있는 일련의 태도를 비판하는 제한적인 의미로만 이해되어야 한다.

5) 개화기의 상한(上限)을 1860년대까지 소급한다는 점에서 이 글과는 입장을 달리하고는 있으나 선행 연구 가운데 김중하의 논의 역시 개화기의 하한(下限)을 1910년대로까지 내려 잡고 있다. 김중하, 「개화 소설의 문학 사회학적 연구」, 『개화기 소설 연구』, 국학자료원, 2005.

보는 이 글의 기본 전제에 따른 것이다. 즉, 개화기의 서사 문학을 연구함에 있어 신소설이 중심적인 논의의 대상이 된다는 사실을 부정할 수는 없으나 신소설만으로 개화기 서사 문학 전반을 대체할 수 없다는 것이 이 글의 기본입장이다. 따라서 이 글에서 신소설은 개화기에 발표된 다양한 형식·유형의 서사 문학 가운데 하나의 하위 유형으로 간주된다. 이러한 입장 정리를 통해, 1894년부터 1900년대 초반에 이르는 기간에 등장하여 신소설이라는 하위 개념으로는 포괄할 수 없는 서사 문학 양식들에 대한 재인식의 필요성을 강조하고자 하였다. 잠정적이나마 이후 이 글에서 사용하는 '개화기', '신소설', '서사 문학'이라는 용어들은 이상과 같은 전제에 근거하고 있음을 밝혀 둔다.

세 번째로 전제되어야 할 것은 표기 방식과 관련된 문제이다.[6] 주지하는 것처럼 통일된 어문 규범이 부재하던 당시의 상황을 고려할 때 한글로 표기된 텍스트만을 연구 대상으로 한정하는 것은 여러모로 불합리하다는 것이 이 글의 기본입장이다. 따라서 한글 이외의 다양한 표기 방식을 이용한 텍스트를 대상으로 한 선행 연구 역시 본 논의의 대상으로 삼기로 한다.

---

6) 개화기의 어문 규범 및 이를 둘러싼 논의와 그 문예적 의미는 졸고, 「개화기 국문 관련 담론의 전개 양상 연구」(문학사와 비평 연구회 편, 『한국 문학과 계몽 담론』, 새미, 1999)와 권영민, 「국어국문 운동과 담론의 근대성」(『서사 양식과 담론의 근대성』, 서울대 출판부, 1999) 최태원, 「<혈의 누>의 문체와 담론 구조」, 서울대 석사 학위 논문, 2000.

2. 개화기 서사 문학 관련 선행 연구의 제 경향

2.1. 신소설을 대상으로 한 연구의 경향[7]

비록 다양한 형식의 서사 문학이 존재했음에도 불구하고 개화기 서사 문학을 연구함에 있어서 신소설이 그 중심에 놓이는 것은 이 시기를 연구하는 많은 사람들에게 당연한 것으로 받아들여진다. 그리고 실제로도 이 시기를 논의 대상으로 삼은 한국문학 연구 논문의 대다수가 신소설 작품과 그 작가를 다루고 있음도 쉽게 확인된다.

이처럼 신소설을 연구의 중심에 놓은 선행 연구의 성과는 그 자체가 하나의 여구 대상으로 성립할 수 있을 만큼 방대하다. 그러나 한편으로 신소설을 대상으로 한 연구 성과는 다시 몇 가지 하위 경향으로 나누어 생각해 볼 수 있는데 먼저 실증적 작업에 기반 한 논의를 들 수 있다. 조연현, 전광용, 정한모, 신동욱 등 근대 문학 연구 1세대로 분류될 수 있는 선학들의 논의는 대상 작가와 작품에 대한 실증적인 고찰을 중심으로 하여 그 면면을 확정·제시함으로써 이후 논의 전개의 기본적인 틀을 마련했다는 점에서 의의를 찾을 수 있다. 또한 이러한 연구 태도는 신소설을 제외한 개화기 서사 양식의 전모가 충분히 규명되지 못한 현재의 연구 상황에서도 연구의 근간을 이루는 태도이며 여타 연구 경향들에서도 연구의 기저를 형성한다.[8]

---

7) 이 절의 논의는 연구 성과의 종합과 평가이기 때문에 필자의 학위 논문 중 연구사 검토 부분과 많은 부분 중첩될 수밖에 없음을 밝혀둔다(졸고, 「신소설의 대중적 성격 연구」, 서울대 박사 학위 논문, 2003, 1장).

8) 이러한 경향에 포섭될 수 있는 선행 연구 업적 가운데 대표적인 것만을 골라 그 목록을 보이도록 한다.
하동호, 「개화기 소설 연구—서지 중심으로 본 개화기 소설」, 단국대 석사 학위 논문, 1972.
송민호, 『개화기 소설의 사적 연구』, 일지사, 1975.

다음으로 유형화할 수 있는 논의는 일본 및 중국의 문학과의 연관성을 통해 개화기 문학(신소설)의 특질을 밝히는 비교 문학적인 연구 경향이다. 1930년 김태준의 『조선 소설사』에서 처음 확인할 수 있는 이 연구 경향은 한국 근대사의 특수성으로 인해 독자적인 영역을 확보할 가능성을 지닌다.9)

세 번째는 임화의 논의를10) 출발로 한 문예 사회학적인 연구를 들 수 있다. 임화의 연구는 개화기 문학(신문학) 생성의 근간이 된다고 할 수 있는 정치, 경제, 사회적인 상황에 대한 분석으로부터 출발하여 신문학의 의의를 규명하고 그 선구적 작가로서 이인직과 이해조를 선정, 그들의 작품에 대한 분석을 시도했다. 임화의 이 연구 이후로 개화기 문학 전반을 연구 대상으로 상정할 경우 그 생성의 배경에 대해 독자적인 언급을 시도하는 것이 일반적인 경향으로 자리 잡았다. 이러한 연구 태도는 문학사, 소설사의 서술에 있어 기본적이고 보편적인 태도가 되었다.

네 번째의 경향으로 미학 혹은 서사 일반적인 관점에서 신소설 및 개화기의 서사 문학이 지닌 미적 자질을 추출하려는 시도를 제시할 수 있다. 이 경향은 작가론 및 작품론에서 단편적으로 언급된 바가 없지 않으나 학위 논문을 통해 종합적으로 이 문제를 다룬 것은 권영민의 연구를 들 수 있다.11)

조동일, 「신구 소설의 교체 과정」, 『문예 중앙』 6월호, 1985.
전광용, 『신소설 연구』, 새문사, 1986.
한원영, 『한국 개화기 신문 연재소설 연구』, 일지사, 1990.
9) 신동욱, 「신소설에 반영된 서구 문화 수용의 형태」, 『동서 문화』 4, 계명대 동서 문화 연구소, 1970.
이재선, 「신소설의 비교 문학적 연구」, 『한국 개화기 소설 연구』, 일조각, 1972.
권영민, 「일제 조중환의 번안 소설들」, 신동욱 외 편, 『신문학과 시대의식』, 새문사, 1981.
성현자, 『신소설에 미친 만청 소설의 영향』, 정음사, 1985.
김윤식, 「정치소설 결여형태로서의 신소설」, 『한국 근대소설사 연구』, 을유문화사, 1986.
10) 임화, 앞의 책.

다섯 번째 연구의 경향은 개화기 문학 전반을 다루는 태도에서 벗어나 한 작가 혹은 한 작품의 미적 자질을 밝히는 작업이다. 이러한 연구 방식은 한 편의 독립된 연구 논문의 체계를 갖추었건, 아니면 단행본을 구성하는 일부분으로 위치하건 근대 문학 연구 초기부터 현재까지 지속되고 있는 연구 경향이라고 할 수 있으며 그 목록을 열거하기 힘들 정도로 많은 연구 성과들이 축적되어 있다.[12]

위와 같은 연구 성과와 논지 전개의 축을 달리하면서 개화기의 서사 문학 연구에 있어서 중요한 연구 성과로서 조동일의 논의를 들 수 있다. 그는 『신소설의 문학사적 성격』(서울대 출판부, 1973)을 통하여 임화 이후의 연구에 있어서 암묵적으로 자리 잡고 있는 이른바 '이식 문학론'에 대한 전면적인 반론을 제기하고 있다. 제기될 수 있는 다양한 문제들에도 불구하고 문학사의 연속성에 대한 한 차원 변화된 문제 제기를 수행하였다는 점에서 그 의의를 평가할 수 있을 것이다.

이상에서 거칠게 살펴본 바와 같이 개화기 서사 문학에 대한 연구는 실증적인 차원에서부터 비교 문학적 관점에 이르기까지 다양한 경향만큼 상당한 수준의 성과물이 축적되어 있다. 한편 개별 작가·작품 연구에서 이룩된 성과물은 일일이 그 목록을 열거하는 것은 불가능하다고 생각되며 다만 몇 가지 중요한 지점만을 확인하고자 한다.

먼저 지적될 수 있는 것은 개화기라는 시·공간의 생성 동력과 그 의미 및 그 시·공간이 배태한 (서사) 문학의 특성이 규명되었다는 점이다. 여기에는 생성의 동력을 내재적인 원인에 중심을 두는 입장과 외적 자극에서 찾으려는 입장이 양립하는데 그에 따라 문학이 지니는 특성에

---

11) 권영민, 「개화기 소설의 문체 연구」, 서울대 대학원 석사 학위 논문, 1975.
12) 이 경향에 포섭될 수 있는 방대한 선행 연구 성과는 그 목록을 열거하기 어려워 생략하기로 한다.

대한 파악 역시 두 입장의 공존을 확인할 수 있다. 하지만 어느 입장을 취하든지 개화기에 등장한 문학 텍스트 내부에 전대 문학의 요소가 잔존함은 물론 그 극복과 지양을 위한 맹아 역시 공존하다는 사실은 공유할 수 있는 지점이다.

다음으로 개화기 문학 발표의 중요한 통로였던 신문에 대한 연구가 진행되었다는 점,[13] 그리고 이 시기 문학이 지닌 미적 자질에 대한 연구와 함께 그것의 분류 방식에 대해 다양한 입장이 개진되었다는 점을 중요한 성과로 지적할 수 있다.[14] 한편, 개별 작가와 작품에 대한 깊이 있는 천착은 실증적 연구와 더불어 미학적이고 장르적인 연구의 밑바탕을 이루었다고 말할 수 있다.

이러한 선행 연구의 성과를 바탕으로 1990년대 후반부터는 문학 작품 그 자체에 집중하던 경향에서 벗어나 당대의 담론과 신소설에 내재

---

13) 송민호, 『개화기 소설의 사적 연구』, 일지사, 1975.
　　한원영, 『한국 개화기 신문 연재소설 연구』, 일지사, 1990.
　　서광운, 『한국 신문 소설사』, 해돋이, 1993.
14) 이 문제를 집중적으로 논의한 주요 선행 연구로는 아래의 논문을 들 수 있다.
　　김윤식, 「개화기의 문학 양식」, 『한국 근대문학 양식논고』, 아세아문화사, 1980.
　　조남현, 「개화기 소설 양식의 변이 양상」, 『한국 현대소설 연구』, 민음사, 1987.
　　권영민, 「개화기 애국 계몽 운동과 민족 문학의 인식」, 『한국 민족 문학론 연구』, 민음사, 1988.
　　이 중 조남현, 권영민의 논의는 다양하게 산재(散在)하는 개화기 서사 문학의 체계적 분류를 시도하고 있다는 점에서 주목을 요한다. 이들 논의는 *Nature of Narrative*(Scholes & Kellogg, Oxford University Press, 1966)에 근거하여 경험적 서사 양식과 허구적 서사 양식이라는 두 개의 큰 틀을 제시하고 경험적 서사 양식의 하위 범주로 역사 소설과 전기를 구분하고 있으며 허구적 서사 양식의 하위 범주로 우화, 풍자, 신소설을 제시하고 있다(권영민, 30쪽). 이들 논의는 개화기 서사 문학 전반을 아우를 수 있는 문제틀을 제시하였다는 점에서 의의를 지닌다. 이 틀에 따라 논의를 발전시킨다면 이제까지 명확한 상호 위치 설정 없이 막연하게 논의되던 서사 문학의 하위 범주들에 대한 보다 명확하고 질서 잡힌 접근이 가능하다. 이러한 문제를 해결하기 위한 시도로서 김영민의 논의에 주목할 필요가 있는데 그의 저서에서 발견되는 '서사적 논설', '논설적 서사' 등의 용어에 대해서는 다른 지면을 빌어 상세히 논의하기로 한다(김영민, 『한국 근대 소설사』, 솔, 1997).

한 담론 사이의 관련 양상에 대한 논의,15) 문학 개념의 형성과정에 대한 연구16) 등으로 그 외연이 확장되고 있다. 1990년대 이후 등장한 이러한 연구 경향은 연구자의 인식 지평을 통해 작품을 평가하는 전통적인 방식에서 벗어나 작품이 생산, 향유되던 당대의 문화적 장 속에서 작품이 지닌 자질과 이념적 함의를 도출하기 위한 접근을 시도하고 있어 개화기 서사 문학 연구의 방법론적 전환이라고 평가할 수 있다.

그리고 이러한 방법론적 전환은 2000년대에 진행되고 있는 신소설 연구에서 두드러진다. 이전의 연구에서 쉽게 확인할 수 있었던 계몽 의식과 신소설 텍스트의 관련 양상을 문제 삼던 경향에서 벗어나 텍스트가 지닌 다양한 측면을 부각시키는 방향으로 연구 성과가 도출되고 있다. 신소설 텍스트의 대중성에 관한 연구,17) 젠더 및 육체의 문제를 다루는 경향,18) 그 외에 범주화하기 어려우나 후행 연구에 자극을 줄 수 있는 다양한 연구 경향 등으로 나누어 그 흐름을 정리할 수 있다.19)

지금까지의 논의를 종합하면 양적으로나 질적으로나 신소설에 대한

---

15) 심보선, 「1905~1910년 소설의 담론적 구성과 그 성격에 대한 사회학적 연구」, 서울대 석사 학위 논문, 1997.
　　강병조, 「신소설과 개화 담론의 대응 양상 연구」, 서울대 석사 학위 논문, 1999.
　　권영민, 『서사 양식과 담론의 근대성』, 서울대학교 출판부, 2000.
16) 김동식, 「한국의 근대적 문학 개념 형성과정 연구」, 서울대 박사 학위 논문, 1999.
　　권보드래, 『한국 근대 소설의 기원』, 소명 출판, 2000.
17) 졸고, 앞의 논문(2003), 김종현, 「신소설의 상품화 전략」, 『현대소설 연구』 23, 2004. 최현주, 「신소설의 범죄 서사 연구」, 서강대 박사 학위 논문, 2004. 이상희, 「신소설의 형성 기반과 대중 소설적 미학」, 서강대 박사 학위 논문, 2006 등 참조.
18) 권보드래, 「신소설의 여성성과 광기의 수사학」, 『한국문학 연구』 4, 2003. 이영아, 「신소설에 나타난 육체 인식과 형상화 방식 연구」, 서울대 박사 학위 논문, 2005. 이현진, 「신소설에 나타나는 신분, 자본, 신지식의 결합 양상과 여성의 섹슈얼리티」, 『현대 문학의 연구』, 33, 2007 등 참조.
19) 김종욱, 「개화기 소설의 구술성과 기술성 : 이인직의 『은세계』를 중심으로」, 『한국문학 논총』 42, 2006. 박상준, 「우연을 통해 본 이인직 소설의 특징」, 『한국 현대 문학 연구』 22, 2007 등 참조.

연구가 개화기 서사 문학 연구의 중심축을 형성해왔다는 점은 부정할 수 없다. 특히 20세기에 이루어진 연구의 경우 신소설 편향성이 더욱 강하다는 점 역시 부정하기 어렵다. 흥미로운 사실은 개화기가 지난 뒤 식민지 시기나 혹은 해방 후에 등장한 이러한 연구 태도가 '과연 개화기 당대의 문화적·문학적 지형을 재구성하는가'라는 질문에 대한 답을 하기 위해는 다른 차원의 논의를 필요로 한다는 점이다. 즉 일정한 시간이 경과한 뒤 진행되는 연구에 있어 연구자에게 내재해 있는 특정한 이데올로기가 작동함으로써 특정한 시기의 복잡한 문제를 지나치게 단순하게 바라보도록 강제하고 있는 것은 아닌가라는 의문을 제기할 수 있다.

2.2. 역사·전기 소설과 우화 및 기타 서사 양식에 대한 연구의 경향

앞서 지적한 것처럼 이 논문이 논의 대상으로 삼고 있는 개화기라는 시기 동안에는 신소설이라는 범주로는 포섭하기 힘든 다양한 형식의 서사 문학이 존재했다. 현재 학계에서 통용되는 용어를 빌어 이들 형식을 유형화 한다면 "역사·전기 소설", "우화·문답·토론 형식의 서사", "신문·잡지 소재 서사적 논설" 등으로 나누어 생각해 볼 수 있다. 이 중 "역사·전기 소설" 범주를 제외한 다른 유형으로 구분할 수 있는 텍스트들은 경우에 따라 신소설 연구의 일부분으로 포섭되어 논의된 경우가 많다는 점 역시 미리 지적될 필요가 있다.

역사 전기 소설로 분류되는 텍스트들은 국권수호의 중요성을 주창하는 내용의 특수함으로 인해 일찍부터 논자들의 주목을 받았다. 안확은 그의 『조선 문학사』에서 이 부류의 텍스트를 역사 소설의 일종으로 파악하여 소개하고 있으며,[20] 임화는 이를 다시 "정치 소설과 번역 문학"으로 분류하고 있다.[21] 이어 전광용은 「한국 소설 발달사 (하)-신소설 번역소설」(『한국 문화사 대계』 5, 고려대 민족문화 연구소, 1967)에서 이 유형에 포괄되는 텍스트들 가운데 주로 번역・번안된 작품을 중심으로 개괄하고 있다.

그런데 『한국 개화기 소설 연구』(이용남 외, 태학사, 2000) 「부록」의 목록에 따르면 최창록의 「번안 소설의 문학사적 위치」(한국 어문학회, 『어문학』, 1971)와 김윤식・이재선의 논의를[22] 제외하고는 1970년대까지도 이에 대한 활발한 연구가 눈에 띄지 않는다. 앞서 살펴 본 신소설에 대한 논의가 1950년대부터 비교적 활발히 진행되어 온 것과 비교한다면 이는 기억해 둘만한 현상이다.

이는 선학들의 노고에도 불구하고 이 부류에 포섭되는 텍스트 자료에 대한 종합적인 접근이 쉽지 않았다는 점에서도 그 원인을 찾을 수 있을 것이다. 실례로 단재 신채호의 문학적 유고(遺稿)가 발굴되고 본격적으로 논의되기 시작한 것이 1970년대 중반이고, 이 범주에 묶일 수 있는 텍스트에 대한 영인 자료가 출판된 것이 1978년이라는 점을 고려한다면 이들 텍스트에 대한 논의가 간헐적으로 진행될 수밖에 없었던 이유를 어느 정도 짐작할 수 있다.

그런데 이러한 사정은 이후에도 크게 달라지지 않는데 그것은 역사 전기 소설의 표기 방식과 관련된다. 즉 거의 모든 텍스트가 한글로 표기되었던 신소설과 달리 역사 전기 소설은 순한문 혹은 한문 현토, 한주국종의 표기 방식을 채택했는데 이러한 상황은 연구자들로 하여금 텍스트의 내용 자체에 접근하는 것을 어렵게 만들었던 것은 아닌가라는 의문

---

20) 안확, 『조선 문학사』, 한일서관, 1922, 122~126쪽의 논의 참조.

21) 임화, 앞의 책, 134~149쪽. 임화는 이를 "정론(正論)을 외형이나마 소설에 유사한 형태로 싼 반정론(半正論)・반소설의 문학"이라고 규정했다. (136쪽)

22) 김윤식, 「단재 소설 및 문학 사상의 문제점」, 『서울대 교양 과정부 논문집』 5, 1975. 이재선, 「개화기 서사 문학의 두 유형」, 『국어 국문학』 68・69, 1975.

을 품게 한다.

이후 발굴 자료의 국역 사업이 일정한 성과를 거두면서 이들 자료에 대한 학술적인 접근이 점차 이루어졌다. 선행 연구의 분석에 따르면 이 시기 발표된 연구 성과는 역사 소설과 전기에 대한 엄격한 장르적 속성의 변별을 고구하기보다는 텍스트를 통해서 확인되는 저·역자들의 사상적 측면에 논의를 집중했다.[23] 그러나 이들 선행 연구는 연구 대상 텍스트의 폭을 확장하고 이제까지 다소 모호하게 처리되어 왔던 대상 텍스트의 내용을 구체적으로 소개함으로써 이후 연구의 발판을 마련하였다는 점에서 의미를 지닌다.

개화기 당대에 역사 전기물을 저술·번역하였던 저자층에 대한 연구 역시 신소설 작가에 대한 연구와 비교할 때 제한적인 것 같다. 이 중 김진옥의 「신채호 문학 연구」(서울대 대학원 석사 학위 논문, 1993)는 당시까지의 개화기 작가 연구가 주로 신소설 작가인 이인직, 이해조, 안국선, 최찬식 등에 집중되어 있었던 것에 비할 때 작가 연구의 폭을 확장함과 동시에 "글쓰기"로 범칭할 수 있는 문필 활동 일반에 대한 연구의 방향을 제시했다는 점에서 주목된다. 이 논문은 단재의 문학적인 텍스트와 비문학적인 텍스트를 그의 사상을 매개로 하여 "글쓰기"를 통해 재구 가능한 신채호 사상의 기반을 밝히려 했다는 점에서 의미를 지닌다. 개화기는 근대적 의미의 소설적 글쓰기가 정립되지 못한 상황이었고, 소설이라는 표제를 달고 발표된 글과 신문의 논설, 기사와의 경계 자체가 불분명한 상태였다는 점을 고려한다면 연구자가 해당 논문의 3쪽에서 밝힌 것처럼 "문학적인 텍스트와 비문학적인 텍스트 모두를 논의의 대상으로 삼은 것"은 주목할 만한 문제 설정으로 판단된다.[24]

---

23) 노연숙, 「한국 개화기 영웅 서사 연구」, 서울대 석사 학위 논문, 2005, 3쪽 주 11).
24) 1990년대 후반 박사 학위 논문을 통해 근대적 문학 개념이 착근되고 성장하는 과정을

한편 신채호와 함께 주요한 저·역자 가운데 한 사람인 박은식에 대한 연구는 더욱 소략하다. 강영주의 「개화기의 역사·전기문학—신채호와 박은식의 전기류를 중심으로」(『상명여대 논문집』 1984. 2)나 이경선의 「박은식의 역사·전기 소설」(『한국학 논집』, 1985. 8)을 제외하고는 주목할 만한 독립적 성과가 눈에 띄지 않다가 상당한 시간이 지난 뒤 서형범의 「한국 개화기 개신 유학자의 자기 인식과 서사 양식의 관련 양상 연구」(서울대 박사 학위 논문, 2007)에 와서 다시 한 번 본격적인 논의가 이루어진다. 이 연구는 그동안 상식으로 혹은 당연한 전제로 여겨지고 있었던 서술 주체의 인식 방식과 이에 따라 취사선택되는 서술·서사 양식의 상관성 문제를 주된 논의 대상으로 삼고 있다는 점에서 주목할 필요가 있다.

두 번째로 "우화·문답·토론 형식의 서사"는 앞서 지적한 것처럼 신소설의 일부로서 간주되어 왔다. 이 때 텍스트의 내용적인 측면에 주목할 경우 "정치 소설"(임화), "정치류 소설"(송민호),[25] "몽유록을 제외한 신소설"(윤명구)[26] 등으로 명명되었고 신소설이나 역사·전기 소설과 확연히 구분되는 텍스트의 형식적인 측면에 주목할 경우 "회화·우의적 서사체",[27] "대화체 소설",[28] "토론체 소설"[29] 등 다양한 명칭으로 불렸다. 흥미로운 점은 학제 상 현대문학 연구자로 분류되는 선학들과 더

추적하는 작업을 진행한 일련의 연구 성과들은 이처럼 단편적으로 진행되던 선행 연구 성과를 성공적으로 종합한 결과라고 말할 수 있을 것이다.

25) 각각 앞의 책 참조.

26) 윤명구, 「개화기 서사 문학 장르」, 김열규·신동욱 편 『신문학과 시대의식』, 새문사, 1981.

27) 이재선, 「개화기 서사 문학의 세 유형」, 『한국문학 논문총』, 형설 출판사, 1976.

28) 송민호, 앞의 책.

29) 김중하, 「개화기 토론체 소설 연구」, 『관악어문연구』 3, 1978.

불어 고전 문학을 전공한 연구자들의 이 유형에 대한 관심과 업적이 눈에 띈다는 점이다.[30] 양식에 대한 명명의 상이에도 불구하고 이 유형에 대한 연구는 텍스트의 내용을 통해 확인되는 개화 의식과 계몽의지 등을 도출하는 것에 집중되었다고 평가할 수 있다.

앞서 신소설에 대한 연구 경향을 검토하는 과정에서 서사 양식의 위계화 문제를 지적했는데, 그를 통해 확인할 수 있는 것처럼 이 유형에 속하는 서사 텍스트에 대한 연구는 주로 신소설과의 연관성에 집중되었으며 이 서사 양식만을 독립적으로 연구하여 의의를 정립하려고 시도한 연구는 짐작보다 많지 않다. 이 유형에 내재한 내용과 형식의 상관관계에 대한 본격적인 논의는 김주현에 의해 진행되었다.[31] 연구자는 신소설이 아닌 개화기 서사 문학 가운데 '토론체'라는 독자적인 양식 개념을 설정하여 "두 명 혹은 다수의 인물이 등장하여 문답, 대화, 토론, 연설 등 등장인물의 담화를 통해 스토리가 전개되는 작품을 총괄(1쪽)"하고 있다. 이 연구는 기존의 연구에서 단편적으로 언급되던 서사 문학의 한 갈래를 본격적인 논의 대상으로 포섭하였다는 점에서 의의를 찾을 수 있지만 문답, 대화, 연설 토론이라는 하위 범주를 "토론"이라는 사회적 용어를 사용하여 하나의 범주로 묶을 수 있는지에 대해서는 문제 제기가 가능하다. 특히 "**체"라 하여 작품이 취하는 형식적인 특징을 양식 개념으로 승격시키고 있다는 것은 논란의 여지가 있는 것으로 보인다.

세 번째로 유형화 하였던 "신문·잡지 소재 서사적 논설"에 대한 논의는 송민호, 이재선, 한원형 등의 선구적 연구 성과를 출발점으로 하고

---

30) 인권한, 「〈금수회의록〉의 재래적 원천에 대하여」, 『어문논집』 19·20 합병호, 1979. 박일용, 「개화기 서사 문학의 일 연구」, 『관악어문연구』 5, 1980.
31) 김주현, 「개화기 토론체 양식 연구」, 서울대 석사 학위 논문, 1989.

있다. 실증적인 연구 자세를 기반으로 각종 인쇄 매체에 산재해 있던 서사물의 목록을 작성하고 작품의 경개를 밝히는 작업을 진행한 이 연구 경향을 통해 신소설을 포함한 개화기 서사 문학의 대체적인 윤곽을 그릴 수 있었다 해도 과언이 아니다.

하지만 이들 선행 연구가 (위 두 번째 유형의 서사를 포함하여) '신소설적인' 어떤 서사물의 소재와 내용을 논의하는 지점에서 종료되었다면 정선태의 논의는 개화기의 신문에 등장하는 논설 가운데 많은 수가 일정한 서사 형식을 갖추고 있다는 사실에 주목하여 이들을 본격적으로 논의 대상에 포섭하고 있다는 점에서 주목된다.[32] 이 연구를 통하여 '문학 제도로서의 소설'이 본격적으로 등장하기 이전 다양한 방식으로 존재하던 '이야기 구성법'을 보다 유연한 시각에서 바라볼 수 있게 되었다. 이러한 시각의 전환과 논의 대상 자료의 확대가 바탕이 되었을 때 '제도로서의 근대적 문학'이 한국 문학의 장(場)에 정착되어가는 과정에 대한 본격적인 논의가 분명한 자기 근거를 가지면서 진행될 수 있었던 것이다.

지금까지 신소설로 제외한 여타의 서사 문학에 대한 연구 경향을 검토해 보았다. "역사·전기 소설"의 경우 1922년 안확의 논의에서는 번역·번안 소설과 같은 범주에서 논의되었으나 임화의 문학사 서술에 와서 '정치 소설과 번역 문학'으로 구분되면서 텍스트 내용면에서의 변별 지점을 강조하기 시작하였다. 이후 관련 자료의 정본화가 진행되면서 이에 따른 연구도 일정한 성과를 거두었다고 할 수 있지만, 신소설에 대한 연구와 비교할 때 여전히 밀도 있는 연구가 더욱 요청되는 부분이라고 평가할 수 있겠다.

---

32) 정선태, 「개화기 신문 논설의 서사 수용 양상에 관한 연구」, 서울대 박사 학위 논문, 1999.

"우화·문답·토론 형식의 서사"나 "신문·잡지 소재 서사적 논설"과 관련된 논의는 기존 선행 연구에서 대체로 신소설의 일부로 논의되었던 것으로 판단된다. 특히 이들 서사 형식은 현재의 연구자들이 암묵적인 차원에서 승인하는 문학이라는 제도적 틀로 바라볼 때 예외적인 형식을 지니고 있다. 바로 이러한 점이 이 유형에 속하는 서사 형식들을 독립적인 연구 대상으로 삼는 것을 주저하게 만드는 무시할 수 없는 원인으로 작용하는 것이라는 조심스러운 진단도 가능할 것으로 생각된다.

3. 선행 연구의 방법(론)에 대한 비판적 고찰과 대안 모색

위의 검토를 통해 신소설을 중심으로 한 연구 경향을 일별하였지만 실제 축적된 연구 업적에 비할 때 이 글에서 직·간접적으로 인용·논의된 연구 성과의 수는 미미하다. 이는 개화기 서사 문학에 대한 연구의 수준과 성과가 짧은 소논문을 통해 검토할 수 없을 정도로 축적되어 있음을 뜻한다.

그 중에서도 신소설을 대상으로 삼은 연구의 방법론은 근대 문학의 연구 방법론과 그 수효가 비슷하다는 진단을 내릴 수 있을 만큼 다양한 양상을 보인다. 연구자들끼리 우스갯소리처럼 하는 말이지만 개화기는 마르지 않는 샘이고 한편으로는 수렁이라는 표현이 과하지 않을 만큼 다양한 층위의 논의를 확인할 수 있다. 그럼에도 불구하고 개화기 서사 문학 관련 연구 논문을 접할 때마다 갖는 막연한 갑갑함은, 해당 연구 논문이 지닌 방법론의 참신함에도 불구하고 논의의 결론에 이르는 경로가 어느 정도 예상된다는 사실 때문이다.

신소설을 연구함에 있어 이 대상이 조선 후기나 1900년대 초반에 등장했던 여타의 서사 양식과 형식적인 측면에서 뚜렷한 차이를 지니고 있다는 사실은 당연한 전제로 승인된다. 따라서 텍스트의 내용과 서사 전개의 방식에서 찾을 수 있는 여러 차별적 혹은 새로운 요소에 대한 탐구가 논의의 중심을 구성하는데 이 때 연구의 초점을 형성하는 텍스트 내용의 층위는 작품이 발표되던 개화기 당대의 사회적 담론 구조와 불가분의 관계에 놓일 수밖에 없다. 특히 이 시기가 제도화된 근대 문학이라는 개념이 미처 정립되지 않은 시기라는 사실을 감안한다면 사회적 담론과 허구적 서사 양식의 내용 차원의 상동성은 어렵지 않게 받아들일 수 있다고도 할 것이다.

　그런데 막상 이러한 전제를 승인하고 나면 연구의 대상으로 신소설 가운데 어떤 텍스트를 선택하고 어떤 연구의 관점을 취하건 관계없이 개화기 당대의 사회적 담론이 논의의 기준으로 작동하고 연구 대상으로 선택된 텍스트의 내용은 바로 그 원점이 제공하는 기준에 비추어 어느 정도의 낙차를 지니고 있는지를 측정하는 방식으로 연구가 진행될 수밖에 없었던 것 같다.

　본격적인 신소설 연구의 출발점이었던 1950년대의 실증적 연구 경향에서는 물론이려니와 2000년대의 연구에서도 위의 문제 제기는 여전히 유효한 것으로 생각된다. 이러한 현상이 나타나는 원인에 대해 여러 가지 분석이 가능하겠지만 제일 먼저 지적할 수 있는 것은 신소설 가운데서도 특정한 몇몇 텍스트를 대상으로 연구와 논의가 집중되었다는 점을 우선 꼽을 수 있다.33) 그리고 그 대상 작품은 『혈의 누』, 『은세계』, 『추월색』, 『홍도화』 등 이인직과 이해조 최찬식의 몇몇 작품으로 제한되고 있는 것이 현실이다. 물론 이들 작품이 신소설의 특징을 대표적으로 보

---

33) 1950년대부터 1990년대까지의 연구서지는 이용남 외, 앞의 책, 「부록」을 참고했다.

여주는 작품이라는 점에는 이의가 있을 수 없겠으나 아무리 작품의 서사적 완결성이 뛰어나고 해석의 다양성이 내재해 있다고 하더라도 제한된 수의 작품만을 대상으로 연구 성과가 축적되는 상황이 반복되면서 새로운 연구 성과를 축적할 수 있을지에 대해서는 의문을 가질 수밖에 없다.

이처럼 연구 대상 텍스트의 폭이 제한될 수밖에 없었던 것은 시간의 경과를 통해 연구자들 사이에 암묵적인 전제로까지 받아들여지는 특정한 관점 때문이라는 진단도 가능하다. 그것은 바로 '1910년대 신소설의 타락'이라고 명명할 수 있는 일련의 현상이다. 임화가 이해조의 작품을 평하면서 언급한 "정론성의 상실과 통속성의 대두"라는 평가는[34] 이후 연구자들에게 강력한 영향을 행사하였다. 그 결과 지금까지도 1910년대의 신소설은 '타락' 내지는 고전 소설로 '퇴행'했다는 평가가 지배적이며 그 원인으로 국권의 상실이라는 보편 명제를 제시하는 선에서 논의가 정체되어 있었다. 따라서 축적된 선행 연구를 통해 어느 정도의 "정론성"을 지닌 것으로 분류되었던 텍스트들에 후행 연구가 집중되는 것은 어쩌면 당연한 현상이라고 할 수 있으며, 이들 텍스트에 대한 평가에 있어서도 "정론성"이라는 문제는 회피하기 힘든 난관이었을 것으로 추론된다.

시대적 상황을 고려할 때 이 "정론성"의 문제를 도외시할 수는 없으나 반대로 이에 고착되어 유연한 시각을 확보하지 못하는 것 역시 또 다른 문제를 유발한다. 이를 극복하기 위해서는 '정론'과 '통속'은 어느 한 범주가 다른 범주를 압도하거나 지도하는 범주로 규정할 수 없다는 사고의 전환이 요구된다. 그리고 '통속'이라는 범주를 바라보는 새로운

---

34) 임화, 앞의 책, 297~298쪽.

시각을 도입하거나 아니면 적어도 양자에 대한 균형 잡힌 시각을 견지할 때 지금까지 본격적인 연구의 영역에서 배제되어 왔던 여타 신소설 텍스트를 인입할 수 있는 계기를 마련할 수 있을 것이다.

한편 시야를 이 시기의 서사 문학 일반으로 확장하였을 경우에도 연구 대상의 확대라는 문제가 다시 제기된다. 앞서 살펴 본 것처럼 이중 우화·문답·토론 형식의 서사 텍스트는 신소설의 범주 속에서 이질적인 형식을 다룬 서사체로 간주되어 텍스트의 내용면에서 일정한 수준의 논의가 이루어진 것으로 평가할 수 있고 신문·잡지 소재의 서사적 논설 역시 해당 텍스트의 목록과 내용의 경개에 대한 학술적인 접근이 상당한 수준에서 이루어진 것으로 평가할 수 있다.

그 중에서도 언론 매체에 실린 단형 서사를 적극적으로 연구 대상으로 포섭하게 될 경우 유도될 수 있는 개화기 서사 문학에 대한 변화된 지형을 선행 연구를 통해 확인할 수 있다. 김중하의 『개화기 소설 연구』(국학자료원, 2005)는 1975년부터 1985년까지 발표되었던 9편의 논문과 저자의 박사 학위 논문으로 구성된 책인데[35] 이 책에 수록된 논문에서 저자는 개화기의 상한을 1860년대로 설정하고 조선 후기 사회에서 널리 유행하던 일련의 이야기책과 19세기 말~20세기 초에 등장한 새로운 형식의 서사 사이의 구조적 상동성을 규명하기 위한 작업들을 지속한다. 이 과정에서 신소설을 개화기 서사의 중심에 놓을 때 간과되기 쉬운 작품들에 관심을 집중하는 것은 어쩌면 당연한 일일지도 모른다. 「적선여경록」, 「야승서강월」, 「의퇴리국 아마치젼」, 「일념홍」, 「청루의녀전」과 같은 '전(傳)' 형식을 띤 작품들이나 20세기 초반 학회지에 수록된 단형 서사들, 「향긱담화」, 「쇼경과 안즘방이 문답」, 「향로 방문 의싱이라」, 「거

---

35) 졸고, 「방치된 역사의 복원을 위한 탐구」, 『오늘의 문예 비평』 59, 2005.

부오해」,「시사 문답」,「자유종」처럼 문답 혹은 토론 방식을 적극적으로 수용한 작품들까지 저자의 주목을 끌게 된 것이다. 저자의 논지 전개에 따르면 앞서 거론한 작품들의 공통적인 특징은 그 형식적 뿌리를 전통적인 이야기 문학에 두고 있다는 점이다. 그 결과로 개화기 문학(혹은 문예, 혹은 예술)의 지형도가 변화될 수 있는 근거가 마련된 것이다.

1980년대 중반까지만 하더라도 신소설만이 개화기를 대표하는 문학의 형식이었고 여타의 텍스트들은 소멸하는 가치를 추구하는, 그래서 자신 역시 언젠가는 소멸하게 될 운명을 지닌 따라서 주목하지 않아도 되거나, 주목한다고 하더라도 신소설을 논의하는 과정에서 일련의 보완재로 취급되는 것이 당연한 위치에 놓여 있었다. 그러나 저자, 그리고 저자와 문제의식을 공유하는 다른 연구자들에 의해 개화기의 시기적 포괄 범위가 확대되고 그에 따라 다루어야할 텍스트의 수가 증가하면서 개화기의 문학 지형은 다수의 서사 양식들이 소시기의 주도권을 놓고 상호 경쟁하는 양상으로 파악될 가능성이 열린 셈이다.[36]

역사·전기적 서사에 대한 연구 역시 비슷한 상황에 놓여 있는 것 같다. 앞서 밝힌 것처럼 1970년대 후반 이들 자료에 대한 텍스트 확정 작업이 어느 정도 이루어진 뒤 비교적 활발하게 전개되어 왔던 선행 연구는 '역사 소설'과 '전기'에 대한 명확한 개념 구분에 대한 논의보다는 텍스트의 내용에서 추출할 수 있는 의식만을 기준으로 연구에 임하고 있다는 반성은[37] 이 양식을 대상으로 한 연구에서 유의할 지점이라고

---

36) 이주영,『구활자본 고소설 연구』(월인, 1998), 조상우,『애국 계몽기 산문 산문의 연구』(다운샘, 2002), 임성래,『완판 영웅 소설의 대중성』(소명출판, 2007) 등의 연구는 개화기에 새롭게 확인되는 서사 양식뿐만이 아니라 과거로부터 지속되었던 서사 양식이 이 시기에 어떤 방식으로 유통·수용되고 있는지에 대해 주목할 만한 연구 성과들을 제시하고 있다. 연구자의 전공과 관계없이 새로운 연구 관점을 시사 받을 수 있는 선행 연구라 할 수 있다.

37) 노연숙, 앞의 논문, 1장.

할 수 있다.

한편, 신소설을 비롯한 개화기의 서사 문학을 연구함에 있어서 당시의 시대정신이라고 할 수 있는 '계몽 의식'이라는 좌표축과 '제도적 장치로서의 근대 문학에 대한 인식'이라는 또 다른 좌표축은 연구 개시 이전에 선 규정되는 전제처럼 받아들여지고 있는 것 같다. 연구의 대상이 되는 텍스트가 어느 정도의 문명개화 의식을 지니고 있으며 이것이 1920년대 이후 본격화되는 근대 문학의 어떤 요소들을 내포하고 있는지를 따져 묻는 작업은 연구자가 어떤 연구 방법론을 선택하건 의식적 혹은 무의식적으로 갖게 되는 질문이라고 할 수 있다는 것이다. 한국 근대 문학에 대한 학술적인 연구가 본격화된 이후 개화기 서사 문학을 바라보는 이러한 태도는 크게 변화하지 않는 것으로 진단할 수 있으며 이러한 입장과 태도를 견지함으로써 상당한 수준의 연구 업적을 축적하였다는 사실 역시 부정할 수 없다.

그러나 조금 다른 관점으로 접근한다면 위에서 지적한 연구 방법은 사후적으로 합의된 기준에 근거하여 과거의 사실을 평가·분류하는 태도로 비판받을 수 있는 여지도 충분한 것 같다.[38] 임화의 지적대로 개화기를 "과도기"로 받아들일 경우 그 내부에는 과거로부터 계승된 요소와 새롭게 수용된 요소 사이의 모순과 갈등이 다양한 양상으로 전개되고 있을 것이라는 점은 분명하다. 이 중에서 소멸하는 과거의 요소와 이후 새롭게 힘을 얻게 되는 새로운 요소들을 분멸하고 그 흐름을 기술하

---

38) 과거의 사실에 대한 학술적 논의에 있어서 이러한 연구 태도가 지니는 문제는 비단 문학 연구에만 국한된 것은 아니다. 역사 연구의 영역에서는 일찍부터 이에 대한 문제 제기가 이루어졌으며 이를 지양하기 위한 노력들이 계속되어 왔다. 20세기 초반 아날 학파의 L. 페브르와 M. 블로흐는 역사 연구에 '망탈리테(*mentalités*)' 개념을 도입함으로써 이러한 문제의 극복을 위한 전기를 마련한 것으로 평가 받고 있다. 김영범, 「망탈리테 사 : 심층사의 한 지평」, 한국 사회사 연구회, 『사회사 연구와 사회 이론—한국 사회사 연구회 논문집 제31집』, 문학과 지성사, 1991.

는 것은 역사를 기술함에 있어 불가피한 서술 방식이라고 할 것이다. 하지만 개화기 당대를 독립된 연구의 대상으로 상정할 경우 이러한 '문학사적 감각'은 오히려 당대의 상황을 객관적으로 조망하기 어렵게 만드는 요소로 작용할 가능성도 있다.

앞에서 연구 대상이 되는 텍스트를 확대할 필요성이 있다는 사실을 강조하였는데 그동안의 개화기 서사 문학 연구에서 특정한 텍스트가 집중적으로 연구 대상으로 선정되었던 것 역시 크게 보아 위에서 언급한 '문학사적 감각'의 작동 때문이 아닌가라는 조심스러운 문제제기도 가능하다. 다시 말해 선행 문학사 연구 속에서 비중 있게 언급되는 작품들을 자신의 연구 대상으로 선정했을 때 무엇인가 새로운 논의 구조를 설계할 수 있을 것이라는 암묵적인 전제가 작동하고 있다는 것이다. 또한 연구 논문이 공간(公刊)되는 구조 역시 이러한 상황을 지속적으로 재생산해온 것이라는 조심스러운 진단도 나올 수 있을 것 같다. 흔히 말하는 것처럼 "1급 작품"을 연구 대상으로 선택했을 때 "1급 연구"가 나온다는 사실을 부정할 수는 없다. 그러나 그 같은 경향의 연구가 일정한 정체 상태에 놓였을 때 "2급" 혹은 "3급" 작품까지도 과감히 연구 대상으로 수용하려는 인식의 전환이 요구된다.

이를 위해서 당대의 다양한 서사물들을 사회적 의사소통 과정 속의 한 요소로 파악하는 자세가 필요하다. 주지하는 것처럼 개화기는 현재 우리가 수용하고 있는 근대적 문학 개념이 형성되어나는 과정을 드러낸다. 따라서 현재 연구자들이 지니고 있는 문학에 대한 정치한 관점으로 이들 서사문학을 바라보았을 때 그 대상은 분명히 함량 미달의 그 무엇으로 결론 내려질 수밖에 없음은 당연하며39) 어쩌면 이러한 연구 태도

---

39) "이것은 우리가 리얼리즘이라고 하는 것, 바꿔 말하면 소설의 사실성이라고 말하는 것이다. (중략) 그리하여 신소설은 대범히 말하여 갑오 이후 광무·융희 연간 과도기 조선의

가 지금까지 암묵적으로 수용되고 있는 것으로 평가할 수도 있을 것이다. 그렇다면, 연구의 대상을 사후적 기준으로 재단하지 않고 당대의 맥락 속에서 재구성하려는 자세를 견지할 경우 이전의 선행 연구 성과와 구별되는 결과를 도출할 수도 있을 것이라는 조심스러운 기대를 가져본다.

이러한 연구 경향이 현실화되기 위해서는 개화기의 미세하고 일상적인 부분으로까지 연구의 영역이 확장될 필요가 있을 것으로 판단된다. 그리고 이러한 관점에 설 경우『근대의 책읽기』(천정환, 푸른 역사, 2003)나『연애의 시대』(권보드래, 현실문화 연구, 2003), 『서사 텍스트와 매체의 관계 연구』(최성민, 서강대 박사 학위 논문, 2006)를 통해 발견할 수 있는 연구 방법론은 시사하는 바가 크다. 이들 연구는 문학 작품을 중심에 놓은 기존 연구 태도에서 벗어나 '문학 작품은 특정 문화 장에 존재하는 문화적 산물이며 사회적 의사소통을 위한 다양한 매개 가운데 하나'라는 관점으로 접근할 가능성을 제시하고 있다.

4. 개화기 서사 문학 연구의 현재적 의의

이상에서 검토한 것처럼 선학들의 작업에 힘입어 개화기 서사 문학 연구의 대상 자료가 확정되고 그 윤곽이 드러남으로써 개별 작가와 작품을 중심에 놓은 연구의 성과가 축적될 수 있었다. 그 과정에서 특정한 대상을 둘러싼 연구사적 쟁점은 개별 연구가 목표로 삼는 바에 의해 달리 규정될 수 있고 마땅히 그래야만 한다. 따라서 이 글에서는 개별 연구에서 문제 삼은 구체적인 쟁점에 대한 검토보다 그러한 쟁점을 형성

토대에서 생성한 문학이요, 불충분하게나마 그것을 반영한 유치한 거울이었다고 말할 수 있다." 임화, 앞의 책, 162~163쪽(강조는 인용자).

케 한 것으로 판단되는 특정 시기 연구 '경향'을 중심으로 논의를 전개하였으며 그 과정에서 검토된 선행 연구는 양질 면에서 대단한 성과가 축적되어 있어 일견 개화기 서사 문학을 대상으로 한 더 이상의 진일보한 연구 성과는 도출되기 힘들지도 모른다는 생각을 가질 수도 있다.

그럼에도 불구하고 유사한 연구 대상을 중심에 놓은 후행 연구가 중첩되는 현재의 상황은 대상을 바라보는 연구자의 시각이 변화하고 있음을 의미하며 바로 이 지점에서 개화기 서사 문학 연구가 지닌 그 나름의 의의를 위치지울 수 있다. 그런데 개화기의 자료들을 검토할 때 주의해야 할 것은 대상 자료들이 문학 내적인 논리만으로는 명쾌하게 해명되기 어려운 요소들을 내포하고 있다는 점이다. 특히 '제도로서의 한국 근대 문학'이 이 시기에 비로소 '출현하고 착근'하는 일련의 과정을 경과하고 있다는 객관적인 사실은 개화기 서사 문학이 문학적 엄밀성으로 규정되기 힘든 내적 논리를 지니고 있다는 점을 역설적으로 드러내어 준다. 따라서 문학의 내부적 논리만으로 개화기 서사 문학을 연구하려할 경우 예상치 못한 난관에 부딪히거나 애초 연구자가 지닌 문제의식과 거리가 있는, 선행 연구의 성과를 답습하는 방향으로 나아갈 수밖에 없는 것이라고도 이야기할 수 있다.

실상 개화기의 자료만이 아니라 한국 근대 문학 영역 내에서 연구의 대상이 되는 거의 대부분의 자료들은 문학 내적 논리를 통한 해명과 더불어 인접 학문 영역의 성과를 적극적으로 수용함으로써 또 다른 의미들을 획득하게 되는 경우가 많으며 1990년대 후반 이후 한국 근대 문학 연구에서 이러한 경향의 확대는 당연한 것으로 받아들여졌다. 그럼에도 불구하고 문학 연구자로서 지닐 수밖에 없는 자의식은 자신의 연구 성과를 문학적인 언어 혹은 문학 내적 논리를 통해 체계화해야 한다는 사실일 것이다.

이렇게 볼 때 개화기를 대상으로 근대적 문학 개념의 형성과정을 추적한 일련의 연구는[40] 문학과 문학이 아닌 것의 경계가 불분명했던 이 시기의 서사 텍스트를 연구하는 데 있어 일종의 방법론적 전환을 보여 준 성과로 주목할 필요가 있다. 이들 연구가 그동안 공백 상태로 남아 있던 한국 근대문학의 시원(始原)을 논의하는 데 기여할 수 있었던 것은 문학적 논리만으로 논지를 전개하려는 태도를 일정한 수준에서 포기했기 때문에 가능했다는 것이 이 글의 판단이다. 즉 이들 연구는 문학적 텍스트는 물론이려니와 비문학적인 텍스트까지도 과감히 연구 대상으로 선정함으로써 탄력적인 논지 전개를 위한 물질적인 기반을 확보하였으며 연구 대상으로 삼은 해당 시기의 자료를 당대의 문학적·비문학적 장 속에서 의사소통을 매개하는 순환 구조 속에 놓고 인접 학문의 연구 성과를 과감히 수용함으로써 유연한 연구 시각을 확보하기 위한 토대를 마련했다고 평가할 수 있다.

선행 연구 성과를 통해서 확인할 수 있는바 대상 선정과 방법론 취사(取捨) 과정의 문제의식은 개화기 문학에 대한 접근이 단지 한 세기 전의 유물(遺物)에 대한 회고나 서지 정리 수준 이상이 될 가능성을 제시하고 있다. 일정한 시차를 두고 연구의 주도적인 경향이 변화한다거나 일정한 경향 속에서 다양한 쟁점이 형성되는 것은 그 자체가 곧바로 해당 시기 문학에 대한 관점이 변화하고 있다는 사실을 드러내어 준다. 그리고 개화기 서사 문학 텍스트가 지니고 있는 부동(浮動)적인 속성들은 매 시기마다 변화하고 있는 문학에 대한 우리 관점의 여러 측면을 되돌아보게 하는 유용한 매개로 수용될 수도 있다. 그 과정에서 개화기 및 이 시기의 서사 문학 텍스트들의 현재적 의미가 새롭게 규정되는 것이다.

---

40) 정선태(앞의 논문), 김동식(앞의 논문), 권보드래(앞의 책) 등의 논의를 구체적인 성과로 제시할 수 있다.

　문학에 대한 연구나 문학사 기술은 단순히 선행 연구에서 '정전(正典 cannon)'으로 규정된 작품의 연대기가 아니라 다양한 문화적 현상들의 이면에 은폐된 당대의 시대정신을 포착해야 하며 이를 통해 연구가 진행되는 시기의 문화 생산의 다양한 가능성 역시 논리적으로 설명할 수 있어야 한다. 모든 문학 텍스트는 "전체적으로든 각각의 요소에 있어서든 이데올로기적 환경 속에서 일정한 위치를 점하며 그 속에서 방향 지워지고 그 직접적인 영향에 따라 규정"된다.[41] 또한 문학 담론에는 하나의 동질적인 함의가 존재하는 것이 아니라 갈등하고 모순된 다양한 함의가 존재하기 때문에 그 복잡성과 다양성을 드러내는 것이야말로 문학 연구, 특히 서사 문학 연구에서 견지해야할 자세라고 할 수 있다. 연구자가 선택한 방법론을 통해 일관된 논지 전개를 구성하는 것도 학술적 연구 활동에서 포기할 수 없는 부분이지만 방법론에 얽매여 연구 대상이 지닌 다양성을 희생하는 것도 경계해야할 연구 태도라고 할 수 있다.

　개화기 서사 문학을 대상으로 한 연구 활동이 한국 근대 문학 연구를 대변할 수는 없다. 그럼에도 불구하고 미정형, 부동(浮動)의 상태로 존재하는 이 시기에 대한 접근에 있어서 요구되는 방법론적 시각의 유연성은 한국 근대 문학 연구에 있어서도 흡사하게 적용될 수 있는 문제의식으로 볼 수 있다. 문학의 내적 논리만으로는 전유하기 힘든 개화기 서사 문학의 내재적 특성은 정도의 차이가 있겠지만 대부분의 문학 텍스트에 존재하는 것이라고도 말할 수 있다. 2000년을 전후하여 새로운 방법론적 전환을 보여준 개화기 서사 문학 연구의 경향은 바로 이러한 이유 때문에 주목할 필요가 있는 것이다.

　이제는 확정된 텍스트에 대한 정리와 이를 해명하기 위한 방법론의

---

41) M. Bakhtin, 이득재 역, 『문예학의 형식적 방법』, 문예 출판사, 1992, 48쪽.

쇄신만으로는 선행 연구의 성과를 돌파하는 것이 어쩌면 불가능한 상황에 놓여 있는 것인지도 모른다. 오히려 개화기 서사 문학 연구의 첫 단계였던 실증적 연구 자세로 되돌아가서 당대의 미디어 및 그 속에 게재된 기사들과 연구 대상 텍스트를 병치함으로써 연구 대상 텍스트가 지닌 당대의 담론 요소들을 재구성함은 물론 사회적 의사소통 구조 속에서 서사 문학이 점하는 위치에 대한 연구로까지 나아갈 필요가 있는 것이다.[42]

5. 결론

지금까지의 논의를 통해 개화기의 서사 문학에 대한 현재까지의 연구 경향을 거칠게 유형화하고 그 성과와 문제에 대해 검토해 보았다. 게으름과 과문함으로 인해 주요한 업적들 가운데 상당수가 심도 있게 검토되지 못했고 심지어 누락된 경우도 있다. 이 글에서 언급된 선행 업적들은 필자가 확인할 수 있는 것만을 대상으로 삼았기 때문에 발생한 일이다.

그럼에도 불구하고 현재 개화기 서사 문학에 대한 연구의 성과가 선행 업적들이 규정한 틀 안에 머무르고 있으며 한편으로는 소재적인 차원에서 선행 연구의 성과를 분할 재생산 하고 있는 것은 아닌가라는 우려는 유효한 것 같다.

---

42) 문화를 정의하는 여러 가지 방식과 시선이 존재하지만 그것이 일정한 '소통의 체계'라는 점에 대해서는 잠정적인 동의가 가능할 것이다. 그런데 특정한 문화 생산의 장 속에서 개별 문화 형식 또는 그 형식을 통해 전달되는 메시지의 의미는 언어적 규칙만으로는 해석되기 힘든 면이 존재한다. 개별 문화 생산의 장은 언적 규범과는 다른 차원에서 은폐할 것과 노출할 것을 선별적으로 제시하며, 은폐된 것의 의미를 찾아내거나 노출된 것이 지닌 의미를 따지는 것은 해당 장이 지닌 맥락을 고려할 때에 비로소 가능한 작업이 된다. E. Hall, 최효선 역, 『문화를 넘어서』, 한길사, 2000, 6~9장.

　　이에 대한 나름의 제언으로 내세운 것이 연구 대상 텍스트의 범위를 확대할 것과 고정된 문학이라는 연구의 시각을 보다 포괄적인 방향으로 전환할 필요성이었다. 또 다른 한편으로는 다른 전공의 연구자들에 의해 제출되는 연구 성과를 적극적으로 수용할 필요 또한 분명하다. 사실, 이 글을 통해 제기한 몇 가지 문제들은 선학들의 연구 성과 속에 부분적으로나마 그 맹아를 보이고 있는 것들이다. 그러나 전공이 세분화되고 전문성을 추구하는 방향으로 학문 연구의 경향이 자리 잡음으로써 오히려 연구자의 통합적 시야 확보가 제한되고 있는 것은 아닌가라는 의문을 제기할 수도 있는 것이다. 미정형 상태의 개화기 서사 문학을 대상으로 아무리 세련된 방법론을 적용한다고 하더라도 연구자의 시각이 자기 관심 분야로 제한될 때 의미 있는 연구 성과를 도출하기 어렵다는 것이 개인적인 판단이다. 그러나 한편으로 이 입장이 현재 진행되는 연구 경향에 대한 무조건적인 부정이 아니라는 사실을 명확히 할 필요도 있다.

개화기 서사 담론 연구를 위한 시론

1.

　우리 근대 문학사에서 개화기의 문학 작품에 대한 검토와 논의는 그 시기가 갖는 문학사적 중요성에 비하여 상대적으로 미흡한 수준에 머물러 있음을 부정할 수 없다. 실제로, 각 대학에서 발표되는 학위 논문의 경우 이 시기를 연구 대상으로 뚜렷한 성과를 남긴 논의를 찾기 어렵다. 또한 개별 소논문의 경우에도 개화기 자체를 본격적으로 다루고 있는 연구 역시 극히 희소한 상황이다.

　이러한 현상이 발생하게 된 원인은 여러 각도에서 찾을 수 있다. 먼저, 우리 문학사에서 개화기를 어느 시기까지로 규정할 수 있을 것인가라는 문제를 제기할 수 있을 것이다. 일반적으로 정치 사회사적인 관점에서 볼 때 개화기, 혹은 애국 계몽 운동기는 1910년 경술국치를 계기로 그 실질적인 의미를 상실하는 것으로 판단하는 것이 보통이다. 즉, 1910년 국권 상실은 '애국 계몽'과 '부국 강병'을 주된 이념적 기조로 삼았던 개화 계몽 운동의 실질적 종언을 뜻하는 것으로 이해되어도 무리가 없을 것이다. 그러나, 문학사의 경우 이러한 정치 사회적인 변동이 가감없이 시기 구분의 지표로 사용될 수는 없을 것이다. 실제로, 이 시기는 1906년 『혈의 누』의 발표 이래 1917년 『무정』에 이르는 기간 동안 이른바 신소설의 전성기였다고 판단할 수 있으며 한편으로 신소설과 더불어 전대 소설의 양식을 계승한 작품들 역시 많은 수의 작품이 발표됨으로써 이러한 시기 판단의 문제에 섣부른 대답을 어렵게 만들고 있다. 그럼에도 불구하고 선행 연구에서는 개화기라는 이 당시의 시기적 특징에 대한 본격적인 논의 대신 개별 작가와 작품에 대한 논의에 집중함으로써 부분적인 연구 성과는 거두었을지 모르나 개화기 전체를 포괄할 수 있는 논의의 틀 마련에는 일정하게 실패한 것으로 평가할 수 있다.[1]

이러한 논리는 개화기에 발표된 개별 작품을 검토하는 데도 마찬가지로 작용될 수 있다. 이 시기에 발표된 작품의 성격을 선험적으로 반봉건, 반외세적인 것으로 규정하고 작품 속에서 이를 확인하는 것과 같은 연구 태도에 일정한 거리 두기가 요청된다.

결국, 개화기는 사회와 문학 양 측면에서 모든 가능성이 쉽게 재단될 수 없는 시기로 판단할 수 있다. 즉, 이 당시의 작품을 검토함에 있어서 사후적(事後的)인 관점에서 개화기를 재단하려는 태도를 지양하면서 개화기를 그 자체의 상황 논리에 따라서 파악하려는 태도를 취할 때 비로소 개화기의 실제를 보다 객관적으로 바라볼 수 있을 것이다.

이 글은 개화기의 서사 문학 연구를 위한 시론적인 성격을 지닌다. 이 글에서 서사 문학이라는 용어를 사용하는 이유에 대해 먼저 해명해

---

1) 이러한 연구 태도는 임화에 의해서 제기된 단절론적인 인식 틀을 수용하는 입장을 취하는 거부하는 입장을 취하든지 동일한 문제를 야기하여 결국은 전대 소설과 개화기 이후의 소설 사이의 거리를 암묵적으로나마 인정하는 것으로부터 논의를 출발시키는 결과를 낳은 것으로도 판단할 수 있을 것이다.

야 할 것이다. 앞서의 지적처럼, 개화기에 발표된 여러 양식의 글을 연구함에 있어서 현재 사용하고 있는 근대적 의의의 '소설'이라는 개념은 여러모로 보아 부적절한 것으로 판단된다. 이는 개화기와 그 이후 1920년대 초·중반을 지나면서 우리 문단에서 소설이라는 개념이 비로소 형성되었다고 판단하기 때문이다. 즉, 현재 사용되는 소설이라는 범주로 묶일 수 없는 다양한 양식의 작품들이 개화기 당시 '소설'이라는 부제(副題)를 달고 출현한 현상을 여러 군데서 목격할 수 있으며 작품의 진행 양상 또한 근대적 의미에서의 소설이라고 부르기에는 여러 각도에서 상위(相違)한 면을 발견할 수 있기 때문이다. 따라서 이후 이 글에서는 소설을 포함한 보다 포괄적인 개념인 서사 문학 혹은 서사체라는 개념을 사용함으로써 개화기 당시에 발표된 다양한 양식의 서사물 일반을 포섭하는 범주로 삼고자 한다.

이러한 전제를 승인한다면 다음에 제기될 수 있는 문제는 이러한 서사물 일반에 접근하는 방식과 관련된 것이다. 개화기를 발표시기로 하는 다양한 서사 문학에 접근하는 방식은 크게 몇 가지로 나누어 생각해 볼 수 있다. 그 첫 번째 접근 방식은 이른바 장르적 유형에 따른 접근 방식이다. 이는 먼저 개별 작품이 발표된 양식에 주목하여 작품의 특성을 밝히고 이를 비슷한 범주들로 유형화함으로써 개별 작품이 취하는 양상에 따라 명명된 것에 그치고 있는 현재 연구 성과를 넘어서려는 시도의 일부에 위치한다. 이러한 접근 방식은 개화기 서사 문학 전반의 면모를 검토할 수 있는 유력한 방법이나 권영민의 논의 이외에는 다른 뚜렷한 성과를 확인하기 힘든 상황이다.[2]

다음으로 가능한 접근 방식은 작품의 발표에 사용된 표기 수단과 작

---

2) 권영민, 『한국 민족 문학론 연구』, 민음사, 1988.

품의 서사 구조 사이의 상관관계를 검토하는 것이다. 주지하는 바와 같이 개화기에 나타난 문학 작품의 표기 방식은 순수한 한문 현토체(懸吐體)를 비롯하여, 국한문 혼용과 국문 전용에 이르기 까지 다양한 분화 현상을 보여주고 있다. 그런데, 흥미로운 점은 발표된 개별 작품이 어떤 표기 방식을 채용하느냐에 따라 작품의 서사 구성 방식 사이의 미묘한 차이를 보여주고 있다는 점이다. 지금까지의 선행 연구는 주로, 개화기에 나타난 국문 전용의 의의와 영향 관계에 집중함으로써 한문 현토나 국한문 혼용으로 발표된 작품이 지닌 의의에 대해 간과하고 있는 것은 아닌가라는 의문을 갖게 한다.

개화기 서사 문학에 접근하는 또 하나의 방식은 첫 번째 접근 방식과 두 번째 방식의 성과물을 지양(止揚)하는 것으로서 개별 장르 유형의 작품이 지닌 담론적 특성을 규명하는 것이다. 물론, 현재까지 담론discourse에 대한 명확한 합의가 이루어지지 않은 상태임은 부정할 수 없다. 하지만, 담론이 문장, 나아가서는 단락 이상의 개념이라는 점은 동의될 수 있을 것이다. 그렇다면 이 지점에서 담론과 텍스트 사이의 차이점에 대한 문제가 제기될 수 있다. 먼저, 텍스트 역시 문장과 단락을 넘어서는 범주로 인식할 수 있으나 이는 실재적인 자료의 측면이 보다 강조된 개념으로 볼 수 있다. 즉, 이 개념은 하나의 스토리를 담고 있는 "그릇"이라는 성격을 부각시킬 수 있는 개념인 것이다. 실재로, 서사 이론에서 스토리의 수준과 텍스트의 수준을 구분하려는 제반 시도는 텍스트의 이러한 성질을 반영하고 있는 것으로 판단할 수 있다. 이에 반하여 담론 개념은 보다 포괄적으로 이해될 수 있을 것이다. 즉, 담론은 텍스트와 그 생산자인 작가, 소비자인 독자, 삼자 모두를 포괄하는 의사 소통적인 구조 속에서 이해되는 것이 바람직할 것이다. 이는 텍스트를 고정된 것으로서 바라보는 서사 이론의 한계를 넘어서서 작가와 독자, 그리고 이들을 둘러 싼 사회 상황과의 관계 속에서 의사 소통을 위한 매개로서 작품을 고려한다는 기본 입장을 견지한다. 따라서 작품을 통해 드러나는 제반 요소는 작가가 독자와 대화하기 위한 일종의 부호로 간주되며 여기에는 그 부호를 드러내는 방식(표기 수단)까지 포함된다. 작품을 이러한 관점에서 바라볼 때 작품에 드러난 것만이 문제시되는 수준을 벗어나, 드러냄으로써 감추어지는 것에 대해서도 논의할 수 있을 것이다.

이제까지 언급된 제반의 논의 방식은 아직 검증되지 않은 것으로서 시론(試論)적인 성격을 지닌 것이다. 이 글은 이러한 문제 의식을 발전시키기 위한 첫 번째 시도로서 위에서 언급된 세 가지 접근 방식 중 첫 번째의 접근 방식을 통해 개화기 서사 담론 연구의 출발을 삼고자 한다.

2.

이제까지 개화기의 산문·서사 문학에 대한 태도는 1906년 「만세보」에 연재된 이인직의 『혈의 누』를 그 논의의 출발점으로 삼는 것이 보통이다. 1928년에 김동인은 다음과 같이 언급하고 있다.

> 조선의 과거의 소설은 어떠하였는지 문헌이 없으니 참고할 바가 없다. 현재에 남아 있는 것은 승려들의 손으로 된 몇 가지의 역사담과 기담(奇談)외에 「춘향전」, 「심청전」 등이 있으되 모두 그 이야기의 주지를 전할 뿐 정본은 구할 수 없다. 그런지라 조선의 소설은 '역사'라는 것을 온전히 가지지 못하고 발생하였다.
> 이인직의 「귀의 성」 초판이 어느 연도에 출판되었는지 알 수 없다.[3]

---

3) 김동인, 「조선 근대 소설고」, 조선일보, 1929. 7. 28, 『김동인 전집 16』, 조선일보사, 1988, 14쪽.

　　이후 우리 문학사를 서술할 때 연구자들은 개화기의 서사문학의 대표 주자로 신소설을 꼽는데 아무런 주저도 하지 않았다. 그리고 신소설에 대해서는 그 나름의 상당한 연구 성과를 축적하고 있다. 현재까지의 신소설에 대한 연구는 대체로 다음과 같은 방향에서 이루어지고 있다. 먼저 신소설의 문학사적 연구 경향이 있는데 이는 1922년 안확의 『조선문학사』를 필두로 김태준, 임화, 백철, 조연현 등에 의해 선구적 업적이 이루어졌고 전광용, 김우종, 이재선 등에 의해 더욱 보강되었다. 이러한 연구 경향은 주로 실증적인 자료 검토를 통한 소개와 미학적 관점에 근거하여 신소설의 미학적 특질을 규명하는 데 그 초점이 맞추어진 것으로 판단된다. 이 같은 연구는 신소설의 근대적 성격이나, 외국 특히 일본 문학과의 상관관계 그리고 고전 소설과의 차별성을 부각시킨 것에서 그 연구 성과를 집약할 수 있다.

　　이와는 달리 고전 소설과의 연속성을 강조하는 연구 역시 상당히 진행되었다. 그 대표자격인 조동일은 서사문학의 통사적 구조론과 자신의 소설 장르론을 결합하여 신소설에 대한 새로운 인식의 가능성을 열어 놓았다. ‘영웅의 일생’이라는 말로 표현되는 유형 구조는 신소설이 전대 소설의 계승임을 입증하기 위한 그의 핵심적 개념인데 그는 이 개념을 사용하여 『혈의 누』, 『은세계』 등 대부분의 신소설이 전통적 소설 유형과 그 유형과 삽화에서 일치하는 동질적인 것임을 주장하고 있다.4) 그의 소론이 서사 장르 특히 소설의 내재적 질서의 변화를 무시한 지나친 일반화라는 비판이 가능하지만 그럼에도 불구하고 그의 연구는 신소설을 바라보는 새로운 시각을 마련했다는 점에서 주목을 요하는 것이라 할 수 있다. 뒤를 이어 『은세계』를 연속성의 관점에서 바라보는 성현경,

---

4) 조동일, 『신소설의 문학사적 성격』, 서울대출판부, 1973, 47~70쪽.

정상균, 최원식 등의 연구가 진행됨으로써 신소설을 바라보는 시야가 확대되어 신소설 연구의 다른 한 축을 형성하고 있다.[5]

결국 현재까지 개화기의 서사문학을 연구하는 방법은 신소설이 그 시기 서사문학을 대표하는 형식일 수 있는가 하는 점보다 신소설이 개화기 서사문학의 대표적인 갈래라는 사실에 대한 암묵적인 동의에 기반한 것이라고 평가할 수 있다. 그러나 과연 신소설이 개화기 서사문학을 대표하는 문학 양식으로 간주될 수 있는가 라는 질문을 제기할 수도 있을 것이다. 물론 신소설 이후 우리 소설 문학의 발전 방향이 신소설이 제시했던 여러 가능성을 계승하면서 이 글의 2장에서 검토했던 서구적이고 근대적인 의미에서의 소설 개념을 정립해 가는 과정이라고 할 때 신소설이 갖는 문학사적 의의는 인정되지만 이러한 통시적 평가가 개화기 당대를 연구하는 공시적 작업을 대신 할 수는 없다고 생각한다.

이러한 논의의 난맥 양상은 아직도 그 본질·개념에 대한 완전한 합의가 이루어지지 못한 '소설'이라는 개념을 중심에 놓고 연구를 진행하고 있는 현실에 기인한 바 크다. 사실, 이 글의 2장에서 검토한 바와 같이 소설이라는 범주가 갖는 의미의 유동성은 "소설이란 무엇인가?"라는 질문에 대해서 섣부른 답변을 삼가게 만든다. 결국 소설이라는 종적(種的) 개념보다 서사 혹은 허구라는 유적(類的) 개념으로 개화기 문학을 바라볼 때 지금까지와는 논의의 수준을 달리하는 검토가 이루어질 수 있을 것이다.

---

5) 성현경, 「이인직 소설의 재평가―은세계의 경우」, 『동양 문화』 16, 영남대 동양 문화 연구소, 1975.

최원식, 「은세계 연구」, 『민족 문학의 논리』, 창작과 비평사, 1982.

정상균, 『한국 중근세 서사문학 연구』, 새문사, 1992.

3.

3-1. 이후 이 글에서는 '서사체'라는 관점으로 개화기 문학을 다시 바라보고자 한다. 물론 이때 사용되는 서사체는 '서사시'와의 혼란을 피하기 위해서 '산문적인 형식에 담긴 이야기'로 그 개념을 한정할 필요가 있다.

프라이에 따르면 서사체란 저술의 한 양식으로 정의된다. 프라이의 이 서사체 개념은 이후 스콜즈와 켈로그에 의해 보다 정밀하게 발전한다. 두 사람은 모든 서사의 본질을 미토스에 충실한 이야기로 보았는데 시간이 지나면서 이 원관념은 '진실'이라는 사실성에 충실한 경험적 서사와 '선(善)'과 '미(美)'에 충실한 허구적 서사로 분류된다. 이 두 유개념(類槪念) 아래 다시 두 가지씩의 종개념(種槪念)이 자리 잡는데 경험적 서사는 실제 과거의 사실에 충실하고 사실적인 시간·공간·인과성을 중시하여 후에 전기물(傳記物)로 발전하는 '역사 경험적 서사체'와, 현재의 환경을 지각하고 플롯이 부재한 특징을 지니고 있으며 이후에 자서전의 형태로 정착하는 '모방 경험적 서사체'로 세분화된다. 한편 허구적 서사는 관념적인 세상을 드러내려는 의도를 가지고 사랑·감정 등을 중시한 결과 그리스의 산문 로망스를 거쳐 중세의 로망스로 이어지는 '낭만적 허구적 서사체'를 한 축으로 하고, 지적이고 도덕적인 충격이나 우화·풍자를 중심으로 하는 '교훈적 허구적 서사체'를 또 다른 한 축으로 분화한다.6)

이렇게 네 가지 형태로 분류된 서사체들은 역사의 발전에 따라 이후 다시 새로운 장르에서 만나기도 하는데 그 하나가 소설이라는 서사체를

---

6) 월리스 마틴, 『소설 이론의 역사』, 김문현 역, 현대 소설사, 1991, 47~50쪽.

이루게 된다. 따라서 "소설은 일반적으로 받아들여지듯 로망스의 대립물이 아니라 서사문학에서 경험적이며 허구적인 요소가 재결합된 산물이다."[7] 월리스 마틴은 이 논의에서 한 걸음 더 나아가 "결국 소설은 본질적으로 자기 동일성을 갖지 않는다는 성질이 바로 그 장르의 본질이라는 역설에 도달하게 되었다"고 언급한다.[8]

이와 같이 소설이라는 협소한 개념을 넘어서는 '서사(체)'라는 보다 포괄적인 관점에서 개화기 서사문학을 바라본다면 이제까지 논의의 틀 속에 포함되지 못했던, 신소설을 제외한 여타의 신문 연재소설들도 검토의 대상으로 설정하게 됨으로써 개화기에 대한 보다 풍부한 연구를 시도할 수 있게 될 것으로 판단된다. 뿐만 아니라 전통적인 서사의 방식에서 이른바 근대적인 서사 방식으로의 이행 역시 외부의 문화적 충격을 포괄하는 범주에서 새롭게 검토될 수 있을 것이다.

이인직의 『혈의 누』로부터 개화기 문학을 언급한다면 그 소급 연도는 1906년까지로 제한된다. 그러나 이미 1895년 11월 7일부터 1896년 1월 26일까지 「한성신보」에 『나파륜전』이 연재되었고 『혈의 누』가 연재되기 이전까지도 다른 많은 서사체들이 소설이라는 표제를 달고 신문에 연재되고 있음을 확인할 수 있다.[9] 물론 이 같은 서사체들을 일괄적으로 소설이라는 범주에 포함시키는 데는 많은 무리가 따른다는 사실은 인정된다.[10] 그렇다 하더라도 개화기에 들어서서 이처럼 다양한 유형의 서사

---

7) "The novel is not the opposite of romance, as usually maintained, but a product of the reunion of empirical and fictional elements in narrative literature." R. Scholes & R. Kellogg, 『The Nature of Narrative』, Oxford University, 1966, 15쪽.

8) 월리스 마틴, 앞의 책, 50쪽.

9) 권영민 편, 『한국 현대 문학사 연표 Ⅰ』, 서울대출판부, 1895 참조. 참고로 『혈의 누』 이전까지 10년 동안 신문에 연재된 서사체의 수는 49편에 달한다. 평균 1년에 다섯 편의 서사문학이 발표된 것이다.

10) 조남현, 「개화기 소설의 생성과 전개」, 『소설과 사상』, 1995. 봄, 302~303쪽.

체가 발표될 수 있었던 원인에 대한 천착과 서사체의 변화 양상에 대한 검토를 통해서 개화기 문학을 바라보는 보다 유연한 시각을 확보할 수 있을 것이다.

개화기는 외세의 급격한 세력 확장에 대한 응전의 시기임과 동시에 조선 내부의 측면에서는 근대적 지식·관점과 중세적 지식·관점 사이의 갈등이라는 측면에서 또한 문제적이다. 중세·봉건적 관점에서 소설(이야기)을 바라보면 그것은 허황된 것이며 민심과 풍속의 교화에 해를 끼치는 것이었다.[11] 그러나, 근대적 지식인의 눈으로 소설을 바라볼 때 소설은 자신들이 지닌 반봉건·반외세의 사상을 국민 대중에게 전달하는 데 적합한 유형이며 동시에 세상의 풍속을 교화하는 실용적 문학관을 실천하는데 가장 적절한 형식으로 여겨질 수 있다. 이 같은 이유로 해서 개화기에 창간된 다수의 신문들은 적은 지면에도 불구하고 문예물을 위한 고정 난을 두고 서사체와 시가를 발표하게끔 배려한 것으로 판단된다.

이러한 서사체들은 형식과 내용에 따라 몇 가지 기준에 의해 분류할 수 있다. 먼저 표기 수단의 측면에서 분류한다면 크게 보아 순국문만으로 표기한 경우, 현토를 포함하는 국한문 혼용체, 그리고 기타의 수단(루비)을 사용한 것으로 나누어 볼 수 있다. 사실 이제까지의 개화기 소설에 대한 논의는 작품이 담고 있는 내용에 대한 논의에 국한되어 왔으며 그 표기 방식에 대한 연구는 이에 비할 때 미미한 정도에 그치고 있다. 그러나, 애국 계몽 운동의 일환으로 전개된 국어 국문 운동은 문학의 영역에도 심대한 영향을 끼쳤다. 국문의 실용성에 대한 개화 주의자들의 관심이 국어 국문 운동의 활발한 전개의 한 축을 담당하고 있었고, 한말의 자강 운동이 유발한 자국 문화에 대한 각성은 자국 언어에 대한 관

---

11) 조남현, 『소설 원론』, 고려원, 1993, 20~32쪽.

심으로 이어져 개화기 국어 국문 운동의 또 다른 한 축으로 기능했다. 이러한 노력은 『독립신문』이 완전한 순국문체를 표방하고 나섬으로써 일정한 성과를 달성했다.

문학의 영역에서는 문학 작품이 '민족 문학'의 영역에 포함되기 위해서는 국문으로 작품을 써야 한다는 주장이 제기되기도 하였으며 실제로 많은 신문 연재 소설들이 국문으로 발표됨으로써 독자 대중의 확보와 이념의 전달이라는 두 가지 목적을 동시에 달성하려는 시도를 보였다. 또, 다수의 문학 작품이 순국문으로 발표됨으로써 문학 인구의 저변 확대와 시장의 창출이라는 부수적 효과도 거둔 것으로 판단된다.

그러나, 이러한 운동의 결과가 곧바로 작품 창작에 적용될 수는 없었다. 아직도 다수의 신문 연재 작품이 국한문 혼용체나 현토체의 문장을 사용하고 있었고 1906년에 발표된 이인직의 『혈의 누』 역시 「만세보」 연재 당시 9회와 10회에 걸쳐 '루비'라는 독특한 표기 방식을 사용하고 있다.

> 拘雛(강아지)만혼大鼠(큰쥐)가,   다락에써,   나와서房內(방안)에셔獨世上 (졔세상)갓치잇다가房門(방문)여눈쇼리를듯고櫃上(괴우)에셔房(방)바닥으로,   느려쮜눈디基櫃(그괴)눈玉連(옥년)의櫃(괴)라[12]

이는 국한문 혼용이 아닌 루비라는 독특한 방식의 표기법이다. 즉 '拘雛'로 표기한 후 '구추'로 읽지 않고 '강아지'로 읽어 내리는 방식을 말한다. 정선태의 연구에 따르면 이인직은 표기법과 구두점 사용을 놓고 이인직이 고심한 흔적을 살펴볼 수 있다.[13] 이에 반하여 「대한매일신보」에 연재된 작품들의 경우 그 형상화 방식에서는 『혈의 누』에 미치지 못

---

12) 『혈의 누』, 「만세보」, 1906. 7. 27(연재 제9회).
13) 정선태, 앞의 논문, 14~19쪽.

하지만 모두 순수한 국문체를 사용함으로써 표기법의 차원에서는 오히려 한 단계 진보한 양상을 보여주고 있다. 그리고 한문으로는 표현하기 힘들었던 일반 서민들의 생생한 생활과 그 속에서 느끼는 일상의 감정들을 자유롭게 드러낼 수 있게 되었다. 이 결과 작품 내에서 살아 있는 일상의 경험적 언어들이 주축을 이루는 한 계기를 찾았으며 이후 한 국 소설의 발전 과정이 보여주는 언문일치로의 첫 출발점이 되었다고 판단된다.

다음으로 서사체가 다루고 있는 내용과 대상에 대한 작가의 태도, 그리고 작품의 주제에 따라서 서사체를 분류할 때 먼저 언급할 수 있는 것은 『미국 신대통령전』(「한성신보」, 1896. 11. 4~11. 18), 『이순신전』(현채, 「야뢰」, 1907. 4), 『동국거걸 최도통전』(「대한매일신보」, 1910. 4. 12~5. 27)과 같은 역사·전기물이라고 할 것이다. 이들 작품은 조선과 외국의 역사 및 위인들의 일생을 통하여 당시 조선이 직면하고 있던 국권의 위기 상황을 극복하기 위한 국민 대중의 각성을 촉구한 것으로 이해된다. 이러한 서사체들은 앞서의 분류에 따라 '역사적이고 경험적인 서사체'의 범주로 묶일 수 있을 것이다.

두 번째로 분류될 수 있는 서사체 유형은, 우화의 형태를 띠고 있는 『이솝스 우화 초역』(이향우, 「대한 유학생 회보」, 1907. 3), 『꿩과 토끼의 깃분 수작』(「경향신문」, 1908. 5. 8), 『신소설 금수 재판』(흠흠자, 「대한민보」, 1910. 6. 5) 등의 작품과, 토론 및 문답의 형태를 빌어 당대 사회 현실에 대한 풍자의 형태를 띠고 있는 『소경과 안즘방이의 문답』(「대한매일신보」, 1905. 11. 7~12. 13), 『거부 오해』(「대한매일신보」, 1906. 2. 20~3. 7), 『자유종』(이해조, 광학서포, 1910) 등의 작품들을 들 수 있는데 이 유형의 작품들은 작품을 이끌어 가는 인물이 사람인가 동물인가를 막론하고 연설·토론의 방식을 빌어 작가가 당시 사회의 병리 현상에 대해 가지고 있던 생각을 직접 화법을 사용하여 표출하고 있다는 공통점을 지닌다. 이러한 서사의 유형은 '교훈적 허구적 서사체'의 틀 아래 묶을 수 있다.

한편, 이 시기에 발표된 작품 중 한 인물의 생애를 중심으로 하되 경세적(警世的)인 성격을 드러내면서 전대 고전 소설적인 경향을 강하게 띠고 있는 작품도 있는데 이러한 작품들은 대체로 "×××전(傳)"이라는 제목을 달고 등장한다. 이 계열의 작품들은 아직 고전 소설적인 작품 진행을 완전히 탈피하지 못한 '낭만적 허구적 서사체'의 틀로 묶어 생각할 수 있다.

그리고 『혈의 누』로부터 비롯되는 신소설 작품들은 사회적으로 규정받는 한 개인의 일상을 다루고 있으며, 당대 사회에 대한 직접 화법의 구사에 따른 교훈적인 내용에 대한 일방적 선전이 아니라 작가의 창조적 상상력을 통한 형상화의 방식을 통해 재미와 교훈, 허구를 결합시키고 있으며, 이러한 내용을 지적(知的)이고 관념적인 언어가 아닌 일상적인 언어를 사용하고 있다. 이러한 창작 과정의 결과 등장하는 인물 하나하나의 개성이 작품 내에 구현되고 있는 것으로 판단된다. 신소설의 이러한 특징은, 2장에서 살펴본 바처럼, 슈로더와 프라이의 논의에 어느 정도 부합하는 것으로 판단된다. 따라서 스콜즈와 켈로그의 명제를 수용한다면 이 유형의 서사물은 '결합적 서사체'14)라는 범주 속에 묶을 수 있을 것이다.

결국, 개화기는 신소설을 비롯한 다양한 서사 유형의 작품들이 상호

---

14) 스콜즈와 켈로그의 논의에 따르면 소설은 작가가 꾸며낸 허구적인 이야기이긴 하지만 그 구성에 있어 허구적인 요소나 경험적인 요소 어느 한 가지만으로 작품을 완성할 수는 없다고 판단된다. 일반적으로 소설을 허구적인 것으로 간주하는 것에 이의를 제기할 필요는 없지만 소설 내부에 경험적 요소 또한 무시할 수 없게 작동하고 있음을 생각할 때 여기서 사용하는 '결합적 서사체'라는 개념에서 결합이란 경험적 요소와 허구적 요소의 결합을 지칭하는 데 국한하여 사용된다. 권영민은 『한국 민족 문학론 연구』(민음사, 1988) 30쪽에서 신소설을 우화·풍자와 함께 경험적 서사의 양식으로 분류하고 있다.

병존하던 시기로 규정될 수 있다. 그 중 신소설을 제외한 여타의 서사 유형들은 과거의 전통적인 이야기 구조를 계승하면서 당대의 상황 변화에 걸맞게 그 표기 수단과 작품 구조를 변화시켜 가면서 현실에 적응하려는 노력을 기울인 것으로 바라볼 수 있다. 이 과정에서 고전 소설이 가지고 있던 초자연적인 갈등 해소의 방식이 눈에 띄게 감소하고 있으며, 작가가 작품의 전면에 등장하는 '직접 개입'의 양상도 줄어드는 모습을 확인할 수 있다. 또한 등장인물의 사회적 지위 역시 특권적인 지위의 인물이 주류를 이루었던 고전 소설과는 달리 평범하고 일상적인 인물이 점차 증가하는 양상을 보인다. 그리고 작품의 표기 방식이 변화함에 따라 일상의 살아 있는 모습이 작품 내에서 형상화 될 수 있었다.

따라서 신소설을 제외한 여타의 서사 유형들 역시 사회적 과도기의 한 시기에 그 과거의 것을 계승하면서 새로운 흐름에 조응하기 위한 진통이 작품의 형상화 과정에 투영된 것으로 평가할 수 있을 것이다. 이처럼 개화기는 신소설이 서사문학의 주도권을 장악한 채 발전을 주도했던 시기라기보다 오히려 다양한 형태의 서사체가 상호 경합을 벌이는 공간으로 바라볼 수 있다.

3-2. 그러나 이처럼 다양한 형태로 존재하던 개화기의 서사체들은 1910년 이후 차츰 신소설이 그 대표적인 지위로까지 격상되는 현상을 보이고 이후 신소설 류로 대표되었던 새로운 서사 유형이 한국 소설의 지배적인 위치를 차지하게 된다. 물론, 하나의 서사체 유형이 다른 유행으로 대체된다거나 혹은 치열한 경쟁의 과정을 거친 뒤 하나의 서사체가 독자 대중을 장악하는 경우를 놓고 문제를 삼을 수는 없다. 하지만, 1910년을 전후하여 확인되는 서사체 유형의 변화 과정은 그것이 과연 서사체 사이의 내적 논리에 의한 변화 양상인가를 되묻지 않을 수 없게

변모하고 있다.

즉, 1910년 이후 작품의 발표 양상을 보면 앞서 검토했던 '역사적이고 경험적인 서사체', '교훈적이고 허구적인 서사체', '낭만적이고 허구적인 서사체' 들의 주요 발표 지면이었던 각 일간 신문의 작품 연재가 현격히 감소하기 시작한다. 이와 병행하여 '결합적 서사체(신소설)'는 오히려 단행본의 형태로 많은 출판사를 통하여 시장에 선을 보이고 있다. 이러한 상황이 지속되면서 1910년대 중반에 이르면 신문을 대신하여 잡지에 연재·발표되는 소설이 차츰 증가하는 양상을 확인할 수 있다. 결국 1920년대에 이르러 작품의 수만 놓고 볼 때 단행본과 잡지에 발표·연재된 작품이 신문에 연재되는 작품을 능가하는 역전적 상황을 확인할 수 있다.

이 같은 상황의 변화는 단지 발표 지면의 변화라는 일면적 의미 이상의 그 무엇을 함축하고 있는 것으로 파악된다. 즉, 앞서의 검토 결과로 나타난 것처럼 1900년대 신문에 연재되었던 서사체들의 성격과 이후 신소설로부터 연원하는 근대적 의미의 '소설'이 다루고 있는 주제와 방식은 현격한 차이를 보인다. 그 주제에 있어 신소설을 제외한 여타의 신문 연재 서사체들은 주로 자강·애국·계몽·교육·민심 교화 등 당대 사회의 민감한 문제를 각기 독특한 유형을 통하여 작품 속에서 형상화하고 있으며 당연히 이는 현실에 대해 비판적인 작가의 시선을 생경한 상태로 드러낼 수밖에 없었다. 정부의 무능과 통감부의 전횡, 가치관의 혼돈 상태 등 사회의 어두운 면을 드러내고 이를 개선하자는 것이 이들 작품의 주된 요소였으며 그 과정에서 당국과의 마찰은 어느 정도 예견할 수 있는 성질의 것이었다.

신문에 연재되는 작품이 이처럼 현실에 대한 비판적 시각을 지니게 된 것은 개화기 신문이 갖는 특성에 기인한 바 크다. 이 시기 신문 발간을 주도한 인사들이 이른바 애국 계몽주의자들이었고 이들이 신문을 자신들의 견해를 유포·확산시키는 중요한 매체로 간주했다는 것은 주지의 사실이다. 결과적으로 이들은 자신들이 관여하는 신문에 연재되는 작품도 자신들의 이념을 전파할 수 있는 일종의 매개체로 간주한 것이다.

따라서 1910년을 전후하여 신문 연재 작품의 수가 감소하고 그 경향 역시 1900년대의 것과 현격한 차이를 보이는 까닭은 크게 두 가지 이유로 집약해서 생각해 볼 수 있다. 첫 번째는 작가와 독자를 포함한 사회 성원들의 의식 변화, 서사체를 대하는 태도의 변화이다. 세계를 합리적·이성적으로 인식하는 서구적인 사고방식의 확산이 고전 소설의 그늘에서 완전히 벗어나지 못한―신소설을 제외한―신문 연재 서사체의 전기적(傳奇的)·우연적인 사건 전개에 대한 부정적 시각의 발생을 초래했으리라 판단할 수 있다. 뿐만 아니라 이인직 이후 일본의 근대적 소설 개념에 대한 배경 지식이 있는 작가군의 성장은 작가의 측면에서도 신문 연재 서사체의 "부정적 계승"[15]의 가능성을 열어 두고 있다.

두 번째로 지적될 수 있는 사항은 문단 외적인 것이긴 하나 1907년에 제정·발효된 신문지법을 들 수 있다. 1905년 을사조약으로 한국의 내정에까지 간섭할 수 있었던 통감부는 한국 내 언론 통제 정책의 일환으로 한인(韓人) 계의 민간 신문과 일인 계의 일·한(韓)문 신문의 단속을 엄중히 할 준비를 갖추었고 이것이 1907년 신문지법의 공포(公布)로 현실화된다. 이 신문지법은 대한 제국 이완용 내각의 총리대신, 내부대신 등의 명의로 공포되었으나 이는 한낱 명목에 불과하고 실은 통감부가 한국의 언론을 제압하기 위해 만든 것이다. 경술국치 이후부터 해방에

---

15) 긍정적 계승은 앞서의 것이 지속적인 의의를 갖는 것으로 판단하고 이에 머무르려는 의지이며, 부정적 계승은 '극복'의 개념으로 앞선 것의 한계를 의식하고 이를 청산하려는 의지의 산물이다. 조동일, 앞의 책, 11~12쪽.

이르는 일제 점령 기간에도 대한 제국의 명의로 발표된 이 신문지법이 여전히 효력을 발휘했다는 점은 위의 판단을 뒷받침해 준다.[16)]

이 법조문 가운데 특히 흥미를 끄는 부분은 다음과 같다.

> 제10조 신문지는 매회 발행에 앞서 '내부(內部)' 및 그 관할 관청에 각 2부를 납부할 것.
> 제11조 황실의 존엄을 모독하고 또는 국헌(國憲)을 문란케 하고 혹은 국제 교의(交誼)를 저해하는 사항을 기재할 수 없음.
> 제21조 내부대신은 신문지로서 안녕 질서를 방해하고 또는 풍속을 양란(壞亂)한다고 인정할 때에는 그 발매 반포(頒布)를 금지하고 차(此)를 압수하고 또는 발행을 정지 혹은 금지할 수 있음.
> 제34조 외국에서 발행하는 국문 혹은 국한문 혹은 한문의 신문지, 또는 외국인이 내국에서 발행하는 국문 혹은 국한문 또는 한문의 신문지로서 치안을 방해하고 또는 풍속을 양난한다고 인정할 때에는 내부대신은 해(該) 신문지를 내국에서 발매 반포함을 금지하고 해 신문지를 압수할 수 있음. (법률 제8호)[17)]

이 법률에 근거하여 당국은 합법적으로 신문 기사를 사전 검열할 수 있게 되었고 기사의 내용이 당국의 정책과 배치되는 경우 기사에 대한 삭제 명령권 역시 확보할 수 있었다. 또한, 당국의 조치에 반하여 계속해서 기사를 게재할 경우 해당 신문사의 영업을 정지시킬 수도 있게 된다. 결과적으로 한국 민족의 민족의식을 고취하고, 정부의 무능을 비판하는 주요한 기사와 문예물은 신문지면 발표에 있어 이전과 달리 심한 제약을 감수해야 하는 상황으로 돌변했다. 나아가 경술국치 이후 한반도 내의 삼권을 장악한 일제에 의해 이 법률은 더욱 악용되었으며 이

---

16) 최준, 『한국 신문사』, 일조각, 1990, 142쪽.
17) 최준, 위의 책, 144~145쪽에서 재인용.

같은 상황에서 현실 비판적인 신문 연재 문예물에 대한 탄압은 미루어 짐작할 수 있게 된다.

요컨대, 현실에 대한 비판과 풍자를 그 주된 내용으로 했던 신문 연재 서사체와, 신소설 사이의 경쟁이 다양한 모습으로 전개되었던 1900년대와 달리 1910년대에 이르면 내·외적 여건의 변화와 맞물리면서 신소설 계통의 서사체들만이 합법적 방식으로 독자와 만나게 되고 만다. 이후 나머지 유형의 서사체들은 거의 자취를 감추게 되고 서사 문단의 주도권은 신소설이 쥐게 된다.

4.

이제까지 개화기 서사문학을 전체적으로 조망할 수 있는 문제틀 구성을 시도하였으며 이 때 사용된 '서사체'라는 개념은 프라이에 의해 제안되었고 스콜즈와 켈로그에 의해 보다 정치한 형태로 발전된 개념이다.

서사체 개념으로 개화기 서사문학을 검토함으로써 이전까지 논의의 대상에서 제외되었던 다수의 작품이 차지하는 지위에 대해 나름의 분석을 시도하였으며 그 결과 개화기 서사문학은 신소설과 여타의 서사체들이 보이던 경합의 양상에서 내외적 여건의 변화로 인해 신소설이 이후 한국 서사문학의 맹아로 기능하게 되었다는 잠정적인 결론이 도출되었다. 그러나, 서두에서 언급한 것처럼 이러한 접근 방식은 아직 검증되지 않은 것이며 두 번째와 세 번째 접근 방식으로 나아가기 위한 첫 시도로서 위치함을 다시 명백히 해 둘 필요가 있다고 생각된다.

개화기 국문 관련 담론의 전개 양상에 관한 연구

1. 문제 제기

이 글은 개화기에 발표된 제반의 글 가운데 이른바 '국문' 문제를 다루고 있는 논의들을 검토함으로써 그 전개 양상과 의미에 대하여 논의하는 것을 일차적인 목표로 한다.[1] 주지하는 바와 같이 이 시기는 서세동점의 상황 하에서 근대적 국민 국가의 수립이 당면의 과제로 요청되던 시기였다. 즉, 이 시기는 구조선 사회의 봉건적 잔재로부터 벗어나 근대라는 새로운 역사 철학적 단계에 돌입하기 위한 내·외적 조건과

---

[1] 이 글에서 사용하고 있는 개화기라는 용어는 가장 일반적인 의미에서 1894년 갑오경장으로부터 1910년 국권 상실의 시기까지를 모두 포괄하는 시기를 지칭한다. 논자에 따라 이 시기를 개항기, 개화 계몽기, 혹은 애국 계몽기 등 다양한 용어를 사용하여 지칭하고 있으며 근래에 들어서는 근대 계몽기라는 용어도 사용되고 있다. 그 각각의 용어들이 모두 일정하게 다른 함의를 지니고 있음은 부정할 수 없고 또한 그 같은 용어 사용의 일정한 의미를 인정할 수는 있지만 이 글에서 직접 논의의 대상으로 삼은 국문과 관련된 글만을 대상으로 할 때 이 시기(1894~1910) 동안의 낙차가 그다지 크지 않다는 점에 주목하여 이후 해당 시기를 지칭하는 용어로 개화기를 사용한다.

준비가 치열한 상호 논전을 전개하던 시기이며 이러한 주지(主旨)를 담고 전개되던 이 시기의 논의 일반을 일단 근대화 담론(modernization discourse)이라는 용어를 사용하여 그 의미를 규정할 수 있을 것이다.2)

　문명화와 근대적 자주·국민 국가의 성립이라는 이 시기 중심적 논점은 그 자체로서 직선적인 발전의 과정을 거치면서 획득될 수 있었던 것은 아니다. 정치권력의 존재 방식과 교육 제도, 외교의 문제에서부터 세세한 삶의 규율 방식에 이르기까지 모든 문제에 있어서 근대 사회를 지향하는 진보적인 흐름과 전래의 가치를 고수하려는 보수적인 흐름이 병존하였으며 이는 소수 특권 계층을 중심으로 조직되어 있었던 사회의 구성 방식이 익명적 다수 대중을 중심으로 하는 사회 조직으로 재편되는 과정에서 필연적으로 경과할 수밖에 없었던 하나의 과정이라고 할 수 있을 것이다. 이 때 문제되는 것은 '과거의 사회 구조 속에서 정치 경제 일반에서 소외되어 있었던 다수의 대중들이 새로운 지식과 정보를 공유함으로써 자신의 사유 구조를 변화시키고 이를 토대로 사회와 국가의 구성 방식 자체를 변모시키기 위해 필수적으로 요청되는 것이 무엇인가'하는 점이다. 이를 위해서는 일차적으로 당시까지 한자 혹은 한문이라는 특권적 표기 체계를 사용함으로써 소수의 계층만이 독점적으로 점유하고 있었던 각종의 정보와 학문, 지식의 공유가 선행되어야 하며 이 문제를 해결하기 위한 선결 과제가 바로 국문의 문제였던 것이다. 따

---

2) 이 때 근대화 담론은, 근대성 담론(modernity discourse)을 상위 개념으로 갖는다. 그러나 근대성 담론이 근대화 과정(modernization process)을 통해 획득되는 제반의 요소에 대한 긍·부정의 양상을 동시에 지님과 아울러 어느 수준까지 도달된 근대 사회라는 물질적 기반을 요청하고 있음에 반하여 근대화 담론은 근대화 과정을 통해 획득되는 근대적 요소에 대한 긍정적 경사를 주로 담보하고 있다는 점에 주목한다면 이 두 개념은 충분히 분리시켜 논의할 수 있을 것으로 판단된다. 이 두 개념의 정식화에 대해서는 김진균·정근식, 「식민지 체제와 근대적 규율」, 김진균·정근식 편저, 『근대 주체와 식민지 규율 권력』, 문화 과학사, 1997 참조.

라서 이 시기에 사용되는 국문체와 국문을 둘러싼 담론간의 상호 간섭과 배제, 충돌은 단순한 표기 문자와 관련된 논의를 넘어서서 이 시기의 중심 과제인 근대화 과정의 의미를 파악하기 위한 출발점으로도 상정할 수 있을 것이다.3)

이 시기 국문 관련 담론에 대한 현재까지의 선행 연구들은 연구자의 관심과 지향에 따라 그 논의 지점이 명확히 구분된다. 언어학자들의 경우 당대의 언어 현상을 파악하기 위한 자료(material)로서 당대의 문헌을 활용하고 국어사(언어사) 기술의 일 단계로서 해당 시기를 파악하는 등 이 시기의 언어 현상과 정책에 대해 주로 관심을 기울이고 있다.4) 한편 문학 연구자들은 관심의 집중점이 당대 발표된 문학적 텍스트에 놓여 있음으로 인해서 문학 텍스트의 기반을 이루는 언어와 그 언어의 표기 방식에 대한 관심과 천착이 밀도 있게 이루어졌다고는 말할 수 없다. 그런데, 문학적 측면에 집중된 연구이든 언어학적 측면을 중심으로 진행된 연구든 양자 모두 이 시기 국문 관련 논의의 중심축으로 국문 전용과 언문일치라는 명제를 선험적으로 승인한 후 논의를 진행하고 있다는 혐의가 있다. 다시 말해, 조선 시대의 유물인 한자·한문전용의 표기 방식이 개화기에 들어서면서 국문 전용이라는 방향으로 정향(定向)됨으로써 이후 국문 및 문학 작품의 발전에 초석을 놓았다는 사실이 면밀한 검토 없이 승인되고 이 전제를 입증하거나 이에 근거한 상태에서 논의를 전개하는 것이 일반적인 상황이었던 것이다. 하지만, 사회의 진보나 변화가 직선적인 경로를 좇아 이루어지지 않는 것과 마찬가지로 현재 우리

---

3) 권영민, 「근대 소설의 기원과 담론의 근대성」, 『문학동네』, 1998 겨울.
4) 개화기 언어 정책 및 현상에 대한 독보적인 업적으로는 이기문, 『개화기의 국문 연구』, 일조각, 1970을 들 수 있다. 하지만, 이 저술 역시 학부 내부에 설치된 "국문 연구소"에 논의를 집중함으로써 당시에 발표된 다른 논의와의 관련성을 명쾌하게 밝히지 않고 있다는 점이 아쉬움으로 남는다.

가 거부감 없이 사용하고 있는 문자 언어 생활의 양상은 개화기로부터 비롯하여 오랜 시간 동안의 시행착오를 거쳐 정착된 것이며 나아가 학교라는 제도적 장치에서의 교육을 통하여 습득된 규범적 체계라는 점을 기억할 필요가 있다. 따라서 현재와 같은 제도가 정착되기 이전의 단계인 개화기에 국어 및 국문에 관련된 논의들을 검토함에 있어서는 현재의 상황을 근거로 당대의 논의들을 선 규정할 수는 없을 것이다.

1894년 갑오개혁을 단행한 조선 왕조는 모든 법률, 칙령을 한문과 국한문, 국문으로 각각 발표한다는 황제 칙령을 공포(1894. 11. 21)하였는데, 이 칙령 이후 당대의 음성·문자 언어 생활에서 표기의 문제를 둘러싼 일련의 논의가 진행된다. 유길준이 『서유견문』(1895)에서 문자 및 언어생활의 문제를 직·간접적으로나마 제기한 이래 『독립신문』의 사설과 투고 및 각종 학회지와 언론 매체를 통하여 표기 방식의 문제를 둘러싼 논의가 지속적으로 전개된다. 하동호의 조사에 따르면 1896년 『독립신문』 창간호의 사설 이후 1910년 7월 이광수가 『황성신문』에 「今日我韓用文에 對ᄒ야」를 발표하기까지 직간접으로 국문의 문제를 다룬 글의 수효는 대략 서른일곱 편 정도로 파악된다.[5] 이들 자료가 모두 국문의 전용을 주장한 것은 아니며 일부는 어문 정책 수립과 연관되는 부분도 존재하지만 개화기가 현재와 같은 제도적 완비가 이루어지지 못한 시기라는 사실을 고려한다면 이들 자료 모두가 일차적인 검토의 대상이 될 수 있을 것이다. 이후 이 글에서는 이들 자료를 대상으로 하여 개화기 당시 국문과 관련된 논의를 먼저, 표기 수단의 문제와 관련하여 검토하고 다음으로 이들 논의에서 공통적으로 주장하는 이른바 언문일치의 문제가 어떠한 방식으로 논의되고 있으며 그 논의가 지니는 함의는 무엇

---

5) 하동호 편, 『국문론 집성』, 역대 한국 문법 대계 3부 3책, 탑출판사, 1985.

인지를 살피도록 한다.

2. 개화기 문체(文體)의 존재 양상과 함의

2.1. 국한문체(國漢文體) 등장의 배경과 의미

주지하는 바와 같이 이 시기 국문 관련 논의의 대부분은 당시 이후 사회적이며 공식적인 표기 방식을 무엇으로 할 것인가라는 문제에 집중되어 있는데 이를 일반적으로 문체의 문제라고 할 수 있다. 이 때 문체가 의미하는 바는 현재 사용되는 스타일(style)로서의 그것이 아니라 엄밀히 이야기하면 표기 방식의 문제라고 할 수 있을 것이다.[6] 당시까지 지배적이며 특권적인 표기 방식이었던 순한문체의 전통이 갑오개혁으로 인해 상층으로부터 일정하게 부정되는 상황이 초래되었고 결국 19세기 후반에는 규범으로 자리 매김할 만한 특정 문체의 부재 현상이 노출되고 있었다. 이 때 표기 방식의 문제를 선도적으로 제기한 인물은 유길준이다. 그는 자신의 저서 『서유견문』의 서문에서 "我文과 漢文을 混集ᄒ야 文章의 體裁를 不飾ᄒ고 俗語를 務用ᄒ고 其意를 達ᄒ기로 主ᄒ니"라고 하여 국한문체의 사용을 표방한 후 더욱 구체적으로 다음과 같이 자신의 입장을 밝히고 있다.

一은 語意의 平順홈을 取ᄒ야 文字를 略解ᄒᄂ 者라도 易知ᄒ기를 爲홈이오, 二ᄂ 余가 書를 讀홈이 小ᄒ야 作文ᄒᄂ 法에 未熟ᄒ 故로 記寫의 便宜홈을 爲홈이오, 三은 我邦 七書諺解의 法을 大略 效則ᄒ야 詳明홈을 爲홈이라[7]

---

6) 이기문, 앞의 책, 1장 참조

인용문에서 확인할 수 있는 것처럼 자신의 문체를 '我文' 즉 순국문과 한문을 섞어서 사용하는 국한문체로 내세우고 있으며 그 기원을 다른 곳이 아닌 전통적 언해문의 문체에서 찾고 있다. 이러한 그의 생각은 10여 년의 시간이 지난 뒤에 발표한 다른 글을 통해서도 변화하지 않은 채 유지된다.

> 然則 小學 教科書의 編纂은 國文을 專主홈히 可훈가 曰 然호다 然則 漢字ᄂ 不用홈이 可훈가 曰 否라 漢字롤 烏可廢리오 漢文은 廢호디 漢字ᄂ 可廢치 못ᄒᄂ니라 曰 漢字롤 用ᄒ면 是乃 漢文이니 子의 全廢라 ᄒ는 說은 吾人의 未解ᄒ는 바이로다 曰 漢字롤 連綴ᄒ야 句讀을 成훈 然後에 始可曰文이니 字字別用홈이 豈可曰漢文 이리오[8]

이와 같이 유길준이 시간의 경과에도 불구하고 국한문체라는 자신의 견해를 지속할 수 있었던 가장 큰 이유 가운데 하나는 바로 조선어에 존재하는 동음이의어의 존재 때문이었다. 지석영 역시 일찍부터 이러한 문제를 인식하고 있었다. 그는 "우리나라 국문을 읽어보면 모다 평성뿐이오 높게 쓰는거슨 업스니 높게 쓰는거시 업기로 어음을 긔록ᄒ기 분명치 못"하기 때문에 글자 옆에 방점을 찍어 성조를 표시함으로써 동음에서 비롯하는 뜻의 혼란을 막아야 한다고 주장한다.[9] 또한 강전도 「國文 便利 及 漢文 弊害의 說」(『태극학보』 6~7. 1907)에서 "學部로부터 全國 各 學校의 教科 書籍을 一切히 國漢文으로 改定ᄒ고 純然훈 漢文은 中學校 四五年生이나 다만 文章에 適宜훈 一二冊을 編選ᄒ야"라고 주장하면서 국한문체의 사용이 불가피함을 역설하고 있다. 이외에 한흥교 역시 「國文과

---

7) 유길준, 『서유견문』, 서 5~6쪽, 1895. 이하 표기는 원문의 표기 방식을 따르지만 이해를 돕기 위하여 띄어쓰기는 현재 어법을 따르기로 한다.
8) 유길준, 「小學 教育에 對하는 意見」, 『황성신문』, 1908. 6. 10.
9) 지석영, 「국문론」, 『대 조선 독립협회 회보』 1, 1896.

漢文의 關係」(『대한 유학생회 회보』 1, 1907)의 "個字의 意味가 無홈으로 漢文과 幷用ᄒ여야 비로소 解釋이 分明ᄒ니"라는 주장처럼 국한문체의 사용을 제안하고 있다.

이상에서 살펴본 바와 같이 개화기 당대 지식인들 사이에서는 순국문체의 사용보다는 국한문체의 사용이 불가피하다는 점이 대체로 공유되고 있는 것으로 파악된다. 이들이 순국문체보다는 국한문체를 불가피하게 받아들일 수밖에 없었던 이유는 일상생활에서 흔히 쓰이는 조선어의 동음이의어 존재 때문이다. 순한문만으로 문자 생활을 영위하거나 한문의 뜻을 새긴 이두를 보조 표기 수단으로 사용하던 시기에는 글자의 모습이 곧 그 글자의 뜻을 밝혀주는 일종의 기호 역할을 하고 있었음에 반하여 표음 문자인 한글은 다시 뜻을 새겨야만 문맥에 적합한 의미를 구축할 수 있다는 점이 이들이 국한문체의 불가피성을 주장하는 가장 큰 이유로 제시되고 있는 것이다. 그럼에도 불구하고 이들은 한결같이 자신들의 이러한 주장이 순한문체로의 회귀가 아님을 여러 군데서 강조하고 있는데 이로 미루어 볼 때 이들이 비록 국한문체의 사용을 주장하고는 있었지만 순한문체의 사용이 초래한 여러 가지 문제와 당시 표기 방식에 대한 논란이 지니는 사회적 함의를 비교적 명확히 의식하고 있었다는 조심스러운 판단도 가능할 것이다.

그런데 이들에게 있어서 어떤 문체를 통하여 자신들의 입장을 표현할 것인가의 문제는 단지 개별적인 하나의 글에서 확인 가능한 표기 방식의 문제로 환원되는 것이 아니었다. 오히려 그 글을 통하여 제시되는 자신들의 사상이 어떠한 경로를 거쳐 다수의 대중들에게 전달될 수 있는가의 문제가 이들에게는 보다 중요한 문제였다고 할 것이다. 뿐만 아니라 아직까지 자주 독립의 과제가 현실적인 문제로 남아 있을 수 있었던 당시의 시대적 조건은 교육 적령기에 있던 많은 아동들에게 어떻게 하면 보다 효과적으로 새로운 지식과 문물을 전수함으로써 자신들의 마음에 품고 있는 이념을 현실화시킬 인적 토대를 구축할 것인가라는 문제와 연동되고 있었던 것이다. 아래에서 확인할 수 있는 이광수의 주장은 이러한 당대 상황에 대한 솔직한 고백이라고 할 수 있을 것이다.

> 余의 마음디로 홀진딘 純國文으로만 쓰고 십흐며 쏘 흐면 될 쥴 알되, 다만 其甚히 困難홀 쥴을 아름으로 主張키 不能흐며 쏘 비록 困難흐드러도 此논 萬年大計로 斷行흐여야 혼다는 思想도 업슴은 아니로디 今日의 我韓은 新知識을 輸入홈이 汲汲혼 쩌라 이쩌에 解키 어렵게 純國文으로만 쓰고 보면 新知識의 輸入에 沮害가 되깃슴으로 此意見은 아직 잠가 두엇다가 他日을 기다려 베풀기로하고 只今 余가 主張흐는 바 文體는 亦是 國漢文幷用이라10)

2.2. 한글 전용론과 그 이념적 배경

이와는 또 다른 하나의 흐름으로 순국문의 전용을 주장하는 입장이 존재한다. 널리 알려진 『독립신문』 창간호의 사설 "우리 신문이 한문은 아니쓰고 다만 국문토로만 쓰논 거슨 상하 귀쳔이 다 보게 홈이라 쏘 국문을 이러케 귀졀을 쩨여쓴즉 아모라도 이 신문을 보기가 쉽고 신문 속에 잇논 말을 자세이 알어 보게 홈이라"로 대표할 수 있는 이 흐름은 당시로서는 상당히 급진적인 주장이라고도 평가할 수 있다. 이 입장은 주로 『독립신문』을 통해 주장되었으며 주시경에 의해서 단순한 표기법의 문제만이 아니라 한글의 음성, 언어학적인 측면에 대한 탐구로까지 발전하면서 이후 국어학 연구의 출발점을 형성하게 된다. 이 입장을 대표하는 주시경의 경우에도 한글이 지닌 동음이의어의 문제에 대한 해결

---

10) 이광수, 「今日 我韓 用文에 對흐야」, 『황성신문』, 1910. 7. 24, 26, 27.

책으로 성조를 표시하는 점을 글자 옆에 표시할 것을 제안한 바 있으며 한 걸음 더 나아가 글자의 의미를 공식화할 수 있는 옥편(사전)의 편찬을 일찍부터 주장하고 있다.[11]

결국 순국문의 사용을 주장하는 이러한 흐름 역시 국문이 지닌 일정한 문제점을 인식하고 있었음에도 불구하고 이처럼 급진적인 주장을 펼칠 수 있었던 근저에는 크게 두 가지의 관점이 자리 잡고 있다는 판단이 가능하다. 그것은 당시까지 지배적인 표기 체계였던 한자에 비해 한글·국문이 배우기 쉬운 글자라는 점이다. 이러한 주장을 입증하기 위해 그들은 언어와 문자에 대한 상당히 과학적인 접근 방식을 취하고 있음이 주목된다.

① 元來에 文字 二種區別이 有ᄒ니 一은 (象形)니 現今 西洲人의 所用 漢文字가 其餘派요 一은 (發音文字)니 現今 歐洲人 所用 羅馬字가 此라[12]

② 世界 各國에 現行 文法이 大槪 二種이라 一種은 象形文字니 淸國에 行用ᄒ는 漢文이오 一種은 發音文字니 我東反切字와 西歐各國에 近行ᄒ는 羅馬字라[13]

③ 대져 글은 두 가지가 잇스니 ᄒ나흔 형상을 표ᄒ는 글이오 ᄒ느흔 말을 표하는 글이라 대개로만 말ᄒ면 형상을 표ᄒ는 글은 녯적 덜 열닌 시ᄃ에 쓰던 글이오 말을 표ᄒ는 글은 근릭 열닌 시ᄃ에 쓰는 글이라[14]

④ 天下 文字가 二種이 有ᄒ니 一은 象形文字요 一은 記音文字라[15]

---

11) 주상호, 「국문론」, 『독립신문』, 1897. 9. 25~26.
12) 신해영, 「漢文字와 國文字의 損益如何」, 『大朝鮮獨立協會會報』 15~16, 1876. 6~7.
13) 논설, 『황성신문』, 1898. 9. 28.
14) 주시경, 「국어와 국문의 필요」, 『西友』 2, 1907. 1.
15) 주시경, 「必尙自國文言」, 『황성신문』, 1907. 4. 1~6.

인용문에서 확인할 수 있는 것처럼 문자는 상형과 발음이라는 두 가지의 계열로 구분할 수 있으며 이중 한자는 상형에 한글은 발음 문자에 속한다는 점, 그리고 발음 문자는 특유의 규칙에 따라 일정한 수의 표기 수단(음소)에 근거하여 인간의 음성을 표현하기 때문에 상형 문자에 비해 학습하기 쉽다는 점이 두드러지게 강조되고 있다.

① 죠션 국문ᄒ고 한문ᄒ고 비교ᄒ여 보면 죠션 국문이 한문보다 얼마가 나흔 거시 무어신고 ᄒ니 첫지는 비호기가 쉬흔이 됴흔 글이요[16)

② 또 글ᄌ의 ᄌ모 음을 합ᄒ야 믄든 거시 격식과 문리가 더 잇서 비호기가 더욱 쉬으니 우리 싱각에는 죠션 글ᄌ가 셰계에 뎨일 죠코 학문이 잇는 글ᄌ로 넉히노라[17)

③ 日 國文이라 其文이 克簡克易ᄒ야 雖童穉兒女라도 時月의 工을 推ᄒ면 可히 平生의 用이 足ᄒ올지라[18)

무작위로 추출한 위의 자료에서도 확인할 수 있는 것처럼 해당 글의 표기 수단이 국문인가 국한문인가를 떠나 국문의 사용을 강조하는 거의 대부분의 글들은 국문이 배우기 쉬운 글이라는 사실에 논지의 주안을 두고 있다. 이처럼 이들이 국문이 지닌 일정한 약점에도 불구하고 배우기 쉽다는 한 가지의 강점에 근거하여 국문의 전용을 주장하는 이유 역시 당대의 시대적 상황과 결코 무관하지 않은 것이다.

개화기 당시 신문과 학회지에 발표된 대부분의 글들이 종국에 가서 주장하는 바가 개화, 선진 문명의 수입과 학습을 통한 자주 독립 국가 건설이라는 대의명분으로 수렴되고 있음을 널리 알려진 사실이다. 국문

---

16) 사설, 『독립신문』 창간호.
17) 주상호, 「국문론」, 『독립신문』, 1897. 9. 25～26.
18) 사설, 『황성신문』 창간호, 1898. 9. 5.

의 전용을 주장한 흐름 역시 이러한 시대적 분위기와 무관하지 않은 상황에 처해 있는데, '배우기 어려운 한문을 학습하기 위해 가장 왕성하게 활동해야 할 청장년기를 소비하고 그 후에도 여전히 한문의 문맥을 좇기에 급급하여서는 어느 세월에 새로운 문물에 대한 학습을 진행할 수 있을 것인가'라는 질문이 이들의 모든 글에서 반복적으로 제기되고 있음을 통해서도 이를 확인할 수 있다. 따라서 이들이 교육의 문제, 특히 사회생활의 기초를 준비하는 소학교 교육 문제에 대해 지대한 관심을 기울인 것은 당연한 결과이며 이들은 한결같이 소학교 교육에서는 오로지 한글만을 사용하여야 함을 주장하고 있다. 이를 통해 한글을 완전히 습득하여 한글만으로도 자유로운 의사소통이 가능하도록 만들고 다음으로 서구의 신지식을 한글로 번역하여 전파한다면 자신들이 주장하는 문명의 개화가 보다 신속하게 이루어 질 것이라는 점을 이들은 간파하고 있었던 것이다. 따라서 이들은 일단 국문의 사용이 일반화된다면 그 다음 단계의 필요에 따라서는 한자의 사용을 허용할 수도 있다는 유연한 입장을 취할 수 있었다.

이로부터 확인할 수 있는바 한글의 전용을 주장하는 입장의 또 다른 한 근거를 형성하고 있는 것은 이른바 언어 민족주의적 관점이다. 즉, 한자, 한문은 다른 나라(지나·중국)의 문자임에 반하여 한글은 '세종대왕이 백성을 위하여 직접 만든' 조선 민족의 문자이기 때문에 조선 민족으로서 당연히 조선 민족의 문자를 사용하여야 한다는 주장을 펼치고 있다. 더 나아가 다음과 같은 견해는 그들이 그토록 국문의 전용을 주장하는 이면에 숨겨진 정치적인 문제의 윤곽을 파악할 수 있도록 해주고 있다.

① 쏘 이 디구상 륙디가 텬연으로 구획되여 그 구역 안에 사는 혼 쩔

> 기 인죵이 그 풍토의 품부훈 토음에 뎍당훈 말을 지어쓰고 쏘 그
> 말 음의 뎍당한 글을 지어쓰는 거시니 이럼으로 훈 나라에 특별훈
> 말과 글이 잇는 거슨 곳 그 나라가 이 세상에 텬연으로 훈목 즈쥬
> 국 되는 표요 그 말과 그 글을 쓰는 인민은 곳 그 나라에 쇽ㅎ여
> 훈 단톄되는 표라 그럼으로 남의 나라흘 쎄앗고져ㅎ는 쟈ㅣ 그 말
> 과 글을 업시ㅎ고 제 말과 제 글을 ㄱᄅ치려ㅎ며 그 나라흘 직히고
> 져ㅎ는 쟈는 제 말과 제 글을 유지ㅎ여 발달코져ㅎ는 것은 고금텬
> 하 사긔에 만히 나타난 바라 그런즉 내 나라 글이 다른 나라만 못
> ㅎ다 홀지라도 내 나라 글을 슝샹ㅎ고 잘 곳쳐 죠흔 글이 되게훌
> 거시라[19]
>
> ② 歐洲 學者는 國家의 三大要素가 土地 人民 法律이라 云ㅎ나 余는 以
> 爲호디 國家의 要素가 土地, 人民, 法律에만 止홀쑨 아니라 此外에
> 도 國家와 相互 關係가 有ㅎ야 難分홀 三要素가 又有ㅎ니 國語, 宗
> 敎, 歷史ㅣ 라[20]
>
> ③ 대져 샴쳔리 강토와 이쳔만 인구로 즈쥬 독립ㅎ지 못홀 걱정이 업
> 거늘 무슴 연고로 오늘날에 나라와 권셰를 온젼히 일코 사룸의 권
> 리가 젼혀 엽셔서 무궁히 비참훈 경우애 쎄졋느뇨 그 원인을 의론
> 컨디 즈리로 한국인이 편리훈 군문(국문―인용자)은 바리고 편리치
> 못훈 한문을 슝샹ㅎ는 폐막으로 말미암이라ㅎ노니[21]

외교권을 박탈당하고 준식민지 상황에 접어든 당시의 상황을 초래한
근본 원인이 바로 한문의 전용에 있다는 위의 주장은 국문의 전용을 통
하여 국민 일반의 의견을 하나로 모으고 국부를 진작하며 국권을 강화
할 수 있다는 논리로 상승한다. 뿐만 아니라 국문의 전용과 이에 대한
애착이 곧 국권을 유지 발전시키는 하나의 방안이라는 견해도 마찬가지
의 논리로 힘을 얻고 있음을 볼 수 있다. 이렇게 본다면 국문의 문제는

---

19) 주시경, 「국어와 국문의 필요」, 『西友』 2.
20) 박태서, 「國語維持論」, 『夜雷』 1, 1907. 2.
21) 사설, 『대한매일신보』 국문본 창간호, 1907. 5. 23.

단순한 표기 방식 차원의 논의를 벗어나 국가의 운명을 좌우할 수도 있는 보다 추상적인 동시에 구체적인 목전의 문제로 치환되고 있는 것이다.

국문의 전용을 주장하는 논자들의 고민은 국가의 운명을 좌우할 수도 있는 국문을 보다 효과적으로 교육하고 널리 "보급"하기 위하여 필요한 방안은 무엇인가라는 문제와도 연결된다. 주시경은 「국어와 국문의 필요」에서 "ᄌ뎐과 문법과 독본들을 잘 만"들어야 한다는 의견을 피력함으로써 이에 대한 해답을 제시하고 있다. 이처럼 국문 전용을 주장하는 입장은 국민을 계몽함으로써 국가 권력을 존속하고 자주 독립 국가를 건설하겠다는 개화기 지식인들의 보편적인 사고를 저변에 지니고 있었다. 한편 이러한 입장은 국한문체와 순한문체 사이에서 자신의 독자적인 입지를 확보하기 위하여 문자 생성의 원리와 한국어 표준 문법에 대한 탐구와 확정이라는 경로를 따라 발전함으로써 그 나름의 발전 방향을 모색하고 있었던 것으로 판단할 수 있다.

위에서 살펴본 것과 같이 국한문체와 국문체를 중심으로 진행된 논의와는 별개로 당시까지도 순한문만을 사용해야 한다는 주장이 없었던 것은 아니다. 1896년 6월 4일『독립신문』「잡보」란에는 당시의 학부대신 신기선의 상소문에 대한 반박 기사가 실려 있다. 신기선은 상소문을 통하여 당시의 문명개화 주장을 극력 반대하는 내용을 개진하였는데 이날의 기사는 그 가운데 국문 사용의 사용을 중단하여야 한다는 신기선의 주장을 정면으로 반박하고 있다. 또,『호남학회』2호에(1908) 실린 황의성의 「與呂荷亭書(附)」는 여규정의 「論漢文國文」(『대동흥학회월보』1, 1908)을 논박하는 내용이다. 여규정은 위의 글에서 "文卽道也道卽文也"니 성현의 가르침<道>을 담고 있는 한문을 폐할 수 없다고 주장하면서 당시의 일반적인 용어라고 할 수 있는 "國漢文"이라는 표현 대신 "漢國文"이라는 표현을 사용하고 있다. 이와 같은 두 사례를 통해 확인할 수 있는 것처럼 1900년대 후반까지도 국문의 전용이 불가하다는 인식은 상존하고 있었으며 국한문 혹은 국문 전용이라는 또 다른 흐름과 함께 당시의 독자적인 표기 방식으로서의 위치를 점유하고 있었던 것이다.

결국, 현재까지 영향력을 잃지 않는 국한문체나 국문체의 경우 이처럼 난마처럼 얽힌 논의의 과정을 경과하면서 한국어 문법과 사전의 편찬, 학교 교육을 통한 국문의 보급이라는 제도적인 장치, 그리고 국문은 곧 국가와 운명을 같이 한다는 언어 민족주의적 관념 등에 힘입어 점차로 그 세력을 확대하였지만 국한문체와 국문체는 상호 병존하는 가운데 순한문체가 독점하고 있던 공식적 표기 수단의 지위를 공유하는 양상을 띠었던 것이다.

3. 언문일치의 추구와 언어 규범 정립의 의미

위에서 검토한 국한문체나 국문체가 모두 '言文一致'라는 명제를 앞세우고 자신들의 주장을 전개하고 있음은 흥미로운 지점이다. 이들이 극복 대상으로 고려하고 있었던 이른바 '言文二致'는[22] 한자·한문이 독점적이며 특권적인 표기 방식의 지위를 점하고 있던 조선 사회의 언어 생활을 지칭하는 개념이었다.

大抵 文字라 云ᄒᆞᄂᆞᆫ 者ᄂᆞᆫ 言語를 直接으로 發表ᄒᆞ야 事物을 形容 代表ᄒᆞᄂᆞᆫ 者에 過치 못ᄒᆞ고 쏘 其 應用의 變化ᄂᆞᆫ 各 地方 言語의 差異로 隨ᄒᆞ야 體裁와 音調의 異同이 有ᄒᆞ나 事物에 就ᄒᆞ야 實際的 意義ᄂᆞᆫ 조곰도 差別과 損益이 無ᄒᆞ고 쏘 何事何物이던지 始의 命名홈을 從ᄒᆞ야 稱號가 生

---

22) 이기문, 앞의 책, 14쪽.

> ᄒᆞ고 其稱號ᄂᆞᆫ 亦自然的으로 固有的을 成立홈이요 決코 極難甚難ᄒᆞᆫ 異種
> 의 言語로 制作ᄒᆞ야 人으로 ᄒᆞ야금 强히 學케 홈은 아니로다.[23]

문자는 그 문자를 사용하는 사람들이 발음하는 언어를 표현하는 보조
수단에 지나지 않는다는 위의 언급은 국문에 관련된 논의를 전개했던
당대의 지식인들이 대체로 공유하고 있었던 견해라고 할 수 있다. 한국
인이 발음하는 언어와 그들이 사용하는 문자 곧 한자와의 괴리가 이들
에게는 언문이치의 상태로 파악되었던 것이며 이러한 언문이치의 상황
은 이중 언어생활에 능통한 식자층(識者層)과 미숙한 다수 대중 사이의
제반 조건에 있어서 상당한 수준의 격차를 낳았다는 것이 이들의 입장
이었다. 따라서 한국인이 발음하는 음성 언어를 가장 근접한 수준에서
표기할 수 있는 문자 체계를 선택하는 것이 긴급한 과제로 제시되었고
이들이 문제 삼았던 언문일치라는 것은 이 차원의 것을 넘어 서지 않는
것이었다. 결과적으로 이 시기에 문제된 언문일치는 "한자와 한글 가운
데 어떤 표기 수단을 선택할 것인가"라는 앞서 검토했던 차원으로 전위
되고 있는 것이다.

문자가 음성을 시각화하는 수단이며 조선인의 음성은 조선 문자를 통
해 가장 잘 표현될 수 있기 때문에 국문을 사용해야 한다는 이 견해는
국문체와 국한문(순한문)체 사이의 선택이라는 차원에서만 논의 될 수는
없다. 왜냐하면 바로 이 지점으로부터 표준어의 문제와 한글의 정확한
음가(音價) 표기를 둘러싼 문제 제기가 이루어지고 있기 때문이다. 조선
사람이 하는 말을 조선의 문자로 정확히 표기할 수 있어야 한다는 의식
은 조선의 문자 즉 국문과 음성에 대한 학적 연구의 필요성을 증가 시
켰다. 이에 따라 한글의 기원과 제자 원리 및 문자의 발음 방식, 음운

---

23) 강전, 앞의 글.

현상을 정확하게 기록하기 위한 연구와 정리가 요청되었고, 이러한 현실을 반영하여 학부 내에 국문 연구소가 설치된 것이 1907년 7월 8일의 일이다.[24)]

이러한 과정을 거쳐 정리된 국문의 체계들이 각급 학교의 실제 교육 현장에서 어느 정도까지 규정력을 지니면서 관철되었는지는 확인할 수 없다. 하지만, 당시에 사용되었던 교과서들을 검토하면 대개의 교과서들이 국문체를 사용하고 있으며 한문을 사용할 경우 해당 글자 옆에 작은 활자로 음과 뜻을 기록하고 있다는 사실을 볼 때 1900년대 후반 공·사립 학교 교육에서 국문의 교육이 차지하는 비중이 결코 가볍지 않았음을 미루어 짐작할 수 있다.

앞에서 국문의 올바른 사용을 위하여 문법·독본과 더불어 자전(옥편, 사전)의 편찬이 필수적인 것으로 요청되고 있었음을 살펴보았다. 이 사실은 이 시기에 표준어에 대한 문제의식이 어느 정도 공유되고 있었음을 반증하는 징표이다. 즉, 당시에 사용되는 언어(단어)를 총망라하여 일정한 체계(자모순)에 따라 배열하고 규칙성을 부여해야 한다는 이 견해는 자국에서 통용되는 언어의 정리를 통해서 자국민의 의식을 결집시키려는 의도를 드러내고 있는 것이다.[25)] 이 시기 국문 운동을 전개한 지식인들이 지닌 사고의 배후에는 각 민족은 자신만의 독자적인 언어 체계를 지니고 있으며 이 언어 체계는 그들만의 독립된 표기 방식을 지녀야

---

24) 국문 연구소에서 연구되고 의결된 제반의 사항은 이기문의 앞의 책에 상세히 논의되어 있다.

25) 이러한 입장은 언론 매체를 통해 강력하게 제기되었는데 국문 운동에 있어 가장 진보적인 입장을 견지하고 있었던 것으로 평가되는 『대한매일신보』는 1908년 3월 1일자 논설 「국문 연구소에 대훈 관견」을 통하여 국문 연구소의 논의가 긴급한 일상의 과제와는 동떨어져 있음을 지적하면서 국어 전의 편찬이 표준어와 정서법의 확립에 필수적인 과제임을 지적하고 있다. 또한 7개월 후인 11월 14일자 논설 「국문 연구회 위원 제씨에게 권고홈」에서 역시 국어사전 편찬이 긴급한 과제임을 역설하고 있다. 이기문, 앞의 책, 3장 참조.

한다는 신념이 자리하고 있었다. 언어가 인간의 사유 방식을 규정할 수도 있다는 믿음은 한 민족의 언어는 그 민족과 운명을 같이 한다는 언어 민족주의적 관점으로까지 발전하고 있었던 것이다.

한편으로 국문의 전용은 세계를 인식하는 사유 방식에도 일정한 변화를 주고 있음을 지적할 수 있다.

> 대한 사룸들이 누구던지 오히 째브터 청국 스긔만 외오고 정작 본국 스긔는 보고 듯는 것이 업스되 제 죠상의 래ㅣ력은 알지 못흐는 격이라 님군의게 츙셩흐고 나라를 수랑흐는 의리가 어느 곳으로 좃차 나리오 그런 고로 향곡에 여간 식즈흐는 우밍들은 지금도 오히려 청국을 스모흐야 언필칭 대국이라 흐며 (중략) 당셰의 유지흐신 쳠군자들은 아모됴록 진심 갈력흐야 본국 이젼 스긔를 더 확장흐야 인심을 장려흐고 교육상 각항 학문을 실디로 슝상흐야 한문의 허문만 슝상흐는 폐단을 업시흐면 긔명상에 크게 유익할 듯[26]

한문만을 숭상하는 향곡의 우매한 무리들은 주체적인 세계 인식에 도달할 수 없으며 한글을 통해 실용적 학문에 접근하고 광범위한 정보를 공유·전달할 수 있을 때라야 비로소 중국을 벗어난 독자적인 세계 인식에 도달할 수 있다는 것이 위 논설의 대의이다. 중국 중심의 세계 인식에서 벗어나 새로운 세계관을 정립하는 데 국문이 그 역할을 다해야 한다는 생각은 한글 전용 신문의 공통된 인식 기반이었으며 이는 역으로 문자의 사용, 즉 어문 생활이 인가의 인식 양태를 규정할 수 있다는 사고에 근거하고 있는 것이다.[27]

---

26) 『뎨국신문』, 『론셜』, 1900. 1. 17.
27) 정선태, 「개화기 신문 논설의 서사 수용 양상에 관한 연구」, 서울대 박사 학위 논문, 1999, 36쪽.

4. 결론

이렇게 볼 때 개화기에 전개된 국문 운동은 궁극적으로는 한자인가 한글인가라는 표기 수단의 문제가 모든 논의의 출발점에 자리 잡고 있는 것으로 이해할 수 있다. 이후 이 같은 사고는 시대와 상황의 요구에 따라 선진 제도·문물의 수입과 전파라는 도구적 가치에 의해 변화되기도 하고 언어와 문자가 지닌 집단적 성격에 대한 강조로 이어지기도 하면서 나선적인 변화 과정을 겪게 된다. 하지만 개화기에 발표된 대부분의 인쇄물들이 국문체나 국한문체 어느 한 표기 방식만을 일방적으로 고집했다고 볼 수는 없다. 당시 인쇄 매체에 수록된 글을 살펴보면 상황과 조건에 따라 개별적인 표기 방식을 선택하고 있지만 그 선택이 보편적으로 승인된 일반 원칙에 의한 선택이라고 할 수는 없다.

이러한 표기 체계의 혼란에도 불구하고 그들이 지속적으로 국문의 사용을 주장하고 이를 실천에 옮기기 위해 다각도의 방안을 강구한 이유는 그것이 바로 국가 권력의 유지 문제와 직결되어 있었기 때문이다. 국가, 특히 근대적 민족 국가는 상상에 의한 공동체이며 그 상상을 가능하게 만든 원동력이 다름 아닌 공동체 성원이 공유하는 단일한 언어라는 지적에[28] 유의할 필요가 있다. 국문을 중심으로 한 단일 표기 수단을 통하여 조선인이라면 누구나 자유로운 의사소통이 가능하다면 목전의 과제로 제기되는 자주 독립 국가의 건설이 보다 신속하고 용이할 것이라는 사실이, 국문의 전용을 주장했던 개화기 지식인들이 공유하던 보편적인 사고라는 판단이 가능한 것이다.

그 결과 개화기에 주창되었던 언문일치의 문제는 "한자의 사용인가

---

28) B. 앤더슨, 윤형숙 역, 『민족주의의 기원과 전파』, 사회 비평사, 1996, 5~6장 참조..

한글 사용인가"라는 문제로 수렴되는 한편으로 보다 규범적인 한글의 사용을 위한 문법과 사전, 독본의 간행과 함께 표준 규칙의 제정이라는 문제가 어문 논의의 핵심으로 자리 잡게 되었다. 그리고 이 같은 움직임은 19세기 말엽부터 비약적으로 증가한 교육에 대한 관심과 학교 교육의 성장과 함께 다수의 대중에게 상당한 영향을 끼친 것이다.[29] 비록 학교에서 제도적으로 교육되는 국문이 전일적으로 완성된 체계를 지닌 것이라고는 할 수 없지만 한문과의 경쟁에서 우위를 점하고 조선을 대표하는 문자로 인식되기에 이르렀다는 사실은 그 자체만으로도 충분한 의의를 부여할 수 있는 현상이다. 이후 많은 변화의 과정을 거치면서 정착된 어문 정책 및 조선·한국어에 대한 표준 규범의 확립은 바로 개화기에 전개된 국문을 둘러싼 논의와 혼란이 그 토양으로 기능하고 있는 것이다.

한편, 이 시기 국문의 보급과 발전에 신소설을 비롯한 문학적 텍스트가 기여한 바가 적지 않다는 사실을 지적해야 한다. 다른 여타의 글들이 상황과 조건에 따라 국문체와 국한문체를 비롯한 다양한 표기 방식을 혼용하고 있었던데 비해 신소설은 몇몇 경우를 제외하고 전일적으로 국문을 사용함으로써 문학 작품이 확보해야 할 미적 자질을 구비할 수 있었음은 물론 국문의 보급과 발전에도 일정한 공헌을 했던 것이다.

---

29) 개화기 학교 교육의 비약적 성장과 의의에 대해서는 홍일표, 「주체 형성 장의 변모」, 김진균·정근식 편, 앞의 책, 6장 참조.

개화기 서사 문학의 독자 전유양상 연구

1. 문제 제기 및 논의의 방향

이 글은 개화기로 범칭되는 20세기 초반 조선 사회의 서사 문학이 어떤 경로를 거쳐 자신의 독자를 창출하였는지 논의하는 것을 일차적인 목적으로 삼는다. 또한 이 과정을 지나면서 탄생한 새로운 독자 집단이 어떻게 분화되고 변화되었는지를 검토함으로써 1920년대 이후 본격화된 한국 근대 문학의 수용층이 형성되는 초기 양상을 살펴보는 것을 부차적인 목적으로 한다.

개화기 서사 문학에 대한 선행 연구 대부분은 개별 작품 혹은 신분이 밝혀진 창작자에 대한 논의를 중심으로 진행되어 왔다. 특히 이 시기의 문학/문예 활동이 20세기 이후 한국 근대 문학의 출발점이 되었다는 인식이 보편적으로 받아들여진 이후 이러한 경향은 한층 심화되는 양상이 확인된다.[1] 문학 작품의 독자성이라는 명제를 승인한다면 선행 연구의 주류적인 흐름에서 문제점을 발견하기 어렵다.[2] 그러나 문학 텍스트가 자기 완결적인 작품으로서의 지위와 동시에 사회적 의사소통의 매체로서의 측면이 존재한다는 점을 고려하면 선행 연구와 다른 관점에서 이 시기의 서사 문학에 접근할 가능성도 발견할 수 있을 것이다.

기존 방식과는 구별되는 관점으로 개화기의 서사 문학을 논의 대상으로 삼은 연구 가운데 이 논문의 문제의식에 직접적인 영향을 준 성과로 양문규의 「1900년대 신문·잡지 미디어와 근대 소설의 탄생」,[3] 김종현의 「신소설의 상품화 전략 연구」,[4] 김영민의 「1910년대 신문의 역할과 근대 소설의 정착 과정」,[5] 그리고 이희정의 연구[6] 등을 들 수 있다. 이러한 연구 성과는 20세기 초반 조선 사회에 새롭게 등장한 신문과 잡지라는 대중 미디어와 서사 문학 사이의 역관계에 대해 이전 논점과 뚜렷이 구분되는 접근 방식을 보여준다.

양문규의 논의는 "테크놀로지로서의 미디어와 근대 소설"의 관계에 주목하고자 했다는 점에서 주의를 요한다. 연구자는 테크놀로지라는 단어에 짝은 따옴표를 사용하여 강조했는데 이는 신문과 잡지를 가능케 했던 근대적 과학 기술의 도입과 수용을 주시할 필요가 있다는 사실을 강조한 것이다.

김종현은 신소설의 상품화 전략을 신문 연재의 경우와 단행본의 경우로 나누어 고찰하고 있는데 이중 "단행본 신소설의 전략" 부분이 흥미

---

1) 이러한 평가는 개화기 서사 문학을 대상으로 한 최근까지의 연구 성과를 정리한 김영민, 『한국 근대 소설의 형성과정』(소명출판, 2005a)의 '부록 4'로 실린 "근대 초기 서사자료 관련 연구 서지 목록"을 근거로 했다. 이 자료에 따르면 1948년 이후 관련 연구 성과는 1,100건(논문, 저서 미구분)을 상회한다.
2) 김영민, 『한국 근대 소설사』, 솔 출판사, 4장, 1997 ; 김석봉, 「개화기 서사 문학 연구의 경향과 전망」, 『한국 현대 문학 연구』 26, 2008.
3) 『현대 문학의 연구』 23, 2004.
4) 『현대 소설 연구』 23, 2004.
5) 『현대 문학의 연구』 25, 2005b.
6) 이희정, 『한국 근대 소설의 형성과 ≪매일신보≫』, 소명출판, 2008.

롭다. 이의 규명을 위해 연구자는 단행본 신소설의 정가 책정의 메커니즘, 20세기 초반 저작권과 관련된 사실 관계, 전속 작가 제도, 서적 광고 및 유통 경로, 소설 총서 간행 사실 등을 근거로 제시하면서 개화기의 서사 문학 가운데 신소설이 그 출현에서부터 상업적 지향을 노골적으로 드러내고 있었음을 실증적으로 밝혔다. 이 논의는 그동안 신소설 관련 연구에서 소홀히 다루어졌던 '물질 혹은 상품으로서의 책'이라는 명제를 본격적으로 제기했다는 점에서 그 의의가 인정된다.

김영민과 이희정의 논의는 공통적으로 20세기 초반 당시 서사 문학이 수용자와 대면할 수 있는 핵심적인 매개체였던 신문의 내적 논리와 소설의 관계를 본격적인 논의 대상으로 삼았다. 이희정의 연구는 "『매일신보』 소재 소설들이 신문매체의 강력한 영향 속에서 변화·발전하며 (중략) 우리의 근대 문학은 매체-작품-독자의 상호 연관 속에서 형성되어 왔음을 구체적으로 밝"히고 있다.[7]

선행 연구가 '문학 작품의 독자성'이라는 명제를 전제하고 작품 세계 및 작가 의식의 변화를 추론하는 노선을 견지하고자하였다면 이들의 논의는 해당 작품이 어떠한 매체를 통해 수용대중과 접촉하는가라는 문제를 함께 제기하고 있다. 그 결과 임화의 입론 이래 문학사적 상식으로 승인되다시피 한 1910년대 신소설의 정론성 퇴조라는 현상에 대해서도 "『매일신보』는 계몽성을 감싸기 위한 수단으로 대중성을 선택한 것이 아니라, 대중성과 오락성 그 자체를 목표로 선택해 서사문학 자료를 수록한 신문이다. / 근대계몽기의 문학은 그 어느 시기의 문학보다 매체의 영향을 많이 받으며 형성된 문학이다. 『매일신보』의 신소설이 통속화의 길을 가게 된 데에는 무엇보다 신문사의 편집 방침이 가장 중요한 요인

---

7) 이희정, 위의 책, 260쪽.

으로 작용했던 것으로 판단된다.”는 진술처럼8) 매체의 영향력에 주목함으로써 변화된 입장을 제출할 수 있게 된 것이다.

이 글은 서사 텍스트 연구의 중심에 놓는 연구 방식에 대한 반성으로부터 출발한다는 점에서 양문규 등의 논의와 입장을 같이 한다. 그럼에도 불구하고 이 논문과 위 4편을 중심으로 한 연구 경향 사이에 일정한 차이 역시 존재한다. 즉 위의 논의들은 작품에서 매체로 연구의 중심점을 이동시켰으나 아직 수용자라는 또 다른 변수를 적극적으로 포섭하는 데까지 나아가지는 않고 있다는 문제제기가 가능한 것이다. 이는 ‘수용자≒독자’라는 인식에서 출발하며 ‘수용자’라는 표현에서 예측 가능한 것처럼 ‘수용자’를 수동적인 입장에 자리매김하는 수용자 분석의 전통적인 입장을 받아들인 결과이다. 그러나 수용자 분석과 관련한 최근의 연구에 따르면 미디어 텍스트의 해독(解讀)에서 독자의 역할이 점차 강조되고 있으며 이들 독자를 수동적 존재로 간주하는 견해에 대해서도 이견이 제시되고 있다.9)

물론 신문과 같은 자본 집중적이고 지역의 제한을 넘어서는 매체의 경우 수용자가 능동적으로 미디어의 변화를 주도한다고 단정하기 어렵다. 그럼에도 불구하고 독자의 지속적인 확대 재생산이라는 신문의 태생적 과제는 독자 집단의 취향 변화에 민감하게 반응한다는 사실은 어렵지 않게 동의될 수 있는 지점이다. 바로 이 역관계로부터 독자/수용자 집단의 상대적 능동성을 논의할 단초가 마련될 수 있다.

한편 이 논문의 첫 문장에서 개화기의 서사 문학이 자신의 독자를 “창출”했다는 표현을 썼는데 이는 전 시기 독물(讀物)과 구별되는 개화기 서사 문학의 수용집단이 새롭게 출현·분화되었다는 의미이다. 그리고

---

8) 김영민(2005b), 앞의 논문, 293쪽.
9) D. McQuail(박창희 옮김), 『수용자 분석』, 커뮤니케이션북스, 1999, 39~42쪽.

이 "창출"의 과정은 창작 주체와 수용 집단, 그리고 양자를 매개하는 미디어의 역동적인 상호 관계 속에서 비로소 가능했을 것이라는 점이 이 글을 통해 규명하고자 하는 문제의식이다. 이를 위해 근대 미디어의 출현에 따른 사회적 의사소통 방식의 변화를 중심으로 서사 문학의 변모 과정을 고찰할 것이며, 전 시기와 변별되는 개화기 서사 문학의 여러 특질들이 수용 집단의 새로운 취향과 어떤 관계를 맺고 있는지 검토한 후 이들 수용 집단의 변화·분화 양상을 논의함으로써 이상의 문제의식을 증명하고자 한다.

2. 근대적 미디어의 출현과 공공 영역의 형성에 따른 창작―수용 관계의 변화

근대 서사 문학의 토대가 근대적 미디어의 출현에 있다는 사실은 상식적인 명제이다. 한국 근대 문학, 근대 서사의 경우도 신문·잡지와 같은 대중 매체가 출현함으로써 비로소 형성 발전을 위한 도태를 가질 수 있게 되었다. 그러나 이 진술이 '대중 매체의 출현=근대 문학의 제반 토대 구축'이라는 등식과 일치하는 것은 아니다.

개화기를 중심으로 한 전후 시기의 서사 문학의 생산과 수용에 관한 선생 연구 성과에 따르면 18~19세기경부터 서사 문학은 상당한 수준에서 자체의 독자를 확보하고 있었으며 나아가 근대 문학의 특징으로 간주되기도 하는 상업적 성격 역시 지니고 있었다.10) 그러나 세책방, 전기

---

10) 관련된 대표적인 연구 성과로 大谷森繁, 「조선조의 소설 독자 연구」, 고려대학교 박사학위 논문, 1984 ; 이주영, 『구활자본 고전 소설 연구』, 월인, 1998 ; 천정환, 『근대의 책읽기』, 푸른 역사, 2003 등을 들 수 있다. 특히 이주영의 연구는 구활자본 고전 소설의 전성기를 1915~1918년 사이로 설정하였다. 이는 현대 문학 연구자들이 상정하는 것처럼

수, 혹은 구활자본으로 대변할 수 있는 서사 문학의 유통-수용 양상은 20세기의 그것과는 질적인 차이를 지닌다. 도서의 대여·구입 이후 독서나 낭송 행위를 경과하면서 소통의 순환 구조가 종결되는 폐쇄적 특성을 가지고 있기 때문이다. 수용자가 자신이 접한 서사 문학에 대해 특정한 견해를 지니고 있다고 하더라도 이를 공개적으로 천명할 수 있는 계기가 별도로 주어지지 못했던 것이다.

한편 대중 매체를 통해 수용자와 접촉하게 되는 개화기의 서사 문학은 전대 서사 문학의 유통-수용과 구별되는 상황에 놓여있었는데 이를 구체적으로 이해하기 위해서는 서사 문학을 수용 집단과 연결하는 대중 매체의 특성을 먼저 점검할 필요가 있다. 개화기에 등장하여 서사 문학의 확산에 중요한 역할을 한 대중 매체로 신문과 잡지를 꼽을 수 있지만 이중 잡지의 경우는 제한된 독자를 대상으로 하는 폐쇄성을 지니고 있어 별도의 논의가 필요하며 주요하게 문제가 되는 것은 신문의 경우이다.[11]

신문이 개화기 서사 문학의 핵심적인 출현 매체였으며 구독자 확대와 발행 부수 신장을 위한 전략 가운데 하나로 서사 문학의 연재를 시도했었다는 사실은 대부분의 연구에서 강조되었다. 그런데 신문은 근본적으로 "책이 되기 위해서 만들어진 것이 아니라, 모자이크적인 형태, 혹은 사람들의 참가를 요청하는 형태를 목표로 삼아왔다"[12]는 지적을 고려한

전대(前代) 서사 문학의 독자층이 20세기 초반에 등장한 새로운 형식의 서사 문학의 독자로 자연스럽게 전이된 것이 아니라는 사실을 의미한다. 구활자본 고전 소설과 개화기의 서사 문학은 제한된 독자 집단을 전유하기 위한 경쟁 관계에 놓여 있었던 것이다. (이주영, 위의 책, 169~175쪽)

11) 서사 문학의 독자 전유 양상을 검토한다는 애초의 문제의식을 충실히 구현하기 위해서는 이 시기에 등장한 신문과 잡지를 모두 검토의 대상으로 삼는 것이 당연하다. 그러나 학술지 논문이라는 성격으로 인해 이 글에서는 신문의 경우만을 중심적으로 논의하고 잡지를 통해 확인할 수 있는 유사한 현상은 글을 달리하여 검토하기로 한다.

12) M. McLuhan(박정규 옮김), 『미디어의 이해』, 커뮤니케이션북스, 1999, 301쪽.

다면 개화기에 진행되었던 서사문학의 신문 연재에 대해 이전과는 다른 입장에서의 접근이 가능할 것이다.

주지하는 것처럼 신문이라는 매체는 '우리 고장'이라는 지역적 한계를 초월하여 불특정 독자를 겨냥하는 특성을 지니고 있으며 구독료의 증대와 광고 수입의 신장을 위해 독자 집단의 확대를 당면 과제로 삼을 수밖에 없다. 그런데 전 인구의 9할이 문맹 상태에 놓여 있었던 개화기의 조건에서 독자 집단의 확대를 통한 신문사의 수익 창출이라는 과제는 그 토대에 있어 한계를 지닐 수밖에 없는 것이었다.[13] 이러한 상황에서 신문은 발행 집단이 가지고 있는 정견에 따라 독자를 계몽하겠다는 당위와 더불어 이들 독자를 해당 신문의 구독 집단으로 존속시켜야 한다는 현실적 과제를 동시에 떠안고 있었던 셈이다.

이러한 목적을 달성하기 위해 신문은 지면 배치와 기사의 선별, 연재물의 선택 등 편집의 전 과정에서 독자 집단의 존재를 강하게 의식했다.

> 그 중에 영어신문이 ᄒ나히오 국한문으로 셕거 니이는 거시 ᄒ나히오 일어로 셕어 니인는 것도 잇스되 그 중에 국문으로 니이는 거시 뎨일 긴요ᄒ 쥴노 밋는 고로 우리도 쏘ᄒ 슌국문으로 박일터인데[14]

창간호 사설이라고 할 수 있는 글을 통해 자신들의 편집 방침에 대해

---

13) 노영택, 「일제 시기의 문맹률 추이」(『국사관 논총』 51, 1994)에 따르면 1920년대 초·중반까지 전 인구의 90%가량이 문맹 상태였다. 개화기를 경과하면서 근대적 교육 기회를 확대하고자 하는 시도가 다양한 방면에서 진행되었지만 그 수준은 동몽교육(童蒙敎育)의 차원에 그쳤다. 1908년 통감부 인가를 받은 학교의 수가 전국적으로 2,000여 곳에 달했지만 10여 년이 지난 1920년대 초반까지도 90%의 문맹률을 기록하고 있었다는 사실은 1900~1910년대의 상황을 짐작하게 해준다(노인화, 「애국 계몽 운동」, 『한국사』 12, 한길사, 1995, 252쪽). 한편 1900년대 등장한 신문의 발행 부수는 약 2~4천부일 것으로 추정되기도 한다(양문규, 앞의 논문, 213쪽).

14) 「고빅」, 『제국신문』, 1898년 8월 10일.

상세하게 밝히고 있는 『제국신문』 편집진의 위 발언은 단순히 순국문으로 신문을 발행하겠다는 의지를 천명한 것으로 읽힐 수도 있다. 그러나 불과 2년 전 마찬가지로 순국문 신문 발행 의지를 천명했던 『독립신문』이나 같은 해 순국문으로 발행된 『매일신문』과 달리 이 신문이 1910년까지 발행을 계속할 수 있었던 것은 자기 신문의 독자 집단을 중류 이하의 대중 및 부녀자로 한정했던 것도 무시할 수 없는 요인으로 지적된다.[15]

기본적인 신문 발간 방침에서부터 특정한 독자 집단을 상정하고 그에 적합한 발행 형식을 모색하는 것이 신문이라는 대중 매체가 지닌 여러 속성 가운데 하나라는 점을 감안할 때, 기사의 선별이나 특별히 장기간을 두고 게재되는 연재물의 선택에 있어서도 이러한 원칙이 적용되었을 것이라는 사실은 쉽게 추론할 수 있다. 신문은 수록된 기사나 연재물이 독자 집단을 유지하는 데 어떠한 기여를 했는지 판단해야했고 이에 따라서 연재물의 성격을 취사했을 것이라는 추론 역시 동일한 논리에 근거한다.

또한 신문은 계속해서 독자의 참여(feedback)를 요청한다. 투고(投稿) 형식으로 진행되는 신문 독자의 참여는 독자가 신문 수록 기사 및 연재물에 관심과 애정을 가지고 있다는 사실을 증명할 수 있는 유력한 제도이며 신문 발행 주체와 독자가 소통하는 계기로 작동한다. 이를 통해 신문 편집진은 자신들이 게재한 기사와 연재물에 대한 독자 집단의 반응을 점검하고 영향력을 강화하기 위한 개선책을 모색하는 것으로 이해해도 무리가 없을 것이다.

이러한 관점을 견지한다면, 1900년대 초·중반 일간 신문을 통해 다

---

15) 최준, 『한국 신문사』, 일조각, 1997, 78쪽.

양한 형식의 서사 문학이 게재되었다가 결국에는 이후 신소설로 지칭되는 서사 양식만이 살아남는 현상에 대해 기존의 분석과 거리를 둔 해석이 가능해질 것이다. 이러한 현상에 대해 기존 연구는 1905년 을사조약 체결로 인한 통감부의 설치와 1907년 신문지법의 발효에 따른 일제의 검열 강화 등을 중요한 원인으로 제시하는 것이 일반적이다.

그런데 김영민이 정리한 "근대 초기 서사자료 총목록(1895~1919)"을 살펴보면 흥미로운 현상이 발견된다.[16] 첫째 『한성순보』에 「拿破崙傳」이 1895년 11월부터 이듬 해 1월말까지 약 3개월간 연재됨으로써 시작된 서사 문학의 신문 연재는 1905~1906년경에 이를 때 까지 별다른 변화 없이 계속된다.[17] 즉 1895년부터 1906년경 까지는 독자 계몽의 의도를 노골적으로 드러낸 서사 텍스트나 단순히 소일삼아 읽을거리로 배치된 것처럼 판단할 수 있는 서사 텍스트 모두가 신문지면에 게재되고 있다.

두 번째로 흥미로운 사실은 1906년 하반기부터 이러한 현상에 미세한 균열 조짐이 발견되는데 계몽 의지를 담은 서사 텍스트를 게재하는 매체가 신문에서 잡지로 조금씩 변화하기 시작한다는 점이다.[18] 물론 통감부 설치 등의 상황 변화로 인해 황제권이 약화된 이 시기가 역설적으로 애국 계몽 운동이 가장 활발하게 전개되었고 이를 뒷받침하기 위해 각종 잡지 창간이 잇달았다는 사실을 감안하더라도, 계몽적 의지를 강하게 드러내고 있는 서사 텍스트가 신문에서 점차 그 입지를 상실하고 대신 제한된 독자 집단이 수용층인 잡지를 통해 지속적으로 창작—

---

16) 김영민(2005a), 앞의 책, 부록 3, 327~374쪽.
17) 이 기간 동안 진행된 서사 문학의 신문 연재가 엄격한 양식적인 인식에 바탕을 둔 것이 아님은 물론이다. 김영민(2005b), 앞의 논문.
18) 이러한 지적은 그 변화의 "경향"을 드러내는 것으로만 받아들일 필요가 있다. 『대한매일신보』와 같은 매체의 경우 계몽적인 성격의 단형 서사물이 형태를 바꾸어 잔존했다. 따라서 이 언급은 계몽적 성격을 지닌 단형 서사물의 주된 발표 지면이 변화하고 있으며 이 경향에 대한 검토와 분석을 통해 일정한 의미를 발견할 수 있다는 것을 뜻한다.

수용 관계를 유지하고 있다는 점은 의미 부여에 있어 주의를 요한다.

즉 1906년 7월 22일 이인직의 『혈의 루』가 『만세보』에 등장한 뒤에도 『대한매일신보』나 『제국신문』은 계속해서 서사 텍스트를 지면에 게재하고 있는데, 게재되는 텍스트의 성격이 그 이전과 달라지고 있다는 것이다. 특히 『제국신문』의 경우 1906년부터 '소설'란이 별도로 독립되었음에도 불구하고 해당란에 게재된 서사 텍스트는 이전의 '이어기담(俚語奇談)'에 수록되던 텍스트와 그 성격이 흡사하다.[19] 그리고 이들 텍스트는 그 이전에 게재되던 텍스트들과 달리 독자 계몽하려는 의도가 거의 배제된 단순한 이야기꺼리 이상의 의미를 갖지 못하는 것으로 판단된다.

이러한 사실을 두고 정치 환경의 변화에 따른 것으로 그 원인을 제한할 수도 있겠지만 신문과 잡지라는 매체의 이질적인 성격에 기인한 것으로 파악할 여지도 있다. 앞서 지적한 것처럼 잡지에 비해 상대적으로 개방적인 신문의 경우 독자 집단의 반응 양태가 불확실한 게재물을 계속해서 지면에 남겨두어야 할 이유가 없는 것으로 판단할 여지가 많다.

1900년대 초반 각종 신문에 실린 서사 텍스트는 그 주제 의식과 무관하게 대부분이 하루에 기사 형식으로 처리 가능한 짧은 것이 많다. 신문 지면에 서사 텍스트를 수록하는 이유가 독자 집단의 확대라는 상업적 포석 역시 무시할 수 없는 요인이라는 점을 감안한다면 하루의 독서로 소통의 순환을 종결할 뿐만 아니라 독자의 반응 역시 쉽게 파악하기 힘든 단형 서사가 신문에 계속 남아 있어야 할 이유는 별 달리 찾기 어렵다.[20] 신문을 발행했던 계몽 지식인들이 가지고 있던 선의(善意)와 무관

---

19) 김영민, 위의 논문, 267쪽.
20) 이 시기에 구활자본 고설이 그 영향력을 잃지 않았고 오히려 출판 기술의 발전을 통해 독자층을 확대하고 있었다는 점 역시 함께 고려되어야 한다. 신문에 수록되는 계몽적이고 짧은 서사와 탄탄한 이야기 구조를 지닌 구활자본 고소설 가운데 독자 집단이 어떤

하게 1900년대 초반 신문에 수록된 서사 텍스트는 애초의 의도와 달리 독자 집단의 별다른 반향을 이끌어내는 데 실패한 것으로 간주할 수도 있는 것이다.

1900년대 초반 주류를 이루었던 단형 서사 텍스트가 독자 집단과의 접촉에 있어 '무엇을(주제의식)'이라는 측면에만 집중하면서 '어떻게(접근방식)'라는 차원에 무감각했던 반면21) 1906년 등장한 신소설은 양자 모두에 비교적 균형 있게 접근했다는 평가가 가능하다. 신문 발행자들의 입장에서 본다면 신문명과 문명개화의 필요성에 대한 소개라는 측면에서 자신들의 주지(主旨)와도 크게 어긋나지 않으면서 독자 집단의 환상적 호기심을 충족시켜 줄 수 있는 새로운 형식의 서사 텍스트가 등장한 것이다. 뿐만 아니라 신소설은 신문 연재 후 곧 바로 단행본으로 출간될 수 있을 정도의 분량이며 이야기의 구성 역시 단형 서사 텍스트와는 비교할 수 없기에 독자 집단으로부터도 상당한 호응을 유도할 수 있었을 것으로 판단할 수 있다.

이처럼 독자 집단의 요구를 강하게 의식하면서 출현한 신소설의 상업적 성공은22) 다른 서사 문학의 유통에도 영향을 주기 시작한다.

① 이 쇼설은 슌국문으로 미우 주미잇게 믄들어 일반 국민의 이국수

독물(讀物)을 선택할 것인지는 분명하다.

21) 이후 논의하겠지만 이는 한 편의 텍스트가 표기되는 방식을 통해서도 확인가능하다. 대부분의 애국 계몽 지식인들이 한글의 우수성과 편리함을 주장했음에도 불구하고 그들의 저작은 여전히 순한문 혹은 한주국종(漢主國從)의 형식을 벗어나고 있지 못했다. 위에서 살핀 것처럼 독자층의 9할이 문맹인 상황에서 한자를 이해하고 수용할 수 있는 집단은 그 규모가 더욱 작아질 수밖에 없었음은 분명하다.

22) 1906년 7월 22일부터 같은 해 10월 10일까지 연재된 『혈의 루』가 연재 완료 5개월 후인 1907년 3월 27일 광학 서포를 통해 단행본으로 발매되었다는 사실은 이 작품의 상업적 성공을 실증한다. 또한 연재 완료 4일 후인 10월 14일부터는 『귀의 성』이 『만세보』 지면에 등장하고 있다. 이 역시 『혈의 루』로 상징되는 신소설이 당시 독자들에게 상당한 호응을 얻었다는 점을 반증한다.

상을 비양ᄒᆞᆫ 책이오니 이국ᄒᆞᄂᆞᆫ 유지ᄒᆞᆫ 남ᄌᆞ와 부인은 만히들 사셔보
시오.
　전부 샤십일 폐지 뎡가금 신화 스젼 지방에ᄂᆞᆫ 신화 오젼
　근셰 뎨일 녀즁 영웅 라란부인젼[23]

② 新小說 愛國婦人傳
　一冊定價金 拾五錢 新鮮ᄒᆞᆫ 圖本도 具備ᄒᆞᆷ
　右冊은 順國文으로 世界에 有名ᄒᆞᆫ 法國 婦人 若安氏의 愛國 事蹟을 譯
出ᄒᆞ얏ᄉᆞ오니 無論 男女ᄒᆞ고 愛國性이 有ᄒᆞ신 同胞ᄂᆞᆫ 맛당이 보실 書冊
이오니 陸續購覽ᄒᆞ심을 望ᄒᆞᆷ[24]

위 인용문에서 광고하는 책은 애국 독립 의지를 함양하는 것을 목적
으로 삼았던 작품이다. 흥미로운 사실은 두 광고 모두 작품이 "순 국문"
이라는 사실과 "재미"가 있다는 점을 두드러지게 드러내었다는 점이다.
역설적으로 『만세보』서 확인되는 『혈의 루』 광고는 "此 小說을 讀ᄒᆞ면
國民의 情神을 感發ᄒᆞ야 無論 男女ᄒᆞ고 血淚를 가히 灑ᄒᆞᆯ 新思想이 有ᄒᆞᆯ지
니 此ᄂᆞᆫ 西洋 小說套를 模範ᄒᆞᆫ 거시오니 購覽 君子ᄂᆞᆫ 細讀ᄒᆞ심을 望ᄒᆞᆷ"[25]
이라 하여 오히려 계몽적인 성격을 강조하고 있다. 이미 독자 집단의 호
응을 얻고 있는 신소설이 "국민정신의 감발"이나 "신사상" 같은 표현을
통해 시대정신과 무관하지 않음을 강조하는데 반해 "순 국문"과 "재미"
를 강조함으로써 독자의 관심을 유도하기 위해 노력하는 애국 전기 소
설의 상황은, 수용자에게서 나타나는 호응 여부를 더 이상 무시할 수 없
으며 이 호응이 서사 문학의 신문 연재를 위한 척도가 되기 시작했음을
대변하고 있다는 평가도 가능하다.

---

23) 『대한매일신보』, 1907년 9월 4일.
24) 『대한매일신보』, 1907년 10월 9일.
25) 『만세보』, 1907년 5월 5일.

1895년부터 10여 년 동안 진행된 신문을 통한 서사 문학 유통의 실험은 다양한 서사 형식들이 경쟁적으로 출현할 수 있는 계기를 마련했다는 점에서 그 의의가 인정된다. 그러나 잠재적인 독자 집단의 이해와 요구에 둔감했던 서사 형식들은 더 이상 신문 지면에 존속하기 어렵게 되었다. 이는 신문의 발행 주체는 물론 서사 문학 창작 주체 역시 독자를 적극적으로 고려할 수밖에 없는 상황에 놓인 것으로도 해석할 여지가 충분하다.

여타의 서사 형식들과 달리 처음부터 독자의 취향을 적극적으로 고려한 신소설은 다른 형식들과의 경쟁에서 우위에 설 수 있게 되었다. 특히 장래의 독자 집단인 학생과 청년 계층에 끼친 신소설의 영향은 다음 인용문을 통해 확인할 수 있다.

> 나는 『치악산』을 처음 읽어보고 커다란 충격을 받았다. (중략) 나는 신소설을 읽기 시작한 뒤로는 고대 소설을 집어 치웠다. 그것은 나도 모르게 새 것을 지향하는 시대적 충동이 있었던 까닭이다. 그 전에는 고대 소설의 주인공들을 자기의 이상적 인물로 삼았던 것이 이제는 신소설의 주인공들로 자리를 바꾸게 되었다.[26]

1896년생인 이기영은 1910년 이전에 『치악산』을 읽은 것으로 회고했다. 10대 초반의 학생이 받은 신소설의 충격은 50년이 지난 뒤까지도 생생하게 남아 있는 것이다. 이처럼 신소설이 독자 집단에게 준 충격은 다른 서사 형식들과의 경쟁에서 우위에 설 수 있게 되었다는 당대의 의미만이 아니라, 이들 청년 독자 집단이 이후 한국의 근대 문학을 주도적으로 이끌어갔다는 점에서 지속적인 영향력을 행사할 가능성을 확보했다는 점에서도 의의를 찾을 수 있다.

---

26) 이기영, 「이상과 노력」, 『우리 시대의 작가 수업』, 역락, 2001, 67쪽.

개화기 당대 신소설 작가군은 의식·무의식적으로 독자를 염두에 두고 있었음도 확인된다.

> 속언에 됴흔 노리도 오리 부르면 듯기실타는것과ᄀᆺ치 신쇼셜도 여러 히롤 날마다 디ᄒᆞ면 지리ᄒᆞᆫ싱각이 ᄌᆞ연 싱기리니 이는 독쟈제균만 그러실ᄯᅮᆫ안이라 져슐쟈도 날로 붓을 잡음이 지리ᄒᆞᆫ싱각을 금치못ᄒᆞ니 이는 다름이 안이라 시것이 오램이 변홀 긔회가 니름이로다[27]

『소양정』 소설 예고를 통해 이해조는 창작의 과정에서 독자의 호응 여부를 염두에 두고 있었음을 공개적으로 천명하고 있다. 이 시기가 되면 신문에 서사 문학이 연재되기 위해서는 독자의 호응이 필수적인 상황으로까지 변화가 가속된 것이다. 신문의 부수 확장을 염두에 두고 시작되었던 서사 문학의 연재는 상황에 따라 주종 관계가 뒤바뀌어 서사 문학을 접하기 위해 신문을 구독하는 역전된 양상으로 나타나기도 하였다. 이는 20세가 초반의 서사 문학이 그 변화의 과정에서 수용층인 독자 집단의 호응 여부에 민감하게 반응했다는 사실과 밀접한 관련이 있다. 따라서 신소설이 여타 서사 형식들과의 경쟁에서 생존할 수 있었던 이유도 독자 집단과의 친밀도와 관련해서 해석할 여지도 생겨나는 것이다.

3. 표기 방식의 정착 과정에 나타난 독자 집단 고려 양상

갑오개혁을 통해 국문이 공식적인 문자의 지위를 획득했음에도 불구하고 1907년 국문 연구소가 설립되어 국문 표기와 관련된 제반 논점과

---

27) 이해조, 「쇼셜 예고」, 『매일신보』, 1911. 9. 29.

규칙에 대한 입장을 정리하기 전까지, 국문을 통한 의사소통 방식은 여전히 자의적인 판단과 규칙에 의존할 수밖에 없었다.[28] 앞서 살핀 것처럼 『독립신문』 등이 순수 한글만으로 지면 편집을 시도하는 모험을 감행했지만 이러한 그들의 노력이 여론 주도층이라고 할 수 있는 당시의 지식인 계층에게 어떻게 받아들여졌을지는 논란의 소지가 있다. 이 매체 이후에 창간된 다른 여러 신문들이 『독립신문』의 시도를 되돌리는 것으로 볼 수 있는 한문 중심의 국한문 혼용이라는 표기 방식을 선택한 것이나, 1900년대 중반 이후 등장한 각종 학술 잡지에 수록된 글 가운데서 순한문으로 작성된 기사를 어렵지 않게 발견할 수 있다는 사실은 『독립신문』의 시도가 사회적으로 수용되기 힘든 측면이 있었음을 짐작하게 한다.

선행 연구의 조사에 따르면, 국문 전용의 의지를 천명한 1896년 『독립신문』 창간호 사설부터 1910년 이광수의 「今日 我韓 用文에 對ᄒ야」에 이르는 기간 동안 직·간접적으로 국문 혹은 표기 방식의 문제를 다룬 글은 대략 37편 정도이다.[29] 이들 논의의 출발점은 한자와 한글 중 어떤 것을 중심적인 표기 수단으로 선택할 것인가로 집중되었으나 모두가 합의할 수 있는 만족할만한 성과를 낸 것은 아니었다.[30] 결국 개화기에 발행된 인쇄 매체들은 발행 주체의 판단에 따라 통일되지 않은 표기 방식을 선택했고, 이는 해당 매체가 어떤 성격의 독자 집단을 자신들의 주요 독자로 상정하였는가라는 문제의식에 따라 좌우되었다고 판단할 여지를 남겨주는 것이다. 이 과정에서 한문체 표기 방식의 대안 모색 역시 발행 주체 혹은 참여 집단의 유학 경험과 같은 교육 이력에 따라 크게

---

28) 이기문, 『개화기의 국문 연구』, 일조각, 1970, 13~34쪽.
29) 하동호 편, 『국문론 집성』, 탑 출판사, 1985.
30) 김석봉, 「개화기 국문 관련 담론의 전개 양상 연구」, 『한국 문학과 계몽 담론』, 새미, 1999.

좌우되는 양상 역시 확인할 수 있다.[31)]

표기 방식을 둘러싼 혼란 양상은 서사 문학 텍스트 창작에서도 유사하게 확인된다. 『독립신문』이나 『매일신문』 혹은 『제국신문』에 수록된 서사 텍스트의 경우 발표시기가 1890년대 말이나 1900년대 초반임에도 순 한글로 표기되어 있지만 1900년대 중반 발간된 학술 잡지에서도 여전히 한문만으로 창작된 서사 텍스트를 발견할 수 있다. 순한문 표기 방식에서 순국문 표기 방식으로의 변화가 시간의 경과에 따라 일어난 것이 아니라는 사실에 대한 증거인 것이다. 이러한 혼란이 가중되었던 데에는 1900년대 당시 허구적 창작물로서의 서사 문학과 서사 일반에 대한 양식 차원에서의 인식 분화가 없었다는 점을 다른 원인으로 제시하는 견해도 있다.[32)]

서사 문학 텍스트의 표기 방식이 작품이 추구하는 주지에 따라 계몽적인 의도를 살리기 위해서는 한문 혹은 국한문 혼용이라는 표기 방식을 선택하고 여가를 위한 읽을거리인 경우 국문 위주의 표기 방식을 선택했다는 추론도 있을 수 있다. 하지만 앞서 광고를 통해 확인한 바, 1907년에 등장한 『애국 부인전』과 『라란 부인전』의 경우는 이러한 추론 역시 쉽게 일반화 할 수 없는 것임을 보여준다.

이 시기 발표된 다양한 서사 문학 독자의 입장에서 볼 때 이러한 표기 방식의 혼란과 양식에 대한 철저하지 못한 인식은 텍스트 수용에 있어서 장애를 초래하는 것으로 판단할 수 있다. 양식에 대한 인식이 명료하지 못한 것이 창작 혹은 매체 편집 측의 문제만이 아니라 독자 집단역시 비슷한 상황에 놓였을 것이라는 점을 감안한다면 표기 방식의 혼

---

31) 배수찬, 『근대적 글쓰기의 형성과정 연구』, 소명출판, 2008, 223~280쪽.
32) 권보드래, 『한국 근대 소설의 기원』, 소명출판, 224쪽 ; 김영민(2005b), 앞의 논문, 2000, 262~268쪽.

란이야말로 서사 텍스트의 완전한 수용을 가로막는 장애였을 것이라는 추론도 가능하다. 잘 짜인 이야기 구조를 가지고 있으며 순 한글로 된 고전 소설이 여전히 유통되고 있는 상황에서, 아무리 그 내용이 교훈적이라고 하더라도 난해한 한문으로 작성된 기사(서사)를 읽고 호응을 보낼 수 있는 독자 집단은 극히 제한적일 수밖에 없었을 것이다.

독자의 적극적인 참여를 매체 존속의 기본 동력으로 삼는 신문의 경우 이 문제를 해결하지 않고서는 발행 부수를 확대하거나 사회적 영향력을 확대하기 어려웠을 것이라는 점은 분명하다. 이러한 사정을 고려한다면 1900년대 중반 애국 계몽사상의 근거지로 간주되는 『대한매일신보』가 국한문 혼용판과 국문판을 함께 발행할 수밖에 없었던 것은 독자 집단에 대한 고려의 일환으로 판단할 수 있는 것이다. 『대한매일신보』 국문판의 발행은 신문이 독자 집단의 존재를 적극적으로 의식하고 있었음을 보여주는 지표이며 이를 통해 확인되는 표기 방식의 선택과 변화는 편집진의 사고가 생산자 중심에서 수요자 중심으로 이동하고 있음을 상징적으로 보여주는 사건이다.[33]

표기 방식을 둘러싼 혼란이 가라앉지 않은 상황에서 시작된 『혈의 루』 연재는 독자를 겨냥한 표기 방식의 조기 정착에 일조한 측면이 있다. 연재본 『혈의 루』의 표기 방식은 근대 일본식 문체의 도입이라는 부정적인 평가가 지배적이었다. 그러나 연재본의 표기 방식이 "신소설이 국문 표기를 선택하는 데 있어 가능한 여러 경로의 하나를 보여준다는 점"에서 의의를 부여한 연구도 있다.[34] 연재본 『혈의 루』가 제시한 표기 방식을 부정적인 시각에서 평가한 핵심적인 근거는 '부속국문활자'를 통

---

[33] 김영민(2005a), 앞의 책, 80~81쪽.
[34] 최태원, 「<혈의 루>의 문체와 담론 구조 연구」, 서울대학교 석사 학위 논문, 2000, 22~31쪽.

한 한자 훈독(訓讀)을 채택했기 때문으로 볼 수 있다. 그리고 이러한 평가
는 별다른 이의제기 없이 수용되어 왔다. 하지만 관점을 달리 하는 연구
성과들의 경우 연재본『혈의 루』의 표기 방식이 실질적인 차원에서 순
국문 방식임을 규명해 내었다.35)

그런데 부속국문활자는 연재본에 제한적으로 나타나고 있으며 뒤이어
발매된 단행본은 완전한 순국문으로 표기 방식이 전환되고 있다는 점을
감안할 때, 독자 집단을 염두에 둔 신소설의 표기 방식을 논하는 차원에
서 부속국문활자의 문제는 부차적으로 볼 수도 있다.36) 이런 입장을 선
택할 경우 연재본『혈의 루』의 표기 방식이 가져온 성과는 "어쨌든 문
제는 한자의 표기 유무(즉 국한문 혼용인가 순국문 표기인가)가 아니라 한자
표기와 일상어, 또는 음성 언어와의 차이"이며 따라서 "<혈의 루>에서
일상의 언어는 소설 문장의 중심을 구성함으로써 현실의 다양한 발화와
담론이 소설의 단일한 평면에서 공존하게 되었다."37)는 주장에 주목할
수 있게 되는 것이다. 다시 말해 연재본『혈의 루』가 실험했고 이후 신
소설들이 채용한 순국문 표기 방식을 통해서 독자 집단이 상용(常用)하는
일상의 언어가 서사 텍스트 내부로 인입될 계기가 마련되었다는 점에
주목할 필요가 있다.

> ① 부억압헤기러기느러셔듯한, 게집죵총즁에셔, 이마는슉붓고, 얼골빗
> 은, 파르족족ᄒ고, 눈은가슴치레훈, 게집이, ㄴ흔스물이, 되얏거ㄴ, 말거
> ㄴ, ᄒ얏눈더부억에로, 쮜여드러오며, ᄌ근돌이를향ᄒ야, 숀을니-쌱리면셔
> 여보, 마루에들리면엇지ᄒ려고, 그거슨, 다, 무슨소리오
> ᄒ눈거슨ᄌ근돌의게집졈슌이라38)

---

35) 김영민(2005a), 앞의 책, 83~90쪽.
36) 김영민의 지적처럼 이 문제는 연재본『혈의 루』만을 가지고 논의될 것이 아니라 이를 수
　　록한『만세보』전체의 지면 편집 방식과의 연관 속에서 해명되는 것이 보다 논리적이다.
37) 최태원, 앞의 논문, 26/31쪽.

② 항우가 장스이니 장비가 심이셰이니ㅎ여도 이셰상에는 돈이장스이
라 최치운이가돈을물쓰듯 ㅎ는셔슬에 옥단이는최가가 죽어라ㅎ면 죽고
사러라ㅎ면 살게되얏더라[39]

③ 칠녀는 스물이 너믄듯혼디 빗갈이 싸무잡〻ㅎ고 입살이 얄팍ㅎ고
눈가〻 쉴죽혼것이 얼는보기에 독살이 이마에 가득ㅎ고 간특이 얼골에
쥐여 발닌듯혼 것이[40]

인용문은 신소설 가운데 몇 대목을 제시한 것이다. 점순과 칠녀의 외
양 묘사, 옥단에 대한 전지적 해설 등에서 사용되는 언어는 당시 독자
집단의 일상적 언어생활과 크게 차이나지 않았을 것이다. 한편 독자 입
장에서 판단하면 서사 진행 과정이나 창작자의 의도를 파악함에 있어
별다른 사전 지식이 요구되지 않는 일상적 언어의 등장은 서사 텍스트
의 완전한 수용에 보다 효과적이었을 것이라는 점 역시 동의할 수 있는
추론이다.

한편 신소설 창작자들이 독자 집단의 상황과 조건을 면밀하게 고려했
음을 짐작케 하는 또 다른 근거는 구두점의 사용과 호흡 단위 띄어쓰기
방식의 도입이다. 실제로 당시 신소설 자료들에서는 쉼표와 띄어쓰기
사용이 쉽게 확인되는 데 띄어쓰기의 경우『독립신문』이 보여 주었던바
현대 국어와 흡사한 규칙성이 완전히 사라져버렸고 지극히 자의적인 방
식으로 활용되고 있었으며 쉼표 역시 비슷한 상황이다.

그러나, 져듯는대, 묘막이니, 졔쳥이니ㅎ고, 고대광실이, 잇는듯ㅎ게,
쩌드러노앗는데, 죠고마혼, 오막살이우리집으로, 대리고, 드러가면, 쌈짝

---

38)『귀의 성』상, 29~30쪽.
39)『치악산』상, 69쪽.
40)『재봉춘』, 6쪽.

놀날걸, 놀나면 대사인가, 그째가셔는, 소길것업시, 발오욱여대지, 안이, 그도, 그럿치안이해, 계집이여간, 밋고끈은듯해야지, 그리다가독살이, 밧삭나셔, 칼날갓흔마암을, 품고, 즈결이나ᄒ면, 공연히싱송장만, 치루게, 묘막에, 이왕드럿던, 사람을몃칠간, 말미를주어, 반이를식이어야, ᄒ겟스니, 아즉이집에, 계십시사, 얼너넘기고, 그동안에, 약차를, ᄒ얏스면, 고만심평이, 다폐일터이지[41]

인용문과 같은 자료를 묵독할 경우 현대국어에 익숙한 독자들로서는 그 의미를 제대로 파악하기 어렵지만 이를 낭독하면 비교적 명료하게 그 의미가 재구성된다. 즉 표면적으로 혼란 상태인 쉼표와 띄어쓰기는 실상 묵독보다는 낭독을 염두에 둔 표기 형식이라는 추론이 가능한 것이다.[42] 문맹이었던 인구가 압도적 다수였던 당시 조건 속에서 개인적인 독서 형태인 묵독만이 아니라 집단적 독서 형식인 낭독 역시 여전히 그 유용성을 잃지 않고 있었으며 이러한 정황은 다음과 같은 증언에 의해 뒷받침된다.

내가 고대 소설을 탐독하게 된 것은 자진해서라기보다는 피동적이었다. 그러나 나는 이야기책을 그 뒤에도 계속해서 읽었다. 나는 어른들이 저녁마다 이야기책을 애독하는 동네 사랑으로 마실을 갔다. 어른들이 읽어보라고 해서 읽기 시작한 것이 어느덧 나는 소설 「낭독꾼」으로 뽑히어 다니게까지 되었다.[43]

당시의 정황을 고려할 때 이들이 주로 향유한 서사 문학은 구활자본 고소설일 가능성이 높지만 신소설의 경우도 비슷한 상황이었다고 볼 수

---

41) 『홍도화』 하, 71쪽.
42) 김종현, 앞의 논문, 189쪽.
43) 이기영, 「리상과 노력」, 앞의 책, 65쪽.

있다. 문자를 인식할 능력이 없는 대다수의 사람들은 다른 사람이 읽어주는 글을 통해 서사를 접했으며, 설사 개인적인 독서 행위가 이루어진다고 하더라도 현대인들의 그것처럼 묵독이 주를 이루었을 가능성은 상대적으로 낮은 편이다.[44) 결국 신소설을 통해서 확인할 수 있는 이야기 구성 방식과 것을 표현하는 표기 방식의 정립은 독자 집단의 조건을 염두에 두고 시도된 것이며 그 실험이 독자 집단의 호응을 유도했다는 판단이 가능하다.

1905년의 5조약 체결과 1907년의 신문지법의 발효, 그리고 1910년의 강제 합방으로 이어지는 일련의 정치적 환경 변화 역시 다양한 서사 형식의 경쟁 관계가 신소설 독주 체제로 전환될 수 있는 계기를 제공했다. 그러나 외적 상황 변화로 인해 유일하게 대중 매체를 통해 독자 집단과 접촉할 수 있었던 신소설이라 하더라도 이들 독자의 호응이 없이는 그 존속을 장담할 수 없었음은 자명하다. 신소설이 대중 매체인 신문에 먼저 연재된 후 단행본으로 출간되는 유통 방식을 채택하고 있었음을 감안할 때 이러한 추론은 얼마간의 타당성을 갖는다.

4. 상품으로서의 서사 문학과 새로운 독자 집단의 등장 및 분화

1910년의 강제 합방이 지닌 파괴력에 대해서는 재론할 필요가 없다. 이는 서사 문학의 생산과 유통 과정에서도 마찬가지의 위력을 발휘하는데 그 중심에 신문 산업의 재편이 있다. 비록 수천 부에 불과한 발행 부수에도 불구하고 다양한 신문이 상호 경쟁하던 1900년대의 상황과는 달

---

44) 천정환, 앞의 책, 108~119쪽.

리 1910년대에는 총독부 기관지인 『매일신보』만이 유일한 언론 매체로서 잔존한다. 『대한매일신보』, 『만세보』, 『제국신문』이 각자 자신들만의 편집 원칙과 표기 방식에 의존하여 독자와 접촉함으로써 미약하게나마 그 생명력을 유지할 수 있었던 신소설 이외의 서사 형식들은 1910년대에 이르러서는 대중 언론 매체를 통해서는 더 이상 공식적인 발표 공간을 확보할 수 없게 된 것이다.

1910년대 전반기 『매일신보』는 철저히 대중성과 오락성을 기준으로 서사 텍스트 연재 여부를 결정한다. 이인직이라는 존재의 이름값도 독자의 외면 앞에서는 무화되어 『모란봉』이 연재 중단을 맞는 상황도 벌어진다. 이해조의 경우도 예외는 아니다.

> 긔쟈가 쇼셜을 져슐홈이 임의 십여지광음이라 (중략) 미양 붓을 들고 조희에 림홈이, 싱각이 삭만ᄒ고 문견이 고루ᄒ야, ᄆ옴과 글이 ᄀᆺ치 못홈으로 익독쟈씨의 진진흔 취미를 돕지 못ᄒ얏스니, 이ᄂᆞ 긔쟈의 비홀디 업시, 붓그러운 바이로다 (중략) 비록 결ᄉ를 후분까지, 지리히 긔록지 안이훈 터도, 익독졔군의 츄샹으로 그 다음일은 족히 요희홀 쥴로 밋ᄂᆞ 바이로다.[45]

1900년대부터 신소설을 창작해왔고 1910년대 초반 『매일신보』 소설 연재란을 독점하다시피 했던 이해조가 "독자의 취미를 돕지 못"했음을 스스로 비판하고 있음이 인상적이다. 이제 신문에 연재 되는 서사 문학은 문학으로서의 가치는 차치하고 소비와 수요에 의한 교환가치만으로도 얼마든지 평가될 수 있는 하나의 상품으로 받아들여진다.[46] 따라서 이해조를 중심으로 한 신소설 작가군의 독자 장악 능력이 여전만 못하

---

45) 이해조, 『탄금대』, 『매일신보』, 1912년 5월 1일.
46) 이희정, 앞의 책, 83쪽.

다는 판단이 섰을 때 신문 편집진은 이들을 배제하고 일본 신파 소설의 번안 작가인 조중환과 이상협을 중심으로 한 새로운 필진을 구성할 수 있었던 것이다.[47] 즉 1912년 하반기부터 조중환 등이 지면에 등장하는 1913년 상반기의 상황은, 소설이 "교환가치를 지닌 상품"으로서의 지위에 놓이게 되는 상황을 극적으로 보여주는 셈이다.

상업성과 통속성을 추구하는 독자 집단은 『매일신보』에 연재되고 이후 단행본으로 출간되는 서사 문학을 통해 자신들의 이해와 요구를 충족할 수 있게 되었지만, 고급의 문화를 향유하기 원하는 독자 집단에게 『매일신보』 연재물은 성에 차지 않는 것이었다. 신문 편집진 역시 이러한 독자 집단의 분화 조짐에 주의를 기울였던 것으로 판단된다. 독자 집단의 주의를 자신들의 지면에 지속시킬 수 있는 방안 가운데 하나로 『매일신보』는 1912년 2월 9일자 광고를 통해 "현상 모집"을 실시하는데 이 항목 중 "단편 소설"이 기록되어 있다. 현상 모집의 성황 여부와는 별개로 당대 유일의 언론 매체가 독자를 끊임없이 유혹하고 있다는 사실은 흥미로운 대목이다.

다른 한편으로 『매일신보』는 자신들이 장악하고 있던 독자 집단에 대한 영향력을 강화하기 위한 다양한 이벤트를 실시하는데 그 중 두드러진 것이 당시 유행하던 신파극과 지면 연재 서사 문학을 연계시키는 작업이었다. 연재물의 독자가 신파극 공연의 관객으로 호출되고 다시 이들 관객이 다음 연재물의 독자가 되는 한편 단행본으로 출간된 서사 문학의 구매자가 되는 '독자─관객의 순환 구조'가 마련되는 것이다.

> 이십구일브터 연흥사내에서 흥힝ᄒᄂᆞᆫ 본샤 연재 소설 쌍옥루(雙玉淚)
> 연극은 미일 다슈훈 인사가 대 환영으로 오후 스오시브터 자리를 쎼앗기

---

47) 최원식, 「이해조 문학 연구」, 『한국 근대 소설사론』, 창작사, 1986, 176쪽.

지 아니ᄒ랴고 문이 믜이도록 답지ᄒᄂ디 원래에 그 쇼셜도 니용이 대단
히 슯ᄒ고 가련ᄒ 사정이 보는 사람으로ᄒ야곰 동정의 눈물을 금키 어렵
게 ᄒ거니와 혁신단 림셩구 일ᄒᆡᆼ의 일반 비우가 더욱 일층 연구ᄒ고 열
심ᄒ야 막이 열니이면 보는 사람이 눈물을 흘니여 옷깃을 젹시이며 간々
이 박수 갈치ᄒᄂ 소리ᄂ 귀가 짜가울 디경이오[48]

　기사의 형식을 빌고 있지만 위 내용은 공연 홍보 광고라고 해도 과언
이 아니다. 1913년부터 1915년에 이르는 기간 동안『매일신보』지면에
는 각 극단의 공연 일정에 관한 기사가 거의 매일 등장하는데, 인용문의
경우처럼 공연의 레퍼토리가 연재물인 경우 그 정도는 더 강력해질 뿐
만 아니라 무료입장권 혹은 입장료 할인권을 지면에 인쇄해서 배부하는
경우도 발견된다.[49]

　이처럼 독자 집단의 즉물적인 호응을 유도하기에 적합한 서사 문학만
이 신문의 지면을 허락받을 수 있었던 당시 상황은 역설적으로 새로운
문학 형식에 대한 궁금증을 유도하는 조건을 만든 것으로 보인다. 1910
년대 중반 일본 유학 경험을 가진 지식인들을 중심으로 일기 시작한 이
러한 흐름은 1916년 이광수의 「文學이란 何오」를 통해 이론적 정점을
이루며 창작 영역에서도 이런 현상이 발견되는데 이는 주로 잡지를 통
해 구체화된다.[50]

　이러한 상황 변화 속에서 1914년『학지광』과『청춘』의 창간은『매일
신보』가 독점하고 있던 독자 집단의 분화를 유발했다는 점에서도 그 의
미를 부여할 수 있다. 대중적이며 가벼운 독서를 선호하는 집단은『매일
신보』연재물을 통해 자신의 욕구를 충족시키는 것으로 만족했고, 작가

---

48) 「三十日夜의 雙玉淚盛況」, 『매일신보』, 1913년 5월 2일.
49) 김석봉, 『신소설의 대중성 연구』, 역락, 2005, 202~223쪽.
50) 이희정, 앞의 책, 129~142쪽.

가 되기를 지향하거나 일본의 여향을 받아 순문예물에 관심을 갖게 된 독자들은 잡지를 통해 이를 해소하는 독자 집단의 분화 양상이 분명하게 드러나기 시작한 것이다.

신문을 통한 서사 문학의 생산·유통은 새로운 서사 형식에 대한 독자 집단의 관심을 유발함으로써 이후 전개되는 근대 문학의 독자 계층 형성을 위한 토대가 되었다. 그리고 신문이라는 대중 매체의 특성상 강조되었던 서사의 상품화 과정은 역설적으로 순수 문학에 대한 잠재적 독자 계층의 형성을 자극하는 양면성을 지니고 있었던 것이다.

5. 결론

이 글은 개화기 서사 문학의 변화 과정에 대한 선행 연구의 많은 부분이 창작의 축을 중심으로 진행되어 왔다는 점에 대한 반성으로부터 출발했다. 이에 따라 서사 문학을 수용하고 향유하는 집단의 이해와 요구 역시 의사소통의 순환 구조 속에서 제거될 수없는 요소라는 점에 주목하고자 하였다.

이러한 문제의식을 구체화하기 위해, 당시의 서사 문학이 신문이라는 매체를 중심으로 유통되었다는 사실을 논의의 출발점으로 삼았다. 독자를 확보하기 위한 신문 편집·발행 주체의 의도와 노력은 어떤 형식과 내용의 서사 문학을 자기 지면에 연재할 것인가의 문제와 곧바로 연결된다. 다양한 서사 형식 가운데 신소설이 살아남을 수 있었던 것도 이러한 사정 때문이다.

한편으로 신문 수록 서사 문학은 신문의 종류만큼이나 다양한 표기 방식을 지니고 있었는데 개화기 당시의 정황으로 보아 순국문 형식의 표기 방식 역시 합의된 규칙에 따른 것이라기보다 독자들에게 보다 쉽고 친근하게 다가서기 위한 측면이 존재함을 밝히고자 했다. 이처럼 진행된 서사 문학의 변모 과정은 1910년대에 이르러 그 상업성을 노골적으로 드러내게 되었으며 이에 대한 반성과 반발로부터 1920년대에 등장하는 순수 예술적 흐름을 지향하는 독자 집단의 등장을 확인할 수 있었다.

독자 집단의 반응을 확인할 수 있는 구체적인 자료에 근거하여 논리를 전개한 것이 아니라 기존 자료를 다른 시각으로 해석한 것에 머물렀다는 점은 이 글의 문제점이다. 하지만 해석을 위한 시각의 타당성과 증명 과정의 논리성은 인정될 수 있으리라 생각한다.

제 2 부

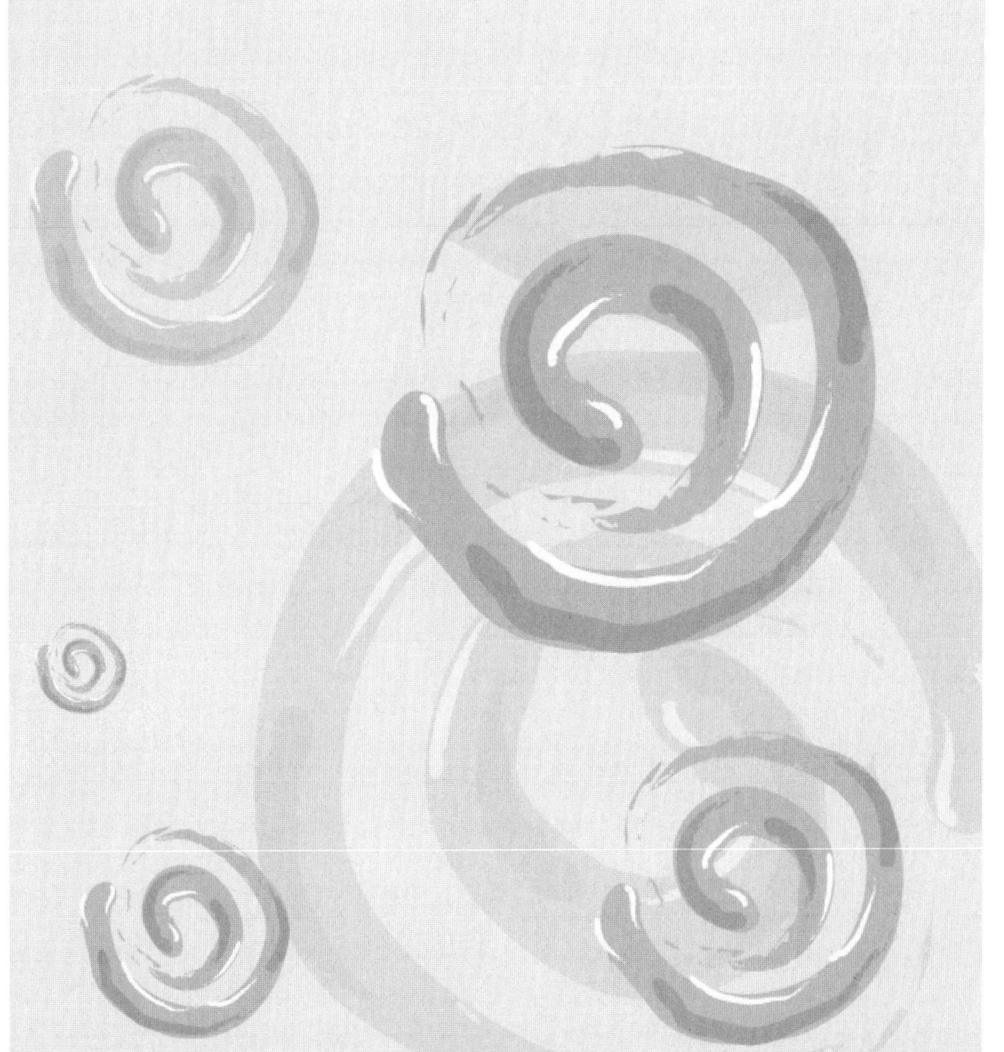

『혈의 누』에 나타난 근대화 담론의 발현 양상 연구

1. 문제 제기 및 논의의 방향

이 글은 "근대화 담론"이라는 틀을 통하여 이인직의 장편 『혈의 누』에 나타나는 서사 구조와 작품 내부에서 발견할 수 있는 담론의 근대적인 성격에 대해 논의함으로써 작품이 당시의 사회적인 변화의 과정에 어떠한 방식으로 대응하고 있으며 작품에 나타난 담론의 함의는 이를 어떻게 보정하고 있는가를 고찰하는 것을 그 목적으로 한다. 신소설에 대한 기존의 논의는 전대 소설과 신소설이 지니는 차별성에 주목함으로써 신소설이 지닌 새로움에 대한 강조에 무게 중심으로 두는 방향과 신소설이 고전 소설의 서사 구조를 계승함으로써 나타난 연속성에 강조점을 두는 방향으로 전개되어 왔다.[1]

---

[1] 신소설에 대한 선행 연구에 대한 검토와 비판은 자체로서 하나의 논의를 이룰 수 있다. 이 글은 신소설 일반에 관한 것이 아니라 작품 『혈의 누』에 국한된 것이므로 논지 전개의 필요에 따라 선행 연구의 성과를 수용하며 연구사에 대한 일반적인 수준의 검토는 생략한다.

신소설이 발표되는 개화기라는 시공간은 근대적 국민 국가의 수립이라는 당면한 목표와 함께 일본이라는 외적 강제가 함께 영향력을 행사하고 있었으며 시간의 경과에 따라 후자의 영향력이 보다 실재성을 띠면서 작용한 것으로 판단할 수 있다. 당시 사회의 이러한 변화 양상 일반의 문제를 '근대화(modernization)'의 문제로 치환하여 생각할 수 있는데, 신소설 작가들을 비롯한 개화기의 지식인들은 각자의 입장에 따라 조선의 근대화 방향에 대한 자기 생각을 제출하고 있으며 신문을 비롯한 언론 매체는 물론이려니와 넓은 의미의 '소설' 역시 필자·작가가 가진 이러한 입장을 전파하고 이를 매개로 국민 대중 일반을 계몽하려는 의도를 담고 있었다.

이 시기 종차를 지니면서 개진되는 조선 사회의 근대화에 대한 열망을 포괄적인 용어를 사용하여 '근대화 담론(modernization dicourse)'이라는 틀로 묶을 수 있다. 이 때 근대화 담론은 물질적이고 제도적인 측면에서의 발전을 추구하고 예찬한다는 점에서 넓은 의미의 '근대성 담론(modernity discourse)'에 포괄되는 것으로 볼 수 있다. 하지만 근대성 담론이란, 근대 사회가 제공한 물질적이며 제도적인 측면에서의 발전과 진보에 대한 긍정과 아울러 근대 사회가 초래한 각종의 모순과 소외에 대한 비판 및 근대 자체를 극복하려는 시도까지를 포괄할 수 있는 외연이 넓은 개념이라고 할 수 있다. 하지만 근대화 담론은 근대화 과정(modernization process)을 통해 획득될 수 있는 제반의 요소에 대한 긍정적 경사를 주로 확보하고 있다는 점에서 근대성 담론과는 일정하게 분리시켜 생각할 수 있는 여지가 있다.[2]

---

2) '근대화 담론' 및 '근대성 담론'에 대한 구분 및 정식화에 대한 논의는 김진균·정근식, 「식민지 체제와 근대적 규율」, 김진균·정근식 편저, 『근대주체와 식민지 규율 권력』, 문화 과학사, 1997의 논의 참조.

한편 이 시기는, 1905년을 계기로 조선 사회가 일본의 준식민지 상태(보호국)에 돌입하게 됨으로써 근대화 담론의 형성 및 전개를 논함에 있어 '식민지적 상황'이라는 변수를 함께 고려해야 할 필요성을 제기한다. 즉, "식민지가 어떤 의미에서는 근대의 실험실(laboratories of modernity)"이라는 명제가 시사하듯이[3] 제국주의 권력은, 조선 사회가 물질적·제도적으로 봉건적 잔재를 털어 내고 식민지 모국을 모델로 한 발전의 경로 즉 근대화의 과정을 경험하고 있다는 사실을 지속적으로 생산하고 유포한다. 이러한 관점에 서면 식민지 모국은 정상적인 진화·발전의 과정을 경험하고 지금 현재 순리적인 상태에 놓여 있는 반면에 식민지적 상황에 놓여 있는 국가는 인류 보편의 발전 과정에 필요한 요소가 누락된 채 비정상적이며 병리적인 상황에 놓여 있다는 관점이 성립된다.[4]

식민지 모국이 생산·유포하는 근대화 담론은 전근대(前近代)와 대척적인 위치에 놓인 근대의 실현을 목표로 한다. 또한, 근대화 과정과 근대의 실현을 경험하면서 그 내부 성원들 사이에서 사유 방식의 현저한 변화가 목격될 수 있다는 점은 주지의 사실인데 그 가운데 기본적인 것 중의 하나가 바로 시공간 의식의 변화라고 할 것이다. 자연의 수학화에 따른 근대적 인식에 의한 시공간 개념의 재편은 전근대적(봉건적) 인식과 근대적(합리적) 인식을 구획하는 하나의 지표로 간주될 수 있다.[5] 시계에 의해 측량 가능해진 시간은 수의 차원으로 번역 가능함은 물론, 분할 가능한 것으로 인식되기에 이르며 다른 한편으로는 전지구적으로 공통된

---

3) 강상중, 이경덕·임성모 역, 『오리엔탈리즘을 넘어서』, 이산, 1997, 15쪽.
4) '정상적'이라는 개념과 '병리적·비정상적'이라는 개념이 실재로 일탈적인 것을 지칭하는 측면과 아울러 역사화된 규범적인 것으로부터 벗어남이라는 사실은 G. 깡길렘이 상세히 논의한 바 있다.
  G. 깡길렘, 이광래 역, 『정상과 병리』, 한길사, 1996, 1부 2장.
5) D. 하비, 구동회·박영민 역, 『포스트 모더니티의 조건』, 한울, 1997 참조.

시간 개념을 강제함으로써 개별 사회를 공시적인 차원에서 비교 가능한 것으로 만들어주기도 한다. 뿐만 아니라 원근법과 측량술의 발달은 세계를 하나의 도상(圖上)에 표현하는 것을 가능하게 만듦으로써 정치 경제학적인 의미에서 영토의 개념을 정확하게 기록할 수 있도록 만들어 주었다. 이와 같은 근대의 시공간 의식은 하나의 시간점에 근거하여 동시에 존재하는 지구상의 많은 영역에 대한 비교·평가가 가능하도록 함으로써 문명화된 국가에 의한 야만적인 국가의 지배라는 제국주의적 논리를 강화시켜주는 기능을 수행하기도 한다.

한편으로 근대화 담론을 통하여 "식민지 권력은 식민지의 주민들을 통치 대상으로 전락시키면서 동시에 식민지적 질서 속에서 각 개인들 스스로 그것을 유지·재생산할 수 있는 주체로 만들려고 시도하였다."[6] 즉, 식민지적 상황에 처한 주체는 제국주의 권력이 유포하는 근대화 담론에 따라 현실의 문제를 판단하고 평가하는 동시에 근대화 과정이 자신에게 부여하는 각종의 규율을 내면화함으로써 자기 규율적인 근대적 주체로 변모하는 양상을 보여주기도 한다. 다시 말해 그들은 근대화하는 사회 속에서 그들을 '근대인으로 만들어 가는 지속적인 과정'[7] 속에서 생활한다고 말할 수 있을 것이다.

이상의 논의에 따라 이후 이 글에서는 『혈의 누』의 서사 구조가 지닌 시공간의 분할이라는 측면과 문명과의 동일시를 통한 근대적 주체의 탄생이라는 측면을 통하여 작품이 구현하고 있는 근대화 담론의 전개 양상을 고찰하기로 한다.

---

6) 김진균·정근식, 앞의 책, 24쪽.
7) 김진균·정근식, 위의 책, 70쪽.

2. 시공간의 분할에 따른 서사 구조의 변용

『혈의 누』는 1906년 7월 22일부터 같은 해 10월 10일까지 총 50회에 걸쳐 『만세보』에 연재되었는데 1회부터 17회까지와 46회의 후반부부터 50회까지, 작품 전체 분량의 약 40%가 여주인공 옥련의 어머니 최춘애를 중심으로 한 서사로 구성되어 있으며 18회부터 46회까지가 옥련을 중심으로 한 서사로 구분되어 있어 전체 서사가 뚜렷이 두 부분으로 나뉘어 있음을 볼 수 있다. 두 등장인물이 서사의 진행 과정에서 겪는 사건은 "가족의 이산→자살 기도→구원자에 의한 구출(과 회복)→가족의 재회"라는 점에서 구조적 동일성을 확인할 수 있지만 이 두 인물이 경험하는 시공간은 극명하게 대비되고 있다.

> ① 평양성외모란봉에 ᄯᅥ러지ᄂᆞᆫ져녁볏은 누엿∨ 너머가ᄂᆞᆫᄃᆡ 져희빗을 붓드러ᄆᆡ고시푼마ᄋᆞᆷ에 붓드러ᄆᆡ지ᄂᆞᆫ못ᄒᆞ고 숨이턱에단드시 갈팡질팡ᄒᆞᄂᆞᆫ ᄒᆞᆫ부인이나히 삼십이되락말락ᄒᆞ고 얼골은분을 ᄲᅡ고넌드시 흰얼골이ᄂᆞ (중략) 무슨소회가 그리ᄃᆡ단ᄒᆞᆫ지 그부인더러무를지경이면 ᄃᆡ답할여가도업시 옥년이를부르면셔 도라닷니더라 (1쪽)[8]

> ② 부인이죽기로 결심ᄒᆞ고 ᄃᆡ동ᄀᆞᆼ물에ᄲᅡ저죽을ᄎᆞ로 밤되기를기다려 ᄀᆞᆼ가으로향ᄒᆞ야가나 그ᄯᆡᄂᆞᆫ구월보름이라 하날은씨슨듯하고 달은 초롱갓다 은ᄭᅡ루를ᄲᅮ린듯ᄒᆞᆫ ᄇᆡᆨᄉᆞ장에 인적은ᄭᅳᆫ어지고 ᄇᆡᆨ구ᄂᆞᆫ잠드럿다 부인이탄식하야ᄀᆞᆯ오ᄃᆡ (중략) 이러ᄒᆞᆫ탄식을맛치ᄆᆡ 치마를거더잡고 이ᄅᆞᆯ악물고 두눈을ᄶᅡᆨ감으면서 물에ᄲᅱ여ᄂᆞ리니 그물은ᄃᆡ동ᄀᆞᆼ이오 그사람은 김관일의부인이라 (19~20쪽)

8) 이하 본문에서 인용하는 작품은 1907년 광학 서포에서 발행된 단행본(영인본, 아세아 문화사, 1978)과 1906년 『만세보』 연재본 모두를 대상으로 한다. 작품 출전은 내주로 처리하며 단행본의 경우 광학 서포 판의 면수를 연재본의 경우 연재 회수 표시로 대신한다.

③ 그밤에도 고가〃 그사공을 츠저가셔 돈둘이밤윳을노다가 물우에셔
이상혼소리가들니나 윳에밋쳐셔정신을모르다가 물우에셔 왼사롬
이쪄나려오다가 비에걸려셔 허덕거리는것을보고 급히쑤여나려서
건진즉 혼부인이라 (21쪽)

④ 최씨부인은 장팔의어미를 다리고잇스니 힝낭에는늘근과부오 안방
에는 절문싱과부가잇셔〃 김씨를오기만기다리고 셰월가기만기다린
다 밤에는밤이길고 낫에는낫이긴디 그밤과 그낫을 모와달되고희되
니쳔호에어려운것은 사롬기다리는것이라 (32쪽)

인용문에서 확인할 수 있는 것처럼 최춘애를 중심으로 한 서사는 고
전 소설에서 일반적으로 유별화 시킬 수 있는 일련의 모티프들을 그대
로 차용하고 있으며 그녀가 경험하는 시공간은 정체적인 상태에 놓여
있다. 『혈의 누』의 공간 구성은 '평양-대판-화성돈'으로 구분할 수 있
으며 여기서 평양은 조선의 현재를, 대판과 화성돈으로의 공간 전이는
조선이 지향해야할 바 조선의 미래를 상징적으로 드러내고 있다. 그런
데, 최춘애가 위치한 공간은 자신의 주거지 평양과 평양성 북문 밖, 대
동강 기슭으로 제한되어 있으며 서사의 진행을 통하여 그녀는 이곳으로
부터 한 걸음도 벗어나지 못한다.9)

최춘애가 위치한 공간이 변화가 없는 것과 마찬가지로 그녀에게 있어
서 시간 역시 변화를 강제할 수 있는 요건은 되지 못하고 있다. 그녀를
지탱하는 유일한 준거는, "셰월이 어서 가셔 고국에 도라 오시기믄 기다
리압ᄂ이다"(83쪽)라는 편지를 통해서도 알 수 있듯이 남편 김관일과의
재회일 뿐이다. 최춘애가 십 년 가까운 시간을 견딜 수 있었던 이유 역

---

9) 작품의 결말에 이르러 유학을 떠난 옥련이 어머니에게 부친 편지의 수신처도 그녀가 옥
  련과 헤어졌던 바로 그 집이다.

시 친정 아버지로부터 남편 김관일이 미국 유학길에 올랐음을 들었기 때문이다. 다시 말해 그녀는 딸인 옥련이 제외된 불완전한 결합이기는 하지만 시간의 경과가 남편 김관일과의 결합, 가족의 재회를 가능하게 해 줄 것이라는 믿음이 있었기에 옥련의 편지를 받는 순간까지 살아 남을 수 있었던 명분의 마련이 가능했다.

> 셰월이 덧업는 것일세, 옥연이는 죽고, 셔방님은, 미국가신지가, 아홉 히가 되얏네
> 미국이, 머다 하더리도, 사라게신 셔방님은, 다시 만나뵈우려니와, 죽어 속졀 업는, 옥연이는○○
> 말씃을 맛치지못하고, 목이머여서, 아무 소리업시, 안젓는터, 그 부인이 일쳥젼징, 난리이후로,
> 날마다, 근심과 눈물로, 세월을 보닌 사롬이라, 눈도 변하얏던지, 지금은 셔른 싱각이 나더리도, 눈물도 아니느고 가슴만 압풀쑌이라
> 눈에는, 옥연의 모양이, 보이는 듯하고, 귀에는 옥연의 소러가, 들리는 듯하야, 싱각을 하면, 밋칠듯하다 (47회)[10]

인용문에서 볼 수 있는 것과 같이 최춘애는 옥련이 이미 죽은 것으로 간주하고 이제 오로지 하나 남은 가족인 남편과의 재회만을 유일한 삶의 목표로 삼고 있다. 그렇기에 그녀에게 있어서 유일한 가족인 남편과 떨어져 지내는 아홉 해라는 시간의 흐름은 무의미한 것으로 인식되며 근심과 한숨 눈물로 하루하루를 지낼 수밖에 없었던 것이다. 그녀가 지닌 유일한 목표는 남편 김관일과의 재회일 뿐이며 따라서 그녀는 가족의 이산 이후 십 년이라는 시간이 흘렀음에도 불구하고 아무 것도 변화

---

10) 1906. 10. 6. 단행본으로 묶이면서 이 회의 내용이 모두 누락되었다. 이 때문에 단행본 91쪽, 옥련 모와 장팔 어미가 "옥련뫼에 가지고가려하던" 술과 실과를 내어 우체 사령을 대접한다는 대목의 전후 맥락이 쉽게 파악되지 않을 수도 있다.

한 것이 없는 상황에 놓인 것이다. 그러나, 그녀와 김관일과의 재회가 성사되고 그를 통해 불완전한 것이기는 하지만 가족의 결합이 이루어진다고 하더라도 그것은 고전 서사에서 확인할 수 있는 것과 같은 성질을 지니지 못함은 물론이다. 가족의 결합을 인물(최춘애)이 추구하는 이상이라고 할 때 고전 서사에서 그 이상을 뒷받침하는 것은 초인간적인 질서(천상의 질서)임에 반하여 『혈의 누』에서는 그와 같은 이상을 지원할 수 있는 질서가 서사로부터 이미 소멸한 상황임을 기억해야 한다. 그럼에도 불구하고 과거의 질서, 과거의 서사 구조 속에 놓인 최춘애가 무시할 수 없는 비중을 지니고 작품 내에서 형상화되고 있다는 점은 그녀가 바로 근대화의 초입에 접어든 조선이 처한 이중적 상황, 즉 전(前)근대적 요소와 근대적 요소의 혼재 중 전근대적인 요소의 잔존을 상징적으로 드러내어 줄 수 있는 존재라는 사실 때문이다.

그러나, 작품의 후반부 서사 진행 과정의 주도적인 위치에 있는 옥련의 경우, 이산으로부터 재회에 이르는 시간의 변화는 그녀의 삶과 세계 인식을 바꾸어 놓을 만큼 강력한 것으로 제시되고 있다.

① (옥)우리아버지 어머니가 살아잇는쥴을알고 날을도로우리집에 보내쥴것ᄀ흐면 아무데라도가고 아무것을시기더리도하깃소 (34쪽)

②-1 이셰상을얼는버 려졍상부인의눈에 보이지몰고 ᄒ로밧바황쳔에ᄀ셔 란리즁에죽은부모들 맛ᄂ리라결심ᄒ고 쳔년한모양으로 부인이게죠흔몰로티를납ᄒ고 그날밤에 물에ᄲᅡ져죽을츠로디판항구에로ᄂᄀ다ᄀ 향구에사롬이 몯흔고로 사롬업ᄂ 곳을ᄎ쳐ᄀ다 (49쪽)

②-2 고싱이되더리도 참ᄂ것이 오른일이오 근심이잇드리도 이저버리ᄂ것이오른일이라 오나 일곱살부터 지금까지 고싱으로사랏스니 죽지말고사룻다가 부모의얼골이ᄂ ᄒ번다시보고 죽으리라ᄒ고

돌쳐셔々 디판으로다시드러가니 (58쪽)

③ 옥년이가 부모싱각은 아조둔렴ᄒ기로쟉뎡ᄒ고 졔신셰ᄂᆫ 운슈도야
  가ᄂᆫ디로두고보리라ᄒ고 졍신을가다드머셔 공부ᄒ던칙을 니여놋
  코 마암을부치니 이삼일지ᄂᆫ후에ᄂᆫ 다시셔칙에 착미가되얏더라
  (78쪽)

인용문은 순서대로 평양과 대판, 화성돈에서 옥련의 마음을 드러낸 것이다. 부모와 헤어진 직후 두려움에 가득했던 옥련의 내면은 시간의 변화에 따라 조선 부인의 교육을 자기 삶의 목표로 설정할 정도로까지 성장하고 있다. 앞서도 언급한 것과 같이 평양이라는 공간은 조선의 과거 및 현재와 연관되어 있고, 작품의 내부에서 옥련의 의식 각성이 최고조에 이르는 화성돈이라는 공간은 조선의 미래를 상징하는 것으로 읽을 수 있다면, 주인공 옥련은 공간의 이동에 따라 새로운 제도 속에 흡수되면서 과거의 자신이 아닌 새로운 자신으로 변화, 발전하면서 의식의 고양을 이루어 내고 있다는 판단이 가능하다. 이 때 대판 혹은 화성돈이 상징하는 새로운 것은 옥련에게 있어서 절대적인 가치를 지닌 것으로 받아들여진다. 그녀가 공간의 이동을 시작하게 되는 계기가 비록 청일전쟁이라는 외적인 강제에 의해 이루어진 것이라고 하더라도 변화하는 공간 속에서 그 공간이 제공하는 새로운 형태로서의 교육 제도를 비롯한 근대적인 문물을 흡수하고 자기화하는 것은 옥련 자신의 몫으로 남는다. 옥련에게 있어 그녀가 경험하는 새로운 공간은 "새로운 시대"라는 가치 개념과 결합되면서 그녀가 나아갈 수 있는 유일한 통로로 기능하고 있는 것이다. 결국 옥련에게 있어서 십 년이라는 시간상의 변화는 과거로부터 미래로 나아가는 직선적인 시간 의식이 가감 없이 적용되는 과정이라고 할 수 있다. 이 때 과거는 부정의 대상이며 미래는 욕망의

대상으로 자리한다. 따라서 이같은 상황에 놓인 주체에게는 도래하지 않은 미래를 자신의 것으로 장악하기 위해서 먼저 현재를 합리적으로 재편하는 것이 긴급한 과제로 제기되며 이는 역설적으로 현재와 미래 사이의 일정한 시간적 간격을 상정하는 선조적인 시간관의 표현이라고 할 수 있다.[11]

옥련의 경험으로부터 도출할 수 있는 이러한 시간에 대한 의식은 그녀의 친모 최춘애의 경험에서 도출되는 시간 의식과는 현격한 차이를 보인다. 물론, 그녀가 경험하는 사건의 흐름 역시 그것을 추상화 시켰을 경우 최춘애의 그것과 별반 다를 것이 없으며 이를 근거로 옥련을 중심으로 한 서사 역시 고전 소설의 서사 문법을 그대로 답습하고 있다고 판단할 수도 있다. 그러나, 고전 소설과 최춘애의 서사에서 확인할 수 있는 원점으로의 회귀라는 구조는 결락되었던 것의 회복, 또는 존재하고 있던 근본적 질서의 회복이라는 의미를 지닌다. 재자 가인형의 주인공이 온갖 고난을 겪으면서 결국 자신이 대변하고 있는 천상의 질서를 회복함으로써 행복한 결말에 이른다는 고전 소설의 서사 문법이나, '가족의 재회'라는 존재하였지만 붕괴된 과거 질서의 회복을 본질적인 요소로 하는 최춘애를 중심으로 한 서사의 진행은 별반 차이가 없는 것으로 평가할 수 있을 것이다.[12] 하지만, 옥련을 중심으로 하는 서사의 진행이 비록 가족의 재회라는 사건으로 종결된다고 하더라도 그 과정에서 주인공 옥련이 욕망 하는 유일한 대상이 가족의 재회가 아니었으며 보

---

11) 김종욱, 「1930년대 장편 소설의 시간－공간 구조 연구」, 서울대 박사 학위 논문, 1998. 6~7쪽.

12) 이재선, 「신소설의 구조론 시고 I 」, 『한국 개화기 소설 연구』, 일조각, 1972. 이는 서사로부터 추출하여 유형화한 구조상의 유사성을 지적하는 것으로 제한된다. 앞서 밝힌 것처럼 최춘애의 서사 진행에 있어서 그녀가 지향했던 가족의 재회라는 이상의 실현이 고전 소설에서의 그것과 질적으로 동일하지 않음은 물론이다. 그녀의 서사는 오히려 옥련의 서사와의 대비 속에서 새로운 의미를 확보할 수 있을 것이다.

다 근본적으로는 재회에 이르는 과정을 겪는 동안 그녀가 외적 질서와 관계하는 방식에 뚜렷한 변모를 보임으로써 변화된 상태로 재회를 맞이한다는 점을 고려할 때 옥련의 서사가 고전 소설의 서사 문법을 답습한 것이라는 지적은 일면적인 것이다.

한편, 시간의 변화에 따라 옥련이 경험하는 공간의 이동은 이와는 조금 다른 맥락에서 의미를 지닌다. 강상중의 논의에 따르면 식민 통치 국가는 피식민 국가와의 관계 속에서 "정상적인 것"으로 자리하는 반면 피식민 지역은 "병리적인 것"으로 위치한다. 이 때 정상적인 것이란 다른 말로 문명화된 것(civility)을 의미하며 이는 곧 유럽의 관습과 풍습을 그 근거로 삼는다.13) 이 논리가 확장되면 세계의 모든 인종과 문화는 야만과 문명이라는 이분법적인 도식에 따라 각각의 위계에 걸맞은 위치를 점하게 되며 결과적으로 각각의 인종·문화는 야만의 상태에서 벗어나 문명의 상태로 진입하지 못할 경우 문명한 인종·문화에 의해 지배되고 관리되는 것이 당연한 것으로 받아들여지게 된다. 즉 각각의 인종·문화가 점유하는 공간은 그것이 야만적인 것인가 문명적인가에 따라 서열화 된 채 인식될 가능성을 지니는 것이다. 이렇게 볼 때 "보호국"의 단계에 접어든 조선의 상황은 야만에 다름 아니며 주인공 옥련은 동경, 화성돈으로 공간을 이동함으로써 문명의 실체에 보다 근접할 가능성을 지니는 것이다. 결국 옥련은 순례자와 같은 위치에서, 평양에서 화성돈에 이르는 위계화된 공간을 이동하고 있는 것이다.14) 그녀는 과

---

13) 강상중, 「일본의 식민 정책학과 오리엔탈리즘」, 앞의 책 3장 참조.
14) B. 앤더슨의 논의에 따르면 순례(*pilgrimage*)는 개별 행정 단위들이 조국(nation state)으로 인식되는 한 계기를 이룬다. 멀리 떨어져 있거나 그 밖의 이유로 연결되지 않았던 지역의 사람들이 특정한 곳을 향한 여행이라는 순례의 반복을 통하여 하나의 중심을 공유함으로써 국민 의식이 형성된다는 것이다. 『혈의 누』의 옥련 역시 평양을 떠나 근대 문명의 심장부를 향한 순례를 지속하고 있는 것으로 볼 수 있다. 이 순례의 결과 형성되는 국가의 상은 당연히 문명화된 그것일 수밖에 없으며 옥련과 그 밖의 유학생들은 바로

거의 공간에 비해 보다 정상적인 계열에 위치한 것으로 평가되는 현재
의 공간에서 이전에는 경험하지 못한 새로운 제도를 만나게 되며 이 제
도를 통과하면서 그는 이전의 자신과는 달라진 새로운 인간으로 재탄생
하게 된다.

이상에서 살핀 것처럼 『혈의 누』는 한 가족의 이산과 재회라는 사건
을 서사 구조의 기본 골격으로 한다. 그런데, 이산의 당사자라 할 수 있
는 어머니와 딸은 구조상으로는 유사한 경험의 과정을 거치는 것처럼
보이지만 최춘애의 경우 원환적이며 정체된 시공간의 구조 속에 놓여
있는 것으로 형상화된 반면, 옥련은 선조적인 시간의 변화 속에서 위계
화 된 공간 사이를 이동함으로써 과거의 인물이 아닌 새로운 인물로 재
탄생하고 있다. 옥련의 이러한 변화의 과정, 그리고 그 변화의 결과 옥
련이 귀국 후 부인 교육에 앞장서겠다는 다소간 막연한 인식에의 도달
이 서사의 진행 과정에서 나름의 개연성을 띠면서 형상화될 수 있었던
것은 정체 상태에 놓여 있는 최춘애의 존재 때문이라고 할 수 있다. 즉,
옥련이 경험한 10년의 시간은 온전히 옥련이라는 한 개인의 경험으로
귀착되고 있으며 그녀가 떠나온 고국 조선과 그녀의 주변 사람들은 10
년 전의 모습 그대로 남아 있다는 사실이 옥련의 각오에 대한 정당성을
보장해 주는 기호로 작용하고 있는 것이다.

3. 규율의 체화를 통한 근대적 주체의 형성

앞의 언급처럼 옥련을 중심으로 한 서사 역시 가족의 재회, 다른 말

이 상에 비추어 조선의 현실을 판단, 비판하고 있다는 논리가 성립할 수도 있을 것이다.
B. 앤더슨, 윤형숙 역, 『민족주의의 기원과 전파』, 사회 비평사, 1996, 4장 참조.

로 하면 원점으로의 회귀를 기본 구조로 한다. 주인공 옥련의 심리 저층에는 헤어진 가족에 대한 그리움, 그들의 안위(安危)에 대한 궁금증이 자리 잡고 있으며 바로 이 점이 옥련의 심리와 의식을 규정하는 드러나지 않는 본질적 요소로 작용하고 있다. 그럼에도 불구하고 옥련의 행위는 자신의 내면에 자리한 욕망의 실현을 직접적으로 추구할 수 없는 상황에 놓여 있는데 화성돈에서 아버지 김관일과 재회하고, 어머니의 편지를 읽으면서 불완전하나마 가족의 재회가 성사되는 장면 역시 옥련의 의식적인 행위에 의한 결과라고 할 수 없다.

> 그러느옥연이는 갈곳이업는아희라 병원에서 옥년의집을물은즉 평양북문안이라하니 병원에서옥년이가 느히 어리고 쏘훈정경을불상케녀겨셔 통스를안동하야 옥년의집에가셔보라훈즉 그찌는 옥년의모친이디동강물에 쌔저죽으려고 벽상에그스졍써셔붓치고간후이라 통변이그글을보고 옥년을불상이여겨셔 도로다리고 야전병원으로가니 군의정숭소좌가 옥년의정경을불상히여기고 옥년의자품을 긔이훈게여셔 통병을세우고 옥년의쯧을문는다 (33쪽)

어머니 최춘애가 벽에 붙여 둔 유서에 의해 졸지에 고아라는 신세로 전락한 옥련은 군의에 의해 일본으로 보내지고 학교라는 새로운 제도에 편입되어 김관일의 딸 옥련이 아니라 일본군 정상 소좌의 수양딸로서의 새로운 삶을 살게 된다. 어머니의 유서를 보고 고향을 떠나 온 그녀에게 친부모와의 재회는 더 이상 현실적인 문제가 될 수 없다. 다만 열심히 학교를 다녀 일본어를 필두로 한, 제도가 그녀에게 요구하는 제반의 것을 흡수·소화하여 자기 앞에 놓인 제도에 완전히 적응하고 명실상부하게 정상 소좌 가족의 일원이 되는 것만이 그녀가 취할 수 있는 유일한 선택이며, 그 가족의 일원이 된다는 것은 그녀가 야만의 상태에서 벗어나 문명의 단계에 접어들었음에 대한 징표일 수 있다.

또한, 정상 군의의 죽음이 알려진 이후 어머니(정상부인)의 냉대에도 불구하고 그녀가 끝까지 소학교 교육을 수료하는 3년 동안의 과정은 새로운 것, 정상적인 것, 다시 말해 문명적인 것에 스스로를 적응시키기 위한 옥련의 노력을 상징적으로 보여준다. 뿐만 아니라 구완서와의 만남을 계기로 일본을 떠나 미국이라는 전혀 새로운 환경에 던져져서도 새로운 것에 대한 그녀의 집착은 계속해서 나타난다. 옥련은 "미국화성 돈에 다섯히를 잇셔々 흐로도학교에 아니가는 놀이업시단기며 공부를흐 는디 지조잇고 부지런한사롬으로 그학교녀학싱중에는제일칭찬을 듯"(69쪽)는 인물로 성장한다. 그리고 새로운 현실, 변화된 조건에 적응하기 위한 이러한 노력의 결과가 신문이라는 매개를 통해 그녀에게 아버지와의, 가족과의 재회를 가능하게 해 준 것이라고 볼 수 있다.

이러한 옥련의 태도에서 근대적인 것, 새로운 것에 대한 회의나 반성의 태도는 찾아볼 수 없다. 그녀에게 있어 일본과 미국으로 상징되는 근대, 새로운 것은 항상 욕망해야 하는 것, 적응하고 학습해야하는 것으로 다가서고 있는 것이다. 언문도 제대로 배우기 전에 일본 문자부터 배우기 시작한 옥련에게 있어서 조선의 현실은 조선의 현실 그 자체로서 인식되는 것이 아니라 그녀가 학습하고 체득한, 일본과 미국으로 대별되는 "정상적인 것"의 논리에 비추어 "병리적인 것"으로 드러남은 당연한 결과라고 할 수 있다.

옥련과 함께 미국 유학길에 오른 구완서 역시 그 사유 방식의 변모가 옥련의 것과 크게 다르지 않다. 그는 조혼의 폐습에 대해 분개하고(72~73쪽) 자유연애의 논리에 입각하여 옥련의 부친 김관일을 배제한 채 당사자끼리 결혼을 약속하는 등(84~85쪽) 문명개화된 면모를 보여주며 이러한 그의 태도의 근저에는 다음과 같은 사고가 자리하고 있다.

> 네눈일쳥젼징을 너혼자당한듯이알고잇ᄂ보다마ᄂ 우리나라사롬이 누
> 가당ᄒ지아니한일이냐 졔곳에아니ᄂ고 졔눈에못보앗다고 틱평셩셰로아
> ᄂ 사롬들은밥벌레라 사롬사롬이 밥벌레ᄀ되야 셰상을모로고지니면 몃
> 히후에ᄂ 우리ᄂ라에셔일쳥젼징갓흔란리를 쏘당홀거시라 (65쪽)

청일 전쟁과 같은 난리를 또 다시 겪지 않기 위해 세상을 알아야 하
고 이를 위해 문명의 심장부인 미국으로의 유학이 필요하다는 구완서의
논리 역시 조선의 현실에 대한 부정적 진단에 근거하고 있는 것으로 파
악된다. 따라서 그가 주장하는 바 "세상을 알아야 한다"는 것은 난리를
피하기 위해서만이 아니라 비정상적이고 병리적인 조선을 정상적인 상
태로 만들기 위해 필수적으로 거쳐야하는 관문으로 기능한다. 결국, 이
러한 인식에 입각한 실천의 도달 지점이 조선의 상황을 치유의 대상으
로만 바라보는 극단적인 입장이라는 점은 그 출발에서부터 이미 규정되
어 있다고 할 것이다. 즉, 구완서로 표상되는 당대의 지식층이 조선을
바라보는 입장은 조선의 문제를 그 내·외적 모순의 중층 결정 상태로
서 바라보는 것이 아니며 그들이 관념적으로 상정하고 있는 정상적인
외부의 시선과 입장을 통하여 조선의 문제를 진단하고 그 처방을 내리
고 있는 것이다. 그들이 제시하는 대안은 실제 조선의 발전 방향과는 일
정한 거리를 둔 것일 수밖에 없다.

> 구씨의목젹은 공부를심써ᄒ야 귀국흔뒤에 우리ᄂ라를 독일국갓치연방
> 도을삼으되 일본과만쥬를 흔디합ᄒ야 문명한ᄀ국을 맨들고즈ᄒᄂ(비스
> 믹)갓한 마음이오 (85쪽)

구완서가 일본과 만주, 조선을 아울러 독일과 같은 연방 국가를 만들
겠다는 마음을 먹고 이를 조선이 나아가야 할 길로 제시하는 위와 같은

태도는 일정한 부분에서 『혈의 누』의 작가 이인직이 당시 가지고 있었던 생각의 한 단면을 드러내어 준다고 할 수 있다. 전기적 사실과 당시 그의 사회적 위치,[15] 그리고 위와 같은 구완서의 언급을 함께 고려한다면 당시 신문에 실린 다음과 같은 내용의 사설은 주목할 만한 것이다.

> 一進ᄒ야 日本을 合ᄒ고 再進ᄒ야 間島를 索還ᄒ고 三進ᄒ야 滿洲를 連絡ᄒ 然後에 東洋에 一大聯邦을 作ᄒ야 經濟上大進步를 硏究치아니ᄒ면 不可ᄒ도다 (중략)
>
> 我國에 鐵血宰相갓튼 人物이 無ᄒ면 我國民에 悲觀이 日至ᄒ리로다 (중략)
>
> 我國이 日靑日露 吸에 隨ᄒ야 或 吉夢도 做ᄒ고 或 悲觀도 感ᄒ니 今에 至ᄒ야ᄂ 吉夢도 往事이오 悲觀도 往事이라 往事ᄂ 說ᄒ야도 無益ᄒ거니와 來頭ᄂ 往事의 影響과 關係가 密接ᄒ니 此間에 在ᄒ야 大進步가 無ᄒ면 大悲觀이 必至ᄒ리로다[16]

이상과 같은 입장이 19세기 말 일본에서는 이미 보편화되어 있었다는 사실은 강상중에 의해서 지적된 바 있는데 이는 외부의 시선과 입장을 통하여 조선의 문제를 해결하려는 의도를 드러내고 있는 것으로 볼 수 있다.[17] 따라서 구완서가 "쇠공이를가라 바눌맨드ᄂ 성역"(73쪽)으로 공부하여 그 결과에 힘입어 조선의 현실을 개선하겠다고 다짐하여도 그것

---

15) 전광용, 「이인직 연구」, 『신소설 연구』, 새문사, 1986.

16) 「辭說－三進聯邦」, 『만세보』, 1906. 7. 20.
　　작가인 이인직이 『만세보』의 주필로 활동하였음은 주지의 사실이다. 창간 당시 『만세보』는 오세창과 이인직 명의의 기명 논설을 수록하였으나 이후 논설은 모두 무기명으로 게재되었다. 정창렬은 「만세보 해제」(아세아 문화사, 1985)에서 이 신문 논설의 상당 부분을 이인직이 집필하였을 것으로 추론하고 있다. 실제로 이인직이 신문의 이 논설을 썼는가 아닌가와는 별개의 문제로, 그가 주필로서 신문 논설의 논조를 책임지고 있었다는 사실을 고려한다면 『만세보』 사설의 주장이 이인직의 입장과 크게 다르지 않을 것이라는 판단이 가능하다.

17) 강상중, 앞의 책, 103~104쪽.

이 과연 조선 인민 전체의 복리를 증진시킬 수 있는 긍정적인 방향으로 나아갈 수 있을 것인지에 대해서는 다시 한 번 질문할 필요가 있는 것이다.

일반적으로 『혈의 누』를 비롯한 신소설이 지닌 특징 가운데 하나로 계몽 의식의 과도함을 들고 있는 것이 보편적이다. 즉, 작품에 등장하는 인물들이 반봉건 의식과 문명 개화 의식으로 충만한 상태에서 이를 깨닫지 못하는 다수의 대중을 향하여 자신의 입장을 개진하고 설득하려는 태도가 다수의 신소설 작품에서 발견된다는 것이 선행 연구의 입장이다. 그런데, 문제는 그와 같은 언술이 과연 어떠한 입장에서 어떠한 시선을 통해 분석, 평가된 것인가라는 점이다. 옥련과 구완서의 경우 그들이 일정한 사건의 경과를 통하여 조선의 현실에 대한 나름의 인식에 도달하였다는 사실을 부정할 수는 없다. 그러나, 그들의 인식이 일본과 미국의 학교 교육이라는 새로운 제도적 장치를 통하여 얻게 된 문명국의 인식 틀을 통해 바라본 조선의 현실이라는 점에 주목할 필요가 있다. 이는 이 인직으로 대별되는 작가층이 제시하는 계몽 의식 및 국가 의식의 실체가 조선 내부의 현실 인식에 근거한 것이 아니라는 점을 뜻한다. 이들 (작가, 등장인물)이 근거하고 있는 현실 인식 내지 국가관은 내부 시선을 통해 획득된 것이 아니라 외부의 시선·입장에 기준을 두고 있으며 자신들의 입장을 외부의 그것과 과도하게 동일화시킴으로서 획득된 사실이라는 점에 주목할 필요가 있는 것이다.

그렇다면 옥련과 구완서가 획득한 문명 세계의 기준이라는 것의 실체는 과연 적확한 것인가라는 다른 차원의 문제를 제기할 수 있을 것이다. 『혈의 누』를 통해서 확인되는 그들의 유학 생활의 경험은 이에 대한 일정한 시사점을 제공한다.

(옥)어머니가 참 시집아니가고 집에잇셔々 날공부시겨쥬시깃소
(부인)오냐 넘녀마러라 어린아히더러 거진말ᄒ깃느냐
옥년이가 그말를 듯고 깃분마음을이기지못ᄒ야 부인의무릅우에 안저
셔쌤을터이고 어리광을 ᄒ더라
그후로부터 옥년이ㄱ 부인의게쓰루는 마음이더옥ㄴ절ᄒ야 학교에가면
집에도라오고시픈마음만잇다가 ᄒ학시ㄱ이되면 다름박질ᄒ야 집에와셔
부인의게 안겨셔어리광만ᄒ다 (46쪽)

일본 대판에서 옥련의 행동 범위는 정상 군의의 집과 심상소학교만으
로 제한되고 있으며 화성돈에서 구완서와 옥련의 행위는 학교와 호텔로
만 제한되어 있다. 그들의 행동 범위가 이처럼 제한적인 가장 근본적인
이유는 언어, 의사소통의 문제라고 할 수 있다. "살갓치빠른비"(36쪽)를 타
고 대판에 도착한 옥련이 처음 마주하는 대판, 문명 세계의 풍경이란 놀
라움 자체로서 다가오고 있으며 미국의 첫 인상은 두려움으로 다가온다.

① 옥년의눈에는 모다쳐음보는것이라 항구에는 비돗디가 삼쩌드러셔
듯ᄒ고 져자거리에는 이칭삼칭집이 구름속에드러ㄴ듯ᄒ고 진예갓치긔여
가는 긔츠는 입으로연긔를 확々쯤으면셔 비에는쳔동지동하듯구르며 풍
우갓치다라난다 널쏘고든길에 갓다왓다ᄒ는 인력거박쾌소리에 정신이업
는디병뎡이인력거둘을불너셔 저도틋고 옥년이도틱우니 그인력거들이 살
갓치가는지라 (37쪽)
② 산도셜고물도셜고 사름도쳐음보는인물이라 키크고 코놉고 노랑머
리 흰살빗에 그사름들이 도덕심이비가튝쳐지도록 드럿드리도 옥년에눈
에는 무섭게만보인다 (중략)
사 오층 되는 놉흔집은 구름속ᄒ날밋히 단듯한디 물쓸틋ᄒ는 사람들
이도야들고 도야는눈모양은 쥬목집갓흔곳도 만히보히ᄂ 언어를통치못ᄒ
는고로 어린셔싱들이 엇지ᄒ면조흘지아 지못ᄒ야 (65~66쪽)

새로운 문명에 적응하기 위해 이들이 택한 문제 해결의 첫 걸음은 그 나라의 언어를 습득하는 것이지만 언어를 자유롭게 구사하고, 학교라는 제도에 성공적으로 적응한 뒤에도 그들이 보여주는 행동의 양상은 여전히 폐쇄적인 상태에 머물러 있다. 결국, 유학이라는 새로운 도전을 통해 그들이 습득할 수 있었던 '근대 문명의 상'이라는 것은 학교라는 제도를 통해 획득된 관념적인 것일 수밖에 없으며 그들이 동화되고자하는 그 문명의 실제 운용과 그 결과가 일반인의 삶에 미치는 영향의 양상과 같은 구체적인 모습은 그들로서는 도저히 파악할 수 없는 미지의 것으로 남아 있게 되는 것이다. 따라서 그들이 명함으로 서로를 확인하고, "(텔불)압혜서 마조향ᄒᆞ야 의즈에거러안"(70쪽)아 이야기하는 등 문명화된 나라의 풍습을 좇아 생활한다고 하더라도 그것은 관념의 층위에서만 가능할 뿐이며, 더 나아가 관념의 층위에서나마 그러한 포즈를 취하기 위해서라도 그들은 더욱 과거의 자신을 버리고 현재 눈앞에 놓인 문명에 스스로를 동화시켜 가야만 했던 것이다.

이 동화의 과정에서 필수적으로 요청되는 것이 스스로 자신을 규제하고 통제할 수 있는 능력이었다. 옥련에게 그것은 자연스럽게 주어지는 것이 아니라 심상 소학교와 미국 유학의 과정 속에서, 학교라는 교육 제도의 틀을 통하여 획득된 것이다. 부모의 생사를 궁금해하고 자신이 죽지 않고 살아 있음을 한탄하던 옥련을 다시 정상적인 생활로 되돌려 놓은 것이 학업이라는 사실은 흥미로운 대목이다(75~78쪽). 그녀에게 부모는 이미 죽은 사람들로 간주되고 있으며 설사 그들의 생사 여부에 대하여 관심을 갖는다고 하더라도 그것은 잠시 동안의 심리적 갈등에 지나지 않으며 학업·책이라는 외적 강제는 부모에 대한 그리움마저 유보시킬 만큼의 힘을 지니고 있는 것이다.18) 거꾸로 옥련 스스로 학습이라는 제도의 힘을 빌어 부모에 대한 그리움과 그로 인한 고통으로부터 벗어나고 있다는 해석도 가능하다. 어떤 입장을 취하든지 옥련은 다른 사람의 위로나 격려를 통해서가 아니라 학업이라는 매개를 통해 스스로 자신의 감정을 수습하고 있는 것이다.[19]

이처럼 작품에 나타나고 있는 근대화에 대한 지향, 과도할 정도의 국가 의식 등은 대부분이 내적 모순에 대한 철저한 자각으로부터 비롯한 것이라기보다는 자신의 문제를 외부의 시선을 통해 진단하고 외부의 방식을 매개로 해결의 실마리를 찾으려 하고 있다는 점에서 공통점을 지닌다고 할 것이다. 작품에 나타나는 이러한 사유 방식은 한편으로 당시의 현실을 바라보는 작가 이인직 사유의 윤곽을 짐작케 하는데 1906년 6월 17일자 『만세보』 창간호 이인직의 기명 사설 <社會>는 진화론적인 사고를 근저에 두고 당시 조선 사회의 현실에 대한 비판을 시도한다. 그는 경쟁과 도태를 수반하는 진화가 인류의 상례(常例)임에도 불구하고 당시의 조선 사회는 "苟祿의 輩가 膏粱을 徒食하고 愚昧의 徒가 涸轍에 苟活"하여 "滅絶에 至"할 상황에 놓여 있다고 진단한다.

이러한 조선의 상황을 초래한 가장 근본적인 요소로서 이 글에서 그가 꼽는 것은 바로 봉건제적 질서의 잔존이다. 김관일이 유학을 결심하는 장면에서 봉건제의 폐해를 토로하는 장면이나(11~14쪽), 최주사의 하인 막동이 토로하는 울분은(27쪽) 『혈의 누』에서 반(反)봉건적 사고를 가장 잘 드러내는 장면으로 손꼽을 수 있다. 이러한 난관을 돌파하기 위해

---

18) 개화기에 제도적인 학교 교육에 대한 조선 사람들의 열정은 놀라운 것이었다. 이동휘 같은 지사가 함경도 지방을 순시하면서 학교교육의 필요성을 역설하면 백여 개의 사립 학교가 새로 설립되는 광경이 벌어지기도 한다.
홍일표, 「주체 형성 장의 변모」, 김진균·정근식 편, 앞의 책, 6장 참조

19) 근대적 주체를 형성하는 과정에서 규율과 그 규율의 내면화의 문제는 일차적으로 신체에 대한 규율로부터 출발한다고 보는 것이 일반적이다. 그러나, 규율의 범위를 보다 포괄적인 맥락에서 해석한다면 직접적인 신체에 대한 구속이라는 제한된 차원을 넘어선 논의가 가능하다는 것이 이 글의 입장이다.

제시되는 해결 방안은 봉건적 질서의 해체, 식산과 교육의 증진, 청년의 책임 의식 증대, 애국심의 고취 등으로 이는 황인종과 백인종 사이의 우승열패, 적자생존의 경쟁 시대를 헤쳐나가기 위한 필수적인 과제가 된다.[20]

그런데, 이와 같은 입장의 근저에는 "小國에 兵亂이 一起ᄒ면 利는 強國에 歸ᄒ고 禍는 弱國이 受"한다는 논리로 당시의 의병에 활동에 대해 노골적인 적대감을 표시함은 물론 청일, 러일 전쟁 이후 "日本이 我韓의 獨立維持를 宣布"하였기 때문에 일본과의 화친을 근거로 조선 독립 유지의 활로를 모색해야 한다는 인식이[21] 자리잡고 있다. 이러한 인식이 당시 일본이 조선을 지배하면서 내세웠던 논리와 정확히 일치하고 있다는 점은 이인직으로 대표되는 일군의 지식인이 지닌 현실인식의 한 단면을 적시하고 있는 것으로 평가할 수 있을 것이다.

4. 결론

이상에서 살펴 본 것처럼 『혈의 누』의 등장인물들은 시공간의 분절과 위계화를 경과하면서 점차 문명의 심장부에 돌입하고 이에 근거하여 조선 사회의 문제 해결을 위한 나름의 진단과 대안을 제시하고 있다. 그러나, 시공간의 분절과 위계화를 경험함으로써 대안을 모색하고 있는 인

---

20) 이상과 같은 대안은 1906년 『만세보』에 실린 사설들을 통해서 확인할 수 있다. 위의 내용은 순서대로 「政黨 平民 區別」(6월 30일), 「似而非罪」(7월 17일), 「靑年의 擔荷」(7월 19일), 「愛國心」(7월 26일), 「人種競爭」(9월 15일)의 사설에서 주장하고 있는 것이다. 개화기를 경과하면서 비로소 근대적 의미의 소설이 탄생한다는 점을 염두에 둘 때 1906년 당시 소설의 내용과 사설의 내용을 근사(近似)한 차원에서 논의하는 것이 큰 오류라고 할 수는 없을 것이다.

21) 「義兵」, 『만세보』, 1906. 6. 28~6. 29.

물과 함께 원환적이며 정체된 시간 속에 머물러 있는 인물이 하나의 서사 텍스트에 병존하고 있음을 역시 확인할 수 있다. 이 때 한 인물이 제시하는 조선사회 발전의 방향이라는 것이 힘을 지니기 위해서 정체된 인물의 서사라는 것을 필연적으로 요청할 수밖에 없었으며 이것이 신소설이라는 과도기적 서사 텍스트의 기본적인 서사 구조라는 추론도 가능할 것이다.

또한 이러한 시공간의 분절화와 위계를 경험하는 인물들은 문명의 시선에 자신의 시선을 동일화시키는 것으로 탈출구를 모색하고 있다. 이러한 그들의 태도가 과연 조선의 발전을 위한 유일한 길인지의 여부는 논란의 여지를 안고 있는 것이 사실이다. 하지만 이들의 대안 제시 방식이나 그들이 제시하는 대안의 타당성 유무를 잠시 논외로 한다면 이들은 근대적 문명 제도가 자신들에게 요구하는 각종의 규율들을 내면화함으로써 근대적인 주체로 새롭게 태어나고 있다는 독해 방식도 가능할 것이다.

『추월색』 심층 서사의 의미

1. 문제 제기 및 연구의 시각

『추월색』은 1912년 3월 안동서관에서 발행된 작품으로 작가 최찬식의 대표작 가운데 하나로 꼽히고 있다. 일반적으로 신소설 4대 작가 중한 사람으로 불리는 최찬식은 이인직, 이해조 등과는 달리 1920년대까지도 창작 활동을 지속했으며, 자신들 신소설 작가로부터 비롯한 한국의 근대 문학이 성장, 발전하는 과정을 생애를 통해 목격한 작가이다.[1]

그럼에도 불구하고 그간 개화기 신소설에 대한 논의가 지나치게 이념 지향성을 띤 결과, 최찬식과 그의 작품들은 주로 대중 소설적인 성격, 애정 소설, 통속 소설이라는 평가를 받아왔다.[2] 그에 대한 선행하는 연

---

[1] 신소설 작가 최찬식의 가계와 일생, 정치적 의식과 관련해서는 선행 연구에서 일정한 성과를 확인할 수 있다. 전광용, 「최찬식 연구」, 『신소설 연구』, 새문사, 1986 및 최원식, 「1920년대 신소설의 운명—<백련화 소고>」, 『한국 근대 소설사론』, 창작과비평사, 1986.
[2] 1960년대 이후 최찬식 소설에 대한 연구성과들을 정리하면 다음과 같다.
　　1. 실증적 연구 경향 :

구 성과들을 검토해볼 때 이인직의 『혈의 누』로 대별될 수 있는 계몽성이라는 평가 기준으로 그의 작품을 검토하거나 반대로 작품의 대중성 풍속성을 부각시키는 방향으로 논의가 수렴되고 있음을 알 수 있다. 최찬식은 이인직이나 이해조와 대비되는 관점에서 언급되었고, 『추월색』은 『혈의 누』에서 찾을 수 있는 "문명개화의 의지"가 탈각된 통속적 흥미 위주의 작품으로 논의되고 있었다.

그러나, 선행 연구에서 발견되는 이러한 논의 방식은 몇 가지 문제점을 지니고 있는 것으로 파악할 수 있다. 먼저, 『추월색』과 일정한 대척 지점에 놓인 『혈의 누』, 『은세계』 등에 나타난 "문명개화의 의지"를 어떠한 방식으로 추출하고 이를 일반화시킬 수 있을 것인가의 문제이다. 선행 연구에서 암묵적으로 승인된 바 『혈의 누』, 『은세계』에 나타난 "문명개화의 의지"란 사실 작품의 서사적 진행에 균열을 일으키며 삽입된 작가—서술자의 권위적 발화 양태에 다름 아니라고 말할 수 있을 것이다. 이러한 작가—서술자의 발화는, 이를 통해 작가가 의도한 바를 드러내는 데는 성공했다고 하더라도 서사 구조가 균열됨으로써 작품의 문학적 완성도라는 측면에서는 치명적인 결함으로 지적되고 있다.[3]

전광용, 「신소설과 최찬식」, 『국어국문학』 22, 1960. 8.
하동호, 「海東樵人 소고」, 『시문학 52, 1975. 11.
하동호, 「최찬식의 생애와 개화 사상」, 『신문학과 시대 의식』, 새문사, 1981.
정숙희, 「최찬식 연구」, 경희대 대학원, 1974.
  2. 개별 작품론 :
전광용, 「최찬식 연구—<능라도>를 중심으로」, 『어문학계』 2, 1972.
  3. 문학사적 연구 :
조동일, 『신소설의 문학사적 성격』, 서울대 출판부, 1973.
김용구, 「최찬식 소설의 구조」, 『관악어문연구』 8, 1983.
  4. 문학 사회학적 연구 :
이재선, 「개화기 소설의 문학 사회학」, 『개화기 문학론』, 형설출판사, 1979.
유양선, 「최찬식 소설의 사회적 성격」, 전광용 외, 『한국 현대 소설사 연구』, 민음사, 1984.
3) 한기형, 「신소설의 양식 특질」, 『한국 근대 소설사의 시각』, 소명출판, 1999.

두 번째로 지적할 수 있는 것은 이처럼 논의의 표면에 떠올라 있는 그들 작품의 "문명개화"라는 지향이 지닌 함의와 관련된 것으로, 생존 경쟁의 논리 또는 사회 진화론적인 관점이 팽배해 있던 개화기 당대 지식인으로서의 신소설 작가들이 지닌 세계 인식의 방법에 관련된 문제 제기이다. 일찍부터 실용적 학문을 도입하여 국민 삶의 질을 상승시킨 서구·일본과 비교할 때 당대 조선 사회는 많은 문제를 안고 있는 것으로 파악되었으며 이를 교정하는 것이야말로 지식인과 국민의 긴급한 과제로 제시되었다.

그런데 문제는 작품에서 확인되는 이 교정의 방식·양상에 있을 것인데 아서구(亞西歐)로서의 일본과 서구를 문명개화의 상태로 정의할 때 이에 미치지 못하는 조선의 당대 상황은 야만으로 규정될 수밖에 없다. 사회 진화론적인 관점에서 본다면 문명화된 국가·민족이 야만적 상태에서 벗어나지 못하는 국가·민족을 지배하는 것은 당연한 결과라고 할 수 있으며 그들이 이러한 상황에서 벗어나기 위해서는 끊임없이 서구·일본의 모습을 닮는 것 외에는 다른 방법을 모색할 수 없게 된다.[4] 즉, 조선 민족·지식인은 조선의 문제를 조선이 아닌 외부의 시선으로 인식할 수밖에 없었으며 그러한 시선을 통한 인식의 결과를 해결하는 것이 다른 무엇과 비교할 수 없는 목전의 과제로 제기될 수밖에 없는 것이다.

따라서 그 동안 "문명개화의 의지"로 명명되고 그로 인해 이른바 '신소설의 건강성'을 보증하는 징표로 인식되었던 이인직, 이해소 신소설의 "계몽성"은 역으로, 식민 지배자(Metropolitan)의 시선에 피식민자(Colonized)

---

[4] 개화기 신문 논설과 학회지의 기사에 등장하는 "생존 경쟁", "우승 열패" 등의 단어들은 이 시기 조선에 사회 진화론에 대한 관심이 폭넓게 형성되었음을 보여준다. 또한, 이 사회 진화론과 국가 유기체설의 결합되어 이른바 '계몽 운동'의 사상적 기저를 형성하고 있었다는 사실은 당대 지면에 등장하는 용어의 파악이 보다 신중해야 함을 말해준다.
전복희, 『사회 진화론과 국가 사상』, 한울 아카데미, 1996, 제4장 및 5장의 논의 참조.

의 관점을 과도하게 일치시킴으로써만, 다시 말해 피식민자가 식민 지배자의 태도와 입장을 모방함으로써만 도달될 수 있는 것이다.[5] 그러나 이러한 모방의 태도는 바바가 지적한 것처럼 식민 지배자와 피식민자 사이의 역설적인 타협의 양상을 표현하고 있는 것으로 읽힐 여지가 있다.[6] 따라서 초기의 신소설이 표출하고 있는 계몽성은 그 표면적 의미와는 상반된 방향으로 작용할 수 있는 여지를 가지고 있는 셈이다.

이러한 관점에 선다면『추월색』을 비롯해서 1910년 국권 상실 이후에 출간된 신소설(선행 연구에서 건강성을 상실하고 통속성의 길로 접어든 것으로 폄하되었던 작품들)과, 건강성을 보유하고 있는 것으로 평가받았던 신소설 사이의 낙차에 대해서 다시 논의해야 할 필요성이 당연히 제기된다고 말할 수 있다. 즉, 개별 작품에서 확인할 수 있는 낙차를 논외로 한 채 계몽성이라는 단일한 판단의 준거로 다수의 작품을 유형화한다거나 텍스트에서 발견되는 계몽성을 사회적 의미의 계몽성으로 성급하게 환원함으로써 빚어질 수 있는 오류를 경계해야 한다는 뜻이다.

이러한 문제들은 문학사적 관점을 재정립하는 문제를 내포하고 있는 바 이 논문을 통해 본격적으로 상론하기에는 벅찬 주제이다. 다만, 이 글은 이상과 같은 문제 의식에 입각하여 그 동안 연구자들이 일반적으로 견지하고 있었던 시각에서 벗어나 작품『추월색』을 보다 자유로운 방식으로 재독(再讀)하는 것을 일차적인 목적으로 한다. 그 과정에서 추출될 수 있는 작품『추월색』의 미적·역사적 자질들은 자체로서 충분히 검토될 것이며 그 결과물은 이후 연구의 토대로 기능할 수 있을 것이다.

---

5) 졸고, 「<혈의 누>에 나타난 근대화 담론의 발현 양상 연구」, 『한국 학보』 94, 1999. 3.
6) Homi, K. Bhabha, Of Mimicry and Man—The Ambivalence of Colonial Discourse, *The Location of Culture*, Routledge, 1994.

2. 『추월색』 서사의 전개 양상

『추월색』은 여주인공 정임의 고난과 그 극복을 서사의 중심으로 한다. 가을 밤 동경 우에노(上野) 공원에서 한 여학생이 치한의 습격을 받게 되었을 때 청년 신사에 의해 구원을 받았으나 인근을 지나던 순사에 의해 그 신사가 치한으로 오인, 경찰서에 연행된다. 작가는 그 여학생과 치한, 중산모를 쓴 신사가 누구인지 밝히지 않은 채 그들의 과거 행적을 들려주는 역전적인 서사 진행 방식을 선택한다.

우에노 공원에서 치한의 습격을 받은 여학생은 서울 사는 이시종이 늦게 얻은 무남 독녀 정임(貞姙)이다. 정임의 아버지 이시종은 동년배의 친구를 두었는데 그 역시 늦은 나이에 아들을 두었고 이름은 영창(永昌)이라고 하였는데 두 사람은 일곱 살이 되던 해에 영창과 정임을 정혼시킨다. 그러나, 김승지가 초산 군수로 부임한 후 민요(民擾)로 인해 행적이 묘연해 지고 이시종은 정임을 다른 혼처로 시집 보내려는 계획을 세운다. 비록 어린 나이이기는 하지만 영창과의 정혼 약속을 지켜야 한다는 굳은 결심을 가지고 있었던 정임은 부모의 결혼 강권에 고민하다가 혼인 전 날 한 장의 쪽지만을 남겨둔 채 서울 집을 떠나 동경으로의 도피 길에 오른다.

동경을 향하는 길에 부산을 경유한 정임은 괴한의 유인을 받아 사창 가로 팔려 가는 위기에 처하지만 간신히 이 상황을 벗어나 동경에 도착한다. 혈혈 단신을 동경에 도착한 정임은 여관 주인에게 일본어를 배우고 小石川區 여자 대학에 입학하여 우수한 학업으로 이름을 날리는데 정임을 흠모하던 강영한은 하숙집 노파를 통해 정임에게 구혼하지만 거부 당하고 이에 낙담한 그는 우에노 공원에서 그녀를 헤치게 된다. 한편, 부친을 따라 초산으로 이주했던 영창 역시 정임을 잊지 못하지만 민요

(民擾)를 만나 부모와 이별한 후 온갖 고초를 겪다가 영국인 스미트의 도움으로 영국에서 학업을 마치고 스미트가 요코하마 영사로 부임할 때 일본에 와 있다가 그 날 밤 우에노 공원에서 정임을 구하고 경찰에 연행되었다.

이러한 저간의 사정을 재판정에서 알게 된 두 사람은 스미트의 도움으로 귀국, 성대한 신식 결혼식을 올린다. 두 사람의 결혼식 날 밤, 동경에서 도주하여 경성에 숨어 있던 강영한이 술김에 친구와 시비가 붙어 실체가 드러나 경찰에 체포되고 3일 후 신혼 여행길에 오른 정임과 영창은 마적 떼를 만나 고난에 처하지만 오히려 그들이 김승지 부부를 보호하고 있다는 사실을 알고 영창과 그 부모가 재회하는 계기가 된다. 정임과 영창의 의지를 통해 사돈 관계를 맺은 두 집안이 술잔을 기울이며 과거의 고난을 회고하는 것으로 작품은 종결된다.

이상의 줄거리에서도 알 수 있는 것처럼 『추월색』은 조선이라는 제한적인 공간을 넘어서 동경과 영국, 만주까지를 배경으로 처리하고 있다는 점에서 상당한 스케일을 보여주고 있는 사실을 특징적인 면으로 제시할 수 있다. 또한, 부분 부분의 묘사에 있어서도 이전까지의 작품에서 쉽게 찾아보기 힘든 세밀한 묘사력을 보여주고 있음이 이미 지적된 바 있다.[7]

그런데 이 작품을 대상으로 한 기존의 논의 속에서 기본적으로 지적되었던 또 다른 측면 가운데 하나는 정임과 그 아버지 이시종과의 갈등에 대한 해석이라고 할 수 있다. 이 문제는 작품 전편의 주제 의식과도 밀접하게 연관된 문제라고 할 수 있으며 남녀 애정의 문제를 주된 테마로 다루고 있는 신소설을 바라보는 시각과도 연결 지어 생각할 수 있는

---

7) 전광용, 「최찬식 연구」, 『신소설 연구』, 새문사, 1986, 274쪽.

지점이다.

김승지와 영창의 행방이 묘연해진 이후 이시종은 정임을 다른 혼처에 시집 보내려는 의도를 비치고 이에 대해 정임은 강력하게 반발하는 모습을 보인다.

> ① 정임이는 영창이 싱각을 이질만ᄒ다가도 싀집이니 장가니 혼인이니 사위니 ᄒ는 말을 드르면 시로이 싱각이 뭇득뭇득ᄂᆞᆫ터이라 외슘촌이 혼쳐 의논ᄒᆯ ᄣᅢ에도 영창이 싱각이 ᄲᅧ에 사마쳐셔 거는 방으로 드러가 눈물을 몰니 씨스며 속마음으로「부모가나를 이왕 영창의게 허락ᄒᆞ셧스니 나는 죽어 빅골이되야도 영창의 안희이라 비록 영창이는 불힝ᄒᆞ얏슬지라도 나는 결코 두 ᄉᆞ롬의 쳐는 되지 아니ᄒᆯ터이오
> ② (졍) 그런 것이 아니올시다 아바지게셔 열녀는 불경이부라는 글 가랏쳐 주셧지요 나를 이왕 영창이와 결혼ᄒᆞ시고 지금 쏘 싀집보닌다ᄒᆞ시니 부모가 ᄒᆞᆫ ᄌᆞ식을 두ᄉᆞ롬의게 허락ᄒᆞ시는 법이잇슴닛가 아모리 영쳥이 종젹은 아지못ᄒᆞᄂ 다른 곳으로 싀집가기는 죽어도 아니ᄒ깃슴니다[8]

외삼촌의 주선으로 새로운 혼처가 정해지고 이승지가 그 결혼을 강행하려하자 정임은 아버지에게 자신의 내면을 솔직하게 말하고 있다. 그런데 그녀가 결혼을 거부하는 이유가 표면상으로는 "열녀불경이부"라는 유교적 전통에 근거하고 있다는 사실이 문제적이라고 할 만하다. 선행 연구에서는 이 대목에 근거하여 정임이 가지고 있는 태도가 그들 부모 세대보다 더욱 전통적인 가치관에 사로잡혀 있다는 비판이 제기된 바 있다.[9]

---

8) 최찬식, 『추월색』, 회동서관, 1912. 『新小說・飜案(譯) 小說』, 亞細亞 문화사, 1978, 30~32쪽. 이 쪽수는 단행본의 쪽수이며 이하 작품 인용은 모두 내주로 처리하고 단행본의 쪽수만을 표기한다.

그러나, 정임과 같은 처지의 여성이 자신에게 닥쳐오는 고난에 저항하는 방식과 논리에서 전통의 가치가 아닌 새로운 이념을 주장한다는 것은 논리적으로 많은 무리를 지닐 수밖에 없다. 우선 이러한 논리를 펼치는 인물이 여성 화자로 설정되어 있다는 사실에 주목할 필요가 있다. 남성이 사회적 주도권을 장악하고 있는 현실에서 여성에게는 많은 제약조건이 부과되고 있는데 그중 가장 핵심적인 부분은 대다수의 여성들이 교육의 기회로부터 철저히 차단되고 있다는 점이다. 자신의 내면을 성장시킬 수 있는 효과적인 방법으로서의 교육 기회를 박탈당한 여성들이 사회의 새로운 변화를 인지하고 그러한 변화의 방향에 걸맞은 자기 행동의 논리를 계발한다는 것은 사실상 거의 불가능한 일이라고 말할 수 있다.

뿐만 아니라 작품 『추월색』 내에서 정임이 처한 상황은 자신의 행위·선택을 합리화시킬 수 있는 새로운 시대의 논리를 채용하는 것이 더욱 요원하도록 설정되어 있다.

> 리시죵은 이로붓터 틔끌 인연을 쓴어바리고 쏫과 시로 벗을 삼아 만년을 한가히 보내고 정임이는 그 부친의게 소학을 비와 공부ᄒ며 깁고 깁흔 규중에서 젹젹히지니는디 (중략) 훈희두희지느 쳘이 차차 나 갈수록 비감흔 마음이 더욱 결연ᄒ야 녀편을 읽을젹마다 소리업는 눈물도 만히 흘니는 터이언만은 (중략) 임염훈 셰월이 흐르는 듯ᄒ야 정임의나히 어언간 십오셰가되니 (26쪽)

7살의 나이에 영창과 이별한 후 초산 민요의 소식을 듣고 김승지의 행방을 탐문하기 위해 아버지 이시종이 직접 초산 지방을 수소문했지만 별다른 성과를 거두지 못하고 돌아 온 뒤, 정임의 가족은 영창과의 어떠

---

9) 전광용, 앞의 책, 265~266쪽.

한 연락도 불가능한 상황에 놓인다. 절친한 친구를 잃은 이시종은 시종원을 사직한 후 한가로운 만년을 보내는 데 그의 딸 정임은 일반적인 양가집 규수가 그러했던 것처럼 「소학」과 「여편」을 통해 전통적인 여인이 지녀야 할 "부덕(不德)"을 익히는 것으로 10년에 가까운 세월을 보내고 있는 것으로 서술되고 있다.

역사적 사실과 텍스트 내의 시간 경과 등을 고려할 때 정임이 보낸 시간은 대체로 1890년대 후반에서 1900년대 초반에 이르는 상황이라고 할 수 있는데 이 시기 진행되었던 교육에 대한 열의와 이에 수반된 여성 교육의 활성화 등을 염두에 둘 때 이와 같은 정임의 상황은 더욱 문제적이라고 할만하다.[10] 이 시기 동안 그녀가 접할 수 있었던 것은 전통적인 가치 규범을 담은 몇 권의 서책에 불과하며 그녀에게 이러한 가치 규범을 전수해줄 수 있었던 통로는 시종원의 시종을 지낸 그녀의 아버지였다. 이러한 상황과 조건 속에서 정임이 자기 행동의 정당성을 전통의 가치와 윤리 속에서 확보하려고 했던 것은 당연한 귀결이었다고 말할 수 있을 것이다. 오히려 문제는 전통적인 윤리 의식 속에서 같은 비중을 지닌 것으로 평가될 수 있는 충·효·열(烈)의 덕목 중 효와 열의 충돌을 정임이 어떠한 방식으로 해결하고 있는가라는 사실이다.

정임은 결혼식 전날 과감하게 가출을 감행한다. 사실, 여성 주인공들이 가정·가족 내의 문제를 해결하는 방식으로 혹은 그 갈등의 결과로 가출을 시도하는 것은 신소설이 일반적으로 취하고 있는 서사 구조의 특징이라고 할 수 있다.[11] 결과적으로 정임의 가출은 그녀가 처해 있었던 문제적인 상황을 극복할 수 있는 하나의 계기로 작용하고 있음을 서

---

10) 홍일표, 「주체 형성 장의 변화―가족에서 학교로」, 김진균·정근식 공편, 『근대 주체와 식민지 규율 권력』, 문화 과학사, 1997.
11) 이영아, 「신소설의 개화기 여성상 연구」, 서울대 석사 학위 논문, 2000, 3장의 논의 참조.

사의 진행 과정은 보여주고 있다.

집안에서만 성장하여 세상 물정을 알 리 없었던 정임은 부산에서 곤경에 처하지만 우여곡절 끝에 동경에 도착하여 학생으로의 변신에 성공하고 유학생 사회와 동경 학생계에 이름을 날리게 된다. 여기서 두 가지 사실에 주목할 필요가 있다. 먼저, 부산에서 곤경에 처한 정임이 그 곤경을 벗어나는 전후 사정과 관련된다. 괴한의 유인을 받아 사창가로 팔려갔다가 탈출한 그녀가 다시 그러한 곤경에 처하지 않기 위해 취하는 행동이다.

> 차차 큰길을 차자가며 싱각ᄒ니「이번에이 고싱ᄒ것도 도시 의복을 잘 못차린 ᄭᆞ닭이오 ᄯ 동경을 가더리도 조선 의복입은 스룸은 하등 디우를 ᄒ다ᄂᆞᆫ디 이 모양으로ᄂᆞᆫ 아모 데도 가지 못ᄒᆡᆻ다」ᄒ고 어느 모통에서서 눌붉기를 기다려가지고 곳 오복점을 차져가셔 일본옷 ᄒᆞᆫ벌을 사셔입고 그 오복졈주인 녀편네의게 간쳥ᄒᆞ야 머리를 ᄭᆞ르올녀 일본쪽을 ᄶᆞ고 ᄯᅩ 그 녀편네의게 션창가는 길을 무러셔 차져가니 이ᄶᆞ 맛침 연락션일기환이 ᄯᅥᄂᆞᄂᆞᆫ지라 즉시 그비를 타고 망망ᄒᆞᆫ 바다빗치 ᄒᆞ놀에 다흔곳으로 가더라 (41쪽)

한 사람이 어떤 복색을 하고 있는가에 따라 고난에 처하기도 하고 고난을 비켜갈 수도 있다는 논리는 당시의 상황에 대한 날카로운 지적이라고 말할 수 있다. 집을 나선 여성 주인공이 남장을 하거나 승려가 됨으로써 위기를 모면하는 서사적 장치는 어렵지 않게 확인할 수 있는 바이지만[12] 일본식 복장을 함으로써 다쳐올 위기를 대비한다는 것은 이중의 의미를 지닌다. 즉, 그것은 당시 조선 사회에 일반화되어 있던 여성에 대한 사회적 인식을 드러냄과 동시에 일본·일본인에 대한 인식의

---

12) 이영아, 위의 논문, 42~46쪽.

단면을 포착할 수 있도록 해준다.

교육열의 확대와 더불어 여성 교육에 대한 논의가 활발해지고 여성의 사회적 진출과 책임에 대한 논의 역시 상당한 수준에서 이루어지고 있었다고 하더라도 당대까지 여성이 길거리를 돌아다닌다는 것은 자체로 이야깃거리가 될 만한 사건으로 인식되고 있었던 것이다. 뿐만 아니라 거리에 나선 여성은 지속적으로 가해지는 육체·순결에 대한 위협으로부터 자유로울 수 없었던 저간의 상황을 정임의 행동은 보여주고 있다.

그러한 위협이, 같은 여인의 복장이라고 하더라도 일본 여인의 복장을 함으로써 제거될 수 있다고 설정된 것 역시 흥미로운 대목이다. 이는 당시 조선 사회에서 일본인이 차지하고 있는 위치를 상징적으로 보여준다. 뿐만 아니라 이는 조선과 일본의 인식 수준의 낙차를 내포하고 있다. 다시 말해 조선은 여성이 홀로 거리를 돌아다닐 수 없을 만큼 낙후된 (혹은 야만적인) 인식이 팽배한 지역임에 반하여 일본은 여성이라 하더라도 자유롭게 사회 활동을 전개할 수 있는 진보된 (혹은 문명화된) 국가라는 사실을 암묵적으로 전제하고 있는 것이다.

이러한 암묵적인 전제는 근대화에 따른 공간의 위계화에 대한 인식으로부터 출발한다. 식민지에서 공간은 항상 근대화 담론의 논리에 따라 근대성과 전근대성이라는 위계적 관계에 놓인다. 즉, 공간은 권력 혹은 헤게모니의 관계를 반영하고 있는 셈이다. 이렇게 볼 때 서사 속의 공간은 단순히 배경으로서 만의 의미를 지니는 것이 아니라 권력 관계 혹은 헤게모니를 상징적으로 드러내고 있다는 판단이 가능할 것이다.[13]

이는 집을 나선 정임이 조금의 주저함도 없이 동경을 자신의 최종 도착 지점으로 설정하고 있다는 사실로부터도 확인할 수 있다.

---

13) 김종욱, 「1930년대 장편 소설의 시간─공간 구조 연구」, 서울대 박사 학위 논문, 1998, 16~17쪽.

　　남디문 정거장에서 요령소리가(덜넝덜넝)느며 붉은모즈 쓴 스람이「후
상 후상 후산오이데마싱까」호고 외는 소리가 쟝마속 논고에 밍꽁이 쓸
틋호니 이쩌는 하오십시십오분 부산급힝 츠 쩌나는쩌라 인력거에 급히
느려 동경꺼지 가는 연락츠표를 사가지고 이등열차로 오르니 호각소리
가「호르륵」느며 긔관츠에서「파 푸 파 푸」호고 남디문이 졈졈 머러지니
압길에 운산은 챵챵호고 츠뒤에 연하는 막막호더라 (35쪽)

　　결혼을 강요하는 아버지의 뜻을 거스르고 집을 나서 동경을 최종 목
적지로 설정하는 인용문 속 그녀의 모습은 작품의 이전 대목에서 어떠
한 암시나 복선도 없는 상태에서 돌발적으로 삽입되어 있다. 이는 작가
최찬식이 지닌 경성(조선)과 동경(일본)에 대한 사고의 한 단면이라고 말
할 수 있을 것이다. 즉, 정임이라는 한 인물이 자신의 의지대로 자기 삶
을 계획하는 주체적인 인물이 되기 위해서는 동경으로 상징되는 문명의
세례를 받는 것이 필수적인 통과 의례이며 이를 위해 작가는 어떠한 전
제나 인과성 없이 경성으로부터 동경으로 정임을 이동시키고 있는 것이
다. 이는 신소설 작가층이 지니고 있었던 문명화·개화에 대한 맹목에
가까울 정도의 집착을 보여주는 것으로 읽을 수 있다.14)

　　과연, 동경에 도착한 이후 정임의 모습은 경성에서 보여주었던 그녀
의 모습과 표면적으로는 너무나도 달라진 것처럼 보인다. 최단 시간 내
에 우수한 성적으로 학교를 수료하고 동경 내 여학생 모임에서도 일본
인 여학생을 능가하는 탁월함을 보이는 정임은 이미 이시종의 딸로 살
아가던 조선에서의 정임이 아닌 것처럼 독자에게 다가오기도 한다. 하
지만 동경을 택한 그녀의 선택이 지나치게 우연적·작위적이었던 것처

---

14) 작품의 서사 구성과 작가가 지닌 사고의 충돌이 문제의 지점이 될 수 있는데, 서사의 진
　　행을 통해 작가가 자신의 사고를 제대로 표출할 수 없을 때 신문의 기사, 혹은 가장 일
　　반적으로는 인물의 연설을 통하여 문명화에 대한 의지를 일방적으로 설파하는 경우를
　　쉽게 목격할 수 있다. 이로 인해 서사 구성의 긴장력이 현저하게 저하됨은 물론이다.

럼 동경에서 거둔 그녀의 성공·변화 역시 어떤 뚜렷한 목적이나 결과
를 기대하기 힘든 것으로 드러난다. 그녀는 자신의 가족과 영창만을 생
각하고 있으며 따라서 영창과의 결합이 난망한 것으로 판단되었을 때
그녀가 취할 수 있는 선택은 고향으로 돌아가 최소한의 활동을 하는 것
으로 제한되고 있다.

> 그 후로부터 일뇨강습회에도 다시 가지 아니ᄒ고 잇더니 집 싱각이 간
> 절ᄒ야 집에 도라가 늙은 부모ᄂ 봉양ᄒ고 녀학교ᄂ 셜립ᄒ야 쳥년 녀ᄌ
> 들이ᄂ 가라치며 오ᄂ 세월을 보니리라ᄒ고 귀국홀 힝장을 차리ᄂ 즁인
> 디 (49쪽)

한편 정임과 헤어져 간난신고를 겪은 영창의 서사 역시 정임의 그것
과 비슷한 공간 이동의 모습을 보인다. 초산에서 부모와 헤어져 고아나
다름없던 영창이 그럴듯한 청년 신사로 둔갑하여 정임 앞에 나설 수 있
었던 가장 중요한 계기는 그가 스미트라는 영국인을 만났기 때문이라고
해도 과언은 아니다. 즉, 영창 역시 조선에서의 교육과 변화가 아니라
영국이라는, 동경보다 한 걸음 더 나아가 있는 문명의 심장부에 직접 진
입함으로써 조선에서의 모습과 전혀 다른 모습을 갖출 수 있게 되었던
것이다. 그러나 영창에게 있어서 생사를 알 길 없는 부모와 정임 외에는
다른 무엇도 중요한 가치를 지니지 못한다. 그 역시 남성이라는 점을 제
외하면 정임과 아무런 차이가 없는 인물로 나타나고 있는 것이다.

정임은 가출을 통해 자신에게 부과되었던 결혼이라는 외적 강제로부
터 탈피할 수 있었다. 그녀에게 있어 가출은 자신의 내·외적 면모를 변
화시킬 수 있는 하나의 계기로 기능한다. 따라서, 그녀가 가출을 결심하
는 그 순간 그녀는 판단에 대해 스스로 책임지는 주체적인 인물로 설정
되었다고 말할 수 있으나 가출 이후 전개되는 서사는 그녀의 주체성과

는 무관하게 미리 준비된 것이라고 말할 수 있다.

3. 『추월색』 서사 구조의 의미

정임이 처한 한계적 상황은 곧바로 조선이 처한 절박한 상황과 연동될 수 있다. 그녀의 한계적 상황이 혼인 관계를 중심으로 한 효와 열의 대립적 상황이었다는 사실은 판단에 있어 주목을 요하는 대목이다. 결혼 문제, 남녀 관계를 중심으로 한 서사의 설정이 대중적인 흥미를 유발할 수 있는 가장 손쉬운 상황 설정이라는 점을 논외로 할 때 결혼은 성인이 되기 위한 필연적인 통과 의례라는 사실이 먼저 지적되어야 할 것이다.15)

혼례 과정을 거치지 않은 존재는 사회적 성인으로 대우받기 힘들며 자신만의 독립적인 영역(가정)을 지닐 수 없는 것이 현재에도 무리 없이 통용되는 관점이라고 할 때 정임에게 있어서 혼인을 둘러싼 갈등의 상황은 사회적 질서에 편입되는가 아닌가를 가늠할 수 있는 하나의 시금석과도 같은 것으로 다가온다. 새로운 혼처로의 혼인을 강행하는 부친에 맞서 그녀가 제시하는 논리가 전통적인 것이라는 사실이 정임의 개인사로부터 비롯한 필연적인 결과일 수밖에 없음은 앞서 지적한 바 있거니와 이것이 결혼이라는 제도를 근본적으로 부정하는 것이 아니라는 점을 기억할 필요가 있다. 즉 정임은 영창과의 정혼을 통해 자신이 이미

---

15) 남녀 애정 문제를 서사의 축으로 설정한 이후 신소설의 건강성(=계몽성)이 상실되었다는 지적은 최근의 연구에서도 승인되는 문학사적 관점이다(권영민, 『서사 양식과 담론의 근대성』, 서울대 출판부, 1999, 1부 3장의 논의와 2부 3장의 논의 참조). 그러나 몇몇 화소로 작품 전체의 특징을 분절화 시킬 수는 없을 것이다. 오히려 화소(話素)와 서사 구성을 종합적으로 고려할 필요가 더욱 요청된다고 할 수 있다.

결혼한 상태임을 강조하고 있으며 따라서 새로운 상대와의 결혼은 존재하고 있는 약속 상태를 일방적으로 파기하는 것에 불과하다는 인식을 내보이고 있는 것이다. 그러나, 이러한 논리는 정임만의 것에 지나지 않는다. 일곱 살 어린 나이에 당사자의 의사와 무관하게 체결된 약속은 이미 실효(失效)된 것이며 그것을 둘러 싼 갈등 혹은 문제적인 상황을 심각하게 받아들이는 존재는 정임 혼자뿐인 것이다.

이 때 정임이 가출을 결행하고 동경으로 떠나는 것은 결혼을 둘러싼 자신의 문제를 근본적인 수준에서 해결할 수는 없는 행위이다. 혼례 문제를 둘러싸고 정임과 대립 축에 서 있었던 아버지 이시종의 태도가 정임의 가출을 계기로 근본적으로 변화했다고 판단할 수 있는 근거는 작품 내 어디에서도 찾을 수 없기 때문이다. 정임과 이시종의 대립은 그녀의 가출을 통해 해결되었다고 판단할 수는 없으며 단지 그 표면적인 갈등이 봉합된 것에 다름 아니다. 오히려 정임의 동경 유학을 통해 정임과 이시종 사이의 대립은 혼인 문제를 넘어서는 다른 차원의 문제로 전위되고 있는 것이다.

> 너외가 밥먹을줄도 모르고 잠잘줄도 모르고 측사ᄂ 오ᄂ듯시 야단을 치더니 정임이 입셩ᄒᆫ다ᄂ 날이 되미 남디문역으로 정임이 마종을 나가ᄂ디 정임이 타고오난 긔츠가 도착ᄒ니 그쩌 졍거장ᄒᆫ 모통이에ᄂ 셔로 붓들고 눈물 흘니ᄂ 빗치더라
>
> (중략) 리시종은 조흔 마음이야 오작ᄒᆯ 것이ᄂ 정임이를 박과장집으로 싀집보ᄂ랴고 ᄒᆞ던 싱각을 ᄒᆞ미 정임이 볼낫도 업쓸ᄲᅮᆫ더러 더구나 영창이 보기가 면란ᄒᆞ야 조흔 마음은 속에 품어두고 정임이ᄂ 영창이를 디ᄒᆯ쩍마다 부쓰러운 긔식이 표면에 낫타ᄂ더니 그 일은 이왕지ᄂ간 일이라 그런 싱각은 다 졉어놋코 일변 틱일을ᄒᆞ고 일변 잔치를 차리며 일변은 친척고우의게 청첩을 보ᄂ셔 신혼례식을 거힝ᄒᄂ디 (80~81쪽)

우에노 공원의 사건을 계기로 재회한 영창과 정임이 함께 귀국한 후 치러지는 혼례를 앞두고 이시종은 영창에 대해 "면란"한 마음을 지니고, 정임에 대해서는 "볼 낯"이 없다고 생각한다. 이러한 이시종의 마음은 표면적으로는 정임의 가출이 합당한 결과를 초래한 사실에 대해 부끄러워하는 것처럼 이해할 수도 있으나, 일본 유학을 경험하고 귀국한 정임이나 영국에서 수학한 영창은 이미 이시종이 가진 가치관과 세계관을 넘어서는 유력한 "무엇"을 지닌 존재로 인식되기에 이른 것으로 파악할 수도 있다. 이 시점에서 이시종과 정임 사이의 대립축을 이루었던 효와 열의 문제는 더 이상 의미를 지니지 못한다. 정임은 가출의 결과 문명의 세례를 받은 선진적 인물이 되었고 따라서 가출에 대한 그녀의 판단은 단지 사후적으로만 정당화되고 있는 것이다.

그런데, 이 문명의 경험은 자체로서 엄청난 힘을 지닌 것이었기 때문에 이후 진행되는 영창과 정임의 결혼식 준비에 있어서 주도권은 철저히 두 사람에 의해 장악된다. 구습을 폐지하고 신식 혼례를 치르는 대목에서 이시종의 존재는 철저히 배제되고 있으며 정임의 외숙모가 결혼 예식과 올바른 결혼관에 대한 장황한 연설을 펼치는 장면에서도 혼주(婚主)인 이시종의 그림자는 찾아볼 수 없다.

정임은 한계적 상황에서 가출이라는 극단적인 결단을 선택함으로써 자신에게 닥친 난관을 모면하고 있다. 이 때 정임의 가출은 자체로서 사태 해결에 도움을 주는 것은 아니지만 그녀를 문명화된 세계로 인도한다는 점에서 매개적인 의미를 지니는 것으로 이해되어야 한다. 가출을 통해 그녀는 동경에 도착할 수 있었고 문명의 세계를 접할 수 있었다는 사실이 정임의 가출보다 훨씬 중요한 의미를 지니고 있는 것이다. 그녀가 경험한 문명은 조선에서의 모든 것, 심지어 아버지와의 대립과 갈등을 넘어서는 강력한 힘을 지니는 것이었고, 때문에 조선 내에서의 대립과 갈등 양상은 정임이 경험한 문명의 공기 속으로 모두 녹아내릴 수 있었던 것이다.

앞서 정임의 한계적 상황이 조선의 절박한 상황과 연동될 수 있다는 점을 지적했다. 조선이 문명개화된 사회를 건설해야 한다는 추상적인 명제는 누구도 부정할 수 없는 것이었고 문제는 그 방법론에 있었다고 할 때 조선 사회 내에서 진행되는 논란과 일본으로 대별되는 외부 세계와의 관계로부터 파생되는 문제들은 조선 사회가 어떠한 방식으로든지 극복하고 나아가야 할 것들이라고 말할 수 있다. 그 해결의 방식은 급진적인 양상에서 친일적인 방식에 이르기까지 다양한 스펙트럼을 형성할 수밖에 없었던 것이고 그러한 혼란과 논쟁은 회피할 수 없는 자연사적인 사회 발전의 한 과정이라고 생각할 수 있다.16) 즉, 조선 사회의 앞날에 대한 내부적인 논란과 그에서 비롯되는 사회적인 갈등 양상은 역설적으로 조선 사회의 역동성을 드러내는 것으로 읽힐 여지를 제공하는 것이다.

그런데 문제는 이러한 내부적 갈등과 논란이 철저히 부정적인 것으로 인식되었으며 이에 반하여 외부로부터 제공되는 각종의 논리는 조선 사회의 병리적인 상황을 치유하기 위한 최선의 대안으로 간주되고 있다는 점이다.17) 한 걸음 더 나아가 그러한 "문명의 논리"는 조선 사회의 모든 문제와 갈등을 넘어서는 절대적인 권위를 지닌다. 정임이나 옥련(『혈의 누』)이 자신들 앞에 닥친 불행을 극복하고 스스로의 행위에 대해 책임지는 한 개인으로서 성장해 나아가는 것은 절대적으로 문명의 힘이며

---

16) 박찬승, 「한말 자강 운동과 그 계열」, 『한국 근대 정치 사상사 연구』, 역사 비평사, 1992.
　　김경태, 「중화 체제·만국 공법 운동의 착종과 정치 세력의 분열」, 『근대 민족의 형성 －한국사 11』, 한길사, 1995.
17) 강병조, 「신소설과 개화 담론의 대응 양상 연구」, 서울대 석사 학위 논문, 1999, 33~42쪽.

그 위력 앞에서 그들을 내몰았던 지난날의 갈등은 더 이상 의미를 지닐 수 없는 것으로 무화되기에 이른다. 마찬가지로 조선 사회가 처한 당대적 모순은 조선의 내적 동력 만으로서는 극복할 수 없다는 것을 정임의 서사는 드러내고 있다. 조선 사회의 문제는 정임이 경험한 바처럼 외부의 시선과 처방을 통한 문명화의 길을 통해서 해결될 수 있다는 사실을 작가 최찬식은 『추월색』을 통해 드러내고 있는 것이다.

이 문명화의 과정은 그 자체로 완결되고 자족적인 것이어서 어떠한 문제도 유발하지 않을 뿐만 아니라 기존의 대립과 갈등을 초월하고 해결할 수 있는 유력한 것으로 제시된다. 하지만 『추월색』을 비롯한 여타의 신소설을 통해 확인할 수 있는 이 문명화의 논리란 사실 지배의 논리, 지배자의 논리를 무비판적으로 자신의 논리로 수용함을 통해서만 성립 가능한 논리라는 사실을 간과할 수 없다. 그러나 눈앞의 문제를 극복해야 하는 선택의 순간, 결혼식 전 날 정임의 조건과 상황에서 자신의 취한 선택이 어떠한 결과를 야기할 것인가를 예측한다는 것은 결코 쉬운 일이 아니다. 결국, 그녀가 가출이라는 극단적인 방식으로 문제 해결의 돌파구를 찾으려 했다는 사실은 실상 문제가 발생된 그 지점을 떠나 다른 논리와 시각을 문제를 바라볼 필요가 있다는 사실, 또는 다른 논리와 시각을 통해서만 목전의 문제를 해결할 수 있다는 점을 보여주고 있다. 그리고 그 결과물로 주어진 문명화된 정임의 존재는 이전에 그녀가 부딪혔던 모든 문제를 조화로운 방식으로 해소해 나아가는 강력한 힘을 가진 존재인 것이다.

4. 가족 결합의 서사로서의『추월색』

일반적으로 신소설은 주인공이 유학에서 돌아오거나 혹은 유학을 결심하고 이를 실행에 옮기는 것으로 서사가 종결됨을 볼 수 있다. 그런 맥락에서 본다면 정임과 영창이 일본에서 돌아와 결혼식을 올리는 대목에서『추월색』은 중단되는 것이 옳다. 그러나『추월색』은 이 지점에서 새로운 사건을 삽입함으로써 서사를 지속하고 있어 흥미롭다. 결혼식 후 3일 만에 정임 부부가 만주로 신혼여행을 떠나는 것이 그것이다. 이처럼 주인공이 행복한 결말에 도달했음에도 불구하고 서사가 지속되는 이유는 정임과 영창의 결합만으로는 충족되지 않은 무엇인가가 남아있기 때문이다. 그것은 바로 작품의 초반부에서 사라진 영창의 부모, 김승지 내외의 생사 여부를 독자에게 선명하게 전달해야 할 서사 내적 필연성 때문이라고 판단할 수 있다.

신소설을 연구의 대상으로 설정한 경우 논자들은 여성으로 설정된 주인공의 행로에 관심을 집중하는 것이 일반적인 상황이었다. 즉,『혈의 누』라고 하면 의례 옥련의 여로를 따라 서사를 재구성하는 것이 일반적이었으며『홍도화』는 태희를 중심으로 한 서사를,『치악산』은 리씨 부인을 중심으로 구성되는 서사를 논의의 중심에 놓았다. 하지만 신문에 연재된 작품의 경우 그 연재 횟수를 비교하거나, 단행본으로 출간된 작품의 경우 서술된 분량으로 비교할 때 실상 주인공을 중심으로 서술되는 작품의 분량이 주인공을 중심으로 한 연구 논의만큼 압도적으로 많지 않다는 사실을 발견하게 된다. 예를 들어『혈의 누』의 경우 전체 50회 분량의 연재본 가운데 연재 첫 회부터 17회, 46회부터 50회까지 약 22회, 연재분 전체 분량의 44%가 옥련의 어머니 최춘애를 중심으로 서사가 진행되고 있음을 볼 수 있다. 뿐만 아니라 여타의 작품들에서도 주인공 여성을 둘러싼 주변 인물의 서사가 주인공의 서사와 근사한 비중으로 다루어지고 있음도 쉽게 발견된다.

이처럼 주인공 여성과 주변 인물에 대해 엇비슷한 분량의 서술이 이루어지고 있다는 점은 신소설이 지닌 서사의 기본적인 틀에 대해 논의할 것을 요구한다. 이 때 그것은 가족의 붕괴와 이로 인한 주인공의 고난, 그리고 그 고난 극복의 대가로 주어지는 가족의 재결합이라는 가설을 설정할 수 있을 것이다.

『추월색』의 서사는 주인공 이정임의 정혼에서 결혼에 이르는 과정을 서사의 기본축으로 삼고 있다. 그런데, 혼인 관계는 쌍방적인 것이므로 이 서사에는 정임의 가족과 영창의 가족이라는 두 개의 가족 관계가 제시되어 있는 것이다. 주인공 정임만을 논의 대상으로 한정한다면 그녀가 일본 유학에서 되돌아옴으로써 붕괴되었던 그녀 가족의 질서는 회복된다. 그러나 정임의 상대방인 영창의 가족 역시 그 질서를 회복해야만 서사는 원래의 상황으로 되돌아 갈 수 있는 것이다. 왜냐하면 작품의 진행 과정에서 김승지 내외의 생사는 내내 불분명한 것으로 처리되어 있으며 그럼에도 불구하고 영창이 정임의 앞에 당당한 청년 학자의 모습으로 되돌아왔기 때문이다. 정임과 영창의 결혼이 두 사람의 만남과 감정의 교분에 의한 말 그대로의 자유 연애적인 것이었다면 이러한 복잡한 설정을 불필요한 것이었을지도 모른다. 그러나 두 사람의 만남은 부친들에 의해 정해진 것이며 따라서 그 결합이 온전한 것이 되기 위해서는 약속의 또 다른 당사자인 김승지의 존재 여부가 중요한 문제로 제기될 수 있는 것이다.

이러한 사정은 정임을 옥련과 비교할 때 보다 선명하게 설명될 수 있다. 주지하는 바와 같이 옥련이 배필이 되는 구완서를 만난 것은 자살을 포기하고 대판을 떠나는 기차 안에서 였고 두 사람이 결혼을 약속하는 것은 미국에서 옥련의 학업이 종료되고 난 이후의 일이다. 이 때 옥련은 이미 연령상으로도 18, 9세 즉 10대 후반의 나이이며 더구나 평양을 떠난 지 10여 년에 걸친 객지 생활을 통해 세상과 사람에 대한 나름의 뚜렷한 주견을 갖춘 상태였다고 판단할 수 있다.

> (구) 이이 옥년아
> 어―실체하엿구
> 남의 집 쳐녀더러 쏘 히라 ᄒᆞ얏구나
> 우리가 입으로 조션말은 ᄒᆞ더리도 마음에ᄂᆞᆫ 셔양 문명한 풍속이 저졋스니 우리ᄂᆞᆫ 혼인을 ᄒᆞ여도 셔양 사롬과 갓치 부모의 명녕을 좃칠 거시 아니라 우리가 셔로 부ᄾ될 마음이 잇스면 셔로 직접ᄒᆞ야 말ᄒᆞᄂᆞᆫ 거시 오른 일이다 그러나 우션 말부터 영어로 슈작ᄒᆞᄌ 조션말로 ᄒᆞ면 입에 익은 말로 외쌱히라 ᄒᆞ기 불안ᄒᆞ다
> ᄒᆞ면셔 구씨가 영어로 말을 ᄒᆞᄂᆞᆫ디 (『혈의 누』, 84쪽)

인용문에서 확인할 수 있는 것처럼 구완서와 김옥련은 이미 세상에 대해 스스로 평가하고 판단할 수 있는 식견을 갖춘 상태에서 자신들의 결혼 문제를 직접 결정하고 있으며 옥련의 부친 김관일은 합석했음에도 불구하고 그들의 논의에서 철저히 배제되고 있다. 옥련은 문명화로의 진입 과정에서 우연히 만난 남성을 자신의 배우자로 자신의 의지에 의해 직접 선택하고 있기 때문에 자신을 중심으로 한 가족의 결합만이 문제되고 있을 따름인 것이다.

이에 반해 정임은 아버지에 의해 정혼한 상대방 영창의 문제가 완전한 결합에 있어 장애의 요소로 기능하고 있다. 더구나 영창이 몰락하지 않고 어떤 면에서는 정임을 능가하는 학문적 소양, 문명의 공기를 쐬었다는 사실이 김승지 부부의 생사 및 지위를 새삼 문제적인 것으로 만들고 있는 것이다. 이는 정임보다 오히려 이시종에게 더 큰 문제로 다가오

고 있다.

앞서 인용문에서 살펴본 것처럼 이시종은 영창과 정임에 대해 씻기 힘든 죄책감을 지니고 있는데 이 감정은 젊은 부부의 행복한 생활만으로는 보상되기 힘든 성질을 지녔다. 즉, 약속의 상대방인 김승지 부부의 안위가 어떠한 방식으로든지 해결되어야만 일정하게 상쇄될 수 있는 것이다. 그리고 이러한 감정의 상쇄가 없이는 완전한 의미의 가족의 복원은 달성되지 않은 미완의 것으로 남게 마련이다. 때문에 작가는 젊은 부부의 신혼 여행이라는 당시로서는 상당히 낯선 풍속을 서사에 삽입하고 있는 것이다. 이러한 작가의 구도에 따라 그들의 신혼 여행은 두 가족의 완전한 재결합을 위한 계기로서의 역할을 떠맡는다.

(上略) 도라다보니 싱각도 아니ㅎ얏던 김승지가 왓는지라 마음에 끔쩍 놀ㄴ셔
(리) 아 자네 이게 웬일인가……응……뎌관졀 엇지된 일인가
(김) 우리가 다시 못맛눌줄 아랏더니 셔로 죽지안코 오날 맛는 것이 다 힝훈 일이오 이 못싱긴 목숨이 사라 도라오는것은 이게 닉복이 아니라 우리 며느리덕일셰
ㅎ며 반가운 이약이를 ㅎ고 훈편에는 리시종부인과 김승지부인이 셔로 붓들고 울더니 리시종과 김승지는 가족들 다리고 그길로 곳 부벽누에 올나가셔 그 스이 지닉던 력스와 셔로 싱각ㅎ던 졍회를 말ㅎ며 슐잔을 들고 토진간담ㅎ는디 이쩌에 아아훈 쳥산과 양양훈 유수가 보모다 그 슐잔가온디 빗취엿더라 (112쪽)

과도한 우연성으로 인해 서사 구성에 많은 부담을 줌에도 불구하고, 초산의 민요 이후 종적이 묘연했던 김승지 부부가 이처럼 이시종 부부 앞에 모습을 드러내었어야만 했던 것은 그들의 존재가 정임과 영창 부부의 완전한 결합을 보증해 줄 수 있는 중요한 축이었기 때문이다. 이

대목에 이르러서야 비로소 두 가족은 온전한 재결합, 복원의 상태에 놓이게 된 것이다.

사실, 붕괴된 가족의 복원이라는 명제는 『추월색』 뿐만 아니라 대부분의 신소설이 다루고 있는 테마이기도 하다.[18] 특히 여성을 주인공으로 설정한 신소설은 거의 모든 작품이 여성 주인공의 상실된 지위가 회복됨으로써 서사를 종결 짓고 있는데 이는 곧 여성의 추방(가출)으로부터 비롯한 가족 붕괴의 상황이 복원되었다는 사실을 의미한다. 뿐만 아니라 이들 작품 가운데 주인공의 유학 과정을 다루고 있는 작품들에 있어서 가족 관계 복원에 대한 열망은 또 다른 차원에서 문제적이라고 할 수 있다. 사실, 정임은 동경 유학 시절 명석함으로 이름을 날리지만 그녀의 내면은 가족과의 재결합을 강력하게 원하고 있다.

> 일곱 달만에 뭇홀 말업시 능통홀쑨아니오 문법도 막힐곳 업시 무슨 셔적이던지 능히 보게되미 그히 봄에「소셕쳔구」일본 녀즛디학에 입학ᄒ얏ᄂ디 그 심즁에ᄂ 항상부모의 싱각 영창이 싱각 자긔 신셰 싱각이 혼데 뒤뭉쳐셔 주야로 간절혼터이라 그러혼 릭심즁에 공부도 잘되지아니ᄒ련만은 시험볼쩍마다 그 셩젹이 평균졈 일공공(一〇〇)에쩌러지지아니ᄒ야 ᄒ마다 최우등으로 진급되니 동경 녀학싱계에 리졍임의 일홈을 모를 스룸이 업시 명예가 굉장ᄒ더라 (42~43쪽)

인용문에는 아버지 이시종의 강권(強勸)을 거부하고 집을 뛰쳐나오는 능동적이고 주체적인 정임의 모습은 찾을 수 없고 고향과 가족을 그리워하는 한 인간이 있다. 『혈의 누』의 옥련이 학업을 통해 고향과 부모에 대한 기억을 지우려 애쓰는 모습과 비교할 때 정임의 이러한 태도는 그녀에게 있어 가족과의 재결합이 얼마나 중요한 문제인지를 상징적으로

---

18) 김종욱, 「＜혈의루＞ 연구」, 서울대학교 한국 문화 연구소, 『한국 문화』, 23, 1999. 6.

보여준다. 뿐만 아니라 그녀에게는 정혼의 대상인 영창이 존재하고 있음으로 인해 가족 재결합의 강도는 더욱 심해질 수밖에 없었을 것임을 미루어 짐작할 수 있는 것이다. 결국 서사는 정임과 영창의 재회는 물론이려니와 두 집안 사이의 재회까지도 완벽하게 마무리했을 때 비로소 종결될 수 있었다. 이는 상실된 가치의 회복이라는 의미를 지님과 동시에 신소설이라는 서사물이 가지고 있는 구조의 유사성을 보여 주는 것이다.

5. 결론

이상에서 최찬식의 대표작 『추월색』의 서사 구조와 그 의미, 그리고 가족 결합의 서사로서의 텍스트가 지닌 함의에 대해 살펴보았다. 대중성 혹은 풍속성이라고 평가되었던 『추월색』의 미적 자질들은 실상, 『추월색』만의 것이라고 단정할 수 없다. 또한 『추월색』은 대부분의 신소설이 보여주는 가족 구성원의 재결합을 기본적인 서사의 축으로 하고 있음과 동시에 가족과 가족 사이의 결합까지를 포괄하고 있다.

필자는 이 글을 통해서 『추월색』은 다른 신소설이 지닌 일반적인 서사 구성의 양상을 충실하게 따르고 있음을 밝히고자 하였다. 그것은 여주인공의 수난과 극복으로 정의되었던 가족 결합의 서사이다. 이는 『추월색』에 비해 계몽성을 지닌 것으로 평가받았던 『혈의 누』 역시 마찬가지로 취하고 있는 서사의 구성 양상임도 함께 논의하였다. 이는 인물 혹은 서사에 삽입된 작가의 생경한 발화에 근거하여 작품의 사상적 윤곽을 그리려는 관점에서 벗어난 자유로운 상태에서 작품을 재독 하려는 시도였고 자체로서 완결적인 성격을 지니기보다는 이후 연구를 위한 토대를 마련하기 위한 시론적 성격을 띠고 있었음을 밝혀둔다.

『구의산』 서사 구조의 성층화 양상 연구

1. 선행 논의 성과의 쟁점과 연구의 시각

　1911년 6월 22일부터 9월 28일까지 약 3개월여에 걸쳐 『매일신보』에 연재된 이해조의 『구의산』은 이해조가 발표한 다른 작품들에 비해 연구의 영역에서 제외되어 있다. 이 작품이 연구자들의 주목을 끌지 못하게 된 연유에 대해서는 여러 가지 근거를 제시할 수 있다. 작품의 완성도, 작가 의식의 불철저성, 인물 등의 묘사에서 엿보이는 구소설적 흔적들은 '개화기'와 '1910년대'라는 시대적 상황을 전제로 하거나 '신소설'과 관련된 제도적인 교육 과정의 틀을 통해 획득된 사후적인 인식 지평을 통해 이 작품을 검토할 경우 연구자들이 이 작품을 독립적으로 논의할 때 갖는 부담감을 어렵지 않게 짐작할 수 있다. 다시 말한다면 이상과 같은 관점을 취할 경우 이 작품은 실상 '별로 할 이야기가 없는' 작품으로 분류되며, 따라서 독립적인 작품론을 통해서 다루지기보다는 작가 이해조를 논하는 과정의 한 부분으로 자리매김 되는 것이 타당할 것이라는 상식적 결론에 도달하게 된다.

그런데 현재의 연구자들이 지닌 이러한 선취된 관점의 근저에는 보다 근본적인 인식의 문제가 자리하는 것으로 판단하게끔 하는 언급이 있다.

> 그러나 메이지 45년 7월 20일에 초판이 간행된 『구의산』 상·하권에 이르러서 이해조의 예술적 행정(行程)은 확실히 저조(低調)에 들어섰다. 『구의산』이 『빈상설』에서 비롯하여 『모란병』을 통해서 흐르고 있는 이해조의 이른바 절충성의 한 연장임은 중언할 여지가 없으나 그보다도 주목할 점은 통속성의 현저한 증장(增長)이다. 통속성이란 것은 언제나 소설이 독자의 저속한 흥미에 추종함을 의미하는 것으로 신소설과 현대 소설의 어느 것을 물론하고 일관되는 원칙이나 신소설에 있어서의 통속성이란 것은 좀 다른 준비를 가지고 이해될 필요가 있다. (중략)
> 따라서 신소설이 역사적인 자기 발전을 중지했을 때 일어나는 즉, 신소설의 문학적 속화의 표현인 통속화의 대두와 증장은 먼저 신소설의 구소설 양식에의 복귀에서 명백한 면모를 드러낸다. 구소설 양식에의 복귀는 노골적인 권선징악의 유형 소설에의 귀환이요, 좀 더 구체적으로는 계모형 소설 구성에의 집착이다.[1]

임화는 이 글을 통하여 『구의산』에 대한 개략적인 평가를 시도한다. 여기서 그는 이 작품이 구소설적이라고 외면받기 힘든 신파극조의 요소나 탐정조의 측면, 서판서와 이동집의 만남 과정에서 발견되는바 반상(班常)의 무시나 개화사상 같은 작가 정신의 편린을 엿볼 수 있음에도 불구하고 계모형 소설 구성에 대한 집착을 보여줌으로써 노골적인 통속 소설로 전락하였다는 사실을 유독 강조하고 있다.

임화의 지적처럼 통속적이라는 사실이 작품에 대한 평가에 있어서 핵

---

1) 임화, 「개설 신문학사—제4절 신소설의 출현과 유행. 2-3) (속) 이해조와 그의 작품」, 임규찬 편, 『개설 신문학사』, 한길사, 1993, 297~298쪽.

심적인 요소인지, 혹은 통속성의 실체는 무엇인지에 대해서는 다른 글에서 논의한 바 있다.2) 그러함에도 불구하고『구의산』을 논의하면서 임화가 지적한 '통속적'이라는 평가가 작품 그 자체에 대한 연구자의 접근을 가로막는 심리적 차단막 구실을 하는 현실적 상황은 별반 달라진 것이 없는 것 같다. 이 같은 조건 속에서 이 글은 작품이 통속적인지 아닌지, 대중성을 지니고 있는지 그렇지 않은지와 같은 가치평가적인 관점으로부터 벗어나 작품 자체가 지닌 서사 구성상의 특징을 규명하는 것을 일차적인 목적으로 한다. 이러한 성과에 기반 할 때 '생산(창작)→유통→소비(독서)'의 의사소통 구조 속에서 작품『구의산』이 소비자인 수용자·독자의 호응을 유도할 수 있었던 근거들을 확인할 수 있을 것이다.

앞서 임화도 지적했지만,『구의산』이 계모형 소설의 서사 구성을 취하고 있다는 사실에는 연구자들의 이의가 없는 것처럼 보인다. 그런데 흥미로운 사실은 이 '계모형 소설'이 구체적으로 무엇을 말하고 있는지에 대해서는 논의된 성과를 찾기 힘들다는 점이다. 이러한 현상은 학제적으로 '현대문학 전공자'들로 분류될 수 있는 연구자들의 논의에서 공통적으로 발견되는데, 이해조를 논의하는 과정에서 부분적으로 언급되는『구의산』은 계모형 소설이라고 간략히 언급되는 선에서 논의가 마무리되고 있다.

이러한 상황에서 고전 소설의 개작 과정을 논의하면서『구의산』을 다루고 있는 한 편의 논문은 고소설의 증좌로 간주되는 '계모형' 소설의 특징과 전대 소설의 영향 관계를 추적하고 있다는 점에서 주목할 필요

---

2) 필자는「신소설의 대중적 성격 연구」(서울대 박사 학위 논문, 2003)를 통하여 가치중립적 관점에서 대중성·통속성의 문제를 논의하였고, 「신소설의 망탈리테 연구를 위한 시론」(『한국학보』111, 2003. 6)에서는 '문화적 소통 체계 내에 존재하는 미디어로서의 문학 작품'이라는 시각으로 이 문제를 다시 살펴보았다. 따라서 이 글은 앞서 발표한 두 논문이 서있는 문제의식의 연장선상에 위치한 셈이다.

가 있다.3) 제목에서 밝히고 있는 것처럼 이 논문은 고전 소설인 『김씨열행록(金氏烈行錄)』과 『구의산』의 사건 구조를 비교함으로써 양자의 영향 관계를 논의의 중심에 놓고 있으며 그 결론에서 "구성에서 다소의 獨創性을 인정할 수 있는 정도이므로 <구의산>을 創作 小說이라고 할 수는 없겠다"고 주장한다.4) 그리고 구성상의 독창적인 측면으로서 인물의 변용, 배경의 확장, 표현, 추리 소설적인 기법 등을 제시하고 있다. 서사

---

3) 김명식, 「<김씨열행록>과 <구의산>－고전 소설의 개작양상」, 『한국 문학 연구』 8, 동국대 한국문학 연구소, 1985. 6.
4) 김명식, 위의 글, 256쪽.
　이후 논의 전개의 편의를 위해 위 연구자에 의해 개괄된 『김씨열행록』의 사건 개요를 보이면 다음과 같다.
　1. 관동의 거부 張씨 형제가 오래도록 아들이 없다가, 동생이 아들 계현을 낳아 형에게 주어 종사를 잇게 함
　2. 계현이 장성하여 과거에 급제하고 延씨와 결혼하여 아들 갑준을 낳음
　3. 갑준이 10세 되는 해에 모친이 별세함
　4. 계모 柳씨가 들어와 병준을 낳으나 갑준을 사랑하는 척함
　5. 갑준이 金氏家의 딸과 결혼하여 첫날밤을 지내는데 괴한이 들어와 목을 베어 죽여가지고 달아남
　6. 신부 김씨가 살인자를 찾기 위해 男服을 하고 집을 나섬
　7. 죽은 남편의 마을에 찾아들어 노파를 통해 범인을 알아내고 남편의 잘린 머리가 유씨에 의해 집 곳간에 감춰져 있음을 알아냄
　8. 시아버지 장시랑에게 유씨가 자객을 시켜 일을 저지른 사실을 고하고 누명을 벗음
　9. 장시랑은 계모 유씨와 그녀의 소생 병준을 죽이고 방랑의 길을 떠남
　10. 친정에 와 있던 김씨 부인이 유복자 해룡을 낳음
　11. 해룡이 세 살이 되자 김씨가 집을 떠나 천신만고 끝에 시아버지 장시랑과 재회함
　12. 부인이 정성으로 시아버지를 봉양하고 과부 華씨를 후처로 맞게 함
　13. 화씨가 김시 부인을 시기하여 죽은 유씨의 동생 득룡이 관동 태수로 부임하자 김씨 부인의 음모로 유씨가 죽었다고 모함하고 김씨 부인을 문초할 것을 주장함
　14. 김씨 부인의 시비인 옥매가 이 사실을 알고 화씨를 독살하려하나 장시랑이 이를 잘못 먹고 죽음
　15. 유태수(득룡)에 의해 김씨 부인과 옥매가 투옥되고, 옥매는 기지를 발휘하여 동생 금매를 변장시켜 대신 옥에 보내고 자신은 경성에 올라와 升聞鼓를 쳐서 진정서를 올림
　16. 임금이 형부시랑 정인충으로 하여금 사실을 조사하게 하여 화씨는 絞殺되고 유태수는 파면됨
　17. 김씨 부인과 해룡이 상경하여 임금을 알현하고 해룡은 부마가 된 후 형부상서에 올라 모친을 지성으로 섬기다가 생을 마침

구성의 대비를 통하여 『구의산』이 독창적인 작품인지 고전 소설의 단순 개작인지를 논구한 이 성과는 논의 대상 작품이 지닌 미적 자질을 논하는 본고의 입각점과는 출발점을 달리한다. 그런데 서사 구성 방식의 유사점·공통점을 근거로 작품의 독자성을 부정하게 될 경우 『구의산』과 비슷한 시기에 발표된 많은 신소설들의 상호 영향 관계 및 독자·수용자와의 의사소통 구조를 지나치게 단순화할 우려가 있다는 사실도 반드시 지적되어야 한다.

결국 『구의산』은 가족 내부의 문제에 천착한 일종의 '가정비극'적 성격을 지닌다는 점에서 전대 소설의 자장 안에 놓여 있고,[5] 당대의 시대적 상황을 수용했다는 측면에서 일련의 독창성을 발견할 수 있지만 그 정도가 미약하고 심지어 통속적 요소의 강화로 인해 작품 자체의 문제적 성격을 논의하기 힘들다는 것이 선행 논의의 종합적 결론이라 하겠다.

하지만 앞서 지적한 것처럼 작품 사이의 영향 관계를 지나치게 단순한 각도에서 파악할 경우 해당 작품이 해당 시기 독자·수용자와 구성하는 의사소통 관계의 독자적인 측면을 간과할 우려가 있다는 것이 이 글의 입장이다. 서사의 기본적인 구성 양상이 유사함에도 불구하고 『구의산』은 『김씨열행록』과 구분할 수 있는 그 나름의 이야기 전개 양상이 존재하고 있으며 심층 서사의 수준에서는 보다 뚜렷한 변별 자질을 발견할 수 있다는 것이다.

다음으로 특정 작품을 통속적이라고 비판하는 태도 역시 '통속성'에 대한 보다 세분화된 자기 입장을 제시해야할 의무가 있다고 생각한다. 즉 통속성을 구성하는 범주를 면밀히 구분함은 물론 그러한 범주에 취

---

5) '가정비극'은 모자이합형 신파극의 구조를 설명하기 위해 사용되는 용어로(이두현, 『한국 신극사 연구』, 서울대학교 출판부, 1990, 66쪽 및 유민영, 『한국 근대 연극사』, 단국대 출판부, 2000, 271쪽 참조.) 심층적인 수준에서 가족의 재결합을 강하게 지향하는 신소설의 서사 구성을 유용하게 설명해 줄 수 있을 것으로 생각된다.

향(taste)을 정향(定向)하는 수용층에 대한 가치중립적인 접근 방식이 요구
된다. 뿐만 아니라 사회적 상황과 조건에 따라 변화 양상을 보이는 수용
층의 취향에 대해서도 보다 적극적인 의미 부여가 가능할 수 있을 것이
라는 점이 본고의 또 다른 논의 근거를 형성한다.6)

  덧붙여 지적하고 싶은 것은 '추리 소설' 혹은 '탐정 소설'이라는 규정
에 대해서이다. 『구의산』은 이동집의 계획에 의한 오복의 변사(變死)를
중심에 놓고 이 문제를 해결해가는 과정으로 서사가 구성되어 있다. 즉
겉으로 보기에 이 작품은 '사건제시 → 해결'이라는 도식을 따르고 있는
것처럼 보이지만 실제로 이야기의 중심에서는 다른 구성 원리가 작동하
고 있다는 것이 이 글의 평가이다. 뿐만 아니라 제시된 사건의 해결 과
정에 있어서도 추리·탐정 소설이 지닌 일반적인 서사 문법과는 일정한
거리를 확인할 수 있을 것으로 생각된다.7)

  이에 따라 이 글은 『구의산』이 신소설 일반에서 확인할 수 있는 서사
구성의 기본 골격을 유지하면서도 그 중심에 살인이라는 범죄 행위를
설정함으로써 여타의 신소설과 구별되는 작품 자체의 독자적인 자질들
을 함축하고 있음을 규명하고자 한다. 이를 위해 대중 소설에서 보편적
으로 확인할 수 있는 멜로드라마적인 서사 구조를 통해 작품을 개괄한
후 등장인물에 대한 분석의 초점을 이동시킴으로써 새롭게 발생하는 문
제들을 논의할 것이다. 궁극적으로 이러한 과정은 문학에 내재한 대중
지향적 속성, 수용 대중과의 지속적인 의사소통의 추구라는 문학의 내

---

6) 졸고, 「신소설의 대중적 성격 연구」, 서울대 박사 학위 논문, 2003, 11~23쪽 참조.
7) 대중문학연구회, 『추리소설이란 무엇인가?』, 국학자료원, 1997.
   Will Wright, *Sixguns & Society-A Structural Study of the Western*, University of California Press, 1975.
   John G. Cawelti, *Adventure, Mystery, and Romance*, The University of Chicago Press, 1976.
   Jerry Palmer, *Potboilers-Methods, concepts, and case studies in popular fiction*, Routledge, 1991.

재적 속성이 근대문학 초기부터 발현되는 양상의 또 다른 측면을 제시할 수 있을 것으로 예상된다.

2. 표층 서사의 멜로드라마적 성격과 요소

1912년 신구서림에서 발행된 단행본 『구의산』은 상·하권으로 분책(각 권 98쪽)되어 있으나 양 권의 구분이 어떤 근거에서 진행되었는지는 명확하지 않다. 며느리 김씨와 서판서가 재회하고 김씨가 저간의 사정을 서판서에게 이야기하는 이 대목은 연재 과정에서는 1911년 8월 10일 연재 40회의 중간 부분에 해당한다. 그런데 흥미로운 사실은 며느리 김씨와 시아버지 서판서의 재회를 기준으로 전후의 서사가 일정하게 구분된다는 점이다.

『구의산』의 전반부인 연재 40회 전후, 단행본의 상권에 해당하는 부분의 서사는 임화가 지적하고 이후의 연구자들이 충실히 계승하는 문제의식인 ‘계모형 소설’의 전형적인 모습을 보여준다. 앞서 각주를 통해 밝힌 『김씨열행록』의 순차 단락과 비교하면 이 대목은 대략 8번과 9번 단락 언저리와 일치하며 그 내용 역시 『김씨열행록』의 그것과 크게 다르지 않은 것으로 판단할 수도 있다.

동시에 『구의산』은 대중소설의 주요한 양식 가운데 하나라고 할 수 있는 멜로드라마의 서사 구성 방식을 취하고 있는 것으로도 볼 수 있다. 물론 『구의산』을 관통하는 중심 사건은 ‘오복의 죽음’이다. 따라서 작품의 서사가 멜로드라마적인 양상을 띤다는 이 글의 지적 다음의 몇 가지 사항으로부터 도출된 것이다. 먼저 오복의 죽음을 둘러싸고 전개되는 사건의 연쇄 속에서 등장인물이 선악의 극단적인 대립 구도 속에 놓여 있으며 이 때 악인은 사회적이고 행동적인 반면 선인은 수동적이고 추상적인 존재라는 점이다. 두 번째로 서사 속의 사건들을 연결시키는 계기가 등장인물들의 감정의 과잉 상태로부터 비롯하고 있으며 이러한 감정의 과잉이 서사의 과잉으로 이어지고 있다는 사실을 지적할 수 있겠다. 세 번째로 주시해야 할 것은 작품의 서사가 궁극적으로 지향하고 있는 목적, 선을 체현한 것으로 묘사된 등장인물에게 주어지는 서사적 대가(對價)가 가족 구성원의 재결합을 통한 가족 내 기존 지위의 회복이라는 사실이다. 이러한 분석에서 주의해야 할 것은 이 과정이 서사의 전면에 등장하는 인물들을 중심으로 한 것이라는 사실이다. 즉 독자·수용자가 일차적으로 지각하게 되는 사건의 연쇄 과정이 지닌 몇 가지 특징적 요소에 대한 분석이라는 점을 기억해야 한다.

먼저 등장인물의 구성이 지닌 극단적인 대립 구조에 대해 살펴보기로 하자. 위에서 언급한 바와 같이 『구의산』 전편(全篇)을 관통하는 중심사건은 오복의 죽음이며 이로 말미암아 발생하는 갈등의 연쇄가 표층적인 수준에서 작품을 규정한다. 이 때 작품의 주요 등장인물은 오복의 서모(庶母) 이동집이 중심이 되는 인물들 즉 구체적인 악행을 자행하는 인물들과, 실행된 악행에 의해 직접적인 피해를 당하는 인물로 나눌 수 있는데 후자는 다시 악행이 초래한 상황 극복 행위를 수행하는 인물과 수동적으로 현실을 수용하는 인물들로 구분할 수 있다.

나종에는 셔판셔와 직졉으로 말만안이홀짜름이지 한집식구 모양으로 드나들며 범빅스룰 지성스럽게 공궤롤ㅎ눈디 하로삼시이외도 자리ㅅ조 반밤참을 아모ㅅ됴록 입에맛도록 하긔희쥰이외에 즈긔의돈을보티가며 작만을ㅎ고 약을지여와도 즈긔손으로 만토격도안이 쏙알맛도록 정셩스럽게 다려닉보너니 셔판셔가 ᄆᆞ음에감ㅅ훈싱각이나셔 (『구의산』 상권, 10~11쪽)

친구집에 다녀오다가 인력거에서 떨어져 부상을 당한 서판서를 이동집이 간호하는 장면을 묘사한 대목 중의 일부이다. 이동집의 계획이 현실화되기 이전까지 두 사람의 관계는 30대 후반~40대 초반의 남녀에게 찾아든 로맨스를 떠올리게 한다. 서판서는 두 번, 이동집은 한 번 배우자를 저 세상으로 떠나보낸 인생의 상처를 가지고 있어 상대방에게 호감을 가질 수 있는 여건을 갖추고 있다. 재혼 후 이동집이 오복을 위하는 마음 역시 지극한 것으로 형상화된다. 그러나 오복을 살해하고자 계획을 세우고 이를 실행에 옮기는 이동집의 모습은 초두에 제시된 이러한 모습과는 전혀 다르게 나타난다.

> ① 계집이 악독ᄒᆞ랴면 한이업셔 텬륜ᄭᆞ지 모르ᄂᆞᆫ것이라 이동집이 ᄯᅩ복의 손목을 잡아 압흐로 갓가히ᄭᅳᆯ더니 ᄶᅡᆼ바닥에잇ᄂᆞᆫ 돌한ᄀᆡᄅᆞᆯ 언의틈에집어 ᄯᅩ복의 삭은코ᄅᆞᆯ 인졍업시 들입다 치며
> 이놈 너도죽어라 어미가 이디경이되ᄂᆞᆫᄃᆡ 너ᄂᆞᆫ 살아무엇ᄒᆞ겟ᄂᆞ냐
> ᄯᅩ복이가 그 자리에가 푹업드러지ᄂᆞᆫ바ᄅᆞᆷ에 (하권, 12~13쪽)
>
> ② (이) 예 고ᄒᆞ겟습니다 졔가과부가되야 수졀ᄒᆞ옵고 사옵더니 우연히 셔판셔ᄅᆞᆯ 만ᄂᆞᆫ이후로 ᄆᆞᄋᆞᆷ이들기를 ᄉᆞ고무친ᄒᆞ고 압헤 쓸ᄌᆞ식 한아업ᄂᆞᆫ 신셰가 외로온ᄉᆡᆼ각이나셔 뎍아ᄃᆞᆯ에게나 졍을드려 몸의지를 튼〻히ᄒᆞ리라ᄒᆞ야 오복이를 남의류업시 공드려 기르더니 쳔만ᄯᅳᆺ밧게 ᄯᅩ복이를 나은후로 곰〻 궁리를ᄒᆞ야본즉 오복이곳업스면 대감셩미에 ᄌᆞ식을두고 양ᄌᆞᄂᆞᆫᄒᆞ실리만무ᄒᆞ고 ᄯᅩ복이가 ᄌᆞ연 셰간차지를 ᄒᆞ려니십어 그거조를ᄒᆞ얏습니다
> (법관) 오복이ᄂᆞᆫ 그리 죽엿거니와 네ᄌᆞ식 ᄯᅩ복이ᄂᆞᆫ ᄯᅩ 웨ᄶᅡ렷노
> (이) 그놈을위ᄒᆡ 뎍아ᄃᆞᆯ 죽이기ᄂᆞᆫ 졔가 ᄌᆞ미를보자ᄂᆞᆫ것인ᄃᆡ 져죽ᄂᆞᆫ터에 그ᄌᆞ식은 살녀두어 무엇ᄒᆞᆷ닛가 졔독에 겨워셔 그놈브터 죽으라고 ᄶᅡ렷습니다 (하권, 13~14쪽)

범죄가 탄로한 직후 자신의 소생 또복을 살해하는 이동집의 모습은

극단적인 악인의 그것에 다름 아니다. 그런데 문제적인 것은 두 번째 인용문을 통해 밝히고 있는 범죄의 원인이다. 이동집은 이 진술을 통해 자신의 범죄가 부계 중심적 가족 구조 속에서 불안한 위치를 점하고 있는 후처의 지위 때문임을 밝히고 있다. 이는 이동집 만이 아니라 대부분의 신소설 속에서 악인으로 등장하는 후처(계모)·첩 등이 공통적으로 처한 문제적 상황이라고도 할 수 있다. 그러나 심정적으로 독자·수용자의 동정을 유도할 수 있는 그들의 위치에도 불구하고 공감 형성에 실패하는 것은 그들의 악행이 독자가 감내할 수 있는 한도를 초과한 것으로 제시되어 있기 때문이다. 자신의 불안한 지위를 공고히 하기 위해 한 번의 살인 교사와 한 번의 치사(致死)를 자행하는 이동집의 모습 역시 이러한 범주에서 예외가 아니다.

한편 이동집의 계획에 의해 난관에 처한 인물들의 모습은 여타 신소설 작품에서 쉽게 발견할 수 있는 주인공들의 모습과는 사뭇 다른 양상을 띤다. 비슷한 시기에 발표된 많은 신소설에서 적극적이고 능동적인 악인의 치밀한 계획에 의해 난관에 빠진 주인공들은 자신들이 처한 상황을 돌파하기 위한 구체적인 계획을 수립하고 이를 실천에 옮기기보다는 감정의 과잉 상태를 드러내면서 자신의 신세를 한탄하는 모습만을 보여준다. 그런데 『구의산』을 통해 이러한 일반적 모습을 띠는 인물은 드물다. 우선 이 작품에서 주인공의 지위를 부여받은 인물을 규정하기 쉽지 않다는 사실도 문제인데 다만 이동집(악인)의 계획에 의해 가장 난관에 봉착하는 인물이 누구인지를 생각해 볼 때 며느리 김씨의 행동에 주목할 수 있게 된다.

① 김씨부인이 시속신부 ⅀흐면 첫날밤에 그남편이 그디경을 당훈것을보고 그 자리에서 긔식이라도 횟슬것이오 셜혹긔식을 안이횟드리도

울며불며 아모 넉이 업슬터이지마는 이는 그러치 안이ᄒ야 두눈에 눈물
한뎜도업고 열끡가되록되록ᄒ야 조곰도 셔슴업시 압헤와 공슌히셔니 (상
권, 59쪽)

　② 목이턱턱메여 간신히ᄒ더니 즈긔원통ᄒ 허물을쓰고 그발명은 고샤
ᄒ고 남편의 원슈를 갑하볼계칙으로 남복을ᄒ고 셔울로 올나온일로 쥬
인을 마당어미 집에다뎡ᄒ고잇ᄂ디 칠셩어미 맛나던일이며 사당집 뒤뜰
고목에 ᄶ치짓ᄂ양을 보고 심즁에 의아ᄒ던ᄎ에 칠셩의집을 ᄎᆞ쟈가다가
들창밋헤서 엿듯던말ᄭ지 칠셩어미롤 쳥히다가 헷꿈이약이를ᄒ야 진뎡
토셜을ᄒ도록 ᄒ일 일쟝을 조곰도차착업시 고ᄒ니 (상권, 97쪽)

첫 번째 인용문은 신랑 오복이 목 없는 시체로 발견된 신방에서 김씨
부인이 취하는 행동에 대한 묘사이고 두 번째 인용문은 시아버지 서판
서와의 재회 장면을 형상화한 것이다. 남편의 죽음과 자신이 그 누명을
모두 뒤집어쓰게 된 극한적인 상황 설정 속에서도 나이 어린 김씨 부인
이 인용문과 같은 태도를 보여준다는 사실은 신소설이 지닌 일반적인
서사 문법에 비추어 볼 때 극히 예외적인 경우이다. 뿐만 아니라 그녀가
남복(男服)을 하고 서판서집 근처에 숙소를 정한 후 오복의 죽음을 둘러
싼 표면적인 의혹을 해소해 가는 과정에 대한 서술은 그 단계 단계의
논리적 정합성 여부를 떠나 역시 예외적인 것이다.

이러한 형상화 방식이 지닌 차별성은 이 작품의 여성 주인공격인 김
씨 부인의 위치 설정이 여타 작품의 여성 주인공들과 구별된다는 점에
서 기인한다. 즉,『혈의 누』의 옥련을 비롯한 신소설의 여성 주인공들은
부모나 정혼자 혹은 자신을 오해한 남편과의 관계가 갈등을 유발하는
핵심적인 요인으로 제시되고 이 갈등을 극복함으로써 정혼자와 혼인을
하거나 남편의 오해를 해소시켜 가정으로 복귀하는 것으로 서사가 마무
리된다. 그러나 『구의산』의 경우 김씨 부인의 고난은 결혼이라는 사회
적 통과 제의를 경과한 직후 남편의 죽음이라는 형태로 주어지고 있으

며 작가와 칠성 그리고 오복 자신을 제외한 여타의 등장인물 및 독자는 오복의 죽음을 기정사실로 간주하는 상황 속에 놓여졌다.

일단 김씨 부인이 비록 누명을 쓴 상태이기는 하되 정식으로 혼례를 치른 신분이라는 점이 문제적이다. 당대의 사회적 통념에 비추어볼 때 김씨 부인은 합법적인 오복의 아내이며 서씨 집안의 며느리인 셈이다. 따라서 서판서가 그녀를 며느리로 인정하지 않는 상황이 전개된다고 하더라도 사회적 관습에 근거할 때 김씨 부인은 이미 서씨 집안의 구성원인 것이다. 다만 그녀에게 있어서 그 지위는 결혼을 통해 자연스럽게 주어진 지위가 아니라 스스로의 노력과 주변의 도움을 통해 획득되어야 하는 지위이다. 게다가 그녀 자신을 비롯하여 상황에 참여하고 있는 등장인물 모두가 오복의 죽음을 사실로 받아들이고 있는 조건 속에서 김씨 부인이 여타의 여성 주인공들처럼 감정의 과잉 양상만을 내보이면서 우왕좌왕해서는 이후 서사 전개의 개연성을 확보할 명분이 없어지게 된다.

그럼에도 불구하고 『구의산』이 서사 전반(全般)을 관통하는 중심 사건으로 오복의 죽음을 설정하고 그 피살 장면을 상세히 묘사하고 있다는 점은 신소설이 지닌 대중 소설적인 속성을 또 다른 면에서 극명하게 드러내는 것으로 볼 수 있는데 이것이 분석의 두 번째 지점을 형성한다.

> 셔판셔는 김판셔롤 보앗는지 못보앗는지 김판셔의말을 드럿는지 못드럿는지 업드러지며 쓰러지며 바로신방문압을쮜여 드러가니 상하로소남녀가 한데뷔범밥이되야 야단법셕을ᄒᆞᆫ지라 사돈집 닉넝을 니외홀 여부업시 겹겹이도라선사롬을 잡아헷치고 방안을 드려다보니 비린니가 코에 와락 나는디 즈긔 아둘이 머리는 간곳업고 다만 엇기이하 몸덩이만 그가 온더에가 느러졋고 그것헤 삼척 비슈가 노여잇더라 (상권, 57~58쪽)

주검으로 변한 새 신랑을 마주한 인물들의 심리 상태가 어떤 것인지는 미루어 짐작할 수 있다. 피비린내가 진동하는 이 한 장면으로 인해 수많은 등장인물들의 운명이 뒤바뀌게 된다. 화기(和氣)가 충만하던 서판서 집안이 적막강산으로 변하게 되고 초로의 서판서가 전국 유랑을 떠나는 궁극적인 원인도 이 장면으로부터 비롯하며 며느리 김씨의 고난은 물론 오복 자신과 칠성 그리고 보기 드물게 후덕한 계모였던 이동집의 운명 역시 이 한 장면을 기점으로 급격히 변화한다.

『구의산』은 이 장면 외에도 칠성에 의한 살인 장면을 상세히 묘사하고 있으며(하권), 인물간의 대화를 통해 저간의 사정을 둘러싼 정보를 암시적으로 독자에게 전달하는 등 세부적 감각(sense of detail)을 적극적으로 활용하고 있다. 이를 통해 자칫 단순해지기 쉬운 서사의 진행에 활력을 불어 넣음과 동시에 기괴하고 탈일상적인 것을 추구하는 독자의 취향에 능동적으로 화답하고 있는데 이를 통해 대중문화·대중소설이 지닌 일반적인 기준을 충족시킨다.8)

마지막으로 결말 처리의 방식과 이에 도달하는 과정 설정 방식을 통해 『구의산』이 표층적 층위에서 일반적인 대중소설·멜로드라마의 서사문법을 충실히 답습하고 있으며 비슷한 시기의 여타 신소설과 같은 범주로 구분될 수 있는 증좌를 확인할 수 있다. 앞서 김씨 부인의 행동이 여느 작품의 여성 주인공이 보여주는 그것과 비교적 선명하게 구분되고 있음을 지적하였거니와 그녀의 행동에 대한 보상이 무엇이었는지를 따져봄으로써 작품의 결말이 지향하는 바를 파악할 수 있을 것으로 판단된다. 비록 자신의 누명을 벗었음에도 불구하고 남편이 없는 서씨 집안을 혼자 건사하는 김씨 부인의 행동에는 나름의 필연적인 이유가 있다.

김씨부인이 빅쳔가지 고초룰 다격그며 남편의셜원도ㅎ고 즈긔의 발명

---

8) 박성봉, 『대중 예술의 미학』, 동연, 1996, 230~269쪽.

> 도흥엿스나 싀아버지도 그모양으로 집을하직흐고 안이계신즉 혈々단신
> 졂은녀즈가 아모여망도 업눈터에 무엇을흐자고 살아잇스리오만은 일즉
> 첫날밤합례이후로 두졋이 커지며 비가졈々불너와 티긔가 분명흔지라
> (하권, 15쪽)

이제 김씨 부인에게 있어 삶의 목적은 태중의 아이를 키워 서씨 집안
의 후사를 잇는 것으로 정향(定向)된다. 이는 결혼이 지닌 제 측면 중 종
족 보존이라는 생물학적인 요구를 충족함은 물론이려니와 당사자만의
결합이 아니라 가문과 가문의 결합이라는 당대에 팽배한 결혼에 대한
의식도 충족시킬 수 있기 때문이다.

또한 신혼 첫날 하룻밤의 합방을 통해 임신을 하고 태어난 아이가 남
자라는 점, 시아버지 서판서가 집안 대소사를 모두 갓 시집온 며느리에
게 물려주고 팔도 방랑에 나선다는 설정, 십여 세에 불과한 효손이 아버
지의 원수를 갚겠다는 강렬한 욕망을 지니고 집을 떠나 서판서와 재회
하는 등의 설정은 이 작품을 비롯한 신소설이 지향하는 결말 구성을 위
해 작위적으로 배치한 것이라는 비판을 면키 어렵다.

위의 사실들은 연재 후반부 즉 단행본 하권의 주요 내용들인데 이로
인해 해당 부분의 서사는 전반부의 팽팽한 긴장감을 상실한 채 우연과
기연의 남발로 점철되어 있다. 그럼에도 불구하고 이러한 무리를 감행
해서라도 서사를 연장시켜야 하는 이유는 '가족의 완전한 재결합'이라
는 신소설 특유의 서사 구성 문법에 충실하고자 함이다. 즉 효손의 출산
과 성장, 방랑을 떠난 서판서를 찾아 나서는 행위 등이 궁극적으로 이미
죽은 인물로 치부된 오복과 가족의 재결합을 위한 예비적 장치에 불과
하다는 점이 반드시 기억되어야 한다.

결론적으로 『구의산』은 표층적 층위에서의 서사만을 놓고 불 때 비슷
한 시기 발표된 다른 신소설 작품들과 흡사하게 그 구성 원리에 있어서

멜로드라마의 그것을 충실히 따르고 있음을 확인할 수 있었다. 이는 단지 서사 구성에서만이 아니라 인물의 구성에서도 마찬가지라고 할 수 있는데 능동적이고 적극적인 악인과 소극적이고 수동적인 선인의 대립적 구성은 물론이고 작품에서 선인으로 등장하는 인물들의 의식면에서 이를 확인할 수 있다. 즉 김씨 부인이나 효손 등을 이동집과 대척점에 놓인 선인으로 간주할 수 있을 것인 바 이들이 과연 어떠한 '선의 이념'을 체현하고 있는지는 의문의 여지가 있다.

그런데 이 지점에서 작품에 대한 분석을 종료하게 되면 『구의산』은 앞부분과 뒷부분이 분리된 채 전대 소설의 화소(話素)를 차용한 태작(駄作)의 수준에 머문 작품이 되고 말 것이다. 하지만 이 작품은 독자의 의표를 벗어난 곳에서 미약하나마 전·후반(단행본 상하권) 서사를 기묘하게 연결시키고 있으며 이 연결을 가능케 하는 인물의 설정과 역할이 이 작품에 또 다른 의미층을 형성하고 있다는 가설을 제시하고 한다.

3. 심층 서사의 범죄 소설적 제 양상

『구의산』의 서사 구조에 탐정 소설적인 성격 혹은 추리 소설적인 요소가 가미되어 있다는 지적은 임화의 언급에서도 발견될 정도로 시원이 오랜 주장이다.

　① 그러나, 이 소설의 발전 양식과 거기에 따르는 사건, 삽화 등은 결코 구소설 양식 그대로라기엔 약간 다른 요소가 가미되어 있음을 지적하지 아니할 수 없다. (중략) 또한 신부 김씨가 남복 상경하는 데라든지 유복자를 낳는데 같은 데서 김씨는 순연히 구소설적인 박명가인(薄命佳人)이나, 그가 시가(媤家) 근처에서 대소사를 조사하는 부분 같은 데 이르러

서는 신파의 히로인 내지는 탐정소설적인 요소를 생각할 수 있고, 또 계모 '이동집'이 꾸며내는 오복 살해 사건도 본질은 구소설적이나 사건의 형태는 다분히 신파 탐정조의 악녀다운 데가 있다.9)

② 이 作品에 등장하는 奴僕 칠성을 求心點으로 하여 벌어지는 推理小說的 要素는 所謂 의협과 기지가 동원된 근대적 小說 구성의 흔적이라고 할 수 있다.10)

③ 『김씨열행록』과 같은 平面的 事件 展開로는 이미 讀者를 확보할 수 없는 시대에, 作家는 같은 事件構造의 이야기를 推理小說의 수법으로 이끌어 간 후, 讀者가 예상하지 않았던 결말을 가져옴으로써 結末 强調法의 단편 소설적 수법을 구사하고 있다.11)

④ 이해조의 『구의산』은 추리 소설의 면모를 갖추고 있는 작품이다. 이는 <구의산에 구름이 싸이는 듯한 의심>을 암시하는 표제에서부터 그러할 뿐 아니라, 얼굴이 없는 시체를 놓고 범죄자의 추적, 체포 및 사건의 발전 등의 내용으로 이야기가 정보의 지연과 왜곡에 의해 전개됨으로써 독자의 호기심을 자극한다. 시간 역전의 기법, 은폐와 현시의 서사 양식과 대중성 지향이 뚜렷한 특징을 이룬다.12)

『구의산』 자체가 연구자의 별다른 주목을 받지 못했음에도 불구하고 이 작품에 대한 개괄적 대부분의 언급에서 추리·탐정 소설이라거나 적어도 그러한 요소를 지니고 있다는 지적이 있는 셈이다. 그리고 이러한 지적은 별다른 반성 없이 수용되어 『구의산』의 특성을 규정하는 하나의 경향이 되고 있다. 『구의산』은 '오복의 죽음'이 초래한 주변 인물들의 인생 유전과 그 죽음을 둘러싼 미스테리를 해결함으로써 등장인물들이 본래 지위의 회복하는 것을 구성의 핵심으로 하고 있다. 이러한 평면적인 분석에 근거한다면 선행 연구가 공통적으로 지적하는바 추리·탐정

---

9) 임화, 앞의 책, 301~302쪽.
10) 이용남, 「이해조 연구」, 서울대 석사 학위 논문, 1982, 65쪽.
11) 김명식, 앞의 글, 245쪽.
12) 이재선, 『한국 소설사-근·현대편 Ⅰ』, 민음사, 2000, 158쪽.

소설로서의 『구의산』은 별다른 반론의 여지가 없는 적절한 지적이라고 할 것이다.

그런데, 한국 문학 연구의 역사 속에서 추리·탐정 소설이 독자적인 연구의 대상으로 부각된 것은 불과 10여 년 이내의 일이며 따라서 추리·탐정 소설의 특징이 무엇인지, 추리 소설과 탐정 소설은 동일한 소설 유형인지 등에 대한 엄밀한 합의가 이루어지지 않은 상태이다. 이러한 사정을 고려할 때 인용된 선행 연구들이 『구의산』을 추리 소설로 분류하는 것 역시 엄밀한 분석에 의거한 것으로 판단하기 어렵다.

일반적으로 추리 소설은 그 기원과 유형 분류에서의 다양한 견해에도 불구하고 서사 속에 제시된 사건의 해결을 추구한다는 점에서는 의견의 일치를 보인다.[13] 그런데 그 해결 과정에 있어 몇 가지 필수적인 요소들을 열거할 수 있는데 도시의 성장과 같은 상황적인 조건을 제외하더라도 범죄 수사에 있어서 논리적 정합성과 합리성의 추구, 그리고 이에 기반한 사건의 해결이라는 요소는 필수적인 것으로서 판단할 수 있다.[14]

과학은 오귀스트 꽁트의 도움으로 실증적이 되어 인간의 육체와 영혼을 설명하려고 노력했던 반면 신비학과 마술은 엽기 소설을 발생시켰다. 그런데, 추리 소설을 태어나게 했던 것은 바로 그 모든 것을 설명하고자 하는 욕망이었다. (중략) 먼저 사회적 조건들 : <잡보>가, 다시 말해 일간지(예를 들면, 『리용 통신』)에 의해 기사화된 것과 같은 수수께끼의 범죄(로망스와 기요띤느의 측면을 가진, 연극이 된 연극)가 존재한다. 다음으로, 과학적 조건들 : 흔적과 지문의 연구, 그리고 얼굴의 모양에 따라 마음을 읽

---

13) 이제까지 사용하던 '추리·탐정 소설'이라는 명칭 대신 '추리 소설'이라는 용어를 사용하는 것은 '탐정 소설'이 "탐정"이라는 인격적 존재에 지나치게 의존하는 뉘앙스를 지님으로써 갖게 되는 의미 구현에서의 협소함을 회피하고자 하는 의도에서이다. B. Narcejac, 김정곤 역, 「추리 소설의 기원」, 대중문학연구회 (편), 『추리 소설이란 무엇인가?』, 국학자료원, 1997 참조.

14) 위의 글, 24쪽.

는 관상학의 출현 따위가 그것들이다. 독특한 <내용>(곧, 범죄사건)과 빈 틈없는 형식(곧, 탐정의 조사), 마지막으로 연결의 역할을 하는 반(半)모험 가이자 반(半)지식인인 탐정. 추리 소설은 그렇게 창조되었던 것이다.[15]

인용된 글이 서구 추리 소설의 발생과 변화 과정을 논의하고 있다는 점을 감안하더라도 추리 소설에 있어 필수적으로 요청되는 요소에 대한 지적은 충분히 참고할 만한 것이라고 판단된다. 즉 사건의 발생과 해결이라는 단선적 구조만으로는 추리 소설의 성립 요건을 갖추기 힘들며 오히려 사건의 해결 과정에 있어서 과학적 합리성과 논리성의 존재 여부가 못지않게 중요한 요소로 부각되고 있다는 점을 반드시 염두에 두어야 한다.

개화기의 신소설 가운데서도 '범죄'와 '수사', '해결된 사건'의 체계를 갖추고 범인의 추적 과정에서 논리적 추리의 양상을 보여주는 작품으로 이해조의 『쌍옥적』을 들 수 있다.[16] 이글의 직접 분석 대상인 『구의산』보다 약 3년 먼저 발표된 『쌍옥적』이 그 나름대로 추리 소설의 필요충분 요건을 충족시키고 있다는 사실을 감안할 때 『구의산』이 추리 소설인지 여부를 다지기 위해서는 사건 해결 과정에 대한 보다 면밀한 검토가 요구된다.

① 칠성의집 대문을 드러가랴면 길이 그집들창밋흐로 지나는더 김씨가 압을서셔 가다가그들창밋을 당도흐더니 바롬결에 무슨소리롤 드럿는지 산이놈을 손짓을흐야 멀즉안이 가라흐고 담밋헤다귀롤 기우리고 한구히드른후 그집에는 드러가지도 안이흐고 도로 쥬인집으로 도라와수일을 아모긔식업시 시침이롤 쑥쪠이고잇다가 산이롤식여 칠셩어미를 좀오

---

15) T. Narcejac, 김중현 역, 「추리소설—앵글로 색슨 전통과 프랑스적 전통」, 위의 책, 47~48쪽.
16) 임성래, 「개화기의 추리소설 『쌍옥적』」, 위의 책.

라 청호얏더니 (상권, 87쪽)

　② 셔판셔가 그얇흔중에 효손이롤붓잡고 더듬더듬 그들창밋흐로 지나
다가 방안에셔 짓거리는 음셩을듯더니 송고라쓰려놀나며 들창넘어롤 발
돗음을호야가며 넘겨다보다가 슈족을 벌々쓸며 보랴던뒤도 안이보고 감
안흔음셩으로

　효손아 도로가쟈

　효손이가 망지소조호야

　하라바지 웨 그리심닛가 뒤가 안이마려우셔요

　셔판셔는 딕답도안이호고 련희손짓을호며 쥬인집으로 오더니 (하권,
33쪽)

김씨 부인이 이동집의 흉계 전모를 파악하는 인용문 ①의 상황이나
서판사와 효손이 피의자 칠성의 존재를 깨닫는 인용문 ②의 상황 모두
우연적 계기에 의해 주어진 것이다. 그들 모두는 작가에 의해 그 날 그
시간에 문 밖을 지나가다 우연히 이야기를 엿듣게 될 뿐, 이동집의 계략
을 파악하기 위해 혹은 칠성의 존재를 찾아내기 위해 논리적인 행동을
취하거나 계획을 수립하지 않고 있다. 작품의 서사를 '오복의 죽음과 김
씨의 누명 → 이동집의 자복(自服)으로 누명을 벗으나 살인범 칠성의 소재
를 모름 → 부친의 원수를 갚기 위한 효손의 노력과 칠성의 검거 → 칠성
의 진술을 통한 사건의 해결'로 단순화 시켜 볼 경우『구의산』에는 사
건과 그 해결은 있으나 해결 과정은 존재하지 않는 상황이 벌어지고 있
다. 위의 두 인용문은 서사의 전환을 위한 핵심적인 계기이고 이 계기를
통해서만 사건의 해결을 향해 서사가 진전될 수 있다. 그럼에도 불구하
고 이 계기가 등장인물들의 논리적인 행동에 의해 조성된 상황이 아니
라는 점은『구의산』을 추리 소설로 분류하는데 있어 치명적인 약점이다.
　사건의 전모가 드러나는 상황의 설정을 따져보면 사건의 해결 과정에
서 논증적 방식이 철저히 배제되어 있다는 사실을 다시 확인할 수 있다.

③ 수지만 벌넝々々ᄒ는 쏘복이는 병원으로 쩌메여다가 응급치료롤
ᄒ게ᄒ고 이동집은 즉지 법뎡으로 잡아다가 공쵸롤ᄒ더라
법관이 이동집의 년령거쥬롤 몬져무른후
(법관) 오─만일 바른디로 고ᄒ지 안이ᄒ얏다는 디미에죽고 눕지못ᄒ
렷다
(이) 예 이디경이된터에 엇의가 일호나긔망을ᄒ오릿가 바로말슴을 고
ᄒ오리다. (하권, 13쪽)
④ (법) 져계집을 알겟느냐
(칠) 녜 아다뿐이오닛가 의신의샹뎐 셔판셔딕 마마님이올시다
(법) 그러도 네죄롤몰나
(칠) 예 바로알외오리다 의신이 그딕에서 잔쩌가 굴거난 무엇이올시다
그럼으로 그딕안팟 심부림을 모다맛하ᄒ옵는디 (하권, 82쪽)

홍미로운 사실은 이동집과 칠성 피의자 두 사람 모두 사형(私刑)으로
다스려지는 것이 아니라 형식적이나 재판의 과정을 거치고 있다는 점이
다. 두 재판 모두 서판서에 의해 고소·고발이 이루어져 이동집과 칠성
이 법정에 서게 되는데 이들을 심문하는 판관은 사건의 전모를 파악하
기 위한 수사를 진행하는 것이 아니라 증인의 증언이나 피의자의 자백
에 의존하고 있다. 죄인의 자백을 통해 범죄 행위가 인정되고 이에 따라
벌이 부과되는 재판 진행의 방식은 조선시대 재판의 전형적인 모습이라
고 할 수 있으며, 이동집이 자신의 죄를 자백하였음에도 불구하고 살인
범으로 추정되는 칠성이 검거되기까지 15년의 시간을 옥에 갇혀 있게
된다는 설정 역시 조선 시대의 행형(行刑) 양상에 비추어볼 때 그다지 예
외적인 것이라고 보기도 어렵다.[17]

합법적으로 형률을 집행하는 관원이 사건 수사 과정에 적극적으로 개
입하거나 해결에 기여한 흔적을 발견하기 어렵고, 재판의 진행 과정 역

---

17) 도면회, 「1894~1905년간 형사재판 제도 연구」, 서울대 박사 학위 논문, 1998, 49~52쪽.

시 증인의 증언과 피의자의 자백에 일방적으로 의존하고 있다는 사실은 이 작품을 중국 공안(公案) 소설의 영향으로 평가하기도 어렵게 만드는 요인이다. 즉 공안 소설의 경우 재판을 주관하는 판관이 사건의 해결 과정에 주도적으로 개입하거나 재판의 양상이 피의자의 유죄를 입증하기 위한 판관의 심문과 증거 제시, 그리고 이에 맞선 피의자의 적극적인 무죄 주장이 상호 논박하는 과정을 거치면서 범죄 행위가 재구성되는데 『구의산』의 재판 양상은 이러한 상황과는 확실히 구분되는 것이라고 할 수 있다.18)

한편 앞서 지적한 것처럼, 이 작품을 여타 신소설과 마찬가지로 양반이나 중인 이상의 신분을 지닌 등장인물을 중심으로 바라볼 경우, 오복의 죽음이라는 하나의 서사의 중핵이 두 개의 사건을 유발하고 이 각각의 전개 과정을 결합시킨 것으로 파악할 수 있다. 하지만 『구의산』의 서사는 또 다른 인물인 칠성에 의해 이 두 개의 서사가 교묘히 결합되는 양상을 보여주고 있어 흥미롭다. 서판서 집안의 하인인 칠성은 이동집의 계략에 이용되는 듯하다가 그 계획을 좌절시키는데 결정적인 역할을 수행하고 있으며 오복과 더불어 15년의 세월을 해외에서 고생하다가 서씨 집안을 다시 결합시키는 데에 있어서도 핵심적인 역할을 하고 있다. 선행 연구 가운데 칠성의 이러한 역할에 주목한 것으로는 이용남의 지적이 유일한 것으로 보이는데 위에서 살핀 것처럼 '추리 소설적 요소'가 있다는 언급만으로 그치고 있으며 더 진전된 논의를 보여주지 못한다.19) 그러나 관점을 달리해 바라볼 경우 『구의산』은 칠성의 활약상을

---

18) 송덕호, 「추리 소설의 유형」, 대중문화연구회편, 앞의 책.
　　박재연, 「조선시대 공안협의소설 번역본의 연구」, 『중어중문학』 25, 1999. 12.
19) 대부분의 선행 연구에서 칠성의 모습에 주목하지 않은 것은 그 나름의 이유가 있는 것처럼 보인다. 즉 김씨 부인이나 효손의 행위와 달리 사건과 관련된 칠성의 행위는 단행본 하권 37쪽부터 68쪽까지 작가의 직접 한정을 위주로 한 서술로 압축되어 있다. 이러

다룬 작품이라는 평가도 가능하다. 다시 말해 작품 전체를 통틀어 사태의 전후 사정을 파악하고 있는 인물을 칠성 밖에 없으며 『구의산』이 시대적 분위기를 어느 정도 체현하고 있는 신소설로 평가받을 수 있는 근거인 오복의 유학 경험 역시 칠성에 의해 준비된 경로였던 것이다.

신소설 전반을 살펴볼 때 칠성과 같은 노비들이 사건 진행에 있어 박차를 가하는 역할을 하는 사정을 어렵지 않게 발견할 수 있다. 행동성이 제거된 주인공 혹은 주인과 신분 상승·속량에 대한 강렬한 욕망을 지닌 노비의 관계는 일찍부터 주목의 대상이 되어 왔다. 이들 노비들은 주인의 명령이라는 신분적인 제약 때문에 음모에 가담하지만 차츰 자신의 욕망을 충족시키기 위해 주인을 속이는 일도 서슴지 않는 인물로 형상화된다. 그 결과 주인공의 고난을 유발하는 결정적인 계기를 직접 만드는 인물로 제시되는데 이들은 자신의 욕망을 실현하기 위해 소박한 도덕적 기준에도 위배되는 행위를 서슴지 않기 때문에 그들의 주인과 더불어 독자·수용자의 비난을 한 몸에 받는 인물로 그려진다. 이들 노비의 모습이 더욱 비난의 초점이 되는 것은 이들의 반대편에는 항상 고난에 처한 주인공을 충심을 다해 보살피는 충복(忠僕)이 존재하고 있다는 사실 때문이기도 하다.

하지만 칠성의 경우는 이러한 인물들과는 분명히 구별되는 역할을 하고 있는 것으로 판단해야 한다. 오복의 신행이 길을 떠나는 날 이동집에 의해 서판서 집에 남겨진 칠성은 별다른 부연 설명 없이 작품에 등장한다. 그리고 이동집의 계획을 전해들은 직후 칠성의 모습과 작가에 의해 사후적으로 제시된 칠성의 태도 변화 사이에는 납득하기 어려운 간격이

한 형상화는 '오복의 죽음'을 둘러싸고 용의선상에 올랐던 인물들이 이러저러한 이유로 모두 검거된 뒤의 상황 속에서 이루어지는데 결과적으로 칠성에 대한 서사의 언급은 사건의 전말을 밝히는 용의자의 자백적 성격을 띤다는 사실을 지적할 수 있다.

존재한다.

　① 이동집이 노횟던긔식을 도루켜 우슴을 씌오며

　이이 네가 엇지되야 내게 와잇던지 허구만흔 하인중하필 너를붓잡고 이런말ᄒ기는 네가 날로보나 등으로보나 내부탁괄시 안이ᄒ올줄로 밋엇는 디 그리느냐 허허네가 ᄌ져ᄒ기가 용혹무괴다마는 내말을 ᄌ셰드러보고 좌우간소견디로ᄒ여라

　ᄒ더니 다시 무슨말을 쥐도못듯게 한식경은니르니 칠성이가 무슨싱각을 한춤ᄒ야보더니

　(칠) 그리ᄒ십시오 긔왕 마마님쳐분이 그러신데 죽으나 사나 거힝안이ᄒ올길이잇슴닛가 소인이 힘것은ᄒ와 볼터이오니 그리아옵시고 아모걱정말으십시오. (상권, 41~42쪽)

　② 그째 칠성의 비ᄉ속에는 머리털끗만치도 착ᄒ모음은업고 다만악ᄒ고독ᄒ고 흉ᄒ고 험흔뜻이 잔쏙차셔 리일제몸이 능지를 당ᄒ더리도 긔왕버린퓸이니 져의딕 셔방님쟈를 결단을니고 말작정을 단々히ᄒ고 주목을붉끈쥐고 (하권, 37쪽)

　③ (칠) 예ㅡ고ᄒ오리다 분ᄒ중에 그년놈을 죽이기는 의신의싱각에 뎌년놈을 말ᄒ것잇느냐 나부터 빅번죽어 싼놈이니 돈을보고 욕심을내여 아모죄도 업는 우리딕 셔방님을 살해ᄒ러 나셧스니

　예라 그리ᄒ올것업다 뎌런간악ᄒ 무리를 이칼로 죽여우리딕 셔방님을 구졔ᄒ리라 ᄒ옵고 그년놈을 한칼에 죽이옵고 (하권, 85쪽)

주인인 이동집의 계획을 전해 듣고 잠시 갈등하던 칠성은(인용문 ①) 아무런 죄의식을 느끼지 못한 채 오복을 살해하기로 결심했다가(인용문 ②) 야조현 고개에서 남편을 살해할 계획을 세우는 남녀의 대화를 우연히 엿듣고 느닷없이 마음을 고쳐먹는다(인용문 ③). 그리고 재판 과정에서 자신의 행적을 남김없이 자백함으로써 사건의 전말에 얽힌 미해결 요소들을 해소하는 데 결정적인 역할을 한다.

인물의 형상화 양상이라는 측면에서 이를 평가한다면 칠성의 존재는

분명히 실패한 형상화라고 할 것이다. 칠성이 자신의 행동 방침을 결정하거나 이를 변경하는 데에 있어 뚜렷한 근거를 찾을 수 없다는 점이 그 가장 큰 이유가 될 것이다. 즉 그는 『치악산』의 검홍의 예에서 확인할 수 있는 것과 같이 초지일관된 충복도 아니며 『귀의 성』에 등장하는 점순을 대표적인 사례로 꼽을 수 있는 악한 노비의 전형적 사례로 보기도 힘든 예외적인 경우에 속하는 것으로 평가할 수 있다.

표층에 드러난 인물 형상화와 서사 구성의 개연성만을 문제 삼는 이러한 평가에 따른다면 『구의산』은 양자 모두에 실패한 작품으로 분류될 수 있다. 그런데 이 경우 의외의 문제가 발생하는데 그것은 『구의산』을 완성도가 떨어지는 작품으로 분류하게끔 만드는 이 요소가 바로 작품의 성격을 규정하는 핵심적인 요소로 기능한다는 점이다. 즉 멜로드라마적인 서사구성에 긴박된 여타의 신소설 텍스트들로부터 『구의산』을 구별하여 "미스테리한 사건의 제시와 그 해결"이라는 나름의 변별 자질을 구비한 텍스트로 바라볼 수 있게 만드는 주요한 요소들이 칠성을 둘러싼 이러저러한 형상화와 사건 전개로부터 도출될 수밖에 없다는 것이다. 다시 말해 3장의 초두에서 지적했던 바 『구의산』이 추리 소설적인 요소를 지니고 있다는 선행 연구의 논의들은 실상 서사의 핵심 사건과 칠성의 행위와의 관련을 문제 삼음으로써만 파악 가능한 요소라는 사실이 확인된 셈이다.

그럼에도 불구하고 『구의산』이 추리 소설로 분류되기에 합당한 서사 구성 방식을 택하고 있지 못하다는 사실은 위의 논의 과정에서 일정하게 규명되었다. 결과적으로 『구의산』을 추리 소설로 파악하는 것은 논리적으로 무리가 있기 때문에 이보다 조금 폭넓은 개념으로 이해되는 '범죄 소설(crime fiction)'로 규정하는 것이 타당할 것으로 생각된다.[20] 사건 해결과정의 논리적 정합성을 따지는 추리 소설에 비해 범죄 소설은 범죄 행위 자체가 지닌 의외성과 선정성, 사회 통합을 위한 규약에 대한 도발성 등의 요소로 인해 수용자의 관심을 자극하기에 충분한 요소를 갖추고 있다. 이 과정에서 문제되는 것은 얼마나 자극적인 범죄 양상을 만들어 내는가에 있으며 그 처리 방식은 일차적인 관심사가 아니다. 따라서 서사와 수용자가 지적인 두뇌 게임을 벌이는 추리 소설과 달리 범죄 소설은 작가의 일방적인 의도대로 서사가 구성되기 마련이며 차츰 세밀함을 지닌 추리 소설에 그 수용층을 잠식당하는 것이 일반적이다. 따라서 범죄 소설은 서사 구성의 완결성, 서사 진행의 논리적 정합성보다 '플롯 짜기(plotting)'라고 할 수 있는 서사 구성 자체의 논리에 집중하는 대중 소설의 특성을 그대로 보여준다.[21] '플롯 짜기'의 방식을 선택함으로써 범죄 소설은 서사 진행 과정에서 핵심적인 갈등 외에 다른 갈등 요소들이 계속해서 개입하거나, 이 개입을 통해 핵심적인 갈등의 해소가 은폐·지연되는 방식 등을 차용함으로써 결말(사건 해결)을 계속해서 지연시키는 양상을 보여준다.

이러한 양상은 『구의산』에서도 확인할 수 있는데 오복이 칠성과 함께 서사에서 사라짐으로써 사건의 완벽한 해결이 지연된다거나 서판서 역시 유랑을 떠남으로써 손자의 출생을 알지 못하게 된다는 설정, 칠성이 가족과 고향을 떠남으로써 이동집이 세운 오복의 살해라는 계획의 성공 여부가 끝까지 의문의 대상으로 남게 됨은 물론 서판서와 효손 등이 칠성에 대한 오해를 품고 그의 소재를 추적하는 과정을 가능케 하고 있는 것이다. 이러한 서사 진행의 지연과 은폐는 비록 그 결말에서 가족의 재결합이라는 유형화된 것일지라도, 지연되는 결말로 인해 독자가 계속해서 서사에 관심을 기울일 가능성을 확보하는 것이다. 이 작품이 신문에

---

20) 이 용어에 대한 자세한 설명은 J. Palmer, 앞의 책, 131~142쪽.
21) Peter Brooks, *Reading the Plot*, Random House, 1985, pp.37~40.

연재되었다는 점을 고려한다면 이러한 은폐와 지연이 독자의 호기심을 지속하는 유력한 기능을 수행하였을 것이라는 추론이 전혀 근거 없다고 할 수는 없을 것이다.

4. 결론

이 글은 『구의산』이 지닌 서사의 위계화 양상을 검토함으로써 대중소설로서의 다면적인 성격을 논하고자 하였다. 이 작품은 표층적인 차원에서의 멜로드라마적인 서사구성과 심층적인 차원에서의 범죄소설적인 성격이 결합된 서사 구성을 특징으로 한다. 그리고 그 중심에는 '김씨 부인-효손'이라는 드러난 주인공 외에 '칠성'이라는 새로운 주요 인물의 기능이 놓여 있음을 논의했다.

일반적으로 신소설은 대중소설의 전형이라고 할 수 있는 멜로드라마적인 구성을 기본으로 하여 조금씩 변모된 서사 진행을 보여준다는 것이 논의의 기본 전제였으며 『구의산』에 대한 검토를 통해 '사건의 제시 →해결'이라는 추리 소설과 유사한 범죄소설적인 속성에 대한 검토를 진행함으로써 대중소설이 독자를 전유하고 의사소통을 시도하는 또 다른 하나의 방식에 대해 논의했다. 이를 통해 대중소설에 대한 분석에 있어 작품이 단선적이고 전형적인 구성을 취할 것이라는 선입관을 배제함이 의미를 지닌다는 사실을 우회적으로 입증한 셈이다. 이러한 가치중립적 접근 방식은 소위 '통속적'이라는 비판을 받는 작품들을 논의할 때 사후적으로 취득된 연구자의 기대 지평을 최소화하고 작품 자체의 논리에 충실할 필요성을 보여준다고 할 수 있다.

근대 초기 문화의 생산/수용에 관한 연구
서사 장르의 교섭양상을 중심으로

1. 문제제기 및 연구의 시각

1990년대를 경과하기 이전, 20세기 한국 사회에서 문학이 문화 예술의 중심적 지위를 차지하고 있었음은 일반적으로 승인될 수 있는 사실이다. 그러나 문학만으로 한정된 논의는 특정한 시기 예술 전반의 수용자 계층이 지닌 취향의 일반적인 면모를 해명하기에 부족한 측면이 많다. 특히 근대적 문화 생산의 장과 그 수용자가 동시에 형성되던 시기인 개화기에서 식민지시기에 이르는 기간 동안 문학 텍스트의 수용자와 여타의 문화 예술의 수용자, 특히 신파극의 수용자들 사이에 명확한 분리의 경계를 설정한다는 것은 논리적·현실적으로 많은 무리가 따르는 일이다.

문학의 영역에서 대표적인 대중적 형식인 소설(특히 대중 소설, 혹은 대중적 성격을 지닌 소설. 개화기의 신소설이 구체적이 실례가 될 수 있다)과 영화 혹은 연극(개화기의 경우 신파극이 대표적 사례로 제시될 수 있다)은 '이야기

(story-telling)' 혹은 '서사(narrative)'라는 속성을 공유하고 있다. 물론, 문학과 연극, 영화는 각각의 장르가 지닌 독자성으로 인해 그 전개 방식의 상이함은 인정될 수 있다. 그럼에도 불구하고 개별 예술 형식에 대한 수용층의 사회 심리적 반응 양상은 일정한 공통적 취향을 드러내고 있다는 잠정적 전제의 성립이 불가능한 것만은 아니라는 잠정적 전제가 성립 가능하다.

이 때 주목하고자 하는 것은 '서사' 또는 '이야기'가 지닌 구성력과 이에 따른 구조주의적 접근 방식만이 아니다. 만약 이러한 차원으로 논의가 제한될 경우 이는 기존 논의의 성과를 답습하는 것이거나 자칫 기왕의 성과에도 미치지 못할 위험을 내포하고 있다. 이 글은 이러한 위험성을 회피하고 보다 진일보한 성과를 도출하기 위하여 문학, 연극·영화 텍스트 생산의 사회 문화적 조건을 보다 적극적으로 고려·감안하려고 한다. 나아가 선행 연구 성과 및 방법론의 수용을 통해 도출되는 문학, 연극·영화 텍스트 구조의 상호 유사성이라는 잠정적 결과물을 당대의 문화 생산 장과 수용 구조라는 새로운 층위에서 재해석함으로써 진일보한 논의 성과물을 제출하고자하는 것이다.

이 글의 기본적인 관점을 근저에서 규정하고 있는 문제의식으로 '취향(趣向, taste)'이라는 개념을 제기할 수 있는데 이 개념은 문화에 대한 가치중립적인 접근을 위해 사용하는 용어로 H. J. Gans의 입론으로부터 차용하였다. 그는 대중문화와 고급문화라는 전통적인 이분법이 초래하는 '대중문화에 대한 경멸적 태도'로부터 일정한 거리를 두고 대중문화를 객관적 논의 대상으로 바라보기 위하여 '취향 문화'라는 시각을 견지할 것을 주장하고 있다. 즉 대중문화와 고급문화는 모두 일종의 취향 문화로서 오락, 정보, 인생의 미화 기능을 수행하고 있으며 나름대로의 취향이나 미학적 가치 기준을 표현하고 있다는 것이다.[1)]

여기서 주의할 점은 취향 문화를 논의함에 있어서 그 문화의 창조자들과 향유자들을 구분할 필요가 있다는 것이다. 이렇게 된다면 취향 문화의 수용자들이 서로 유사한 가치와 문화 내용을 선택하게 될 때, 비록 이들이 조직적인 집단이 아닌 비조직적인 집단일지라도, '취향 문화 공중(公衆)' 혹은 '취향 공중(taste public)'이라고 할 수 있는 일종의 '문화적 공중'을 형성한다는 추론이 가능하게 된다.[2] 이 '취향 공중'의 개념을 보다 명확히 한다면 같은 문화 내용을 선택한 문화 공중이라는 뜻보다는, 서로 심미적 가치를 함께 나누는 문화 공중이라고 하는 편이 나을 것이다. 따라서 서로 다른 가치를 지향하면서도 같은 미디어 내용을 선택할 가능성도 배제할 수가 없다. 다만 선택 가능한 문화적 내용과 수용자의 미적 가치 사이의 관계, 혹은 이들 문화적 내용물의 실제 선택과 수용자의 가치 일반 사이의 관계는 보다 섬세하고 정밀한 논의를 요하는 문제라고 할 수 있다. 따라서 현존하는 문화적 내용이 사람들의 가치를 (일정한 수준에서나마) 표현하고 있으며 동일한 문화적 선택을 하는 취향 공중은 서로 유사한 가치를 지니고 있을 것이라는 잠정적 전제가 필수적으로 요청되는 것이다.[3] 다시 한 번 강조하거니와 이러한 관점을 유지할 때에 비로소 연구 대상에 연구자의 과도한 기대 지평을 투사함으로써 대상 자체를 왜곡하는 일반적인 오류를 범할 가능성을 최소화

---

1) H. J. Gans, 강현두 역, 『대중문화와 고급문화』, 나남 출판, 1998, 29쪽.
2) 위의 책, 30쪽.
3) 위의 책, 31쪽 참조. 그런데 이상에서 논의되는 H. J. Gans의 입론은 자칫 구태의연하고 낡은, 심하게 폄훼한다면 상식에 속하는 태도로 치부될 수 있다. 실상 Gans와는 다른 관점을 취하면서 이러한 문제에 접근하는 '최신' 문화이론 역시 존재한다. 그럼에도 불구하고 본 연구에 있어서 Gans의 입론을 연구 출발의 기본 관점으로 제시하는 것은 연구 대상 시기와 조건이 지닌 특수한 성격에 기인한 바 크다. 식민지시기 1910년대의 사회 문화적 상황은 근래 운위되는 최신 문화 연구 이론을 적용할 만큼 체계적으로 분화 및 재구성된 상황이 아닐 수 있다는 판단에 따른 것임을 명확히 밝혀 둔다. 물론 이러한 잠정적 전제는 이후 변화될 수 있는 가능성을 지니고 있다.

할 수 있다.

물론 문화를 규정함에 있어서도 여러 입장과 태도가 존재할 수 있으며 그에 따라 상이한 추상 수준의 논의가 진행될 수 있다. 하지만 문화가 '소통의 체계'라는 전제에는 이견이 없는 것으로 판단된다. 한편, 개별 문화 생산의 장은 언어적 규범과는 다른 차원에서 은폐할 것과 노출할 것을 선별적으로 제시하며 은폐된 것의 의미를 찾아내는 작업과 노출된 것의 의미를 따지는 작업은 해당 문화 생산의 장이 지니고 있는 맥락을 충분히 고려할 때에만 유의미한 것이 된다.4)

이러한 판단은 신소설에 대한 기왕의 연구 성과들을 검토하는 과정을 통해 더욱 분명히 드러난다. 역사의 변화 발전이라는 것이 단선적인 경로를 따라 진행하는 것이 아니라 일정한 경향성을 지닌다는 점에서는 이견이 없다. 그러나 문학 혹은 문화 예술의 경우에 있어서는 사정이 좀 다른 것으로 여겨진다. 특히 고전 문학에서 근·현대 문학으로의 전환 과정은 철저히 발전론적인 입장에 근거한 논의가 주류를 이루어 왔다. 다시 말해, 임화가 『신문학사』를 통해 이인직과 이해조의 초기 몇몇 작품에 등장하는 이른바 '정론(政論)적' 요소를 지적하고 이에 대해 의미를 부여한 이후 신소설에 대한 논의와 평가는 해당 텍스트에 이 '정론적' 요소가 어떠한 방식으로 형상화 되었는지 혹은 누락되었는지를 따지는 것으로 귀결되어 온 것이 현재까지 신소설 연구의 보편적인 경향이라고 할 수 있는 것이다.

바로 이러한 이유 때문에 논의 과정에 있어서 발전론적인 관점을 잠정적으로 유보할 경우 이전에는 미처 발견하거나 논의 할 수 없었던 연구 대상의 새로운 측면을 부각시킬 수 있게 만들어 준다. 이러한 태도는

---

4) E. Hall, 최효선 역, 『문화를 넘어서』, 한길사, 2000, 6~9장의 논의 참조.

신소설을 문학 텍스트만으로 규정하는 일반적인 연구 자세에서 벗어나 그 외연을 확장하여 당대 (대중) 문화의 한 형식으로 바라보는 새로운 연구 자세를 제안하는 것이다.

문자로 인쇄된 소설을 접하거나, 무대에서 공연되는 연극을 감상하거나, 혹은 영사막에 투사되는 영화를 관람하거나 간에 수용자가 적극적인 반응을 보이는 이야기 구조에는 공통적인 취향 구조가 존재한다. 그리고 이러한 공통점은 당대의 예술 수용층이 지닌 취향의 일단을 논의할 수 있는 유력한 출발 지점이 되는 것이다. 다시 말하자면 소설 영화, 연극은 이러한 취향을 수용하고 이를 독자적인 장르의 규칙성에 따라 재구조화함으로써 수용자와의 원활한 의사소통의 방안을 마련하고 있는 것으로 판단할 충분한 여지가 마련되는 셈이다.

이러한 맥락을 지닌 실증적 사례를 신소설과 신파극의 관계에서 확인할 수 있다. 흥미로운 사실은 당대의 언론 자료에 나타난 두 장르에 대한 평가와 반응이다. 부국강병과 자주 독립이라는 개화기의 지배적인 담론 구조는 전 사회를 단일한 목표 아래 결속시키고자 하였다. 당연히 소설과 연극 역시 계몽의 자기 발전 논리를 강화하는 방향으로 구조화되어야 했다. 따라서 개화기의 지식인들이 보기에 소설과 연극은 자체의 법칙성을 지니고 변화하는 실재라기보다는, 개화기 계몽 지식인 스스로가 상정한 사회적 목적을 달성하기 위한 도구적 성격이 강했다. 그 결과 수용 대중의 취향에 부합하고 그에 따라 대중적 반향을 불러일으킨 신소설이나 신파극은 타기 되어야 할 어떤 것으로 인식되고 있었음이 발견된다.

1908년 7월 12일 「演劇改良論」이라는 『대한매일신보』의 기사나, 「義氣 少年」(『대한매일신보』, 1909년 4월 28일), 「小說과 戲臺가 風俗에 有關」(『대한매일신보』, 1910년 7월 20일), 「장안사의 惡幣」(『매일신보』, 1911년 6월 29일)

등 소설과 연극 등에 관련된 당시의 기사 자료들을 검토하면 여론 주도층이 소설과 연극을 바라보는 관점을 비교적 분명히 파악할 수 있다. 이처럼 개화기의 계몽 지식인들은 자신들이 상정한 정치 사회적 목적 달성을 위한 도구의 일종으로 소설과 연극을 바라보고 있었던 것이다.

그러나 이들의 의도는 현실적인 고려가 부족한 것이었으며 결과적으로 즉시적인 성과를 거두지 못했다. 오히려 1910년대에 접어들면서 언론을 매개로 한 소설과 연극, 신파극과 신소설의 밀월 관계는 정점을 향해 치닫는 양상마저 띠게 된다. 1910년의 유일한 언론이었던 『매일신보』는 지면을 할애하여 신소설을 연재하는가 하면, 고정란을 통해 각 극단의 동정과 공연 레퍼토리 등을 홍보하는 역할을 톡톡히 담당하였다. 소설과 연극에 관한 정보를 제공함으로써 신문은 독자층을 확장하게 되고 신문에 연재되는 소설이나 공연 정보를 제공받는 연극은 수용자의 저변을 확대할 수 있게 되었던 것이다.

그런데 문제는 신문·신소설·신파극 삼자의 긴밀한 상호 영향 관계가 수용자층의 열광적인 호응에 힘입은 것이라는 점이다. 신소설 『눈물』5)의 경우 이러한 사정을 극적으로 보여주고 있다. 이 작품의 경우 신문에 연재되는 과정에서도 독자들의 상당한 관심을 자극하였음이 관련 기사들을 통해 확인되고 있으며 연극으로 각색 공연되었을 때에도 여성 관객을 중심으로 대단한 호응을 얻었다는 사실이 신문에 기사화 되고 있다.

비단 이 작품뿐만 아니라 신문에 소설을 연재하고 이후 이를 각색하여 연극 공연의 레퍼토리로 삼는 방식은 1910년대 당시 일반적인 한 경향이라고 말할 수 있다.6) 물론 신파극의 경우 당시의 공연 대본이 남아 있지 않아 정확한 공연 내용을 알 길이 없다. 그러나 신문에 소개되고

---

5) 이상협 작, 1913년 7월부터 『매일신보』에 연재.
6) 양승국, 「1910년대 한국 신파극 레퍼토리」, 『한국 신연극 연구』, 연극과 인간, 2001 참조.

있는 공연의 줄거리와 또한 그 저본을 형성한 것으로 확실시되는 신소설과 함께 논의하거나 관련 신문 기사 내용을 참조할 경우 대체적인 윤곽을 예측할 수 있을 것이다.

이러한 과정을 거쳐 신소설과 신파극의 어떠한 요소가 수용 대중의 열광적인 반응을 유발했는지를 검토하는 작업은 이후 논의의 발전 경로를 예상할 수 있게 만들어 준다. 먼저 소설과 연극이 공유하는 '이야기'라는 속성에 대한 구조적인 분석 과정을 통해 해당 텍스트의 특질을 추출하고 이러한 요소에 민감하게 반응을 보이는 수용자들의 사회 심리적 상황에 대한 논의로 발전시킬 수 있을 것이다. 이 과정에서 텍스트가 수용되는 시기의 사회적 상황과 정책의 문제 그리고 이데올로기적인 요소에 대한 고려가 필수적으로 요청된다고 할 수 있다.

이처럼 문학 텍스트와 다른 예술 영역과의 관련을 연구의 주제로 설정하는 경우를 쉽게 발견하기란 어려운 일이다. 다만 근래 몇몇 학위 논문을 통하여 이러한 시도가 이루어지고 있음이 발견된다.[7] 이러한 논의 경향은 장르의 고립성을 극복하고 인접 장르와의 영향 관계가 각각에 미치는 영향을 논의하고 있다는 점에서 방법론적인 의의를 찾을 수 있을 것이다. 그럼에도 불구하고 이러한 논의는 양자의 단순 비교라는 한계 역시 뚜렷하다. 이 문제를 극복하기 위한 방안은 여러 가지로 모색될 수 있을 것인데, 이를 위해서는 수용자의 능동적이고 적극적인 측면과 함께 작품이 생산되는 문화적 장의 제반 조건에 대한 검토가 필수적이

---

7) 백문임, 「한국 공포 영화 연구—여귀의 서사 기반을 중심으로」, 연세대 박사 학위 논문, 2002 및 이선영, 「최인호 소설의 영화화 과정 연구」, 서울대 석사 학위 논문, 2002. 등을 대표적인 사례로 꼽을 수 있다. 물론, 이러한 기왕의 연구 성과가 본 연구의 대상과 긴밀한 연관을 지니는 것은 아니다. 다만, 문학과 인접 예술 장르와의 상호 영향 관계를 논의하고 있는 이러한 소론들로부터 일정한 방법론적인 영감을 얻을 수 있을 것이라는 소박한 기대는 가질 수 있을 것이다.

다. 즉, 저널리즘과 인쇄 출판 산업, 사회의 정책과 교육 제도, 해당 시기의 이데올로기적 지형에 대한 논의 등을 후경화한다면 단순 비교의 한계를 극복하기 위한 출발 지점을 마련할 수 있을 것이다.

2. 1910년대 문화 수용 대중 취향의 변화

『쌍옥루』는 창작 신소설이 아니라 일본 작가 국지유방(菊池幽芳)이 발표한 『己が罪』를 조중환이 번안하여 1912년 『매일신보』에 연재한 작품이다. 이러한 태생적인 문제점과 함께 작품의 내용으로 인해 이 작품은 그동안의 신소설 연구에서 상대적으로 소홀하게 취급되어 왔다.[8] 이러한 사정에도 불구하고 본 연구에서 『쌍옥루』를 주목하는 이유는 이 작품이 신문에 연재된 신소설이면서 동시에 1910년대의 대표적 대중문화 형식인 신파극의 주요한 레퍼토리였고 1920년대에는 현대 대중예술의 총아라고 할 수 있는 영화로 촬영되었다는 이유 때문이다. (신)소설, 신파극, 영화 각각에서 해당 예술 형식의 대표작을 선정할 수 있지만 세 개의 형식을 관통하면서 일관된 표제를 유지한 작품을 발견하기란 쉽지 않은 일이다. 또한 작품이 연재되던 1912년과, 영화로 촬영된 1925년 사이에 존재하는 10년이 넘는 시간적 격차에도 불구하고 어느 정도의 흥행 요소가 발견되어 영화화 되었다는 사실을 감안할 때 이 작품의 서사가 지닌 문제적인 측면을 미루어 짐작할 수 있을 것이다.[9]

---

[8] 조중환이 번안한 『장한몽』이 비교 문학의 대상으로 활발히 논의된 것을 감안할 때 『쌍옥루』가 소홀히 다루어진 원인으로 작품의 서사 진행에 내재한 문제를 더 큰 요소로 간주할 수 있다. 그런데 이는 작품 자체의 문제이기도 하려니와 그동안의 신소설 연구의 방법론과 이에 근거한 연구 대상 선정 방식의 문제점에도 기인하고 있는 것으로 파악함이 옳을 것이다.

본격적으로 『쌍옥루』의 이야기 구조를 논의하기 전에 앞서 개괄한 신소설과 신파극의 친연성 문제를 보다 상세히 검토할 필요가 있을 것으로 판단된다. 일반적으로 '개화기'라는 시기를 떠올릴 때면 이 당시를 대표하는 문화 형식으로 신소설을 상정하는 것이 보통이다. 하지만 이러한 관점은 그 범위를 활자화된 예술 형식으로 제한했을 때 비로소 자기 근거를 가질 수 있으며, 그 시기적 포괄 범위 역시 1910년 국권 상실로부터 일본 유학을 경험한 이른바 신지식층의 단편 소설들이 발표되기 시작하는 1910년대 중반에 이르는 비교적 짧은 기간으로 한정하는 것이 타당하다.

선행 연구에 따르면 "1910년까지 발간된 작품의 수가 19편임에 반하여 그 이후 작품이 111편에 이르고 있다. 특히 1912년에서 1914년까지 83편이 나왔으니 신소설 간행의 전성기는 바로 이 3년간"이라 할 수 있다.[10] 즉 1912년부터 3년간 발표된 작품의 수가 83편으로 조사 기간(1907~1919년) 전체의 약 64%를 점유한다는 사실을 감안할 때 논자의 주장처럼 1912년에서 1914년 사이를 신소설의 전성기로 파악하는 것은 별다른 무리가 없을 것 같다.

또한, 활자화된 신소설을 수용하기 위해서 반드시 선행되어야 하는 해당시기 문자 해독층의 존재 문제와 그리고 그들을 전유하고 있었던 각종의 읽을거리들의 존재 방식들을 모두 감안할 경우 현재 받아들여지는 것처럼 신소설이 개화기를 대표하는 문화적 아이콘으로 자리매김 되기에는 많은 선결 과제가 있음을 알 수 있다.[11] 다시 말해 신소설은 활

---

9) 물론 영화 『쌍옥루』는 소기의 흥행 목적을 달성하지 못한 채 조기 종영되고 말았다. 그러나 제작을 담당한 이필우와 이구영의 안목에 포착된 이 작품의 흥행 요소와 그들의 판단과 수용 대중의 정서 사이에 존재하는 낙차 또한 1910년대의 망탈리테와 1920년대의 망탈리테를 비교하는 하나의 리트머스 용지가 될 수도 있을 것이다.

10) 한기형, 『한국 근대 소설사의 시각』, 소명출판, 1999, 224쪽.

자본 구소설 및 역사 전기물, 단형 서사 등 다양한 서사체들과 함께 독서 대중을 전유하기 위한 경쟁 관계에 놓여 있었던 것으로 파악할 수도 있다는 것이다. 뿐만 아니라 1910년 국권 상실 이후 변화된 사회적 조건으로 인해 공식적으로는 경쟁 구도에서 탈락했음에도 불구하고 여전히 독서 대중을 전유하고 있던 활자본 구소설의 독자를 자신의 독자로 재전유 하기 위해 신파극과의 공동보조는 불가피한 과정으로 볼 여지도 충분한 셈이다.12) 뿐만 아니라 이해조의 몇몇 작품에서 확인할 수 있는 것처럼 신소설 스스로가 전대 소설의 이야기 전개 방식을 적극적으로 수용함으로써 여전히 전대 소설의 자장 안에 놓여 있는 독자를 겨냥하는 모습을 보여주기도 한다.

그런데 1900년대 중·후반부터 주목을 끌기 시작한 신소설의 이야기 진행 구조는 일정한 도식성을 지니고 있었다. 대부분의 신소설들은 선악의 뚜렷한 이분법 속에서 멜로드라마적인 서사 구조를 표층 골격으로 한 채 여성 주인공의 상실된 지위 회복과 이를 매개로 한 가족의 재결합이라는 심층 서사 구조를 충실히 답습했다. 감정의 과잉과 서사의 지연, 에피소드의 난립이라는 표층 서사의 기본 골격은 어떤 작품에서건 쉽게 찾아볼 수 있는 요소들이며, 개개의 작품들은 보다 그로테스크하고 엽기적인 갈등 구성과 장면 묘사를 통해 이전 작품과 스스로를 차별화 시키는데 주력했다.13) 그리고 이러한 도식적 요소들은 그대로 신소설 창작의 관습으로 기능하기 시작한다. 작가를 대신하여 이데올로기를

---

11) 천정환, 『근대의 책 읽기』, 푸른 역사, 2003 및 김중하, 『개화기 소설 연구』, 국학 자료원, 2005.의 논의 참조.

12) 1910년대에 진행된 이러한 과정을 '총독부의 우민화(愚民化) 정책'의 일환으로만 단선적으로 파악하는 것은 지나친 정치 환원적인 태도가 아닐까? 유일 일간지 『매일신보』의 공세만으로는 이러한 변화를 설명하기에 많은 난점이 있다. 그 반대편에 존재하는 문화 예술 수용층의 취향 변화 역시 이 변화의 숨은 요소로 파악하는 것이 당연할 것이다.

13) 졸저, 『신소설의 대중성 연구』(역락, 2005)의 3~5장 논의 참조.

설파하는 등장인물의 발화나 연설은 실상 장식에 지나지 않는 것이 되었고 주인공이 얼마나 가혹한 고난 구조를 통과하는지, 어떤 경로를 거쳐 눈앞의 고난을 극복하고 상실한 애초의 지위를 극복하는지가 주된 관심사로 부각되기에 이른 것이다. 이 지점까지 오게 되면 신소설과 전대 소설을 구분해줄 수 있는 변별 요소들이 미약해질 수밖에 없게 되며 결혼 이전 남녀 간의 연애 문제, 결혼 후 빚어지는 고부 갈등을 중심으로 구성되는 신소설의 서사는 더 이상 독자 대중의 호기심이나 새로움에 대한 욕구를 충족 시켜주지 못하는 상황에 빠질 수밖에 없었다. 신소설은 자기 변화의 방향을 모색할 수밖에 없는 지경에 놓인 것이다.

한편 수 삼종의 언론 매체가 존재하던 1900년대와 달리 1910년대의 언론 지형은 총독부의 기관지를 자임하는 『매일신보』가 국내 유일의 지면이었다. 유학생들이 중심이 된 잡지나 육당이 주재하는 잡지가 있었지만 그 영향력 면에서 『매일신보』에 견줄 수는 없는 노릇이었다. 단행본 출판과 함께 신문 연재를 독자 전유의 또 다른 중심축으로 삼고 있었던 신소설의 입장에서 볼 때 『매일신보』는 포기할 수 없는 영역이었다. 뿐만 아니라 총독부의 각종 규제로 인해 출판·서적 업계가 극도로 위축된 상황에서 누구 『매일신보』의 소설 연재 지면의 주도권을 쥐는가 하는 문제는 자못 심각한 파급 효과를 낳는 것이었다.[14]

일정한 고정 독자를 확보한 것으로 볼 수 있는 이해조와 함께 이 지면을 양분한 사람이 일재 조중환이다. 이해조의 활동 범위가 인쇄 매체로 제한되어 있었던데 반하여 조중환은 극단 문수성에서 활동한 경력을 지니고 있었다. 보다 중요한 것은 이해조의 작품 세계가 임화에 의해 "통속성의 증장"이라는 냉혹한 평가를 받을 정도로 작가의 창작 의도보

---

14) 한기형, 앞의 책, 241쪽.

다 독서 대중의 취향을 우선시했음에도 불구하고[15) 그 시도가 성공적이 었는가에 대해서는 회의적일 수밖에 없다는 사실이다. 유일 언론『매일 신보』에 연재되던 각종의 서사 가운데 독자 대중의 주목을 모으고 피드 백을 유도한 것은 오히려 이상협의『눈물』과 같은 작품들이었다.『눈물』 은 기성 신소설의 창작 관습을 따르면서도 미묘한 차이를 보여준다.16) 그 중 가장 중요한 변화는 남녀 간의 연애와 결혼 문제를 중심 갈등으 로 설정한 기존 신소설이 여자의 '여성성(女性性)'을 드러내는데 치중하였 다면,『눈물』을 비롯한 작품 계열은 이미 성립된 가정 내부의 문제를 다 루면서 '모성(母性)'의 문제를 전면에 내세웠다는 점이다. 그리고 이는 이 른바 "가정 비극"으로 범주화된 신파극의 경향과 분명한 공통분모를 형 성한다는 사실에 주목할 필요가 있다. 이인직 이해조 계열의 신소설들 이 미혼 남녀의 연애와 결혼 문제 혹은 고부 갈등의 문제에 민감한 촉 수를 번뜩였다면,『눈물』계열의 신소설들은 어머니와 아들의 헤어짐과 재화라는 갈등 구조에 주목하고 이를 유지하는 기본 정서로 모성의 문 제를 전면화하고 있었던 것이다. 문제는 연애, 고부 갈등에 일정한 호응 을 보내던 독서 대중의 취향이 시간의 경과에 따라 차츰 변화하여 상대 적으로 항구성을 지닌 모성의 문제를 전면화한 텍스트에 관심을 보이기 시작했다는 사실이다.

『눈물』의 각색 공연은 1910년대를 통틀어 5회에 걸쳐 반복 공연될 만큼 흥행에 성공한 레퍼토리인데『매일신보』는 기사를 통하여 이 작품 이 공연에 돌입함을 상세하게 보도하고 있다.

지난 칠월부터 금일까지 본지 일면에 게지하야 독자의 대 갈채와 만흔

---

15) 임화, 임규찬 편,『개설 신문학사』, 한길사, 1993, 297쪽.
16) 졸저, 앞의 책, 6장 2절의 논의 참조.

동정을 밧은 소셜 「눈물」은 회수가 나아감을 좃차 독자의 층찬이 더욱
성대ᄒ야 믹일 본사에 도달ᄒ는 칭숑의 투서가 슈십쟝에 나라지 아니ᄒ
는중 특히일반부인은 불샹ᄒ셔씨부인과 가련ᄒ 봉남의 비참ᄒ 사정에
더ᄒ야 신문을더할쩌마다 눈물을금치못ᄒ다는디 금번 샹권의젼부가맛첨
슴으로 사동연흥사에서흥힝ᄒ는 혁신단림셩구일행이 이 쇼셜을 연극으
로 흥힝ᄒ깃다ᄒ야 금이십오일밤여섯시반부터 삼일간흥힝ᄒ다는디[17]

이어 10월 28일에는 『눈물』 공연이 대성황을 이루었으며 연일 관객
이 모여들고 있어 어쩔 수 없이 연장 공연을 결정할 수밖에 없었다는
사실을 별도의 기사로 취급하고 있다.[18] 신파극 『눈물』에 대한 대중의
관심과 열광은 실로 대단한 것이어서 이듬해 1월 소설의 연재 종료와
함께 다시 한 번 흥행 돌풍을 일으켜 문수성도 공연 레퍼토리로 『눈물』
을 선택하고 있다. 이러한 돌풍의 이면에는 언론사가 중심이 된 치밀한
관객 동원 전략이 놓여 있었다.

임의 보ᄒ바와굿치 연흥사에서 긔최ᄒ 본샤쥬최의 부인독자의 눈물
관극회를 연다는 말이 한번 경셩에 발표됨이 경셩안의 부인이란 부인은
모다 오기를 원ᄒ야 서로 가기를 약조ᄒ얏던지 졍오젼부터 삼스인 혹스
오인식 짝을지어 문이 메이게 드러오는 모양 늙은이 모시고 어린ᄋ희 다
리고 드러오는 모양 진실로 오식이 영롱ᄒ 꼿밧이라. 동현마루턱이에 오
졍소리가 쌩々 들니며 더욱々々 만히몰녀 입쟝을 닷ᄒ아 노랑 파랑 붉은
빗 힌 빗 여러 가지 쏫굿흔 의복은 넓고넓흔 연흥샤의 샹하층을 가득치
여 다시는 사롬하나 드러올 곳이 없다. 진실노 경셩의 부인으로 이러케
드러온 일도 쏘흔 드물은 일이겟더라[19]

---

17) 「革新團의 눈물 演劇」, 『매일신보』, 1913. 10. 25.
18) 「눈물劇의 눈물場」, 『매일신보』, 1913. 10. 28.
19) 「婦人愛讀者 눈물 觀劇會 大盛況」, 『매일신보』, 1914. 2. 1.

결국 앞서도 잠시 언급하였던 것처럼 언론 매체가 중심이 되어 신소설을 연재하거나 신파극 관련 단체의 동정을 자세히 보도함으로써 지면을 통해 양자의 친연성을 부각시키는 전략은 일단 성공한 것으로 판정할 수 있다. 이러한 성공이 생산자와 전달자의 일방적인 전략에 의한 것으로 받아들이는 것은 단순한 판단이다. 상황을 반대의 입장에서 해석한다면, 수용자의 취향에서 미세한 변화가 발생하였고 이 변화의 경향이 생산·전달자의 전략과 일정한 지점에서 조우했기 때문에 신파극과 변화된 신소설의 이야기 구조가 수용 대중을 전유할 수 있는 물질적 근거를 마련한 것으로 파악할 수도 있는 것이다.

그러나 한편으로 이러한 판단이 신파극과 변화된 신소설을 1910년대 중·후반의 유일한 문화 형식으로 제기하는 것은 아니다. 정치적인 환경의 변화로 공공 영역에 포섭될 수 없었던 몇몇 텍스트를 제외하고 전대의 이야기책을 포함하는 다양한 종류의 이야기 문학 역시 이 시기에도 변함없이 자신들의 수용 대중을 유지하고 있었음이 선행 연구들을 통해 확인되고 있기 때문이다.[20] 다만 과거로부터 지속되는 이러한 문화 향유의 흔적이 익숙한 것을 선호하는 수용 대중 취향을 반증하는 것이라고 할 때 신파극에 열광하고 신문을 통해 신파극의 대본이랄 수 있는 신소설을 독서하는 이 같은 행위는 새롭게 등장하는 문화 취향의 한 경향을 드러내고 있다는 점에서 주목할 필요가 있는 것이다.

---

20) 권순긍, 「1910년대 활자본 고소설 연구」, 성균관대 박사 학위 논문, 1990 및 한기형, 앞의 책 참조.

3. 번안 소설『쌍옥루』

『눈물』의 연재와 공연을 통해 확인되는 수용자의 열광과 이를 유도한 생산·전달자의 전략은 이 한 작품에만 국한된 것은 아니다. 그보다 1년 여를 앞선『쌍옥루』의 경우에도 마찬가지 현상을 발견할 수 있다.

> 타일에 이것을 연극하는 쩌는, 미리보아 두엇다가, 연극을 구경홀 쌔에, 참고홀 가치가, 젹지 안이 홀지로다, 그러혼즉, 본 신보를, 구람후는 쌔에, 이 쌍옥루는, 일호라도, 루락지 마시고 호수디로 머어두더라도 됴홀지니, 가뎡과 학교에 잇는, 동포주민는, 더욱 착미후시오21)

인용문은『쌍옥루』연재를 예고하는 광고 기사이다. 이 기사를 통해 관계자는 노골적으로 장차 이 작품이 연극으로 공연될 것임을 말하고 있다. "연극을 구경할 때 참고할 가치가 적지 않을 것"이라는 언급에 주목할 경우 지면에 연재되는 텍스트란 실상 당시로서는 생소한 연극 공연의 의미 전달을 효과적으로 뒷받침해 줄 수 있는 보완재 정도로 파악하고 있는 것이 아닌가하는 생각이 들 수도 있다. 실재로 비슷한 시기 조중환은 또 다른 번안 소설『불여귀』를 '직거상점(織居商店) 지방부'를 거점으로 판매하고 있었는데22) 이 작품『불여귀』는 먼저 번안 소설의 시판이 이루어지고 그 다음에 신파극 공연의 레퍼토리로 채택되는 순서를 밟았다. 반면『쌍옥루』는 번안 소설의 신문 연재가 신파극 공연에 선행하는 양상을 보여준다. 앞서 살펴본 한기형의 논의를 참조한다면 1910년대에 진행된 서적·출판 업계의 불황 여파로 번안 소설『불여귀』가 시장에서 소기의 성과를 달성하지 못했던 것이 아닌가도 판단할 수

---

21)『매일신보』, 1912. 7. 10.
22)『매일신보』, 1912. 10. 2일자 광고 참조.

있다. 번안자·출판업자의 시각에서 볼 때 불안정한 시장에 아무런 예방 장치 없이 뛰어드는 것보다는 신문 연재라는 사전 검증 절차를 일단 갖는 것이 보다 안전하다는 판단도 가능했던 것으로 보인다.

작품 『쌍옥루』는 작품 연재와 이어지는 단행본 출판이라는 당시의 관습적 경로만을 염두에 둔 것이 아니었다. 앞서의 인용문에서 확인할 수 있는 것처럼 『쌍옥루』는 연재 이전부터 신파극 공연이라는 또 다른 대중 전유의 방식을 상정하고 있었던 것이다. 뿐만 아니라 번안자 조중환이 문수성 경력을 가진 인물이었다는 사실을 감안한다면 번안 과정에서 무대 공연을 철저히 염두에 두었을 것이라는 점은 미루어 짐작할 수 있다.

이 사실은 독자·관객의 문화 수용 관습에 일정한 변화가 일어나고 있음을 의미하는 것으로도 해석가능하다. 독자의 관습적 혹은 문학적 상상력에 전적으로 의존하는 독서 행위와 달리 관극(觀劇)은 보다 직접적이고 즉물적인 상상력을 촉발한다. 개방된 공간인 난장에서의 공연을 특징으로 하던 전통적 공연 패턴은 20세기 초 협률사의 등장과 함께 극장이라는 제한적이고 폐쇄적인 공간에서의 공연으로 전환되기에 이른다. 이러한 폐쇄적인 공간에서의 공연은 공연 예술의 상품성에 대한 자신감을 드러내는 것임과 동시에 이에 대한 일반인의 수요가 증가하고 있다는 사실, 그리고 누구나 상품의 대금 즉 공연료를 낼 수 있는 능력이 있다면 공연을 관람할 자격을 갖추게 되었다는 것을 뜻한다. 협률사의 경우처럼 궁정 극장 또는 관립 극장이 상업적인 극장으로 변모하는 것은 자연스러운 일이었으며 이러한 변모는 서울의 상업 지역을 중심으로 도시적 오락·유흥 문화가 활성화되고 민간의 오락 욕구가 팽배해진 상황과 깊은 관련이 있다.[23]

---

23) 사진실, 『공연 문화의 전통』, 태학사, 2002, 427~440쪽.

한편으로 일반 대중은 자신을 둘러싸고 있는 환경 속에서 그들을 이끌어 줄 지도자를 갈망하며 스스로 권위를 위임한 지도자를 통하여 단일한 지도 이념과 그로부터 파생되는 집단적 동질감을 통해 비로소 안정감을 획득할 수 있게 된다.24) 이러한 집단적 동질감에 대한 열망이야말로 무차별적인 대중이 연극 관람에 열광하는 이유를 설명하는 단초가 된다. 일반적으로 대중은 어떠한 사실을 증명하는 것보다 그것을 생생하게 보여주는 것에 대해 더 열광하는 경향을 지니고 있으며 유사한 것이 반복될 때 훨씬 더 민감하게 반응하는 경향을 보인다. 제한된 공간과 시간에 다수의 관객의 한 편의 텍스트를 향유하는 연극의 공연 방식은 대중이 원하는바 집단적으로 동일한 감동을 얻는 하나의 계기가 될 수 있었던 것이다.25)

1912년 7월 17일 첫 연재를 시작하여 이듬 해 2월 4일 연재를 마칠 때까지 약 8개월 동안 『매일신보』는 여전히 신파극 공연에 대한 후원을 아끼지 않는다. 답배갑을 가져오면 활동사진을 무료 관람시켜주던 전통을 떠올리게 하는 이른바 '반액 할인권' 방식이 도입된 것도 『쌍옥루』가 무대에 올려 질 즈음의 일이다. 이 유인책은 신문의 독자와 연극의 관객을 하나로 묶는 성공적인 'Win-Win' 전략으로 평가할 수 있다. 그 본의가 무엇이건 간에 8개월의 긴 시간 동안 대중의 관심을 하나의 아이템에 묶어 두고 그로 인한 파생 상품의 배치까지 염두에 둔 이러한 마케팅 전략은 현대 사회의 그것과 비교해도 손색이 없을 만큼 자기 완결적인 구조를 지닌 것이며, 1910년대 당시의 대중문화가 수익 창출이라는 자본주의의 기본 원리를 얼마나 충실히 따르고 있었는지를 보여주는 훌륭한 사례라고 할 수 있다.

---

24) Serge Moscovici, 이상률 역, 『군중의 시대』, 문예 출판사, 1996, 71쪽.
25) S. Moscovici, 위의 책, 151~165쪽.

신문 연재가 끝난 뒤 약 두 달이 지난 1913년 4월 29일 『쌍옥루』는 임성구의 혁신단에 의해 연흥사에서 그 첫 공연을 갖는다. 5월 4일까지 계속된 첫 흥행은 기대 이상의 성과를 거둔 것으로 보인다. 5월 2일자 『매일신보』는 "관람자가 수 삼 천"이며 입장권을 구하지 못해 되돌아간 사람이 "수 백 명"이라는 과장된 관련 기사를 내보내고 있다.

> 이십구일브터 연흥사내에셔 흥힝ㅎ는 본샤 연재 소설 쌍옥루(雙玉淚) 연극은 믹일 다슈흔 인사가 대 환영으로 오후 스오시브터 자리를 쎼앗기지 아니ㅎ랴고 문이 믹이도록 답지ㅎ는딕 원래에 그 쇼셜도 니용이 대단히 愴ㅎ고 가련흔 사정이 보는 사람으로ㅎ야곰 동정의 눈물을 금키 어렵게 ㅎ거니와 혁신단 림셩구 일힝의 일반 비우가 더욱 일층 연구ㅎ고 열심ㅎ야 막이 열니이면 보는 사람이 눈물을 흘니여 옷깃을 젹시이며 간々이 박수 갈치ㅎ는 소리는 귀가 짜가울 디경이오[26]

독자를 과도하게 의식하는 언론 특유의 선정주의를 감안하더라도 연흥사 흥행이 소기의 성과를 거두었다는 사실을 부정할 수는 없을 것 같다. 물론 이 과정에서 언론의 역할 역시 적지 않았다. 계속해서 연흥사 공연 관련 기사를 내보내는가하면 관련 사진까지 제공하는 호의를 베풀었던 것이다. 시쳇말로 『쌍옥루』 공연을 보지 않은 사람은 문화인이 아니라는 인식을 심어주고 대화에 낄 수 없게 만드는 사회적 분위기 조성에 신문이 톡톡히 한 몫을 한 셈이다.

연흥사 공연의 성공은 '신파극 공연 대본으로서의 신문 연재 신소설'이라는 새로운 현상의 기폭제로 작용한다. 각 극단이 경쟁적으로 신소설을 각색하여 자신들의 공연 레퍼토리로 삼은 것이다.[27] 이는 번안자

---

26) 「三十日夜의 雙玉淚盛況」, 『매일신보』, 1913. 5. 2.
27) 양승국, 앞의 책 참조.

나 신문 편집자에게 남아있던 일말의 우려를 일소하기에 충분했던 것으로 보인다. 『쌍옥루』를 연재하는 과정에서 소설 독자의 반응이 지면에 소개된 흔적은 찾아볼 수 없다. 비록 연재 이후 신파극 공연을 염두에 두었음에도 불구하고 『쌍옥루』는 이전 소설들의 연재 관습을 충실히 따르고 있었던 것이다. 그런데 앞서 검토한 『눈물』의 경우 기존 연재 관습을 과감히 벗어나는 새로운 시도가 신문 지면에서 시도된다. 즉 텍스트가 연재되는 중간 중간 독자의 반응이 기사 혹은 투고의 형태로 동일 지면에 활자화되기 시작한 것이다. 앞서 살펴본 1913년 10월 25일자 『매일신보』의 기사를 다시 한 번 인용한다.

> 쇼설「눈물」은 회수가 나아감을 좃차 독자의 칭찬이, 더욱 성대ᄒᆞ야, 미일 본샤에 도달ᄒᆞ는, 칭송의 투서가, 수십쟝에 ᄂᆞ리지 안이ᄒᆞᄂᆞᆫ 즁, (중략) 신문을 디홀 때마다, 눈물을 금치 못한다ᄂᆞᆫ딕, 금번 샹권의 전부가, 맛첨슴으로, 사동 연흥샤에서 흥힝ᄒᆞᆫ다ᄂᆞᆫ딕, 이 쇼설을 이독ᄒᆞ시고 무한ᄒᆞᆫ 동졍을 표ᄒᆞ던 여러 독자는, 실디로 또ᄒᆞᆫ 그 경황을, 볼 수 잇슬지니, 실로 「눈물」 이독자의, 연극 구경ᄒᆞ기, 됴흔 기회오[28)]

원 텍스트는 상·하편으로 구분되어 있는데 전체 텍스트의 연재가 끝나기도 전인 1913년 10월 혁신단이 『눈물』의 상편만 가지고 무대 공연을 감행했다. 그 과정에서 연재 중인 텍스트에 대한 독자의 관심이 지대하다는 식의 관련 기사는 '반액 할인권'과는 또 다른 방식으로 독자의 관심을 연재 텍스트와 무대 공연에 붙잡아 둘 수 있는 효과적인 방식인 셈이다. 상·하 전편을 대본으로 한 공연이 흥행에 돌입했을 1914년 1월의 『매일신보』 관련 지면은 공연 준비 상황과 관객의 반응으로 점철되어 있음이 확인된다.

---

28) 「革新團의 눈물 演劇」, 『매일신보』, 1913. 10. 25.

번안 소설『쌍옥루』의 신문 연재와 이를 대본으로 한 연극 공연의 대성공은 1909년에 시도되었던 원각사의『은세계』공연 흥행 실패를 일거에 만회하고 가능성으로만 존재했던 신소설과 신파극 사이의 장르 교섭을 현실적인 것으로 만들었다. 주목해야할 것은 신파극으로 공연되어 상당한 규모의 흥행에 성공한 작품들의 이야기 구성 방식과 전개가 그 이전 신소설 텍스트들과는 조금 다른 방향으로 초점화 되어 있었다는 점이다. '감정의 과잉'이라는 신소설 창작의 기본 관습에 충실하면서도 공연장이라는 공간에 모인 관객을 상대로 제한된 시간 안에 누선(淚腺)을 자극함으로써 흥행을 보장 받기 위한 장치를 고안한 셈이다. 또한 이러한 변화는 익숙한 것을 편하게 받아들이면서도 반복되는 익숙함에 쉽게 짜증을 내는 대중의 취향 변화와 맞물림으로써 가능했다는 사실 역시 간과할 수 없는 부분이라고 할 것이다.

4. 1913년의 성공과 1925년의 실패

『쌍옥루』는 충남 공주 태생의 이정자라는 한 여인의 삶을 중심으로 구성되어 있다는 점에서 기존 신소설들과 밀접한 연관성을 갖는다. 뿐만 아니라 이 텍스트는 인물 설정이나 사건의 '연결 방식' 등에서 앞선 신소설들의 관습을 충실히 따르고 있다.

> 그 녀즈는 년긔는 십 칠팔 세나 되어보이고, 빅목갓은 얼골이며, 양협에는 홍도식이 은々히 낫타나며, 미목이 슈려ᄒ여, 사롬으로 ᄒ야곰 한 번 봄익, 스랑스러온 마음이 스스로 이러나게 되겟으며 (1912년 7월 18일, 연재 2회)

주인공 이정자를 소개하는 위의 대목을 아래 나타난 인물 제시 방식과 비교하면 『쌍옥루』가 얼마나 관습에 충실한지 알 수 있다.

> 이럿튼지저럿튼지 옥년이는죠선녀편네에는 비홀곳업더라
> 옥년의지질은 누가듯든지 거진말이라하고 참물로는듯지아니혼다
> 일본근지반년이못되야 일본물을엇지그럿케 줄하든지정상군의 집에와
> 서보는사룸들이 옥년이를일본아히로보고 죠선아히로는 보지지아니혼다[29]

> 그쌀의 일홈은 빙쥬(氷珠)니 이쌔 쏫다온년긔는 십뉵셰라 둘갓고 옥갓흔
> 티도와 빙셜갓고 쳘셕갓흔 지죠는 더 홀말이 업거니와 그 특이혼 사샹과
> 츌류혼 지식은 말이 계집아희이지 치마폭두른 장부라고 홀만도흐나[30]

상투적 표현을 통한 메시지 전달은 자칫 수용자에게 익숙함에서 발생하는 권태로 나타날 수여가 있지만 그 반면에 수용자에게 친숙한 약호를 사용할 때 발화자의 의도가 보다 효과적이고 분명하게 전달될 수도 있다는 또 다른 기능적 의미를 지닌다. 실상, 하나의 표현이 진부한 것인가 아닌가를 판정하는 것은 해당 텍스트를 접하는 독자의 몫이다. 따라서 하나의 표현이 지니고 있는 효과는 사후적으로 판단될 성질의 것이 아니라 텍스트가 발표될 당시 독자가 몸담고 있는 문화의 수준과 코드에 따라 해석되는 것이 정당할 것이다.[31]

주인공 정자는 무남독녀 외동딸이다. 부친의 반대를 무릅쓰고 그녀는 스스로의 판단에 따라 경성의 여학교에 입학하여 신학문을 배우는 당찬 모습을 보여주기도 한다. 부친의 권위가 지배하는 가정이라는 울타리를 떠난 그녀에게 세상은 가혹한 시련의 공간으로 다가온다. 그녀의 미모

---

29) 『혈의 누』, 41쪽.
30) 『현미경』, 16~17쪽.
31) Ruth Amossy & Anne Herschberg Pierrot, 조성애 역, 『상투어』, 동문선, 2001, 122~125쪽.

를 탐낸 경상도 달성 출신의 서병삼은 정자의 학숙집 주인이자 여학교 교사인 오정당을 통해 정자에게 접근한다.

가시적인 악인으로 등장하는 서병삼은 그러나 여타의 악인들과 달리 학업에 뛰어나고 특히 의학에 관심이 많으며 외모 역시 수려한 인물로 제시된다. 서병삼과 오정당의 공모에 빠져든 정자는 어느 해 여름 방학 기간 중 서병삼등과 어울려 개성 대흥 산성으로 여행을 떠나고 이곳에서 서병삼에 의해 강간을 당한 후 임신을 하게 된다. 경성으로 돌아온 뒤 정자의 임신 사살을 알게 된 병삼은 오정당을 통해 강력하게 낙태시킬 것을 종용한다. 같은 여성으로서 차츰 정자의 처지를 가련하게 여기게 된 오정자는 오히려 서병삼에게 정자를 부인으로 받아들일 것을 강권한다.32) 수세에 몰린 서병삼은 친필로 정자와의 결혼을 확인하는 계약서를 작성해 보내고, 교회에서 두 사람만의 약식 혼례를 치르게 된다.

일단 혼례를 치름으로써 정자는 한 고비를 넘긴다. 그러나 기왕의 텍스트에서 혼례가 갈등의 종결을 의미하는데 반하여 『쌍옥루』의 결혼은 보다 큰 파국을 향한 출발점에 불과하다. 홀로 계신 아버지 몰래 결혼식을 올렸고 더욱이 임신한 사실을 숨겨야 한다는 정자의 내면 갈등은 극에 달한다. 뿐만 아니라 서병삼의 도움으로 사직동에 살림집을 차리기는 했으나 서병삼의 반대로 혼인 신고를 하지 못해 서류상으로는 사실상 남남인 상태로 동거에 들어가는 당시로서는 파격적인 설정으로 나아간다. 설상가상으로 13세에 향리 달성에서 결혼식을 올린 서병삼의 본처와 장모가 경성에 등장함으로써 정자는 더욱 궁지에 몰리게 된다.

본처와 정자의 갈등에 시달리던 서병삼은 시골로 되돌아가 정자에게 자신들의 결혼이 무효였음을 일방적으로 선언하는 편지를 보내고 충격

---

32) 오정당의 심리 변화의 근거는 1912. 7. 28. 연재 11회에 나타나 있는데 이 역시 '양심'이라는 일종의 도덕률로 제시되어 있다는 점 역시 기존 서사 관습에 충실한 설정이다.

을 받은 정자는 부친과 병삼에게 유서를 대신하는 편지를 보낸 후 자살을 결심한다. 신소설에서의 자살 시도가 항상 그렇듯 죽음 직전 김씨 부인에 의해 구출된 그녀는 아들을 낳지만 아이를 죽이고자 했다는 압박감에 히스테리에 시달린다. 소식이 끊긴 그녀를 찾아 경성에 올라온 부친을 상봉한 정자는 극도의 스트레스로 인해 혼절하고 정신 착란의 와중에 아이를 살해하려고 시도한다. 한편 정자의 부친은 병삼의 부친을 만나 양육비를 지원하고 친권을 포기한다는 합의를 맺는다. 정자의 건강을 염려한 부친이 아이를 유모에게 부탁하여 목포로 떠나보내고 정자만 데리고 공주로 돌아옴으로써 상편이 종료되며 정자에게 아이는 태어난 지 얼마 안 되어 죽은 것으로 전해진다.

공주에 돌아와 부친의 정성으로 건강을 회복한 정자는 제국대학 철학과를 졸업한 정욱조라는 인물과 재혼한다. 정욱조는 첫 결혼에서 부인의 부정으로 상처를 받아 여성에 대한 극도의 반감을 가지고 있었지만 정자의 인물됨에 탄복하여 다시 결혼을 결심한다. 정욱조와의 사이에 다시 아이를 가진 정자는 자신의 산후 우울증을 걱정하고 그 와중에 정남(正男)이라는 두 번째 아이를 출산한다. 7세가 된 정남은 종종 거짓말을 하고 이로 인해 아버지에게 야단을 맞는 일이 잦게 된다. 정자는 정남의 그러한 태도가 서병삼과의 결혼 사실을 숨긴 채 정욱조와 결혼한 자신의 솔직하지 못한 성품 때문이 아닌가 걱정하고 이로 인해 남편과 정자 사이에는 정남의 교육 문제를 둘러싼 마찰이 종종 일어난다.

정욱조는 솔가하여 개성으로 내려가는데 여기서 정자가 "장감"이라는 열병에 걸리게 되고 이를 치료하는 의사로 서병삼이 등장한다. 서병삼은 치료를 핑계로 정자와의 독대를 청하고 그 자리에서 그녀의 약점을 들먹이며 정욱조와의 이혼을 요구한다. 심리적 불안까지 겹친 정자의 병세는 속히 차도를 보이지 않고 정욱조는 아내의 요양을 위해 목포로

의 피접을 결심한다. (중편)

목포에 도착하여 양신관에 여장을 푼 가족은 모처럼 단란한 한 때를 보낸다. 정남은 동네 아이들과 어울리다가 그 중 정자 비슷한 분위기를 풍기는 옥남(玉男)에 대해 호감을 느끼고 두 아이가 친하게 지내는 것을 본 정자는 불길한 예감을 갖는다. 결국 옥남의 어머니 노릇을 하던 과거의 유모를 만나 그 출생의 비밀을 알게 된 정자는 극도로 괴로워하지만 남편과 아들의 눈을 의식에 겉으로는 표현하지 못한다. 옥남을 독대한 자리에서도 자신이 생모임을 밝히지 못하던 정자는 남편의 뜻에 따라 서울로 되돌아갈 준비를 한다. 그 때 옥남과 정남 두 아이는 썰물 때만 나타나는 투구 바위를 향해 바다로 나섰다가 두 아니 모두 물에 빠져 죽고 만다. 해변에 놓인 두 아이의 시체 앞에서 정자와 마주한 유모는 정자를 원망하고 정자는 극도의 혼란 상태에서 남편에게 모든 사실을 고백한다.

분노한 정욱조는 부정한 여인의 몸에서 태어난 정남을 선영에 묻을 수 없으며 정자와의 관계도 단절하겠다고 선언한다. 정욱조 가족의 뒤를 밟아 목포에 쫓아 내려온 서병삼도 정욱조 앞에 자신을 드러내고 내심 정자와의 재결합을 꿈꾼다. 한편 모든 사정을 전해 듣고 병석에 누웠던 정자의 부친이 마침내 세상을 떠나고 유서를 통해 정욱조에게 형식적이나마 부부 관계를 유지해달라고 간곡히 부탁한다. 정욱조는 서류상 부부 관계는 유지하지만 정자를 멀리하고 결국 그녀를 떠나 해외 유학 길에 오른다. 막막한 정자는 학창 시절 배운 지식을 살려 새롭게 간호부 일을 시작한다. 낯선 환경에 건강을 상한 정욱조는 병든 몸으로 귀국길에 올랐다가 일본 장기(長崎)의 한 병원에 입원하게 되는데 간호부 정자가 나타나 남편의 간병을 시작하고 두 사람 사이에 화해와 이해의 분위기가 생겨난다.

　이상이 연재본 『쌍옥루』의 개괄이다. 서병삼의 강압에 의한 한 번의 관계가 이정자의 일생을 혼란 속에 빠뜨린다. 원치 않는 임신과 출산, 정신적 충격은 재혼 뒤에도 이어지고 아버지가 다른 두 아이의 만남과 우정은 결국 죽음으로 종결된다. 뒷부분은 실상 사족임은 물론이다. 주목해야할 것은 정자의 고통이 출산으로부터 비롯되었다는 사실이다. 비록 원치 않은 아이라 하더라도 자신의 몸을 빌어 세상에 태어난 아이에 대한 정자의 애정은 모든 어머니의 그것과 다르지 않다. 정욱조와의 결혼 이후에도 계속되는 정자의 불안정한 모습은 첫 아이 옥남에 대해 어머니로서의 의무를 다하지 못했다는 자책에서 비롯한다. 성인 남녀 혹은 성인 간의 갈등에 착목했던 기왕의 신소설 텍스트들과 비교할 때 『쌍옥루』가 제시하는 갈등의 양상은 확실히 차별적인 것이다. 이 텍스트에 나타난 어머니와 어린 자녀 사이의 문제 또는 이의 해결 과정에는, 성인 간의 갈등을 초래한 세계관의 문제나 사회적 입장 차이의 문제가 개입될 여지가 원천적으로 봉쇄되어 버린다. 따라서 이인직이나 이해조의 텍스트에서 발견할 수 있는 사회 현실에 대한 웅변과 같은 요소들을 이 텍스트에서는 발견할 수 없다.

　또한 기왕의 신소설 텍스트가 인물 사이의 대화에 서사 진행의 많은 부분을 의존하고 있다는 사실은 이미 지적한 바 있거니와[33] 『쌍옥루』는 대화와 더불어 독백, 편지와 같은 고백적 요소를 지닌 발화가 전체 텍스트의 상당 부분을 차지하고 있으며 그 기능 역시 기왕의 텍스트들에 비해 상대적으로 증대되어 있다. 이 과정에서 인물 사이에 주고받는 대화는 오히려 보다 세련된 형태로 제시되어 사건 전개의 긴박감을 가중시킨다. 즉, 이전의 신소설 텍스트에서 대화는 형식상 대화로 나타날 뿐

---

33) 졸저, 앞의 책, 3장 2절의 논의 참조.

서사 진행의 결락(缺落) 부분을 보충하거나 필요한 정보를 노출 혹은 은폐하기 위하여 사실상 '독백'과 비슷한 기능을 수행하는 것이 보통이다.34) 그런데 『쌍옥루』는 기존 신소설 텍스트에서 대화가 수행하던 정보 전달이 작가에 의해 개략적인 형태로만 제시된 채 인물 사이의 긴장감을 극대화 시키고 내면을 드러내는 본연의 역할에 충실한 형태로 나타난다. 한편으로 이렇게 제한된 대화의 기능이 미처 다 수행하지 못한 정보의 전달은 편지나 유서 혹은 인물의 독백을 통해 보충되고 있는 것이다.

또 한 가지 『쌍옥루』의 서사 전개가 지닌 특징으로 지적될 수 있는 것은 인물이 위치하는 공간적 배경이 필수적인 것들로 제한되어 있다는 사실이다. 서사 진행에서 문제가 되는 확장된 공간은 경성, 개성, 목포인데 각각의 지역에서 사건이 전개되는 곳은 목포를 제외하고는 정자의 하숙집, 사직동의 살림집, 남촌 김소사 집, 개성의 여관, 병원, 목포의 양신관 등 실내로 제한되어 있다.

대화를 통해 긴장이 고조되거나 성격이 드러나고 부족한 서사 진행의 요소는 독백과 같은 고백이 가능한 장치들을 통해 보충되며 사건이 일어나는 공간이 특정되어 있다는 사실은 이 작품이 번안 과정에서 무대 공연을 철저히 염두에 두었다는 사실을 반증하고 있다고 판단 가능한 유력한 근거가 된다. 또한 병원에 입원한 정욱조와 정자의 재회라는 뒷부분의 사족을 제외할 경우 두 아이의 죽음이야말로 서사 전반에 있어서 절정의 기능을 수행하는데 이 부분이 비극적 사건으로 구성되어 있다는 것은 무대와 객석이 분리된 극장 공연에 더 없이 적합한 이야기 구조라고 할 수 있다.

---

34) 그 결과 또 다른 성격의 신소설 텍스트에서 형식상 '독백'으로 제시되는 부분은 주인공의 감상성이 극대화되어 자신의 신세를 한탄하는 내용으로 점철되어 있다.

극장은 타인의 시선을 직접 의식할 수 있는 공간임에도 불구하고 '젊은 부인이 다수한 이목을 불계하고' 눈물을 흘리다가 얼굴이 붉게 변할 정도였다는 『매일신보』의 기사 내용은 연극 공연장이 가지고 있는 독특한 의사소통의 방식을 드러낸다. 독서 행위가 개인적인 것에 반해 연극 관람은 집단적인 예술 향유 방식이라는 점을 고려할 때 눈물을 흘리는 것으로 나타나는 감정 과잉의 전염성은 독서의 경우보다 훨씬 강하게 나타날 것이라는 사실은 자명한 일이다. 또한 연극 공연을 통한 눈물의 유도는 1910년대 한국 신파극에만 해당되는 것은 아니었다. 유럽의 경우에도 18세기 전반 이후 비평가가 어떤 연극 공연에 대해 평할 때 관객의 열광을 나타내는 비판 기준을 눈물로 삼을 정도로, 눈물은 흥행 성공 여부를 판별하는 유일한 성공의 척도였다. 또한, 관객이 적절하게 눈물을 흘리도록 용서받지 못할 죄를 저지른 자나 너무나 순진무구하여 관객의 격렬한 보호 본능을 유발하는 배역은 배제하는 것이 일종의 규칙처럼 통용되었다.[35] 즉, 대중을 상대로 하는 상업적인 공연 및 문화의 영역에서 수용자와의 정서적 일체감은 작품의 성공 여부를 가늠 하는 중요한 열쇠인 것이다.

무대 공연에 적합한 구성 요소들의 배치와 어린 두 아이의 죽음이라는 비극적 결말 구조는 『쌍옥루』가 신파극으로 흥행에 성공할 수 있는 요소들을 두루 갖추었음을 보여준다. 성취되지 못한 모자간의 애정 앞에서 어떤 이념적 태도나 이데올로기도 무장해제 될 수밖에 없음은 자명한 이치이다. 비극의 주인공이 성인 남녀가 아니라 젊은 어머니와 어린 아이라는 사실은 그 자체로서 충분히 감정 이입할 수 있는 토대를 제공한다. 더구나 『눈물』의 경우에서 확인할 수 있는 것처럼 극장의 관

---

35) Anne Vincent-Buffault, 이자경 역, 『눈물의 역사』, 동문선, 2000, 84쪽.

객이 기생을 필두로 한 젊은 여성(부인)들이 다수를 차지하고 있었다는 사실을 감안할 때 이러한 배치는 흥행의 보증 수표와 같은 것이었다고 말할 수 있다.

그런데 첫 흥행에서의 대성공으로부터 12년의 시간이 흐른 1925년 『쌍옥루』는 또 다른 형식의 이야기물로 대중과 만나게 된다. 외화의 수입과 판매에 치중하던 고려 영화제작소가 첫 제작 타이틀로 이 작품을 선택한 것이다.36)

> 영화계를 위하여 일찍이 노력을 하여 오던 박정현(朴晶鉉), 이구영(李龜永), 이봉익(李鳳翼), 이필우(李弼雨), 정암(鄭巖) 씨의 발기로 금번 시내 훈정동(薰井洞) 446번지에 고려영화제작소(高麗映畫製作所)를 새로이 창설하였는데, 동 소의 사업은 영화제작, 판매, 흥행과 외국영화 직수입 등이며 첫 사업으로 비극소설 '쌍옥루(雙玉淚)'를 각색하여 지난 9일부터 촬영을 시작하였는데 주연 배우로는 일찍이 일본 제국키네마와 동방회사(東邦會社)에서 전속 배우(專屬俳優)로 있던 김택윤(金澤潤) 군과 토월회(土月會)에 있는 조천성(趙天星) 군과 김연(金蓮) 양 등이라 하며 촬영기사는 발기인(發起人) 중의 한 사람인 이필우 군이라 하는데 불원간(不遠間) 상영하게 되리라고 한다.37)

이필우와 이구영이 각색을 담당하고, 이구영·강홍식이 감독을, 이필우가 촬영을 맡았다는 사실을 놓고 볼 때 영화 『쌍옥루』 제작에는 고려영화 제작소의 1급 스태프들이 총출동 한 셈이다. 전체 제작비만도 거금 7천원이 투자된 이 작품은 그러나 별다른 흥행성과를 남기지 못한 것으로 전해진다. 물론 이때도 『매일신보』는 아래와 같은 소개 기사를 게재함으로써 10여 년 전의 영광을 재현하고자 하였으나 반응은 신통치

---

36) 『매일신보』, 1925. 9. 26. 기사 참조.
37) 「'雙玉淚' 撮影 高麗映畫製作所에서」, 『時代日報』 1925. 8. 15.

않았다.

> 아직도 토대(土臺)가 잡히지 못한 황량(荒涼)한 조선 영화 촬영계(朝鮮映畫 撮影界)에 험악(險惡)한 풍상(風霜)을 물리치고 고고(呱呱)의 성(聲)으로 엄이 돋치어 날, 달로 자라 나아가는 고려영화제작소에서는 이번에 가정비극 '쌍옥루'란 전후 18권의 장편영화를 제작하여 만도(滿都)의 팬을 열광(熱狂)케 하고 있다. / 스토리가 근본(根本)이 일본 소설의 번안물(飜案物)로서 신문에도 연재된 것이오, 경향(京鄕) 각 극단에서 오래 전부터 상장(上場)해 오던 것이라 별로히 세인(世人)의 이목(耳目)을 놀래킬 새로운 말은 없었다 할지라도 한갓 화면에 나타난 모든 기분이 어디까지 진지(眞摯)한 것이 끝없이 보는 자를 기쁘게 하였고 촬영물이 거의 괄목(刮目)하리 만치 진보(進步)된 것이 관중의 눈을 크게 놀래키었다.[38]

기사에서도 인정하고 있는 것처럼 영화의 내용이 이미 잘 알려진 것이었기 때문에 이야기의 진행으로는 흥행의 승부를 걸 수 없었다. 그러나 1920년대에 출발한 조선 영화계는 널리 알려진 내용 즉 충분히 그 흥행성을 보장 받을 수 있는 내용을 기본으로 영화를 제작하는 것이 일종의 관행과도 같은 것이었다. 『춘향전』만 하더라도 무성 영화와 발성 영화로 수차례 제작되어 녹록치 않은 흥행 저력을 과시하던 것이 당시의 어쩔 수 없는 상황이었던 것이다. 그럼에도 불구하고 『쌍옥루』와 같이 공전의 대 히트를 기록한 레퍼토리를 다시 영화로 제작하고 흥행을 목전에 둔 상황에서 작품의 내용보다 촬영의 진보를 주지로 삼고 있는 기사는 더 이상 『쌍옥루』가 대중의 취향을 사로잡을 수 없음을 예상한 것은 아닐까?

---

38) 「撮影術의 天才 高麗 映畫의 李弼雨 君 活動에 出動하는 俳優보다도 技士의 技術이 異彩를 나타내」, 『매일신보』, 1925. 10. 3.

그 후에 조선영화제작소(朝鮮映畵製作所)에서 탈퇴(脫退)한 이구영(李龜永), 이필우(李弼雨), 박정현(朴晶鉉)과 단성사에 외교원(外交員)으로 있던 이봉익(李鳳翼) 등 4명이 고려키네마 해산(解散)으로 물러나와 아무 것도 하는 것 없이 정암(鄭巖)이라는 청년의 자본(資本)을 미끼로 훈정동(薰井洞) 96번지에 고려영화제작소(高麗映畵製作所)를 설치한 후 일본인의 소설 번역인 '쌍옥루'를 촬영하여 가지고 굉장한 선전을 하여 일확천금(一攫千金)의 꿈을 꾸었으나 뜻을 이루지 못하고 역시 재정곤란(財政困難)으로 중지를 하게 되니 이는 모두 단성사 중심으로 영화계를 위한다는 것보다도 딴 생각이 있어서 생긴 것들이었으나 그의 운명은 모두 짧았었습니다.39)

이구영의 회고에 기댄다면 7천원 이라는 거액의 제작비를 투자하고 이필우와 같은 당대의 촬영기사(감독)가 참여했음에도 불구하고 영화『쌍옥루』는 제작진의 기대에 미치지 못하는 흥행 성적을 거둔 것으로 짐작할 수 있다. 이러한 상황이 전개된 데에는 몇 가지 원인이 있는데 첫째는 텍스트 자체가 지닌 문제점이고 둘째는 수용 대중의 취향과 관련된 문제이다.

앞서 논의한 것처럼『쌍록루』는 제한된 공간적 배경 안에서 인물의 성격과 운명의 문제를 통해 수용자의 누선을 자극하기에 적합한 텍스트로 연극에 적합하도록 되어 있다. 그러나 영화의 경우 특히『쌍옥루』가 영화로 제작되던 당시의 환경에서 영화는 일종의 볼거리를 제공하는 데에 치중했던 것이 사실이다. 활동사진이 처음 조선에 소개된 이래 연극이 아닌 영화를 관람한다는 것은 서사를 이해하는 차원에서라기보다는 미지의 세계에 대한 갈증 혹은 눈앞의 화면에서 사물이 움직이고 시간이 흘러간다는 신기한 체험의 영역에 보다 많은 비중을 둔 것이었다. 이

---

39) 이구영, 「朝鮮映畵界의 過去와 現在(3)」『東亞日報』, 1925. 11. 22.

해하기 힘든 일본어 자막이나 화면의 서사 진행과는 무관하게 애드립을 펼치는 변사의 존재에도 불구하고 많은 관객들이 서양 영화 상영에 열광한 것도 같은 맥락에서 이해할 수 있을 것이다.

이러한 사정을 염두에 둔다면 『쌍옥루』라는 텍스트가 영화화 되었을 때 과연 어떤 볼거리를 제공할 수 있었을까하는 의문은 당연한 것이 된다. 비록 이필우가 당대의 촬영 감독이었지만 원 텍스트가 지닌 한계를 극복할 만한 창조성과 능력을 발휘할 것을 요구하는 것은 무리한 일이다. 무대 한가운데서 핀 조명을 받으며 격정적으로 대사를 발화하는 배우와 무성 형화의 거친 화면 속에서 몸짓만으로 슬픔을 표현하는 영화 배우 사이에서 어느 쪽이 감동을 전달하는 데 효과적일 수 있는가는 불필요한 질문이 될 것이다.

두 번째로 1910년대를 풍미한 신파극은 1920년대에 들어 차츰 그 영향력이 줄어들고 있었던 시기라는 사실을 지적할 필요가 있다. 이미 검토한 바와 같이 『쌍옥루』는 철저히 신파극 공연을 염두에 두고 번안된 텍스트이며 따라서 1910년대 당시의 감수성에 민감한 작품이다. 10년이 넘는 시간적 격차는 『쌍옥루』로 대별되는 신파극적 정서가 이미 낡은 것이 되기에 충분한 것으로 볼 수 있다. 이인직 이해조류의 신소설에 권태를 느끼고 『눈물』과 같은 새로운 정서의 텍스트를 찾아 떠난 1910년대의 관객들처럼 1920년대 중반의 관객들 역시 『쌍옥루』가 제시하는 비극의 구도에 더 이상 감동하기 힘든 정서 구조를 지니고 있었던 것이다.

그럼에도 불구하고 고려 영화 제작소에서 『쌍옥루』를 첫 제작품으로 선택한 데에는 당시 영화 제작의 관습이라는 분석이 가능하다. 또한 제작에 참여한 인물들의 유년기에 경험한 신파극 『쌍옥루』의 잔영이 그들로 하여금 엄밀한 분석 없이 이 텍스트를 선택하도록 만든 것일 수도 있다. 연재소설을 통한 것이었던 신파극 공연을 통한 것이었던 1912년에서 1913년 사이 조선 문화계의 아이콘이었던 『쌍옥루』의 파장은 10년이 지난 뒤까지도 계속되고 있었던 것이다.

5. 결론

이 글은 번안소설 『쌍옥루』가 신문연재 신소설, 신파극, 그리고 영화로 각각 그 형식을 달리하면서 수용 대중과의 소통 구조 속에 놓인 독특한 텍스트라는 객관적 사실로부터 출발하였다. 물론 『쌍옥루』에 주목한 데에는 이 텍스트를 통하여 근대 초기 조선 사회에서 진행된 대중문화의 생산 구조와 그 반대편에 놓인 수용대중의 취향 문제를 동시에 논하고자하는 다소 버거운 문제의식이 자리하고 있었던 것이 사실이다.

1912년에 연재되고 1913년 공연되어 대단한 흥행성과를 남긴 『쌍록루』는 이를 계기로 1910년대 신문 연재 신소설의 유통 구조가 변화하는 기폭제가 된다. 즉, 신소설은 더 이상 한 번 읽고 나면 그 효용을 다하는 것이 아니라 신파극 공연을 통해 파생 상품을 유발할 수 있는 새로운 문화 상품의 대열에 합류한 것이다. 물론, 이 배후에는 1900년대의 창작 신소설이 지닌 취향·정서와 구별되는 『쌍옥루』 이후 번안·창작 신소설의 정서가 자리하고 있음은 재론할 필요가 없다. 그럼에도 불구하고 기존의 연구에서는 1910년을 기점으로 신소설이 자체의 건강함을 상실했다는 주장이 무비판적으로 수용되면서 이 같은 차이에 대한 언급이 드물었다.

『쌍옥루』는 번안 과정에서부터 신파극 공연을 염두에 두었고 관객의 정서를 현장에서 장악해야하는 공연의 특성상 번안·창작자의 주관적 태도보다 수용층의 요구에 민감하게 반응한 텍스트였다. 그만큼 『쌍옥루』는 1910년대 초·중반 조선 관객들의 심리 구조에 밀접하게 연관된 텍스트였던 셈이다. 바로 이점이 1913년 신파극 공연의 흥행을 보장해 주는 주요한 근거였다. 아무리 언론을 통해 선전하고 떠들어도 수용자의 취향에 부합하지 않을 때 대중 흥행에는 참패하기 마련인 것이다. 이는 1925년 영화『쌍옥루』의 흥행 실패가 뒷받침하고 하고 있다.

　『쌍옥루』에 대한 논의를 통해 1913년과 1925년 수용층의 취향 문제를 구조화하려고 했던 문제의식은 애초부터 소기의 성과를 거두기 어려웠던 것인지도 모른다. 취향은 정서적 영역의 문제이고 이를 논리적인 언어로 표현하는 순간 또 다른 왜곡의 가능성이 존재하기 때문이다. 다만, 흥행의 성공과 실패라는 객관적 사실로부터 당대 수용층의 취향 문제를 역으로 추론할 가능성에 대해서 논의가 가능함을 이 논문을 통해 보여줄 수 있었다면 미약하나마 의도에 값한 것으로 판단해도 무리는 없을 것이다.

제 3 부

『신소설 연구』의 위상과 영향관계에 관한 연구

1. 논의의 순서와 연구 대상 해제

이 글이 연구의 대상으로 삼은 백사 전광용의 『신소설 연구』는 1986년 새문사에서 단행본으로 출간된 저서이다.[1] 이후 이 글에서는 먼저 『연구』의 성과와 그 영향력에 대해 고찰하고 『연구』에 수록된 논문들이 그처럼 강력한 영향력을 행사할 수 있었던 원인에 대해 검토할 것이다. 이를 바탕으로 『연구』를 구성하는 백사 전광용의 연구 방법에 대한 검토를 수행하고자 한다.

『연구』는 크게 두 부분으로 이루어지는데 제 1부는 "개화기의 신소설과 번안 소설"이라는 제목 아래 신소설과 번안 소설의 특성을 개관하고 있다. 제 2부는 "신소설의 작가와 작품"이라는 제하에서 이인직, 이해조, 최찬식, 안국선의 생애와 작품 세계를 고찰하고 있으며 보론 형식으

---

1) 이하에서는 간략히 『연구』라고 표기하며, 문맥상 이 책에서 인용한 것이 분명할 경우 별도의 언급 없이 모두 내주로 처리하기로 한다.

로 구연학의 번안 작인 『설중매』에 대한 소론을 덧붙이고 있다.

이 책에 수록된 논문들은 애초에 단행본을 의도하고 작성된 것이 아니라 1950년대를 경과하면서 이미 학계에 발표되었다는 사실은 『연구』의 위상을 검토하는데 있어 주의할 부분이다. 즉, 『연구』를 논의하는 과정에서는 1980년대의 상황이 아니라 1950년대적인 특수성을 염두에 두어야만 『연구』가 획득한 성과에 대한 정당한 평가가 가능하기 때문이다. 또한 이러한 사정으로 『연구』에 집약된 개화기 신소설 관련성과는 물론 『연구』로 출간되기 이전 단일 논문의 형태로 영향력을 행사했던 백사의 업적들 역시 이 글이 포괄하고자 하는 대상으로 포섭된다.

사실 현대 문학 연구를 자신의 학문적 과제로 상정한 연구자들치고 『연구』를 일독하지 않은 사람이 없을 터이고, 특히 『연구』가 직접적인 대상 시기로 다루었던 "개화기"를 연구 논문의 테마로 설정했던 대부분의 사람들은 반드시 『연구』를 통과해야만 자신의 연구 대상에 접근할 수 있다고 해도 과언이 아니다. 그럼에도 불구하고 개화기, 신소설, 신파극을 논의했던 많은 연구 논문의 선행 연구사 검토 과정을 살펴보면 (특히 1980년대 후반 이후의 성과들로 그 대상 폭을 한정한다면) 『연구』의 성과를 직접적인 극복 과제로 상정한 경우를 찾기란 쉽지 않은 일이다.[2] 이는 『연구』가 도출한 많은 성과들이 이미 한국 근·현대 문학사의 기본적인 합의 사항이라는 사실을 반증하는 것이기 때문이라는 해석을 낳는다.

그렇기에 소설가로서의 백사 전광용의 작품 세계에 대한 선생의 연구 성과는 다소간 확인할 수 있었지만 문학 연구자 특히 개화기와 신소설에 대한 전문 연구자로서 백사의 업적에 대한 위상 정립을 시도했거나 문제를 제기하는 것을 중심 과제로 설정한 연구 성과는 거의 없다.[3] 홍

---

2) 이러한 진단은 박사학위 논문을 준비하는 과정에서 체험한 필자의 경험으로부터 비롯된 것이다. 그리고 필자 역시 본문에서 지적한 문제에 똑같이 해당된다.

미로운 사실은『연구』등에서 전개된 백사의 논의 혹은 입론이 비판과 연구의 대상으로 설정된 경우는 드물지만 그 논지에 기반을 두고 연구자의 논리를 전개하는 양상은 너무도 쉽게 발견된다는 사실이다.

> ① '新小說'이란 名稱은 이제 李人稙의「血의 淚」(1906) 전후에서 비롯하여 李光洙의「無情」(1917)에 이르기까지의 一切의 小說을 指稱하는 用語로 通用되고 있고, 또한 '韓國 近代化過程의 한 反映'으로 평가되고 있다.4)

인용문 ①에서 저자는 '한국 근대화 과정의 한 반영'이라는 대목에 주석을 달고 이 구절이 전광용의「한국 소설 발달사―하」(『한국 문화사 대계』V, 고려대 민족 문화 연구소, 1967에 수록)에서 논의된 내용임을 밝히고 있다. 주석의 처리 방식으로만 보면 ' '로 묶인 표현만이 백사의 주장인 것처럼 보일 수 있지만『연구』의 제 1부 첫 논문인「신소설의 성격」을 통해 다시 고찰한다면 인용문 ① 전체가 백사의 논증을 요약 정리한 것임을 알 수 있다. 한편 주석을 통해 확인할 수 있는 것처럼 인용문 ①은 이 저서 가장 첫 부분에 위치하고 있는데 저서 전체를 통해 가장 중요한 논의 대상으로 설정한 "신소설"에 대한 정의와 문학사적인 평가에 대한 도입이 백사의 입론으로 이루어져 있음이 인상적이다.

> ② 新小說이란 名稱은 李人稙의『血의 淚』광고란에서 발단된 것으로 알려져 있다. 그 후로 金台俊, 林和, 白鐵, 趙演鉉, 全光鏞 등 諸文學史家들에 의해 이 명칭이 古代小說과 李光洙 이후 소설의 중간 단계의 장르 개념으로 사용되어 오고 있다.5)

---

3) 이러한 언급은『연구』및 개화기 신소설에 대한 백사의 성과를 '학술 논문'의 형식으로 논의한 선행 업적의 부재를 지적하는 제한적 의미만을 갖는다. 이후 상술하겠지만 이러한 사정은『연구』를 통해 확인할 수 있는 것처럼 백사의 연구 방식이 지닌 특성으로부터 말미암는다는 평가를 내릴 수도 있다.
4) 이재선,『한국 개화기 소설 연구』, 일조각, 1972(초판), 2쪽.

인용문 ②에서 저자는 인용문의 첫 문장에 주석을 붙여 이 주장이 을
유문화사가 간행한 신소설 전집의 해설로 쓴 전광용의 「살아있는 고전」
이라는 글에서 인용했음을 밝혔다. 이는 『연구』의 11~12쪽의 내용과
정확히 일치하고 있다. 또한 인용문의 후반부를 구성하고 있는 신소설
의 문학사적 위치에 대한 주장 역시, 별다른 주석이 달려 있지는 않으나
『연구』의 13쪽에서 논증되는 내용과 부합한다.

> ③ 이 경우 주의해야 할 것은 전통적인 소설의 형태를 주축으로 하여
> 외래적인 문학관이나 소설에 대한 새로운 관점이 포용될 수도 있고, 이
> 질적인 것으로 거부될 수도 있다는 점이다. 그리고 또 새로운 방향에서
> 외래적인 문학관이나 소설에 대한 관념, 외래적인 소설의 형태 등이 개
> 화기 이후의 사회적 현실에 어떻게 적용되고 어떠한 방식으로 토착화되
> 고 있는가를 면밀하게 분석해보지 않으면 안 된다.6)

인용문 ③의 저자는 위의 진술 직후에 주석을 통해 이러한 면밀한 분
석의 사례로 전광용의 「한국 소설 발달사 (하)」를 예시하고 있다. 신소
설 작가의 성격을 규명하는 것은 그들이 창조해 낸 텍스트의 성격 규명
을 위한 선결과제라고 할 수 있는데 그들 신소설 작가가 지녔던 소설과
문학에 대한 관념과 그 관념이 당대의 사회 현실과 관련 맺는 양상에
대한 선구적 업적으로 백사의 연구 성과를 제시하고 있는 것이다.

> ④ 가령, 全光鏞은 「自由鐘」의 장르적 성격을 밝히는 대목에서 희곡,
> 회의 기록 등으로 자질을 摘示하면서도 끝내는 작가 李海朝 자신의 命名
> 을 용인하는 것으로 기울어지고 말았다. / (중략) / 전광용의 풀이를 확대

---

5) 김윤식·김현, 『한국 문학사』, 1973(초판), 97쪽.
6) 권영민, 「개화기 소설 작가의 사회적 성격」, 『한국 근대문학과 시대정신』, 문예출판사,
   1983, 257~258쪽.

하면 「自由鐘」은 소설적 형질, 단막 희곡의 색채, 토론체의 골격 등이 함께 어우러져 政論性을 지향하고 있는 것이다. / 이어 전광용은 「금슈회의록」의 기본 성격을 논하는 자리에서 이 작품은 寓話小說로서의 외형과 政治小說로서의 주제 의식이 결합하여 짜여진 것으로 암시하기도 하였다.7)

위의 인용문에서 저자는 「자유종」의 양식적 특성에 대한 전광용의 기존 평가에 대해 문제를 제기하고 있다. 해당 작품에 대한 전광용의 논의 전반을 문제 삼는 차원이 아니라는 점에 주의를 요한다. 즉, 인용문의 필자는 「자유종」이라는 텍스트에 대한 백사의 분석 과정에 대해서는 동의하지만 결론적으로 백사가 「자유종」의 양식적인 성격을 명확히 궁구하지 못했다는 문제를 제기하고 있다는 해석이 적절할 것 같다. 그리고 「자유종」을 비롯하여 「금수 회의록」과 같은 유사한 양식의 텍스트의 장르적인 성격을 규정하는 것을 필자의 당면 과제로 제시하고 있는데, 실제 텍스트의 분석 과정에서는 많은 부분 『연구』의 성과를 원용하고 있음이 인용문 이후의 논지 전개 과정을 통해 확인된다.

⑤ 개별적 작품들에 대한 고증과 해설을 통해 철저히 실증적 태도의 일관성을 보인 것은 전광용(全光鏞) 교수이고, 근대 전환기 소설 단일 작가 연구의 시작인 「이인직 연구」와 함께, 개별 작품들에 대한 연구 성과를 정리한 것이 그의 「한국 소설 발달사 (下)」라 할 수 있다. 「한국 소설 발달사 (下)」는 출판사에 의해 신소설이라는 용어가 처음으로 사용된 것을 밝히고 근대 전환기 소설 중 번안 소설을 엄밀하게 고증한 의의를 지닌다. 그러나 근대 전환기 소설의 성격 규정은 기존 견해를 대체로 따르고 있다는 것은 다음의 기술에서 볼 수 있다.8)

---

7) 조남현, 「개화기 소설 양식의 변이 현상」, 『한국 현대 소설 연구』, 민음사, 1987, 65~66쪽.
8) 김교봉·설성경, 『근대 전환기 소설 연구』, 국학 자료원, 1991, 15쪽.

다섯 번째 인용문의 저자들은 『연구』를 통해 집약된 전광용의 신소설 및 번안 소설 연구의 기저가 무엇인지를 선명하게 제시하고 있다. 그것은 "철저히 실증적인 태도로 일관한 것"이라는 표현으로 압축될 수 있는데 이에 대해서는 뒤에 자세히 다루기로 한다.

지금까지 일별한 인용문들은 대체로 근·현대문학 가운데 소설을 중심 연구 대상으로 설정한 연구자들의 저서 가운데 무작위로 선별한 것들이다. 그런데 백사의 이런 실증적인 연구 자세와 그 성과가 단시 소설의 변화를 논의하는 데에만 영향을 끼친 것이 아니라는 점이 다음 인용문들을 통해 확인되고 있어 인상적이다.

> ⑥ 우리나라 最初의 劇場이요 또 國立劇場格이었던 協律社 設置와 李人稙(1862~1916)의 圓覺社에 대하여 이제까지 諸說이 區區하여 대체로 네 갈래의 系統이 있어 왔다. / 첫째는 崔南善說이라고 부를 수 있는 것으로 이에는 全光鏞이 많은 贊意를 表하였으며 文獻的인 考證性이 가장 많은 점에서 筆者도 이에 贊同코저 한다.9)

저자는 전광용이 찬의를 표하였다는 설명 바로 다음에 주석을 붙여 이의 근거로 「이인직 연구 Ⅲ-신극과 이인직」(『서울대학교 논문집』 6, 1957)을 제시하고 있다. 그리고 이 내용은 『연구』의 68~71쪽을 통해서 다시 확인된다. 백사의 이인직 연구가 '신소설 작가로서의 이인직'이라는 영역으로 제한된 것이 아니라 '개화기의 문화 운동가 이인직'으로 그 범위를 확장하여 이해할 필요가 있다는 점이 위 인용문과 전거로 제시된 백사의 입론을 통해 드러나고 있다고 평가해도 지나침이 없다.

이는 개화기 당시 신극·신파극과 신소설의 레퍼토리 공유 현상이 일상적인 것이었다는 점을 감안할 때 불가피한 상황이었다. 더구나 당시

---

9) 이두현, 『한국 신극사 연구』, 서울대 출판부, 1966(초판), 8쪽.

에 공연되었던 신극·신파극 가운데 상당수가 현재와 같은 공연 대본이 없는 상태였다는 사실을 고려한다면 공연물의 내용을 알 수 있는 방법은 레퍼토리를 공유한 신소설 텍스트를 연구하는 것으로 제한될 수밖에 없다.10) 이러한 사정은 신극·신파극의 내용 연구차원에서 전광용의 선구적 작업이 상당한 영향력을 행사했을 것이라는 짐작을 현실적인 것으로 만든다.

그러나 전광용의 연구 성과가 후학들에 의해 일방적으로 상찬된 것만은 아니다. 다음 인용문을 보자.

> ⑦ 한편 前代小說과 新小說의 關係 역시 계속적인 관심의 대상이 되어 온 것도 사실이다. (중략) 全光鏞 교수는 신소설의 각 작품이 지닌 前代小說的 面貌에 대해 細心한 注意를 기울였는데, 한 예로 「雉岳山」은 「薔花紅蓮傳」, 「鄭乙善傳」, 「콩쥐 팥쥐」 등과 밀접한 관련을 가졌다고 했다. (중략) / 그러나 이러한 努力에도 불구하고 新小說과 前代小說의 關係는 鮮明하게 把握되었다 하기 어렵다. (중략) / 첫째 이유는 新小說이 지닌 前代 小說的 面貌야말로 신소설의 缺陷이고 (중략) 이러한 사고방식을 가지고 신소설을 다루는 경우에는 신소설이 전대 소설과 연결된다는 사실은 신소설의 缺陷을 지적하기 위해서만 거론되고, (하략)11)

인용문의 저자는 해당 저서의 다양한 곳에서 전광용의 연구 성과를 제시하고 있는데 인용문의 경우를 제외하고는 모두가 내용 층위에서의 작품 분석과 관련된 것이며 인용문만이 문학사적인 맥락을 지적하고 있는 부분이다. 저자는 전광용을 비롯한 신소설 연구자들이 신소설의 결함을 전대 소설과의 관련 속에서 해명하고 있는 자세가 전대 소설에 대한 오해에서 비롯된 것임을 강조한다. 이러한 저자의 태도는 전대 소설

---

10) 양승국, 「1910년대 한국 신파극의 레퍼토리」, 『한국 신연극 연구』, 연극과 인간, 2001.
11) 조동일, 『신소설의 문학사적 성격』, 서울대 출판부, 1975, 9쪽.

과 신소설의 심층 서사 수준에서 공유하고 있는 서사 구성의 유사성을 강조함으로써 고전 문학과 근·현대 문학의 연속성을 보증할 수 있는 연결 고리를 확인하고자하는 애초의 의도에서 비롯된 것임은 분명하다.

그러나 저자가 지적했던 것처럼 신소설에서 발견할 수 있는 일정한 한계적인 요소들을 결함으로 규정하거나 그 근원을 전대 소설로 돌리고 논의를 매듭짓는 연구 방식은 백사를 비롯하여 신소설을 학문적으로 연구하기 시작한 첫 세대 연구자들에게서 공통적으로 발견할 수 있는 요소라는 점을 분명히 기억해 둘 필요가 있다. 어쩌면 다음 인용문은 1990년대 이후 연구 경향을 통해 이상의 문제 제기에 대한 답변을 준비하는 자세로 읽힐 수 있을지도 모른다.

⑧ 구활자본 고전 소설의 자료적 가치에 의문을 제기하는 이들에게서 가장 흔하게 볼 수 있는 생각은 이 시기의 고전 소설에서 문학사적인 의의를 찾기 어렵다는 것이다. / (중략) / 위의 인용문은 그러한 견해 가운데 하나로, 신소설이 나온 이후의 고전 소설이나 1919년 이후에 발표된 신소설 작품에서는 문학사적인 의의를 찾기 힘들며 따라서 문학사의 논의 대상에서 제외해야 한다고 하였다. / (중략) / 하지만, 시대 변화에 대한 문학적 대안을 모색하는 과정에서 대두한 신소설 양식과 고전소설에 동일한 잣대를 적용하는 것이 과연 타당한가하는 점은 의문이 아닐 수 없다.12)

인용문의 첫 번째 "중략" 부분에 저자는 『연구』의 13쪽에 개진된 백사의 주장을 제시하고 있다. 구체적으로 살펴보자.

⑨ 따라서 갑오경장 이후에 쓰여지고, 또한 신문 잡지에 발표되거나 단행본으로 출간된 고대소설이 없는 바는 아니지만, 신소설 發芽 이후의

---

12) 이주영, 『구활자본 고전 소설 연구』, 도서출판 월인, 1998, 10~11쪽.

고대소설은 이미 문학사적 의의를 상실하게된 것이며, 이러한 논거는 결국 기미운동 이후에 발표된 신소설이 없지는 않으나, 이 또한 문학사적인 논의의 대상에서는 제외될 수밖에 없다는 역사적인 객관 조건을 수반하지 않을 수 없는 것이다.

인용문 ⑧의 저자가 본인의 연구 대상으로 상정한 구활자본 고전 소설의 위상 정립이라는 목적으로 백사의 입론을 평가하고 있다는 판단도 가능할 수 있겠으나, 『연구』를 통해 확인할 수 있는 것처럼 백사의 입론에도 논쟁의 여지가 있다. 이를 "발전론적인 문학사관"이라고 명명하는 것이 허용된다면 이상 여덟 편의 인용을 통해서 『연구』가 도달한 성과와 그 영향력 및 문제 제기가 가능한 지점 역시 어느 정도 명확해진 것으로 판단된다.

백사와 함께 혹은 백사 이후 개화기와 신소설을 연구 대상으로 설정한 연구자들에게 있어서 『연구』로 상징되는 백사의 성과는 나아갈 길을 일러주는 좌표와 같은 것으로 받아들여진 듯하다. 호사가들은 이를 두고 1955년 이후 백사가 서울대학교 교수직을 유지한 때문이라고 입방아를 찧을지 모르나 『연구』의 논문들이 완성되는 과정은 이를 말 그대로 호사 취미 장도로 만들기에 충분하다.

앞서 『연구』가 1, 2부로 구분된다는 점을 지적했거니와 개화기의 문학사적 위치 및 신소설과 번안 소설의 전반적인 양상을 검토하는 1부의 논의는 굳이 발표 순서를 따지자면 2부의 개별 작가 작품론 다음에 위치한다. 전광용은 1955년 10월 「신소설 연구 ①-설중매」라는 논문을 『사상계』에 연재하기 시작한 이래 이듬해인 1956년 11월 「신소설 연구 완-추월색」에 이르기까지 총 11회에 걸쳐 개별 작품론을 먼저 발표했다. 즉 일반론을 먼저 입론한 후 개별 작품을 분석하는 경로를 선택한 것이 아니라 거꾸로 개별 작품에 대한 검토로부터 작가론 그리고 일반론으로 상승하는 연구 방법론을 채택했던 것이다. 그리고 구체적인 연구 과정에서 작업의 일환으로 백사가 철저한 실증적 자세를 견지했다는 점은 반복해서 강조할 필요가 있다.[13]

객관적인 사실 및 자료에 근거한 백사의 논리 전개는 개별 작품의 구체적인 내용을 분석하는 경우에서도 강점이 있지만, 최초의 신소설 작가로 평가 받는 이인직의 작품 발표 순서를 교정함은 물론 개별 작품의 창작 주체를 분명히 확정함으로써 이후 신소설 연구의 토대를 형성했다는 점에서 학문적 의미를 찾을 수 있다(『연구』 71~83쪽 참조). 지금은 중·고등학교 문학 교과서에도 이인직의 첫 신소설로 『혈의 루』를 제시하는 것이 상식처럼 되어 있으나 백사의 교정 이전에는 논자에 따라 다른 작품을 제시하는 경우도 있었다. 심지어 1916년 이인직의 부고를 알리는 『매일신보』 기사에서도 그의 작품계보가 '「백로주」(「백로주강상촌」)→「혈의 루」→「모란봉」→「귀의 성」→「치악산」' 순으로 소개 되어 있었다는 점을 상기한다면,[14] 문단이라는 개념 자체가 정립되기 이전의 근대 문학의 초창기 모습을 자료에 근거에 실제에 가깝게 복원하기 위해 노력한 실증적 연구 태도는 후학들의 본이 되기에 부족함이 없다.

실제로 앞서 장황하게 소개한 인용문들을 일별하더라도 『연구』로 집적된 그의 성과가 얼마나 불변(不變)의 것으로 수용되었는지를 짐작하기란 어렵지 않다. 하지만 백사의 연구가 단순한 사실의 나열에 그치는 것은 아니다. 객관적 현상으로 어떤 사실을 확인했다하더라도 그 사실을 어떤 맥락에서 재조직하는가는 또 다른 의미를 만든다. 백사는 스스로

---

13) 이형기는 소설가 전광용을 "발로 쓰는 작가"(「전광용론」, 『현대 한국 문학 전집 5』, 신구 문화사, 1965)라고 평가했는데 이는 학자로서의 백사에게도 그대로 적용되는 평가로 판단된다.
14) 「조선 최초의 소설가」, 『매일신보』, 1916년 11월 28일.

확인한 개화기와 신소설에 관한 제반 사실들을 본인의 관점에 따라 재구성하고 거기에 특정한 의미를 부여하는 데에도 망설임이 없었다.

이러한 사실은 『연구』의 14쪽부터 21쪽에 이르는 「신소설의 성격—신소설의 특색」 항을 통해서 선명하게 드러난다. 백사는 신소설의 첫 번째 특색을 말 그대로 "새로움"에서 찾고 있다. 이는 다시 세 가지 방향으로 구체화 된다고 백사는 파악했는데 하나는 "고대소설(『연구』의 표현임)"과 구분되는 신소설만의 서사 전재 및 묘사의 방식이고 다른 하나는 개화기 당대에 도입되기 시작한 신기한 것, 외국 것에 대한 관심과 적극적인 수용이라고 제시했다.

백사가 두 번째로 제시하고 있는 신소설의 특색은 주제적인 차원에서 배치되고 있는데 "자주 독립·신교육·여권 존중·계급 타파·자유결혼·평민 의식·자아 각성에 의한 현실 고발(20쪽)" 등을 제시하였는데 이 모두를 아울러 "계몽성(19쪽)"이라는 범주로 정리하고 있다. 그런데 『연구』의 논리 전개를 이 두 번째 항목은 첫 번째 항목의 두 번째 범주의 연장선상에서 그 논리 전개의 확장이라는 방식으로 취급되고 있다는 점에 주목할 필요가 있다.

마지막으로 백사가 신소설의 특색으로 제시한 요소는 허구성에 대한 신소설 작가층의 각성과 이에 근거한 창작활동이다. 그런데 이 세 가지 요소 가운데 백사가 가장 공들여 분석을 전개하고 있는 항목이 첫 번째 항목이고 『연구』 속에서 이 첫 번째 항목이 두 번째의 주제적인 차원까지 포괄하고 있다는 사실은 고전 소설이야말로 백사의 가장 중요한 타자로 설정되고 있다는 판단을 내리기에 충분한 근거가 되는 것 같다. 즉 신소설이 창작되고 유통·향유되던 개화기 당대의 정치 문화적 맥락도 신소설의 특성을 파악하는 데 중요한 요소로 간주되었음을 부정하기는 어렵지만, 적어도 백사에게 있어서 신소설을 신소설답게 만드는 가장 핵심적인 항목은 그것이 "고대 소설이 아니다"는 점이라는 것이다.

위에서 지적한 것처럼 세 번째 항목인 허구성 문제와 같은 요소들이 보다 본격적으로 탐구되지 않은 채 이해조 작『화의 혈』을 분석하는 과정에서 "작가의 소설관(222~225쪽)"이라는 소 항목으로 간략히 처리되고 있는 사정 역시 이관 무관하지 않은 것으로 판단된다. 그리고 백사의 이러한 논리 전개 방식은 "신소설은 과도기적인 것(40쪽)"이라는 전제 때문이라고 할 수 있다. 물론 백사 스스로 과도기를 "전환기에 있어서 교량적인 구실(같은 곳)"이라고 다소 유연한 의미를 부여하고는 있지만, "기미 이후" 본격화되는 근대 문학의 변화와 오랜 전통을 가진 고전 서사 사이에 힘겹게 한 자리를 확보하고 있는 부정형(不定形)의 그 무엇으로 신소설을 바라보고 있는 것은 아닌가라는 의문은 여전히 남는다.

『연구』를 통해 확인할 수 있는바, 백사의 논리는 철두철미하게 객관적인 "사실"에 바탕을 두고 있다. 이를 두고 "실증적인 연구 태도"라고 부르는데 동의할 수 있다면 백사의 언급과 지적이 왜 그토록 강력한 지침의 역할을 담당해 왔는지 쉽게 수긍할 수 있는 것이다. 시간의 변화에 따라 백사가 "주장"했던 많은 부분들이 이제는 "문학사적 사실"로 승인되고 있는 현실을 감안한다면 그 "주장"의 무게와 영향력을 짐작할 수 있으며 백사 바로 다음 시기에 신소설을 고구했던 기라성 같은 연구자들이『연구』에 수록된 논문들을 대하는 태도가 이해될 것이다.

한편 정리된 자료를 해석하는 백사의 관점은 발전론적인 문학사관을 견지하는 것으로 파악될 여지가 있다. 그에게 있어 신소설은 교량적 역할을 수행하고 있음에도 불구하고, 1920년대 이후의 근대 소설과 비교할 때 무엇인가 부족함을 지닌 연구 대상으로 상정되고 있는 것이다.

2. 선행 연구와 『신소설 연구』 사이의 영향 관계

『연구』에 수록된 대부분 논문의 주석을 살펴보면 흥미로운 사실이 발견된다. 그것은 많은 주석들이 선행 연구 성과와 관련된 것이라기보다는, 백사 본인인 직접 확인한 개화기 당대의 자료들로 구성되어 있다는 점이다. 시기상 먼저 발표된 성과를 모은 2부 논문의 경우 부록 격으로 실려 있는 2부의 「<雪中梅>考」에서, 이 작품의 번안자가 누구인가를 추론 확정하는 부분에서만 선행 연구 성과를 주석 처리한 것이 확인되는데 이는 2부에 첫 번째로 수록된 논문이자 『연구』의 핵심 논문이라 할 수 있는 「李人稙 硏究」의 그것과 많은 부분에서 중복된다.

간헐적으로 인용된 선행 연구의 성과 역시, 신소설 작가로서의 이인직의 모습을 재구성하고 있는 71쪽부터 83쪽 사이(「李人稙 硏究」 중 일부분)에서 집중적으로 나타나고 있다는 사실에 유의할 필요가 있다. 그리고 논의 과정에서 제시된 자료들은 대부분 사실 관계의 오류를 드러내는 부분으로 제한되어 있다.

대표적인 예로는 임화가 『개설 신문학사』에서 이인직 작품의 발표 순서를 적시한 부분이 있는데 이 글에서 임화는 연재 1회분과 8회분에서 서로 다른 순서로 이인직 신소설의 계보를 정리했다. 연재 1회분에서는 <치악산>, <귀의 성>, <혈의 루>, <백로주강상촌>이라는 순서를 제시했던15) 임화는 8회분에서는 다시 <치악산>, <은세계>, <혈의 루>, <귀의 성>, <백로주강상촌>이라 수정하고 있다.16) 백사는 이를 수정하여 <혈의 루>, <귀의 성>, <치악산>, <은세계>의 순으로 작품이 발표되었음을 확정하는 하였고(75쪽), 잘못된 작품 순서에 근거한 임화의

---

15) 『조선일보』, 1940년 2월 2일.
16) 『조선일보』, 1940년 2월 14일.

가치 평가가 불합리함을 반복해서 지적하고 있다(72, 73, 75쪽). 실증적인 태도를 무엇보다 중요한 연구 자세로 견지했던 백사의 입장에서 볼 때 사실 관계의 오류에 기반 한 논리 전개에 동의하기 어려웠을 것이라는 점은 쉽게 이해된다.

그런데 『연구』의 수록 논문에 근거하면 대부분의 논의 중심에 이인직이 자리하고 있다. 이는 연구자가 확인한 자료 중 이인직에 대한 부분이 압도적으로 많은 부분을 차지한 때문이라는 추론이 가장 먼저 제기된다. 그러나 『연구』의 여타 수록 논문들과 그 주석을 검토할 경우 이 추론은 별로 설득력이 없다.[17) 이인직을 중심으로 신소설의 특성을 설명하는 것이 어떤 의미를 지닐 수 있는가 와는 별개로, 백사가 이와 같이 연구 방향을 설정한 것이 오롯이 백사 자신의 판단에 따른 것이었는지 아니면 다른 요소가 개입하여 일정하게 영향을 준 것인지에 대해서는 의문을 가질 수 있다.

이 지점을 문제 삼는 것은 먼저 『연구』의 전반을 구성하는 백사의 문제의식의 발생 과정을 추적할 수 있는 계기가 될 것이라는 판단 때문이며, 두 번째 이유로는 『연구』를 통해 백사가 신소설을 중심으로 개화기 문화 현상을 재구성하기 이전에는 한국 근·현대 문학의 변천 과정에 대해 어떤 시각이 존재했는지를 검토함으로써 첫 번째 문제에 접근할 수 있는 실마리를 확보할 수 있다는 가능성 때문이다. 이를 위해 백사가 『연구』에서 직업 인용한 자료는 물론 안확의 『조선 문학사』를 함께 살펴봄으로써 논의의 출발로 삼고자 한다.

---

17) 『연구』의 머리말에서 백사는 『매일신보』 자료를 정밀하게 검토했다고 진술한다. 이 진술을 염두에 둔다면 백사는 이인직 이외 이해조, 최찬식 등과 같은 다른 신소설 창작자들에 대한 충분한 자료를 확보하고 있었을 것이라는 추측이 오히려 더 힘을 갖는다.

① 그 시대적 추향 밖에 서서 신문학의 문을 연 것은 국초(菊初) 이인직(李人稙)이 지은 소설이라. 씨의 작은 <혈의 누>, <귀의 성>, <치악산> 등 삼사 종이니 이는 다 종래의 권징(勸懲)주의의 소설과 달라 인정(人情)을 위주 하니 주인공과 그를 둘러싼 인물들의 성격을 묘사하고 그 심리 상태를 그림이 극히 정묘한 지경에 이른지라. 이것이 종래 소설에서 보지 못하던 바 신문학의 비롯이러라.[18]

이 책에서 안확은 "신학(新學)과 신소설(新小說)", "신구 대립의 문제"라는 절을 별도로 설정하여 개화기의 문예적 변천 양상을 살폈다. 인용문은 "신학과 신소설" 절에서 뽑은 것으로 제목을 통해 기대한 것과는 달리 신소설과 관련된 직접 진술은 인용된 것이 전부이다. 한편 안확은 "신구 대립의 문예" 항에서 "이해조씨가 지은 소설은 그 수가 가장 많아 수십 종이 되고"[19]라 하여 이인직 외에도 신소설 작가로 이해조가 활동했음을 지적함과 동시에, 문맥을 통해서 파악할 때 이해조의 활발한 활동이 신소설의 유행에 일조했음도 아울러 지적했다. 그러나 이인직의 작품에 대해서는 그 특징을 개괄하는 언급을 하고 있지만 이해조 관련 서술에서는 단지 가장 많은 소설(신소설)을 저술했다는 사실 확인 차원에서 머무르고 있다는 점이 눈에 띤다.

안확의 저술이 제2장 상고(上古) 문학부터 시작하여 마지막 부분인 6장에 와서야 19세기 말 20세기 초반의 상황을 서술하고 있다는 점을 감안하더라도 신소설에 대한 언급이 극히 소략하다는 사실에 유의하자. 그 간략한 서술 속에서도 이인직은 '신문학의 문을 연' 존재로 고평되고 있으나 이해조를 비롯하여 조중환, 이상협 등은 이름을 명기하는 선에

---

18) 안확, 최원식 역, 『조선 문학사』, 을유문고, 1984, 200쪽. 역자는 머리말에서 교역의 대본으로 1922년 한일서점에서 발행한 판을 사용하였음을 밝혔으며 이를 최초의 한국 문학사라고 규정했다.

19) 위의 책, 203쪽.

서 그치고 있다는 것은 1920년대 초반부터 이미 '신소설=이인직'이라는 도식이 자리 잡기 시작했음을 상징적으로 보여준다고 할 것이다.

흥미로운 점은 안확의 경우 이인직의 작품 발표 순서를 이후 백사가 교정한 <혈의 루>, <귀의성>, <치악산> 순으로 정확히 제시하고 있다는 사실이다. 실증적인 연구 방법론을 견지한 백사가 안확의 이 지적을 누락하고 있다는 점은 의문으로 남는다.

다음으로 『연구』에 직접 인용된 김태준의 『조선 소설사』를 살펴보자.

> ② 국초는 『만세보』 기자로부터 『대한신문』 사장이 되었다가 나중에는 경학원 사성으로 몰(歿)하였지만 정치 생활의 득의치 못한 그는 꾸준히 문예 생활에 분투하였다. 그리하여 신소설의 창작에도 노력하게 되었다.[20]

김태준은 뒤를 이어, 첫째 이인직의 소설은 고대인의 설화나 신비적 전설이 아니라는 점, 둘째 그의 묘사가 사실적이라는 것, 독자에게 새로운 사회와 인생관을 제시하고자 노력했다는 점, 넷째 진정한 의미의 소설과 어문일치의 문체를 보여주었다는 점을 명시적으로 언급하면서 이인직의 작품이 지닌 가치를 높이 평가했다. 뿐만 아니라 "비록 그의 소설과 문체가 일본에서 배워온 것이라 하여도 우리는 그의 작품에서 일본 냄새와 일본 격식을 찾지 못한다.(228쪽)"고 까지 그 의의를 부여했다.

그러나 김태준은 이해조에 대해서는 "씨의 작품은 아직도 고대 소설의 격식에서 거리가 과히 멀지 아니한 것(231쪽)"이라 언급하는데 그쳤고, 최찬식은 "의리를 알고 열정 있는 주인공을 그리고 <능라도>의 변화 많은 장면은 탐정 소설에서 보는 긴장미를 준다(232쪽).는 설명을 달

---

20) 김태준, 박희병 교주, 『증보 조선 소설사』, 한길사, 1990, 226쪽. 김태준의 이 저서는 1933년 청진 서관에서 초판이 나왔고 인용한 책이 저본으로 삼은 것은 1939년 학예사 판이다.

았으며, 김교제의 경우를 두고는 "고대 소설과 거리가 멀지 않다(232쪽)"고 평가했다. 안확과 비교할 때 최찬식·김교제에 관한 언급이 추가된 것을 제외하고는 대체로 그 기준이 일치함이 확인된다.

또한 이인직 작품 발표 시기를 확인하는 데에 오류가 있었다는 점을 제외할 경우 김태준이 이인직 소설을 평가했던 항목들과 『연구』를 통해 백사가 이인직의 작품을 평가하고 있는 기준이 유사하다는 것을 확인할 수 있다.

> ③ 이인직은 단지 가장 우수한 신소설 작가일 뿐만 아니라 실로 신소설이라는 양식을 창조한 사람이다. 이인직의 손으로 비로소 신소설이란 것이 조선 문학사 위에 등장한 것이다. 그의 소설의 영향을 받아 다른 사람들도 신소설이란 것을 쓰게 되고 독자 역시 그를 통하여 신소설이란 것을 알게 되었다.[21]

1940년 임화의 위 진술은 신소설과 관련된 논의를 할 때 이인직이 그 중심적인 지위를 차지하게 되는 일련의 상황을 극명하게 보여준다. 한편 이해조에 대해서는 임화는 "주목할 점은 통속성의 현저한 증장(增長)이다. 통속성이란 것은 언제나 소설이 독자의 저속한 흥미에 추종함을 의미 (중략) 다른 각도에서 보면 문학적 발전의 정돈(停頓) 내지 퇴보, 즉 문학의 속화를 의미한다. (중략) 통속화의 대두와 증장은 먼저 신소설의 구소설 양식에의 복귀 (중략) 이러한 통속성은 먼저 이해조가 현대를 제재로 한 소설 가운데 나타나고 시기를 따라 차차 분화되는 경로를 취"한다는 지적을 했다.[22]

이인직의 텍스트에서도 구소설적인 요소를 발견할 수는 있지만 그것

---

21) 임화, 임규찬·한진일 편, 「개설 문학사」, 『신문학사』, 한길사, 1993, 156쪽.
22) 위의 책, 297~299쪽.

은 명백히 새로운 정신의 영도 아래 놓여 있는 것이어서 별로 문제 삼을 수 없는 반면, 이해조의 텍스트에서는 구속설적인 요소가 작품을 구성하는 기본 원리가 되고 있어서 문제라는 것이 임화 주장의 요체라고 할 수 있다. 백사의 실증적 연구 태도에 버금갈 정도로 철저히 작품에 근거해서 논의를 전개하는 임화의 입론에 도달하면 이인직과 이해조의 낙차는 돌이키기 힘들 정도로 벌어지고 있다.

한편『연구』의 논문들을 통해 백사는 임화가 사실관계의 파악에 있어서 오류를 저지르고 있다는 사실에 대해서는 혹독한 평가를 내리고 있지만(72~73쪽), 신소설 전반의 특징으로 임화를 비롯하여 김태준 등이 지적한 "첫째 문장의 언문일치, 둘째 소재와 제재의 현대성 (혹은 신시대성), 셋째 인물과 사건의 실재성 (혹은 사실성) 등"23)의 요소들에 대해서는 별다른 이견을 제시하지 않았으며 「이인직 연구」와 같은 글을 통해서는 오히려 이를 적극적으로 수용하고 있다.

1922년 안확의 지적에서부터 1940년 임화의 진술에 이르는 일련의 과정 그리고 1950년대 백사의 연구에 이르기까지의 과정은 신소설에서의 새로움이라는 요소에 대한 강박, 그리고 이인직 소설의 위상과 가치에 대한 중층적인 의미부여 양상을 집약해서 보여준다. 신소설의 새로움이라는 요소에 대한 논의는 구체적인 텍스트 분석을 전제할 경우에만 생산적인 논의가 가능하다는 점을 감안하여 논외로 한다고 하더라도, 이인직과 그가 생산한 텍스트들에 덧붙여지는 과도한 것 같은 상찬(賞讚) 양상은 평가함에 있어서 주의를 요한다.

어쩌면 이것은 시원(始原)에 대한 강박과 같은 것으로 여겨지기도 한다. 안확, 김태준, 임화 그리고 백사 역시 개화기의 신소설이 고전 서사

---

23) 위의 책, 160쪽.

와 질적인 차별성을 지닌다는 사실을 반복해서 강조하고 있는데 이를 강조하는 논자의 입장에서는 그 출발점을 명확히 할 필요가 제기된다. 그 양식이 외래의 것이건 혹은 그 내용이 외래 사조를 추종하건 간에 그러한 양식에 그러한 내용을 담은 텍스트를 '조선' 사람이 '창작' 했다는 것, 즉 전통과 환경의 규정 속에서도 주체의 능동적인 전유 행위가 발생했다는 점을 입증할 의무 같은 것을 지니고 있었다는 의미로 해석할 수 있다.[24]

『연구』를 통해 확인할 수 있는 백사의 구상, 근대 문학사를 바라보는 관점은 식민지시기에 출현한 여러 논의들과 중첩되는 부분이 분명히 존재한다. 어쩌면 이는 초창기 근대 문학 연구자들이 공유하고 있는 문학과 사회 그리고 세계 인식의 유사성에 기초한 것인지도 모른다.

3. 『신소설 연구』의 빈 공간과 후행 연구를 통한 극복과 보완 양상

『연구』에 수록된 개별 논문들을 정독하다보면 객관적 사실(fact)의 제시와 이에 대한 백사의 선언적인 의미 부여로 글이 종결되고 있다는 느낌을 갖는 경우가 잦다. 물론 방대한 양의 자료 더미 속에서 일련의 사

---

24) 임화의 경우 명시적으로 문화·문학의 이식적 성격을 언급했지만 다른 논자들의 경우에는 이를 건너뛰거나 무시하는 양상을 보인다. 그럼에도 불구하고 그들의 논의에서 '첫 출발점'에 대한 강조가 반복해서 나타나는 것은 어떠한 방식으로건 이 문제를 해명할 필요성을 느꼈다는 의미로 해석될 수 있다. 임화의 문학사 서술 과정에서도 이러한 양상을 확인할 수 있다는 입장(그 성패 여부와는 무관하게)은 이미 제출되어 있다. 박상준, 「임화 문학사 연구에 나타난 이론 구성과 실제 기술의 변증법」, 『한국 근대문학 연구』9, 2004 ; 「임화 신문학사론의 문학사 연구 방법론적 성격에 관한 연구」, 『외국문학 연구』 28, 2007.

실들을 바탕으로 시간적·논리적 인과 관계에 따라 계보를 형성하는 『연구』의 작업이 워낙 큰 밑그림을 그리고 있는 것이어서 구상 그 자체에 대해서는 섣불리 이견을 제기할 수 없으나 개별 작가 및 작품에 대한 논의에 대해서는 무엇인가 한 마디 덧붙일 수 있을 것 같다는 생각에 이르게 된다.

이러한 사정은 『연구』에 수록된 논문들이 발표된 후 약 50여 년의 시간이 경과했다는 점을 감안할 때 당연한 일인지도 모른다. 그 동안 한국 근·현대 문학에 대한 논의 수준이 몇 단계 비약적인 성장을 거듭했다는 의미로 읽힐 수 있기 때문이다. 새로운 자료의 발굴이라는 측면에서는 엄청난 변화가 있었다고 보기는 어렵지만 자료에 대한 접근이 용이해졌다는 사실은 백사가 일련의 작업을 수행하던 당시와 비교해 볼 때 21세기 현재의 연구자들이 누릴 수 있는 특권이라 할 것이다.

또 한 가지 지적되어야 할 것은 세밀하고 풍부한 방법론의 수용과 적용의 문제이다. 전광용이 1947년 대학에 입학함으로써 어문(語文)에 대한 학적 연구의 기본을 정립할 수 있는 계기를 가진 것은 사실이지만, 당시와 현재의 연구 경향이 갖는 다양성과 연구 인력의 양적 차이는 곧바로 텍스트·자료에 대한 해석의 차이로 귀결될 만큼 대단한 것이라고 할 수 있다. 『연구』에 수록된 논문 중 개별 작가 작품론에 대한 불만족 역시 이로부터 비롯된다고 해도 과언이 아니다.

김영민이 정리한 자료를25) 검토하면 1970년대 이후, 신소설을 포함하여 개화기의 서사 문학에 대한 학술 연구 성과가 급증하고 있다. 해당 자료에 따르면 1970년대 동안 관련 연구 성과가 100여 편에 달하는 것으로 집계되는 데, 이는 한 해 약 10편 가까운 성과들이 발표·공간된

---

25) 김영민, 「부록 4 ─ 근대 초기 서사 관련 연구서지 목록」, 『한국 근대소설의 형성과정』, 소명출판, 2005.

것이다. 물론 대부분의 연구가 신소설의 주제 의식과 신소설 작가층의 시대 인식의 문제에 집중하고 있는 것은 사실이지만 장르와 양식에 대한 연구가 출현하고 있으며 개화기의 매체에 관한 연구 성과와 비교문학적 관점에서 신소설을 논의하는 경향 역시 발견할 수 있다. 하지만 개화기 문학 연구가 신소설에 관한 연구로 제한되고 있음은 한계로 남는다. 이러한 상황은『연구』를 통해 확인 가능한 것처럼 백사의 입론이 신소설을 중심으로 구성되어 있는 상황과 문관하지 않은 것으로도 해석할 여지가 남아 있다.

신소설을 개화기 서사 문학 연구의 중심에 놓은 전반적인 경향은 1980년대 이르러서도 크게 변화하지 않는 것 같다. 다만 이 시기에는 단재 신채호에 대한 관심이 증가하면서 개화기에 발표된 그의 저작 활동을 매개로 이른바 역사 전기 소설에 대한 관심과 연구 성과 발표가 단속적(斷續的)으로 이어지고 있음을 특징으로 지적할 수 있다. 백사 역시 이를 백안시한 것은 아니다. 그 역시 "光武·隆熙 연간에 譯述 편저로 출간된 역사서나 전기물은 상당수에 달한다.(42쪽)"고 인정하였으나 41~42쪽에 걸쳐 약 20여 편의 작품 제목을 연대순으로 나열한 뒤 "이 같은 역사서나 전기물들은 번역 또는 번안된 정치소설류와 혼류되어, 개화기 젊은이들의 신지식 계발에 중요한 영양소 구실을 하였다.(같은 쪽)"고 간략하게 마무리 짓고 있다.

사실 개화기의 사회 문화적 상황을 바라보는 백사의 시각은 신소설에 고정되어 있다고 해도 무리가 아니다. 아마도 그것은 문학 연구자이자 동시에 작가인 그가 지닌 강점이자 한계라고도 할 수 있다. 창작이 아니라 기존의 글을 번역·번안·재구성한 역사서, 전기물, 번안 소설 등을 정리는 하되 의미는 부여하지 않았던 전광용의 연구 자세에서 학자로서의 모습과 소설가로서의 모습이 겹쳐 보이는 것은 불가피한 일일지도 모른다. 그리고 이처럼 외골수적인 그의 연구 자세로 인해 후학들은 현실에 가깝게 재구성된 신소설의 면모를 마주할 수 있었다.

백사가 이처럼 신소설에 애착을 가질 수밖에 없었던 또 다른 이유는 『연구』의 8쪽에서 10쪽에 걸쳐 기술되고 있는데 다음과 같은 서술 순서를 취한다.

① '신소설'이란 한국 근대 문학만이 가진 특수성이며 한국 문학의 비정통적 면모를 보여주는 범주이자 술어이다.

② 한국 문학의 이 기형적 특수성은 쉽게 부정되기 어려운 명제이다.

③ 한국 신문학은 유럽의 경우와 달리 외래 사조와의 피동적인 접촉을 통해서 발생했다.

④ 이러한 혼란은 문학적인 측면에서의 사대사상으로까지 발전했다.

⑤ 이는 재래 문학에 대한 멸시와 비하감을 낳은 한 원인이 되었다.

⑥ 극단적으로는 낡은 것은 모조리 나쁘고 새로운 것은 모조리 좋다는 인식으로 발전했으며 이러한 인식은 이후에도 계속 영향을 미쳤다.

⑦ 이러한 배경 위에서 신문학이 등장했고 이를 대표하는 양식이 신소설이다.

결국 백사에게 있어서 신소설이란 개화기의 시대정신을 탐구할 수 있는 유력한 매개체이자 전대 서사 문학과의 확실한 "대척점"(10쪽)을 확보할 수 있는 토대가 되고 있는 셈이다. 백사의 이러한 인식은 이인직과 이해조를 평가하는 항목을 통해서도 재삼 확인할 수 있다. "개화 계몽기의 표징인 자주 의식·신학문·신 결혼관 등 현실적인 문제가 이인직 작품의 거의 공통적인 주제(76쪽)"라는 지적이 그것이다. 반면 이해조에 대한 평가에서는 그가 가장 많은 신소설을 창작한 작가이고 자신의 문학적 입각점에 대해서도 심각하게 고민한 사정은 십분 인정하면서도 "작품 수준에 있어서는 이인직을 뛰어넘을 경지에는 이르지 못(35쪽)"했다는 판단을 내리는데 그 중요한 근거가 이해조의 작품 대부분이 "고대소설적 가정 비극의 유형을 멀리 벗어나지 못(같은 쪽)"했기 때문이라는 견해를 제시한다.

물론 창작한 작품의 숫자나 자기 작품에 대한 작가의 해설 능력 유무가 한 작가의 역량을 평가하는 절대적인 기준이 될 수는 없다. 그렇다면 이 지점에서 문제되는 것은 백사 스스로의 가치 평가 기준에 양면적인 측면이 존재한다는 점, 그리고 그 기준이 과연 어느 정도의 정합성을 지니고 있는가의 여부일 것이다. 위의 ⑥을 전후한 서술 맥락에서 백사는 개화기에 보편적인 현상이었던 낡은 것과 새로운 것의 극단적 대립 양상에 대해 보다 가치중립적인 태도가 필요함을 인정하고 이를 강조한 것처럼 판단할 만한 태도를 취했다. 그러나 개별 작가와 작품에 대한 평가를 수행하는 지점에서는 낡은 요소와 새로운 요소를 엄격히 구분한 뒤 후자야말로 당시의 시대정신을 체현하고 있어 보다 우월하다는 평가를 내리고 있다. 사회 전반의 현상을 해석하는 시각과 문예 텍스트를 해석하는 시각 사이의 격차를 인정한다고 하더라도 이 문제와 관련된 백사의 입장은 쉽게 이해하기 어렵다.

한편 백사는 낡은 것과 새로운 것의 대립이라는 이항 구도를 계몽성이라는 범주로 통합하려고 한 것 같다(19쪽). 즉 양자의 대립이 작품 속에서 형상화될 때 무조건 새로운 요소의 긍정성을 인정하는 것이 아니라 해당 요소가 얼마나 계몽적인 기능을 수행하는 것으로 작품 속에 배치되었는가를 먼저 판단하려고 노력했다는 것이다. 그럼에도 불구하고 이 계몽성이라는 범주 역시 논란의 여지가 있는 것으로 판단된다. 그것은 『연구』의 논문 곳곳에서 계몽성과 신-구 이항 대립이 혼용되고 있다는 점에 기인하는데, 특정 텍스트의 분석에서는 계몽성과 새로운 요소가 등가의 것으로 간주되는 양상 역시 확인할 수 있다(266쪽 참조). 그 결과 텍스에 나타난 부정적인 요소는 모두 '구소설적 요소/양상'이라는 평가를 받고 있어, 앞서 살펴본 것처럼 그의 입론 전체가 마치 한국 문학사의 연속성을 부정하는 듯한 오해를 유발할 소지가 있는 것으로 읽힌다.

결국 백사는 '새로운 것과 낡은 것의 대립'이라는 구도와 이를 포괄하는 '계몽성'이라는 범주를 자신의 문제틀(frame)로 활용하고 있는 셈이다. 그리고 이 문제틀의 저류에는 실증적인 엄밀성이 굳건히 자리하고 있다. 따라서 백사 이상의 열정을 갖고 새로운 자료를 도입하고 해석하지 않는 채 막연히 '신구 대립', '계몽성'이라는 범주를 연구에 도입하는 순간 그가 설정한 거대한 문제틀 속에 갇힐 수밖에 없는 강력한 자장을 가지고 있다고 판단된다. 바로 이러한 점이 1950년대 중반 이후 신소설 관련 연구의 많은 영역에서 그의 영향과 흔적이 발견되도록 만들고 있다. 또한 이러한 문제틀이 든든히 뒷받침 하고 있기 때문에 백사의 입론 이후 신소설이 개화기를 대표하는 서사 문학 양식으로 자리할 수 있었던 것으로 평가된다.

그러나 이러한 성과는 양 날을 지닌 칼과 같은 것이어서 다른 한 측면에서는 『연구』의 성과와는 구별되는 개화기 서사 문학 연구의 필요성이라는 과제가 남아있었다. 이는 곧 신소설 이외의 서사 양식들이 연구의 대상에서 상당한 기간 동안 배제되었던 상황을 의미한다. 앞서 인용한 김영민의 조사 자료 중 또 다른 항목은 「부록 3-근대 초기 서사 자료 총목록(1895~1919)」이다. 여기서 '신소설' 대신 '서사 자료'라는 표현이 사용되었다는 점은 주의를 요한다. 이는, 백사 이후 진행된 개화기 관련 연구의 범위가 더 이상 신소설로 제한될 수 없는 학문적 현실의 반영이라고 볼 수 있기 때문이다. 다시 말해 백사의 고증처럼 1906년 『혈의 루』의 등장이 이후 서사 문학의 변화 과정에서 중요한 분기점을 형성한다는 사실을 인정하더라도, 사회·문화적인 수준에서 근대 사회로 접어든 직후인 19세기 후반과 20세기 초반 등장했던 다수의 서사 문학 자료들이 별다른 관심 없이 문학사의 서술 과정에서 배제되어 왔던 것은 쉽게 납득하기 어려운 일이다.

『연구』가 드러낸 이러한 양면성은 이후의 연구 성과에 의해 보완되기 시작한다. 특히 1990년대에 나타난 연구들에서는 방법론 차원에서의 다양성이 두드러지는데 이 다양성은 신소설 자체의 해석을 풍부하게 함은 물론 그동안 연구 대상에서 소외되었던 서사문학 관련 자료를 포섭하는 것을 가능케 한 것으로 평가할 수 있다. 이 시기 이후 개화기 문학 텍스트 관련 연구는 신소설의 중심적인 성격은 승인하되 "고대 소설→신소설→이광수 문학→근대 문학"으로 설정된 『연구』의 직선적인 경로 설정과는 거리를 두기 시작한 것으로 볼 수 있다. 한 걸음 더 나아가면 문학의 독자성을 승인하는 한 편에서 문학과 사회적 담론의 상호 교섭 양상을 모두 염두에 두는 경향을 드러내기도 한다.

이러한 다양한 연구 성과에도 불구하고 『연구』의 의미가 퇴색하는 것으로 단언하기는 어렵다. 백사 자신의 언급처럼 "갑오경장에서 기미운동까지의"(13쪽) 기간을 관통했던 일련의 흐름을 철저한 실증적 방법을 바탕으로 한 문제틀을 제시함으로써 이후 한국 근·현대 문학 연구의 전범을 『연구』가 보여주고 있기 때문이다. 『연구』는 거시적인 관점에서 신소설의 흐름을 정리하고 시대정신과의 상관관계를 정립했다. 그리고 이를 바탕으로 신소설의 계보와 개별 작품의 대체적인 위상을 제시한 것으로 판단된다. 따라서 백사 이후 진행된 신소설 및 개화기 서사 문학 관련 연구 성과들은 직·간접적으로 『연구』가 도달한 지점과 관련을 맺고 있다는 평가가 가능하다. 『연구』를 통해 확인되는 문제점을 지적하는 것은 쉬운 일일 수 있지만 『연구』에 버금가는 성과를 제출하는 것은 그래서 더욱 어려운 과제로 남아 있다.

4. 결론

이 글은 백사 전광용의 『신소설 연구』가 지닌 위상을 재구성하는 것을 목적으로 출발했다. 이를 위해 불가피하게 연대기적인 접근 방법을 취할 수밖에 없었다. 물론 연구 방법론의 관점에서 이를 재해석하는 경향도 있을 수 있겠지만 『신소설 연구』가 발 딛고 있는 실증적 입장은 어떤 참신한 방법론을 통해 비판하더라도 그 전모를 드러내기가 쉽지 않을 것이라는 판단이 섰다. 이 때문에 선후하는 연구들과의 영향 관계를 나름대로 재해석하는 방법을 선택함으로써 『신소설 연구』가 지닌 학문적 성취와 자질들을 드러내 보려고 시도했다.

그 결과 신소설 그리고 이인직을 중심으로 한 개화기 서사 문학 연구라는 『신소설 연구』의 문제의식이 식민지시기의 여러 성과들과 직·간접적인 영향 관계 속에 놓여 있음을 밝혀보려 했다. 다른 한편으로 1950년대에 정립된 『신소설 연구』의 문제의식이 지나치게 '신소설'을 중심에 놓은 때문에 이와 구분되는 다른 서사 양식들에 대한 자리 매김이나 가치 부여가 소홀했었고 후행하는 연구 성과들이 이 빈 공간을 어떻게 메워 가는지 살펴보았다.

그러나 필자 역시 『신소설 연구』의 영향권 아래 있는 후학의 입장이라 『신소설 연구』가 가진 장점과 문제적 요소를 지적하는 것이 명백한 한계가 있는 작업이었다는 점을 밝혀 둔다.

신소설의 망탈리테 연구를 위한 시론(試論)*

1. 문제 제기 및 논의의 시각

한 세기 전의 조선 사회는 이제껏 경험하지 못한 극렬한 변화의 시기를 경과하고 있었다. 대포와 함선을 앞세운 서구와 일본의 위력은 천하의 중심이었던 대청(大淸) 제국을 굴복시키고 마지막 남은 조선을 정향(定向)하고 있었으며, 조선은 이에 대응하기 위하여 그 나름의 모색을 시도하였으나 결국 외세의 힘 앞에 무력하게 굴복할 수밖에 없었다. 이러한 조선 사회의 변화는 그 폭과 층위가 제도적인 측면이나 국가 권력의 문제로 제한되지 않는 것이라는 점에 문제의 심각성이 놓여 있다. 이는 과거와는 전혀 다른 사회 질서의 수립을 의미하는 것이었고 과거와는 구별되는 세계관의 확립을 요구하는 것이었다. 더구나 계몽 지식인들에

---

* 이 글은 필자의 학위 논문(「신소설의 대중적 성격 연구」, 서울대학교, 2003) 가운데 일부 내용을 관점을 달리 검토하여 다시 작성한 것이다. 신소설에서 발견할 수 있는 대중 문화적 요소에 대한 논의는 한국 근대 문학사를 선행 연구와 다른 시각으로 연구하는 출발점이 될 수 있을 것으로 생각한다.

의해 주도되던 일련의 근대화 과정이 국권의 상실과 더불어 결과적으로 실패하고, 외적인 강제에 의한 근대화 과정이 진행된 이후의 역사 발전 과정은 이 시기를 전후한 조선 사회에 대한 단선적인 접근을 어렵게 만들고 있다.

이른바 '개화기'로 통칭되는 이 시기를 대표하는 서사물로 신소설을 지목하는 데에는 이론이 없을 것 같다. 그런데 역사 발전 과정의 역동성과 복잡성이 별다른 문제 제기 없이 승인되고 있는 것에 반하여 신소설에 대한 기왕의 논의들은 대체로 그것이 지닌 '결여적' 속성에 대한 강조를 논의 종결의 공통적인 특징으로 하고 있다는 사실에 대한 의문으로부터 이 글은 출발한다. 논의 과정에서의 중립적 성격을 확인할 수 있는 근래의 논의들에서도 이러한 태도는 유사하게 발견되고 있다.

> 여기서 '이상의 가상적 선취'라는 창작 방법이 등장하게 된다. 근대 사회가 요구하는 삶의 모형이 이미 현실화 된 것으로 혹은 마땅히 그렇게 되어야 하는 것으로 묘사함으로써 새로운 가치관이 요지부동의 실체를 지닌 것으로 받아들여지기를 의도했던 것이다. 이것이 신소설 특유의 아이디얼리즘이 지닌 미학적 본질이다.
>
> 하지만 계몽적 아이디얼리즘에 대한 과도한 의미 부여는 다른 차원의 문제를 야기했다. 작가들이 현실 속에서 건져낸 리얼리티가 지향하는 방향과 갈등을 일으켰기 때문이다. 계몽의 논리와 현실의 논리가 착종된 결과 작품의 유기성이 깨어지고 주제의 방향이 모호하게 된 것이다. 신소설 작가의 계몽 의식은 그들로 하여금 시대의 현안에 관심을 갖게 하여 소설 문학의 리얼리티가 강화되는 계기도 되었지만 그 과도한 주관성의 압력으로 인해 이미 확보된 리얼리티의 효과를 약화시키고 작품의 유기적 구성을 이완시키는 계기가 되기도 하였던 것이다.[1]

---

1) 한기형, 「신소설의 양식적 특질」, 『한국 근대 소설사의 시각』, 소명출판, 1999, 63쪽.

　인용문이 추출된 논문과 연구서에서 신소설을 논의하는 연구자의 태도는 극히 중립적인 것으로 평가할 수 있다. 또한 연구자는 이제까지 이른바 신소설의 건강함을 보증하는 지표로 간주되었던 '계몽성'과 '정론성'이 지닌 양가성을 지적함으로써 이후 연구를 위한 계기를 제공하고 있다. 그럼에도 불구하고 신소설에 대한 전반적인 평가를 담고 있는 위의 인용문에서는 계몽성과 리얼리티의 충돌로 인한 서사 구성의 이완이라는 '결여적' 속성에 대한 지적을 빼놓지 않고 있는 것이다.

　작가와 작품 중심의 연구 태도에서 벗어나 독자와의 관계를 논의의 중심축으로 설정함으로써 선행 연구 경향과 일정한 차별성을 구하고자 했던 또 다른 연구에서도 이러한 태도는 어김없이 발견된다.

　　허구적 서사 텍스트는 독자의 실제 삶의 영역과는 다른 세계를 구성하여 제시함으로써 새로운 삶을 '사는' '독자'를 유도하고 그 '독자'의 삶을 통해 실제 독자의 삶이 재해석될 수 있는 가능성이 최대한 마련되어야 한다는 당위적인 준거를 통해 볼 때, 신소설 텍스트의 지나친 서사 전략의 표면화는 도리어 독자의 능동적인 재해석을 저해하면서 고전 소설의 단선적인 서사 구조와 가치 준거로 퇴행하게 유도하는 역기능을 수행할 수도 있다는 점이 지적되어야 하겠다.[2]

　위에서 확인할 수 있는바, 신소설 서사의 '표면화'는 결국―근대 소설이라는 사후적인 준거에서 판단할 때―발전론적인 변화의 과정을 경과하지 못한 채 과거 고전 소설의 전근대(前近代)적인 요소로의 퇴행을 조장하는 요소가 되어버리고 만다는 지적은 인용문의 연구자만의 생각이 아니다. 사실 이러한 관점은 이제까지의 학문적 연구에서 일반적인 것이라고 할 수 있으며, 그 결과로 신소설에 대한 논의는 텍스트를 분석

---

2) 서형범, 「신소설에 대한 독자 반응 비평적 연구」, 서울대 석사 학위 논문, 2000, 62쪽.

하는 방법론상의 참신성에도 불구하고 결론에 이르면 선행 연구 성과와 별반 차이를 보이지 못하는 상황이 반복되고 있는 것이다.

이러한 상황이 전개되는 원인은 다양한 각도에서 고구될 수 있겠으나 이 글은 그 원인이 '현재의 상황과 조건을 '과거의 대상에 직접적으로 투사(投射)함으로써 비롯'한다는 입장에 서고자 한다. 다시 말해 사후적으로 승인되고 검증된 현재의 입장과 조건—1920년대에 들어서야 비로소 본격화된 한국 근대 문학의 특징적 요소와 그 담론적 특징3)—을 논의 대상인 과거의 실재—신소설—에 투사하게 되었을 때 위와 같은 사정이 벌어지게 됨은 당연한 일이라고 할 수 있다.

이 같은 '직접적인 투사'가 유발하는 문제들은 비단 문학 연구에만 국한된 것은 아니다. 역사 연구의 영역에서는 일찍부터 이에 대한 문제 제기가 이루어졌으며 이를 지양하기 위한 노력들이 계속되어 왔다. 20세기 초반 아날 학파의 L. 페브르와 M. 블로흐는 역사 연구에 '망탈리테(mentalités)' 개념을 도입함으로써 이러한 문제의 극복을 위한 전기를 마련한 것으로 평가 받고 있다.

'망탈리테'는 의식·표상·사고 등의 의미를 지닌 라틴어 'mens'에서 파생된 'mental'에서 그 어원(語源)을 찾을 수 있으며 현재 통용되는 일반적 맥락에서의 용어는 영어의 'mentality'에 뿌리를 둔 것으로 간주된다. 그리고 역사학의 발전 경로 속에서 망탈리테 개념은 그 외연과 내포를 지속적으로 확장하여 근래 역사학에서는 집합적, 사회적 심리 상태의 공통적 내용을 일컬으며 지각, 감성, 태도, 신념, 신앙, 사고방식, 감정, 심리 상태, 등 지적·감정적 차원을 두로 포괄하는 것으로 이해된다.

---

3) 한국 근대 문학이 1920년대에 들어서서 본격적으로 전개된다는 입장의 특징적 요소와 그 의미에 대해서는 손정수, 「한국 근대 초기 소설 텍스트의 자율화 과정 연구」, 서울대 박사 학위 논문, 2001.

한편 아리에스의 논의에 다르면 망탈리테는 이상과 같은 의식적 차원만을 포괄하는 것이 아니라 무의식적인 것, 인지되지 않는 것, 언표 되지 않으면서도 반복이나 관례로 인하여 일상적이게 된 것 즉 사회 문화 현상의 밑바닥에 자리한 집단 무의식과 집합 기억의 심적 전체성을 뜻하는 것으로 그 의미를 확대하게 된다. 즉 망탈리테는 사람들이 그것을 통하여 세계를 느끼고, 살고, 행동하는 '집합적 비의식'의 일상 형태와 같은 것으로 이해될 수 있는 여지가 마련된 셈이다.

이러한 망탈리테는 그것이 장기적인 시간 지속을 두고 축적됨과 아울러 조금씩 변용되어 왔다는 점이 기억될 필요가 있다. 짧은 기간의 사회적 긴장이나 위기 시기의 정치적 행동 가운데 표명되는 대중 의식도 눈앞의 사건에 의해 촉발된 것만을 전부라고 여길 수 없다. 오히려 잠재되어있던 무의식적 동기가 일정한 조건의 성숙을 통해 공개적으로 분출된 것으로 간주하는 것이 훨씬 타당할 것이다.

결과적으로 망탈리테는 다음과 같은 특징적 요소들로 압축시켜 이야기할 수 있다. 첫째, 일상적인 것에 대한 강조. 둘째, 대중적(민중적)인 것에 대한 강조. 셋째, 감성의 중시. 넷째, 심층성. 다섯째, 장기 지속성. 또한 이 다섯 가지 특징은 독립적으로 자용하는 것이 아니라 밀접한 상호 연관 속에서 발생하며 한편으로 서로를 상호 보장하는 것으로 이해된다.4)

이렇게만 놓고 본다면 망탈리테는 실체를 확인하기 어려운 모호한 어떤 것이 되고 만 느낌이 없지 않다. 그런데 위의 논의를 통해서도 알 수 있듯이 망탈리테는 어떤 특정한 대상을 지시하는 개념이라기보다는 특

---

4) 망탈리테의 어원(語源)으로부터 발전 경로 및 그 함의에 대한 이상의 논의는 다음 논문 참조. 김영범, 「망탈리테사 : 심층사의 한 지평」, 한국 사회사 연구회, 『사회사 연구와 사회 이론－한국 사회사 연구회 논문집 제31집』, 문학과 지성사, 1991.

정 시기와 조건을 통해 파악 가능한 그 무엇으로 인식된다. 김영범의 논의에 따르면 망탈리테적 접근법은 폭넓음과 개방성을 특징으로 하고 있으며 이를 통해 집합적 세계관과 감성을 파악하는 것이 일차적인 목표가 된다. 그리고 나아가서는 집단 혹은 사회 전체에 의해 승인되고 추종되는 표상과 심상, 신화, 가치관 등이 논의의 기본 요소를 이루고 있는 것이다.[5] 즉 망탈리테란 대상을 분석하는 방법 자체에 관련된 것이라기보다 대상을 선택하고 방법을 적용하고 이를 해석하는 '방법론적 시각'과 관련된 문제라고 재 정의할 수 있는 것이다.

그렇다면 이러한 관점을 유지하면서 신소설의 망탈리테를 논의한다는 것은 무엇을 의미하는 것일까? 간단히 말해 이는 텍스트를 검토함에 있어서 발전론적 관점의 유보를 의미한다고 할 수 있다. 논의의 주된 문제의식에 따라 변화의 여지가 있지만 문학사를 서술하는 것이 아니라 특정 시기 혹은 경향의 텍스트를 주제론적 차원에서 검토할 경우 발전론적 관점의 견지는 자칫 연구자의 기대 지평을 과도하게 텍스트에 투사함으로써 대상 텍스트의 의미 생산의 방식을 곡해할 우를 범하기 쉽다는 것이다.

이에 따라 이 글은 신소설을 개화기 당대 문화의 대표적인 한 형식으로 간주함을 논의의 기본 관점으로 삼고자 한다. 문화를 정의하는 여러 가지 방식과 시선이 존재하지만 그것이 일정한 '소통의 체계'라는 점에 대해서는 잠정적인 동의가 가능할 것이다. 그런데 특정한 문화 생산의 장 속에서 개별 문화 형식 또는 그 형식을 통해 전달되는 메시지의 의미는 언어적 규칙만으로는 해석되기 힘든 면이 존재한다. 개별 문화 생산의 장은 언적 규범과는 다른 차원에서 은폐할 것과 노출할 것을 선별

---

5) 김영범, 위의 논문, 309~310쪽.

적으로 제시하며, 은폐된 것의 의미를 찾아내거나 노출된 것이 지닌 의미를 따지는 것은 해당 장이 지닌 맥락을 고려할 때에 비로소 가능한 작업이 된다.6) 결국 이 글은 개화기가 지닌 문화적 맥락 속에서 신소설을 분석함을 기본 전제로 하여 이를 통해 유추 가능한 제반의 요소들을 당대의 맥락에서 유별화 하고자 하는 것이다.

2. 감정의 과잉을 통한 정서적 맥락의 강화

신소설은 '눈물의 텍스트'라고 부를 수 있을 정도로 등장인물들이 눈물을 흘리는 장면을 쉽게 목격할 수 있다. 그들이 눈물을 흘리는 이유는 여러 가지로 제시될 수 있는데 그 중 가장 두드러진 장면 설정은 위기에 처한 주인공이 자신의 신세를 한탄하면서 흐느끼는 상황과 악한으로 상정된 인물이 자신의 잘못을 회개하는 결말 부분의 설정을 들 수 있다. 이른바 '정론적(政論的)' 요소가 서사와 비교적 무리 없이 결합하고 있는 것으로 평가되는 이인직의 텍스트에서도 이러한 사정은 예외가 아니다.

> 내팔자긔박ᄒ여 란리즁에 부모일코
> 내운수불길하야 전징즁에 정상아버지가 도라가니
> 어리고 약ᄒ 이내몸이 만리타국에셔 디판어머니만밋고살랏소
> 내몸이 어머니의 그러ᄒ은헤를 입엇ᄂᆞᆫ디 내몸을인연ᄒᆞ야 어머니근심
> 되고 어머니고싱되면 그것은옥년의 죄올시다
> 옥년이가 사라서ᄂᆞᆫ 어머니 은혜를 갑흘슈가업소
> 하로밧비 ᄒ시밧비 밧비 밧비쥭엇스면 어머니에게 걱정되지아니하고
> 내근심도 이져모르깃소

---

6) E. Hall, 최효선 역, 『문화를 넘어서』, 한길사, 2000, 6~9장.

　　어머니 ᄂᆞᆫ가오 부디근심말고 지내시오
　　ᄒᆞ면셔 눈물이 비오듯ᄒᆞ다가[7]

　전쟁의 와중에서 자신을 구하고 일본으로 보내 새로운 삶의 가능성을 열어 준 정상 소좌의 전사 소식이 알려진 후 부인과 침모의 냉대가 도를 더해 가는 상황에서 어린 옥련이 취할 수 있는 행동의 여지는 눈물을 흘리면서 자신의 처지를 한탄하는 것으로 제한될 수밖에 없는 것으로 형상화 되고 있다. 탄식을 통해 내뱉어지는 발화 내용이 십대 초반의 어린 아이의 것이라고 믿을 수 없을 만큼 성숙한 것이고 그녀의 사리 판단 양태 역시 성인의 그것에 방불하다는 등의 분석은 이 대목에서 아무런 의미를 갖지 못한다. 중요한 것은 옥련을 필두로 한 신소설 주인공들에 의해 진행되는 눈물 흘리기의 기능이라고 할 것이다.

　　츈쳔집이, 한숨을쉬며, 혼쟈말로,
　　우리아버지ᄂᆞᆫ잘도쥬무신다, 니셔름이, 이런쥴아르시면, 오늘밤에, 져럿케시름업시, 잠드르실슈, 업슬낫다
　　셔울와셔, 이럴줄아랏스면, 신연강깁푼물에, 풍덩ᄲᅡ져죽엇슬걸, 원수의 목숨이, 붓터잇셔셔, 이밤에이근심을ᄒᆞᄂᆞᆫ고나,[8]

　위기에 처한 주인공은 이를 타개할 계획을 고민하는 것이 아니라 자신의 신세와 운명을 한탄한다. 위의 인용문을 통해 알 수 있는 것과 같이 『혈의 누』, 『귀의 성』, 『치악산』, 『홍도화』, 『고목화』, 『월하가인』, 『행락도』 등 거의 대부분의 작품에서 위기에 처한 주인공이 내뱉는 탄식과 독백은 자신의 감정 과잉 상태를 여과 없이 드러내는 것으로 점철된다.

---

7) 『혈의 누』, 55~56쪽.
8) 『귀의 성』 상, 36쪽.

이 같은 특징적인 양상에 대해 선행 연구에서는 이를 신소설이 계몽성을 탈각하고 독자의 감정에 호소하는 감상성에 매몰된 사실을 입증하는 지표의 하나로 지적하여 왔다. 그런데 선행 연구가 취하고 있는바 '눈물 흘리기'에 대한 이러한 평가 방식은 많은 부분 눈물 즉 '감상성'에 대한 선취된 관점에 근거하고 있는 것은 아닌가라는 문제 제기가 가능하다.

이를 위해 '감상성'에 대한 하우저의 견해를 참고할 필요가 있는데 그는 예술 작품의 감상성 혹은 감상주의가 근대 시민 계급의 형성에 있어서 개인주의에 버금가는 일정한 역할을 수행했음을 지적한다. 그에 따르면 감상성에 적극적인 의미를 부여할 수 있게 되는 것은 그것이 폐쇄적인 중세의 세계관에 균열을 가져올 수 있는 개인에 대한 애정이 수반되기 때문이다. 개인은 자신의 정신적 삶의 거울 속에 비친 자신의 모습을 보면서 자신의 모습에 탄복하고 이 감정을 중요하게 취급할수록 그는 자신에게 보다 중요한 인물로 변모한다는 것이 그가 펼치는 주장의 핵심이다.9)

그러나, 하우저의 적절한 지적처럼 시민 계급이 사회의 주도 세력으로 자리 잡게 되면서 감상성은 타기 되어야 할 무엇으로 치부되기 시작한다. 실제 현실에서는 감상성에 기반 한 예술 작품과 서사 텍스트가 광범위하게 퍼져 있음에도 불구하고 사회의 중추 세력으로 성장한 중산층의 문화 일반에 대한 의식은 균형 감각에 정향된 것이다.10) 부르디외의 논의에 따른다면 취미, 교양, 문화에 대한 감각 역시 최종적으로는 정치 권력 및 제도와의 관계와 분리 시켜 생각할 수 없다.11) 결국 사회 지배 계층의 문화적 취향이 균형과 억제라는 개념으로 범주화되는 상황에서

---

9) A. Hauser, 염무웅 외 역, 『문학과 예술의 사회사—근세편』 하, 창작과 비평사, 1997, 75쪽.
10) J. Baudrillard, 이규현 옮김, 『기호의 정치 경제학비판』, 문학과 지성사, 1998, 33쪽.
11) P. Bourdieu, 최종철 옮김, 『구별 짓기 : 문화와 취향의 사회학』, 새물결, 1995, 364~371쪽.

과잉과 극단으로 범주화할 수 있는 감상주의, 감상성에 대한 사회적 평가는 부정적일 수밖에 없는 상황이 초래된 것이다.

하지만 수용자의 측면에서 볼 때 감정의 과잉으로 특징 지워지는 신소설의 감상성은 텍스트와의 친밀도를 강화하는 기능을 수행한다. 위기에 처한 주인공의 감정 과잉은 독자에게 제시되는 고난의 강도를 극대화하는 것이다. 신소설 서사 구조의 도식성으로 인해 독자는 주인공의 행복한 결말을 확신할 수 있고 이 기반 위에 펼쳐진 감정의 과잉은 비극처럼 운명적이고 심각한 것이 아니라 감정 이입을 통한 독자 정서의 정화 계기 혹은 독자와 텍스트 사이의 맥락도를 강화하는 계기로 활용되는 것이다.

> 강동지의수션에길순이는밥먹을동안도업시, 교군을타는디, 모녀가, 다시만는보리못보리ᄒ면셔울며불며, 리별이라, 솔기동늬는녀편네쳔지런지, 늘은여편네, 졀문여편네가, 안마당, 밧겻마당에, 굿득모혀셔, 언졔길순이와, 졍이그럿케드럿던지, 길순의모녀우는디로뎡다라셔, 눈물을흘린다, 이눈에도눈물 져눈에도눈물 약ᄒ마음, 여린눈에, 남우는것보고감동되야, 눈물느기도, 여사라하련마는, 흑々늣기며우는거슨이상한일이라, 이웃집로파는, 길순이를길러내셔, 졍이그럿케드럿다ᄒ더리도, 고지드를문ᄒ거니와, 아리마을, 박쳠지의며느리는, 길순이와쵸면인대, 그, 시어머니짜라셔, 길순이쩌느는것보러온사람이라, 처음에는비쥭비쥭, 울기를시작ᄒ더니, 나중에는, 남붓그러운줄도모르고목을노으셔, 엉々우니, 그거슨우름판에와셔졔 친졍싱각ᄒ고, 우는ᄉ롬이라[12]

인용문은 『귀의 성』의 여주인공 길순이 아버지인 강동지를 졸라 결국 고향을 떠나 서울의 김승지집을 찾아가는 날 아침의 정경을 그리고 있다. 길순 모녀가 이별할 때 이웃 여자들이 모두 몰려 나와 함께 눈물을

---

12) 『귀의 성』 상, 15쪽.

흘리는 위의 장면은 눈물이 지닌 전염성을 극적으로 보여준다. 재회를 기약할 길 없는 모녀의 이별에 이웃 여자들은 각자 자신의 감정을 투영시키고 있는데, 이러한 감정 이입 현상은 등장인물 사이에서만이 아니라 텍스트와 독자 사이에서도 충분히 가능한 것으로 판단된다. 독자 역시 길순의 이웃 여자들과 마찬가지로 주인공의 가련한 정경에 자신의 감정을 투영시켜 텍스트와 함께 눈물을 흘리게 되고 이를 통해 허구의 이야기가 아닌 개연성을 지닌 실제로서 텍스트를 접하게 되는 것이다.[13]

이성을 배제하고 감성에 호소하는 눈물은 본질적으로 강한 전염성을 지니고 있으며 눈물 흘리는 장면에 대한 과장된 형상화는 절제된 표현으로서는 주의를 끌기 어려운 감각적인 순간을 독자에게 분명히 각인시켜 줄 수 있다. 그리고 눈물을 흘릴 수밖에 없는 상황을 과장되게 그려 내고 있는 것은 신체에서 유래하는 감수성을 보다 손쉽게 파악할 수 있도록 만들어주는 가능성을 높게 만들고 있는 것이다. 다른 사람의 눈물 앞에서 냉정을 유지한다는 것은 불가능에 가까운 일이며 눈앞의 눈물을 함께 나누고 눈물 흘리는 사람에 대해 동정하는 것은 자연스러운 일로 받아들여진다. 논리적인 언어로 전달되기 힘든 주인공의 서러운 정경이 '눈물 흘리기'라는 장치를 통하여 동정과 위로를 유발하면서 보다 손쉽게 이루어질 수 있는 것이다.[14]

한편, 전면에 노출되어 있는 감상성이 서사와 수용자 사이의 거리를 단축시키고 이를 통해 양자 사이의 일체감 혹은 수용자 사이의 동질감을 강화하는 모습이 확인되는 보다 유력한 증거를 신파극 공연의 경우를 통해 발견할 수 있다.

---

13) A. Vicent-Buffault, 이자경 역, 『눈물의 역사』, 동문선, 2000, 26쪽.
14) A. Vincent-Buffault, 위의 책, 32~36쪽.

이십구일브터 연흥사내에서 흥힝흐눈 본샤 연재 소설 쌍옥루(雙玉淚)
연극은 믹일 다슈흔 인사가 대 환영으로 오후 스오시브터 자리를 쎄앗기
지 아니흐랴고 문이 믹이도록 답지흐눈더 원래에 그 쇼셜도 니용이 대단
히 슯흐고 가련흔 사졍이 보눈 사람으로흐야곰 동졍의 눈물을 금키 어렵
게 흐거니와 혁신단 림셩구 일힝의 일반 비우가 더욱 일층 연구흐고 열
심흐야 막이 열니이면 보눈 사람이 눈물을 흘니여 옷깃을 젹시이며 간々
이 박수 갈치흐눈 소리눈 귀가 싸가울 디경이오[15]

쇼셜 「눈물」의 구경은 진실로 눈물이라 싹업시 불상한 셔씨 부인 모
자의 비참흔 졍경에 디흐야눈 동졍흐눈 눈물을 흘니지 아니흐눈이가 업
고 그 중 부인셕은 큰 비읍쟝(悲泣場)을 이루엇눈더 그 중에눈 쏫갓치 졂
은 부인이 다슈흔 면목을 불계흐고 늣겨가며 우눈 이가 만코 심지어 불
근 슈건으로 눈물을 씨셔 얼골이 당홍으로 변흔 부인싸지 잇셔 실로 눈
물 연극은 눈물로 구경흐눈 듯 흐얏고[16]

연극에 관심이 팔녀 주미를 깁히 감동흔 여러 관람자눈 좌셕이 좁은
불편도 조곰 씨닷지 안코 다만 막이 도라 연극이 더욱 주미잇게 될스록
가련흔 황씨 부인의 본밧을 힝실과 영리한 주셩의 깃특한 거동을 보고
무한히 동졍을 표흐야 길게 탄식흐눈이가 극히 만으며 쏘 부인셕에셔눈
동졍하눈 남아지 눈물을 흘리눈 이가 만핫스며 기타 감동되눈 배우의 거
동에눈 손쎡을 쳐셔 착흔자를 환형흐며 소리를 질너 악흔 자를 타미흐눈
소리가 연흐야 금음밤 사동의 공중을 진동 흐얏더라[17]

위의 기사들에서 공통적으로 발견되는 것은 관객들이 연극 내용에 감
동하여 눈물을 흘렸다는 것이다. 다시 말해 공연 과정에서의 현실성이
나 배우의 연기, 또는 극적 완성도가 문제시되는 것이 아니라 관객이 극

---

15) 「三十日夜의 雙玉淚盛況」, 『매일신보』, 1913. 5. 2.
16) 「눈물劇의 눈물場」, 『매일신보』, 1913. 10. 28.
17) 「斷腸劇의 大活氣」, 『매일신보』, 1914. 4. 23.

의 내용에 자신의 감정을 이입함으로써 감정적 과잉 상태를 경험하고 눈물을 흘렸을 때 성공한 공연으로 평가받을 수 있었던 것이다. 따라서 당시의 공연 성공 여부는 관객들이 얼마나 눈물을 흘렸는가의 여부로 모아지는 것이 일반적인 상황이었고 이에 따라 신파극은 관객들의 눈물을 유발할 수 있는 각종 장치들을 마련했던 것이다.

물론, 1910년대 당시 연극을 전문적으로 평가할 만한 안목이 있었는가, 일정한 안목을 지닌 인사들에 의한 신파극 공연 평가는 어떠한가라는 문제를 제기할 수 있다. 그러나 일정한 전문 지식에 기반 한 연극 평가와는 무관하게 관객 대중은 특정한 공연 패턴에 열광하고 있었으며 입추의 여지가 없을 정도로 연일 만원사례를 이루었다는 흐름 자체에 보다 주목할 때에 대중적 공연 양식으로서의 신파극이 지닌 특성이 보다 분명하게 부각될 수 있을 것이다. 1910년대 신파극을 중심으로 전개된 일정한 비평 양상 역시 평론가와 관객의 지위가 혼동된 인상 비평의 양상을 보여주고 있다는 선행 연구는 새로운 형태의 공연 문화에 대한 본격적인 비평이 이루어지기 위해서는 아직 많은 시간을 필요로 함을 보여주고 있다.18)

이러한 상황 아래서 신파극은 관객의 눈물샘을 자극하기 위해 비극적인 요소를 가미하기 시작했으며 갈등의 발생 원인을 가정 내부의 문제로부터 도출함으로써 관객과의 정서적 공감대를 넓히고자 노력하였다. 선행 연구는 신파극에서 발견되는 이러한 특징을 가정 비극이라는 개념으로 범주화하고 "누선(涙腺)을 자극하는 가정 비극이 슬픔과 절망만이 심화되어 가던 1910년대 민중에게 침윤되어" 그들 의식의 정체 내지는 퇴영화를 촉진했다는 비판적인 입장을 취하고 있다.19) 여기서 신파극의

---

18) 양승국, 「1910년대 연극 비평의 전개 양상과 그 의미」, 『한국 신연극 연구』, 연극과 인간, 2001.

특징적인 요소를 범주화 한 '가정 비극'이라는 용어의 내포는 신파극의 내용이 비극적인 양상으로 결말지어짐을 뜻한다기보다 결말을 향한 진행 과정에서 발견되는 감상적인 측면을 지칭하고 있다는 사실을 뜻한다. 신파극은 관객과의 정서적 일체감을 유도하기 위해 부분적으로 비극적인 요소를 도입하고 있었던 것이다.

한편, 극장이라는 공간이 타인의 시선을 직접 의식할 수 있는 곳임에도 불구하고 '젊은 부인이 다수한 이목을 불계하고' 눈물을 흘리다가 얼굴이 붉게 변할 정도였다는 기사 내용은 연극 공연장이 가지고 있는 독특한 의사 소통의 방식을 드러낸다. 독서 행위가 개인적인 것에 반해 연극 관람은 집단적인 예술 향유 방식이라는 점을 고려할 때 눈물을 흘리는 것으로 나타나는 감정 과잉의 전염성은 독서의 경우보다 훨씬 강하게 나타날 것이라는 사실은 자명한 일이다. 유사한 내용의 '가정 비극적' 신파극이 계속해서 공연됨에도 불구하고 관객이 지속적으로 입장하고 있었다는 것은 당시 관객 대중의 현실적, 정서적 상황이 신파극처럼 비극적인 요소와 해피엔딩이라는 요소가 결합된 여가 문화를 강력하게 원하고 있었다는 사실로 해석될 여지가 충분한 것이다.

신소설 서사를 관통함과 동시에 신파극의 주요한 모티프로 활용되고 있는 이와 같은 '눈물'은 단순한 감정 이입의 계기 이상의 의미를 지니는 것으로 해석될 수 있다. 즉 이는 유희로서의 신파극/신소설을 대하는 수용 대중의 취향, 다른 표현을 사용한다면 개화기 당시 대중 문화의 망탈리테가 무엇인지를 짐작할 수 있게 하는 단서로 파악할 수도 있는 것이다. 신파극과 신소설을 막론하고 '눈물'로 유별화 가능한 정서의 과잉 양상은 양자가 공유하는바 서사의 기본적 구성 및 진행 양식으로서 멜

---

19) 이두현, 『한국 신극사 연구』, 서울대학교 출판부, 1990, 66쪽 및 유민영, 『한국 근대 연극사』, 단국대 출판부, 2000, 271쪽.

로드라마적인 특징을 적시할 수 있는 유력한 근거가 되고 있다.

> 지난 칠월부터 금일까지 본지 일면에 게지하야 독자의 대 갈채와 만흔 동정을 밧은 소셜 「눈물」은 회수가 나아감을 좃차 독자의 층찬이 더욱 성대ᄒ야 미일 본사에 도달ᄒᄂ는 칭숑의 투서가 슈십장에 나라지 아니ᄒᄂ는중 특히일반부인은 불샹ᄒᆫ셔씨부인과 가련ᄒᆫ 봉남의 비참ᄒᆫ 사정에 더ᄒ야 신문을더할쎄마다 눈물을금치못ᄒᆫ다ᄂ는디 금번 샹권의젼부가맛첨슴으로 사동연흥사에서흥힝ᄒᄂ는 혁신단림셩구일행이 이 쇼셜을 연극으로 흥힝ᄒ깃다ᄒ야 금이십오일밤여섯시반부터 삼일간흥힝ᄒᆫ다ᄂ는디[20]

위의 기사를 통해서도 알 수 있는 것처럼 공연의 일반 관객 중 많은 수가 여성 관객으로 이루어져 있음은 주목할 만하다. 신문에 소설을 연재하고 이를 각색하여 무대에 올리는 방식은 신파극 흥행에서 보편적인 방식이었다. 그런데 소설의 연재 도중 신문사로 자신의 감상을 기고할 정도로 연재 소설에 관심을 보이는 계층과 연극장을 찾는 계층이 많은 부분 중복될 수 있다는 점을 감안한다면 『눈물』로 대별할 수 있는 신파극과 신소설이 여성 관객/독자들의 열화와 같은 호응에 힘입어 대중적인 인기를 얻을 수 있었을 것이라는 추론이 가능하며, 신소설과 신파극이 감정의 과잉 양상을 적극적으로 활용함으로써 대중 문화의 잠재적인 수용자들을 현실적인 수용자로 전환시키고 있다는 추론 역시 가능한 것이다.

---

20) 「革新團의 눈물 演劇」, 『매일신보』, 1913. 10. 25.

3. 도덕적 비학(moral occult)의 양가성

신소설의 서사 구성이 도식적이며 유형적이라는 지적은 이른바 '신소설의 퇴행'을 입증하기 위한 유력한 근거로 활용되어 왔다. 즉 신소설은 개별 작품이 독자적인 서사 구성의 방식을 채용하고 있는 것이 아니라 계모형 소설의 기본 갈등 구조를 축으로 하여 권선징악적인 구성을 취함으로서 구소설적인 양식으로 복귀하고 통속적인 측면이 강화되기에 이르렀다는 것이다.[21]

적대 세력의 음해로 인해 주인공이 고난을 겪지만 조력자의 도움으로 이를 극복한 후 훼손되었던 원래의 지위를 회복하는 것이 신소설에서 일반적으로 발견할 수 있는 도식적인 서사 구성 방식이다. 이와 같은 서사의 진행 과정에서 조력자의 도움은 위기에 처한 주인공이 목전의 상황을 극복하거나 사태를 극적으로 반전시키기 위한 핵심적인 계기로 볼 수 있다. 왜냐하면 신소설의 서사 진행 과정에서 주인공은 수동적인 지위에 머물러 있을 뿐 사태를 해결하기 위한 어떤 능동적인 모습도 보여주지 못하기 때문이다. 이들 주인공들이 취할 수 있는 행동의 양식은 앞서 검토한 것처럼 자신의 신세에 대한 한탄을 늘어놓거나 자살과 같은 극단적인 방식을 생각하는 것 정도로 제한될 뿐이다.

반면 주인공을 위기로 몰아가는 악인의 경우 그들이 취하는 행동에 대한 묘사는 신소설 서사의 박진감을 강화하는 유력한 계기가 된다. 계모, 첩, 가족 이외의 남성 등으로 구성된 이들 악인의 행위는 구체적이고 생생한 묘사를 통해 독서의 재미를 강화한다. 그런데 서사를 통해 이들이 재현되는 양상을 검토하면 악인의 행위는 '악 그 자체'로 나타나고

---

21) 임화, 임규찬 외 편, 『개설 신문학사』, 한길사, 1993, 298쪽.

있음이 발견된다. 상황의 날조, 납치와 인신 매매, 순결 및 생명에 대한 위협 등으로 구체화되는 적대자의 악행은 이들 인물에 대한 독자의 반감을 배가 시키는 한편 주인공에 대한 동정을 유발하는 계기가 되고 있는 것이다.

그런데 문제는 이들 조력자가 드러내는 가치는 상식적인 수준의 양심이나 도덕 이상의 것을 넘지 않고 있다는 점이다. 그들은 자신의 주인에 대한 충성으로 외화 된 '신의'나 '양심'에 따라 행동하고 있으며 '타인의 행복을 침해하면서까지 나의 행복을 추구해서는 안 된다'는 단순한 논리에 의해 움직임에도 불구하고 그 단순 논리가 결국은 사태를 마무리하는 원동력으로 제시되고 있는 것이다.

> (로파)이익, 참, 벙어리, 도얏ᄂ보구ᄂ
> 무슨싱각을하고안졋ᄂ냐
> 오냐, 내가너를, 밋ᄂ듯, 너갓치, 곱고, 약한ᄆ암에, 뮈슨, 큰일내지아니할쥴은, 짐쟉한듯마는
> 부쳐님몰숨에, 빅세ᄂ된어미가팔십이ᄂ된자식을, 항상넘녀한다, 하얏스니
> 부모된ᄆ옴이, 본러그러한거시니라
> 네가, 압못보는, 늙은어미의, 고싱하는거슬, 민망히녀겨셔사롬이라도, 처쥭이고, 도적질이라도, 하고십다하니, 그런효성은, 업나니만못하니라,[22]

길순을 죽이려는 자신의 계획을 털어놓은 점순의 이야기에 침모는 일견 솔깃한 마음을 드러내지만 차마 계획에 동참하지 못하고 집으로 돌아와 자기 모친에게 저간의 사정을 털어놓고 의견을 묻는다. 침모의 눈먼 모친은 연륜에서 우러나오는 대처 방안을 침모에게 제시함으로써 점

---

22) 『귀의 성』 상, 118쪽.

순이 조성한 난감한 상황을 벗어날 수 있도록 한다. 그런데, 침모의 모친이 그녀를 질책하는 위 인용문은 연륜으로부터 우러난 모친의 가치 판단 기준이 어디에 놓여 있는가를 압축적으로 보여주고 있다.

침모는 냉기가 가시지 않은 방안을 살피면서 어머니를 조금이라도 편안한 곳에서 모시기 위해서라면 도적질을 하거나 살인을 할 수도 있겠다는 폭백을 늘어놓는다. 이러한 침모의 발언에 그녀의 모친은 사람이 간악한 꾀를 다른 사람을 상하게 하면 필경 자신에게 화가 돌아오게 마련이며 그런 행동을 부모를 편하게 모시는 것은 올바른 효라 할 수 없다고 침모를 설득하고 있다. 침모의 모친이 내놓는 처방은 의외로 간단한 것이다. 그것은 자신이 이롭기 위해 타인에게 위해를 주어서는 안 된다는 명제로 요약할 수 있다. 그 발언이 비록 길순을 죽음에서 구원할 수는 없었지만 침모가 점순의 계략에 빠져 살인 모의에 공범으로 참여하는 화는 면하게 해 주었다. 문제는 『귀의 성』 전제를 검토할 때 침모의 모친이 제시하는 이상과 같은 사태 판단을 능가하는 어떤 가치도 제시되지 않고 있다는 점이다.

이들 조력자들이 자신의 행위나 발언을 통해 스스로가 지닌 도덕적 원칙을 '적극적으로' 드러내고 있음에 반해 '선'의 체현자로 등장하는 주인공이 보여주는 모습은 상대적으로 '소극적'인 도덕을 드러내고 있다. 주인공들은 상황을 타개할 방법에 대한 고려보다는 신세 한탄으로 일관하는 소극적인 대응 방식을 보이는데, 적대 세력의 악행에 대한 상세하고 정밀한 형상화를 통하여 고난에 빠진 주인공의 '상대적' 도덕성이 부각되는 방식으로 서사가 직조되고 있는 것으로 볼 수 있다.

신소설의 주인공은 공통적으로 '도리'에 충실한 인물로 그려진다. 이는 개별 텍스트의 상황에 따라 자녀의 도리, 아내의 도리, 정혼자의 도리 등으로 구분되어 나타나고 있으며 이러한 직분을 규정하는 범위가 가족 간의 관계로 제한되고 있다는 공통점도 함께 나타난다. 즉, 주인공들은 가족 관계 속에서 자신이 부여받은 위치와 역할에 충실한 인물들이지만 사회적 관점에서 그들이 수행해야 할 역할에 대해서는 분명한 상을 지니지 못하고 있는 것이다.

　부모와의 갈등으로 가족을 떠난 자녀는 자녀로서의 도리를 다 하기 위해 가정으로 돌아 와야 하고, 정혼한 상태의 인물은 상대방에 대한 신의를 지키기 위해 어떠한 수단과 방법을 동원하든 정신적 육체적 순수성을 보존하는 것이 삶의 목적으로 부각된다. 아내 혹은 며느리의 경우도 마찬가지이다. 그들이 시집으로부터 축출 당하는 직접적인 계기가 불륜을 위조한 상황 설정이었다는 것은 한 집안의 아내 혹은 며느리로서 자격을 상실했다는 사형 선고와 동일한 것이지만 내쫓기는 당사자들은 이에 대해 항변하거나 누명을 벗기 위한 적극적인 대응책을 마련하는 대신 스스로가 결백하기에 언젠가 자신의 누명이 벗겨질 것이란 관념 속에서 행동하고 있음을 볼 수 있다.

　이에 반하여 적대적 존재로 형상화된 인물들은 스스로가 추구하는 욕망을 실현하기 위해 타인의 안위에 심각한 위협이 되는 행위를 서슴지 않는다. 이들은 자신들의 행위에 대해 반성할 줄 모르는 인물로 나타나며 인간으로서의 예의와 염치를 상실한 존재로 형상화된다. 악한 노비들이 행위 대가로 속량을 요구하는 태도가 문제적인 것임에도 불구하고 이를 긍정적인 것으로 평가할 수 없게 만드는 것도 그들의 행위가 도덕적으로 용납될 수 없는 영역들을 넘나들고 있기 때문이다. 서사 속에서 그들은 나치와 인신 매매, 살인을 서슴지 않는 존재들로 그려지고 있으며 스스로의 욕망을 쫓다가 결국은 파멸을 맞게 된다.

　결국 신소설은 다양한 형태의 갈등을 중심으로 서사를 진행시키면서 이를 해결하기 위한 방안들로 '도덕'과 '양심'이라는 대안을 마련하고 있는 것으로 판단할 수 있다. 새로운 학문을 접한 주인공들의 사태 판단이나 대응 방식은 자신들이 처한 난국을 돌파하기 위해 활용되기보다는 후경화되어 있으며 상식적인 수준에서의 '인간적 도리'라는 주변 인물들의 가치 규범이 상황 타개의 방책이 되고 있다는 것은 여러 모로 문제적이다.

그러나, 신소설의 전반적인 서사 진행 양상을 볼 때 텍스트를 통하여 강조하고자 하는 '선'의 개념이 불분명한 상태에 놓여 있다는 사실을 지적할 필요가 있다. '선'을 체현(體現)해야 할 주인공들은 작가가 직접 한정한 성격과 실제 행위 양상에서 상당한 괴리를 보인다. 순결과 생명의 위협 앞에 놓여 있는 그들은 본능적인 차원에서 생명 보존을 위해 노력하거나 남을 비난하고, 필연성이 없는 자살 충동을 통해 죽음을 낭비하는 모습을 보이고 있다.[23] 그들이 학습을 통해 얻은 지식은 무용지물이 되고 감정의 과잉 상태만이 그들의 상황을 특징 지워준다. 이러한 상황은 주인공의 '선함'을 서사를 통해 제시해야 할 작가들의 이념적 지향이 불분명한 상태에 있음을 의미하고 있다. 즉, 사회 통합적 비전의 제시가 불가능한 개화기의 상황에서 문제적 개인으로서 주인공을 형상화하는 것 역시 불가능한 처지로 내몰리고 있는 것이다. 결과적으로 신소설의 결말 처리 방식은 껍데기만 남은 형식에 불과한 것이며 실상 권면(勸勉)해야 할 '선'의 내용은 찾아볼 수 없는 상황이 벌어지고 있다.[24]

선행 연구의 지적처럼 신소설의 주인공을 비롯한 인물들은 일상적인 존재들이다.[25] 따라서 이들의 운명은 회귀의 목적지인 천상의 질서에 따라 전제되어 있는 것이 아니라 스스로의 힘, 혹은 주변의 도움을 통해

---

23) 이재선, 『한국 소설사―근·현대편 Ⅰ』, 민음사, 2000, 145쪽.
24) 최시한, 『가정 소설 연구―소설의 형식과 가족의 운명』, 민음사, 1993, 131쪽.
25) 권영민, 『서사 양식과 담론의 근대성』, 서울대 출판부, 1999, 224쪽.

개척해 나아가야 할 어떤 것으로 상정된다. 신소설의 서사를 구성하는 상상력은 바로 이 상황에 근거하고 있는 것으로 볼 수 있다. 주지하는 것처럼 당대는 사회를 통합하고 지도층을 중심으로 단일한 이념적 지향을 제시해 왔던 유교적 관념이 더 이상 세계 인식을 위한 유용한 도구가 될 수 없는 상황이며 이를 대체할 가치 체계가 정립되어 있는 상황도 아니었다.

이와 더불어 19세기 말부터 진행된 사회 각 부분에 걸친 변화의 양상은 국가 구성의 간선 조직으로부터 소외되어 있던 계층을 국민 국가의 구성원으로 재구조화하는 상황으로까지 발전하였으며 1910년 국권 상실 이후에는 조선 민족을 식민 지배국의 국민으로 개조하기 위하여 사회 전 분야에 걸친 국민화 작업이 더욱 가속화되는 역설적인 현상마저 벌어지게 되었다. 총독부는 이른바 민풍 개선이라는 명목 아래 잔재하고 있던 반일 운동의 기운을 ‘산업 개발’과 ‘문명개화’로 전환시키는 사업에 역점을 기울였다. 이를 통해 궁극적으로 총독부의 조선 지배에 대한 조선 민족의 순종심을 기르는 것이 이 사업의 기본 목적이었음은 당연한 일이다. 주목할 것은 이 과정에서 유학의 효용성에 대해 새로운 인식이 생겨나고 있다는 점이다. 즉, 한국인이 전통적으로 계승해 온 부모, 교사, 장자(長子)에 대한 존경심을 천황에 대한 충성으로 연결시키고 인의충효나 실천궁행과 같은 유교의 덕목들을 재평가함으로써 한국민들 스스로의 자율적인 방식에 의한 제도 내 편입을 보다 용이하게 할 목적이 있었던 것이다.26)

이러한 사회적 변화 양상은 신소설이 창작·유통되던 시기가 가치관의 준거점이 상실된 아노미적 상황이었다는 점을 뜻한다. 기존의 가치

---

26) 박찬승, 『한국 근대 정치 사상사 연구』, 역사 비평사, 1997, 128~132쪽.

체계는 붕괴되었고 새로운 가치 체계는 정립되지 않은 상황에서 유지해야 할 전통마저 일제의 지배 정책에 활용되는 것이 당시의 현실이었던 것이다. 이러한 때 이제 갓 사회 조직의 구성원으로 편입되고 조직화된 일반 대중이 목전의 사태에 대한 자신의 입장을 결정할 경우 상식적 수준에서의 도덕이라는 것에 그 근거를 마련할 수밖에 없었을 것이다. 그러한 결정 방식이 사회적으로 어떠한 파급 효과를 유발할 것인가에 대한 고민은 그들의 몫이 아니었고, 다만 '자신의 욕망 실현을 위해 타인에게 위해를 가하는 것은 잘못된 것이며 언젠가는 응분의 대가를 치르게 될 것'이라는 소박한 윤리 의식 정도가 그들이 기댈 수 있는 최소한의 준거점이었을 것이라는 추론이 가능하다.

한편 대중소설의 서사는 독자가 예측할 수 있고 기대하는 방향으로 구성된다는 점을 기억한다면[27] 자신의 도리를 다하는 주인공이 자신에게 닥친 고난을 극복하고 원래의 지위를 회복한다는 신소설의 도식적 설정은 대중소설의 기본 공식을 충실히 따르는 것으로 파악할 수 있다. 그리고 고난 극복의 동력을 주인공의 적극적 행위가 아니라 도덕이나 윤리의 견지에서 파악할 때 그들이 지닌 상대적 우월성에 입각하고 있다는 사실은 신소설을 구성하는 상상력이 멜로드라마의 기본적인 상상력과 크게 다르지 않음을 의미하고 있다.

멜로드라마는 신성함이라는 지배적인 관념이 부재한 상황에서 정신적인 의미를 극화하려는 시도의 일종이다. 즉 탈신성화 시대(post-sacred era)에도 반드시 필요한 도덕적 지상 명령(moral imperative)이 있음을 밝히고 증명하며 작동시키기 위한 중요한 양식이 되는 것이다. 이를 위해 멜로드라마는 개개인에게 도덕의 절대적 요소를 표현하는 특정한 요소를 부

---

27) Umberto Eco, 김운찬 역, 『대중의 수퍼맨』, 열린 책들, 1994, 23쪽.

여하는 것을 통하여 일종의 재신성화(resacrilization)를 추구하는 것이다.[28]

멜로드라마는 기존의 도덕률이 붕괴된 사회적 상태에서 출현하였다. 사회의 급격한 변화는 구시대의 하층민에게도 상층 계급과 동일한 도덕적 잣대를 요구하였으며 이 때 이들 하층민들을 지탱해 줄 수 있는 것은 상식 수준의 도덕적 순수성뿐이라고 할 수 있다. 또한, 엄청난 규모의 혁명적 자유에 대한 인간의 두려움은 세계의 기호를 인식 가능하고 적절한 수준에서 해석 할 필요성을 제기하였는데 이 해석은 도덕적 순수성에 근거한 세계 인식을 바탕으로 했을 때 비로소 가능하게 되었던 것이다.[29]

멜로드라마에 내재한 도덕, 윤리의 자장은 서사의 진행에도 강한 영향력을 행사한다. 그 결과 멜로드라마에서, 다층화 된 세계는 도덕적인 측면(선)과 그렇지 않은 측면(악)으로 명확히 구획되어 형상화되고 이 두 측면간의 극단적 대립 양상은 행위와 감정, 세부적인 것의 과잉을 통하여 그려진다. 멜로드라마는 선악의 극단적 대립 과정과 종국적인 선의 승리를 그려냄으로써 '도덕적 비학(moral occult)'을 실현한다. 이것은 단절된 것처럼 느껴지는 도덕적 힘의 중심이 현실화됨을 뜻한다. 비록 현실의 모습이 도덕적 힘의 중심으로부터 단절되어 그 결과 범속한 술수가 압도적인 우위를 지키는 것처럼 나타남에도 불구하고 이 도덕적 힘의 중심을 통해 선의 승리가 보증되는 것이다.[30]

이처럼 멜로드라마적 상상력에 기반하고 있는 신소설의 서사 구성 양상은 주인공의 수난 과정을 통하여 독자가 자신의 감정을 특정 인물에게 이입하게 되고 이를 통해 현실과는 무관하게 감정 승화의 계기를 마

---

28) Peter Brooks, *The Melodramatic Imagination-Balzac, Henry James, Melodrama, and the Mode of Excess*, Yale Univ. Press. 1976, 15~16쪽.
29) P. Brooks, 위의 책, 44~52쪽 및 201쪽 참조.
30) P. Brooks, 위의 책, 201~203쪽.

련하고 독자 대중의 기대에 부응한 결말을 형상화함으로써 그들에게 위안을 제공하고 있는 것으로 볼 수 있다. 허구적인 서사 텍스트를 통해 진행되는 사건의 연쇄는 독자에게 긴장감을 유발하고, 상대적으로 도덕적 우위에 선 주인공의 고난은 독자의 공감을 유도한다. 독자는 허구의 세계를 매개로 자신의 경험을 새롭게 바라볼 수 있는 계기를 마련하게 된 것이다.

그러나, 멜로드라마가 인물 사이의 갈등만이 아니라 한 개인의 내면에 존재하는 선성(善性, angelism)과 악성(惡性, demonism)의 대립도 중요한 요소로 부각시켜왔음에 비해[31] 신소설의 인물들로부터는 이러한 대립 양상을 발견할 수 없다는 점이 부가적으로 지적될 필요가 있다. 자녀의 도리와 정혼자의 도리가 갈등할 경우 혹은 자녀의 도리와 아내의 도리가 충돌을 일으킬 경우처럼, 도덕적 지평 내에 존재하는 두 개 이상의 도리가 상호 충돌을 일으키고 이것이 주인공의 고난을 유발하는 계기가 될 경우 그들에게서 이를 해소하기 위한 태도를 발견할 수 없다는 것이다.

결과적으로 신소설의 서사 구성에 있어서 심층적인 측면을 규정하고 있는 권선징악과 해피엔딩이라는 결말 구조는 이중적인 의미를 지니는 것으로 이해할 수 있다. 하나의 측면에서 판단할 경우 신소설의 결말 구조는 당시의 독자 대중에게 익숙하고, 나아가 독자 대중이 소설을 통해 원하고 있는 바의 형상화를 통하여 소설의 수용자층을 확대하고 있다는 의미를 부여할 수 있을 것이다. 그러나 다른 측면에서 파악할 경우 이러한 서사 구성의 양상이 일종의 양식으로 굳어지게 되고 특히 그 의미의 내포를 확보하지 못한 채 소박한 수준의 도덕주의에 머물고 있다는 사실이 지적될 수 있을 것이다. 더구나 그러한 도덕주의로의 경사가 사회

---

31) P. Brooks, 위의 책, 93쪽.

의 지배적 이데올로기를 은연중에 옹호하거나 강화되는 여지가 마련되고 있다는 점에서 또 다른 문제를 제기할 수 있는 것이다.

4. 신소설의 망탈리테의 대중 문화적 성격

개화기에 등장한 서사물의 특징을 '계몽성'에서 찾으려는 태도는 이제 일반적인 연구 경향으로 자리 잡은 지 오래인 것으로 판단된다. 신소설을 연구 대상으로 상정한 경우에서도 이러한 사정은 마찬가지인데 그 결과 작가에 의해 외삽 됨으로써 서사의 긴장력을 약화시키는 요소들에까지 주목하여 이를 근거로 해당 텍스트의 '계몽성'을 입증하려는 시도가 단속적으로 진행되어 온 것 또한 현실이다.[32] 그런데, 연구자들이 주장하는바 '계몽'의 실체가 무엇인지에 대해서는 명확히 합의된 바가 없는 것처럼 보이는 것 역시 부인할 수 없는 사실이라고 할 수 있다. 다시 말해 역사 철학적 관점에서 근대적 주체의 성숙을 지향하는 계몽의 실질적인 맥락과는 거리를 둔 상태에서, 현실 비판적인 발화나 문명 개화적인 요소들을 찾아내고 이를 근거로 해당 텍스트의 특질을 논구하는 방식을 취하고 있는 것이다.

텍스트 생산자로서의 작가나 텍스트의 이데올로기에 집중하는 이러한 논의 방식은 비단 현재의 학문적 연구에서만 찾아볼 수 있는 것은 아니다. 개화기 당대에도 이와 같은 논의 구조는 쉽게 찾아볼 수 있는데 개화기의 계몽 지식인들이 서사물이나 신연극을 대상으로 삼아 펼친 주장의 근저에는 바로 이러한 문제의식이 심층에 놓여 있음은 물론이다. 그

---

32) 한기형, 앞의 논문 참조.

결과 텍스트에서 발견되는 계몽성이 실상은 현실에 대한 객관적인 인식에서 출발한 것이라기보다는 외부로부터 주어진 조건과 관점을 통해 당시의 상황을 과도하게 일반화함으로써 획득되는 것으로서 나타나기도 하는 것이다.[33]

그런데 텍스트 생산자나 그 내부의 이데올로기로부터 시선을 전환하여 서사물이 생산 유통 향유 되는 방식에 대해 관심을 가질 경우 여러모로 흥미로운 논의 지점을 발견할 수 있다. 이 시기에 들어서면서부터 예술 작품의 집단적 수용 주체로서의 대중(the popular)의 존재를 발견할 수 있으며 이 과정에서 신소설과 신파극은 개화기를 대표할 수 있는 대중문화의 한 형식으로 간주될 여지가 발견된다고 할 수 있다.[34]

불특정 다수의 사람들이 직접 소설을 읽거나 다른 사람이 읽어주는 내용을 들음으로써 변형된 형태로나마 소설 수용 과정에 참여하고 향유 계층을 형성하는 것은 조선 후기로 거슬러 올라갈 수 있다는 사실은 선행 연구에서 반복하여 지적되어 왔다.[35] 그리고 이 시기부터 그 나름의 수용 독자·향유 계층을 확보하고 있었던 소설은 개화기에 들어서면서 출판 인쇄 자본의 등장과 유통망의 확대로 그 저변을 더욱 확대할 수 있었다. 개화기의 지식 계층은 이러한 상황에 개입하여 자신들의 지향에 부합하는 소설을 창작하거나 대중의 독서 행태를 변화시키고자 의도했던 것이다.[36]

---

33) 졸고, 「<혈의 누>에 나타난 근대화 담론의 발현 양상 연구」, 『한국 학보』 94, 1999.
34) 졸고, 「신소설의 대중적 성격 연구」, 서울대 박사 학위 논문, 2003, 11~33쪽.
35) 大谷森繁, 『조선 후기 소설독자 연구』, 고려대 민족문화 연구소, 1986.
　　조동일, 「소설의 생산·유통·소비」, 『소설의 사회사 비교론』 2, 지식산업사, 2001.
36) 천정환, 「한국 근대 소설의 독자와 소설 수용 양상에 대한 연구」, 서울대 박사 학위 논문, 2002, 35~48쪽.

新小說 (血의 淚)

一冊九十四頁

定價金二十錢

著作者 菊初 李人직氏

此 小說은 純國文으로 再昨年 秋에 萬歲報 上에 連載ㅎ얏던 거시온디 事實은 日靑 戰爭에 平壤 以北 人民이오 鬪에 鯨背가 坼흠과 如히 兵火를 經ㅎ는 中에 平壤 城中에 玉蓮이 이라는 金氏 女兒가 無限흔 困難을 經ㅎ고 外國에 遊離ㅎ며 留學흔 事實가 有ㅎ니 此 小說을 讀ㅎ면 國民의 情神을 感發ㅎ야 無論 男女ㅎ고 血淚롤 가히 灑흘 新思想이 有흘지니 此는 西洋 小說套를 模範흔 거시오니 購覽 君子는 細讀ㅎ심을 望흠

發賣所 中署 布屏下 金相萬 書鋪[37]

신소설의 첫머리에 놓이는 『혈의 누』 역시 이러한 사회적 분위기와 무관할 수 없었다. '국민의 정신을 감발하여 남녀를 막론하고 신사상을 획득할 수 있'다는 광고의 문구는 비록 새로움을 추구하는 신소설이라고 하더라도 겉으로는 계몽적 의식에 투철하고 있음을 드러낼 필요 때문인 것으로 판단된다. 그러나 외양에서나마 계몽을 지지하는 듯한 태도는 오래 지속될 수 없었고 '재미'와 '위안'이라는 요소가 신소설을 규정하는 중심적인 개념으로 등장함을 발견할 수 있다.

치악산

菊初 先生 李人植 著

(定價 金 四十 錢)

此 小說은 李先生이 我國 家庭의 怪異흔 風氣를 改良코져ㅎ야 十數年의 精力을 費ㅎ야 著述흔 것이온디 但히 德義心만 鼓發培養홀 쑨만아니라 間間히 無限흔 滋味가 有ㅎ오니 速速 購覽ㅎ시압.

元賣所 唯一書館

---

37) 『만세보』, 1907. 5. 5.

分賣所 京鄕 各 書鋪[38]

　소설의 내용에 '무한한 재미'가 있다는 광고의 문구는 상업적 인쇄 자본과 도서 유통 구조를 십분 감안하더라도 당대 독자 취향의 한 측면을 적시하고 있는 대목으로 볼 수 있다. 대중은 국가주의나 애국심을 고취하는 역사 전기 소설과 같은 작품 이외에 정서적 재미를 느낄 수 있는 텍스트를 요구하고 있었으며 신소설은 바로 이 지점을 공략함으로써 스스로의 존립 근거를 확보할 수 있었던 것이다. 독서 대중의 심리적 저변을 형성하고 있는 이러한 입장과 여론 주도층이 소설을 바라보는 입장 사이에 긴장과 충돌이 발생하는 것은 따라서 당연한 일이라고 말할 수 있다.

　　이 쇼셜은 슌국문으로 미우 즈미잇게 문들어 일반 국민의 이국스상을
　비양ᄒᄂ는 책이오니 이국ᄒᄂ는 유지ᄒᆫ 남ᄌᆞ와 부인은 만히들 사셔보시오.
　　젼부 샤십일 폐지 뎡가금 신화 ᄉ젼 지방에는 신화 오젼
　　근셰 데일 녀즁 영웅 라란부인젼[39]

　新小說 愛國婦人傳
　　一冊定價金 拾五錢 新鮮ᄒᆞ 圖本도 具備홈
　　右冊은 順國文으로 世界에 有名ᄒᆫ 法國 婦人 若安氏의 愛國 事蹟을 譯
出ᄒᆞ얏ᄉ오니 無論 男女ᄒᆞ고 愛國性이 有ᄒᆞ신 同胞ᄂᆞ는 맛당이 보실 書冊
이오니 陸續購覽ᄒᆞ심을 望홈[40]

　위의 광고 문구 가운데 주목되는 사실은 이 책들이 모두 순국문으로 쓰여 졌으며 더불어 이야기로서의 재미를 강조하고 있다는 점이다. 이

---

38) 『황성신문』, 1908. 10. 16.
39) 『대한매일신보』, 1907. 9. 4.
40) 『대한매일신보』, 1907. 10. 9.

때의 '재미'란 대중적인 오락성을 염두에 둔 것으로 볼 수 있는데 국성 배양과 대중의 계몽을 목적으로 하고 있는 역사·전기 소설이 '재미'라는 요소를 강하게 의식하고 있다는 사실은 이 시기 소설 독자의 폭이 상당히 확대 되고 있음을 뜻한다고 할 수 있다. 또한 그 폭은 '유지한 남자'에서 '부인' 계층으로까지 외연을 넓혀가고 있으며 독자 대중을 상대로 한 상품 소비로서의 책의 위치가 정립되어가는 한 과정을 보여준다고 말할 수 있다.41)

한편, 신문지법과 출판법의 시행과 같은 외적 상황의 변화는 소설은 물론이려니와 신문을 통한 정론적 담론의 생산과 유통에 상당한 장애로 작용하였다. 외적 강제가 강화될수록 매체를 통한 국민정신의 각성이 필요하다는 입장이 강조되는 것과 궤를 같이하여 신소설은 차츰 정론적인 내용을 배제하고 독자의 취향과 구미에 적합한 '재미'라는 요소를 강화하는 방향으로 변화하기 시작한다.

정치 권력의 규제 때문이든 상업적 인쇄 자본의 영향력에 따른 것이든 소설이 지닌 재미에 대한 관심이 증가하는 현상은 수용자를 포함한 소설의 의사소통 방식에 대한 인식의 변화가 일어나고 있는 것으로 판단할 수 있는 여지를 내포한다. 아무리 정론적인 내용을 담고 있는 작품이라 하더라도 수용자에게 호응을 얻지 못할 경우 소기의 목적을 달성할 수 없다는 생각을 '재미'에 대한 강조 속에서 발견할 수 있는 것이다.

소설의 재미에 대한 강조는 계몽 지식인들이 강조했던바 소설이 지녀야할 공리적인 관점의 포기라는 입장에서 비판받을 수 있다. 그러나 관점을 달리 한다면, 독자들이 소설을 통해 재미를 느낄 수 있는 실감 있는 형상화 양상에 대한 고민을 진척시켰다는 평가가 가능할 것이며, 작

---

41) 오종호, 「개화기소설의 대중화과정 연구」, 대구 효성가톨릭대 박사학위논문, 1999, 37~39쪽.

품을 통해 느낄 수 있는 실감과 이를 표현하기 위한 작가의 관심에 기
반 하여 소설의 구성과 문장에 이르기까지 고전 소설과 구별되는 신소
설만의 새로운 일면을 구성하는데 일정한 역할을 수행하였다는 측면 역
시 긍정적으로 평가할 수 있다.[42]

실상, 개화기의 문화적 상황은 일종의 문화적 공백기에 해당한다고
말할 수 있다. 전통의 상층 문화는 개화기 지식인들과 일제에 의해 부정
되었으며 기층문화 역시 비합리적이라는 이유로 배척당하고 있었다.[43]
경성을 비롯한 몇몇 도시가 영화나 연극과 같은 신식 오락의 수혜를 받
을 수 있었던 데 반하여 인구의 다수를 점하고 있었던 농촌 주민들의
경우 혜택은 거의 미치지 않은 상태였던 것이다. 이러한 상황에서 인쇄
자본주의의 발달과 서적 유통 경로의 변화를 통한 소설의 배급망 확충
은 도시와 농촌의 경계를 넘어서는 유일한 오락의 매개로 자리매김 되
고 있었던 것이다.

이러한 상황에서 신소설과 신파극은 수용자의 취향을 당시의 조건 속
에서 최대한 구조화하고 있는 문화 양식으로 파악될 수 있다. 감정의 과
잉, 소박한 도덕주의와 같은 신소설의 자질들은 그 자체로서 스스로의
한계를 드러냄과 동시에 개화기 당시 예술 수용자들이 지닌 취향 구조
의 한 단면을 제시하는 것으로 이해된다. 이것이 신소설에 존재하는 망
탈리테의 기본적 성격이라고 할 수 있다. 이제 막 상업적 성격을 지니기
시작한 출판 및 저널리즘과의 관계나 스스로가 호명하고 전유(Aneignung)
하는 수용자와의 관계 속에서 신소설의 망탈리테는 대중의 취향 쪽으로
정향되어 있었던 것이다.

이 지점에서 이들 신소설과 신파극이 어떠한 사회 변화를 지향하고

---

42) 권영민, 「이해조와 신소설의 변모 양상」, 『한국 민족문학론 연구』, 민음사, 1988.
43) 김문겸, 『여가의 사회학』, 한울 아카데미, 1994, 113~119쪽.

있는가를 묻는 것은 사태의 선후를 파악하는 데에 일정한 문제점이 있는 것이 아닐까? 물론 신소설이 지닌 문제들에 대한 냉정한 논의와 객관적인 평가는 반드시 요구된다. 그러나 그러한 질문이 가능하기 위해서는 먼저 당시 상황과 조건 속에서 사회 통합적이며 전망의 제시가 가능한 당대의 지배적 이데올로기가 무엇이었고 이것이 어떠한 양상으로 존재하고 있었는가에 대한 질문이 선행되어야 할 것이다.

5. 결론

이 글은 신소설이 지닌 특정한 측면을 망탈리테라는 시각을 통해 재고(再考)함으로써 개화기의 맥락 속에서 신소설이 지닌 의미를 다시 평가해보고자 하는 목적에서 작성되었다. 논의가 진행되면서 신소설이 지닌 대중소설적인 성격, 대중 문화적인 측면에 대한 강조와 부각이 불가피했다. 이와 같은 글의 구성이, 대중 소설 혹은 대중 문화가 다수의 수용자에게 사랑받고 있기 때문에 무조건 긍정되어야 한다는 주장의 논거로 사용될 수 없음은 명백하다. 다만 연구자의 사후적 관점을 최대한 배제함으로써 이제까지 미처 발견하지 못했던 대상의 여러 측면을 객관화시키고자 하는 의도의 현실화에 다름 아니라는 사실이 이해되기를 바란다.

한편 이러한 시도는 그 자체로서의 의미와 함께 한국 근대 사회의 문화적 지형을 파악하기 위한 부문 연구로서의 의의도 동시에 부여할 수 있다. 책을 읽고 공연을 관람하는 등의 행위는 다양한 각도에서 의미를 찾을 수 있다. 그리고 하나의 예술 텍스트는 생산자와 수용자 그리고 양자를 매개하는 각종의 장치들의 상호 관계 속에서 사회적 의미를 획득해간다는 소박한 상식이 반드시 기억될 필요가 있을 것이다.

1910년대 이광수 문학 연구

1.

이 글은 1910년대와 1920년대 초반에 걸쳐 발표된 이광수의 논설 및
문학과 관련된 평론, 그리고 같은 시기에 발표된 그의 작품을 검토함으
로써 그 연관성을 고찰하는 것을 일차 목표로 한다. 춘원 이광수에 대한
선행 연구는 그 연구사 검토 자체가 하나의 연구 성과를 이룰 만큼 축
적되어 있으며 이는 한국 근대 문학사에서 그의 위치를 대변한다.[1]

1910년대와 1920년대 한국 문단 사이에 존재하는 질적 차이는 주지
의 사실이며 따라서 이 시기 이광수의 글이 지니는 의미 역시 차이를
지닐 수밖에 없다. 이 글은 이광수 사상 및 문학 활동의 태동·성장기라
할 수 있는 1910년대와 1920년대 초반까지의 글을 중심으로 검토함으

---

[1] 선행 연구사는 대체로 개별 작품에 대한 연구와 이광수 사상에 대한 연구, 비교 문학적
연구, 작가론 등으로 대별할 수 있다. 그러나, 이 글은 이광수 자신에 의해 저술된 자료에
근거하여 근대 문학 형성 초기의 이광수가 보인 면면을 검토하려는 목적을 지니고 있는
바, 개별 선행 연구에 대한 언급은 생략한다.

로써 이후 이광수 자신의 변모 양상 및 1920년대에 들어 본격적으로 발전한 한국 근대 문학 전사(前史)의 일 측면을 파악하고자 한다.

이후 이광수의 글들을 검토하는데 몇 가지 고려할 사항으로는 먼저 그가 활동한 시기가 이른바 문단이라 불릴 만한 어떤 실체가 확립된 상태가 아니며 오히려 형성되어가던 시기라는 점이다. 이는 현재의 의미에서 '문학 평론'이나 '소설' 개념이 그 당시 춘원의 글을 분석하는데 가감 없이 적용되기 힘들다는 사실을 뜻한다. 또, 비록 현재 이광수가 문인으로서 그 입지를 확보하고 있으며 그에 준하여 연구·평가되고 있으나 당대의 관점으로 볼 때 그는 '문인'이라기보다는 '문사'에 가까웠으며 나아가 국권의 상실 상황이라는 사회적 상황 속에서 식민지 조선 민족의 정신적 지도자의 역할까지 자임했던 인물이라는 점이다.

이상을 고려할 때 이 글이 검토하는 이광수 글의 폭이 확장될 수밖에 없음은 당연한 결과이다. 그가 쓴 글들 중에서 문학 및 작품, 문단과 직접 관련된 글은 물론이려니와 당대 사회를 향해 자신의 생각을 개진한 이른바 시평(時評) 및 논설에 이르기까지 이 무렵 그가 쓴 대부분의 글들이 이 글의 논의 대상으로 포섭된다. 이 글의 2장에서는 이광수의 초기 사상적 변모 과정, 3장에서는 주로 문학에 관련된 글들과 그의 소설을 논의 한다. 이상의 전제로 볼 때 그의 소설을 논함에 있어 3장에서 검토되는 그의 문학 관련 평론만이 아니라 2장에서 검토된 시평까지도 고려의 대상이 됨은 불가피한 것이라고 판단된다.

2.

주지하는 바와 같이 이광수 초기의 사상적 배경은 애국 계몽 운동이라 할 것이다. 이는 1908년 발표한 논설을 통해서 확인된다.[2] 그 중 「투병 수약」에서 이광수는 자신이 비판의 대상으로 삼고 있는 여러 문제들을 추상적인 형태로나마 정식화하는데 그의 비판 대상은 '시기', '고식', '의타', '수구'이며 그 대안은 '화목', '영원', '독립', '진보'라는 개념들이다. 그런데, 문제점는 그의 비판이 극히 피상적이며 그러한 상황을 유발한 근원적 문제에 대해서는 비판이 미치지 못하고 있다는 점이다.

선행 연구는 이미 이광수의 논설이 지닌 내용의 추상성과 정신주의적, 윤리적 경사(傾斜)에 대해 지적한 바 있다.[3] 개화기 지식인들이 당대 조선이 처한 문제를 해결하기 위해 내세운 대안들은 실용적인 것으로 '교육 제도 개선'이나 '경제 활성화', '부국강병' 등 인데 반해 이광수는 실제 생활과는 거리를 둔 보다 포괄적이고 추상적인 가치를 지향(指向)했다는 것이다.

이어 1910년에 이르면 이광수는 당대 조선 청년이 취해야할 태도 및 그에 따라 요구되는 제반의 가치들에 관한 일련의 글들을 발표한다. 「금일 아한 청년과 정육」(『대한 흥학보』 10, 1910. 2.), 「금일 아한 청년의 경우」(『소년』, 1910. 6.), 「조선 사람인 청년에게」(『소년』, 1910. 6.) 등의 제목을 통해 알 수 있는 것처럼 그는 당대 조선 문제 해결의 동력이 청년들에게 있음을 강조하고 조선의 현실을 그처럼 열악한 상황으로까지 몰고 간 원인에 대해서 급진적인 비판을 수행한다.

---

2) 이 해 그가 발표한 글은 「국문과 한문의 과도시대」, 『태극학보』 21, 1908 및 「수병투약 (隨病投藥)」, 『태극 학보』 25, 1908이 있다. 이중 「수병 투약」에 있는 다음 구절은 당시 이광수 사고의 한 단면을 보여 준다고 할 것이다. "獨立旗를 「높」히 달고 自由鐘을 크게 울일 方針이 果然 何에 在하느뇨 此를 硏究홈은 眞實노 我韓 同胞의 急務라."(『이광수 전집』 8, 삼중당, 1971. 446쪽. 띄어쓰기는 인용자. 이 글에서 인용되는 이광수의 평문과 작품은 삼중당 판 『이광수 전집』과 우신사 판 『이광수 전집』을 따르며 "삼중당 8, 446쪽" 과 같이 표기하기로 한다.)

3) 서영채, 「이광수의 사상에 대한 한 고찰」, 문학사와 비평 연구회 편, 『한국 문학 연구의 반성과 새로운 모색』, 새미, 1996, 32쪽.

또 今日의 大韓 靑年은 他國이나 他時代의 靑年과 다르니라. 他國이나 他時代의 靑年으로 말하면, 그들은 그들의 先祖가 이미 하여 놓은 것을 繼承하여 이를 保持하고 發展하면 그만이언마는 今日의 大韓 靑年 우리들은 不然하여 아무것도 없는 空空漠漠한 곳에 온갖 것을 建設하여야 하겠도다. 創造하여야 하겠도다. 따라서 우리들 大韓 靑年의 責任은 더욱 무겁고 더욱 많으며 따로이 우리들의 價値도 더욱 高貴하도다.[4]

춘원은 당대 청년들이 계승하고 발전시켜야 할 전래의 그 무엇도 없음을 주장한다. 이러한 생각은 "우리 父老는 거의 앎이 없는 人物, 힘이 없는 人物이니 우리 父老가 어찌 우리를 敎導할 수 있으며 혹 있다 한들 그런 父老의 敎導를 받아 무엇에"[5] 쓸 것인가라는 반문으로 이어진다. 그에게 있어서 당대 조선이 처한 문제는 곧 물려 받을만한 전통이 없다는 문제에 다름 아니다. 나아가 '제 3 朝鮮國 朝鮮 民族'은 '대황제 단군'의 뜻을 저버리고 '취생몽사의 못생긴 뜻에' 자신을 망쳐버렸다고 질타한다.[6] 여기서 '제 3 조선국'은 이씨 조선을, '취생몽사의 못생긴 뜻'은 조선 왕조를 지탱해온 성리학적 가치 기준을 의미한다. 조선 민족은 웅혼한 기상을 지닌 민족이었으나 허례와 가식에 사로잡힌 조선 왕조 시기의 성리학적 영향으로 말미암아 당대와 같이 비참한 상황에 빠질 수밖에 없었다는 것이다. 여기서 춘원이 비판하는 이른바 '성리학적 전통'은 성리학 그 자체가 아닌 형식적이고 제도적인 것이다. 하지만, 춘원이 성리학적 윤리를 비판하고 있으나 그가 과연 윤리의 차원을 넘어서는 새로운 가치 판단의 준거를 제시하고 있는가는 더 논의되어야 한다.

이러한 난국을 타개할 방안으로 춘원은 새로운 윤리 규범의 필요성을

---

4) 「조선 사람인 청년에게」, 우신사 1, 533쪽.
5) 「금일 아한 청년의 경우」, 『소년』, 1910. 6. 우신사 1, 528쪽.
6) 위의 글. 528쪽.

역설하고 이를 새로운 조선 청년이 나아가야 할 지표를 삼을 것을 제안
한다.

> 朝鮮 사람인 靑年이되는 條件을 左에 表示하겠노라.
> 1. 생의 保持發展으로 倫理의 絶對標準을 삼음.
> 2. 倫理에 統合한 良心의 命令은 勇敢히, 精誠스러이, 또 끈기있게 행하
>   되 노력으로써 행함.
> 3. 主義는 確固, 學識은 可及的 該博, 思想은 恒久하고 또 周密함.7)

'생을 유지하고 발전시켜야 한다'는 그의 새로운 윤리 규범은 "天賦된
良心"8)을 기준으로 하고 있으며 이를 완성하기 위하여 추구해야할 긴급
한 목표는 청년을 "정육(情育)"하는 것이다.9) 그런데, 생을 유지 발전시
키려할 때 맞닦뜨리는 제반의 곤란, 즉 타인과의 갈등이나 타민족과의
경쟁 등을 어떻게 해소 할 수 있을 것인가? 하늘이 내린 양심의 견지에
서 이 문제의 해결책을 찾는다면 "상호 이해와 협력이라는 출구"를 열
것이고, 개체의 유지와 발전이라는 견지에서 이 문제를 해결하려 든다
면 "비타협적인 투쟁과 이 결과로 쟁취되는 승리를 통한 개체, 개별 민
족의 유지 발전"이라는 탈출구를 모색할 수 있을 것이다. 이처럼 이 당
시 춘원의 사고는 추상적 차원에서의 계몽 의식을 기반으로 윤리적·도
덕적인 측면과 개체 및 개별 민족의 상호 경쟁적인 측면이 혼재된 양상
을 띤다.

춘원은 법률과 도덕이 오히려 사람을 옭아맬 뿐만 아니라 사회 자체
의 활력과 발전을 저해하고 결국 당대와 같은 상황을 초래한 것으로 판

---

7) 「조선 사람인 청년에게」, 우신사 1, 536쪽.
8) 위의 글, 535쪽.
9) 「금일 아한 청년과 정육」, 『대한 흥학보』, 1910. 2, 우신사 1, 526쪽.

단한다.[10) 이를 극복하는 길은 하늘이 내린 양심을 바탕으로 하여 자신의 생을 유지하고 발전시키는 것이며 이를 위해서 그 동안 억눌러 있던 인간의 정(情)을 신장하여야 한다는 것이 춘원의 주장이다. 그러나, 성리학의 윤리적 폐단을 지적하고 있는 춘원은 자신의 행동 준거 기준으로 "천부의 양심'이라는 또 다른 윤리적 기준을 제시하고 있어 결국은 순환적인 논리를 벗어나지 못하고 있는 것으로 평가된다.[11)

1915년 2차 도일(渡日)을 계기로 춘원의 사고는 급격히 변화 한다.[12) 이 기간 동안 발표된 여러 글 중에서 이광수 사상의 변화를 선명하게 드러내는 글로 매일신보에 연재된(1916. 11. 26~12. 13) 「교육가 제씨에게」를 들 수 있다. 다음은 서두에 드러난 집필 동기이다.

> 今日 我敎育界는 名義만이요, 形骸만이라. 敎育의 主義가 無하고 科學的 敎育術, 敎育法이 無하며, 眞正한 敎育家가 無하도다. 此狀態가 長久히 繼續되면 我文明의 進步는 到底히 不可能이라. 茲에 以餘의 淺見으로도 怵怵한 憂心을 不禁하여 左開의 內容을 둔 此小論을 發表하여 賢明하신 敎育家諸氏의 一考에 資하려 함이로다.[13)

이 글은 "1. 교육과 교육가의 관계. 2. 실생활 중심의 교육. 3. 교육가의 의무" 삼개 항으로 구성되어있다. 1에서는 교육의 중요성에 대한 강조와 전래 교육 방식에 대한 비판, 당대 조선 교육이 나아가야 할 바를 서술하고 있으며, 2에서는 현재 서구 문명 발전의 근본 동인을 실생활 중심의 서구 교육 방법으로부터 구하고 있으며 3에서는 교육을 천부의

---

10) 위의 글, 526쪽.
11) 서영채, 앞의 글, 37쪽.
12) 이광수의 전기적(傳記的) 사실과 사상 및 문학 활동과의 밀접한 상호 연관성에 대해서는 김윤식, 『이광수와 그의 시대』 1~3, 한길사, 1986 참고.
13) 「교육가 제씨에게」, 우신사 10, 49쪽.

업으로 삼고 긍지를 지닌 교육가의 자세에 대해 강조하고 있다. 당시 교육의 책무가 중요하게 대두되는 것은 무엇보다도 성리학의 전통이 남긴 부정적 영향을 극복할 책무가 청년들에게 주어져 있기 때문이다. 즉, 이광수가 교육 제도의 개선 및 교육 종사자들의 의식 변화를 소리 높여 주장하는 이면에는 유교적 전통에 대한 강한 불신이 뿌리 깊게 각인 되어 있다.

> 生物學이 가로되 進化는 優者의 特權이라 하노라. (中略) 道德이니 禮儀니 하는 것은 個人이나 靑年元氣 時代를 經하여 老成期에 入한 後에 生하는 것이니 個人이 道德禮儀의 종이 되게되면 그는 이미 墓門이 近하였고 民族이 道德 禮儀만 崇尙하게되면 그는 이미 劣敗와 滅亡을 向하는 것이라.[14]

표면적으로 이 글에는 "천부의 양심"이라는 새로운 윤리 규범을 중시

---

14) 「위선 수가 되고 연후에 인이 되라」, 『학지광』, 1917. 1, 우신사 10, 242~243쪽.
이외에도 춘원이 조선조 전통에 대해 부정적인 견해를 표출한 것들을 살펴보면 다음과 같다. "적어도 李氏朝鮮 五百年間에는 吾人은 '우리 것'이라 할 만한 哲學, 宗敎, 文學, 藝術을 가지지 못하였다."(「부활의 서광」, 『청춘』, 1918. 3. 우신사 10. 25쪽).
"周易이 朝鮮에 가르친 것은 (그것이 果然 周易의 本旨인지는 勿論하고) 實로 一種의 宿命論이외다. 大하게는 宇宙, 國家와 小하게는 一草一木에 이르기까지 모두 一定한 命과 壽를 備하여 一毫의 自由도 없다 함이요."(「숙명론적 인생관에서 자력론적 인생관에」, 『학지광』, 1918. 8)
또한 「신생활론」(『매일 신보』, 1918. 9. 6~11. 19)에서는 유교 문화의 폐습을 숭고(崇古)와 존중화(尊中華), 경제를 경(輕)히 여김, 형식주의에 사로잡힘, 형식화된 효에 대한 강조, 남존여비 사상에 근거한 부부 관계, 부모 사이의 정혼(定婚)에 따른 문제, 소극주의적 태도 양산(量産), 숭문주의, 계급 사상, 운수론, 비과학적인 삶의 태도, 점잔 등으로 항목을 나누어 그 문제점을 하나씩 따지고 있다. 뿐만 아니라 「조선 가정의 개혁」(『매일 신보』, 1916. 11. 12~11. 22), 「조혼의 악습」(1916. 11. 23~11. 26), 「혼인에 대한 관견」(『학지광』, 1917. 4), 「혼인론」(『매일신보』, 1917. 11. 21~11. 30), 「자녀 중심론」(『청춘』, 1918. 9) 등을 통하여 구조선의 혼인 풍속인 조혼(早婚)에 대해서 신랄한 비판을 수행한다. 이 근저에는 여권의 신장과 여성 교육의 필요성이라는 문제의식 역시 조혼 비판의 한 축을 이루고 있다.

하는 이전 시기 춘원의 모습은 더 이상 나타나지 않는다. 오직 약육강식, 적자 생존의 논리를 맹신하는 한 진화주의자만이 있을 뿐이다. 심지어 그는 같은 글에서 "톨스토이는 老衰의 思想家요 劣敗의 思想家"라고까지 규정함으로써 한 사회가 지닌 역동성을 사회 발전의 원동력으로 파악하려는 의도를 드러내고 있는 것이다. 춘원은 원시 사회, 어린 아이, 청년의 원기, 활기에서 이같은 역동성의 단초를 보았고 이 같은 활기를 바탕으로 군비의 확충, 교육의 발전, 교통의 확대, 산업의 발전 등을 통해 당대의 문제를 능동적으로 해결해 나갈 것을 주장한다.

이렇게 본다면 1910년대 초반 춘원의 딜레마는 '생활의 유지 발전'이라는 대안을 선택함으로써 해소된 것처럼 보일 수도 있다. 그러나 다음의 구절은 이무렵 춘원의 사고를 역시 1910년대 초반의 양상과 별반 변화가 없다는 판단을 내리게 만든다.

> 더구나 이번 歐洲大戰亂은 現代文明의 어떤 缺陷을 暴露한 것인則 이 戰亂이 끝남에 따라 現代文明에는 大混亂, 大改革이 생길 것이외다. 假令 國家主義의 可否라든지, 經濟組織의 不完全이라든지, 精神文明에 對한 物質文明의 偏重이라든지, 女權問題라든지, 國際法 國際道德 問題라든지, 이러한 것은 가장 분명히게 일어날 大問題외다.
>
> 그런데 이러한 問題를 解決함에는 現代文明에 너무 沈醉하여 一種 偏見과 迷信을 가진 西洋人보다도 도리어 아직도 이러한 偏見과 迷信을 아니 가진 東洋人이 가장 冷靜하게 公平하게, 窮究할 利益을 가진 듯 합니다. (中略) 東西文化 融合의 大使命은 차라리 우리 東洋人 손에 있을는지도 모릅니다.[15]

서구 문화 역시 수많은 난제를 안고 있으며 1차 대전은 이러한 문제

---

15) 「우리의 사상」, 『학지광』, 1917. 12, 우신사 10, 247쪽.

의 폭발이었고 이제 그 문제를 해결해야할 시기가 도래했다는 것, 그런데 서구 문화가 지닌 문제를 해결할 수 있는 동력은 서양의 물질문명에 보다 덜 침윤된 동양인에게서 구할 수 있으며 이를 위해 동양의 제민족 중 조선 민족, 그 중에서도 선각(先覺)한 수 삼인의 결의 결사가 필요하다는 것이 이 글의 논지이다. 이를 두고 불과 11개월을 격한 시기 동안 춘원의 사고는 다시 난마처럼 얽혀버린 모습을 보여준다고 평가하기보다, 춘원의 사고틀 내에서는 진화론적인 사고와 도덕주의적 사고가 항상 병존하고 있는 것으로 평가함이 보다 타당할 것이다.16)

서두에서 춘원이 문필 활동 시작하던 시기 그의 사고의 근저에는 계몽 의식이 자리하고 있으며 다른 계몽 운동가들과 달리 춘원의 계몽 의식은 지극히 추상적인 개념을 통하여 나타남을 지적한 바 있다. 이처럼 춘원 사고의 근저에 자리하고 있었던 계몽 의식은 1920년대에 들어서면서 민족의식의 형태로 변모되어 나타난다. 1921년 『개벽』에 연재(1921. 11~1922. 3)된 「소년에게」에서 춘원은 당대 조선의 상황을 경제적, 도덕적, 지식적, 파산 상태로 규정한다. 이 때문에 "現在의 朝鮮民族에게 거의 民族的生活의 能力이 없"으며 이를 극복하기 위하여 대안으로 "소년 동맹"을 제안한다. 나아가 이 동맹을 매개로 "民族運命을 돌릴 길"을 찾아야 한다고 주장한다.17)

물론, 당시 조선의 열악한 상황을 초래한 것이 고래(古來)의 인습이며 소년 동맹의 결성을 통해 이러한 인습적 요소들을 타파해야함을 주장하는 춘원의 입장은 형식적이고 제도적인 성리학적 요소들을 비판하던 이전 시기 춘원의 그것과 유사하다. 그러나, 그 대안의 실천은 미묘한 차이가 있다. 1910년대 춘원의 글 속에서 찾을 수 있는 현실 극복의 대안

---

16) 서영채, 앞의 글, 47쪽.
17) 「소년에게」, 우신사 10, 148~170쪽.

은 일정한 의미에서 개인적인 차원의 결의나 의지였다고 할 것이다.[18) 다시 말해 현실의 문제를 올바로 인식할 수 있는 능력을 지닌 뛰어난 인물이 당면한 문제를 해결하기 위해 "心腸의 運動이 쉬는 날까지" 노력한다면 조선이 처한 문제를 해결할 수 있다고 바라본 것이 1910년대 춘원의 문제의식이다. 하지만 「소년에게」에서 춘원은 개인적 차원에서의 문제 해결 노력이 지니는 한계를 인식하고 "改造되고 新生된 朝鮮民族의 民族的 生活을 組織하고 그 組織된 機關을 運轉"[19)할 필요가 있다고 주장한다. 다시 말하자면 이 시기 춘원의 문제의식은 개인의 차원을 넘어서 집단의 수준으로 확장되고 있으며 이는 천재, 영웅 중심의 민족의식에서 민족 성원 전체를 대상으로 하는 민족의식의 차원으로 이전되고 있음을 의미하는 것으로 이해된다.

이처럼 확장된 춘원의 민족의식의 실체는 1922년 5월 『개벽』에 발표된 「민족 개조론」을 통해 집약된다. 그는 교육, 가정, 문화 등 당대 조선 사회가 안고 있는 제반의 문제를 거론하면서 이의 대안으로 민족 개조 운동을 제안한다. 민족 개조 운동은 8개의 항목으로 정리되어있으며 한편으로 정치적인 색채가 배제된 것으로서의 철저한 순수 민간 운동이어야 함을 역설함과 동시에[20) 민족 개조 운동의 가장 중요한 방법으로

---

18) 이러한 판단의 준거로 제시될 수 있는 춘원의 글들은 다음과 같다.
　　"나는 毋論 天才라는 것을 믿는 사람이요. (中略) 내가 말하려는 天才는 여러분의 通常 말에 잘 쓰시는 長技라는 것과 같으오. 아니 같을뿐 아니라 天才 즉 長技요 長技 즉 天才올시다. (中略) 不可不 各自의 天才를 調査하여야 하겠소. (中略) 우리들은 오래오래 자기의 天才가 어디 있는가를 생각하여 그것으로 일생의 目的을 삼아야만 하겠소"(「천재」, 『소년』, 1910. 6. 우신사 1, 530~532쪽.)
　　"그러나 이(황금, 금강석, 라디움—인용자)보다 더 效力이 많은 寶物이 있으니 그 寶物은 天才라는 것이요. (中略) 그는 社會를 근심하고 사랑하는 衷情으로 社會에게 價値를 주고, 幸福을 줄 양으로 或 學校에서 或 書齋에서 螢雪의 苦心하는 祈禱로 비로소 天命을 받아 社會에 傳하는 것이외다. (中略) 只今 朝鮮은 天才를 부를 때다. 모든 種類의 天才를 부를 때외다."(「천재야! 천재야!」, 『학지광』, 1917. 4, 우신사 10, 38~41쪽.)
19) 「소년에게」, 앞의 책, 164쪽.

'개조 동맹의 설립'을 제안한다는 점을 고려할 때 이 논문의 근저에도 역시 집단적 차원에서의 문제 해결의 중요성이 깔려 있음을 확인할 수 있다.[21]

그런데, 「민족 개조론」 한 편의 논문에서도 춘원 사고의 난맥상은 가감 없이 나타난다. 이 논문의 근거를 이루고 있는 '집단적 문제 해결 방식을 통한 당면 문제 해결'이라는 춘원 민족주의의 요체는 그 구체적인 실천의 방식에서 다시 두 방향으로 분기된다. 그 중 하나의 방향은 도덕주의로의 회귀이며 다른 하나의 방향은 이른바 무실역행을 기본으로 하는 근대 서구 문물의 점진적 수용의 방식이다. 춘원이 제시하고 있는 첫 번째 실천 방식에서 주의를 요하는 것은 다음과 같은 구절이다.

> 朝鮮民族 衰頹의 原因은 道德的 原因이 根本이니 이를 改造함에는 道德的改造, 精神的改造가 가장 根本이되는 것이라 함이외다. (中略) 道德的原因을 無視하고 知識만 鼓吹하였기 때문에 드디어 今日까지도 知識만 重히 여기고 道德이란 것을 輕히 여기는 弊習을 生하게 된 것이외다.[22]

---

20) 춘원이 제시한 민족 개조 운동의 8개 항목은 다음과 같다. ① 거짓말과 속이는 행실이 없게, ② 공상과 공론은 버리고 옳다고 생각하는 바, 의무라고 생각하는 바를 부지런히 실행하게, ③ 표리부동과 반복함이 없이 의리와 허락을 철석같이 지키는 충성되는 신의 있는 자가 되게, ④ 고식, 준수 등의 겁나를 버리고 옳은 일, 작정한 일이어든 만난을 무릅쓰고 나아가는 자가 되게, ⑤ 개인보다 단체를 사보다 공을 중히 여겨 사회에 대한 봉사를 생명으로 알게, ⑥ 보통 상식을 가지고 일종 이상의 전문 학술이나 기예를 배워 반드시 일종 이상의 직업을 가지게, ⑦ 근검 저축을 상(尙)하여 생활의 경제적 독립을 가지게, ⑧ 위생의 법칙에 합치하는 생활과 일정한 운동으로 건강한 체격을 소유한 자가 되도록.(「민족 개조론」, 우신사 10, 137쪽.)

21) 「민족 개조론」, 위의 책, 143쪽. 같은 글에서 춘원은 갑신정변을 조선에서 일어난 민족 개조 운동의 첫 걸음으로 평가한다. 그러나 그 운동이 실패로 돌아 갈 수밖에 없었던 원인중 하나를 "團結의 鞏固치 못함"(121쪽)에서 찾고 있다. 이러한 그의 지적은 단체 활동의 중요성을 새삼 강조하는 것으로서 「소년에게」의 문제 의식의 연장선상에 서 있는 것으로 평가 될 수 있다.

22) 「민족 개조론」, 위의 책, 123쪽.

톨스토이를 노쇠의 사상가이자 열패의 사상가로 규정하고 원시적 생명력을 찬양하던 춘원의 이전 모습(「교육가 제씨에게」)을 고려할 때 위와 같은 언급은 자신의 과거에 대한 전면 부정으로 읽힐 수 있는 가능성을 제공한다. 그러나 한편으로 그가 제시하는 구체적인 실천의 방안은 점진적인 근대화의 논리를 수용하는 것으로도 판단이 가능하다. 이처럼, 춘원에게 있어서는 도덕주의적 실천이라는 한 갈래의 문제 해결 방식과 근대적 진화론이라는 또 다른 방식의 문제 해결 방식이 끈질기게 상호 병존하고 있다. 시기에 따라서 춘원이 내세우는 기치가 계몽 사상일 때도 있었고 민족주의 일 경우도 있었으며 그 해결 방식에서 도덕성을 우위로 한 금욕적 삶의 방식을 주장하는 경우나 반대로 진화론적 입장을 강력히 옹호하는 듯한 태도를 취하는 경우도 있었지만 그 어떤 시기에도 춘원이 어느 한 방향만을 유일의 출구로 생각했다는 근거를 발견하기는 어렵다. 이 양자의 끊임없는 견제와 상호 작용이 춘원 사고의 실질적인 근간을 이루고 있다 할 것이다.

3.

춘원이 문학에 대해 자신의 생각을 정리된 형태로 발표한 글 중 최초의 것은 1910년 3월 『대한 흥학보』에 실린 「문학의 가치」이다. 여기서 춘원은 문학이 인류의 역사와 함께 한 것이며 역사 과정에서 결코 빠뜨릴 수 없는 것이라는 사실을 강조하면서 신문명의 건설을 목전의 과제로 하고 있는 당시 조선의 상황 속에서 문학의 가치를 규정하고 있다. 한편, 일반적인 맥락에서 문학의 존재 가치에 대해 춘원은 "人類가 學問을 有한 이상에는 반드시 文學이 존재할지니, 人類의 情이 有할진댄 文學

이 생길지며 또 _必要할_" 것이라고 언급하고 한걸음 더 나아가 "文學은 다만 情的 滿足, 즉 遊戲로 생겨났"다고 함으로써 이른바 '정의 문학론'에 대한 사고의 단초를 보인다.23)

정적(情的) 요소로 충만된 것으로서 문학을 정의하는 춘원의 이러한 태도는 문학이 지닌 쾌락적 요소에 대한 강조라 할 것이다. 이는 「문학이란 하오」(『매일 신보』, 1916. 11. 10~11. 23)에 집약되어 있다. "(문학에 대한 ─인용자) 新舊 意義의 相異. 文學의 定義. 文學과 感情. 文學의 材料. 文學과 道德. 文學의 實效. 文學과 民族性. 文學의 種類. 文學과 文. 文學과 文學者. 朝鮮文學."과 같은 글의 구성에서도 알 수 있듯이 여기에는 문학이 감정 및 도덕과 관계되는 양상에 대한 의미있는 언급이 포함되어 있다.

> 아무려나 他科學은 此를 讀할 時에 冷靜하게 外物을 對하는 듯하는 感이 有한데 文學은 마치 自己의 心中을 讀하는 듯하여 美醜喜哀의 感情을 伴하나니 此感情이야말로 實로 文學의 特色이니라. (中略) 科學이 人의 知를 滿足케하는 學問이라면 文學은 人의 情을 滿足케하는 書籍이니라. (中略) 文學은 情의 基礎위에 立하였나니 情과 吾人의 關係를 從하여 文學의 輕重이 生하리로다.24)

이처럼 당시 춘원의 문학관은 철저히 인간 감정과의 관계라는 측면에

---

23) 우신사 1, 546쪽. 한편 이처럼 '정(情)'의 존재를 인류가 추구해야할 최고의 덕목으로 강조하는 춘원의 태도는 이 글보다 한달 전 발표된 「今日 我韓 靑年과 情育」을 통해 잘 드러나고 있다. 이 글에서 춘원은 다음과 같이 주장한다. "人은 實로 情的動物이라. 情이 發한 곳에는 權威가 無하고, 義理가 無하고, 知識이 無하고, 道德·健康·名譽·羞恥·生死가 無하나니, 嗚呼라 情의 威요 情의 力이여 人類의 最上 權力을 握하였도다." 우신사 1. 526쪽. (강조는 인용자) 앞서 검토한 바처럼 춘원이 '정'을 이처럼 강조하는 이유는 지식과 도덕 위주의 조선적 전통에 대한 반발이라는 측면이 강하다고 할 수 있다. 즉, 형식적·제도적인 유교 가치 체계 속에서 억눌려 있던 감정을 해방시킴으로써 자유롭고 생기 있는 인간의 육성을 의도했다는 판단이 가능하다.

24) 「문학이란 하오」, 우신사 1, 548쪽.

집중되어 있다. 이는 전통적 맥락에서 '문(文)'의 개념이 지닌 포괄적인 의미 규정을 극복하고 서구에서 유입된 단어(literature)의 역어(譯語)로서의 새로운 '문학' 개념을 강조하기 위한 것으로 보인다. '문학과 도덕'이라는 항목에서 춘원은 "문학은 이미 정치와 도덕의 노예가 아니"기 때문에 고전 문학이 지닌 권선징악적 구성 방식을 탈피하여 인간 감정에 충실한 내용 구성의 취해야 함을 주장한다.

덧붙여서 한 가지 지적될 수 있는 것은 위 글의 '문학과 문' 항목의 내용인데 여기서 춘원은 "한문에 토를 단듯한 문장은 속히 타파해야할 악습"이라 하고 "신문학은 금일 하인(下人)이 지(知)하고 용(用)하는 어(語)로 작(作)할 것"이라 규정한다. 문학의 문장에 대한 춘원의 관심은 「현상 소설 고선 여언」(『청춘』, 1918. 3)에서도 동일하게 나타나는데 여기에서 춘원은 현상 응모한 소설이 모두 시문체(時文體)로 쓰여 있다는 점을 높게 평가한다.[25] 이 때 '시문체'라는 규정이 무엇을 의미하는지 춘원 자신이 명확히 정의하지는 않았으나 문맥을 통해서 살펴볼 때 현실의 언어생활을 여실히 반영한 문장이라는 사실은 어렵지 않게 짐작할 수 있다. 또한 대부분의 응모 작품들이 전기적(傳奇的), 교훈적 요소를 탈피하여 "에술적에 들어가는 기미"를 보이고 있다는 사실을 강조한다. 앞서의 논의와 마찬가지로 이 지적은 문학 작품이 특정 사상이나 도덕적 요소의 전달 매개로 전락해서는 안 된다는 춘원 사고의 일단을 드러낸 것으로 판단할 수 있다.

이상에서 살펴본 바 1910년대 춘원 문학관의 핵심은 '정(情)' 중심의 문학이라고 정리될 수 있다. 문학의 독자성에 바탕을 둔 이 관점은 문학이 도덕이나 종교 또는 윤리의 예속을 벗어나 독자적 지위를 확보하여

---

25) 「현상 소설 고선 여언」, 우신사 10, 569쪽.

야 함을 의미한다. 이 관점은 문학의 목적을 '정의 만족'에 두고 있는데 이는 문학이 종교와 윤리에서 벗어나 인간의 감정과 생활을 자유롭고 여실하게 묘사된 문학에서 획득 가능하다. 이러한 문학론은 '정의 만족'과 흥미 위주 사이 차별성이 명확히 규정되지 않아 자칫 흥미 본위의 창작으로 귀결될 위험성을 내포하고 있는 것도 부인할 수 없다.26)

한편, 이 무렵 발표된 이광수의 작품에 대한 기존 연구는 주로 장편 『무정』에 집중되어 왔다. "『무정』 한가지만 가지고도 춘원의 이름은 조선 신문학사에 지울 수 없을 것"27)이라는 김동인의 평가를 시작으로 하여 그 동안 발표된 이광수에 관련된 연구 업적의 대부분에서 『무정』은 논의되어 왔다. 그러나 작품 『무정』이 아무런 지반 없이 솟아오를 수는 없는 문제이기에 『무정』이전 작품들에 관해 살펴보는 것이 필수적으로 요청된다.28)

1909년 『백금 학보』에 일본어로 발표된 「사랑인가[愛か]」를 제외할 때 춘원의 첫 작품은 「어린 희생」(『소년』, 1910. 2. 5.)이다. 러시아와의 전쟁에서 전사한 부친의 소식을 듣고 원수를 갚기 위해 전쟁터로 달려나갔다가 러시아인의 손에 죽은 어린아이와, 아들과 손자의 복수를 실행하는 조부의 모습을 그린 이 작품은 사실적인 측면에서 많은 허점을 보인다.29)

이어 발표된 단편 「무정」은 작품 말미에 작가 자신이 직접 "此篇은 事

---

26) 구인환, 「이광수의 문학 사상」, 동국 대학교 부설 한국 문학 연구소 편, 『이광수 연구』, 태학사, 1984, 547쪽(『현대사회』 2, 1981).
27) 김동인, 「춘원 연구」, 『김동인 전집』 16. 조선일보사, 1988, 63쪽.
28) "1910년대 이광수의 단편들은 『무정』으로 나아가는 길을 예비하였다는 측면에서 소설 사적인 의의가 있음을 볼 수 있다." 한점돌, 「1910년대 한국 소설의 정신사적 연구」, 서울대 박사 학위 논문, 1992. 118쪽 및 김윤식, 「≪무정≫의 문학사적 성격」, 『한국 근대 문학 사상사, 한길사, 1984, 40~42쪽 참조.
29) 이에 대해서는 이어령, 「춘원 초기 단편 소설의 분석」, 위의 책, 참고.

實을 敷衍한 것이니 마땅히 長篇이 될 것이로되"30) 운운하고 있어 허구로서 완전한 하나의 작품으로 평가하기 곤란하다. 1910년 8월 『소년』에 발표된 「헌신자」 역시 마찬가지이다. 남강 이승훈을 모델로 한 듯한 "김광호"가 일생을 두고 모은 사재를 털어 교육 사업에 헌신하다 숨을 거두는 장면을 소설화한 이 작품의 말미에도 "孤舟曰 이는 사실이오."라고 밝혀 놓았다.31) 이처럼 처음으로 창작을 시도하던 당시 춘원이 허구로서의 소설 개념을 완전히 인식하고 있었다고 판단하기는 힘들다. 이 무렵 발표된 춘원의 작품들은 거의 자신의 경험을 그대로 소설화한 것이거나 혹은 「무정」의 말미에 쓴 작가의 말처럼 자신이 어디선가 들은 이야기를 그대로 옮겨 놓은 것이라고밖에 평가할 수 없다.

이상에서 간략하게 살펴본 바와 같이 『무정』이전에 발표된 4편의 단편 소설(「사랑인가」를 제외할 때)들은 근대적 소설에 대한 춘원의 사고가 불확실한 상태에 놓여 있음을 보여준다. 즉 근대적 의미의 소설이 허구성을 그 기본적인 요소로 하고 있는데 반하여 이 시기 발표된 춘원의 단편 소설들은 모두 실제의 사실을 기술하고 있거나 여러 체험 과정을

---

30) 「무정」, 『대한 흥학보』, 1910. 3~5, 우신사 1, 565쪽.

31) 우신사 1, 568쪽. 양문규는 이 작품을 애국 계몽 운동을 형상화한 작품으로 분류하면서 "『매일 신보』의 교술적 단편과 마찬가지로 주인공의 추상적 정열, 도덕적 결단만이 강조될 뿐 주인공의 삶이 당대의 역사 현실을 매개로 구체적으로 형상화되지 못하기 때문에 교술적인 세계에 머무르고 있다."고 비판한다. 「1910년대 한국 소설 연구」, 연세대 박사 학위 논문, 1991, 82쪽.
이동하도 김광호의 재산 축적과정에 대한 피상적인 서술, 졸업식 복장 문제에 관한 김광호의 추수적 개화 지상주의, 개화 사업에 뛰어든 동기의 우발성 등을 지적하면서 김광호의 방향 감각이 '맹목적인 개화 지상주의'에 불과한 것이라고 비판한다. 또한 주인공 '漁翁' 역시 춘원의 자화상임과 동시에 1910년대 일본 유학생 전체를 상징적으로 집약한 인물임에도 불구하고 이념적 깊이와 논리적 무장의 결여 상태에 놓인 채 김광호의 맹목적 열정에 대한 찬양에 그치고 있다는 점을 지적하면서 춘원의 작가 의식에 문제를 제기한다. 「1910년대 단편 소설 연구」, 서울대 석사 학위 논문, 1982, 24~27쪽.
한편, 한점돌은 이 소설이 1910년대에 이광수가 발표한 단편 소설 중 유일하게 "세계에 대한 자아의 우위"를 드러낸 소설이라는 점을 지적한다. 한점돌, 앞의 논문, 108쪽.

거쳐 허구적 소설을 창작하더라도 개연성을 살리지 못함으로써 소설로서의 함량 미달 수준에 놓인 것으로 판단된다.

「헌신자」 이후에 발표된 또 다른 단편 「김경」은 전반부와 후반부가 일정하게 분리되어 있다. 일본에서 중학을 졸업한 김경은 톨스토이 등의 영향을 강하게 받은 자로 귀국 후 오산에 정착, 오산 학교 교사로 재직한다. 그는 소년 철인이라는 탁호를 들을 정도로 신망이 높았다. 이상이 작품의 전반부 내용이고 작품의 후반부는 오산 학교에 대한 김경의 상념들로 채워져 있다. 작품의 주인공 김경이 일본 유학생 출신이라는 점, 그가 영향을 받은 인물들이 톨스토이, 목하상강(木下尚江), 덕부노화(德富蘆花) 등이라는 사실, 문학에 대한 열망을 지니고 있었다는 점, 귀국하여 교사 생활을 하고 있다는 점 등을 고려할 때 이 작품 역시 작가 춘원 자신의 전기적 사실과 거의 일치하고 있다. 작품의 후반부에 서술되는 김경의 상념들이 당시 춘원 자신의 내밀한 의식의 자기 고백으로 볼 수 있다면 이 작품은 작가론의 차원에서만 논의의 의미를 지닐 수 있을 것으로 판단된다.

앞서 살펴본 바와 같이 1910년대 전반 춘원이 제시했던 문학에 대한 관점은 '정(情)' 중심의 문학관이었다. 이는 다시 도덕과 종교로부터의 문학의 자율성, 또는 교육을 통한 정의 해방이라는 면모를 띠고 나타난다. 또한 당시 춘원 사상의 근저에 깔려 있는 애국 계몽 의식 역시 교육의 중요성에 대한 강조와 전래 가치에 대한 전면적인 부정으로 나타남도 확인할 수 있었다. 조혼과 남아(男兒) 중심의 전래 가치관이 한 여인을 파멸로 몰아감을 보여 줌으로써 형식적 유교 전통의 부정성을 드러낸 「무정」, 막연하지만 교육에 대한 열정과 개화에 대한 열망을 드러낸 「헌신자」, 「김경」 등의 작품 모두 춘원의 당대 사고와 상호 연관을 지니고 있음이 짐작된다. 문제는 그러한 작가 의식이 소설적 형상화 과정을 거처 매개된 형태로 나타난 것이 아니라는 점이다.

『무정』이전의 단편들이 이처럼 수다한 문제를 지니고 있음을 고려할 때 『무정』이 성취한 성과는 그 자체로서 대단한 것이라고 할 수 있다. 물론 『무정』이 한국 근대 장편 소설의 효시 작품이라는 일반적인 평가가 액면 그대로 수용될 수는 없다고 판단된다. 이 문제에 제대로 답하기 위해서는 '근대'라는 문학외적 요소와 '소설'이라는 문학적 요소에 대해 동일한 비중의 답변이 제출되어야 하며 한 걸음 더 나아가 작품 『무정』속에서 검출되는 '근대적 요소'에 대한 철저한 검증이 필요하지만32) 이상의 문제는 독립적으로 논의됨이 옳을 것이다.

『무정』에서도 작가 이광수 자신의 전기적 요소는 계속 발견되지만 그 같은 사실적 요소가 작품의 서사 구조 속에 용해되어 나타나고 있다는 점이 이전 단편과 『무정』이 갈라서는 지점이다. 뿐만 아니라 이형식이라는 중심 인물을 중심으로 『무정』을 재구성했을 때 그가 자신의 삶이 지닌 의미를 찾아가는 과정을 보면 이형식이 찾는 의미의 실체보다 하나의 결과를 얻기 위해 이형식이 겪는 고뇌와 갈등이 오히려 작품의 근대적 성격을 논증하는 근거로 작용할 수도 있다는 판단도 가능하다.33) 결국, 『무정』은 사실적 요소와 허구성이 상호 연관 관계를 이루고 있으며 중심 인물의 성격화 등에 있어서 이전 단편들이 노정했던 제반 결함들을 극복하고 나름의 성과를 거두었다는 평가를 할 수 있다.34)

그러나, 작품의 성과가 뚜렷한 만큼 작품이 지닌 한계 역시 분명하다고 할 수 있다. 앞서 살펴본 것처럼 춘원은 고전 문학 작품이 지닌 권선징악적 구성 방식과 함께 작품을 작가가 지닌 제반 관념이 설교조의 형

---

32) 한점돌, 앞의 논문, 128~139쪽, 참조.
33) 한점돌, 위의 논문, 132쪽.
34) 한편, 『무정』이 표출한 사상적 측면의 의의 및 한계에 대해서는 한점돌, 위의 논문, 140~ 141쪽 참조.

식을 띠고 작품 속에서 드러나지 않아야 함을 역설한다.35) 하지만, 유종호의 지적대로 관념 속에서의 이같은 태도와는 달리 춘원 자신이 붓을 들면 '민족', '인도', '사랑'의 설교가 거침없이 쏟아져 나온다.36) 『무정』도 이러한 평가에서 자유롭다고 할 수는 없다. 이형식과 김병욱의 입을 통해서 나오는 이야기는 물론이려니와 심지어 작가의 '편집자적 논평 editorial comment' 형식을 빌어서라도 "~ 해야 한다", 혹은 "~할 필요가 있다."는 식의 설교적 주장은 끊임없이 되풀이되어 나타난다.

결국 『무정』은 당시까지 변모해 온 춘원의 사상적 면모가 집약적으로 드러나 있는 작품이라 할 것이다. 그 속에 등장하는 미숙한 진화론자 이형식, 문명개화가 무엇인지는 모르지만 어쨌든 좋은 것이라는 김장로, 나름대로 일관된 개화 의식을 지닌 김병욱, 유교적 인식 틀에서 새로운 사고틀로의 이전이 목격되는 박영채 등의 인물은 사실 춘원이 가지고 있는 여러 사고방식의 한 단면들을 대변하는 인물로 보인다. 그리고 등장인물들의 다양한 갈등 양상을 일거에 왜소한 것으로 만들고 나아가 보다 큰 다른 목적을 향해 그들이 하나 될 수 있도록 유도하는 계기인 삼랑진 수해 현장과 이 때 보이는 이형식과 다른 인물들의 다짐은 『무정』의 근저를 이루는, 나아가 춘원 사고의 핵심을 이룬다고 할 수 있는 민족주의에 근거한 계몽 의식과 문명개화 의식이 조화롭게 전경화(前景化)된 양상이라는 평가가 가능하다. 이렇게 볼 때 『무정』은 계몽주의라

---

35) "그런데, 이번에 應募하신 이 중에서도, 或은 靑年의 墮落을 慣慨한다든지, 或은 離婚의 不當을 攻擊한다든지, 或은 學生의 勤勉을 獎勵하는 所謂 '主旨'를 確立하고 小說中의 事件과 人物은 現實的이든지 말든지를 不問하고 다만 그 主旨를 發表하기 위한 方便으로 하신 것이 四五人이 되신 것을 보았습니다. 그 憂世의 苦衷은 同情하는 바로되 이는 文學의 任務가 아니외다. <u>文學은 淺薄한 敎訓보다도 敎訓의 源泉이 되는 靈의 소리라야 할 것이외다.</u>" 「현상 소설 고선 여언」, 『청춘』, 1918. 3, 우신사 10, 571쪽(강조는 인용자).
36) 유종호, 「어느 半문학적 초상」, 『문학 춘추』 8, 1964, 전광용, 「이광수 문학관과 그 성격」, 『한국 근대 문학론고』, 민음사, 1986, 56쪽에서 재인용.

는 큰 틀에 방향성을 일치시킴으로써 역사의 흐름과 일정한 보조를 맞추어가고는 있으나 그 내부에 존재하는 "인간과 사회를 바라보는 데 있어서의 불철저함과 추상성으로 인해 양자(역사의 방향을 따라 잡는 것과 근대적 개인의 형상화―인용자) 모두에서 한계를 비치고 있다"37)는 평가로부터도 결코 자유로울 수 없을 것이다.

『무정』 연재 5개월 뒤 『매일 신보』에 연재된 『개척자』는 인물들 사이의 관계 설정이 남녀 간의 삼각관계로 설정되고 있다는 점에 있어서 『무정』과의 유사성이 확인된다. 그런데, 이 작품에서는 등장인물들의 제반 행위가 그 자체로서 의미를 지니는 것이라기보다는 모든 것이 민족 운명의 개척이라는 당위적 명제와 연관시키려는 작가의 의도가 노골적으로 드러나 있다. 결국 이 작품은 설교조 서술 방식이 다른 모든 요소를 압도하고 있어 작품 자체로 보면 거의 실패작에 가깝다는 평가가 지배적이다.38)

『무정』과 『개척자』 사이에는 단편 「소년의 비애」(『청춘』, 1917. 6)와 「어린 벗에게」(『청춘』, 1917. 9~11.)가 놓여 있다. 사랑하는 누이의 불행한 혼인을 바라보는 한 소년의 시각을 통해 조혼 제도의 폐습을 고발하려는 의도를 지닌 「소년의 비애」는, 그러나 조혼의 문제점을 자각한 문호에 의해 제시되는 문제의 해결책이 난수에게 즉흥적 도망을 제안하는 수준에 그치고 있다는 점을 고려하면 작품에 나타나는 이른바 반(反)봉건적 의식이 얼마나 피상적인 수준인가를 능히 짐작할 수 있다.

한편으로 소년이 느끼는 비애의 실체는 다음 구절을 통해 실체를 찾을 수 있다.

---

37) 유문선, 「3 · 1 운동을 전후한 문학적 대응」, 민족 문학사 연구소 편, 『민족 문학사 강좌』 하, 창작과 비평사, 1995, 62쪽.

38) 김현 편, 『이광수』, 문학과 지성사, 1988. 2장 및 한점돌, 앞의 논문, 144쪽 및 유문선, 위의 글 참조.

> 그 해 가을에 16세되는 蘭秀는 基富家의 十五歲되는 子弟와 約婚이 되
> 었다. 文浩가 이 말을 듣고 百方으로 父親과 季父에게 諫하였으나 듣지
> 아니하였다. (中略) 또 自己가 가장 사랑하던 누이를 어떤 사람에게 빼앗
> 기는 것이 아깝기도 하고 憤하기도 하였다. 마치 영국 詩人 워즈워드가
> 그 누이와 一生을 같이 보낸 모양으로 자기도 蘭秀와 一生을 같이 보냈
> 으면 하였다.39)

이러한 문호의 모습으로부터 그 '비애'의 실체란 성장을 거부하고 항
상 소년의 상태에 남아 있기를 바라는 문호의 소망이 좌절되는 것을 이
름에 다름 아니라는 사실이 드러난다. 결국 작품은 성장에 따른 소년의
비애, 사랑하는 여인을 다른 남자에게 빼앗기는 소년의 비애가 중심 주
제이며 겉으로 드러난 바, 조혼 제도에 대한 비판을 매개로 한 인습 비
판은 부차적인 지위에 머무르고 있지 않은가 하는 판단도 가능하다.40)
「어린 벗에게」의 경우, 편지 형식을 취하고 있다는 점에서 그 형식상
의 특징을 지적할 수 있다. 편지라는 매개의 속성을 고려할 때 이 작품
은 사건의 인과적 연결 관계보다는 특정한 상황이나 사건이 인물에게
미치는 영향과 이 영향의 결과 인물이 지니는 감정의 변모 과정이 서술
의 중심적인 축을 형성할 수밖에 없다. 따라서 서술의 과정 속에서 시간
적 선후 관계에 따른 계기성은 다른 작품에 비해 상대적으로 약화될 수
밖에 없으며 인물이 지닌 내면의 솔직한 고백이 보다 중심적인 것이 된
다. 그런데, 4개의 편지로 구성된 이 작품의 서술 중심축은 사건이나 상
황에 따른 인물의 내면 고백이라는 본래의 측면보다 인물이 지닌 사유
의 직접적인 표출에 주안점이 놓여 있는 것으로 판단된다. 특히 '제 二
信'의 경우41) 사랑의 이익을 세 가지로 구분하고 당대 조선 청년들의

---

39) 「소년의 비애」, 삼중당 14, 16쪽.
40) 김복순, 「1910년대 단편 소설 연구」, 연세대 박사 학위 논문, 1990, 182쪽.

애정관을 논설과 유사한 형식을 빌어 비판함으로써 춘원 자신이 지닌 자유연애의 사상을 설파한다는 목적은 달성했을지 모르지만 작품의 서사 구조는 바로 그 지점에서 균열을 일으키고 있다.42) 이 작품 역시 『개척자』에서 볼 수 있는 것처럼, 설교조의 서술 방식이 두드러진 양상으로 인해 작품으로서의 완성도는 논란의 여지를 남겨둔 것으로 보인다.

『개척자』의 연재가 종료될 무렵인 1918년 3월 『청춘』에 발표된 「방황」은 서사의 중심이 등장인물의 '고독'에 놓여 있다는 점에서 주의를 요한다. 선행 연구의 지적처럼 이 작품이 센티멘털한 허무주의에 머문 면이 없지 않으나43) 인간 존재가 지닌 근본적인 의미에서의 고독을 문제 삼았다는 점은 충분히 평가될 수 있는 지점일 것이다. 동경 학교의 기숙사에 앓아누운 '나'가 "적막하고", "늘 춥고 괴로운 인생"을 생각하는 것으로부터 출발한 이 작품 내부에는 인간과 인간 사이의 관계 맺음이나 그로부터 파생되는 그 어떤 사회성 혹은 시간성도 개재되어 있지 않다. 서술자는 철저히 외로울 뿐이며 그 외로움으로부터 벗어날 아무런 탈출구도 그에게는 존재하지 않는다. 그에게 주어진 선택은 "싸늘한 생활"을 취하는 것뿐이다. 춘원의 여타 작품이 『무정』과 같이 희망에 찬 미래를 향해 나아가거나 아니면 다른 작품들처럼 등장인물의 죽음으로 대단원을 맺는 것과는 달리 이 작품은 "食堂에서 夕飯鐘이 울고 숙生들이 신을 끌며 食堂으로 뛰어가는 소리가 들린다. 五燭燈이 혼자서 반작반작 한다."44)처럼 분명한 종지부가 생략된 채로 종결되고 있다. 다시

---

41) 「어린 벗에게」, 삼중당 14, 30~46쪽.

42) 나아가 작품 말미에 "나는 모르나이다"를 반복하는 주인공 임보형의 행위는 바로 앞 편지에 작심했던 김일련과의 사랑을 포기하는 것으로 읽힌다. 이는 자신의 운명을 주어진 것으로 받아들이며 이에 순응하는 것으로서 춘원 스스로 비판했던 "숙명론적 인생관"에 사로 잡힌 조선인의 한 전형을 이룬다.

43) 김복순, 앞의 논문, 192쪽.

44) 「방황」, 삼중당 14, 68쪽.

말해 이 작품은 어떤 사건을 중심으로 서사가 구성되었다기보다는 고독의 감정 그 자체를 보여줌을 자신의 서사 구성 원리로 삼고 있다.[45)]

앞서 살펴본 바와 같이 『무정』과 『개척자』가 민족주의라는 명제를 '주입'하려는 작가의 과도한 개입으로 인해, 특히 『개척자』의 경우 어떤 측면에서 볼 때 서사 구조 자체가 흔들리는 상황마저 초래되었다는 점은 '정(情)'의 만족을 문학의 최우선 과제로 상정했던 춘원의 문학관에 있어서 일정한 변화를 예상할 수 있게 한다. 1921년 8월 『창조』에 발표된 「문사와 수양(修養)」은 이같은 변화 양상을 비교적 분명히 보여준다.

> 文藝가 人心을 刺激하여 活潑한 精神的 活動을 激發하는 同時에 文藝 自身이 新思潮, 新思想의 宣傳者가 되는 것이니 文藝 作者는 文藝의 特有한 人의 情緒를 直接으로 感動하는 情緒의 武器를 移用하여 自家의 理想과 思想을 世人의 精神에 깊이 注射하는 能力이 있나니 그 理想과 思想을 宣傳하는 能力은 實로 冷冷한 理智의 批判에만 依存하는 科學이나 哲學에 比할 바 아니요, 오직 宗敎 뿐이외다.[46)]

이 글에서 춘원은 현대 문명에서 문학이 갖는 의의와 조선 현대 문사들의 폐해를 지적하고 이를 극복하기 위하여 문사들의 수양과 학습이 필요함을 역설한다. 나아가 "文士는 思想家와 敎育家의 職을 兼"하였기 때문에 "醫師와 같은" 준비와 공부, 수양을 쌓아야 하며 이는 "民族을 爲하여 文士의 健全한 人格"이 요구되기 때문이라는 주장을 펼친다. 또한

---

45) 이 작품보다 한 달 뒤인 1918. 4월에 발표된 「윤광호」의 경우, 동성애적 소재를 다루고 있으며 인간 관계마저 금전적 가치로 환원시키는 사회 구조에 대해 반발하는 양상을 볼 수는 있다. 그러나, 개인과 사회를 연결시켜 바라보지 못하고 개인을 개별적이고 독립적인 존재로 바라본다는 한계를 지녔다(김복순, 앞의 논문, 191쪽). 이상과 같은 한계는 이광수의 여타 평문들에서도 뚜렷하게 드러나고 있는 바 윤광호의 고립적 사고는 이광수 자신의 고립적 사고와 유사하지 않은가 하는 판단이 가능하다.
46) 「문사와 수양」, 우신사 10, 352쪽.

문사의 책임이 의사의 책임보다 무거운 것은, 의사는 한 인간만의 생명과 관계를 맺을 뿐이지만 문사의 경우 그 영향력의 범위는 전 민족의 정신 세계와 관계를 맺기 때문이며 이 때문에 문사 스스로의 노력과 수양이 필요하다는 것이 이 글의 논리이다. 이렇게 볼 때 춘원은 문학이 즐거움과 정의 만족을 추구하는 단계를 넘어서서 독자의 생활, 사상을 변모시킬 수 있어야 함을 강조하고 있는 것으로 볼 수 있다. 이러한 주장은 "藝術을 爲한 藝術이 아닌 人生을 爲한 藝術"이라는 명제로 집약된다.[47]

이상의 주장은 「예술과 인생」(『개벽』, 1922. 1.)을 통해 보다 구체화된다. 여기서 춘원은 인생이 행복하려면 '인생을 도덕화하는 것'과 '인생을 예술화하는 것' 두 가지가 요구되는데 이 양자는 둘이 아닌 하나라는 주장을 펼친다.[48] 한편, 예술이 이같은 자신의 책무를 다하기 위해서 그 예술은 가장 널리 감상할 수 있어야 하며 가장 적은 비용으로 감상할 수 있어야 하고, 가장 적은 소양으로 감상할 수 있어야 함을 지적한다. 그리고 당시 유행하는 기생의 민요나 표박가(漂迫歌), 또는 심순애가와 같은 예술, 즉 허무나 비탄의 정서를 표방하는 예술이 아니라 쾌활한 웃음과 발자(潑刺)한 활기, 용감한 기력을 주는 예술을 갖고 싶다고 말한다.[49]

춘원은 이 글을 통하여 당대의 문학이 가져야할 두 가지 요건을 동시에 제시하고 있다. 그것은 '건전한 (또는 진보적인) 사상성'과 대중성으로 춘원은 문학이란 기본적으로 감동을 주는 것이라고 정의함과 동시에 도덕적인 가치와 진리에의 지향성을 함께 지녀야 할 것이라는 요구를

---

47) 이를 '공리 주의적 문학관'이라 이름 붙일 수 있을 것이다. 구인환, 앞의 글, 548쪽.
48) "道德과 藝術은 하나이니 道德的 아닌 藝術은 참 藝術이 아니요, 藝術的 아닌 道德은 참 道德이 아니라." 우신사 10, 360쪽. 선행 연구에서는 춘원의 이러한 양상에 주목하여 이를 톨스토이와의 영향 관계 측면에서 논의한 바 있다.
49) 「예술과 인생」, 위의 책, 367쪽.

덧붙이고 있다. 춘원의 관점에서 진정한 예술이란 인간의 심미적 충동을 만족시키면서 동시에 사회와 역사에 관한 올바른 관점을 제시해 줄 수 있는 것이라야 한다. 따라서 문학을 하고자 하는 사람, 문사는 끊임없는 자기 수양을 통해 사회와 현실, 역사에 대해 올바른 관점과 의식을 지녀야 하고 인간의 '정(情)적 분자'를 만족시키기 위해 또한 노력해야 한다고 춘원은 주장하고 있는 것이다.

하지만, 자신이 의미하는 바의 이러한 창작이 어떠한 방식으로 가능할 것인가라는 구체적 대안 제시에 대해 춘원은 함구하고 있다. 오히려 그는 「현상 소설 고선 여언」에서 교훈을 갖추고 재미를 줌과 동시에 졸렬한 맛이 없는 작품으로 자신의 『무정』을 꼽고 있어 자신의 창작 방법이 그 대안이라는 암시를 하고 있는 것처럼 보인다. 그러나, 『무정』이 과연 그러한 요소를 두루 갖춘 작품인지 되물을 수 있으며 『무정』 이후의 춘원 작품이 또한 그 같은 덕목을 갖추고 있는지 되물을 때 그에 대해 전적으로 긍정적인 답변을 할 수 있을 것 같지는 않다.[50) 또한, 춘원이 주장하는 방식으로 문학을 이해하고 그 기능을 확정한다면 문학이 지녀야 할 가치는 많은데 문학이 이를 실현할 길은 요원한 상태에 놓인 것처럼 판단된다. 어쩌면 여기에 춘원의 딜레마가 존재하는 것이 아닐까?

1920년대에 들어서서 문학을 바라보는 춘원의 태도는 다시 한 번 변화하고 있다. 이 무렵 춘원은 문학과 문인이 지닌 대(對)사회·민족에 대한 책무를 강조하고 있으며, 문학을 통해 민족 정신, 민족 현실 개조의 단초를 찾고자하는 것처럼 보인다. 문학을 이와 같은 각도로 바라보는 춘원의 태도는 「소년에게」, 「민족 개조론」을 통해 확인할 수 있는 민족

---

50) 이 작품에 나타난 인물과 사건의 상호 관계에 대하여 선행 연구는 "『무정』의 인물과 사건과의 관계는 인물의 인식 내용이 작중 사건과 융화를 이루지 못하고 신소설이 보여준 구조상의 한계를 다시 노정하고 있다."는 평가를 내리고 있다. 조남현, 「한국 현대 소설의 흐름」, 『한국 현대 소설 연구』, 민음사, 1987, 262쪽.

주의적 입장과 그 궤를 같이한다.

4.

　지금까지 1910년대와 1920년대 초기에 이르는 기간 동안 춘원 이광수가 발표한 논설과 문학론, 소설 작품을 중심으로 그의 사상적 변모의 과정과 함께 문학에 관한 생각의 변화를 살펴보았고 이와 동시적으로 진행되었던 창작 과정의 산물이 그의 사고 변화 양상과 맺는 관계를 검토했다. 춘원 사고의 핵심에는 넓은 의미의 민족주의가 자리하고 있으며 그것은 시기에 따라 애국 계몽 운동 혹은 진화론적 사고라는 외양을 띠고 드러난다.

　반봉건의 기치를 내건 애국 계몽 시기 춘원을 인간 감정의 해방을 문학이 수행해야할 일차적 목표로 파악했으며 형식적·제도적 유교 질서에 대한 생리적 거부감을 표출했다. 진화론적 사고에 경사 되었던 시기 춘원이 문학을 바라보는 태도는 두 가지 사고의 착종 양상을 보인다. 즉, 문학의 자율성과 대(對)사회적 기능에 대한 관심이 그것이다. 이 시기 발표된 그의 작품들 역시 재미의 추구와 더불어 교훈의 제시라는 두 가능성 중에서 동요하는 양상을 보이고 있으며 작가의 과도한 개입으로 인해 서사 구성의 결함마저 노출하는 양상이 확인된다. 2차 일본 유학을 마치고 귀국한 이후 춘원의 시야는 민족 전체를 바라보는 차원으로 확대되었으며 동요하던 문학론 역시 공리주의적 성격을 근간으로 정립되는 양상을 보인다.

　그러나, 1920년대 초반 한국 문학계의 상황은 1910년대와 달리 한층 복잡한 양상을 띤다. 춘원과 육당에 의해 문단이 주도되던 시기는 지나

갔고 『창조』, 『폐허』, 『백조』 등 동인지를 중심으로 새로운 작가 층이 형성되었다.51) 이들에게 있어 춘원은 극복의 대상이었고 이들이 지닌 문학의 감수성은 춘원의 그것을 능가하는 측면 역시 존재하고 있었음을 부인할 수 없다. 결국 춘원의 발언, 그 중에서도 특히 문학과 관계된 발언은 이전과 같은 압도적 비중을 지니지 못함은 당연한 일이라 하겠다.

그러나, 이 글은 1920년대 초기까지 발표된 글까지 만을 검토 대상으로 삼음으로써 춘원의 사고가 지닌 다양한 측면을 포지(抱持)하는 데는 그 한계가 뚜렷하다. 춘원 사고의 전모는 「민족 개조론」 이후의 논설을 본격적으로 검토함으로써 그 윤곽을 그릴 수 있을 것이다. 이는 차후의 과제로 남는다.

---

51) 작품의 창작이라는 측면에서 볼 때 이광수 외에 1910년대에 주목할 만한 작가로는 현상 윤을 들 수 있다. 조남현, 「1910년대 소설」, 『소설과 사상』, 1995, 겨울, 353쪽.

제 4 부

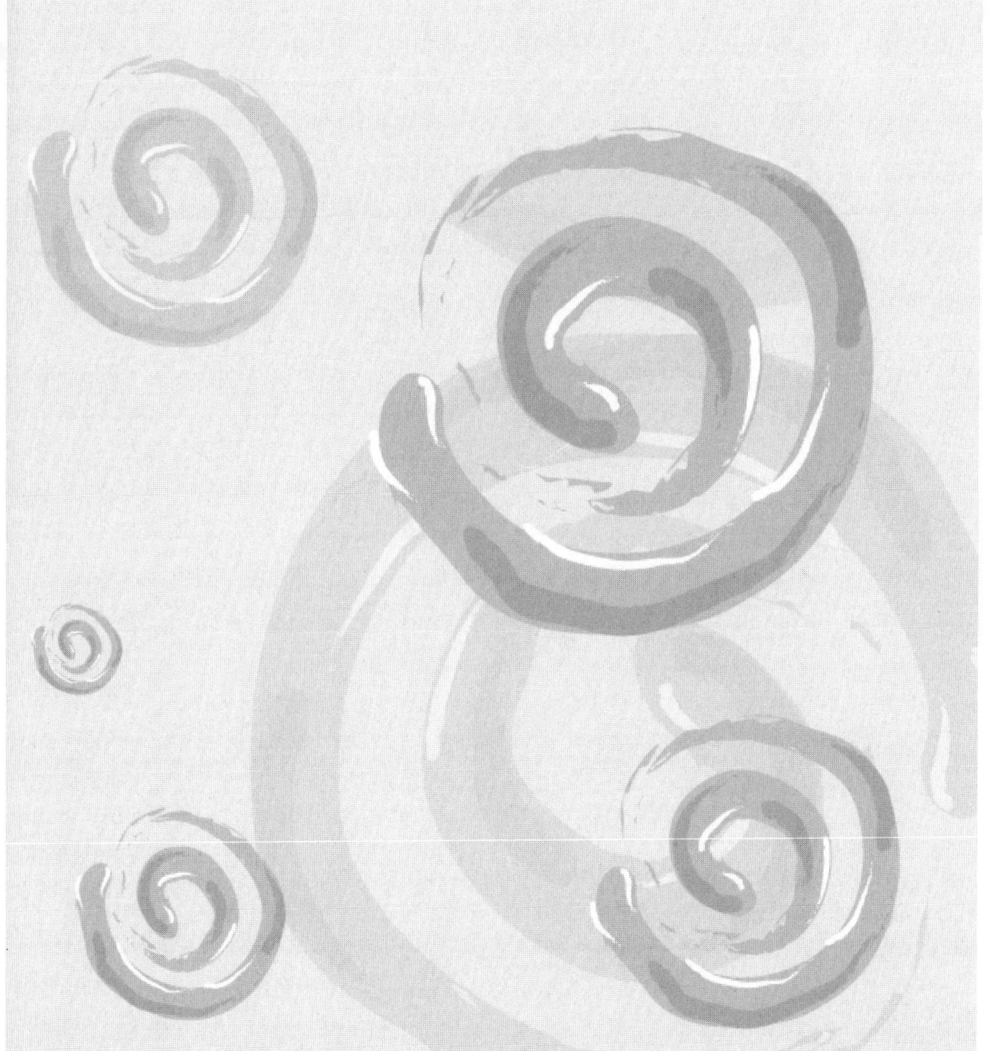

1920년대 초기 단편 소설의 서사론적 연구

1. 서론

1.1. 문제 제기 및 연구사 검토

우리 문학사에서 1920년대 초기는 개화기와 1910년대 문학의 연장선 상에 놓여 있음과 동시에 근대적 의미의 소설이 다수 창작되고 정착됨 으로써 이후 한국 근대 문학의 태반을 형성한다는 점에서 문제적인 시 기로 판단할 수 있다. 1919년 기미 독립 운동의 성패(成敗)와 그 영향이 이 시기 문단의 주도층인 지식인 계층에 미친 영향력 및 그 문학적 반 응 양상에 대해서는 기존 선행 연구들 속에서 이미 많은 논의가 진행되 었으나 이들 논의는 문학과 사회, 사회 변동과 작가 의식의 연동성(連動 性)에 관심이 집중되어 있다고 할 수 있다.

1920년대 초반 한국 문단에 대한 문학사적인 검토는 선행 연구를 통 하여 상당한 수준의 논의가 이루어졌다. 이 시기에 대한 연구는 주로

'참 소설'1) 및 '개성'2)의 발견에 대한 의미 부여로 그 성과를 집약할 수 있을 것이다. 임화는 이 시기를 "조선 자연주의 운동"의 시작으로 바라보았으며, 조연현은 "순문학 운동으로서의 후기 신문학 운동" 시기로 1920년대 초반을 평가한 바 있다. 한편, 김윤식과 김현은 "개인과 사회의 발견"이라는 측면에서 이 시기 문단의 문학사적 의미를 검토하였고, 구인환은 "예술에 대한 의식과 개인 의식"의 출현에 초점을 맞추어 논의를 전개하였다. 천이두는 이상과 같은 평가에서 한 걸음 더 나아가 이 시기를 "한국 현대 소설의 형성기"로 규정할 정도로 적극적인 의미 부여를 시도한 바 있다.3)

이처럼, 1920년대 초기 소설에 대한 연구는 이 시기의 소설이 1910년의 소설과 일정한 단절을 이루고 있다는 사실을 의식하고 이를 지적하는 것으로부터 출발한다. 다시 말하자면 1920년대 초반에 발표된 작품들은 1910년대 문학에서 쉽게 발견될 수 있는 것과 같은 문학의 대(對)사회 종속적 성격에서 벗어났으며, 작가 역시 문학을 자체 논리를 지닌 예술이라는 실체(實體)로 바라보고 이를 그 자체로 문제시하려 했다는 점을 강조함으로써 이 시기 문학의 의의를 규정하려 시도한 것이 선행

---

1) 김동인, 「소설에 대한 조선 사람의 사상을」, 『학지광』, 1919. 8.
2) 염상섭, 「개성과 예술」, 『개벽』, 1922. 4.
3) 이상에서 언급한 성격 규정은 각각 아래 글에 의한 것이며 이외에도 1920년대 초반이 지니는 문학사적인 의의에 대한 기존 연구 중 대표적인 것을 보이면 다음과 같다.
임화, 「조선 신문학사론 서설」, 『조선중앙일보』, 1935. 10. 7~11. 13
백철, 『신문학 사조사』, 민중서관, 1955.
조연현, 『한국 현대 문학사』, 인간사, 1968.
김윤식·김현, 『한국 문학사』, 민음사, 1973.
구인환, 『한국 근대 소설 연구』, 1977.
김우종, 『한국 현대 소설사』, 성문각, 1982.
천이두, 『한국 현대 소설론』, 형설 출판사, 1983.
김윤식, 『한국 근대 소설사 연구』, 을유 문화사, 1986.
조남현, 『한국 현대 소설 연구』, 민음사, 1987.
김윤식·정호웅, 『한국 소설사』, 예하, 1993.

연구의 일반적인 경향이라고 말할 수 있을 것이다.

한편, 이상과 같은 연구 성과에 대한 비판적 검토 작업 역시 수행되었는데 근래의 논의 중 박상준의 논의는 이 논문이 대상으로 하는 1920년대 초반을 직접적인 대상으로 삼음과 동시에 기존 연구 경향에 대한 적극적 비판과 지양의 자세를 보이고 있다. 박상준은 선행 연구의 문제 의식이 "먼저, 그러한 (선행 연구에서 규정한—인용자) 특징들이 작품의 미학적 특성과 어떤 관계에 있으며 그 내용의 심도에 있어서 어느 정도의 근대 문학적 성격을 구비하는가 하는 점에 관한 고찰은 취약한 채로 단순한 지적이나 직관적인 규정에 그쳐온 것을 꼽을 수 있다. 다음으로는, 그러한 평가에 깔려있는 파악 방식이 앞뒤 소설과 관련하여 일관되게 소설사의 흐름을 정리하지 못한 한계를 지적할 수 있을 것이다. 소설사 역시 역사인 이상 제 시기의 현상들을 지속과 변모의 측면에서 정합적으로 설명할 수 있어야 할 것인데 특징적인 현상들에 대한 지적과 강조만으로는 발생론적 측면에서의 해석이 난망한 까닭이다."4)라고 비판한다. 즉, 그의 논지에 따르면 선행 연구의 업적은 그 자체로 충분히 인정할 수는 있으되 선행 연구자들의 시각이 사적(史的) 관점을 견지하지 못함으로써 한국 문학사 전체 속에서 1920년대 초반을 유기적으로 포섭하는데 실패했다는 입장을 개진할 수 있게 된다.

이러한 평가는 두 가지 지점에서 주목될 수 있는데 하나는 박상준의 지적처럼 연구자에게 있어서 사적(史的) 관점의 부재라는 측면이며 두 번째 지점은 연구의 대상이 되는 1920년대의 작품이 지닌 제반 특질에 대한 본격적인 연구의 부족이라는 문제를 제기한다.5)

---

4) 박상준, 「1920년대 초기 소설 연구」, 서울대 석사 학위 논문, 1993, 2쪽.
5) 박상준은 주로 첫 번째의 문제에 착목하여 논의를 전개함으로써 일정한 성과를 거두었음을 인정할 수 있으나 두 번째 문제를 염두에 둘 때 이 시기의 작품과 관련한 연구는 아직 일정하게 비어있는 공간이 발견된다.

박상준은 한 걸음 더 나아가 1920년대 초기 소설을 '과도적인 것'으로 규정하고 작가 의식을 포함한 사회 현실과의 관련 속에서 김동인, 전영택, 나도향, 현진건, 염상섭의 작품들을 검토하고 있다. 이러한 연구 태도는 1920년대 초기 소설들이 "작품의 형식에 있어서 서사 구조가 약화되었으며 뚜렷한 서사의 진행을 보여주지 않는다."[6]는 전제·평가를 가능케 한 원인(原因)이다. 이는 연구자가 작품을 사회 현실의 변화 과정과의 상관관계 속에서 바라보려는 입장을 견지하고 있음으로 인해[7] 작품 자체가 지닌 구조적 특징을 드러냈다기보다 미리 전제된 서사성(敍事性)으로 개별 작품을 평가하려는 의도를 드러낸 것으로 읽힐 수 있으며 이것이 박상준의 논의와 이 논문의 목적이 분기하는 지점이라고 할 수 있다.

한편, 1920년대 초기에 창작된 다수의 소설 작품들을 작품이 취하는 형식적인 특성에 따라 분류·고찰할 때 단편 소설이 질량(質量) 면에서 우위를 점하고 있음을 발견하게 된다. 일반적으로 이 시기에 창작된 단편 소설은 근대적인 의미의 단편 소설이 정착되는 과정을 보여주는 것으로 평가할 수 있으며 이러한 현상은 이 시기 문단을 문학사 속에서 자리 매김하는 또 하나의 특징으로 평가되기도 한다.[8] 이 때 근대적인 의미의 단편 소설이란 1920년대 초기에 창작된 단편 소설이, 전대 즉 개화기와 1910년대의 문예 양식에서 그 뿌리를 둠과 동시에 한편으로는 외래 사조의 영향 아래 이전과는 다른 방식의 서사 문법을 지니고 있음

---

6) 박상준, 위의 논문, 9쪽.
7) 이는 해당 논문 제 2장의 제목이 "1920년대 초기 현실과 작가 정신의 부조화"이며, 그 내용 역시 3·1 운동의 영향과 이에 따른 사회적 객관 조건의 변화가 문학 및 작가에 미친 영향에 관한 논의라는 사실을 보아서도 충분히 인정될 수 있는 평가라고 생각된다.
8) 한국 근대 단편 소설의 정착과정에서 주목할 수 있는 하나의 특징적인 양상은 1인칭 서술자의 출현이라고 할 수 있을 것이다. 이 시기에 관한 선행 연구 중 이재선은 이 특징에 주목하여 논의를 전개한 바 있다. 이와 관련된 상세한 논의는 이 글의 2장을 참고할 것.

을 뜻한다.9) 나아가 1920년대 초기 정착된 한국 근대 단편 소설은 이후 "조선의 순수 문학을 이끌어 나아가는 주된 양식 범주"10)로 자리잡는다는 보다 적극적인 평가 역시 가능 할 것이다.

이상에서 검토한 것처럼, 1920년대 초기 문단을 근대적 단편 소설의 정착으로 특징 짓는 견해를 수용한다면 김동인과 염상섭, 현진건을 당대의 문제적인 작가로 꼽을 수 있다. 이들은 그들 각각이 차지하는 문단사적 위치는 물론이거니와 작품이 보여주고 있는 문제성으로 인해 1920년대 초기 단편 소설의 서사적 특성을 논의하는데 있어서 우회할 수 없는 작가라고 할 것이다. 이들은 일반적으로 1910년대 문학을 정의할 때 운위되는 '문학의 계몽적 성격'에서 벗어나려 노력하였을 뿐만 아니라 작품의 서사적 특성에 있어서도 전대 작품의 지양(止揚)을 통한 새롭고 변화된 모습을 확인할 수 있다. 그 동안 이들 세 작가에 대한 연구는 한국 근대 문학을 언급하는 자리에서는 빠지지 않고 등장하였으며 그만큼 많은 연구 성과가 축적되어 있다.

김동인과 염상섭에 관한 연구는 몇 가지 경향에서 공통점을 발견할 수 있다. 먼저, 문예 사조적 경향과 관련된 연구를 들 수 있다.11) 이 연구 경향은 한국 근대 문학 성립기에 활동한 이들 두 작가의 작품이 지닌 미학적 특질을 보편화된 서구 문예 사조의 관점에 따라 재분류하고 평가함으로써 한국 근대 문학의 보편적 특징을 추출하려 노력했다는 점과 함께, 이를 바탕으로 학문적 입장에서 문학을 평가하려 시도함으로

---

9) 주종연, 「한국 근대 단편 소설의 형성 과정 연구」, 서울대 박사 학위 논문, 1979, 3~8쪽 및 131~133쪽 및 이재선, 『한국 근대 단편 소설 연구』, 일조각, 1993, 5쪽.
10) 임화, 「단편 소설의 조선적 특성」, 『인문 평론』, 1939. 10.
11) 백 철, 『조선 신문학 사조사』, 수선사, 1948, 103쪽.
　　조연현, 『현대 한국 작가론』, 문명사, 1970, 226쪽.
　　윤홍로, 『현대 한국 작가 연구』, 민음사, 1976, 56~57쪽.

써 근대 문학 연구의 출발점을 제공한다는 점에서 그 문학사적 업적이 인정될 수 있다. 그러나 인상 비평의 수준을 넘어설 만한 학적 엄밀성이 구비되었는가의 여부는 논란의 대상이 될 수 있다. 뿐만 아니라 일관된 기준 없이 연구자에 따라 편의적인 평가가 이루어짐으로써 후행 연구에 있어 일종의 걸림돌로 작용하고 있음 역시 부정할 수 없는 부분이라고 할 수 있다.

두 번째로 지적될 수 있는 공통 지점은 작가의 내면 의식과 작품·사회와의 상관관계에 해당한다.[12] 이 연구 경향은 작품을 통해 드러나는 작가 의식과 작가에 관한 전기적 사실, 덧붙여 작가가 활동하는 기간의 사회적 현실의 변화 과정을 중심으로 작가의 '내면 풍경'을 드러내고 이를 바탕으로 한국 문학의 정신사적 궤적을 추적하려는 의도를 보여준다. 이 연구 경향은 목적하는 바, 작가 의식의 변모 과정에 대한 천착은 물론이려니와 혼란의 역사 속에서 소홀히 취급되어 온 1차 자료의 확정이라는 부수적 성과까지도 거둠으로써 이후 연구에 있어 도움을 주고 있다. 반면, 정신과 의식이라는 측면에 경사된 결과 작품이 지닌 내재적 특질에 관한 고려의 부족은 이러한 연구 경향이 지닌 약점으로 평가할 수 있다.

세 번째의 공통 연구 경향은 두 작가의 문체와 관련된 것이다.[13] 정

---

12) 이들 논의 중 김동인과 관련된 대표적인 연구 성과는
    김윤식, 「반역사주의의 지향의 과오」, 『문학 사상』 2.
    김종균, 「김동인 소설의 변모」, 『한국 근대 작가 의식 연구』, 성문당, 1970.
    김홍규, 「황폐한 삶과 영웅주의」, 『문학과 지성』 8권 1호.
    김윤식, 『김동인 연구』, 민음사, 1987을 들 수 있으며 염상섭과 관련된 논의는
    김종균, 『염상섭 연구』, 고려대 출판부, 1974.
    김현, 「식민지 시대의 문학」, 『문학과 지성』 5.
    김윤식, 『염상섭 연구』, 서울대 출판부, 1987에 주목할 필요가 있다. 염상섭과 관련한 연구 중 김종균의 논의는 전기적 사실의 정리와 작품 연보 작성, 개별 작품에 대한 평가를 시도함으로써 이후 염상섭 연구의 기초적인 토대를 마련한 것으로 평가되기도 한다.

한모의 선구적 연구 이래 김상태, 김형자 등의 후행 연구를 통해 김동인과 염상섭 소설이 지닌 문체적 특징에 관해서는 나름의 성과를 인정할 수 있다. 그러나 이들 연구의 목적은 개별 작가, 작품에 드러난 특징만을 언급하는 수준에 제한됨으로써 그들의 문체가 지닌 사적(史的) 의미에 대해서는 적극적인 가치 부여가 이루어지지 않고 있다.

한편, 김동인의 소설이 보여주는 기법적인 특징에 관한 연구 역시 진행되었는데[14] 이 논문에서 주목하고자 하는 연구 성과는 유국환의 논의이다. 그의 논의는 논의 진행의 순서 및 용어상의 혼란, 그리고 몇 군데의 오해에도 불구하고 김동인 소설이 지닌 특질의 부각이라는 측면에서는 상당한 성과를 거둔 것으로 판단된다.

현진건에 대한 연구 역시 시대의 변화에 따라 특징적인 연구 경향의 변화를 확인할 수 있다. 황석우가 수행한 현진건에 대한 최초의 평가 이래로[15] 해방 이전에 나온 현진건에 대한 평 가운데 주목할 만한 것은 현진건을 '기교의 천재', '인생의 사진사'로 바라본 김동인의 글 정도를 볼 수 있으나 이 역시 인상 비평의 수준을 크게 벗어나지는 못한 것으로 평가할 수 있다.[16] 해방 이후 현진건에 대한 논의는 사회 현실의 변

---

13) 김동인의 문체가 지닌 특징과 관련해서는
　　이인모, 「문장 형성법과 작가의 성격－염상섭과 김동인의 작품을 중심으로」, 『현대 문학』 25~28호.
　　정한모, 「김동인과 이효석－문체를 중심으로」, 『현대 작가 연구』, 범조사, 1960, 194~197쪽을 중심으로 한 논의를 대표적인 것으로 꼽을 수 있으며, 염상섭의 경우에는
　　정한모, 「염상섭의 문체와 어휘 구성의 특성」, 『문학 사상』 6.
　　김상태, 「한국 현대 소설의 문체 연구」, 서울대 박사 학위 논문, 1982.
　　김형자, 『한국 근대 소설의 문체론적 연구』, 삼지원, 1985. 등에 주목할 필요가 있다.
14) 박종홍, 「김동인 연구－작품 세계의 전개 양상을 중심으로」, 서울대 석사 학위 논문, 1982.
　　유국환, 「김동인 소설의 기법 연구」, 서울대 석사 학위 논문, 1987.
15) 황석우, 「희생화와 신시를 읽고」, 『개벽』, 1920. 12.
16) 김동인, 「조선 근대 소설고」, 『조선 일보』, 1929. 7. 28~8. 16.

화와 작품의 상관관계를 논하는 방식,17) 문예 사조적인 접근,18) 그리고 그의 단편 소설이 지닌 기교적이며 미학적인 측면에 대한 접근19) 등으로 그 경향을 나누어 볼 수 있다.

이상의 검토에서 드러나듯이 1920년대 초기의 김동인 염상섭, 현진건의 소설을 문제 삼음에 있어서 기존의 연구는 주로 작품과 작가가 사회적 변화 과정과 관련을 맺는 양상에 집중한 것으로 판단된다. 물론, 기존 연구 중에서도 김동인과 현진건의 기법적인 측면에 대한 논의와 김동인, 염상섭의 문체가 지닌 의미에 관한 일정한 고찰이 이루어졌고 그 성과물 또한 축적되어 있다. 그러나 그 같은 기법에 대한 논의는 개별 작가·작품의 특성을 규명하는 차원에 제한됨으로써 작품과 시대사적 환경과의 상관성에 대한 논의로의 확대가 불가능한 상황에 놓여 있음 역시 사실이다. 또한 이 시기의 단편 소설이 지닌 서사적 특성에 대한 아직 충분히 진척되지 못한 것으로 판단된다.

이 논문은 이상과 같은 문제의식에 입각하여, 기존 연구의 결여 지점으로 판단되는 1920년대 초기 단편 소설의 서사적 특성을 밝히는 것이 일차적인 목적이며 이를 위해 1920년대 초기 근대적 단편 소설의 창작과 정착에 선구적인 기여를 한 것으로 판단되는 김동인, 염상섭, 현진건

---

17) 대표적인 연구 실적은 다음과 같다.
   이재선, 「개인과 사회의 갈등」, 『문학 사상』, 1973. 4.
   김병걸, 「한국 소설과 사회 인식」, 『창작과 비평』, 1972. 겨울.
   정현기, 「작가의 사회 의식론」, 한국 어문학 연구회, 『언어와 문학』, 1975. 8.
18) 조연현, 『한국 현대 문학사 개관』, 정음사, 1976, 161쪽.
   윤병로, 「현진건 문학과 사실주의」, 신동욱 편, 『현진건의 소설과 그 시대 인식』, 새문사, 1981, Ⅱ, 38~39쪽.
19) 구인환, 「소설의 시점 연구」, 『서울 사대 국어국문학 논문집』, 1970. 2.
   최창록, 「표현 언어와 서술자의 존재」, 신동욱 편, 앞의 책.
   김인환, 「구성과 문체의 이론」, 『한국 문학 이론의 연구』, 을유 문화사, 1986.
   전영진, 「현진건의 문장 기교론」, 고려대 석사 학위 논문, 1970.

의 단편 소설을 논의의 중심에 놓고 분석하게 된다. 이 분석의 결과를
바탕으로 1920년대 초기 단편 소설이 지니는 서사적 특성을 전대의 작
품이 지닌 그것과 비교함으로써 서사적인 관점에서 1920년대 초기 단편
소설이 지닌 특성을 논의할 것이다. 이러한 분석을 위한 중심 준거로서
서사적 텍스트의 본질적인 요소로 기능하는 서술자에 주목하고 이 서술
자의 존재가 서사 공간 및 서사 기법과 맺는 관련 양상을 규명한 후 이
것이 단편 소설 속에서 발현되는 모습에 대한 검토를 논의의 기본적인
틀로 삼고자 한다.

1.2. 연구 방법론

 일반적 의미에서 소설은 서사 문학의 하위 범주로 인식되며 이 때 서
술자의 존재는 서사 문학을 문학의 다른 범주와 구분 짓는 특징적인 요
소로 부각될 수 있다.[20] 이 서술자의 존재에 대한 인식은 실제 작가와
작품 내에서 이야기를 진행시키는 존재 사이의 구분에 기초하고 있다.
그러나 실제 작가와 서술자, 양자를 구분하고 후자의 문제를 본격적으
로 인식하고 이를 문제 삼아 보다 심화되고 정치한 논의를 진행할 수

---

20) 이 때 '서사 문학'이라 함은 플라톤과 아리스토텔레스가 제기한 고래(古來)의 삼분법을
그대로 수용한 결과로서만 사용될 수 있는 용어이다. 물론 이 같은 삼분적 구분 방식이
모든 문학 작품을 모두 포괄할 수 있는가 하는 보다 근본적인 문제 제기가 가능할 것이
며, 혹 위와 같은 삼분법을 용인한다고 하더라도 서정, 서사, 극 각각의 본질에 대한 무
수한 논의가 발생할 가능성은 여전히 존재하며 또한 현재에도 그 논쟁은 지속되고 있다.
그러나, E.슈타이거에 따르면 서정, 서사, 극의 본질을 규명한다는 것은 애초부터 불가능
한 일이며 차라리 서정적인 것, 서사적인 것, 극적인 것의 규정은 그렇게 불가능한 것만
은 아니라고 한다.
Aristotle, *De Arte Poetica*, edi.by I. Bywater, Oxford, 1958. 천병희 譯, 『詩學』, 문예 출
판사, 1994. 32쪽 및 E. Steiger, *Grundbegriffe der Poetik*, 이유영·오현일 공역, 『시학의
근본 개념』, 삼중당, 1978, 12쪽.

있게 된 것은 20세기의 후반에 들어서였다.

먼저 현대의 서사 이론에서 운위되는 서술자의 층위를 간략하게 살펴보기로 한다. S. 리먼-케넌은 논의의 대상을 소설(허구)로 한정하여 서술의 수준, 스토리 참여 범위, 서술자가 지각되는 정도, 신빙성이라는 네 가지 기준을 제시하고 세 번째 기준인 서술자가 지각되는 정도의 근거로 배경 묘사, 작중 인물에 대한 판정, 시간적 요약, 작중 인물의 판정, 작중 인물이 지각하지 못하는 것에 대한 보고, 논평과 같은 여섯 가지의 요소를 열거하고 있다.[21] 그런데 이 여섯 가지 요소 중에서 시간적 요약이라는 항목은 단지 서술자가 인식되는 근거로서만이 아니라 서술자에 의해 제시되는 방식에 따라 작품의 구성에 영향을 미칠 수 있는 요소로 취급되어야 할 것으로 생각된다. 리먼-케넌 자신도 같은 책에서 따로 장을 할애하여 시간에 관한 논의를 진행시키고 있는 것도 실은 이러한 이유에서 일 것이다.

리먼-케넌이 시도한 위와 같은 서술자 분류는 채트먼의 영향을 강하게 받은 것으로 보인다. 채트먼은 서술자를 드러나 있는 서술자와 숨어 있는 서술자로 크게 이분(二分)하고 드러난 서술자의 지표로 위에 열거한 여섯 가지 요소들을 제시하고 있다.[22] 그런데, 채트먼은 위와 같은 이원적 분류 외에 "비서술자"라는 개념을 추가하고 있으며[23] 같은 책의 한 장을 할애하여 "서술되지 않은 이야기들"에 대한 설명을 시도하고 있다. 만약 채트먼의 서술자 분류를 드러난 서술자, 숨어 있는 서술자, 비서술자로 이해한다면 단지 서술자의 드러나고 숨음만을 기준으로 세 하위

---

21) S. Rimmon-Kenan, *Narrative Fiction : Contemporary Poetics*(1983), 최상규 역, 『소설의 시학』, 문학과 지성사, 1985, 140~153쪽.

22) S. Chartman, *Story and Discourse*(1978), 김경수 역, 『영화와 소설의 서사 구조』, 민음사, 1990, 267~290쪽.

23) S. Chartman, 위의 책, 311쪽.

유형을 설명하는데 많은 난관을 예상할 수 있다. 이 문제를 해결하는 데에는 슈탄젤이 제기한 '중개성Mittelbarkeit'의 개념이 유용하게 사용될 수도 있을 것이다.[24]

G. 프랭스의 경우에는 서술자가 작품에 침입하는 정도, 서술자가 지니는 자의식, 서술자가 작품 내에서 지니는 신빙성의 정도, 서술자가 서사 내부 다양한 요소들—사건, 인물, 피화자 등—에 대해 유지하는 거리를 기준으로 서술자의 층위 구분을 시도하고 있다.[25] 그러나, 프랭스의 분류는 일반적인 서사물에 나타나는 특징을 모두 포괄하려 시도하고 있기 때문에 그의 분류를 그대로 소설의 분석에 적용하는 데는 많은 무리가 예상된다.

지금까지 검토한 현대 서사 이론에서의 서술자에 대한 논의는 대체로 시점이나 시간, 또는 인물에 관한 연구에 비해 상대적으로 소략하게 다루어졌다. 그러나 앞서의 지적처럼 서술자의 존재로 인해 비로소 서사라는 장르의 독자성이 인정될 수 있다면 소설 작품을 분석하는데 있어서 서술자의 준거성은 이론의 여지가 드물 것으로 판단할 수 있다. 이후 이 글에서는 서술자의 분류 기준을 크게 세 가지로 삼아 논의를 진행하고자 한다.

---

24) "어떤 뉴스가 전달될 때나 어떤 사실이 보고될 때는 항상 중개자 - 서술자의 목소리 - 가 있는 법이다. 나는 이 현상을 '중개성mediacy, Mittelbarkeit'이라고 이름 짓는다." 뒤에서 살펴보겠지만 슈탄젤은 세 가지 유형의 서술 상황을 구분하고 이 각각을 서술의 중개성 주기라는 기본적인 가능성으로 대체할 수 있음을 주장한다. 그가 주장하는 바 일인칭 서술 상황은 중개성 주기가 전적으로 소설의 인물이라는 허구적 영역 안에 한정된다. 두 번째로 주석적 서술 상황에서 전달의 중개성은 외부 시점으로부터 생겨난다. 세 번째 서술 상황인 인물 시각적 서술 상황에서는 서술의 중개성이 반성자reflector에 의해 대치되는 양상을 보인다.
F. K. Stanzel, *Theorie des Erzählens*(1982), 김정신 역, 『소설의 이론』, 문학과 비평사, 1990, 1장 및 2장 참조.
25) G. Prince, *Narratology*(1982), 최상규 역, 『서사학』, 문학과 지성사, 1988, 23~28쪽.

첫째로, 서사적 텍스트26) 내 서술자의 존재 방식에 대한 논의를 설정할 수 있다. 채트먼의 "비서술자"에 관한 언급을 포함하여 위에서 검토한 이론들은 일단 서술자라는 가상적 실재가 텍스트 내부에 존재한다는 전제에서 출발하고 있다. 이 때 서술자를 포함하여 독자에 이르기까지 작품의 창작과 수용에 관련된 제 요소들이 결합, 서사적 텍스트를 이룬다. 그리고, 리먼-케넌이 언급한바 작중 인물에 대한 판정, 작중 인물이 지각하지 못하는 것에 대한 보고, 논평 등의 요소들은 모두 서술자가 작품 내부 요소를 어떠한 방식으로 지각하고 이를 서사 과정에서 어떻게 드러내는가의 문제로 종합될 수 있을 것이다. 이는 서사적 텍스트 내에 존재하는 서술자 문제 그 자체와 관련된다.

이는 다시 두 개의 층위로 세분될 수 있는데 서술자의 존재 방식과 관련하여 1920년대 초기 소설 중 1인칭 소설에 대한 정치한 분석을 위해 슈탄젤이 제기한 "경험 자아erlebendem Ich"와 "서술 자아erzählendem Ich" 사이의 구분에 주목할 필요가 있다. 하나의 서술이 진행되기 위해서는 일반적으로 서술하고자 하는 사건을 경험한 주체와 그 사건을 서술하는 두 주체가 기본적으로 요구된다. 그런데, 근대 소설에서 자주 검출되는 이른바 1인칭 소설의 경우, 특정한 사건을 경험한 주체와 사건을 서술하는 주체가 동일 인물인 경우가 대부분이다. 이때 사건을 경험한 주체를 경험 자아로 사건을 서술하는 주체를 서술 자아로 구분한다면27) 이 구분 역시 서술자가 서사 내부에 존재하는 방식의 하위 범주로 묶을 수 있다. 이 같은 경험 자아와 서술 자아 사이의 구분과 이에 근거한 서사 분석은 일반적으로 "고백체" 형식의 소설28)이라고 불

---

26) 채트먼이 사용한 이 용어에 대한 상세한 설명은 본 논문의 2장에서 이루어진다.

27) F. K. Stanzel, *Typische Formen des Romans*(1979), 안삼환 역, 『소설 형식의 기본 유형』, 탐구당, 1982, 62~64쪽.

28) 기존의 고백체에 대한 논의는 기본적으로 김윤식, 『한국 근대 소설사 연구』, 을유 문화

리는 1920년대 초기 김동인과 염상섭의 작품들을 분석하는데 있어 유용한 틀로 사용될 수 있을 것으로 판단된다. 결과적으로, 서술자가 수행하는 작품 내 요소에 대한 인식과 서술자의 하위 개념들인 서술 자아와 경험 자아라는 개념을 모두 서술자의 존재 자체의 문제로 인식할 수도 있다. 한편, 허구화된 존재인 서술자에 대한 인식과 이를 매개로 한 다양한 기법의 활용은 단면화 된 짧은 형식을 통하여 작가가 전달하고자 하는 의도를 집약적이고도 강렬하게 전달해야 하는 단편 소설 창작에 있어서 간과할 수 없는 분석의 지점으로 인식된다.

두 번째로 생각할 수 있는 범주는 서술자가 작품 내의 여러 요소들과 맺는 관계를 드러내는 서사 기법 중에서 가장 중심적인 요소인 인물을 드러내는 방식을 의미하는 초점화와 관련된다. 이는 서사적 텍스트 내에서 서술자가 이야기의 구성 요소와 관계 맺는 방식에 관련된 문제이다. 이 때 서술자가 인물을 제시하는 방식과 이에 따른 인물 구성 characterization에 관한 논의는 일반적인 서사 이론에서 거의 모두 언급된 것으로 볼 수 있다.

하지만, 기존 서사 이론에서 논의된 바처럼 서술자가 인물을 인식하고 이를 드러내는 유형을 직접 한정, 간접 제시(이 개념의 하위 범주로는 행동, 외양, 환경이 있다), 유비(명칭의 유비, 풍경의 유비, 인물 사이의 유비)29) 등으로 한정하는 것은 서술이 완료되고 드러난 상태만을 문제 삼는 것이라고 할 수 있다. 서술자가 인물을 비롯한 이야기 내의 제반 요소들을 보고, 느끼고 평가하며 이해하는 관점과 이 관점에 대한 불가피한 선택의

사, 1986. 의 논의에 근거하고 있는 것으로 판단된다. 이 논의는 주로 일본 문단과의 관계 속에서 김동인과 염상섭의 고백체 소설들을 논의하고 있다. 따라서 본 논문에서 주목하는 대상 작품들의 서사적 특성에 대한 언급은 해당 논의의 중심축이 아니라고 할 수 있다.

29) 이상 제시된 인물 구성의 방식은 S. Rimmon-Kenan, 앞의 책, 4장의 논의를 따랐다.

문제가 바로 이 전단계에 위치한다. 쥬네트의 용어를 빌어 이 단계를 규정한다면 이 때 '초점화focalizations'라는 용어가 사용될 수 있을 것이다.[30]

서술자가 작품 속의 여러 인물 중 특정한 인물에 자신의 시각을 한정하거나 혹은 모든 인물에 대하여 서술하는 방식, 또는 집중하는 인물의 내면이나 외면에 그 관심을 집중하는 방식 등이 모두 초점화와 관련된 논의 속에 통합된다. 이는 시각적인 의미를 강하게 내포하는 시점point of view이라는 개념이 지닌 한계를 넘어서서 관점과 서술의 혼동을 제거하려는 시도의 발현이다. 즉, '누가 보는가'와 '누가 말하는가' 사이의 오래된 논쟁에 제시된 일종의 대안으로 할 것이다.[31] 결국, 단편 소설이 지닌 인상의 단일성을 추구하기 위해 작가가 작품 내부 요소들이나 인물에 관련된 서술자의 정보를 제한하거나 위장하는 기법의 출현은 근대적 의미의 단편 소설을 논할 때 필수적인 요소라고 할 수 있으며 이는 작품 내에 드러난 초점화의 양상들을 분석함으로써 검출될 수 있을 것으로 생각된다. 더불어, 김동인이 「소설 작법」[32]에서 주장한 이른바 '일원 묘사 A형식'이 지니는 의미에 대해서도 초점화와 관련하여 논의할 수 있을 것이다.

세 번째로 설정할 수 있는 범주는 서술자가 실제 서술하는 문제와 밀

---

30) G. Genette, *Discours du récit*(1972), trans. by J. E. Lewin, *Narrative Discourse*, Cornell University Press, 1980, 189~194쪽.

31) S. Rimmon-Kenan, 앞의 책, 110쪽.
　쥬네트가 제기한 이 개념은 많은 논란을 불러 일으켰다. S. Rimmon-Kenan도 지적하고 있는 바처럼 초점화라는 용어 역시 시각적인 의미 함축으로부터 완전히 자유롭지는 못하다. 따라서 관점과 서술의 모순을 통합하기 위해 다양한 시도들이 진행되었는데 M. J. Toolan은 *Narrative : A Critical Linguistic Introduction*(1988, 김병욱·오연희 공역, 『서사학』, 형설 출판사, 1995) 106쪽에서 초점화 대신 "지향(점)orientation"이라는 용어를 사용할 것을 제안하고 있다.

32) 김동인, 「소설 작법」, 『조선 문단』, 1925. 4~7.

접한 관련을 맺고 있는 부분으로 시간과 연관되어 있다. 이 층위는 서사적 텍스트 내부에 존재하는 이야기의 실제 서술과 밀접한 관련을 맺고 있다. 즉, 앞서의 두 층위가 서술자의 존재 및 그 존재가 서사적 텍스트 내부 요소와 관계하는 양상에 주목한 것이라면 이 층위는 그 관계의 결과물로 발생하는 이야기 자체의 논리를 분석하려 의도하는 것이다.

앞서의 언급처럼 근대적 소설에서 시간성의 문제는 쉽게 언급될 수 없다. 중세의 서사와 달리 근대 소설은 그 내부에 복잡한 시간 진행의 양상을 보이며 현대 서사 이론에서도 시간의 문제는 분석의 필수적인 틀로 사용된다. 채트먼은 시간을 플롯과 연결시켜 논의하고 있으며[33] 리먼-케넌 역시 쥬네트가 제기한 지속과 빈도, 순서의 문제를 축약하여 논의하고 있다.[34] 쥬네트와 리먼-케넌은 자연적이고 연대기적인 스토리 시간과 텍스트 시간을 구분함으로써 논리 전개의 출발을 삼는다. 채트먼은 이를 다시 담화를 정독하는 데 걸리는 담화 시간과 사건들의 지속적인 이야기인 스토리 시간으로 부른다. 이는 서술자가 특정한 사건을 경험·목격·관찰하는 데 소요되는 시간(이는 곧 사건이 자연 속에서 발생하는데 요구되는 시간과 일치하는 것으로 본다)과 이를 다시 서술하는 데 요구되는 시간 사이의 간극을 뜻한다.[35]

이상에서는 주로 서술자의 존재와 인식, 기능과 관련된 현대 서사 이론들을 살펴보고 이를 새롭게 범주화하고자 하였다. 그렇다면 이 같은 서술자의 존재 등이 단편 소설에서 지니는 의미는 무엇이 될 것인가. 현

---

33) S. Chartman, 앞의 책, 73~99쪽.

34) S. Rimmon-Kenan, 앞의 책, 3장. 및 G. Genette, 앞의 책, 2장, 3장. 결국, 채트먼과 리먼-케넌은 상세한 분석의 틀을 모두 쥬네트의 이론에 기대고 있는 것으로 볼 수 있다.

35) 사건이 요구하는 자연적인 시간과 작품 속에 나타나 있는 시간 사이의 간극은 서사의 진행은 물론 작품을 수용하는 과정에서도 중요한 비중을 차지한다. 이를 인식상의 문제와 연관시켜 논의할 수도 있으나 본 논문에서는 분석 대상 작품에 나타나는 시간 처리의 변이 양상을 분석하는 것으로 논의를 한정하기로 한다.

재까지 단편 소설에 대한 논의는 주로 "짧음"이라는 그 형식과 밀접한 연관 속에서 진행되었다.[36] 즉, 짧음이라는 단편 소설의 형식적 특성은 결과적으로 단편 소설이 지닌 미적·서사적 특징에 대한 논의를 제한해 온 것처럼 보인다. 그러나, 단편 소설이 태생적으로 지닌 이 짧음이 단편 소설을 창작하는 작가로 하여금 구성을 비롯한 제반 소설적 장치에 대한 고려를 하지 않을 수 없도록 강제한 면도 있다.

바로 이 지점이 단편 소설의 서사적 특징을 논의할 수 있는 근거를 이룬다. 다시 말하자면 작품 내에서 서술자가 차지하는 위치와 인물에 대한 초점화 방식, 그리고 서사의 시간적 조절 등을 통하여 단편 소설이 목적하는바 '생의 단면의 포착'의 달성 여부를 충분히 논의할 수 있다고 생각된다.

이후 이 글의 2장의 1절에서는 김동인과 염상섭의 작품 중 "고백체" 소설로 분류되는 작품을 중심으로 경험 자아와 서술 자아의 갈등 양상을 검토하고 2절에서는 1920년대 초기 단편 소설 속에서 나타나는 서술자에 대한 인식과 이의 변형 양상을 검토한다. 3장에서는 서술자가 인물을 바라보고 이를 다시 서술하는 문제를 초점화와 연관시켜 논의하게 된다. 4장은 이 시기 소설에 나타나는바 일기와 편지와 같은 매체 수용에 따른 텍스트 시간 구성의 변화 과정을 검토할 것이다.

---

36) 단편 소설의 정의 등에 관련하여 기존의 입장은
C. E. May, *Short Story Theories*, Ohio University Press, 초판 1976, 재판 1994(이 중 초판은 최상규에 의해 1983년 『단편 소설의 이론』으로 정음사에서 번역됨. 초판과 재판의 구성이 많은 부분 변화하였음)와 J. M. Ellis, *Narration in the German Novelle*, Cambridge University Press. 1974을 참고하였음.

2. 서술자의 존재 방식과 인식 능력의 통제

채트먼이 비록 '비서술자'라는 용어와 '서술되지 않은 이야기'[37]라는 용어를 사용함으로써 서사물 내에서 서술자의 존재를 인식하는 작업의 곤란함을 지적했지만 이 지적은 서사물 내에 서술자가 존재한다는 사실에 대한 역설적 긍정으로 읽힐 가능성을 지니고 있다. 일반적으로 서술자는 작품 속에 각인된 허구적 존재로 인식되며 실제 작가의 상대 존재로 독자가 상정되는 것처럼 서술자의 상대 존재로 수화자narratee가 설정되기도 하는데 채트먼은 서사적 텍스트의 의사소통 상황을 다음의 도표와 같이 분석한다. 이 분석은 서술자를 중심에 놓고 텍스트 내 제반 요소 및 그와 관련되는 요소들의 층위를 구분함에 있어 유용한 틀로 사용될 수 있을 것으로 판단된다.

서사적 텍스트

실제작가 ⇒ │ 내포 작가 → (서술자) → (수화자) → 내포 독자 │ ⇒ 실제독자[38]

〈도표 1〉

이 도표는 내포 작가implied author와 내포 독자implied reader만이 서사적 텍스트에 실재적이라는 사실을 암시하며 실제 작가와 실제 독자는 서사적 의사소통 작용의 외부에 위치하게 된다.

그러나, 이 도식은 채트먼이 주장하는바 내포 작가와 내포 독자 개념의 모호성 때문에 널리 수용되지 못했다. 채트먼의 논리를 가장 충실하게 수용하고 발전시킨 리먼－케넌 역시 내포 작가와 내포 독자 개념을

---

37) S. Chartman, 앞의 책, 311쪽 및 2장 참조.
38) S. Chartman, 위의 책, 183쪽.

수용하지 않는데 그녀가 제시하는 두 가지 이유는 첫째, '목소리도 없고 직접적 의사소통 수단도 없는' 내포 작가에 소통 상황 내에서의 송신자 addresser 역할을 부여하는 것 자체가 모순이며, 두 번째 서술자와 수화자가 소통 상황에서 선택적인 요인이 아니라 필수적인 요인이라는 점 때문이다.39) 이러한 논란의 결과 채트먼은 자신의 논리를 보다 정치하게 변화시켜 다음과 같이 발전된 도식을 제출한다.

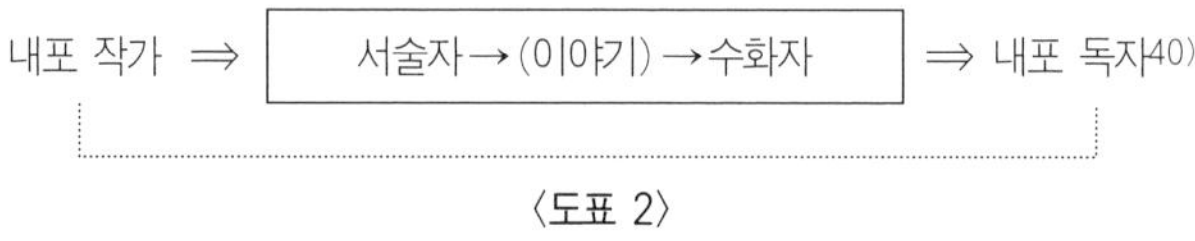

〈도표 2〉

이 도표의 중요성은 서사적 텍스트의 의사소통에서 서술자가 차지하는 위치의 복권이다. 즉, 이전의 도식에서는 괄호 안에 묶임으로써 그 실제 역할이 과소평가되었던 서술자가 이 도식에서는 수화자에 대한 이야기의 송신자로 등장함으로써 그 역할의 중요성이 새롭게 인식되고 있음을 발견할 수 있다. 물론, 내포 작가에서 내포 독자에 이르는 전 과정이 서사적 텍스트를 구성하고 있으나 이야기의 전달만을 놓고 볼 때 서술자가 수행하는 역할의 비중이 이전 도식에 비해 상당히 중요하게 평가되고 있음을 확인할 수 있다. 이처럼 작품을 창작하는 작가에서 출발하여 작품을 향수(享受)하는 독자에 이르기까지의 전 과정에 개입하는 다양한 요소들을 포괄하는 공간을 앞서의 <도표 1>에서처럼 서사적 텍스트라고 부를 수 있다.41)

이 서사적 텍스트 내에서 가장 중요한 위치를 차지하는 존재를 서술

---

39) S. Rimmon-Kenan, 최상규 역, 앞의 책, 129~133쪽.
40) S. Chartman, *Coming To Terms*, Cornell University Press, 1990, 151쪽.
41) S. Chartman, 위의 책, 183쪽.

자로 판단할 수 있는 근거는 작가와 서술자의 분리에서 출발한다. 서술자는 서사 공간 내에서 작가를 대신하는 존재이며, 서사적 텍스트 내 의사소통에 있어 송신자(送信者)의 역할을 하는 것이다. 이 때 서술자의 존재와 이에 대한 인식이 새로운 서사 문법의 창조에 기능하는 바에 대해서는 이론의 여지가 없을 것으로 판단된다.

이 장에서는 이 같은 서술자의 존재를 승인한 다음에 발생하는 문제인 서사적 텍스트 내에서 서술자가 존재하는 방식과 실제 작가에 의한 서술자의 수와 인식에 대한 조종이 1920년대 초기 단편 소설에서 어떻게 나타나고 있는가를 살펴보고자 한다. 이를 위해 슈탄젤이 제기한 경험 자아와 서술 자아 사이의 긴장과 서술 상황에 대한 분류42)를 원용하게 될 것이다.

---

42) 슈탄젤은 특정한 역할을 지닌 서술자의 등장과 '보고'와 '장면'으로 대별되는 서술의 두 기능(표출 양상)에 따라 세 가지 유형의 서술 상황 구분을 제안한다. 그 첫 번째는 주석적 서술 상황 Die auktoriale Erzählsituaton이다. 이 때 서술자는 작품 내의 등장인물들과는 다른 차원의 세계에 속하면서 자신이 위치한 세계와 인물이 위치한 세계의 경계에 서 있게 된다. 여기서 서술 내용은 일반적으로 과거에 일어난 일로 이해되며 서술의 기본 형식은 보고적 서술 방식이 된다. 이러한 보고적 서술에서 독자는 보고자와 같은 입장에서 일어난 사건을 이해하게 되며 작품의 전개에 중요한 사건이라도 간략하게 요약된 채로 제시되는 것이 일반적이다. 물론 이러한 서술 상황에서도 장면 제시가 전혀 없는 것은 아니지만 그 때 장면 제시는 철저히 보고적 서술에 종속되는 것으로 이해된다. 두 번째로 일인칭 서술 상황 Die Ich-Erzählsituaton이 존재한다. 이 상황에서 서술자는 인물과 같은 차원의 세계에 있는 것으로 인식된다. 따라서 서술자가 언급하는 모든 내용은 자신의 직접 체험 혹은 관찰, 내지 다른 사람들로부터 들은 것으로 간주된다. 여기서도 역시 보고적 서술 형식이 우세하며 장면 제시는 이에 종속되는 것으로 간주된다. 세 번째 인물 시각적 서술 상황 Die persnale Erzählsituaton이 존재할 수 있다. 이 때 서술자는 등장인물의 배후에 숨어 있으며 결과적으로 독자는 서술자의 존재를 인식하지 못한다. 이러한 상황에서 독자는 자신이 한 등장인물의 눈을 통하여 작품 세계를 관찰하는 듯한 환영을 갖게 된다. 여기서는 장면적 묘사가 우월한 서술 형식으로 등장하며 사건에 대한 보고적 서술 상황은 종속적인 지위를 차지한다. 장면 묘사가 우월한 위치에 서게 됨으로써 독자들은 "직접성의 환상"을 갖게 되는 바 이것이 인물 시각적 서술 상황이 지니는 가장 큰 특징이라고 할 수 있다. 이상은 F. K. Stanzel, 안삼환 역, 앞의 책, 61~63쪽 및, 김정신 역, 앞의 책, 1장 참조.

2.1. 고백체 소설의 서술자 존재 방식

이재선은 한국 단편 소설의 정착 과정에 대한 연구에서 1인칭 서술자의 등장을 하나의 지표로 설정한다.[43] 그는 다시 1인칭 소설의 일반적인 특징을 네 가지로 구분하면서 그 중 하나로 1인칭 소설에서 서술자는 "자기 고백적이며 극화된 작중 인물이 되는 경향"이 있음을 주장한다.[44] 이러한 이재선의 주장은 1인칭 소설의 서술자가 지닌 두 가지 속성에 대한 인식으로부터 출발한다. 즉, 하나의 서술이 진행되기 위해서는 서술 자아erzählendem Ich와 경험 자아erlebendem Ich라는 상이한 두 주체가 요구되는데 1인칭 소설에서 이 두 주체가 지니는 독특한 성격이 하나의 인물 속에 통합되는 것이 일반적이라는 의미이다. 이 논문이 검토하고자 하는 1920년대 초기 단편 소설 중 이상과 같은 경험 자아와 서술 자아 사이의 긴장을 극명하게 보여주는 예로 이제까지 "고백체 소설"로 지칭되어 온 일군의 소설이 있다.

앞서 연구사를 검토하는 과정에서 나타났듯이 "고백체 소설"에 대한 기존 연구는 그 정신사적 측면 및 당대 일본 문단과의 상관관계 속에서 주로 연구되어 왔으며 「마음이 약한 자여」, 「표본실의 청개구리」 그리고 「제야」 등이 그 대표적인 작품으로 언급되었다.

김동인의 「마음이 약한 자여」를 통해 우리는 경험 자아와 서술 자아 사이의 갈등 및 긴장 양상을 뚜렷이 확인할 수 있다. 작품은 작중 중심

---

43) "서술자의 역할이나 기능도 상당히 변모되었다. 이른바, 서술 방법의 복합성이라고 지적하겠거니와 이전의 전지적이고 주관적인 서술자의 간섭 역할의 점진적인 약화나 정리(整理)와 함께 객관적 사실 우위의 인식에 준해서 인물 뒤에 숨어 버리려는 서술자 및 인물과 일치하는 1인칭 서술자의 출현 현상들을 보게 된 것이다." 이러한 서술자의 역할 변화는 소설의 허구적 세계와 독자의 현실 세계 사실에 서술자가 위치함으로써 이야기를 전달(중개)하는 근대적 소설의 서술자 역할에 대한 인식의 표현이라고 이재선은 파악한다.
이재선, 『한국 단편 소설 연구』, 일조각, 1993, 67~76쪽.
44) 이재선, 위의 책, 80쪽.

인물인 K가 친구인 C에게 보내는 편지와 그의 일기, 그리고 K와 C의 금강산 유람 세 부분으로 크게 나눌 수 있다. 그 동안의 선행 연구에서는 이 작품의 편지와 일기 부분에 주목하여 이 작품을 고백체 소설로 파악하였으며 "서사 형식의 문제에 관심을 집중함으로써 완전한 형태의 고백 형식을 이루어 내는데 실패"[45]한 것으로 평가한 바 있다.

九月 二十一日

 兄님—
마츰내 告白할 날이 왓슴니다.
 언제던지 兄끠서直接으로나 或은편지로 '무슨번민이잇거든 내게 다 말하라.' 하섯지만 저는 종내못하엿지요. 제性質가운데 별한것이잇서서 이 事件을 다른 사람의게 알게하려면 시긔의불이 압셔서 니러나는고로 마츰내 못하엿슴니다.
 그럿치만 지금은 꿈질거리고 잇지못하게 되엇슴니다.
마츰내 告白할 날이 왓슴니다.[46] (강조는 인용자)

이 작품에서 김동인은 편지와 일기의 형식을 끌어들임으로서 인물의 내면을 드러내는 새로운 방식을 보여주고 있다. 이것은 이전의 작품에서 흔히 찾아 볼 수 없는 새로운 형식의 시도로 보통 편지는 묘사와 허구적 표현의 가미를 통해 소설 내로 흡입될 수 있다. 이처럼 편지 형식이 소설을 이끌어 가는 주된 수단으로 작동할 때, 여타의 1인칭 소설의 서술자가 국외자의 입장에서 사건을 보고하는데 반하여 이러한 형식(유형)의 소설에 나타나는 서술자는 사건의 중간에 끼어들어 있다는 특징을

---

45) 김윤식, 『한국 근대 소설사 연구』, 을유 문화사, 1986, 3장.
46) 김동인, 「마음이 옅은 자여」, 『창조』 3, 1919, 27쪽. 이하 인용 잡지의 호수와 쪽수만을 인용문 다음 괄호 안에 표시하기로 한다. 즉, 인용문 다음의 (『창조』, 3-27)은 『창조』 3 호 27쪽을 의미한다.

지닌다.[47] 이 작품의 편지와 일기는 철저히 일인칭 서술 상황으로 일관하고 있으며 이 때 K는 경험의 주체이자 서술이 주체인 이중적 규정 아래 놓이게 된다. 일반적인 일인칭 소설에서처럼 이 작품에서 역시 서술 자아와 경험 자아가 미분화된 상태에 놓여 있고 이 두 자아 중 어느 쪽이 서사의 주도권을 장악하는가가 문제시된다.

밑줄 친 부분으로부터 알 수 있듯이 이 작품의 화자는 작품 내부의 다른 사람에게 자신의 지난 과거 경험과 현재의 상태에 대해서 무엇인가 털어놓으려고 하는 의도를 초반부에 선명하게 밝혀놓고 있다.

일반적으로 고백 형식의 소설에 있어서 서술자는 곧 작품의 중심 인물로 간주된다. 이 때 서술자는 자신이 직접 경험한 사건에 대해 '서술'하고 있기 때문에 서술 자아이기도 하며, 동시에 그 서술의 내용이 서술자 자신의 경험이라는 측면에서 파악한다면 경험 자아이기도 하다. 즉, 이때의 서술자는 서술 자아와 경험 자아를 동시에 포괄하는 이중적인 측면을 지닌다고 할 것이다. 결국 이러한 서술 상황에서는 작품 속의 등장인물로서의 서술자가 다른 등장인물과 맺는 관계보다 서술자 자신이 지니고 있는 이 같은 이중적 성격이 보다 문제적인 것으로 간주된다. 앞서 언급한 것처럼 서술자와 등장인물의 세계가 동일한 차원에 놓임으로써 자아의 체험과 회고가 하나의 수준에서 결합되어 긴장을 형성하며 이 긴장이 작품을 이끌어 가는 원동력으로 작동하는 것이다.

이 작품은 위와 같이 시작하는 편지글을 첫 번째 부분으로, 발신자(서술자)인 K의 일기와 유서를 중심으로 한 두 번째 부분, 그리고 K와 C가 함께 금강산을 유람하는 세 번째 부분으로 구분된다. 따라서 이 작품의 서사 방식으로부터 드러나는 소통 상황 역시 각각의 부분에서 달리 나

---

47) 이재선, 앞의 책, 80~81쪽.

타난다고 할 수 있다. 첫 번째의 편지는 편지의 독자인 C를 설정한 상황에서 서술되고 있으며, 두 번째 부분은 따로 수신자가 설정되어 있지 않게 된다.48) 그러나, 이 두 부분은 어떻든 수신자가 텍스트 내부에 존재하는 것으로 이해 할 수 있다. 그러나 마지막 부분은 작가의 창작 원리에 입각해서 쓰인 부분이므로 수신자가 텍스트의 외부에 드러나지 않게 존재하고 있는 것으로 판단된다. 결국, 작품의 첫머리에 제시된 고백의 내용은 첫 번째 부분과 두 번째 부분의 내용으로 국한된다고 할 것이다.

첫 번째 부분과 두 번째 부분은 철저히 일인칭 서술 상황으로 일관하고 있다. 이 때 서술자인 K는 서술의 대상이자 서술의 주체가 되는 이중적 규정 아래 존재한다. 앞서의 지적처럼 일인칭 서술 상황에서는 서술적 자아와 경험 자아 사이의 긴장과 거리가 작품을 이끌어 가는 주된 동력으로 작용한다. 일인칭 서술 상황에서 서술자는 허구 세계를 주관적이고 경험된 현실로 제시한다. 그런데 이 작품의 도처에서 서술 자아와 경험 자아가 분화되지 않은 상태에 놓여 있음을 볼 수 있다. 이는 서술적 자아와 경험 자아 양자 중에서 어떤 자아가 서술의 주도권을 쥐게 되는가 하는 문제로 귀결될 것이다.

> 그空想 가운데 나타난나는 엇던째는 우리나라에第一의理學者도 되여보왓다. 或은世界第一의 富者도 되여보왓다. 쏘는해와달에 遠征도가보왓다. 그럿치만 그空想의大部分에 나는美人의남편이었다. (『창조』, 3-29)

---

48) 일반적으로 일기는 독자를 특별히 의식하지 않고 쓰이며 일기 자체가 소설에 흡수되더라도 사정은 별로 달라지지 않는다. 그러나 이 작품에 나타나는 K의 일기는 여러 곳에서 C를 독자로 의식하고 있음이 드러나고 있다. 설사 K에게 그 같은 의식이 없었다 하더라도 일기를 편지와 함께 C에게 보냄으로써 C는 작품 내에 존재하는 일기의 독자가 되고 있다.

이 부분은 C에게 보낸 첫 번째의 편지 중 일부분이다. 편지는 그 수신자를 의식하고 쓰인 것이기 때문에 자신이 경험했던 과거의 모든 사실이 일단 정리되고 난 연후의 일이 된다. 즉, 이때 서술 자아와 경험 자아 사이의 거리는 멀어지고 서술 자아가 경험 자아에 비해 우위에 서게 된다고 할 수 있다. 따라서 과거 경험 당시의 자아에 비해 서술 현재의 자아는 지적으로나 도덕적으로 우위에 있게 되고 자신의 경험에 대한 주체적인 평가가 가능한 위치에 선다. 이는 인용된 부분의 문장이 모두 서사적 과거형으로 처리되고 있음을 통해서도 판단할 수 있다.

그러나, 동일한 편지의 경우에도 사정이 달라질 수 있음을 다음의 인용문이 보여주고 있다.

落膽에落膽을싸흔나는 좋내 죽기로 決心하고 엇썬맑은날저녁에 半月島로 건너갓다.(중략)

그럿치만 이것도필경은 나에게葉錢한푼어치라도 바람이 잇을쌔에한말이다. 世上이나를버리고 내가世上을 버리고 내가親戚을 버리고 마즈막에는 온갓것을 저주한뒤에 世上을 뒷발노차서던진내게야 삶이무엇에 쓸데가잇을까!

<u>작은물결은 찰싹찰싹 나의 왼편쌤을와서친다</u>. 이쌔에 나는 空想의 世界로 드러섯다. (『창조』, 3-34)

인용된 부분은 K가 C에게 보낸 9월 21일자 두 번째 편지의 일부분이다. 인용의 첫 문장은 K자신의 과거 행적을 현재에 되돌아보는 시선이 과거 시제의 사용을 통하여 분명하게 드러나 있다. 그러나 두 번째 밑줄 친 문장의 종결 어미는 현재형이며 지시어 역시 "이 때"로 사용됨으로써 편지를 작성하고 있는 시간과 자아의 경험 시간 사이의 혼재 양상을 드러내고 있다. 이러한 시간 착오는 K가 C에게 보내는 편지가 두 도막으로 나뉘어져 있고 그 각각의 성격이 다르다는 점으로부터 기인하는

것으로 여겨진다.

첫 번째 편지는 자신이 편지를 쓰게 된 경위를 설명하는 것이 중심 내용이고 두 번째 편지는 K 자신이 겪은 실연의 상처에 대한 심경의 고백의 중심 내용을 이룬다. 따라서 두 번째 편지에서는 실연의 상처와 그로 인해 괴로워하는 경험 자아가 보다 우세한 지위를 확보하고 이에 근거하여 서술이 행해지고 있음을 알 수 있다. 인용문에서 나타나는 시제 사용에서의 혼란은 경험 자아가 주도권을 쥔 서사 방식을 입증하는 것으로 판단할 수 있다.

작품의 두 번째 부분을 이루는 K의 일기에서 역시 경험 자아가 서술의 주도권을 장악하고 있으며 도처에서 앞서 살펴 본 시간 착오 현상이 나타난다. 뿐만 아니라 K의 일기 속에는 대화의 장면이 계속 나타남으로써 장면 제시와 같은 효과를 거두고 있는데 이는 "일기는 언제나 현재형으로 쓰인다. 기록되는 모든 사건과 경험, 그리고 느낌과 생각이 서술되는 순간에 재체험 되어 서술된다는 의미에서 현재형이다."[49]는 맥락 속에서 이해된다. 이러한 일기의 기능은 서술에 있어서 경험 자아의 우위를 보장하는 것으로 판단할 수 있으며, 서술자의 "자기 노출성"[50]을 강하게 드러냄으로써 독자의 호기심을 자극할 수도 있다.

편지에 동봉된 일기를 검토하면서 발견되는 흥미로운 부분도 있다. "日記에서 여긔저긔 뽑아 함의 보"(『창조』<이하 원문 출처 동일>, 3-36)낸다는 K의 말과 함께 일기가 공개되는데 그 일기의 머리 부분에 "K의 日記의 여긔저긔"라는 전제가 달려 있다. 그리고 일기의 중간 중간 ( )로 묶인 부분 중 "(아래는 디움)"이라는 내용이 삽입되어 있다(3-41, 4-12, 4-22). 또한 이 일기가 끝나는 부분은 "(以上 C의게보낸K의自白)"(4-27)이

---

49) H. Poter Abbot, *Diary Fiction-Writing as Action*, Cornell University, Press, 1984, 28쪽.
50) 이재선, 앞의 책. 83쪽.

라는 구절도 삽입되어 있다. 그런가 하면 8월 20일자 일기에 나타나는 C의 편지에는 "K의 日記부친C의 편지"(4-23)라는 제목이 달려 있다. 마지막으로 편지에 동봉된 K의 유서에도 역시 "K의 遺書"라는 표제가 달려 있다. 괄호 속에 묶인 내용은 K 자신의 서술에서나 혹은 C의 독서 행위 과정에서 드러날 수 있는 표현이 아닌 것으로 판단된다. 또한, 일기의 앞부분에 덧붙여진 "K의 日記"라는 표현은 사실 "나의 일기"로 바꾸어져야 옳다. 결국 지적된 부분은 모두 서술자인 K나 일기와 편지의 독자인 C가 아닌 다른 어떤 존재가 직접 작품에 개입하고 있음을 보여주는 것이라고 할 수 있다.

이러한 작가 개입은 9월 20일자로 유서를 작성한 K가 10월 16일에 이르러 C와 함께 금강산 유람을 떠나는 세 번째 부분에서 노골화되면서 작품은 더 이상 고백 형식으로서의 의미를 잃게 된다. 이후부터는 「약한 자의 슬픔」에서처럼 작가에 의해 창조되는 전혀 별개의 세계가 작품에 첨가되고 있는 것이다.

염상섭은 1921년 8월 『개벽』 14호에 최초의 작품 「標本室의 靑개고리」의 연재를 시작한다. 작품은 10개의 단락으로 나누어진다. 1~5장과 9~10장은 주인공이자 서술자인 '나(X)'가 경성을 출발하여 평양을 거쳐 남포에 사는 광인 김창억을 만나고 돌아와 '북국 한촌 어느 곳'에서 친구의 편지를 받고 김창억의 후일담에 대해서 듣는 것이고, 6~8장은 김창억에 대한 전지적 소개의 형식을 띠고 있다. 이상에서 드러나듯이 서술자인 '나'의 내면을 드러내는 부분과 김창억에 관한 이야기를 전달하는 부분의 서술 상황은 전혀 이질적으로 이루어져 있다. 즉, 서술자 자신의 이야기를 전개하는 1~5, 9~10장 부분은 일인칭 서술 상황으로 파악될 수 있으며, 김창억의 과거와 관련된 부분인 6~8장 부분은 주석적 서술 상황으로 파악될 수 있다. 작품의 서사 진행에 있어 김창억의 과거사와 관련된 6-8장은 일종의 군더더기라고 판단되며 이 글에서는 1~5장과 9~10장 부분만을 검토하고자 한다.

까닭 모를 불안과 우울에 사로잡힌 서술자는 친구의 권유에 따라 남포 여행을 경험한다. 이 여행은 지난 가을의 일이고 서술자는 지금 북쪽 지방의 어느 한적한 마을에 있다. 여행을 시작하기까지 가지고 있었던 자신의 심리적 상태와 광인 김창억을 만나고 돌아오기까지의 과정을 일인칭 서술 상황을 근거로 인물의 내적 정조를 주로 드러내었다는 점에서 이 작품 역시 고백의 형식을 취한다고 할 수 있다. 이 때 '나'의 내면에 존재하는 불안 의식의 근원이 무엇 인가하는 문제는 별로 중요하지 않으며 내가 불안하고 초조하다는 사실 자체가 중요한 것이라고 판단된다. 하지만, 이 작품은 「마음이 여튼 者여」와 달리 편지나 일기 등 소설과 다른 여타의 장치를 사용하지 않고 '나'로 지칭되는 서술자가 직접 자신의 이야기를 서술하고 있다는 점을 고려 할 때 서술 자아와 경험 자아 사이의 갈등과 거리의 문제는 「마음이 여튼 者여」보다 두드러지게 드러나지 않을 것임이 짐작된다.

① 묵업은氣分의沈滯와限업시늘어진生의倦怠는 나가지안는 나의발길을 南浦까지끌어왓다(『개벽』 14-118)

② 내가 南浦에가던 前夜에는 그症이 더욱甚하얏다.(『개벽』 14-119)

③ 차에올라안저서도 空然히 後悔를하고 안젓스나 强烈한 <휘스키−>의 힘과 激甚한 全身의 動搖反撥, 轟轟한 軋響, 暗黑을 突破하는 速力, 注射마즌 肩의 沈痛…… 모든 官能을 한쩌번에쮜놀게하야 얼이쌔진속에서 모든것을잇고 새벽에는 쿨쿨 잠이들만치 마음이 가라안젓다. 덕택으로오늘밤에는 메쓰도 번쩍어리지안고 面刀도 쮜어나오지 안핫다.(『개벽』 14-121)

④ 平壤으로나온 우리 一行은 그翌朝에 南北으로 쓸쓸히 헤어젓다. 그後略二個月쯤되어,나는白雪이皚皚한北國어쩌한寒村진흙房속에서,이

러한Y의편지를바닷다.(『개벽』 16-123)[51]

인용된 부분은 작품의 첫 머리와 '내'가 H와 함께 기차를 타고 남포로 가기까지, 그리고 기차 안의 장면이며 마지막 인용문은 여행이 끝난 뒤 어느 마을에서 친구의 편지를 받는 장면이다. 남포 여행은 과거 자신의 경험이며 이는 두 번째 인용문과 네 번째 인용문을 통해 확인된다. 그런데, 첫 번째 인용문을 보면 '침체'와 '권태'가 남포로 나의 발길을 이끌어 "왔다"고 되어 있으며 세 번째 인용문에서는 남포로 출발하는 당일을 "오늘 밤"으로 서술하고 있다. 앞서의 분석과 마찬가지로 이 부분에서도 경험 자아가 서술 자아를 압도함으로써 서술 당시 서술자는 남포 여행 이전의 상황을 다시 체험하고 있는 것으로 볼 수 있다. 슈탄젤의 입론에 따르면 일인칭 서술 상황에서 묘사의 초점을 경험 자아에 놓을 경우 인물이 자기 체험 순간에 지니는 내면 세계나 생각, 정조가 겉으로 드러남으로써 인물 시각적 서술 상황으로 전이될 가능성을 지닌다.[52] 즉, 이 작품은 겉으로 보기에 일인칭 서술 상황을 채택하고 있는 것처럼 보이면서 끊임없이 인물 시각적 서술 상황과 일인칭 서술 상황의 경계를 넘나들고 있다는 의심을 해볼 수 있다.[53]

---

51) 염상섭, 「標本室의 靑개고리」, 『개벽』 14~16. 인용 방식은 앞과 같음.
52) Franz K. Stanzel, 앞의 책(1979), 73쪽.
53) 일인칭 서술 상황에서는 서술적 자아에 의해 일정하게 판단되고 평가된 사실이 서술되며 따라서 보고적 서술 형식이 우세하다면 인물 시각적 서술 상황에서는 장면적 서술 형식이 보다 더 우세한 양상을 띠게 된다. 또한 묘사의 시점이 한 인물의 내부에 고정됨으로써 독자는 서술자의 도움 없이 작중의 세계와 직접 마주 대하게 된다. 이 때 인물은 일인칭 서술 상황에서의 "서술자-인물"에서 "반성자-인물"로 그 위치를 바꾸게 된다. 여기서 반성자는 작품 속에서 생각하고 느끼고 지각하는 존재로 이 인물은 자신의 이야기를 쏟아 낼 뿐 서사의 진행과 관련된 일체의 언급을 회피한 채 자신이 바라보고 있는 장면만을 언급할 뿐이다. 이 상황에서 서술자는 인물의 배후에 숨어 버려 독자가 더 이상 그 존재를 의식하지 못하도록 만든다. 독자는 서술자의 존재를 의식하지 못하기 때문에 '반성자-인물'이 수행하는 모든 것이 진실이라는 환상을 갖는다.

이 작품의 서술 상황이 변화를 거듭하고 있다고 판단하는 또 다른 근거는 작품 속에 빈번히 등장하는 대화와 독백으로 처리된 장면적 서술 형식이다. 남포에 도착하여 친구들과 수작을 부리는 장면이나 김창억을 만나 대화를 나누는 부분은 '나'의 시각까지 최대한 자제하면서 대화의 원 모습을 살려 내려고 시도하고 있다. 앞서 논의된 바처럼 일인칭 서술 상황은 보고적 서술이 장면적 서술에 비해 우위를 차지하며 인물 시각적 서술 상황에서 이 관계는 역전된다. 일인칭 서술 상황이 등장인물의 내면에 초점을 맞출 때 인물 시각적 서술 상황으로 전이될 가능성을 지니는 것에서 짐작되듯이 인물 시각적 서술 상황은 주로 인물의 내면세계를 포착하는데 적절한 서술 상황으로 평가할 수 있다.

그러나, 이상과 같은 추론만으로는 이 작품이 두 개의 서술 상황을 동시에 수용하고 있다고 주장 할 수는 없다. 이 작품의 1~5장과 9~10장의 대부분은 일인칭 서술 상황을 중심으로 서사가 진행되고 있음은 부정할 수 없는 사실이다. 다만 경험 자아와 서술 자아 사이의 긴장과 거리가 작품의 서사 구조를 일그러뜨리면서까지 직접 표면에 표출되는 대신 일인칭 서술 상황과 인물적 서술 상황의 경계에 서술자를 위치시킴으로써 이 같은 문제를 해결하고 있다는 추론은 가능할 것으로 생각된다.

광인 김창억으로 만나고 평양으로 되돌아오는 기차 안에서 '나'는 서울에 있는 P에게 엽서를 쓴다.

　　무엇이라고 썼스면 只今 나의이心情을, 가장闡明히, 兄에게 전할수잇슬
　　가! 큰驚異가 잇슨뒤에는, 큰恐怖와 큰沈痛과 큰哀愁가잇다할地境이면 只
　　今 나의調子를 일흔心腸의間歇的脈動은 반듯이 그것이 아니면아닐것이

F. K. Stanzel, 위의 책(1979), 76~101쪽 및 앞의 책(1982), 19쪽, 56쪽, 63쪽.

> 요.--人生의 眞實된 一面을 추켜들고 거침업시 肉迫하야올 째 全靈을 애
> 워싸는것은 驚愕의 戰慄이요. 그리고 限업는苦悶이요. 샘솟는憐憫의눈물
> 이요 가슴저린哀愁요…… 그다음에 남는 것은 미치게 깃분 痛快요. (『개
> 벽』 16-108)

이 엽서의 내용은 '내'가 그 동안 지속해 온 고민의 전모를 파악할 수 있게 하는 단초를 제공한다. 선행 연구에 따르면 이 엽서를 통해 '나'는 나의 고민과 감정의 절정을 이미 토로해 버렸기 때문에 6~8장에 이르는 광인 김창억의 과거에 대한 장황한 설명이 나올 수밖에 없다고 지적하고 있다.54) 그런데, 여기서 '내'가 지닌 고민과 감정의 절정이 왜 엽서(편지)라는 다른 매체를 통해 표출되고 있는가라는 질문이 제기될 수 있다.

이는 작품이 두 개의 서술 상황을 끊임없이 넘나들고 있다는 앞서의 분석으로부터 실마리를 찾을 수 있다. 한 인물의 내면을 드러내기 위해서 그 인물의 내면을 관찰할 수 있는 권한을 서술자에게 부여하든지 그 인물을 서사물의 화자로 삼아야 한다. 인물을 서사물의 화자로 삼을 때(일인칭 서술 상황) 인물의 내면에 자극을 주는 외부 사건은 보고적 서술 방식 속에 용해되어 버리고 독자에게 현실감을 불러일으키지 못한다. 반면에 제3의 인물(서술자)에게 인물의 내면을 관찰하도록 한다면(인물 시각적 서술 상황) 독자가 그 인물의 신빙성에 대해 던지는 여러 가지 질문에 답변하기 위한 장치를 미리 전제해야 한다. 결국, 일인칭 서술 상황이건 인물 시각적 서술 상황이건 어느 하나의 서술 상황만으로는 고백의 형식을 완성하는 데는 많은 제약이 따른다는 가설이 가능하다. 앞서의 이야기로 돌아가면 작품의 초반부터 계속되어 왔던 '나'의 고민이 이

---

54) 김윤식, 『염상섭 연구』, 서울대 출판부, 1987, 153쪽.

제 절정을 이루었고 그것이 독자에게 전달되어야 할 상황이 주어졌을 때 작가는 일인칭 서술 상황에서도, 인물 시각적 서술 상황에서도 이를 효과적으로 소화할 수 없었기에 엽서(편지)라는 새로운 매체를 끌어들이지 않았나 하는 판단을 내려 볼 수 있다.[55]

> 果然 그가 그後에 어대로간 것은 아모도 몰랏다. 더구나 배암보다도 더두려워하고 꺼리는 平壤에 나와잇스리라고는 아모도 夢想外이엇다. 그러나 그는 結局에 平壤에 왔다. …… 平壤은 그의 後娶의 本家가 잇는 곳이다.
> ― 一年 열두달 열어보는일업시 쑥다츤 普通門밧게, 보금자리가튼 집덤이 속에서 우물우물하기도하고, 혹은 그압普通江가에로 돌아단이는 乞人은, 오즉 大洞江가의長髮客과兄弟거나, 다만乞人으로알뿐이오,洞里에서도 누구인지는 아모도몰랏다. (『개벽』16-126)

인용된 부분은 작품의 결말 부분이다. 이 장면의 서술자는 앞서 서사를 추동해 오던 일인칭 서술 상황의 서술자와 비교할 때 너무나도 이질적인 존재라는 점은 쉽게 파악할 수 있을 것으로 생각된다.

1922년 2월부터 『개벽』에 연재된 「除夜」는 완전히 편지로만 이루어진 작품이다. 부정한 아내 정인이 자신의 과오를 모두 용서할 테니 집으로 돌아오라는 남편의 편지를 받고 자살을 결심하고 남편에게 보내는 유서와 같은 내용을 담고 있다. 선행 연구는 이 작품에 대하여 "권력 의지이자 주체성임과 동시에 제도적 장치로서의 내면 고백체",[56] "작가의 사상과 인식을 담는 '해부'와 작중 인물의 심정 토로에 적합한 '고백'이 절묘한 상호 보완 관계를 이룬 작품"[57]으로 평가하고 있다.

---

55) 엽서나 편지, 일기의 사용을 통한 고백 형식의 구축은 앞서 검토한 김동인의 「마음이 옅은 자여」나 「목숨」, 염상섭의 「제야」등에서 잘 드러나고 있다.
56) 김윤식·정호웅, 『한국 소설사』, 예하, 1993, 101쪽.

작품은 7장으로 이루어져 있는데 자신의 심경을 언급하는 1~3장, 7장의 후반부와 과거 자신의 행적을 전달하는 4~7장 전반부로 나누어 생각해 볼 수 있다. 작품을 검토하여 보면 편지를 쓰게 된 자신의 심경(1~3장)과 이후의 상황에 대한 결심을 드러내는 부분(7장 후반부)에서는 서술 자아의 입장이 훨씬 우월한 것으로 판단되며 모든 사건과 인물의 내면은 보고적 서술 형식으로 처리되어 있다. 아래 인용문을 통해 알 수 있듯이 이 부분에서 과거의 사실에 대한 언급은 과거형 종결 어미로 끝나고 있으며 이로부터 기인하는 자신의 내면 표출은 현재형으로 처리된다.

> 가르처도안이되고 두들겨도안되는, 自己가 自己손으로 할수업는것은 알고도 自滅의길을 재촉하는 <u>人道의蟊蟲이외다</u>.
> 아--. 貞操는 商品이안이라고 쎈쎈이 主張하야왓습니다. 그러나 나는 팔앗습니다. 훌륭한商品이엇습니다. <u>生活의 手段은姑捨하고學資金싸지</u> <u>를 이手段으로 어드랴하얏습니다</u>. (『개벽』 21-52. 강조는 인용자)

한편, 과거 자신의 행적을 돌이켜보는 부분(4~7장 전반부)에서는 대화를 중심으로 한 장면적 서술 형식을 통해 서사가 진행되고 있음을 볼 수 있다. 이 때 편지라는 형식이 지닌 특성이 서술의 기조를 통제하고 있음이 발견되는데 경험 자아와 서술 자아 사이의 충분한 거리의 확보가 오히려 최정인의 현재를 명확히 보여줄 장치를 마련하는 것으로 파악할 수 있다. 이 과정에서 이미 질적으로 변모한 현재의 자아(서술 자아)가 과거의 자아(경험 자아)와 심각한 분열을 겪게 되고 인생 가운에 전혀 다른 경향의 두 발전 단계들이 정면으로 충돌하면서 일종의 긴장이 유발되며 이로부터 한 사람의 자아 속에서 긴장과 조정이 일어나 실제 작

---

57) 조남현, 「염상섭 소설의 문학사적 자리 매김을 위한 시론」, 권영민 편 『염상섭 문학 연구』(『염상섭 전집』 별권), 민음사, 1987, 78쪽.

가가 등장인물을 보는 듯한 거리가 확보된다.

이상에서 살펴 본 바와 같이 비록 고백체라는 독특한 1인칭 소설의 경우이기는 하지만 1920년대 초기 소설의 창작에서 서술자의 존재 인식뿐만이 아니라 서술자의 분화 양상까지를 확인할 수 있다는 점은 문학사적 의미 부여에서 주의를 요하는 부분이다. 이는 서사 공간 내에서 실제 작가와 서술자의 분리에 대한 인식에 근거를 두고 있다. 서술자는 작가를 대신해서 실제 서사를 진행한다는 의미에서 작가의 대리인이기는 하지만 그 서사 진행이라는 것은 작가의 의도와 논리가 아닌 서사 그 자체의 논리에 의존할 수밖에 없음을 역설적으로 드러내 주는 증좌가 된다. 다시 말해서 이는 소설이 작가에 의해 창작된 예술 작품이라는 인식의 반증이라고 할 수 있다. 신소설의 작가들은 소설이 독자에게 주는 감흥의 차원에까지 인식 지평을 확대했다면 1920년대 초기의 작가들은 그 감흥을 유발하는 기법의 문제로까지 관심 영역이 넓혀지고 있다는 의미이다.

2.2. 서술자 전지성 제한의 효과

일반적으로 전대의 소설은 서술자가 서사 공간 내의 제반 요소들을 모두 장악하고 필요에 따라 이를 독자 앞에 제시하는 방식인 주석적 서술 상황으로 서사가 진행되는 것이 보통이었다. 따라서 서사 그 자체에서의 논리적 인과성이나 사건과 사건 사이의 연결 등은 그다지 크게 중요한 위치를 차지하지 못하였고 단지 사건과 그것의 시종(始終)이 주는 의미만이 부각될 뿐이었다. 그러나 1920년대 소설에서는 서술자의 수에 대한 조종과 더불어 서술자의 전지성에 대한 제한이 이루어지는 것을 발견하게 된다. 이러한 현상은 서술 상황의 변화에 따른 서술자의 인식 능력 및 이의 효과와 관련된 문제로 일반적인 의미에서 시점point of view에 대한 인식으로까지 논의의 범위를 확대시킬 수 있는 가능성을 안고 있다.

서술자의 전지성 제한을 문제 삼을 때 빼놓을 수 없는 것이 김동인이 논의한 이른바 "일원 묘사 A형식"이다. 「자긔가 창조한 세계」를 통해 이른바 "인형 조종술의 논리"[58]를 자신의 창작 원칙으로 제기한 김동인은 「소설 작법」이라는 글을 통하여 또다른 창작의 원칙을 제시하는데 "일원 묘사", "일원 묘사의 B형식", "다원 묘사", "순객관적 묘사"의 네 가지 묘사의 형식을 제안하고 있다. 여기서 문제가 되는 것이 일원 묘사의 방법이다. 김동인은 이를 "作中 主要 人物의눈에 비최인 것에 限하여 作者가 쓸權利"[59]라고 표현한다.[60] 그가 제안한 일원 묘사의 원칙은 서술자가 소설 작품 속의 특정한 한 인물에 자신의 시선을 제한함으로써 전대 소설이 지닌 주석적 서술 상황으로부터 벗어나 새로운 서술 상황을 창출하려는 의도의 표출로 이해할 수 있다. 김동인 스스로도 「약한 자의 슬픔」과 「마음이 옅은 자여」를 통하여 이 같은 창작의 원리가 충실히 지켜지고 있음을 강조한 바 있다.

> K도 가치도라세서 그밝은바다빗과 그넓은바다ㅅ긔운을, 가슴썻 드리마시며, 굽으러지고쏘굽으러져서 더넓은朝鮮海와接한長箭港을바라볼째에 K는, 一種의외로움과, 無限큰상쾌를째다랏다. 그거슨며칠전京義線列車안에서 기름자의世界를쩌단닐째엣 그것과비슷-한거시다. 그는 C를 보앗다.

---

58) 김동인, 「자긔의 創造한 世界－톨스토이와 쩌스터예쯔스키－를比較하여」, 『창조』 7. 1920, 52쪽. 이 같은 김동인의 발언에 대한 기존의 상세한 입장은 김윤식, 앞의 책 (1986), 3장 참조.
59) 김동인 「소설 작법」, 『조선 문단』 10, 1925, 70쪽.
60) 이후 초점화와 관련하여 3장에서 자세히 논의되겠지만 김동인의 이러한 관념은 그가 고민한 또 다른 창작 원칙인 "인형 조종술"과 일정한 모순 관계에 놓여 있는 것처럼 보인다.

C도 눈에 爛爛한비츨내이고, 아츰비체반짝거리는反射光에 나츨쏘이면서, 펴젓다 줄어젓다 하는 바다의해와, 萬年의秘密을감초고잇노라는 샛파란 바다의속셈임을듯고잇다.

「아ㅡ」 K는 도라섯다. (「마음이 옅은 자여」, 『창조』 5-37)

인용된 부분은 김동인이 「소설 작법」에서 자신이 주장한 일원 묘사의 창작 원리가 비교적 충실하게 반영된 부분으로 지적한 「마음이 옅은 자여」의 일부이다. 여기서 김동인은 "그는 C를 보앗다."에 방점을 찍고 K가 C를 향함으로써 비로소 작가가 C의 눈에 비치는 풍광을 묘사할 수 있음을 지적한다. 즉, C가 무엇을 보고 느끼는지에 대해 서술하기 위해서는 시선이 고정된 중심인물의 행동 변화가 필수적으로 요구된다는 점을 지적한 것이다.

이상의 검토에서 드러나는 것처럼 작가가 작품의 전면에 등장하여 자신의 이야기를 날 것으로 드러내는 전대의 보편적 소설 구성에 대해 반발하고 작품 중의 주요 인물의 시선을 통하여 사건을 전개시키면서 작가의 이야기를 전달해야 한다는 주장이나, 그 주요 인물의 지각 정도에 따라 독자에게 제공되는 정보의 양이 제한될 수 있다는 김동인의 언급은 작가와 구별되는 작중 화자의 존재를 무의식적으로나마 인식하고 있음을 드러낸 것이라 하겠다. 이 때 작가는 이 주요 인물에 대한 모든 정보를 통어하는 위치에 있게 된다. 사건을 진행시키고 독자에게 전달하는 주요 인물의 성격과 심리적 갈등 등 인물 구성의 제반의 요소들은 모두 작가의 재량에 달려 있다.

더불어 '인형 조종술', '일원 묘사론'을 통해 김동인이 언급하고자 했던 소설 창작의 또 다른 중요한 대목이 "묘사"에 있음도 마찬가지로 주목을 요하는 대목이라 할 수 있다. 김동인이 『창조』 창간호에 실린 자신의 작품 「약한 자의 슬픔」을 소개하는 글에서 "이 작품은 이전에 있던 다른 작품과는 전혀 다른 묘사법과 작법을 사용하고 있음"[61]을 의식적으로 지적하고 있다는 사실이 이러한 문제의식을 뒷받침한다. 이중 '작법'에 해당하는 것이 '일원 묘사론'과 '인형 조종술'이며 남은 것이 "묘사"이다. 선행 연구는 이 '묘사'의 정체를 "인물의 창조라기보다 표현상의 문제"[62]와 관련된 것으로 파악하고 있다. 즉 작가가 신의 위치, 전지전능한 위치에서 작중인물의 모든 것을 자신의 뜻대로 결정하는 것은 이미 고전 소설과 신소설, 그리고 춘원의 소설을 통해 일반화된 관습적인 것이 불과하다. 김동인이 생각하는 것은 이와는 다른 위치를 점하고 있다. 즉 작가는 일단 신의 위치에 서 있다. 그러나 그는 작품에 직접 개입하지 않고 자신이 조종하는 인물을 통해 간접적으로 개입하는 방식을 선택한다. 다시 말하자면 작가는 자신이 조종하는 인물 — 주요 인물 — 에 대해서는 전지성을 행사할 수 있지만 그 밖의 인물에 대해서는 아무 것도 모르는 것처럼 위장해야 한다는 것이다. 이것이 김동인이 추구했던 소설의 새로운 형식이라고 할 수 있다.

결국 김동인은 시점에 대한 관심보다 이전의 방식과는 다른 새로운 형식의 소설을 창조해 내는데 더 많은 관심을 기울인 것으로 생각할 수 있다. 그러나, 작가의 시선을 어느 특정한 인물에 고정시키고 그 인물을 통하여 소설의 진행을 독자에게 제시한다는 것은 '누가 바라보는가'의 문제에서 일인칭의 모습을 띠고 나타나며 '무엇을 바라보고 이야기하는가' 라는 층위에서는 사건의 내부에 존재하는 인물 시각적 서술 방식으로 평가할 수 있으며 이에 따라 '누가 서술하는가'의 층위 속에서는 서술자가 아닌 반성자의 목소리로 독자에게 이야기하게 된다. 즉 슈탄젤의 유형원 원리에 따르면 김동인이 추구했던 서술의 방식은 일반적인

---

61) 김동인, 「남은 말」, 『창조』, 1919. 2(창간호).
62) 김윤식, 앞의 책(1986), 97쪽.

일인칭 서술 상황을 채택하는 소설이라기보다 인물적 서술 상황을 취하고 있는 것으로 판단된다.[63]

김동인이 제기한 창작 원리가 그의 작품을 통하여 성공적으로 구현되었는가 혹은 아닌가를 분석하는 것은 중요한 의미를 지닌다. 하지만 그 전에 이 논문에서 관심을 가지고자 하는 부분은 김동인에 이르러서 비로소 서술자의 전지성의 제한에 대한 인식의 단초를 확인할 수 있다는 것이다. 나아가 김동인은 비록 거칠기는 하지만 자신이 의식하고 있었던 창작의 원리를 실제 창작을 통하여 실천하려고 했다는 점에서 보다 큰 의미 부여가 가능할 것으로 판단된다.

이러한 사정은 염상섭 및 현진건과 비교를 통해서도 다시 확인될 수 있다. 앞서 살펴본 것처럼 염상섭의 「표본실의 청개구리」는 주인공 '나'의 내면을 드러낼 때의 1인칭 주인공 서술자(일인칭 서술 상황)와 광인 김창억의 과거를 소개하는 시기의 전지적 서술자(주석적 서술 상황) 사이의 확연한 구분이 오히려 작품 전체의 유기적 연관성을 깨뜨리고 있음을 볼 수 있다. 뿐만 아니라 「표본실의 청개구리」의 결말 부분에서도 역시 작품의 서사 진행에 있어 주도적인 역할을 해 오던 1인칭 서술자의 목소리가 아닌 이질적 목소리를 확인할 수 있다.

果然 그가 그後에 어대로간 것은 아모도 몰랏다. 더구나 배암보다도 더두려워하고 꺼리는 平壤에 나와잇르리라고는 아모도 夢想外이엇다. 그

---

63) 김동인 자신은 「소설 작법」에서 일원 묘사의 A 형식에 등장하는 인물들을 모두 '나'로 바꾸어도 아무런 장애가 없음을 강조하면서 따라서 이 형식에 철저한 작품은 모두 1인칭 소설로 묶일 수 있다고 이야기한다. 그러나, 슈탄젤이 주장하는 1인칭 서술 상황은 작품 속의 '나'와 '서술자'가 일치하는 상황으로 한정하고 있으며 인물적 서술 상황 속의 반성자는 작품 속에서 느끼고 지각하는 인물이며 독자는 이 반성자의 눈을 통해서만 사건의 전개를 바라본다는 차이를 지닌다.
F. K. Stanzel, 앞의 책(1982), 19쪽.

러나 그는 結局에 平壤에 왔다. …… 平壤은 그의 後娶의 本家가 잇는 곳
이다. (『개벽』 16-126)

　그러나, 염상섭의 소설에서 이처럼 서술자의 전지성을 제한함으로써
일정한 미적 효과를 거두려는 노력은 그의 두 번째 작품인 「암야」에 이
르면 일정하게 흔들리는 양상을 보인다. 첫 작품인 「標本室의 靑개고리」
의 '나'와 마찬가지로 삶의 무기력에 빠져 의식적이지 않고서는 사람조
차 사랑할 수 없는 '그'는 어머니, 누이와 함께 살고 있지만 오래도록
글 한 줄 쓸 수 없는 상황에 놓여 있다. 이러한 그가 하루 동안 겪는 심
리적 갈등과 사건을 서술한 이 작품의 서술자는 김동인이 제안한 일원
묘사의 원칙을 수용하는 것으로 판단할 수 있으리 만치 철저히·작중 주
요 인물 '그'의 시선을 통해 외부 요소를 바라보고 있다. 즉, 작중 주요
인물인 주인공 '그'의 내면을 관찰함에 있어서 서술자는 주석적인 특성
을 유감없이 발휘하고 있지만 어머니, 누이, 친구의 심리에 대해서는 언
급을 자제함으로써 독자가 그들의 내면을 추측하지 않을 수 없도록 강
제하고 있는 것이다.

　① 「오늘은 부듸 낫잠자지말고, 둘재집 좀가보렴으나」
　아츰을먹고 어슬넝어슬넝 뜰로내려오는彼의뒤模樣을, 懂心슬어운눈으
로 물그럼히 내려다보든彼의母親은, 쏘한번注意를하얏다.(『개벽』 19-53)
　② 彼는 定處업는 이런생각을 꿈속가티 머리속에 니여나가다가, 急작
시리 無邪氣한N이 불상한症이나서, 寫眞을들어 한참드려다보다가, 키쓰
를 하고, 다시노핫다. 요사이彼의 쏘한가지苦痛은 意識的이아니고는 사람
을사랑할수업는것이다. 불상한女子다, 自己의不純으로 相對者의純潔을 더
럽히는罪惡의代償으로라도,　그를사랑하야겟다는意識이나,　條件이업고는
사람을 사랑할수업는것이, 그에게는 一種의苦痛인同時에 悲哀이엇다. (『개
벽』 19-57)

③ A는 마츰 畵室에서나와서, 해빗이 쌩쌩히비치는 마루씃에섯다가, 자최업시 감안감안기여들어오는彼을보고, 暫間寂寞한째 마츰잘왓다는듯이, 반기우며 自己房으로 引導하얏다. (『개벽』 19-60)[64]

①번과 ③번 문장은 작품의 중심인물이 아닌 어머니와 친구 A의 심리, 반응을 드러내고 있으며 ②번 문장은 주인공 '그'의 심리를 형상화하고 있다. 어머니와 그의 관계를 전제한다면 '愲心'어린 시선 어머니의 시선에 대한 서술자의 언급은 '그'가 이미 어머니의 근심을 느끼고 있다는 사실을 서술한 것으로 볼 수 있다. 또, 그의 방문에 대해 친구 A가 "마츰잘왓다는듯이" 반응한 것을 볼 때 일반적 의미의 주석적 서술과는 달리 철저히 친구 A의 외면에서 그의 방문을 바라보고 있음을 알 수 있다. 이처럼 철저히 '그'의 시선을 통해서만 작품의 제반 요소를 인식하는 이 작품의 서술 방식은 '그'의 내면을 바라보는 서술자의 주석적 성격에도 불구하고 전대 소설의 주석적 서술 상황과는 차별성을 지니고 있으며 보다 확대해서 해석한다면 "인물 시각적 서술 상황"의 채택이라고도 말할 수 있을 것이다.

앞서 검토한 「제야」의 경우 편지 형식으로 일관하고 있다는 점을 고려할 때 서술자의 전지성이 일정하게 제한되고 있다는 점은 쉽게 짐작할 수 있다. 「제야」에서 드러나는 서술자의 전지성 제한이 지니는 효과가 「표본실의 청개구리」나 「암야」의 제한과 동일한 효과를 지닌다고는 단정할 수 없다. 즉, 「표본실의 청개구리」나 「암야」는 특별한 이질적인 매체의 수용이 없는 상태에서 서술된 작품인데 반하여 「제야」는 편지라는 이질적 매체가 작품 내부로 수용되고 있으며 작품이 서술 방식이 이 매체의 수용과 밀접한 관련을 지니면서 경험 자아와 서술 자아의 갈

---

64) 염상섭, 「暗夜」, 『開闢』, 19, 1921. 인용 방식은 앞과 같음.

등·긴장을 유발하고 있다는 사실을 고려할 때 이 세 작품이 지닌 의미를 같은 차원에서 평가할 수는 없을 것으로 생각된다.

일반적으로 초기 삼부작으로 불리는 이들 작품 직후에 발표된 『만세전』[65]을 지나 1922년 『동명』에 연재된 「E 선생」에 이르면 초기 염상섭 단편 소설에서 찾을 수 있던 실험성은 찾아볼 수 없으며[66] 따라서 서술자의 전지성 제한이나 매체의 수용과 같은 특징적인 현상도 더 이상 나타나지 않는다.[67]

---

65) 이 작품은 분량면에서 단편으로 보기에 불합리한 측면이 있어 본 논문의 분석 대상에서 제외하기로 한다.

66) 『만세전』을 전후하여 염상섭 소설은 "보여주기", "장면 제시", "객관적 시점" 등의 소설화 방법을 취한데 비하여 『만세전』 이전의 작품들은 주로 "말하기" 방식을 통하여 작가 자신과 작중 인물의 거리를 좁히려 했다. 「제야」가 편지 형식을 취한 것은 기본적으로 작가가 품고 있는 생각과 느낌을 직접 털어놓는데 편지 형식이 유용하게 사용될 수 있기 때문이다. 이는 염상섭이 1920년대 전반기에 자신의 주관과 개성을 개방하는데 치중했음을 분명히 해주는 증거이다.
「표본실의 청개구리」를 비롯한 삼부작과 『만세전』에서 드러나는 바 "자아"와 "시대"와 "역사 속을 인식론적인 면에서 기행(紀行)하는 듯한 소설적 구조는 염상섭의 주관 강조 경향과 개성 표출 성향을 뒷받침해 주는 것임을 부정할 수 없다.
이상의 논의는 조남현, 「염상섭 소설의 문학사적 자리 매김을 위한 시론」, 권영민 편, 『염상섭 문학 연구』(『염상섭 전집』 별권), 민음사, 1987 참조.

67) 염상섭 초기 소설에서 이 작품이 갖는 예외적 경향에 대해서는 이미 많은 논자가 언급한 바 있다. 이러한 변화에 대해 박종화는 "극히 평범하고 극히 통속적인, 한 때 웃음 좌석에서 이야기할 만한 그러한 작품"이라고 혹평하였지만 김종균은 『염상섭 연구』에서 "이 작품에 이르러 비로소 울분을 가라앉히고 심화시켜서 객관적인 입장에 서서 사회와 환경과 인물을 관찰함으로써 보다 제 3자적인 냉엄성(冷嚴性)을 지닐 수 있었다. 따라서 이는 작품 수법의 전환을 의미하게 되고 새로운 인물의 유형을 보이게 된 것"이라고 호평하고 있다. 한편, 유병석은 이 작품이 염상섭 소설 중에서 최초로 고백체를 탈피하여 묘사체로 전환하였다는 사실을 표나게 지적한다. 그 결과 "「E 선생」은 포괄적인 현실을 범속한 주변 상황으로 바꾸고 추상적인 인물을 실제로 행동하는 구체적인 인물로 바꿈으로써 현실의 포괄적인 제시(『만세전』과 같은)와, 직접적인 이념의 표백(「표본실의 청개구리」)을 희생했다. 그 대신에 우리는 「E 선생에서 흔히 있을 수 있는 곳의, 흔히 있을 수 있는 이야기를 접하게 된 것"이 가능해졌다고 판단한다.
이 작품은 무엇보다 한 인물의 내면적 갈등이 인물간의 갈등, 혹은 인물과 환경의 대립으로 변모한 것이 특징적이라 하겠다. 그럼에도 불구하고 평범한 소재와 주제, 서술 방식의 안이함 등을 인해 범작의 수준을 넘어서지 못하고 있다. 이 작품이 염상섭 초기의 다른 작품에 비해 별다른 주목을 받지 못하고 있는 것도 이와 같은 한계에 기인하는 것

주인공 E는 동경에서 공부를 마치고 귀국하여 문화 운동에 참여하지만 500원의 부채와 사회에 대한 배신감을 안은 채 집안에 들어앉는다. 그러던 중 서양 선교사가 교장으로 있는 X학교에 부임하고 강직한 성격과 성실한 태도로 학생들의 신망을 받는다. 그러나 체조 교사 A, 지리 교사 T, 수학 교사 등 재단에 기생하던 무리들이 E가 학생들의 호평을 얻는 것을 시기하여 E를 모함하고 기도회 사건을 계기로 학교 선생들이 두 패로 나뉘어 전면적으로 대립하기에 이른다. 결국 A가 면직되는 것으로 사건이 수습되지만 A를 추종하던 운동부 학생들이 시험 거부 소동을 일으키고 인간 존중과 개성 확립을 바탕으로 학생들을 가르치겠다던 E의 이념은 타락한 현실의 벽에 부딪혀 좌절된다.

이상과 같은 내용을 지닌 이 작품에서 초기 삼부작이 보여주는 기법의 실험성을 찾기는 상당히 힘든 것으로 보인다. 작품은 일반적인 주석적 서술 상황을 채택함으로써 주요 인물과 부차 인물을 막론하고 서술자가 인물의 내면을 골고루 관찰하고 있음을 확인할 수 있다.

① 사람조흔博物先生은 無心쿠뭇는대로 對答을한것이라서 좀輕率하얏다는듯이 얼굴이 벌개지며돌아서서 E先生의冊床을 힐긴건너다보고 밧그로나가버렷다. E先生은 무엇을하는지 冊床우에노힌冊橫에 가리워서 여긔서는 그問題거리가된머리도보이지안핫다. (114)

② 고슴도치事件이잇슨지 二週日쯤지나서, 이러한일이發生하얏다. (117)

③ 校監의態度는 매우穩健하얏다. 될수잇는대로 懷柔하고 撫摩하랴는것가탓다. 이것을본A先生이나 T先生은, B와會見한結果가 自己네들에게有利하얏다고생각하고, 爲先安心하얏다. 그러나, 實上은, B도그內容을 仔細

___

으로 보인다.
박종화, 「문단의 일년을 추억 하야」, 『개벽』, 1923. 1, 13쪽.
김종균, 『염상섭 연구』, 고려대 출판부, 1974. 92쪽.
유병석, 「염상섭 전반기 소설 연구」, 서울대 박사 학위 논문, 1985, 56쪽.

히모르니짜, 職員會議에라도 參席하야, 親히事實을듯고십흐나, 時間이마
츰업스니 그結果를 自己에게報告한後에, 다시議論하기로하고 헤저왓슬쌘
이엇다. (128)

④ 地理先生은둘재요, A先生에게對하여서는 이事實이 唯一의 活路갓고
來日부터라도 밥주머니를 주는 喜報이엇다.

「흥, 그리고도 "사람은 사람의運命을決定할權利는업다"구……」

A先生은 如前무슨생각을하고 누엇다가 이가티 혼자ㅅ소리를 하얏다.
(150)[68]

①과 ④번 문장을 통해 드러나듯이 서술자는 작품에 등장하는 여러
인물의 시선과 위치로 자신의 존재를 끊임없이 이동시키고 있다. ①번
문장에서는 대상이 되는 사물(여기서는 E 선생)을 바라보는 서술자의 공간
적 위치가 박물 선생이 밖으로 나가기 전에 서 있었던 곳과 일치함을
알 수 있고, ④번 문장을 통해서는 주인공 E 선생이 아닌 A의 내면을
바라보는 서술자의 시선을 관찰할 수 있다. 보다 문제를 삼을 수 있는
부분은 ②번과 ③번 문장이라고 할 수 있다. 특히 ②번 문장은 전대 소
설에서 흔히 볼 수 있는 서술자의 직접 개입에 의한 사건 요약과 전환
의 방식과 유사한 것으로 평가 된다. ③번 문장 역시 인용문과 같이 서
술자가 작품의 전면에 직접 등장할 필요가 없어도 전후 문맥을 통해 충
분히 사건 전개의 향방을 짐작할 수 있음에도 불구하고 서술자의 직접
개입 양상을 확인할 수 있다. 이 때 서술자는 앞서 초기 삼부작에서 볼
수 있었던 허구적 실재로서의 의미보다는 작가의 대변자 역할에 보다 충
실한 경향을 띤다고 해도 크게 무리한 평가는 아니라고 생각할 수 있다.
이러한 기법 실험성의 소멸 경향은 주관을 강조하고 개성을 중시한
염상섭의 초기 문제 의식의 변모와 밀접한 관련이 있는 것으로 판단해

---

68) 염상섭, 「E 先生」, 『염상섭 전집』 9, 민음사, 1987. 인용문의 쪽수는 전집의 쪽수임.

볼 수 있다. 1920년대 초반 발표된 염상섭의 평문을 통해 당시 염상섭이 지녔던 문제의식을 검출할 때 그것은 '개성'과 '주관'이라는 두 단어로 압축될 수 있는 바, 이를 소설 속에서 드러내기 위한 기법상의 형상화 방식이 바로 내면의 탐구가 아니었는가라는 조심스러운 판단이 가능하다고 할 때 「E 선생」 이후의 작품에서 발견되는 일상생활의 수용 양상은 기법적인 측면에서의 실험성과 양립할 수 없는 관계에 놓여 있다고 할 것이다.

염상섭의 경우에 발견되는 기법상의 실험적 성격이 김동인의 경우와 동일한 것이라고는 속단할 수 없다. 물론, 두 작가 모두 서술자의 인식 능력을 제한함으로써 발생하는 각종의 미학적 효과를 그들의 초기 작품에서 충분히 달성하고는 있으나, 김동인의 경우 기법 자체의 실험성에 보다 많은 관심을 기울였던데 비하여 염상섭은 등장인물의 내·외면을 드러냄으로써 의미를 찾고자 하는 노력을 기울인 것으로 평가할 수 있다.

이와 같은 김동인과 염상섭의 서술자 처리 방식을 서술 상황의 문제와 관련시켜 생각할 때 김동인, 염상섭은 주로 일인칭 서술 상황과 인물 시각적 서술 상황을 채택했다는 판단이 가능하다. 이 두 서술 상황을 주석적 서술 상황과 비교할 때 서술자의 존재는 상대적으로 미약하게 드러난다. 즉, 서술자의 존재를 인식하고 서술자의 존재 방식 자체에 대한 변화와 조종을 통해 작품을 창작한다는 것은 이전 시기 소설들이 보여준 서술자의 직접 개입 양상을 최대한 억제하려는 모습을 띠고 나타난 것으로 볼 수 있다.

이와는 반대로 현진건의 전 작품은 거의 모두가 주석적 서술 상황을 채택하고 있음을 발견할 수 있다. 앞서 선행 연구사의 검토 과정에서 드러났듯이 현진건은 김동인, 염상섭과 더불어 1920년대 초기 단편 소설의 확립에 지대한 공헌을 한 작가로 평가되는 것이 일반적인 경향이다.

그런데, 그 같은 평가가 현진건의 작품이 보여주는 기법적인 측면과 밀접한 연관 속에서 내려진 것이라고 보기 힘들다는 사실이 지적될 되어야 한다. 즉, 현진건이 이 시기에 발표한 「희생화」에서 「운수 좋은 날」에 이르는 작품들은 그 서술 방식에 있어서 김동인이나 염상섭의 소설에서 찾을 수 있는 실험적 성격을 찾아볼 수 없다는 것이다.

그 결과 현진건의 작품은 김동인과 염상섭의 작품에서와 달리 단일 서술자에 의해 서사되는 작품이 두드러진다. 김동인과 염상섭의 작품에서는 필요에 따라 서술의 수준을 달리 하면서 2인의 서술자가 등장하는 작품들을 쉽게 발견할 수 있다.[69] 이들 작품들에서 1차 서술자는 작품의 서사 진행을 통어하는 위치에 있으면서도 필요에 따라서 제 2의 서술자 존재를 드러냄으로써 서사의 흐름을 조절하고 있다. 이에 비해 현진건의 작품들은 단일한 서술자가 작품의 전반적인 흐름을 통제하고 있으며 이에 따라 서술자가 직접 서사 내부 요소에 대한 자신의 의견을 개진하고 있다. 앞서 지적처럼 이 주석적 서술 상황에서 서술되는 내용은 과거에 일어난 일로 간주되며 서사적 과거형은 그 과거적 의미를 함축한다. 이 때 서술자를 작가와 동일시하는 것이 일반적인 경향이지만 이 상황의 서술자 역시 작가에 의해 창조된 허구적인 인물로 간주하는 것이 타당하다.[70]

이 장을 통해 1920년대 초기 단편 소설의 서사 공간에서 발견되는 서술자의 존재 방식과 이에 근거한 서사 요소에 대한 서술자의 인식 양상을 검토하고자 하였다. 이 시기의 소설은 일단 허구화된 존재인 서술자에 대한 인식을 기본으로 창작되었다. 이 서술자 존재에 대한 인식은 일차적으로 소설을 '창작된 무엇'으로 바라볼 수 있게 만드는 근거를 형성

---

69) 이는 「마음이 옅은 자여」, 「목숨」, 「배따라기」와 「표본실의 청개구리」를 통하여 드러난다.
70) F. K. Stanzel, 앞의 책(1979), 32쪽.

하고 있으며 이에 기반하여 1인칭 소설에서 서술자의 존재가 경험 자아와 서술 자아로 이분되는 양상을 확인할 수 있었다. 또한 이 시기의 단편 소설들은 전대 소설이 보편적으로 취했던 주석적 서술 상황을 벗어나 일인칭 소설 상황, 또는 인물 시각적 서술 상황들을 선택함으로써 사건 진행이 중심에 놓여 있던 서사 구성의 방식으로부터 탈피, 인물의 내면이나 사건의 전후 배경에 대한 관심의 증대를 보여주고 있다. 특히 인물의 내면 심리가 서사 진행의 중심점을 형성하는 소설이 다수 창작됨으로써 서술자에 의해 일방적으로 통어되는 인물에서 의식과 내면을 지니고 갈등하는 실재적인 인물이 등장하고 있음을 파악할 수 있었다.

한편, 현진건의 경우에서 살펴보았듯이 이 시기의 단편 소설에서도 여전히 주석적 서술 상황은 지속되고 있었다. 하지만, 현진건의 작품에서 발견되는 주석적 서술자를 곧바로 전대 소설에서의 그것과 등치 시킬 수는 없다고 생각된다. 즉, 이전 시기의 주석적 서술자는 작가의 목소리를 직접 대변하는 존재로 작품이 지닌 이념적 측면을 서사 내부에서 직접 표명하는 역할이 주된 것이었던데 반하여 1920년대 초기 소설의 주석적 서술자는 서사의 진행과 관련된 부분에서만 자신의 목소리를 표출하는 것으로 그 위치가 변화하고 있다. 다시 말하자면, 앞서 「E 선생」의 경우에서 볼 수 있듯이 주석적 성격의 서술자가 서사 과정에 개입하더라도 그것은 사건의 경과를 요약하거나 시간의 흐름을 드러내는 상황으로 제한되고 있다는 점이다. 요컨대 이전의 소설들이 "서술자=작가"라는 등치 관계 속에 놓여 있음으로 해서 작가가 가진 의식의 대변자로서의 서술자의 위치가 부각되었다면 이 시기 창작된 주석적 성격의 서술자는 그가 지닌 주석적 성격에도 불구하고 작가의 대변자가 아닌 서술의 진행자로서의 입장이 보다 강화되는 경향을 확인할 수 있다는 것이다. 결국, 1920년대에 들어서서 "작가에 의해 창조된 서술자"라는 인식이 힘을 갖고 이에 근거하여 서사 구성이 가능해 졌다는 결론을 내릴 수 있게 되었다.

서사 구성 및 진행을 통어하는 서술자가 작품의 전면에 나타나 있던 이전 시기 소설과는 달리 이 시기의 소설에서 서술자는 서사를 통어하는 자신의 모습을 가능하면 서사 내부로 감추고자 하였던 것으로 보인다. 서술자의 존재가 서사 내부로 숨겨짐에 따라 그 동안 부각되지 않았던 제반의 서사 요소들이 그 모습을 드러내는데 다음 장에서는 그 중 가장 중요한 요소로 평가되는 인물의 문제를 서술자와 관련시켜 생각하기로 한다.

3. 초점화 방법과 형상화 방식

초점화와 관련된 논의는 시점point of view에 대한 연구를 그 출발점으로 한다. 시점은 서술자의 존재와 더불어 소설(서사)을 시(詩)나 극(劇)으로부터 구분 짓는 또 하나의 기준으로 인식되어 왔다. 기존의 서사 이론의 핵심이 바로 시점에 관련된 것이었다고 말하더라도 결코 지나치지 않을 만큼 시점에 관한 논의는 풍부하게 이루어진 것으로 볼 수 있으나, 그 풍부함만큼 합의의 지점 역시 쉽게 발견되고 있지 않으며 현재까지도 지속적인 논란을 빚고 있다.

시점에 관한 기존 논의는 "누가 말하는가"와 "누가 보는가"라는 이항 대립적인 견해가 하나의 실재 속에 통합되어 있다는 인식으로부터 출발한다. 이로부터 출발한 시점에 관한 논의는 서사적 텍스트 내의 서술자 및, 스토리의 구성 요소로 존재하는 인물이 점하는 위치와[71] 관련하여 다양한 논쟁들을 생산해 내었다.[72] 영미의 이론가들이 대체로 형식적인 측면에서 시점을 바라보고 이를 체계화하려 시도했던데 반하여[73] 슈탄젤은 예의 "중개성Mittelbarkeit"개념을 도입하여 시점을 인칭과 연동시켜 논의를 전개하는데 이 때 시점·인칭·양식은 모두 같은 비중을 지닌 것으로 간주되고 있다.[74]

한편, 쥬네트는 시점과 관련된 기존의 이론들이 지니고 있는 지나치게 시각적인 느낌을 강조하고 있음을 비판하면서 이로부터 벗어나기 위하여 '초점화focalization'라는 관점을 제기하고 이를 기성의 시점 이론과 결합시키고 있다. 그는 다시 이 개념을 네 가지의 하위 범주로 구분함으

---

71) S. Chartman, 김경수 역, 앞의 책, 183쪽 및 S. Chartman, 앞의 책, 151쪽 참조.

72) S. S. 랜서, *The Narrative Act-Point Of View in Prose Fiction*, Princeton University Press, 1981, 12~13쪽 참조.

73) S. S. 랜서에 따르면 서술자와 작중 인물의 위치가 지각하는 영역 내에서 서로 일치하는가 불일치하는가에 따라 '내부와 외부' 시점으로 분리되고 이중 '내부' 위치의 시점은 인물에 대한 지각 방식에 따라 다시 '내면과 외면'으로 이분된다. 시점을 내부와 외부로 구분한다는 것은 서술자가 허구 세계의 사건과 인물을 그 세계의 외부에서 지각하는가 혹은 작중 인물의 한 사람으로서 허구 세계의 내부에서 지각하는가를 따지는 물리적이며 육체적인 영역에 관계된 것이며, 내부 시점을 다시 외면과 내면으로 구분하는 것은 소위 서술의 전지성과 제한성을 문제 삼는 것으로서 서술자가 인물의 내면에서 인물을 지각하는가 혹은 외면에서 인물을 지각하는가의 문제이다. 하지만 이러한 구분은 고정된 절대적인 것이 아니라 상호 관계 속에서 규정된다.
이러한 시점의 유형론은 시점 이론을 통하여 '누가 보느냐'의 문제와 '누가 말하느냐'의 문제를 구분하고 이를 상세히 분류함으로써 다양한 작품의 서술 방식을 통합적으로 해명하는데 일조한 것으로 판단할 수 있다. 그러나, 한 편으로는 그러한 시점의 분류가 작품 내의 다른 서사 요소들과 어떤 관계를 맺고 이들의 상호 관련성이 서사물 전반의 주조나 의미에 어떠한 영향을 주었는지에 대한 해명이 불투명했다는 한계를 동시에 지닌 것으로 판단할 수 있다.
이러한 한계를 넘어서기 위하여 W. 부스와 B. 우스펜스키, S. 채트먼 등도 시점에 대한 자신의 입장을 개진하는 등 시점에 대한 논의는 현대 서사 이론에서 빼놓을 수 없는 중요한 위치를 차지하게 된다. 이들 중 B. 우스펜스키는 시점의 층위를 관념적 측면, 어법적 측면, 시·공간적 측면, 심리학적 측면 등 네 가지 층위로 나누어 고찰하고 있으며 W. 부스의 경우 시점을 내포 작가·서술자·작중 인물·독자 사이의 거리distance로 파악함으로써 시점이 작품의 주제 구현에 참여하는 방식을 분석하고자 시도하였다. 이상의 논의는 Susan S. Lanser, 위의 책, 12~13쪽 및 B. Uspenski, 앞의 책, 28쪽과 W. Booth, 앞의 책, 6장 참조.

74) F. K. Stanzel, 앞의 책, 7장 참조.

로써 논의의 엄밀성을 꾀한다. 초점화의 첫 번째 유형type은 비초점화 zero focalization로 대체로 고전 소설이 취하고 있는 전지적인 면을 예로 들 수 있다. 두 번째는 내적 초점화internal focalization인데 이는 다시 (1) 초점이 한 사람에게 고정되어 모든 것이 주인공의 눈을 통하여 서술되는 고정 초점화fixed focalization의 경우와, (2) 초점의 대상이 되는 인물이 작품의 진행에 따라 변화하는 가변적 초점화variable focalization의 경우, 그리고 (3) 서간체 소설에서 목격할 수 있는 것처럼 하나의 사건이 여러 등장인물에 의해 복수 서술되는 복수 초점화multiple focalization로 구분된다. 세 번째 초점화의 유형은 주인공이 자신의 자신의 생각이나 감정을 우리에게 전혀 알려주지 않는 외적 초점화로 구분된다.[75]

쥬네트가 제시한 초점화 유형은 소설이 등장인물의 대화와 행위를 서사적 기본 단위로 하고 있으며 그 기본 단위를 바라보는 초점 화자와 그것을 다시 독자에게 제시하는 서술자를 구분하여 사고할 수 있게 해준다는 점에서 '시점'이라는 개념이 지닌 한계를 넘어설 수 있는 지평을 제공한다고 말할 수 있다.

이처럼 시점·초점화를 중심에 놓고 서술 방법의 변모를 고려한다는 것은 서사적 텍스트 내의 서술자가 이야기를 구성하는 제반의 요소와 관계하는 방식과 밀접한 관련이 있다. 즉, 앞선 2장이 서사적 텍스트 내부에서 서술자의 존재 방식을 중심으로 한 서술자 자체의 문제에 관련된 논의였다면 3장에서 다루려고 하는 초점화는 서술자와 이야기story의 관련 양상이라고도 할 수 있을 것이다. 다시 말하자면, 서사적 텍스트 내의 여러 요소들로 서술자의 초점이 분산될 가능성이 있다는 것은, 작품의 전면에 존재함으로써 서사 진행의 모든 것을 표면에서 통제함을

---

75) G. Genette, 앞의 책, 제4장 6절 참조. 쥬네트의 초점화 개념이 야기한 논란에 대해서는 본 논문 1장의 주 33)을 참고할 것.

통하여 독자에게 자신을 각인시키던 서술자의 존재가 뒤로 숨고 대신 인물을 중심으로 한 제반의 요소들이 서사의 표면에 나타난다는 의미로 이해될 수 있다. 이 장에서는 1920년대 초기 단편 소설에서 나타나는 초점화의 양상들을 분석함으로써 서사 공간 내에서 서술자와 서사 구성 요소들이 맺는 관계의 변화가 유발하는 의미들을 드러내고자 한다.

3.1. 고정 초점화를 통한 심리 형상화[76)]

일반적으로 내적 초점화란 서술자가 자신의 목소리를 서사 공간 내의 특정 인물에 의탁하여 표출하는 것을 의미한다. 서술자는 의탁된 인물의 사고와 행위에 밀착하여 그 인물이 보고 느끼는 것만을 서술한다. 이 때 서술자는 서술이라는 자신의 고유 기능을 포기하지는 않으나 서술에 필요한 모든 정보는 그 특정 인물의 눈을 통할 수밖에 없다. 또, 인물의 내면에 둔 초점을 이동하지 않는 초점의 고정은 서사 내부의 모든 문제를 주인공의 눈을 통하여 바라보는 형태로 드러난다. 결과적으로 인물 및 서사 내 요소에 대한 초점화를 서사 기법의 규칙으로 사용할 경우 서술자가 직접 서사의 전면에 개입할 여지는 원천적으로 줄어들며 중립적인 위치에서 인물이 본 사건과 그의 내면 의식을 서술하게 된다. 결국, 서사에 있어서 보고적 서술보다는 장면 제시적인 서술이 우위를 점하게 되며 이는 독자에게도 특정한 영향을 끼쳐 독자는 인물을 통해 주어진 상황을 바라봄으로써 인물의 감정 및 연상 작용과 더불어 그 상황을 체험하는 것과 같은 느낌을 가지게 된다.

앞서 2장 2절에서 간략하게 살펴보았듯이 이 같은 서술 기법에 관한

---

76) 앞서 살펴 본 바, 고정 초점화란 쥬네트가 제기한 초점화의 세 가지 유형 중 두 번째 유형인 내적 초점화의 네 가지 하위 범주 중 하나이다.

인식과 그에 따른 창작이 우리 문학사에서 최초로 시도되고 의미를 지니게 된 것은 김동인으로부터 비롯한다. 앞서 언급한 바와 같이 그는 「자긔가 창조한 세계」와 「소설 작법」을 통하여 작중인물에 대한 자신의 생각과 그 작중 인물을 어떠한 방식으로 그려 낼 것인지를 비교적 선명하게 서술하고 있다. 먼저 「자긔가 창조한 세계」를 통하여 김동인은, 작가는 자신이 창조한 인물의 운명을 자기 마음대로 조정할 수 있어야 한다고 주장한다.

> 쩌스터예쓰스키-보담 톨스토이가 아무래도 眞짜이다. 톨스토이는 自己가創造한自己의世界를自己손바닥우에올려노코 自己가操縱하며, 그것이 假짜던眞짜던 거긔滿足하엿다. 이것이 톨스토이의藝術家的偉大한價値일 수밧게업다.[77]

톨스토이와 도스토예프스키를 비교하는 이 글에서 그는 자신의 등장인물의 성격과 운명을 작가의 임의대로 조종한 톨스토이를 도스토예프스키보다 우월한 위치에 놓고 있다. 작가가 창조한 인생이 진실된 것인가 거짓된 것인가, 혹은 그 인생이 선한가 악한가는 김동인에게 있어 문제되지 않는다. 중요한 것은 작가가 자신이 창조한 인물의 운명을 조정할 수 있는가 그렇지 않은가이다. 김윤식은 이를 "인형 조종술의 논리"로 분석하고 있다.[78] 작가는 자신의 작품 속에 등장하는 인물들을 자신의 의지대로 규정할 수 있어야 한다는 것이다.

김동인이 소설 창작에 관한 자신의 사고를 체계적으로 정리한 「소설 작법」을 『조선 문단』에 연재한 것은 1925년의 일이다. 이 글에서 그는

---

77) 김동인, 「자긔의 創造한 世界-톨스토이와 쩌스터예쓰스키-를比較하여」, 『창조』 7. 1920, 52쪽.
78) 김윤식(1986), 제3장 참조.

창작과 직접 관련되는 항목으로 "구상(構想)"과 "문체(文體)" 두 항목을 설정하고 "문체"의 하위 개념으로 "일원 묘사", "일원 묘사의 B형식", "다원 묘사", "순객관적 묘사"의 네 가지 묘사의 형식을 제시하고 있다. 이 네 가지 '문체(묘사)'는 각기 장·단점을 겸비하고 있어서 어떤 '문체'를 선택하는가는 작가가 결정할 부분이지만 이 논문에서 "일원 묘사"를 문제삼고자 하는 것은 김동인 스스로 1920년대 초기 자신의 단편 소설의 창작 원리를 "일원 묘사"로 지칭하고 있기 때문이다. 김동인은 "일원 묘사"의 원칙에 대해서 다음과 같이 설명한다.

> 간단히 말하자면, 一元描寫라는 것은, 景致던 情緒던 心理던 作中主要人物의눈에 비최인 것에 限하여 作者가 쓸權利가 있지 - 主要人物의눈에 버서난 것은 아모런 것이라도 쓸 권리가 업는 - 그런 形式의 描寫이다.
> (中略)
> 가장 쉽게말하자면, 一元描寫라는 것은, 나라는 것을 主人公으로 삼은 一人稱小說, 그 '나'의게 엇던 일홈을 부친 자 …… 싸라서 一元描寫型小說의 主要人物을 '나'라는 일홈으로 고쳐서 一人稱小說을 만들 것 가트면 조금도 거트짐 업시 완전한 一人稱小說로 될수가잇는것이다.[79]

이는 결국, 2장의 2절에서 살펴본 바와 같이 작품의 서사 진행에 대한 작가의 직접 개입이 상당히 제약될 수밖에 없는 형태의 창작 방법이라고 할 수 있다. 이러한 창작의 원칙은 김동인이 「자기가 창조한 세계」를 통해 제시한 이른바 "인형 조종술"과 어떻게 상호 조화를 이루면서 창작 원리로 작용할 수 있는가? 같은 글에서 김동인은 다음과 같이 주장하고 있다.

---

79) 김동인 「소설 작법」, 『조선 문단』 10, 1925, 70쪽.

플롯트에서 가장 귀한— 업지 못할 것은 單純化와 統一과 연락이다.
세 가지의 말(單純化, 統一, 連絡)이 다 제각기 쯧이 다른 듯하지만, 追求
하면 가튼것에 지나지 못한다. 複雜한 世相에서 統一된 連絡 있는 엇던事
件을 집어내어 小說化하는 것, 이것이 單純化이겟다. 小說은人生의寫眞이
아니고 人生의 繪畫인 以上에는 世上에 存在되고 생겨나는 모든 事件(덩
처업고 련락업시 紛糾한)이 그대로가 小說이 되는 것이 아니라 그 가운
데서 쏩아내인 엇던 連絡있고 統一된 事件뿐이 小說의 材料로 될 수 있
는 것이다. 單純化라는 것은 이것을 쯧함이다.[80]

이 글을 통해서 김동인은 일상 세계의 '복잡한 제 연관'을 소설에 등
장하는 인물의 눈을 통하여 단순화한 것이 가장 소설다운 소설이라는
관념을 가지고 있음을 확인할 수 있다. 이 때 작가는 세상을 바라보는
한 인물의 눈을 조종함으로써 자신의 관점을 드러내게 된다. 이는 결국
앞서 살펴 본 바 쥬네트의 내적 초점화의 논리와 상통하는 견해라 할
수 있다. 그렇다면 김동인의 작품 속에서 이러한 창작의 원리는 구체적
으로 어떻게 발현되고 있는가?

김동인의 처녀작 「약한 자의 슬픔」[81]은 김동인 스스로 주장한 바와
같이 일원 묘사의 원칙이 비교적 충실히 반영된 작품으로 볼 수 있다.
서술자는 주인공 강엘리자벳의 시선을 통과한 사건들에 대해서만 서술

---

80) 김동인, 「소설 작법」, 『조선 문단』 9, 1925, 81쪽.
81) 기존의 연구는, 작품이 지닌 기법 실험적인 성격에도 불구하고 이에 대한 논의보다는 주
로 인물의 성격화와 결말 처리 방식에 관한 논의 및 김동인 연구의 주요한 흐름인 미의
식의 검출에 관한 논의가 주류를 이루고 있는 것으로 파악된다.
김흥규, 「황폐한 삶과 영웅주의」, 『문학과 지성』, 1977. 봄.
김윤식, 『속 한국 근대 작가론고』, 일지사, 1981.
박종홍, 「김동인 연구」, 서울대 석사 학위 논문, 1982, 40~42쪽.
김우종, 「약한 자의 슬픔에 나타나는 약자의 의미」, 『김동인 연구』, 새문사, 1982.
안한상, 「김동인의 창작관과 작품과의 상관 양상고」, 서울대 석사 학위 논문, 1983,
71~73쪽.

하고 있으며 강엘리자벳 이외의 인물들이 지닌 느낌·사고에 대해서는 어떠한 정보도 소유하지 않은 것처럼 드러난다.

> 「내니야기라니 무슨?내숭들만 실컷보고이섯니?」
> 엘니자벳트는 안지우는자리에안즈면서 억지로 셩난거슬감초고弄談비슷하니무럿다.
> 혜슉과S는 論議하엿든것가치 잠깐 서로 낫츨向하엿다가 우슴을억지로 참노라고 입을 뷔죽하니하고 머리를 도리켯다. (中略)
> 둘─혜슉과S─에서 내숭을 실컷보앗겟거니 할때에 그는侮辱을當햇다 생각하엿다. 혜슉과S가서로 낫츨보고우슬때에 이생각이더甚하엿다. (『창조』 1-54~55)[82]

엘리자벳이 친구 혜숙의 집에 찾아가 혜숙과 그의 친구 S를 만나 대화하는 이 부분에서 볼 수 있듯이 서술자는 철저히 엘리자벳의 시선과 자신의 시선을 일치시키고 있다. 혜숙과 친구 S가 "논의하였던 것 같이" 시선을 돌린다는 서술은 이환과의 관계를 염두에 둔 엘리자벳의 시선으로 바라볼 때 비로소 가능한 표현이며, 이는 "모욕을 당했다 생각하였다."고 표현된 엘리자벳의 심리에 대한 묘사와 비교할 때 시선이 미치는 범위는 쉽게 파악될 수 있을 것이다. 작품의 다른 부분들에서도 서술자의 시선이 작중 주요 인물의 시선과 일치되는 예는 쉽게 발견할 수 있다.

> ① 엘니자벳드는멋는곳에서잠간긔다려서 오는던챠를곳자바탓다. 비가너머와서밧게나가는사람이적엇던지 電車안은比較的乘客이업섯다. 이 乘客들은엘니자벳드가올라탈째에─제히머리를새나그네편으로향하엿다. 엘니자벳드는뷔인자리를차저안저서車안을둘러보앗다. 그는自己편으로향한 모든눈에서, 老婆의게서는뮈움─절은女子의게서는싀기─男子의게서는愛

---

82) 김동인, 「약한 者의 슬픔」, 『창조』, 1919, 2~3. 인용 방식은 전과 동일함.

慕－를보앗다. 이모든눈은엘니자벳드의게한快感을주엇다.－그느 老婆의
뮈어하는거시당연하다생각하엿다. 졀믄女子의식기의눈은엘니자벳드에게
이긤의爽快를주엇다. 男子들의愛慕의눈이자긔를볼째에는 약한 電流가넘
통을지나가는것가치묘한맛이나는거시 엇지 하늘노라도쮜어올나가고시펏
다. (『창조』 1-69)
　② 엘니자벳드가이 快味를 자미잇게누리고이슬째에 의사는 딘찰을슷
내고意味잇는드시머리를끈덕거리며男爵의게로향하엿다. 男爵은의사의게
눈짓을하엿다. (『창조』 1-70)
　③ 한참이나우슨뒤에 둘은함끠우슴을쑥긋첫다. 엘니자벳드는우슴뒤에
울음이바처올나왓다. 自然히가는소래의우름이그의목에서나온다.
　이거슬본 夫人은, 갑자기, 미안하여젓든지엘리자벳드를 위로한다. (『창
조』 1-74)

　인용문 ①에서 볼 수 있듯이 전차 안의 사람들이 엘리자벳에게 보내
는 시선과 그것을 바라보는 그녀의 시선, ②에 나타난 것처럼 의사와 남
작의 행위, ③을 통해 드러나는 남작 부인의 심리나 행동 모두 철저히
엘리자벳의 시선을 통해서만 서술되고 있다.

　이상에서 살펴본 것처럼 일단, 일원 묘사의 원칙이 서술자의 시선을
철저히 한 인물에 의탁하여 서술을 진행시킨다는 점을 놓고 볼 때 이
작품과 「마음이 옅은 자여」 등 초기 김동인의 단편 소설의 서술 방식은
내적 초점화 중에서도 고정적 초점화의 유형과 유사한 면이 존재한다는
점을 인정할 수 있다. 그러나 이 때 발화자는 허구적 존재로서의 서술자
이며 초점화 인물은 주인공 강엘리자벳이다. 여기서 발화자와 초점화
인물을 구분하는 이유는 초점화와 서술이 동일시될 수 없다는 사실 때
문이다. 다시 말하면, 초점화에는 주체와 대상이 존재하는데 이 때 주체
(초점 화자, 혹은 발화자)는 지각이 제시representation를 지향하는 행위자이
고, 대상(초점화 대상, 초점화 인물)은 주체·초점화자의 지각적 대상이 된

다. 여기서 한 걸음 더 나아간다면 외적 초점화의 경우 '화자−초점 화자 narrator-focalizer'의 형식을 띠고 나타나는데 반하여 내적 초점화에서는 '작중 인물−초점 화자 character-focalizer'의 양상을 띤다는 결론이 가능해진다.[83]

> −엘리자베트는, 아직 十九歲의 少女이지만 才操와容姿로모든同窓들에게　尊敬과일종의猜忌를받고이섯다.　그는才操로인하여아직通學중이지만 K男爵의집에留하면서　午後에는그집아해들에게　學科의復習을시키고이섯다. (『창조』1-54)

인용문은 주요 인물의 신상에 관한 발언으로 초점화 대상(초점화 인물)인 강엘리자벳을 외부로부터 지각하는 양상을 보여준다. 김동인의 창작 방법론에 따르면 작가는 주요 인물에 대해서는 전지적 권리를 행사할 수 있다. 그러나 작가가 인물에 대해 전지적이라는 사실과 그 인물에 대해 작품 속에서 직접 언급할 권리를 갖는다는 것은 다른 수준의 문제라고 판단할 수 있다. 즉 김동인이 제기한 '일원 묘사론 A형식'에 따르면 작가가 작품의 구성을 위해 쓸 서술할 수 있는 부분은 오로지 주요 인물의 경험 과정, 혹은 자기 독백 이외에는 철저히 제한되어야 마땅하고 바로 이 때 쥬네트가 제시한 내적·고정적 초점화와 정확히 일치하는 것으로 이해할 수 있다. 그렇다면 인용문과 같이 주요 인물의 경험도 아니고 독백도 아닌 사항이 작품 속에서 직접 언급되고 있다는 사실은 김동인 스스로의 창작 원리에서 바라볼 때에는 일종의 일탈 내지는 사족이라는 판단이 가능하며 쥬네트의 초점화 방식으로 판단할 때 내적 초점화만으로 김동인의 창작 원리를 포괄하는 데 많은 무리가 따를 것임

---

83) S. Rimmon-Kenan, 앞의 책, 112~117쪽.

을 짐작할 수 있게 된다. 문제를 삼을 수 있는 또 다른 부분은 다음과
같다.

> 그러타!강함을배는胎는사랑!강함을낫-는者는사랑!사랑은강함을나흐고,
> 강함은 모ー든아름다움을낫는다. 여긔, 강하여지고시픈者는 다-참사랑을
> 아러얀다.
> 萬若참강한者가되랴면은?사랑안에서사라야한다.　宇宙에널려잇는사랑,
> 텬진란만한어린아해의사랑!(中略)
> 그의아페는끗업는널분세게가벌녀이섯다.　누리에　눌리워살든그는지금
> 은그우에올라섯다.　그의입에는, 왼宇宙를　텨누른깃븜의우슴이써올랏다.
> (『창조』 2-21)

인용된 부분은 「약한 자의 슬픔」의 결말 부분이다. 사산—핏덩이를
출산한—한 엘리자벳이 차츰 기력을 회복하면서 부르짖는 주관적 감정
의 토로는 실상 김동인 자신 혹은 서술자의 목소리로 판단할 수 있는
여지를 제공한다. 앞선 언급처럼 이 역시 서술자가 초점화 인물을 외부
로부터 지각하고 있는 것으로 판단할 수 있다.

이렇게 볼 때 이 장의 서두에서 살펴본 쥬네트의 초점화 유형들만 가
지고 하나의 서사물을 일관되게 분석한다는 것이 불가능한 상황에 도달
한 것처럼 보일 수 있다. 즉, 김동인이 제기한 일원 묘사의 원칙은 표면
상으로 판단할 때 내적이며 고정적인 초점화 양상에 해당한다고 볼 수
있지만 실제 작품의 서사를 분석할 경우 주인공(주요 인물)의 시선만이
아닌 다른 수준의 목소리 역시 쉽게 확인할 수 있다. 많은 이론가들은
한 작품이 내적으로 초점화 되어 있는가 혹은 외적으로 초점화 되어 있
는가를 구분하기 위해 작품의 문장을 1인칭으로 다시 서술함으로써 양
자 사이의 구획이 가능하다고 주장한다.84) 김동인 역시 일원 묘사로 서

술된 작품은 완벽하게 1인칭 소설로 다시 쓰여질 수 있다고 언급한바 있다. 그러나 이 같은 제반의 논의를 수용한다 하더라도 내적 초점화와 외적 초점화 유형type 사이의 완전한 구분에는 여전히 많은 곤란을 예상할 수 있다.

이러한 난관은 쥬네트가 제안한 초점화 자체의 문제로 수렴될 가능성을 지닌다. 즉, 리먼-케넌이 지적한 바 쥬네트의 초점화 내면은 초점화의 주체와 초점화의 대상이라는 두 구성 부분으로 구분되어 이해할 필요가 있으며, 초점화 유형 역시 이 두 요소들의 상호 작용에 따라 보다 정밀하게 논의되어야 할 필요성이 있다.[85] 즉, 쥬네트의 논의가 초점 화자(초점화 주체)의 측면을 보다 많이 고려하고 결과적으로 초점화 인물(초점화의 대상)을 상대적으로 소략하게 다루었다면 리먼-케넌은 초점화 인물(초점화 대상)까지 중요한 변수로 다루고 있어서 시사적이다. 그녀는 초점 화자가 재현된 사건에 대해서 내적internal일 수도 외적external일 수도 있음과 유사하게 초점화 대상(인물) 역시 내부within로부터 지각될 수도 있고 외부without로부터도 보아질 수 있다는 점을 강조한다. 그녀는 초점 화자가 초점화 대상을 외부로부터from without 지각하는 경우와 내부로부터from within 지각하는 경우를 외적 초점화의 경우에만 한정하고 있으나[86] 서술자와 초점화 인물(대상)이 분리된 내적 초점화의 경우, 특히 서술자의 시선이 주요한 한 인물의 시선에 의탁된 내적·고정적 초점화의 경우에도 그녀가 제기한 분석의 방식은 유용하게 사용될 수 있을 것으로 판단된다. 이렇게 볼 때 김동인의 초기 작품에 나타나는

---

84) S. Rimmon-Kenan, 위의 책, 114쪽.
　　W. Martin, 앞의 책, 210~213쪽.
　　M. J. Toolan, 앞의 책, 105~116쪽.
85) W. Martin, 위의 책, 211쪽.
86) S. Rimmon-Kenan, 앞의 책, 115쪽.

일원 묘사의 창작 방법과 그 원칙으로부터의 일탈로 보여지는 몇몇 부
분은 기본적으로 내적 초점화 유형 중 고정적 초점화를 취하고 있으며,
서술자와 인물의 분리로 인해 서술자가 초점화 대상인 인물을 내부와
외부 양 측면에서 동시에 인식하는 것으로 이해할 수 있을 것이다.[87]

그런데, 이 시기 김동인의 소설을 평가함에 있어서 고려해야 할 또
하나의 조건은 김동인 스스로 제기한 이른바 인형 조종술의 원칙이다.
김동인이 제시한 일원 묘사론과 인형 조종술의 원칙은 상호 충돌할 가
능성을 지니고 있어서 일반적인 작품 속에서 그대로 구현되기 어려운
면을 지니고 있다. 즉, 중요 인물의 눈을 통하여 여과된 사실만이 독자
에게 전달될 수 있다는 김동인의 주장과 작가 자신이 자기가 창조한 인
물을 자기 마음대로 조종해야 한다는 논리는 일견 상충한다는 것이다.
앞서의 분석에서 알 수 있듯이 작가의 처녀작에서부터 이 두 창작 원리
간의 갈등과 모순은 이미 드러나고 있다. 결국, 앞서처럼 김동인은 자신
의 창작 원리를 깨뜨리고 서술자의 목소리로 위장된 자신의 목소리를
직접 작품에 노출시키고 있는데 이는 그가 지닌 창작의 두 원리가 자유

---

87) 이상에서 언급한 곤란함을 해결하기 위해서 슈탄젤의 서술 상황 이론을 수용할 수도 있
　　을 것이다. 즉, 특정한 인물의 시점에 서술을 의존하는 경우 서술자는 인물과 밀착하여
　　인물이 보고 느낀 것만을 전달하게 되는데 이 때 서술자의 서술은 인물의 눈을 통한 것
　　이다. 따라서 서술자의 개입 여지는 현격히 줄어들고 그는 중립적 위치에서 인물이 본
　　사건과 그의 내면 의식을 동반자적 시점으로 서술할 수 있게 된다. 인물의 시점에 의존
　　함으로써 선택된 인물은 작품의 모든 장면에 나타나고 극화된 장면의 제시와 인물 내면
　　의 지속적 제시가 가능하게 된다. 이것이 "인물 시각적 서술 상황"의 가장 큰 특징이다.
　　독서의 순간 순간 독자는 인물의 눈을 통해 장면을 바라보게 되고 인물의 감정 및 연상
　　작용과 더불어 장면을 체험할 수 있게 된다. 이 인물이 인지하는 서사 세계의 사건과 그
　　에 대한 해명은 해당 사건에 대한 '분석적이고 주석적인 해명'이 된다.
　　F. K. Stanzel, 앞의 책, 43쪽.
　　본 논문의 대상과는 직접 관련은 없으나 선행 연구자 중 이병호는 김남천의 「소년행」,
　　「남매」, 「누나의 사건」, 「무자리」 등을 분석함에 있어 이상과 같은 방법론을 사용함으로
　　써 '초점화' 및 '서술 상황'의 연관 가능성에 대해 많은 시사점을 주고 있다. 이병호, 「김
　　남천 소설의 서술 방법 연구」, 서울대 석사 학위 논문, 1994. 23~35쪽 참조.

로운 창작에 장애가 되고 있음을 스스로 드러낸 것이라고 할 수 있다.

2장에서 집중적으로 분석된 「마음이 옅은 자여」의 세 번째 부분인 금강산 유람을 서술하는 과정에서도 이상의 창작 원리는 비교적 충실하게 지켜지고 있다. 그러나, 작가가 하나의 인물을 창조하고 그 인물의 흥망 성쇠를 전능한 입장에서 마음대로 조종할 때 비로소 진정한 예술이 창작될 수 있다는 김동인 창작 원칙이 또다른 한 측면이 일원 묘사의 원칙과 충돌을 일으키리라는 것은 예정된 수순이다. 「약한 자의 슬픔」의 결말, 「마음이 옅은 자여」의 14장 부분에서 이질적인 목소리가 튀어나올 수밖에 없었으며 김동인 스스로도 이들 작품의 결말 처리에 상당한 불만을 나타내고 있다.

> 筆者(김동인－인용자)의 處女作은 「약한 자의 슬픔」이다. 表題와 가티 弱者의 悲哀를 取扱한 것으로서 弱한 性格의 主人인 엘리자벳이라는 女性의 半生을 그린 것이었다. …… 그리고 筆者는 結末로서 女主人公의 自殺을 집어 너흐랴 한 것이었다. 描寫는 一元描寫엇다. 그러나 그 作의 結末은 뜻박그로 筆者는 그 女主人公을 죽이지를 못하였다. 第 2作 「마음이 여튼 者」에서도 結末로서 主人公 K를 죽이려 하엿든 것이 마츰내 죽이지 못하엿다.[88]

그러나, 이상과 같은 기법상의 일정한 불완전함에도 불구하고 1920년대 초기 김동인 소설이 주로 인물의 내면을 파헤치려는 의도를 드러내었고 이것이 일원 묘사의 형식을 빌어 일정한 수준으로까지 창작되었다는 점은 적극적으로 평가되어야 한다. 즉, 개화기의 신소설, 춘원 소설을 통해 지속적으로 나타난 주석적 서술 상황, 서술자의 주석적 개입, 제로 초점화 등의 한계를 넘어서서 새롭고 변화된 소설 형식을 추구했

---

88) 김동인, 「조선 근대 소설고」 14, 김치홍 편, 『김동인 평론 전집』, 삼영사, 1984, 79쪽.

다는 사실만으로도 1920년대 초반 김동인의 단편 소설에 대한 문학사적인 의미 부여의 가치는 충분하다고 할 수 있을 것이다. 이는 「배따라기」 이후의 김동인 소설이 이 시기에 보여준 실험성을 거세하고 잘 짜여진 틀 속에 안주함으로써 더 이상의 발전을 봉쇄 당했다는 평가와도 맥을 같이 한다. 다시 말하자면, 서사적 텍스트 내에서 서술자가 존재하는 방식에 대한 고민, 서술자의 전지성을 제한하고 그 시선을 작중의 특정 인물에 고정함으로써 창출되는 새로운 미학적 효과 등 1920년대 초기 김동인의 단편 소설이 보여준 기법 실험적인 측면은 작품 자체의 완결성이나 이후 작가가 보여준 작품 세계의 변모 등과 함께 가능성의 열린 공간으로서의 1920년대 초반 한국 문단의 현실을 대변하고 있는 것으로도 평가할 수 있을 것이다.89) 한편, 김동인의 작품 속에서 확인되는 바 작가·서술자에 의한 서사 전면으로의 직접 개입은 이 시기의 소설 창작이 이전 시기 소설의 창작 방식으로부터 완전히 자유로운 상태에 위치하지는 못하고 있음을 실증한다고 할 수 있다.

염상섭의 경우 역시 인물의 내면에 초점을 맞춘 작품들을 쉽게 찾아볼 수 있다. 특히 초기 삼부작으로 일컬어지는 「표본실의 청개구리」, 「암야」, 「제야」는 기본적으로 등장인물의 내면을 표출하는 것을 창작의 기본 원리로 삼고 있기 때문에 이러한 현상은 더욱 두드러진다.90) 이러

---

89) 이러한 평가는 본 논문이 취하고 있는 방법론에 근거한 것임은 물론이다. 그런데, 1장의 연구사 검토의 과정에서 드러났듯이 김동인 소설의 기법에 관한 논의는 다른 어느 작가에 비해 비교적 풍부하게 이루어진 것이 사실이다. 그 같은 선행 연구 중 안한상의 연구는 이들 두 작품에 대해 "동인답지 않은 지루한 심리 묘사", "리얼리티의 상실"(이상 71쪽), "긴장감과 빠른 템포의 결여", "묘사의 산만함"(72쪽) 등을 지적하면서 "하나의 작품"으로서는 실패작이라 평가하고 있다. 그러나 안한상의 논의가 과연 정당한 것인지는 의심할 필요가 있다. 연구자는 자신이 취한 방법론에 의해서가 아니라 기존의 연구 상과에 지나치게 긴박됨으로써 스스로의 작품 분석이 밝혀 낸 작품의 미학적 특질마저도 무시함과 동시에 김동인의 "기법적 자각이 한국 단편 소설의 형성에 기여"(103쪽)했다는 상호 모순된 결론을 도출하고 있다.

한 공통점을 지니고 있음에도 불구하고 세 작품은 각각 독특한 초점화의 방식을 취하고 있다.

「표본실의 청개구리」의 경우 2인의 서술자가 존재한다는 선행 분석의 연장선상에서 초점화 양상의 변이를 규명할 수 있을 것이다. 즉, 주인공 '나'의 내면 심리를 서술하는 부분과 광인 김창억의 과거 행적을 소개하는 부분 사이의 괴리를 확인할 수 있다는 것이다. '나'의 내면을 드러내는 상황에서 서술의 초점은 거의 일방적으로 '나'의 내면에 고정되어 있다. 반면에 김창억의 과거를 해명하는 부분에서 초점화 인물은 김창억으로 옮아가고 초점화 양상 역시 내적 초점화에서 외적 초점화로 변모함을 확인할 수 있다.

① 그러나 귀밋부터 귀알가튼鬚髥이 쌈아케덥흔 주먹만한 하얀相을, 힐끗볼際, 나는「앗!」하며쌈짝놀랏다. 感電된것가티, 가슴이 선듯하며 심한戰慄이 全身을壓倒하얏다. 그리고그다음 瞬間에는 多少妄心된 가슴에 異常한疑惑과 猛烈한好奇心, 一時에 물밀듯하얏다. …… 나는 無心中間에 帽子를벗고 인사를하얏다. (『개벽』 15-142)

② 北國의哲人 南浦의狂人金昌億은 아즉, 南浦海岸에 蒸氣船의 검은 구

---

90) 염상섭의 소설이 우리 문단에 던진 충격은 "강적의 출현"을 직감한 김동인의 평가에서 그 강도를 짐작할 수 있다. 한편, 「標本室의 靑개고리」와 「暗夜」, 「除夜」는 이른바 염상섭 소설의 "초기 삼부작"으로 불리며 선행 연구에서 대체로 한 묶음으로 논의되어 왔다. 선행 연구는 주로 작품에 드러난 작가의 현실 인식 및 내면 풍경과 관련된 것이 주를 이루고 있는데 이들 선행 연구 중 주목할 만한 것은 다음과 같다.
신동욱, 「표본실의 청개구리와 우울미」, 『염상섭 연구』, 새문사, 1982.
유병석, 「염상섭 전반기 소설 연구」, 서울대 박사 학위 논문, 1985.
김윤식, 「고백체 소설 형식의 기원」, 『한국 근대 소설사 연구』, 을유 문화사, 1986.
김윤식·정호웅, 「제도적 장치로서의 내면에서 자생적 내면에로」, 『한국 소설사』, 예하, 1993.
문유경, 「근대 단편 소설의 결말 구조 유형화 연구」, 서울 사대 석사 학위 논문, 1995. 문유경의 논문은 안성수의 연구 성과(「한국 근대 단편 소설의 플롯 연구 시론」, 중앙대 박사 학위 논문, 1989)를 발전적으로 계승하여 「標本室의 靑개고리」의 결말 처리를 진행형 결말 구조로 파악, 분석함으로써 염상섭 소설을 바라보는 새로운 단초를 보이고 있다.

름이 보이지안은 三十餘年前에 當時屈指하는 客主 金健燁의 집 안 房에
서 呱呱의 첫소리를 울리엇다.(『개벽』10월 임시호 16-108)

　③ 나는 以下를 더넑을氣運이 업는것가티, 가만히 紙面을내려다보고안
젓섯다. 意外의事實에對한 큰驚異도아니거니와, 豫測한事實이 實現된에對
한滿足의情도아닌 一種의形容할수업는 感情이, 多大한 好奇心과期待에緊
張하얏던마음을, 一時에느즐어지게한狀態이엇다.(『개벽』 16-124)

이상에서 부분적으로나마 살펴본 바와 같이 '나'를 중심으로 서사가
진행되는 1~5장과 9~10장에서는 초점화 인물과 초점 화자가 '나'로
일치하며 초점화의 국면은91) 심리적 국면이 우세한 양상을 띠면서 관념
적 국면이 혼재된 양상으로 나타난다.

초점화의 양상에서 한 인물에 초점이 집중되고 그 인물의 시선을 통
해 사건이 진행되는 내적이며 고정적인 초점화 양상의 확인에서 한 걸
음 더 나아가 초점화 인물이 보이는 초점화의 국면에 대한 분석은 인물
의 내면 표출을 통해 전달하고자 하는 내용의 문제로까지 분석의 영역
을 확대할 수 있다는 장점을 지닌다. 이 때 초점화의 세 가지 국면 중에
서 지각적 국면이 우세한 양상을 띨 경우 초점화 인물은 자신이 지닌
감각 영역을 판단의 중심에 놓고 있는 것으로 볼 수 있으며 심리적 국
면이 우세한 양상을 보일 경우에는 초점화 인물의 감정이 인물의 판단
능력을 결정하는 중심축으로 활용되고 있음을 짐작할 수 있다. 마지막
으로 관념적 국면이 우세한 양상을 보이는 경우는 사물을 바라보는 초

---

91) 초점화 국면은 대략 세 가지로 나뉜다. 지각적 국면perceptual facet, 심리적 국면psychological
　　facet, 관념적 국면ideological facet이 그것이다. 지각적 국면은 초점 화자의 감각 영역과,
　　심리적 국면은 초점 화자의 정신 및 감정과 관계가 있다. 때문에 지각적 국면은 시간과
　　공간이라는 두 가지 요소에 의해 한정되고 심리적 국면은 초점화 대상에 대한 초점 화
　　자의 태도가 인식 지향인가 감정 지향인가에 의해서 결정된다. 관념적 국면은 초점 화
　　자, 작중 인물의 세계관이나 그 세계관에 입각한 행동을 통하여 하나의 관념적 위치를
　　대표한다. S. Rimmon-Kenan, 앞의 책, 117~124쪽.

점화 인물의 관점을 드러내는 것이 작품의 주된 목표임을 미루어 알 수 있다. 분석의 대상이 되는 「표본실의 청개구리」의 경우 초점화 인물인 주인공 '나'가 대상을 바라보며 느끼는 감정과 이로부터 파생되는 사물과 세계에 대한 자신의 감정을 분출이 작품의 서사 진행을 추동하는 힘으로 작동하고 있으며, 따라서 주인공 '나'의 이야기를 전달하는 1~5장과 9~10장의 초점화 국면은 감정에 중심을 둔 심리적 국면과 관념적 국면이 동시에 존재함을 발견할 수 있는 것이다.

또한 이 부분은 '나'의 내면을 드러내는데 주력하고 있기 때문에 철저하게 내적·고정적 초점화를 선택하고 있음은 쉽게 짐작할 수 있으며 앞서의 분석에서 나타난바 일인칭 서술 상황과 인물 시각적 서술 상황의 넘나듦을 목격할 수 있다는 점은 이 작품의 초점 화자(초점화의 주체)와 초점 인물(초점화의 대상)이 일치를 예상할 수 있도록 한다. 반대로 초점화 인물이 김창억으로 이동하면서 초점 화자가 서사적 텍스트 내부에 존재하는 무형의 서술자가 될 때 초점화 국면은 지각적 국면이 우세한 양상을 띠고 나타남을 확인할 수 있다.

「암야」는 「표본실의 청개구리」나 이후에 검토할 「제야」의 경우와 달리 일인칭 서술 상황이 아닌 여타의 서술 상황을 취하고 있다. 이 같은 서술 상황의 차이점이 동일한 고백체 소설이라 하더라도 초점화의 유형에 있어 다른 두 작품과 구분되는 양상을 보일 가능성을 제공한다. 이 작품에서 서술자는 주요 인물인 '그'의 내면을 관찰함에 있어서는 내적·고정적 초점화의 양상을 띠고 있으나, 어머니와 누이, 친구 등 주변적 인물에 대한 서술에 있어서는 거칠게 보아 외적 초점화와 가변적 초점화가 혼재된 양상을 보여준다. 이 같은 초점화 유형의 혼재는 기본적으로 작품이 취하는 서술 상황의 가변성에 기인하는 것으로 보인다. 즉, 이 작품은 앞서의 분석에서 나타났듯이 인물 시각적 서술 상황과 주석적 서술 상황이 혼재된 양상을 보이고 있으나 대체로 인물 시각적 서술 상황이 우세한 모습을 확인할 수 있다.[92]

> ① 彼는 只今 雜遝한往來에니와서도, 自己가 사람사는人間界에잇는것가튼 생각은 족음도업섯다. 가장醜惡한 今時로격구러질듯한魍魎들이, 蠢動하는 쑤연구름속을휘저면서, 定處업시흘러가는것가탓다. 生活이란烙印이, 狡猾과貪婪이라는이름으로, 찍힌얼굴들을볼째마다, 彼는손에들엇던短杖으로, 대번에 모다째려누이고십다고생각하얏다.
>
> 「大體너희들은 무슨싸닭에, 이다지奔走히 왓다갓다하느냐! 어느쌔까지 이것을繼續하다가 썩구러지랴느냐!」고, 소리를 버럭지르고도십헛다. 彼는 大韓門으로向하야 精神업시 一二町가다가, 무슨생각이낫던지 光化門을바라보고 돌처서며, 「무덤이다」라고, 혼자속으로부르지젓다. (『개벽』 19-59)
>
> ② D의웃음에는 空虛하면서도 沈痛한深刻味가잇섯다. 京取에失敗한 D의얼국에는, 表現할수업는陰影이가리워잇섯다. 彼는 A의집으로 向하는兩人을作別하고 도라섯다. 彼는 短杖을득득쓸면서, 고개를숙이고 司僕開川川邊으로 나왓다. (『개벽』 19-61)

약간은 명쾌한 기분으로 집밖에 나온 주인공 '그'가 야조현 시장 부근을 지나면서 겪는 감정의 변화를 서술한 인용문 ①의 경우, 초점화 인물과 초점 화자 사이의 분리를 확인할 수 있다. 이 때 초점화 인물은 '그'이며 초점 화자는 텍스트 내의 서술자인데 서술자는 전지성을 지니고 있지만 자신의 전지성을 최대한 억제하면서 '그'의 내면을 드러내는 데 주력하고 있음을 알 수 있다. 이 상황에서 초점화 국면은 인식적 지향과 감정적 지향이 혼재된 심리적 국면이 우세하게 나타난다. 인용문 ②는 친구 A의 집에 들렀다가 다시 거리로 나선 '그'가 친구 C와 D를

만나 대화를 나누고 헤어지는 장면에 대한 서술이다. 여기서 D의 웃음을 "공허하면서도 침통한 심각미"로 파악한 것은 '그'의 판단으로 볼 수도 있고, 서술자의 판단으로 볼 수도 있다. 이러한 상황에서 판단의 주체를 판별할 수 있는 또 다른 기준으로 들 수 있는 서사적 상황은 '그'와 대화를 나누는 친구들의 내면 심리에 대해서 서술자가 일절 언급하지 않고 있다는 점이다. 이는 결국, "침통한 심각미"라는 판단이 서술자의 것이 아닌 '그'의 것일 수 있다는 추론을 가능하게 한다. 서술자는 '그'를 안팎에서 동시에 바라보지만 주인공 '그' 이외의 다른 사람은 철저히 밖으로부터 바로 보고 있음이 인용문을 통해서 드러난다. 이 상황의 초점화 국면도 지각적 국면이나 관념적 국면보다는 심리적 국면이 우세하게 나타나고 있다고 할 수 있을 것이다.

한편, 「제야」가 편지라는 형식을 취하고 있으며 결과적으로 일인칭 서술 상황을 채택하고 있다는 점을 전제한다면 초점 화자와 초점화 인물이 일치함은 미루어 쉽게 짐작할 수 있다. 이 작품을 크게 두 부분으로 나눈다면 1~4까지에서 편지를 쓰는 동기와 이로부터 파생되는 최정인의 내면을 드러내는 부분 및 편지를 서술한 이후의 심정을 드러내는 7장의 후반부와, 4~7의 전반부에 이르는 과거 사실에 대한 보고로 대별할 수 있는데 이 때 전반부와 후반부 사이의 초점화 양상이 뚜렷한 변화를 보이고 있다.

전반부의 서술에서는 초점 화자이자 초점화 인물인 최정인의 내면이 심리적 국면의 우세 속에서 서술되고 있다. 이는 일인칭 서술 상황 속에서 서술 자아가 경험 자아보다 우위에 서 있음을 반증하는 것으로 판단되며 현재 편지를 서술하는 최정인이 과거 최정인의 행적을 회고하고 더불어 그 회고로부터 발생하는 현재 최정인의 내면까지를 서술하고 있다는 의미로 해석될 수 있다. 하지만 후반부에 이르러 과거 사실에 대한 서술이 진행될 때에는 내적 초점화와 더불어 외적 초점화의 양상을 함께 확인할 수 있다. 즉, 일인칭 서술 상황 내부에서 보고적 서술이 우세하게 드러남으로써 경험 자아가 서술 자아를 압도하는 양상을 띤다고도 말할 수 있을 것이다.

염상섭의 초기 삼부작 역시 김동인의 초기 작품들과 마찬가지로 일단 인물의 내면 표출을 서사의 중심으로 삼고 있음을 발견할 수 있었다. 일반적으로 이 작품들은 선행 연구에서 "고백체"라는 틀로 묶여 함께 언급되던 작품들이다. 이들 작품은 그 서술 상황의 상이함에도 불구하고 초점화 인물의 내면 심리를 중심으로 서사가 진행되는 내적 초점화의 양상을 볼 수 있다. 이 때 염상섭의 초기 작품들은 초점화 국면에 있어서 심리적 국면과 관념적 국면이 우세하게 나타나고 있어 지각적 국면이 두드러지게 나타나는 김동인 작품들과 일정한 분리를 이룬다.

이상에서 살펴 본 바처럼, 1920년대 초기 소설이 지닌 초점화 양상의 다양성이 대체로 인물의 내면에 집중되어 있다는 점은 여러 가지 의미를 지니는 것으로 해석할 수 있다. 먼저, 제반 서사 요소들의 역관계에 있어서 서술자의 압도적 우세 현상이 소멸되기 시작했다는 것이 가장 강조되어야 할 부분이다. 물론, 이전 시기의 소설들에서도 인물의 사고나 내면을 드러내려는 시도가 전혀 없었다고 말할 수는 없다. 그러나, 그 시기의 소설에서 나타나는 인물의 내면은 서사적 지속성을 지니지 못한 것으로 볼 수 있다. 즉, 주어진 상황 상황에 대한 즉자적 반응의 수준에 머물거나 아니면 서사를 추동하는 초기 동력의 차원에 머물러 있었다는 평가가 가능하다. 그러나, 1920년대 초기 소설에서 인물의 내면 드러냄은 그것 자체가 하나의 서사 구성 원리로 작동하고 있음을 확인할 수 있다. 특히 염상섭의 소설(「표본실의 청개구리」, 「암야」 등)에서 사건이 지니는 의미의 추출은 무의미한 일이다. 단지 '그'라는 존재가 무엇인가에 대해서 고민하고 갈등하고 있다는 점만이 중시될 뿐이다. 문제는 '그'의 내면에서 일어나는 고민과 갈등 양상을 드러내기 위해서 전지성을 지닌 서술자가 자신의 시각을 철저히 인물 내부로 한정하고 필요한 경우에 한하여 인물 외적 요소에 관하여 언급하며 이것이 작품의 서사 구조 자체를 규정하는 힘으로 작동하고 있다는 사실이 보다 중요하게 평가될 수 있다는 점이다.[93]

1920년대 초기 소설이 보여주는 이러한 고정적·내적 초점화의 양상은 개인의 문제에 대한 인식을 저변에 두고 있는 것으로 평가 된다. 즉, 이 시기에 들어서 비로소 내면을 지닌 유적 존재로서의 개인이 소설의 중요한 소재로서 부각되기에 이른 사회적 상황을 소설의 창작이 반영하고 있는 것으로 평가할 수 있다.

3.2. 가변 초점화와 장면 제시를 통한 인물 형상화

현진건의 소설을 통하여 1920년대 초기 단편 소설이 지닌 기법적 특징을 논의한다는 것은 많은 난관을 예상할 수 있는 부분이다. 이는 무엇보다도 현진건의 소설이 보여주는 서술 상황의 문제에 기인하는 바가 크다고 할 수 있다. 앞서 2장 2절에서도 간략하게 언급했듯이 1920년대 초반 현진건이 발표한 작품 중에서 비교적 문제적이라고 할 만한 작품 중 「빈처」를 제외한 대부분의 작품이 주석적 서술 상황을 채택하고 있다. 앞서 검토한 쥬네트의 입론에 따를 경우 대부분의 주석적 서술은 비

---

93) 염상섭의 소설이 보여주는 이같은 특징에 대해 선행 연구는 "제도적 장치로서의 고백체"라는 표현을 사용하고 있다. 이는 소설이라는 하나의 형식이 존재하고 그에 따라 작가의 창작이 일정하게 규정되는 양상을 뜻하는 것으로 이해할 수 있다. 그런데, 본 논문이 주목하고자 하는 바는 같은 연구에서 "자생적"(166)인 것으로 파악한 작품의 내용 및 이 내용의 형상화 방식과 관련된다. 김윤식, 앞의 책(1986), 165~174쪽.

초점화의 양상을 띠는 것이 일반적이다. 즉, 초점 화자인 서술자는 자신이 이미 소유한 정보를 서사의 진행에 따라 편리한 방식을 쫓아 독자에게 제공함으로써 사건을 진행시키기 때문에 특정한 어느 인물에 자신의 시선을 의탁할 필요가 없게 된다는 것이다. 따라서 쥬네트는 비초점화의 전범을 고전 소설들 속에서 찾고 있다.94)

현진건의 소설에서 서술자는 인물의 내면과 외면, 인물들 사이를 자유롭게 유동함으로써 특정한 초점화 양상을 규명하는 데 많은 난점을 지닌다.

「빈처」95)는 일인칭 서술 상황을 채택하고 있기 때문에 현진건의 다른 작품에 비해 비교적 뚜렷한 초점화의 양상을 추출해 낼 수 있다. 이 작품의 초점 화자는 주인공이자 서술자인 '나'이며 따라서 작품에 나타난 초점화의 유형에 있어서 내적 초점화가 지배적이라는 판단이 가능하다. 그런데, 작품의 초점 화자는 그 초점의 대상을 극히 가변적으로 활용함으로써 일관된 초점화 양상의 형상화에 실패하고 있는 것처럼 보인다. 이는 염상섭의 「암야」가 주석적 성격을 띤 인물 시각적 서술 상황 속에서 철저히 주인공 '그'의 시선에 서술을 의존함으로써 비교적 일관된 초점화 유형을 창출할 수 있었던 것과는 선명한 대조를 이룬다고 할 수 있을 것이다. 이 작품에서 초점화의 양상이 비교적 뚜렷하게 드러나는 경우는 '나'의 내면 심리를 드러내는 경우에 국한된다.

---

94) G. Genette, 앞의 책, 189쪽.

95) 이 작품은 처녀작 「희생화」가 혹평을 받았던데 비해 현진건의 작가적 입지를 다져 준 것으로 평가할 수 있다. 기존의 연구에서는 주로 현진건의 전기적 사실과의 관련성 속에서 검토된 것이 많다.

　　이재민, 「새 자료로 본 빙허의 생애」, 『문학 사상』, 1973. 4.

　　정한숙, 「양면 의식의 허약성」, 『고대 인문 논문집』 20, 1975.

　　김우종, 「빈처의 분석적 연구」, 『현진건의 소설과 그 시대 인식』, 새문사, 1981.

　　권은심, 「현진건 단편 소설 연구」, 서울 사대 석사 학위 논문, 1983.

　　현길언, 「자아와 사회의식의 편협성, 『현진건 소설 연구』, 이우 출판사, 1988.

나는 또 「始作」하는구나하는생각이번개가티머리에번적이며 不快한생
각이벌컥일어난다. 그러나무어라고대답할말이업서默默히잇엇다.

「우리도남과가티살아보아야지오!」

안해가T의洋傘에단단히 刺戟을바든거시다.(中略) 나도이런소리를들을
적마다「그럴만도하다」는 同情心이업지아니하나心思가어쩐지조치못하엿
다. (中略)

나는이런일을가슴에그리며 그래도來日아츰ㅅ거리를장만하랴고 옷을찻
는안해의心中을생각해보니말할수업는悲은생각이 가을바람과가티 설렁설
렁心骨을분질르는것갓다. (『개벽』 7-163~164)

인용문을 통하여 인물의 심리 형상화라는 동일한 문제에 대한 김동
인, 염상섭과 현진건의 접근 방식 사이의 확연한 구분을 확인할 수 있
다. 김동인과 염상섭의 작품에서 인물 심리의 형상화는 서술자와 인물
의 거리를 최대한 밀착시킴으로써 독자로 하여금 서술자의 목소리와 인
물의 목소리 사이의 구분에 상당한 곤란을 느끼게 한다. 이들의 작품이
취하고 있는 서술 상황이 일인칭 서술 상황이거나 인물 시각적 서술 상
황이라는 점이 이를 뒷받침한다. 하지만, 동일한 일인칭 서술 상황이라
하더라도 현진건의 경우에는 사정이 조금 다르다고 할 수 있다. 현진건
소설이 보이는 일인칭 서술 상황은 일인칭 서술자의 주석적 개입, 상황
및 사건에 대한 편집자적 논평이 두드러지게 나타난다.

이는 김동인의 작품 중 비교적 선명하게 일인칭 서술 상황을 취하는
「태형」[96]과 비교할 때 보다 분명한 차이점을 확인할 수 있다.

① 두 번째 소리에 영감은, 허리를 구부리고 그의 앞에 갔다. 한숨에

---

96) 이 두 작품은 각각 작가의 전기적 사실과의 연관을 지니고 있다는 점에서도 비교의 흥
미를 끈다. 작품 「태형」의 인용은 『김동인 전집』 1, 조선일보사, 1987에 의하며 괄호 안
의 숫자는 전집의 면수를 뜻한다.

공기를 헤치는 날카로운 소리와 함께 이것 역(亦) 숙련한 솜씨인 듯 손
뵈지 않는 채찍은 영감의 등에 내려맞았다.

영감은 가만히 섰다. 그러나, 눈에는 눈물이 있었다. (210)

② "한 잔만 먹여 다고 제발."

나는 누구에게 탄원하는지도 모르게 탄원을 하였다. 그리고, 힘없는
눈을 또 다시 몸과 몸이 서로 닿아서 썩어서 몸에는 종기 투성이요, 전
인원의 칠할을 옴장이인 무리로 향하였다. 침묵의 끝없는 시간은 그냥
흐른다. (212)

③ 영감은 대답이 없었다. 그의 입은 바늘로 호라매지나 않았나. 그러
나, 좀 뒤에 그는 대답하였다. 그의 말소리는 떨렸다. (中略)

방안 사람들은 영감을 용서하지 않았다. 노망하였다, 바보로다, 제 몸
만 생각한다, 내어 쫓아라, 여러 가지의 폄이 일어났다.

영감은 아무 대답이 없었다. (223)

「태형」의 서술자 '나'는 철저히 자신의 내면에 대해서만 주석적인 양
상을 보이는 반면 '영감'과 관련된 서술의 경우 관찰자로서 자신의 시선
을 제한한다. 이 때 나를 초점화 인물이자 동시에 서술자로 간주한다면
나의 눈을 통해 바라보이는 영감에 대한 언급은 외적 초점화의 양상을
띤다고 할 수 있다.

현진건의 소설 가운데 일인칭 서술 상황을 채택하고 있는 「빈처」의
서술자는 자신이 아닌 아내의 심리에 대해 "T의 양산에 대해 단단히 자
극을 받은 것이다."라고 편집자적 논평을 가할 수 있는 위치에 있다. 나
아가 현진건의 「빈처」는 장면 제시적 서사 방식보다 보고적 서사 방식
을 취함으로서 모든 사건이 완료된 것으로 간주하는 서술적 특성을 보
인다. 이에 비하여 김동인의 「태형」의 서술자인 '나'는 자신 이외 다른
인물의 심리에 대해 이렇다 할 판단을 내리지 않으며 사건 역시 보고적
서술보다 장면 제시적 서술을 통하여 현장감을 살려내고 있다는 판단이

가능하다.

현진건 소설의 대표작으로 꼽을 수 있는 「운수 좋은 날」[97]은 현진건이 한국 근대 단편 소설의 형성에 미친 영향을 미루어 짐작하도록 한다. 작품은 주석적 서술 상황으로 일관하고 있으며 주로 사건의 전개와 반전을 통한 강렬한 인상의 형상화에 주력하고 있는 것으로 평가할 수 있다. 3장 1절에서 검토한 김동인과 염상섭의 작품에서 사건의 비중보다는 인물의 비중이 압도적인 상황이었음을 기억할 때 비슷한 시기에 활동한 현진건의 작품에서 인물의 개성과 자아보다는 시대적 상황과 사건의 비중이 비대한 상황에 있다는 사실은 분석에 있어서 주의를 요하는 부분이라고 할 것이다. 결국, 이 작품을 비롯하여 대부분의 현진건 소설에서 등장인물은 작가가 의도하는 바 사건의 수행을 위한 행동자acteur[98]의 차원을 강하게 담지하고 있다. 그 결과 인물이 지닌 내면의 폭과 깊이에 대한 천착보다는 사건이 전개될 수 있는 분위기에 적합하도록 인물의 외양과 배경을 조화시키는 데 있어 현진건은 뛰어난 자질을 발휘한 것으로 판단된다.

이는 그의 문명을 높여 준 또 하나의 작품인 「B 사감과 러브 레터」[99]

---

97) 「운수 좋은 날」은 작품의 구조적 특징과 함께 결말 처리에 대한 논의가 다수 진행되었다.
　　이재선, 「교차 전개의 반어적 구조」, 『현진건의 소설과 그 시대 인식』, 새문사, 1981.
　　손명선, 「현진건 소설의 구조 연구」, 이화 여대 석사 학위 논문, 1983.
　　현길언, 「자아와 세계의 탐구－황폐한 시대의 인식」, 앞의 책.
　　안성수, 「이중 심리의 교차 기법과 반전 구조」, 앞의 논문,
　　문유경, 「응집형 결말 구조」, 앞의 논문.
98) 이는 그레마스의 용어인데 그는 행위자acteur와 행동자actant를 구분하여 사용하고 있다.
　　그에 따르면 행위자는 모든 서사물에 보편적인 기저가 되는 범주인 반면에 행동자에게는 상이한 서사물에 따라 각각 특수한 자질이 주어진다. 따라서 행동자의 수는 제한될 수 없으나, 행위자는 예의 6개의 범주(sender, receiver, helper, opponent, object, subject)로 축약될 수 있다.
　　S. Rimmon-Kenan, 앞의 책, 57쪽.
99) 김인환, 「B 사감과 러브 레터의 구조 해명」, 『현진건의 소설과 그 시대 인식』, 새문사, 1981은 이 작품이 지닌 구조를 이해하는데 상당한 시사점을 주고 있다. 작품의 분량면

를 통해서도 확인된다. 이 작품 역시 주석적 서술 상황을 채택하고 있
다. 작품에서 중심 초점화 인물은 B 사감인데 인물의 내면에 대한 초점
화보다는 외적 요건에 대한 초점화를 통하여 등장인물의 특성을 뚜렷하
게 드러내고 있다.

> 四十에갓가운 로처녀인 그녀는 죽음깨 투성이얼굴이 처녀다운 맛이란
> 약에 쓰랴도 차질수업슬뿐인가, 시들고 쩌칠고 마르고 누러케 뜬품이 곰
> 팡슬은 굴비를 생각나게한다.
> 여러겹줄음이 잡힌 훨렁벗겨진니마라든가, 숫이적어서 법대로 쪽지거
> 나 틀어올리지 를못하고 엉성하게 그냥빗겨넘긴 머리 꼬리가 뒷통수에
> 염소똥만하게 부튼것이라든지 벌써 늙어가는 자최를감출길이업섯다. 쏑
> 족한 입을 앙 다물고 돗보기넘어로 쌀쌀한눈이 노릴째엔 긔숙생들이 오
> 싹하고 몸서리를 치리만큼 그는 엄격하고 매삽앗다. (『조선 문단』 5-19)

사감의 외모에 대한 이러한 언급은 얼굴에서 시작하여 외모 전체의
인상으로 확대되어 가는 과정을 보여주고 있다. 서술자와 등장인물의
거리는 첫째 단락에서 거리를 좁혀 가다가 두 번째 단락부터 다시 거리
를 벌려 가는 방식을 선택했다. 또 "죽은깨가 많은 얼굴", "벗겨진 이
마", "앙다문 입", "돋보기 너머의 쌀쌀한 눈" 등의 묘사는 인물에 대해
서술자가 가지는 감정의 일단을 드러내고 있다.
이에 비할 때 세 처녀에 대한 서술은 뚜렷한 대조를 이룬다.

> 그들의 얼굴은 놀랍고 무서운 빗이 업지안핫스되 점점 호긔심에 번쩍
> 이기 시작하얏다. 그들의 머리속에는 한갈가티 로만틕한 생각이 쩌올랐

에서 이 작품은 단편(短篇)이라기보다 오히려 장편(掌篇)으로 묶이는 것이 타당할 듯하지
만 현진건 소설의 등장인물 형상화에 있어 한 전형을 보여준다고 판단했기에 논문의 분
석 대상으로 삼았다.

다. 이 안에 잇는 여자 애인을 보랴고 학교 근처를 뒤돌고 곰돌든 산애 애인이 타는 듯한 가슴을 것잡다못하야 밤이 이슥하기를 기다려 담을 쮜어 넘은지 모르리라. 모든 불이 다 쩌지고 오즉 밝은 달빗이 은가루처럼 서리인 창문이 소리업시열리며 녀자애인이 힌수건을 흔들어 산애애인을 부른지도 모르리라. 활동 사진에서 보는 것처럼 기나긴 필육이 나리워서 하나는 우에서 당기고 하나는 미테 매달려 듸룽듸룽하면서 올라가는 정경이 잇섯는지 모르리라. 그래서 두애인은 맛나가지고 저와가티 사랑의 속삭거림에 자자젓는지 모르리라 …… 꿈결 가튼 감정이 안개 모양으로 흐릿하게 무지개모양으로 세처녀의 몸과 마음을 휩싸돌앗다. 그들의 쌤은 후끈후끈 달앗다. (『조선 문단』 5-22)

첫 문장과 마지막 문장은 서술자의 주석적 목소리로 읽힐 수 있고 그 사이의 문장은 세 처녀의 심리를 드러낸 것이다. "～리라."라는 추측적인 문장을 사용한 이유는 서술자가 자신의 판단을 자제하면서 세 처녀가 상황을 추측하는 심리를 그대로 인용한 때문이다. 즉, 이들 문장은 서술자의 목소리가 아닌 세 처녀의 목소리로 읽힐 수 있는데 이 때 서술자는 등장인물의 감각을 통하여 사물을 인지하면서 등장인물을 외부로부터 인지·초점화 시키고 있다. 이 상황에서 초점화에 사용된 단어들은 앞서 B 사감을 드러낼 때 사용된 단어들과 뚜렷한 대비를 이루고 있으며 뒤에 이어지는 B 사감의 기행(奇行)과도 선명하게 대비된다고 판단할 수 있다.

한편 인용된 부분의 중심적인 이미지는 '달빛'과 '안개'로 집약된다. 부드러움과 포근함을 집약하는 이 단어는 "쌀쌀함", "거침"으로 표방되는 B 사감의 이미지와 대비를 이루어 낸다. 이 작품을 통하여 현진건은 인물의 내면에 집중하지 않고서도 외적 초점화를 통하여 독자가 등장인물의 성격과 그들이 서사 속에서 수행하는 역할에 대한 인식에 도달하도록 만들어 낸다.

이 작품에서 발견되는 이 같은 초점화 양상은 「운수 좋은 날」에서도 비슷한 형태로 발견된다.

> 그럴지음에 마츰 길가선술집에서 그의친구치삼이가 나온다. 그의우글 우글 삷진얼굴에 주홍이덧는듯, 온턱괏뺨을 시커머케 구렛나룻이덥헛거 든 노르탱탱한얼굴이 밧작 말라서 여긔저긔 고랑이 차이고 수염도 잇대 야 턱미테만 마치 솔닙송이를 써구로 부텨노흔듯한 김첨지의 풍채하고 는 긔이한대상을짓고잇섯다. (『개벽』 48-145)

현진건의 소설에서 인물은 사건 수행의 기능자 역할 이상을 넘어서지 못한다. 따라서 그의 소설에서는 인물이 어떤 생각을 지니고 있는가 보다 사건이 어떠한 방식으로 전개되어 나아갈 것인가가 훨씬 중요한 비중을 차지하고 있으며 인물은 그러한 사건 전개의 핍진성을 강화하는 선에서만 의미를 획득한다. 표독스러운 사감과 부드럽고 여성스러운 세 처녀의 인상 대비는 작품이 두 주체 간의 갈등을 중심축으로 진행될 것임을 암시하며, 같은 빈곤한 처지를 살아가는 "친구" 치삼에 비할 때조차 초라함을 면할 수 없는 김첨지의 외모는 그가 맞닥뜨릴 운명적 상황을 예시하고 있는 것이다.

「술 권하는 사회」는 주석적 서술 상황과 인물 시각적 서술 상황을 넘나드는 서술 상황 사이의 혼재를 통하여 결과적으로 아내와 남편이라는 두 사람의 초점화 인물을 발견할 수 있다. 아내와 남편이라는 두 사람의 초점 화자가 등장한다는 측면에서 이 작품은 일단 내적 초점화의 하위 범주인 가변적 초점화 양상을 띠는 것으로 분류할 수 있지만 그 각각의 초점화 국면에서 상이한 면이 발견된다. 초점화 인물이 아내로 설정된 부분에서 초점화 국면은 주로 지각적 국면이 우세한 양상을 보여준다. 시간의 경과에 따른 아내의 불안감의 증대가 이를 뒷받침한다. 일단 초점화 인물이 남편으로 옮겨졌을 때 초점화 국면은 인식적 지향이 우월한 심리적 국면과 관념적 국면의 혼재 양상을 함께 보여주고 있다. 그런데, 이같은 초점화의 방식이 주석적 서술자의 직접적인 설명에 의해서가 아니라 아내와 남편 사이의 대화를 통해 장면 제시적으로 드러나고 있다는 사실이 흥미를 끈다. 앞서 살펴본 김동인의 작품이나 염상섭 초기 삼부작의 경우나 「빈처」, 「운수 좋은 날」에서는 서술자의 보고적 서술을 통하여 초점화의 양상이 표출되고 있었다는 점을 기억할 때 「술 권하는 사회」에서 발견되는 장면 제시적 서술을 통한 초점화 방식은 독특한 것으로 간주될 여지를 남겨 둔다.

염상섭의 「E 선생」은 주석적 서술 상황을 취하면서 초기 삼부작과는 전혀 다른 양상을 보여준다.[100] 작품은 주석적 서술자의 등장에도 불구하고 비초점화의 양상을 띠기보다는 오히려 외적 초점화에 더욱 근접한 모습을 보인다. 서사 진행에 핵심적인 인물인 E 선생이 초점 인물로 설정되는데 이 때 주인공의 내면과 외면을 넘나드는 초점화 양상을 확인할 수 있다. 이 작품 이전의 삼부작에서 염상섭은 인물의 내면에 초점을 고정하는 것을 선호하는 양상을 보여주었는데 이 작품에서부터 인물의 외면과 주변 상황에 대한 묘사를 통해 작가의 의도를 부각시키려는 형상화 방식을 채택한 것이라는 판단이 가능하다.

이 장을 통해 서술자가 서사적 텍스트의 또 다른 부분인 이야기story의 중심 구성 요소라고 할 수 있는 인물을 바라보는 장식을 초점화 개념을 논의의 기본축으로 삼아 검토해 보았다. 검토의 결과 1920년대 초기 단편 소설에서 확인할 수 있는 초점화의 양상은 주로 내적 초점화와 그 중에서도 고정적 초점화의 양상이 뚜렷이 부각되고 있다는 점을 특

---

100) 이 작품의 실험성 결여에 대한 논의는 본 논문의 2장 2절을 참고할 것.

징적으로 지적할 수 있다. 즉, 한 사람의 등장인물을 선택하고 그 인물에 집중하여 내면을 드러내려는 시도의 우위가 눈에 뜨게 부각되고 있는 형국이다. 이는 내면을 지닌 개인의 존재에 대한 인식을 그 근거로 한다.

검토된 세 명의 작가 중 염상섭의 경우, 『만세전』 이전까지의 초기 삼부작을 관통하여 지속적으로 인간의 내면을 드러내려는 노력을 보여 주었는바 그가 비슷한 시기에 발표한 평문을 통해서도 지향점의 일치를 확인할 수 있다. 김동인이 형식에 매달려 자유로운 의미의 형성에 실패했을 때 염상섭은 형식의 얽매임에서 벗어나 자유롭게 자신의 이야기를 전개해 나갈 수 있었던 것이다. 이러한 염상섭의 태도는 개성 또는 개인에 대한 그의 관심에서 비롯된 것으로 판단된다.

평론 「개성과 예술」에서 염상섭은 개인의 문제에 대한 자각을 드러낸다. 개성을 자각한다는 것은 개인의 존재를 자각한다는 것이며 현실을 객관적으로 인식한다는 뜻도 동시에 가지고 있다. 이 같은 과정을 거쳐 각성된 개성은 인간 개개인이 지닌 독특한 생명이며 이 독이적 생명의 유로가 개성의 표현이며 여기에서 위대한 예술이 탄생할 근거가 마련된다.

> 藝術美는 作者의 個性, 다시 말하면 作者의 獨異的生命을 通하여 透視한創造的直觀의世界요, 그것을 投影한 것이 藝術的表現이라 하겠다. 그러하므로 個性의表現, 個性의躍動에 美的價値가 있다 할 수 있고 同時에 藝術은 生命의流路로 生命의 活躍이라고 할 수 있을 것이다. (中略) 이처럼 藝術은 個性의 獨創에 生命이 있는 것인 이상 構造模寫에 藝術的價値가 없음은 名畵를 石版에 複寫한 것에 藝術的 生命이 없음과 다를 것이 없는 것이다. 藝術은 模倣을 排斥하고 獨創을 要求하는지라 거기에 何等의 範疇나 規約과制約이 없는 것은 勿論이다. 生命의 向上發展의 境地가 廣大無涯함과 같이 藝術의 世界도無邊際요 藝術世界의 無邊無涯는 個性의 發展과 自由를 意味하는 것이다.[101]

여기서의 개성은 개인의 지각 정도로 이해됨이 적절할 것 같다. 즉 객관적 현실을 반영하는 것은 개인의 지각 작용에 의해서만 가능하다는 것이 염상섭의 판단으로 이해된다.[102] 이점은 다음의 인용문에서 보다 선명하게 드러나고 있다.

> 소설이라는 것이 인생과 그 종속적 제상을 묘사하는 것인 이상 인간이 어떻게 고민하는 가를 그리는 것은 물론이다. (중략) 물론 그 고민에도 시대적, 개인적, 또는 작가 자신의 성격과 견해라는 여러 가지 배경이 있지만은, 결국 이 모순과 분열에 고민하는 양을 그대로 묘사하여 강한 인상을 줌으로써 인생에 대하여 일개의 제안을 한다든가, 혹은 거기에 해결을 주어서 인격과 사상의 통일과 완성을 기획함에 그 대부분의 사명이 있다고 나는 생각한다.[103]

소설은 인생을 묘사해야 한다. 그런데 현재에 있어 인간의 삶이란 고뇌에 다름 아니다. 따라서 소설이 묘사하는 인생은 고뇌에 찬 인생이 될 수밖에 없으며 이는 기존의 관습적인 인생과는 다른 실제의 생활을 드러내게 될 것이라는 점이 이 글의 논지이다. 결국 염상섭은 현실에 대한 객관적인 인식과 그것의 예술적 반영을 위해 작가의 개성, 인격을 문제 삼은 것으로 판단된다.

개성의 자각을 통해 새롭게 인식된 현실이 고뇌에 찬 현실이고 소설가의 임무가 그것을 창작을 통해 표출하는 것이라고 한다면 그 창작의 형태가 인물이 지닌 고뇌와 번민을 드러내는 것으로 방향 지워짐은 불

---

101) 염상섭, 「개성과 예술」, 『개벽』 22, 1922. 4, 8쪽. 이 글에 나타난 염상섭의 예술관을 일반적으로 자연주의 문학관으로 이해하고 있으나 이를 관념적이며 낭만적인 예술관으로 보는 견해도 있다. 권영민, 「염상섭의 민족 문학론과 그 성격」, 『한국 민족 문학론 연구』, 민음사, 1988, 170~176쪽 참조.
102) 송현호, 「한국 근대 소설론 연구」, 서울대 박사 학위 논문, 1988, 144쪽.
103) 염상섭, 「견우화」 서문, 박문 서관, 1924.

가피한 일이라 할 수 있다. 결국, 염상섭의 초기 소설이 보여주는 고백의 형식은 염상섭이 가지고 있는 세계와 인생, 예술에 대한 관점의 연장선상에서도 그 근거를 찾을 수 있다는 가설이 성립한다. 김동인과 달리 현실과 인간의 지속적인 긴장 관계를 문제 삼은 염상섭의 초기 3부작 이후의 소설 세계가 「만세전」과 「E선생」을 계기로 일정한 변화의 모습을 보이는 것도 같은 맥락에서 이해 될 수 있을 것이다.

염상섭이 보여준 이상과 같은 입장은 유적 존재로서의 개인이 소설의 중심적 관심사가 되고 있다는 현실을 반증한다. 이 때 유적 존재는 내면을 지닌 존재로 인식될 수 있으며 이 개인의 내면을 일정한 방식으로 형상화하는 것이 서사 구성의 중심적 범주로 자리 잡을 수 있게 되었던 것이다. 이 부분에서 초점화를 도구로 한 1920년대 초기 단편 소설 분석의 의미가 규명될 수 있다. 앞서의 지적처럼 초점화라는 방식을 통해 서사 공간 내에서 서술자와 인물의 역관계가 변전될 가능성이 있다고 할 때 인물의 내면에 대한 집중적인 천착은 이전 시기의 소설과 이 시기의 소설을 분리시켜 주는 하나의 표지 역할을 할 수도 있을 것이다.

하지만, 이 같은 이전 시기의 소설이 인물의 내면에 대해서 철저히 무시했다는 의미로 이해될 수는 없다. 오히려 신소설과 춘원의 소설 속에서도 인물의 내면 심리에 대한 묘사는 상당한 부분이 이루어지고 있었다. 그러나 이전 시기 소설 속에 나타난 인물의 내면에 대한 관심은 서사 구성의 일부분으로 기능하고 있었다는 사실이 지적되어야 한다. 다시 말하자면 이전 시기 소설 속에서 나타나는 인물의 내면에 대한 관심은 사건 진행의 보조적인 역할에 머물러 있었다는 의미로 이해될 수 있는 것이다. 결과적으로 인물의 내면은 사건과의 관계 속에서 사건에 대한 반응으로서 그 의미가 국한될 수도 있을 것이다. 이에 비하여 염상섭의 단편을 중심으로 한 1920년대의 단편 소설이 보여주는 인물 내면에 대한 천착은 내면 표현 그 자체가 서사 구성 원리를 이루고 있다는 사실이 반드시 지적되어야 한다.

현진건의 소설에서 찾을 수 있는 초점화 방식의 불철저함은 그의 작품이 취하고 있는 서술 상황의 문제 및 이에 근거한 소설 구성 방식에 있어서 김동인, 염상섭과 비교에서 드러나는 차별성에 근거한다. 1920년대 초기에 발표된 현진건 소설은 인물이 부차적인 곳에 위치하는 양상으로 전개된다. 이는 전대 소설에서 흔히 볼 수 있었던 사건 중심의 소설 전개와 그 맥을 같이하는 것으로 판단할 수 있다. 즉, 현진건은 서술 상황에 있어서도 주석적 서술 상황을 고집함으로써 전대 소설의 영향권 내에 가장 깊이 침윤되어 있었을 뿐만 아니라 작품의 서사 구성 및 진행에 있어서도 전대 소설의 영향을 가장 강하게 받은 작가로 평가할 수 있다. 주석적 서술 상황에서는 장면 묘사적 서술보다는 보고적 서술이 우세를 점하며 모든 사실은 과거에 종료된 것으로 간주되는 것이 일반적이며 따라서 현장감을 살릴 수 있는 초점화 기법의 수용과는 일정한 거리를 둘 수밖에 없었던 것으로 보인다. 한편, 「B 사감과 러브 레터」나 「운수 좋은 날」을 통해 확인할 수 있듯이 작품 내에서 일정한 대립적 경향을 설정하고 이를 매개로 서사를 구성하는 현진건만의 독자성은 단편 소설이 지녀야 할 단일성의 미학을 최대한 부각시키려는 의도로 이해할 수도 있다. 바로 이 지점이 현진건의 소설이 내재된 한계에도 불구하고 근대적 의미의 단편 소설 정착의 일익을 담당했다는 적극적인 평가를 가능케 한 지점이라고 할 수 있다.

1920년대 초반을 다양한 실험이 가능했던 열린 가능성의 시기로 상정한다면 인물의 문제를 전면에 내세움으로써 새로운 서술 상황을 시도했고 그 과정에서 의식·무의식적으로 다양한 초점화 방식을 선보인 김동인과 염상섭의 소설이 지닌 문학사적 의미는 보다 적극적으로 평가될 수 있을 것이다. 한편, 서사 기법적인 측면에서 볼 때 현진건의 소설은 상대적으로 전대 소설의 자장에서 자유롭지는 못했으나 사건의 진행과 인물의 관계 설정에 있어 대립과 조화를 모색했고 단일 사건을 통한 인상의 단일성 부각에 노력했다는 점은 긍정적으로 바라볼 수 있다. 이후 4장에서는 서사적 텍스트 내의 이 같은 이야기story의 진행 방식을 순서 및 시간의 문제와 관련시켜 생각함으로써 1920년대 초기 소설이 지닌 또 다른 특질을 검출하고자 한다.

4. 시간 구성의 변화 양상

서사적 텍스트 내에서 스토리의 전개 과정을 고려할 때 범칭(汎稱)되는 고전 소설과 근대 소설의 이야기 전개 방식의 뚜렷한 차이를 확인할 수 있다. 이 문제를 상식적인 수준에서 고찰한다면 그것은 스토리의 시작(始作) 방법과 전개의 방법, 결말 처리, 그리고 스토리가 다루는 시간의 차이 등을 들 수 있을 것이다. 이 때 여기서 지적된 몇 가지 사항들을 모두 일컬어 "스토리 전개 방식"의 변화로 지칭할 수 있다면 이 지점에서 서사 담론, 그 중에서 특히 소설 담론의 시간 처리 · 구성의 문제와 맞닥뜨리게 된다.

구조주의의 이론에 따르면 서사물 일반은 이야기story와 담론discourse으로 구분 지어 생각할 수 있다. 여기서, 이야기story란 서사물의 내용, 또는 사건들(행위action, 사고happening) 및 존재하는 것들을 포함하며 담론discourse은 표현, 또는 내용이 전달되는 수단을 표시한다. 다시 말하자면 무엇을 묘사했는가는 스토리의 영역과 관련되는 문제인 반면에 그 무엇을 어떻게 묘사했는가는 담론의 차원에 속하는 문제라 할 수 있다.104) 결국, 인물과 사건을 중심으로 한 제반의 스토리 구성 요소들의 유기적 결합이 서사의 중심 구조를 이룬다는 점을 기억 할 때 사건 및 그것의 연쇄와 이로부터 생겨나는 시간 구성을 논의의 중심으로 상정할 수 있을 것이다. 이 때 사건들이 결합하여 사건의 연속이 되고 그 연속이 결합하여 스토리가 되는 결합의 두 가지 기본 원리는 시간적인 연속과 인과 관계로 간주된다. 이는 결국 서사적 텍스트의 구성 요소 가운데 하나인 스토리가 어떠한 시간적 구성을 지니면서 전개되는가의 문제로 집약된다고 할 수 있다.105)

현대의 서사 이론에서 시간의 문제는 시점에 버금갈 만큼 중요하게 다루어져 왔으며 많은 논자들의 언급이 있었지만 현재에 이르러서는 쥬네트가 제기한 시간에 관련된 논의가 문제적 지점에도 불구하고 일반적으로 수용되는 양상을 보이고 있다.106)

---

104) 서사물을 스토리와 담론으로 구분하여 고찰하려는 견해 및 이에 따른 논쟁은 상당 기간 지속되어 왔으며 논자들에 따라 이를 지칭하는 용어는 "파블라fabula / 수제syuzhet (러시아 형식주의), 이스투아르histoire / 디스쿠르discours, 이스투아르histoire / 레시récit / 나라시옹narration (프랑스 구조주의), 이야기story / 담론discourse(채트먼 및 리먼-케넌을 중심으로 한 영미 서사 이론)" 과 같이 다양하게 존재하지만 그 각각이 지칭하는 내용은 대동소이(大同小異)한 것으로 판단된다. 이 논문에서는 용어의 일관성을 기하기 위해 S. 채트먼 및 S. 리먼–케넌의 용어를 따라 스토리와 담화로 그 각각을 구분한다. 이 때 일상적인 의미에서 사건event만을 지칭하는 이야기와의 구분을 위해 스토리라는 용어를 그대로 사용하기로 한다.
　위에서 열거한 용어들에 대한 각각의 해석은 W. Martin, 앞의 책, 154~155쪽 참조.
105) 이는 본 논문의 2장이 서사적 텍스트 내 서술자의 존재 방식을 논의했고, 3장에서 서술자가 스토리의 구성 요소 중 인물과 맺는 관련 양상을 검토했으며 이 장은 스토리 자체의 시간 구성 방식을 논의한다는 의미로 이해될 것이다. 여기서 이 논문이 사용하는 '서사적 텍스트', '서술자' 및 '이야기'라는 용어들의 상호 층위 관계는 앞서 2장에서 인용한 S. 채트먼의 도표에 준한다. S. Chartman(1978), 앞의 책, 183쪽 및 S. Chartman(1990), 151쪽 참조.
106) 이는 S. Chartman 『영화와 소설의 서사 구조』, S. Rimmon-Kenan 『소설의 시학』, M. J. Toolan 『서사학』 등의 저술에서 시간 구성과 관련한 논의에서 거의 쥬네트의 용어가 사용되고 있음을 보아서도 알 수 있다. 이들 각각은 자신의 독자적인 입론을 전개하기보다 쥬네트의 용어가 갖는 함의에 대해 설명하는 것으로 논의 전개를 대신한다.

쥬네트는 먼저 순서order와 지속duration, 빈도frequency를 구분하고 그 각각에 대한 상세한 설명을 덧붙인다. 쥬네트에 따르면 순서란 서사 시간의 이중성으로부터 기원한다. 즉 서사물에 나타난 시간이란 관례적이고 실용적인 스토리 시간과 텍스트라고 하는 연속체 내에서의 언어적 분편으로서 의미를 지니는 텍스트 시간 사이의 이중적 규정 아래 놓이며 이로부터 시간 불일치와 예상 및 회상과 같은 시간의 이중적 성격이 부각된다.

그가 제기한 두 번째 문제인 지속은 순서에서 언급한 텍스트 시간과 스토리 시간이 구체적으로 드러나는 양상을 뜻한다. 멈춤pause과 장면scene, 요약summary과 생략ellipsis이 지속을 구성하는 하위 범주로 자리 잡는다. 시간의 정지라고 할 수 있는 멈춤에서 스토리 시간은 정지되지만 텍스트 시간은 제약을 받지 않는다. 즉, 고정된 특정한 상태를 묘사할 때 사건은 진행되고 있지 않으나 그 상태를 서술하는 시간은 서술자의 재량에 따라 충분히 길어질 수 있다는 의미이다. 반대로 장면의 경우에는 스토리 시간과 텍스트 시간이 일치하는 양상을 보인다. 일반적으로 이 장면은 서사 속에서 대화를 진행시킬 때 나타나는 것으로 이해된다. 세 번째 구성 요소인 요약의 경우에는 텍스트 시간보다 스토리 시간이 훨씬 길게 나타난다. 즉, 수년에 걸친 사건 전개가 단지 몇 문장 혹은 단락으로 처리되는 경우가 이를 입증한다. 마지막 구성 요소인 생략의 경우는 텍스트 시간이 존재하지 않는 반면 스토리 시간은 제한이 두어지지 않게 된다.

시간 논의에 있어서 쥬네트가 고려하는 세 번째 요소인 빈도는 사건과 그것을 서술하는 횟수 사이의 관계가 논의의 중심에 놓인다. 간단히 말한다면 사건의 발생과 서술이 일회적인 것인가 혹은 반복적인 것인가의 문제라고 할 수 있는데 이는 다시 다음과 같은 네 가지의 하위 범주로 구분될 수 있다. 첫 번째는 일회적 서술로서 한 번 일어났던 일을 한 번 서술하는 경우에 해당한다. 두 번째는 반복해서 발생한 일을 반복해서 서술하는 경우로 이는 앞서의 경우와 크게 다르지 않음이 짐작된다. 세 번째의 경우는 반복적인 서술로 지칭되는데 단 한 번 발생한 일을 수차에 걸쳐 계속 서술하는 경우에 해당된다. 마지막 네 번째 경우는 유추 반복 서술로서 수차에 걸쳐 일어난 일을 단 한 번 서술하는 극히 전통적인 서술의 방식이라고 할 수 있다.107)

리먼-케넌은 쥬네트의 입론을 보다 구체화시켜, 실제 작품 분석에 유용한 틀을 제공한다. 그녀는 관례적인 스토리 시간, 즉 이상적인 자연적 연대기 시간과 비교할 때 텍스트 시간이 스토리 시간과 일치한다는 것은 규범적인 사항에 불과하며 극히 간단한 서사물이 아니고서는 양자 사이의 일치는 힘들다는 점을 강조한다. 다시 말해 그녀는 쥬네트가 제기한 순서, 지속, 빈도의 문제를 텍스트 시간과 스토리 시간이 빚어내는 이중적 의미를 해석하기 위한 도구로 파악하고 있다.108) 이 때 모든 서사물에 고유하게 내재적인 이 두 시간 사이의 문제가 인식되는 것과 이것이 창작을 통해 구체화된다는 사실이 지니는 의미의 중요성은 부연

---

107) G. Genette, 앞의 책, 1~3장.
　　하지만, 그가 분석의 대상으로 삼은 작품의 특수한 조건이 쥬네트로 하여금 위에서 언급한 바와 같은 다양한 형태의 시간 문제에 천착하도록 만들었다는 점을 고려할 때 쥬네트의 논의가 여과 없이 1920년대 단편 소설 분석에 적용될 수는 없을 것으로 판단된다. 따라서 쥬네트의 분류 가운데 몇몇 개념만이 분석을 위한 도구로 사용될 것이다.
108) 허구적 서사물은 사건과 그것에 대한 언어적 재현, 구술 또는 기술 행위 등 그 기초적인 국면에 따라 스토리, 텍스트, 서술로 나누어 살필 수 있다. 이 세 국면 중에서 독자가 직접 접할 수 있는 대상은 일단 텍스트로 제한된다. 독자는 독서 과정을 경과하면서 텍스트에 나타난 제반의 정보를 종합·분석하면서 작품을 구조적 인식 대상으로 파악하게 된다. 즉, 텍스트를 읽는 과정은 작품의 의미를 인식하는 첫 출발점을 이룬다고 할 수 있다. 따라서 스토리 시간이란 독서를 통하여 파악되는 사건의 선후 인과 관계를 재구성함으로써 파악될 수 있는 시간임에 반하여 텍스트 시간이란 독서의 대상인 텍스트에 기호(문자)화된 형태로 존재하는 시간을 의미하는 것으로 이해할 수 있다.
　　S. Rimmon-Kenan, 앞의 책, 73~75쪽.

없이 공유될 수 있을 것이다.

　이 같은 시간 구성 방식의 변화가 지닌 의미에 대해서는 이인직의 소설을 중심으로 논의를 진행시킨 정선태의 연구가 있다.[109] 이 연구를 통하여 정선태는 "신소설은 경험적 시간을 재구성함으로써 텍스트 차원에서 새로운 국면을 제기하고 있으며, 전대 소설이 '전(傳)'을 패러프레이즈함으로써 시간의 선조성을 정연하게 유지한 까닭에 다양한 기법들을 구사할 수 없었던데 반하여 신소설은 인간의 의식 속에 함장된 기억들을 자연적 시간에 관계없이 재구성함으로써 전대 소설의 질서와는 다른 담론의 질서를 구출할 수 있는 가능성을 내보였다."[110]고 평가한다. 정선태의 논의를 통하여 알 수 있듯이 자연적·연대기적 시간 구성으로부터의 탈피를 통한 텍스트 시간의 확장은 신소설에서부터 그 발현태를 찾을 수 있다. 이 장에서는 본 논문의 분석 대상인 1920년대 초기 단편소설이 취하는 시간 구성 양상을 검토함으로써 신소설에서부터 발견되는 시간 구성의 자유로운 변이 양상이 이 시기 소설에서는 어떻게 형상화되고 있으며 그것이 지니는 함의는 무엇인지에 대해 논의하고자 한다.

4.1. 이질적 매체에 의한 텍스트 시간의 확대

　서사의 시간 구성에 관해 논의하기 전에 분석 대상 작품이 취하는 형식적 특징을 먼저 검토하는 것이 분석의 정합성을 위해 바람직할 것으로 생각된다. 일반적인 소설 형식이 아닌 다른 매체가 소설 속으로 수용되어 발생하는 시간 구성 양식의 변화와 보편적 소설이 취하는 시간 구성은 같은 수준에서 운위될 수 없기 때문이다. 이렇게 볼 때 김동인의

109) 정선태, 「신소설의 서사론적 연구」, 서울대 석사 학위 논문, 1994, 25~46쪽.
110) 정선태, 앞의 논문, 67쪽.

「마음이 옅은 자여」, 염상섭의 「제야」는 다른 작품과 분리시켜 논의하는 것이 합리적이라고 판단된다.[111]

편지나 일기의 속성상 하나의 행위가 종결되고 난 후 서술이 행해진다는 점을 고려할 때 두 매체 모두 스토리 시간보다는 텍스트 시간이 우세한 양상을 띨 것이라는 점은 쉽게 짐작할 수 있는 부분이다. 다시 말하자면 사건의 인과적 연결보다는 주어진 상황이 등장인물에 미치는 영향이 보다 중심적인 서술의 대상이 된다는 것이다. 이 때 특정한 대상에 대해 갖는 등장인물의 내면 심리가 서술 자아에 의해 겉으로 드러나게 됨으로써 사건·대상이 실제 발생, 종료하는데 걸리는 물리적인 시간보다는 인물이 느끼는 감정을 형상화하는 것이 훨씬 중요한 위치를 차지하게 된다.

「마음이 옅은 자여」의 편지는 9월 21일 한 나절을 통하여 작성된 것이다. 그러나, 이 짧은 편지 속에는 주인공 K가 Y와 함께 보냈던 많은 시간들이 간략하게 응축되어 녹아 있는 것으로 볼 수 있다. K와 Y 두 사람 사이에 발생했던 숱한 사건들의 인과적 관계는 편지를 쓰는 현재의 K가 가지고 있는 입장에 의해 재해석되고 그 중에서 당시 K자신의 감정을 순화시키거나 격화시킬 수 있는 몇몇 중요한 사건만이 실제 사건 발생의 시간과는 무관하게 진술되고 있음을 확인할 수 있다.

① 나는 셔울B學堂을卒業한뒤에 곳 故鄕인 平壤으로, 나려왓슴니다.

---

111) 「마음이 옅은 자여」의 경우 일기와 편지라는 두 가지 이질적인 매체가 한 작품 속에 혼재되어 있어 분석에 주의를 요한다. 이는 앞서 2장 1절에서 경험 자아와 서술 자아 사이의 긴장과 갈등을 분석하는 것과 맥을 같이 한다고 할 수 있다. 앞서의 분석은 서사 행위를 통해 나타나는 장면 묘사적 서술과 보고적 서술의 측면에 집중하였다. 그런데, 이 두 자아 사이의 긴장 양상은 서술을 통해 드러나는 시간 착오 현상과도 밀접한 관련이 있으며 이는 서술 자아가 지닌 과거에 대한 기억 및 그것을 취합함으로써 드러나는 서술 자아의 서술 현재적 상황과도 밀접한 관련이 있다는 점이 지적될 필요가 있다.

－때는 지난해 봄－.

② 나는 집에드러가기前에 나의안해에게 많은바램을품고잇엇다. (이상 『창조』 3-27)

③ 二三日뒤에 나의안해는 내가왓다는말을듯고 나의 집으로왓다. (『창조』 3-28)

④ 歐洲戰爭의 영향이 우리나라에는 物價高騰으로나타낫다. 나는이핑계로 나의어머니와 안해와 아들은 若干土地나잇는 咸從으로보내고 나는 平壤서K學校普通科敎師로 드러안젓다. (『창조』 3-29)

9월 21일의 첫 번째 편지를 통해 나타나는 '나'의 삶의 궤적을 순서에 따라 나열해 보았다. 이상에서 알 수 있듯이 이 편지에는 B 학당을 졸업한 후 고향에 내려와 K학교 교사로 일한 후 오늘에 이르기까지의 1년 6개월에 걸친 자신의 생활이 보고적 서술로 나타나 있으며 그 시간 순서는 연대기적 시간의 흐름과 일치하고 있다. 그러나 연재물의 분량 면에서 약 18개월에 달하는 이 시간이 불과 세 면에 걸쳐 간략하게 요약되고 있음을 확인할 수 있다.

9월 21일의 두 번째 편지는 Y와 자신의 만남 및 그간의 사정에 대한 요약으로 판단된다. 금년 봄 Y를 만난 후 그녀의 결혼 소식을 듣고 이 편지를 쓰게 된 심경의 변화가 서술되어 있는 이 부분은 분량의 측면에서 첫 번째 편지보다 네 면이 많은 일곱 면을 차지하고 있다. 뿐만 아니라 이후 동봉된 일기는 4월에서 9월에 이르는 기간을 다루고 있어 두 번째 편지와 동일한 기간을 다루고 있으면서 그 분량에서는 작품 전체의 절반 가까이 차지하고 있다.

편지에 동봉된 일기[112] 역시 상황은 동일하다고 볼 수 있다. 일기에

---

112) 일기는 즉시성immediacy, 미결성suspense, 초시간성timeliness 등을 그 특징으로 갖는다. 일기에 투영된 시간적 기능의 특질에 관한 상세한 논의는 H. P. Abbott, 앞의 책, 27~37쪽 참조.

표시된 날짜를 고려할 때 하루 단위의 시간 흐름에 따라 일기가 서술되었다고 판단할 수도 있겠으나 하루하루의 일기를 독립된 텍스트로 볼 때는 논의의 방향이 충분히 변화할 수 있을 것으로 생각된다. 즉, 동일한 하루의 이야기를 서술하더라도 각각 하루의 일기가 요구하는 분량에 있어서 현격한 차이를 확인할 수 있다. 어느 날은 두어 줄의 서술로 하루 전체가 정리되는 경우가 있는가 하면 다른 날은 동일하게 주어진 24시간 중 특정한 몇 시간을 서술하는데 두세 쪽을 소비하는 모습을 작품을 통해 쉽게 발견할 수 있다.113)

六月二十九日

Y가닷ㅅ새재나 안온다.

그제는 너머셩이나서 밤새도록 잠도못잣다. 어제는 「오늘이나올가?」하고, 衣冠을한채로 정신나간놈가치 니러섯다 안젓다하면서 밤짜지그를기다렷다. 오늘도, 얼싸진놈가치 우둑허니문을열고 쓸만내다보고이섯다. 누가보아스면 必然코우서스리라.

Y업시는 나는못살겠다. (『창조』 4-12)

七月三十一日

그시는, 日記쓸만한事件도업섯고 쓰기도시실허서 안썻지만은 오늘은, 그새일을總括하여 좀 써두리라. (下略) (『창조』 4-25)

---

113) 쥬네트는 이를 지속의 문제와 연결시켜 생각하고 있다. 하나의 서사에서 텍스트 시간 지속과 스토리 시간 지속을 병행시킨다는 것은 매우 곤란한 일로 여겨진다. 이는 텍스트 시간의 지속을 계측할 방법이 없기 때문이다. 이 때문에 지속의 변화를 계측할 규준 norm의 필요성이 제기되지만 이 규준은 분석을 위한 편의에 불과함은 물론이다. 여기서 쥬네트는 편의적이기는 하지만 속도의 불변성을 시간 지속을 구분하기 위한 규준으로 제기한다. 이 때 속도의 불변성이란 스토리 지속과 시간 지속 사이의 불변의 비율로서 예를 들자면 동일한 스토리 시간은 동일한 텍스트 시간을 요구한다는 것이다. 즉, 한 인물의 생애 중에서 일 년은 한 페이지를 차지한다는 것과 같은 논리이다. 하지만, 앞서 언급한 것처럼 이는 물론 분석을 위한 편의적인 틀에 지나지 않는다. S. Rimmon-Kenan, 앞의 책, 81~82쪽 및 G. Genette, 앞의 책, 76~77쪽 참조.

6월 29일의 일기는 편지에 동봉된 일기 중 가장 짧은 분량이지만 Y
에 대한 K의 애정 표현이라는 측면에서 본다면 직설적인 표현의 사용
으로 인해 그 강도(强度)에서는 결코 뒤지지 않는다고 할 수 있다. 한편,
7월 31일의 일기 속에는 7월 21일에서 31일에 이르는 열흘 동안의 일
이 요약적으로 제시되고 있다. 이와는 달리 6월 13일의 일기는 연재 분
량 두 면을 상회하고 있으며, 6월 23일의 일기는 네 면, 7월 15일의 일
기는 세 면을 각각 차지하고 있다. 하루라는 속도의 불변성을 전제한다
면 동일한 하루를 서술하는데 있어 나타나는 이같은 분량의 차이를 서
술하는데 사용되는 서술의 기법을 쥬네트의 용어로 설명한다면 정지
pause가 될 것이다. 이 상태에서 물리적 시간은 정지되지만 텍스트 시간
은 무한정으로 연장stretch될 수 있다.[114]

「제야」에 오면 이러한 상황은 더욱 두드러지게 나타난다. 편지를 작
성하는데 걸리는 시간은 하루 밤이지만 그 편지 속에 담겨진 시간은 수
년—과장하여 말하자면 서술자 최정인의 일생—에 달한다. 그 중에서
도 편지를 쓰게 되는 동기를 제시하면서 서술 현재 서술 자아가 느끼는
감정의 표출이 1~3 장 및 7장의 후반부를 구성하고 있으며 과거 사실
에 대한 기록은 4~7장의 전반부에서 소화 서술됨으로써 연재된 분량만
을 비교할 때 두 상황이 거의 같은 분량으로 서술되고 있음을 발견할

---

114) S. Chartman, 앞의 책, 86쪽.
　　1930년대 박태원의 소설 중 「길은 어둡고」(『개벽』 속간 4, 1935. 3)는 이러한 물리적
　　시간의 정지를 가장 극대화하여 보여주는 작품으로 판단된다. 작품은 "이렇게 등불 없
　　는 길은 어둡고, 낮부터 나린 때아닌 비에 골목 안은 골라 디딜 마른 구석 하나 없이
　　질척거린다. …… 향이는 (옆구리 미여진 구두를 신고) 어둠 속을 안으로 안으로 더듬
　　어 들어갔다 ……"로 시작되는 첫머리와 작품의 결말이 정확히 일치함이 확인할 수 있
　　다. 즉, "1. 이렇게 밤늦어"와 "15. 이렇게 밤늦어"는 동일한 시간이며 2에서 14까지는
　　향이의 그 동안의 삶을 보여주고 있다는 판단이 가능하며 주인공 향이의 그간 삶을 보
　　여주는 2~14를 건너 뛴 1과 15가 동일한 시간이라는 점은 그 중간의 삽입된 부분 동
　　안 물리적 시간의 정지 및 텍스트 시간의 확장을 상정할 수 있도록 한다.

수 있다. 뿐만 아니라 서술 당시를 현재로 간주했을 때 과거 사실 중 현재 자신의 상황을 규정하는 사건, 즉 결혼을 전후 한 E와의 관계 및 애정 행각에 서술이 집중되어 있다.

이상에서, 일기나 편지와 같은 이질적인 매체가 소설에 수용됨으로써 텍스트 시간과 스토리 시간 사이의 괴리가 심화되고 있음을 확인할 수 있었다. 소설 속으로 일기나 편지와 같은 이질적인 매체가 수용됨으로써 이같은 텍스트 시간의 확장에 기여했다는 사실은 부정할 수 없는 것으로 판단된다. 그러나 이 시기에 발표된 다른 작품에서는 이러한 이질적인 매체의 수용이 없이도 텍스트 시간이 충분히 확장된 면모를 확인할 수 있다는 점을 기억할 때 텍스트 시간의 확장 원인을 이질적인 매체의 수용만으로 한정할 수는 없을 것으로 생각된다.

염상섭의 「암야」는 일반적인 소설 구성 속에서 이 같은 괴리를 가장 극명하게 보여주는 작품으로 간주될 수 있다. 작품을 서술된 순서에 따라 재구성하면 다음과 같다.

1. (아침)
   ① 그는 둘째 집에 가보라는 어머니의 말을 무시하고 자기 방에 숨었다.
   ② 30분쯤 뒤 벌떡 일어나 책상 앞에 앉은 그는 "진리의 탐구자여"라고 쓰고는 담배를 피워 물었다.
   ③ 잠시 후 다시 글을 쓰기 시작한 그는 또 담배를 물고 성냥을 찾느라 시간을 보낸다.
   ④ 담배에 불은 붙인 그는 창문을 내다보다가 연[鳶]을 날리는 아이와 수작한다.
   ⑤ 다시 책상머리로 돌아온 그는 파지 더미에 눈길을 준다.
   ⑥ 사람을 사랑할 수 없음을 괴로워하며 집을 나선다.

  2. (낮)
  ① 야조현 시장 부근을 빠져나와 광화문을 바라보며 체신국 앞까지
     걸어 나왔다.
  ② 근처에 있는 친구 A의 화실로 A를 찾아갔다.
  ③ A 및 B와 2,30분 농지기를 하다가 다시 거리로 나와 집으로 향
     한다.
  ④ 도중에 C, D를 만나고 숙주감 다리를 거쳐 삼청동 길로 접어든다.
  ⑤ 석양을 재촉하지만 따가운 햇살을 받으며 집으로 돌아와 다시
     방안에 들어가 누웠다.

  3. (저녁)
  ① 유도무랑의 『출생의 고뇌』를 대여섯 쪽을 읽은 뒤 갑자기 눈물
     을 흘리다 잠이 들었다.
  ② 방안이 어둑해졌을 때 일어나 저녁을 먹었다.
  ③ 저녁을 먹고 다시 밖으로 나와 넓고 긴 광화문 태평통을 걸었다.

아침에서 저녁에 이르는 시간의 흐름을 감지할 수 있는 이 작품은
1~3 세 부분으로 이루어져 있는데 1은 아침 식사 후 점심까지, 2는 점
심 식사 때부터 저녁까지를 3은 저녁 식사를 한 후 얼마간을 각각 스토
리 시간으로 갖는다. 텍스트 시간 진행에 있어 시간 역전이나 회고 등은
발견되지 않지만 앞서 살펴 본 멈춤pause[115]의 기법이 눈에 띄게 두드
러진 작품이라고 할 수 있다. 각각의 의미 단락 중 연 날리는 아이와 대
화를 나누는 1-④와 유도무랑의 『출생의 고뇌』를 읽고 눈물을 흘리는
부분인 3-①의 서술 분량이 가장 길고 서술자가 인물의 내면을 드러냄
으로써 고백체 소설의 일단을 보여준다. 반면, 일상적인 생활 현상으로
볼 수 있는 부분들인 아침 식사나 어머니와의 대화 장면들은 생략되거

---

115) 이 때 담화는 지속되지만 스토리 시간은 정지함으로써 텍스트 시간의 확장이 가능하게
    된다. S. Chartman, 위의 책, 87쪽.

나 간략하게 다루어지고 있다.

이들 작품 외에도 본 논문이 분석의 대상으로 하는 이 시기의 작품들 중 텍스트 시간의 확대를 가장 단적으로 보여주는 작품으로는 김동인의 「목숨」과 「배따라기」를 들 수 있다. 그런데 이들 작품은 모두 그 형식면에서 "액자 소설"의 형식을 취하고 있다는 공통점을 지닌다.116) 「목숨」의 '조각 글'이 수행하는 기능을 「배따라기」의 내화와 같은 것으로 취급할 때 이들 두 작품은 형식상의 특징으로부터 텍스트 시간의 확대 양상을 발견할 수 있다는 공통점이 있다.

이처럼 텍스트 시간의 확장을 확인할 수 있는 이상의 작품들이 지닌 또 다른 공통점은 대개의 작품이 일인칭 서술 상황이나 인물 시각적 서술 상황을 채택함으로써 주석적 서술 상황 일변도의 전대 소설의 영향에서 벗어나고 있다는 사실이다. 아울러 이들 소설이 선행 연구에서 일반적으로 "고백체 소설"로 분류되던 작품들이라는 점 역시 검토의 과정에서 주의를 요하는 부분이라고 할 수 있을 것이다. 이는 이질적인 매체의 수용이라는 작품의 형식적 측면에서의 특징과 아울러 작품의 목적에 있어서도 이들 작품에서 검출되는 바 텍스트 시간의 확대 현상을 예측할 수 있다는 의미로 이해할 수 있다. 즉, 이들 작품이 일인칭 서술 상황 혹은 인물 시각적 서술 상황을 채택하고 주로 인물의 내면 심리와 갈등을 형상화하려 의도했다는 사실은 이들 작품 속에서 경험 자아와

---

116) 한국 근대 단편 소설에서 액자(額子) 소설이 차지하는 위치에 대해서는 이재선, 「한국 단편 소설의 서술 유형」, 『한국 단편 소설 연구』, 일조각, 1992를 참조할 것. 이재선은 이 책을 통하여 「배따라기」가 액자의 방법으로 정리(整理)되기 이전에도 그 전 단계적인 시도가 있었으며 그 작품이 바로 「목숨」이라는 점을 주장한다. 그리고 「목숨」의 '조각글'이 개인적 감정의 표출 및 수수께끼적 요점만으로 이루어져 있어 독자적 서사 작품으로 보기에는 미숙한 면이 있으나 서사 형태에 있어서는 액자 소설적 구성이 확실함을 강조하고 있다. 한 가지 지적할 부분은 이재선이 이 책에서 일관되게 사용하는 "額字"는 "額子"가 올바른 표현이라는 점이다.

서술 자아의 팽팽한 긴장 관계를 상정할 수 있도록 하며 이는 다시 작품의 서술이 사건 진행 중심의 서술이 아니라 무시간적으로 회상되는 사건과 그에 대한 인물의 심리적 반응이 서사를 추동하는 기본적인 동력으로 작동한다는 점을 예견할 수 있도록 한다. 결과적으로 이상과 같은 작품은 사건 진행이 서사의 중심으로 기능하기 힘든 구조를 지니며 이는 결국 작품의 시간 구성에 있어서 스토리 시간보다 텍스트 시간이 우세한 양상을 띠도록 강제한 또 다른 동력이라고 평가할 수 있을 것이다.

4.2. 요약과 생략에 의한 스토리 시간의 우세

이 장의 1절을 통하여 검토된 것처럼 텍스트 시간의 우세 양상을 보이는 작품들은, 그러나 이 시기 작품들이 취한 보편적인 경향에서 볼 때 다분히 이질적인 시간 구성을 취하고 있다고 말할 수 있을 정도로 1920년대 초기 단편 소설의 시간 구성 양상을 수적으로 비교할 때 대부분 작품의 시간 구성은 대체로 스토리 시간이 우세한 양상을 띠고 나타난다. 여기서 지적되어야 할 부분은 이같은 스토리 시간과 텍스트 시간 사이의 분화 및 긴장을 논의하는 이론적 준거가 쥬네트의 분류 중 두 번째 분류 항목인 '지속duration'에 두어져 있다는 점이다.

앞서 언급한 바처럼 선행 연구 가운데 정선태의 논의는 이인직의 신소설이 취하는 시간 구성의 문제를 본격적으로 문제삼으면서 "한국 소설에서 시간 구성은 그 오래된 역사에도 불구하고 놀라울 정도로 획일적인 구조를 유지하고 있으며 이는 소설의 서사 구성이 '~전(傳)'의 구성을 취하고 있기 때문이다. 그런데, 『혈의 누』가 보여준 것과 같은 도입 방식의 변화는 단순한 시간 구조의 변화를 넘어서서 새로운 시간에 대한 새로운 인식의 변화를 담지하고 있는 것"117)이라고 파악한다. 이 때 정선태가 주목하는 신소설의 시간 구성 변화 양상은 도입 양상의 변모와 더불어 주로 순서order의 측면에 착목한 것으로 판단된다.[118] 그러나, 본 논문이 주목하는 시기인 1920년대로 넘어서면서 신소설에서 시도되었던 순서의 문제는 대체로 일반적인 서사 기법의 하나로 수용된다. 즉, 고전 소설을 통하여 발견할 수 있었던 인물의 일대기를 다루는 식의 서사 방식은 신소설에서부터 소멸하기 시작하였으며 춘원의 소설과 1920년대 초기의 소설에서는 특정한 인물이 경험하는 특정한 사건, 특정한 기간만이 소설의 대상으로 등장하기에 이른다.[119] 결과적으로 이

---

117) 정선태, 앞의 논문, 32~33쪽.

118) 신소설의 텍스트 시간 구성에 주로 소급 제시prolepsis를 사용한다. 소급 제시는 사전 제시analepsis와 함께 순서를 구성하는 주요한 방법의 하나로 쥬네트에 의해 제기된 개념이다. 소급 제시는 다른 용어로 플래시 백flashback, 또는 회상retrospection으로 불리는데 텍스트 속에서 나중에 일어난 사건이 먼저 언급되고 난 이후에 어떤 스토리-사건이 서술됨으로써 서술이 스토리의 과거로 되돌아가는 경우를 가리킨다. 즉, 사건 a, b, c가 텍스트 속에서 b, c, a의 순서로 나타난다고 할 때 사건 a를 소급 제시라고 할 수 있다. 반대로 사전 제시는 예시foreshadowing, 또는 예견anticipation으로 불리는데 먼저 일어난 사건이 언급되기 전에 어떤 스토리-사건이 언급되는 것을 지칭한다. 앞서의 예로 돌아가자면 사건 a, b, c가 텍스트 속에서 c, a, b의 순서로 나타난다고 할 때 c를 사전 제시로 파악할 수 있다는 것이다.

이상은 정선태, 앞의 논문, 34쪽 및 S. Rimmon-Kenan, 앞의 책, 74~75쪽. 참조.

119) 이재선의 다음과 같은 분석은 고전 소설과 대비되는 의미에서, 신소설(과 이후의 소설들)이 지니는 시간 구성의 특징과 그 의미에 대한 시사점을 제공한다.

<A : 탄생,   B : 청년 시대(고난의 기복),   C : 행복한 만년.>

이 분석에서 볼 수 있듯이 신소설은 A 와 C의 부분적 탈락이라는 측면에서 이조 소설과의 이질적 측면을 발견할 수 있다. 또한 신소설은 이조 소설이 '각설', '화설' 등을 대입함으로써 유발하는, 계기성의 외현적(外顯的) 절단이나 공백화 등의 폐쇄적 방법을 사용하지 않고 독자에게 시간 분절이나 시간 단축을 일임하고 있음을 볼 수 있다. 또한 이조 소설의 단축이 도약적이며 시간적 순차를 준수하고 있음에 비해 신소설의 그것은 공간적인 질서를 존중하면서 급행적이지 않다. 이 때 공간적이라는 말의 의미는 서술이 전후 순서에 의해서만 규정되는 것이 아니라 묘사적 질서가 많이 다루어진다는 뜻이며 이에 따라 서술이 이루어지면서도 대화의 빈도가 이조 소설에 비해 월등히 많아진다는 것을 의미한다.

이상은 이재선, 『한국 개화기 소설 연구』, 일조각, 1972, 235~239쪽 참조.

시기의 작품이 취하는 시간 구성의 문제를 순서의 측면에 집중하여 검
토할 경우 이들 작품이 지닌 시간 구성의 특성을 정확하게 분석하기 힘
들 것이라는 예상이 가능하다. 이에 반하여 지속duration의 측면에서 이
시기의 작품을 검토할 경우 순서order에서 유사한 구성을 지니는 이 시
기 소설이 분화되는 양상을 충분히 검토 할 수 있을 것이다.

분석의 대상이 이 시기의 작품 가운데 특히 현진건의 작품은 앞선 분
석에서 드러났듯이 주로 주석적 서술 상황을 취하고 있으며 이 장의 1
절에서 다루었던 것과 같은 이질적인 매체의 수용 역시 발견되지 않는
다. 현진건 작품의 시간 구성은 대체로 스토리 시간의 우세 양상을 확인
할 수 있다.

먼저 「빈처」의 경우 작품의 시작에서 종결까지 전체 4일에 걸쳐 일어
난 일을 다루고 있다. 1~2는 하루 저녁에 일어난 일이며, 3은 그 다음
날로 장인의 생일날 있었던 일이 서사의 대상이 된다. 4는 그로부터 이
틀 뒤 집에 놀러 온 처형(妻兄) 때문에 발생하는 아내와의 갈등과 해소
장면을 서술하고 있다. 분량면에서 발단이 되는 "어느 날 저녁 아내와의
충돌"이 약간 길지만 나머지 사건들은 대체로 비슷한 분량으로 서술되
어 있다. 「술 권하는 사회」 역시 단 하루 밤의 사건을 다루고 있는데 새
벽 한 시부터 남편이 돌아온 새벽 두 시 이후, 남편과 아내의 언쟁이 있
은 후 다시 남편이 집을 나가는 새벽녘까지의 짧은 시간이 서술의 대상
으로 다루어진다.

극히 제한된 짧은 시간에 발생하는 사건을 다루는 또 다른 작품으로
는 「운수 좋은 날」과 「B사감과 러브 레터」를 추가할 수 있다. 「운수 좋
은 날」은 주지하는 바와 같이 인력거꾼 김첨지가 아침부터 저녁까지 겪

한편, 신소설이 지닌 이상과 같은 특성은 1920년대 초반 소설에도 그대로 계승된다고
할 수 있다.

는 사건을 발생 순서에 따라 서술하고 있으며 「B 사감과 러브 레터」는 어느 정도의 시간을 그 서술 대상으로 하는지 명확하게 단정할 수는 없으나 이야기의 중심이 되는 에피소드는 하루 밤의 단 몇 시간에 지나지 않으며 이에 접근하기까지 많은 부분들은 모두 서술자의 요약으로 대체되고 있다.

이상 현진건의 네 작품은 공통적으로 연대기적인 시간 순서에 따라 작품이 서술되고 있으며, 김동인·염상섭의 작품이 인물 심리 구현을 중심으로 작품이 진행되었던데 반하여 사건의 진행이 서사의 기본 골격을 이루고 있다는 점을 공통으로 한다. 즉, 사건의 진행과 스토리의 진행의 상관관계가 크게 어긋나지 않는다는 점에서 앞의 1절에서 분석했던 작품들과는 달리 스토리 시간의 우세 양상을 발견할 수 있으며 이들 작품에서 이러한 스토리 시간의 우세를 지지하는 서술적 기교로 요약 summary, 생략ellipsis 및 장면 제시scene를 들 수 있다.[120]

① 이 二年동안에 돈한푼나는데업고 그래도줄이면시장할줄알아 器具와衣服을 典當局倉庫에들여밀거나古物商한구석에세워두고 돈을어더오는수밧게업섯다. 至今안해가하나남은 모본단저구리를찻는것도 아츰ㅅ거리를장만하려함이라. (『개벽』 7-161)

② 안해는衷心으로共鳴해주엇다. 이말을들으매 내마음은말할수업시滿足해지며 무슨勝利者나된 듯이得意揚揚하엿다. 그리고마음속으로
「올타그러나. 이러케지내는 것이幸福이다.」하엿다.

---

120) 쥬네트는 지속duration을 구성하는 네 가지 하위 범주들 각각에서 텍스트 시간과 스토리 시간 사이의 관계를 다음과 같이 도식화하여 표현하고 있다.
① 멈춤pause : NT=n, ST=0, 따라서 : NT $\infty >$ ST. ② 장면scene : NT=ST
③ 요약summary : NT $<$ ST. ④ 생략ellipsis : NT=0, ST=n 따라서 : NT $< \infty$ ST
여기서, ST는 스토리 시간을 NT는 텍스트 시간(서술에 걸릴 것으로 추측되는 시간, 혹은 관습적인 시간)을 나타낸다.
G. Genette, 앞의 책, 95쪽 참조.

四

이틀뒤해어스름에 妻兄은우리집에놀라왓섯다. (『개벽』 7-171)

③ 「누가勸하엿노? 누가勸하엿노!」男便은그말이, 몹시귀에거실리는것처럼, 곱삶는다. 「그래누가勸햇는지, 마누라가좀알아내겟소?」 하고쎨쎨웃는다. 그것은絶望의가락을쯴, 쓸쓸한웃음이엇다. 안해도쌀아, 방긋, 웃고는, 쓰옷을잡으며,

「자아옷이나, 먼저, 벗으셔요. 이약이는, 나종에하지요. 오늘밤에잘주무시면, 來日아츰에알으켜들이지요」

「무슨말이야, 무슨말이야. 웨오늘일을, 來日로밀우어. 할말이잇거든只今해!」

「지금은藥酒가, 醉하셧스니, 來日藥酒가째시거든하지요.」

「무엇? 藥酒가醉해서?」하고 고개를 쎌레쎌레흔들며 「千萬엣, 누가술이 醉햇단말이요. 내가空然히 이러지, 精神은말쑹말쑹하오. 꼭이약이하기조흘만해, 무슨말이던지…… 자아」

「글세, 웨 못잡수시는藥酒를잡수서요. 그러면몸에축이나지안하요」 하고 안해는 男便의이마에흐르는진쌈을, 씻는다. (『개벽』 17-142~143)[121]

　인용문 ①과 ②는 「빈처」의 일부로 ①을 통해서 서술자의 요약에 의한 과거 사실·정보의 전달을 확인할 수 있으며 ②에서는 작품의 서사 진행에 있어 부차적인 사건의 생략을 볼 수 있다. 이 두 인용문에서 볼 수 있는 바 요약과 생략의 기법은 텍스트 시간에 비해 스토리 시간의 우세를 확인할 수 있는 두 지표이다. 인용문 ③은 「술 권하는 사회」의 일부로 아내와 남편의 대화 장면을 복원한 부분이다. 쥬네트의 입론에 따르면 대화는 장면적 제시의 가장 대표적인 경우로 스토리 시간과 텍스트 시간이 일치하는 유일한 경우로 간주된다. 「술 권하는 사회」는 이 시기에 발표된 여타 작품들과 비해서도 대화의 비중이 가장 많은 작품

---

121) 현진건, 「빈처」, 『개벽』 7 및 「술 권하는 사회」, 『개벽』 17. 인용 방식은 앞과 같음.

으로 꼽을 수 있을 만큼 대화의 비중이 절대적이고 이를 통해 서사의 중심 사건인 아내와 남편의 갈등이 형상화되고 있다.

이상의 작품이 연대기적 시간의 흐름을 비교적 충실히 따르고 있는데 반하여 「운수 좋은 날」에서는 사건 전개의 순서order에서 텍스트 시간과 스토리 시간의 불일치를 확인할 수 있다. 「빈처」에서 과거 사실의 환기는 서술자의 요약적 제시를 통해서 이루어졌으나 「운수 좋은 날」의 과거 사실에 대한 서술이 이루어지는 부분에서 서사의 대상이 되는 시간 자체가 과거로 옮아감으로써 과거에 발생했던 대화와 감정의 처리가 장면 제시적 서술을 통해 재현되는 모습을 확인할 수 있다.

① 컬컬한 목에 모주한잔도 적실수잇거니와 그보담도 알는 안해에게 설렁탕한그릇을 사다줄수잇슴이다.

그의안해가 기침으로 쿨룩거리기는 벌써 달포가 넘엇다. 조팝도 굼기를먹다십히 하는 형편이니 물론 약한첩 써본일이업다. (中略) 병이 이대도록 심해지기는 열흘전에 조팝을 먹고 체한 째문이다. 그째도 김첨지가 오랜만에 돈을 엇어서 좁쌀한되와十전짜리나무한단을 사다주엇더니, 김첨지말에의지하면 그 오라질년이 천방지축으로 냄비에 대고 쓸이엇다. 마음은 급하고 불길은 달지안하 체익지도안흔 것을 그 오라질년이 숫가락은 고만두고 손으로 움켜서 두쌤에 주먹댕이가튼 혹이 불거지도록 누가째아슬듯이 처박질드니니만 그날저녁부터 가슴이 쌍긴다. 배가 켕긴다고 눈을 홉쓰고 질알병을하얏다. (『개벽』48-139~140)

② 압집 마마한테서 불려왓슬제 병인은 그 뼈만 남은 얼굴에 유일의 생물 가튼, 유달리 크고 움폭한눈에 애걸하는빗을 씌우며,

「오늘은 나가지말아요. 제발덕분에 집에 부터잇서요. 내가 이러케 압흔데……」 라고 모긔소리가티 중얼거리고 숨을걸으렁하얏다. 그째에 김첨지는 대사롭지안흔듯이

「압다 젠장맞을년 별 빌어먹을소리를 다하네. 맛붓들고 안젓스면, 누가 먹여 살릴줄 알아」 하고 홀적 뛰어나오려니까 환자는 붓잡을드키 팔

을 내저으며,

　「나가지말라도그래. 그러면일즉이 들어와요」 하고 목메인 소리가 뒤를
짤핫다. (『개벽』 48-141)[122]

　인용문 ①은 김첨지의 아내가 병을 얻게 된 과정에 관한 서술로 「빈
처」에서 "이년 동안 돈 한 푼 나는 곳이 없었다."고 서술자의 직접 요약
에 의해 과거 사실을 환기하는 서술 방식과 비교할 때 서술 방법에 있
어 약간은 변화한 모습을 발견할 수 있으며 이러한 서술 방식의 변화는
인용문 ②를 통해 확인되는 바처럼 과거 대화의 재현을 통한 장면 제시
적 효과의 창출로까지 이어지고 있다. 물론, 이상과 같은 시간 구성은
앞서 언급한 것처럼 지속duration의 차원이 아니라 순서order의 수준과
관련된 문제로 이해되어야 한다.

　현진건의 소설은 사건의 진행이 서사의 중심을 이룸으로써 시간 구성
에 있어서 스토리 시간이 텍스트 시간에 비해 우세한 양상을 띠고 전개됨
을 볼 수 있었다. 앞선 2장과 3장의 분석 결과 드러난 현진건 소설의 실
험성 결여 현상은 스토리의 시간 구성에서도 그대로 투영되고 있다는 평
가가 가능하다. 다만, 단편 소설이 추구하는 "인상의 단일성"과 "생의 단
면 포착"이라는 명제의 구현이라는 측면에서 현진건 소설이 지닌 이른바
"잘 짜여진 구조"의 탄탄함이 그가 한국 근대 단편 소설 정착에 기여한
일 측면으로 파악할 수 있는 여지는 남아 있다는 평가가 가능할 것이다.

　이상의 논의에서 나타나는 것과 같이 1920년대 초반 단편 소설에서
시간 구성의 방식은 편지나 일기와 같은 특별한 매체, 혹은 액자 소설과
같은 독특한 형식을 서술의 주된 기교로 사용함으로써 인물의 내면 운
동을 형상화하는 것을 작품의 주된 목적으로 할 경우 스토리 시간에 비

---

122) 현진건, 「운수 좋은 날」, 『개벽』 48. 인용 방식은 앞과 같음.

해 텍스트 시간이 상대적으로 확장됨을 알 수 있었다. 반대로 현진건의 소설에서 주로 발견되는 것처럼 주석적 서술 상황을 채택하고, 사건의 진행의 작품의 서사 구조의 중심을 이루는 소설에서는 인물의 내면 탐구가 그 자체로서 의미를 지닌다기보다 신소설을 비롯한 전대(前代)의 소설이 그러하듯 사건의 진행 자체가 작품의 서사 진행에 있어 중요한 의미를 획득하게 됨으로써 상대적으로 스토리 시간이 우세한 양상을 띠고 나타남을 확인할 수 있었다. 이처럼 스토리 시간과 텍스트 시간 사이의 간극을 본격적으로 문제 삼을 수 있게 된 것은 신소설에서부터 나타나는 바, 1920년대 초기 단편 소설의 시간 구성이 서사의 순서라는 차원에서는 이미 고전 소설이 지닌 연대기적이고 일대기적인 시간 구성 양상을 지양(止揚)하고 있다는 이유 역시 간과할 수 없는 원인으로 볼 수 있다. 한편, 전체적인 작품 수의 비교에 있어서 스토리 시간이 우세한 작품의 수가 텍스트 시간이 우세한 작품의 수를 상회하고 있음 역시 부정할 수 없는 실증적 현상이다.

1920년대 초반 단편 소설에서 스토리 시간이 우세한 작품이 다수라는 분석의 결과는 단편이라는 매체의 한정에서 비롯되는데, 작품이 다루고 있는 물리적 시간이 극히 짧은 삶의 한 순간이라는 사실에서 근거를 찾을 수도 있으며 단편 소설이 추구하는 인상의 단일성이라는 효과를 극대화하기 위한 장치로서 읽힐 수도 있다. 앞서의 분석에서도 드러났듯이 이질적인 매체나 특이한 구성의 채용으로 특징지을 수 있는 작품들의 분량이 일반적 의미의 단편으로 보기에는 상당히 긴 중편(中篇) 정도의 분량을 보여주고 있다는 점에서도 이러한 논의는 타당성을 지닌다. 또한 주로 주석적 서술 상황을 보여주는 현진건의 작품에서 다른 두 작가에 비해 스토리 시간의 우세가 두드러지고 서술자의 요약적 설명이나 등장인물의 회고를 통해서 스토리 시간과 텍스트 시간의 불일치가 발견되고 있다는 점 역시 판단에 있어서 주의를 요하는 부분이라고 할 수 있다.

5. 결론

우리 문학사에서 1920년대 초반은 근대적 단편 소설의 정착 시기로 자리매김된다. 정신사적인 측면에서 개화기와 1910년대의 소설이 시대를 보았다면, 1920년대의 소설은 개인과 사회를 보았다고 말해질 수 있을 정도로 이 시기에 들어서서 개인의 문제는 당대 작가들이 피해 갈 수 없는 주제로 그들의 앞을 막아선 것으로 보인다. 이렇게 볼 때 1920년대 이전의 단편 소설들은 주로 사회적 변화의 과정에서 미래에 대한 전망 부재라는 작가 의식의 측면에서 그 주요한 발생의 동기를 갖는데 반하여 1920년대 단편소설은 문학을 하나의 예술로 인식하였다는 점에서 새로운 의미 부여가 가능할 것이다. 즉, 전대의 단편 소설들이 사회적 격변에 대한 작가적 대응의 일 형식이었다면 1920년대의 단편 소설은 문학과 예술을 작가의 고유한 창조 행위의 일부분으로 사고함으로써 전대에 비해 사회적 현상과는 일정한 거리를 둘 수 있는 가능성을 확보한다. 그리고 이 시기의 문단 및 소설 창작을 주도해 간 김동인과 염상섭에게 있어서 이러한 사정은 더욱 뚜렷하게 드러나고 있다. 이상과 같은 사회 연관적인 시각의 지속은 1920년대에 활동한 작가들의 정신적 자장을 평가하고 논의하는 데는 지대한 공헌을 한 것으로 판단된다. 그러나 이 자장(磁場)의 자력(磁力)으로부터 자유롭지 못할 때 개별 작품이 지닌 미학적 특성에 관한 논의는 자칫, 작가의 정신에 대한 탐구로 치환될 우려가 있으며 실제로 지금까지의 연구가 이러한 경향의 영향을 강하게 받음으로써 이 시기의 작품이 지닌 서사적 특성에 관한 논의가 상대적으로 소홀하게 다루어진 것 또한 부정할 수 없는 것으로 여겨진다.

이 글은 이상과 같은 문제의식에 입각하여 1920년대 초반을 근대적 의미의 단편 소설이 정착된 시기로 상정하고 해당 시기에 활동한 김동인과 염상섭, 현진건의 작품을 대상으로 하여 그 서사적 특성을 규명하고자 하였다. 논의의 이론적 준거를 마련하기 위하여 기존의 서사 이론들을 비판적으로 검토한 연후에 다음과 같은 가설을 제기하였다. 먼저, 기존의 서사 이론이 서사적 텍스트의 구성 부분인 시점과 시간에 관련된 세부적인 부분의 활성화된 논의와는 반대로 서사적 텍스트를 통어하는 서술자의 존재와 활용 방법에 관한 천착이 상대적으로 부족했던 점에 주목하고자 하였다. 이에 따라, S. 채트먼의 입론을 좇아 서사적 텍스트 내부의 층위를 구분하고자 하였고 다음과 같은 세 가지 층위의 구분이 이루어졌다.

첫째로 서사적 텍스트 내부의 서술자의 존재 자체와 관련된 층위를 설정했다. 이는 서술자가 서사적 텍스트 내에서 자신의 존재를 어떻게 위치시키고 이를 바탕으로 하여 서사적 텍스트의 다른 구성 요소들과 어떻게 상호 관련을 맺고 있는가를 검토하기 위한 첫 단계에 해당한다. 두 번째 층위는 서술자와 인물의 상호 관련 양상의 규명에 관련된 논의이다. 서술자가 서사적 텍스트를 추동하는 본질적인 서사 구성 요소인 인물을 드러내는 방식은 기존 서사 이론에서 시점과 인물(성격화)라는 독립된 개별 항목으로 다루어졌으나 본 논문에서는 이를 통합할 수 있는 논리적 근거로 G. 쥬네트의 초점화 개념을 차용하였다. 세 번째로 설정한 층위는 스토리(이야기)의 시간 구성과 관련된 층위였다. 이는 서사적 텍스트의 독립된 구성 부분인 스토리 자체의 전개 양상을 규명하고자 하는 시도로 이해할 수 있다.

　분석의 결과 1920년대 초기 단편의 특질로 첫째, 허구화된 존재인 서술자에 대한 인식을 발견할 수 있었다. 서술자 존재에 대한 인식은 일차적으로 소설을 '창작된 무엇'으로 바라볼 수 있게 만드는 근거를 형성하고 있으며 이에 기반하여 1인칭 소설에서 서술자의 존재가 경험 자아와 서술 자아로 이분되는 양상을 확인할 수 있었다. 또한 이 시기의 단편 소설들은 전대 소설이 보편적으로 취했던 주석적 서술 상황을 벗어나 일인칭 소설 상황, 또는 인물 시각적 서술 상황들을 선택함으로써 사건 진행이 중심에 놓여 있던 서사 구성의 방식으로부터 탈피, 인물의 내면이나 사건의 전후 배경에 대한 관심의 증대를 보여주고 있다. 특히 인물의 내면 심리가 서사 진행의 중심점을 형성하는 소설이 다수 창작됨으로써 서술자에 의해 일방적으로 통어되는 인물에서 의식과 내면을 지니고 갈등하는 실재적인 인물이 등장하고 있음을 파악할 수 있었다.

　이 시기의 단편 소설에서도 여전히 주석적 서술 상황은 지속되고 있었다. 하지만, 이전 시기의 주석적 서술자는 작가의 목소리를 직접 대변하는 존재로 작품이 지닌 이념적 측면을 서사 내부에서 직접 표명하는 역할이 주된 것이었던데 반하여 1920년대 초기 소설의 주석적 서술자는 서사의 진행과 관련된 부분에서만 자신의 목소리를 표출하는 것으로 그 위치가 변화하고 있다. 이는 주석적 성격의 서술자가 서사 과정에 개입하더라도 그것은 사건의 경과를 요약하거나 시간의 흐름을 드러내는 상황으로 제한되고 있다는 사실을 의미한다. 즉, 이 시기 창작된 주석적 성격의 서술자는 그가 지닌 주석적 성격에도 불구하고 작가의 대변자가 아닌 서술의 진행자로서의 입장이 보다 강화되는 경향을 확인할 수 있다는 것이다. 결국, 1920년대에 들어서서 "작가에 의해 창조된 서술자"라는 인식이 힘을 갖고 이에 근거하여 서사 구성이 가능해 졌다는 결론을 내릴 수 있다.

   두 번째로 인물 심리 형상화의 수준 도달 여부를 파악하기 위하여 쥬네트가 제기한 초점화 개념을 통해 이 시기 작품들을 검토한 결과 김동인과 염상섭 소설의 경우 일인칭 서술 상황과 인물 시각적 서술 상황을 통하여 인물의 내면에 천착하려는 양상을 볼 수 있었다. 이 때 김동인 소설에서는 초점화의 지각적 국면이 우세하게 나타났던데 비하여 염상섭의 작품에서는 심리적 국면과 관념적 국면이 우세하게 나타났음을 살펴보았다.

   1920년대 초기 소설이 지닌 초점화 양상의 다양성이 대체로 인물의 내면에 집중되어 있다는 점은 여러 가지 의미를 지니는 것으로 해석할 수 있다. 먼저, 제반 서사 요소들의 역관계에 있어서 서술자의 압도적 우세 현상이 소멸되기 시작했다는 것이 가장 강조되어야 할 지점일 것이다. 물론, 이전 시기의 소설들에서도 인물의 사고나 내면을 드러내려는 시도가 전혀 없었다고 말할 수는 없다. 그러나, 그 시기의 소설에서 나타나는 인물의 내면은 서사적 지속성을 지니지 못한 것으로 볼 수 있다. 즉, 주어진 상황 상황에 대한 즉자적 반응의 수준에 머물거나 아니면 서사를 추동하는 초기 동력의 차원에 머물러 있었다는 평가가 가능하다. 그러나, 1920년대 초기 소설에서 인물의 내면 드러냄은 그것 자체가 하나의 서사 구성 원리로 작동하고 있음을 확인할 수 있다.

   현진건 소설의 경우 주석적 서술 상황을 취한 작품 수가 많으며 초점화 양상 역시 특정한 한 인물의 내면에 대한 집중이 아니라 인물의 외적 요건에 대한 관심 및 2인 이상 인물을 대상으로 한 외적인 초점화 양상을 보여주었다. 현진건의 소설에서 찾을 수 있는 초점화 방식의 불철저함은 그의 작품이 취하고 있는 서술 상황에 근거를 둔다. 1920년대 초기에 발표된 현진건 소설에서 인물은 부차적인 곳에 위치하는 양상을 띤다. 이는 전대 소설에서 흔히 볼 수 있었던 사건 중심의 소설 전개와 그 맥을 같이하는 것으로 판단할 수 있다. 즉, 현진건은 서술 상황에 있어서도 주석적 서술 상황을 고집함으로써 전대 소설의 영향권 내에 가장 깊이 침윤되어 있었을 뿐만 아니라 작품의 서사 구성 및 진행에 있어서도 전대 소설의 영향을 가장 강하게 받은 작가로 평가할 수 있다.

1920년대 초반을 다양한 실험이 가능했던 열린 가능성의 시기로 상정한다면 인물의 문제를 전면에 내세움으로써 새로운 서술 상황을 시도했고 그 과정에서 의식·무의식적으로 다양한 초점화 방식을 선보인 김동인과 염상섭의 소설이 지닌 문학사적 의미는 보다 적극적으로 평가될 수 있을 것이다. 한편, 서사 기법적인 측면에서 볼 때 현진건의 소설은 상대적으로 전대 소설의 자장에서 자유롭지는 못했으나 사건의 진행과 인물의 관계 설정에 있어 대립과 조화를 모색했고 단일 사건을 통한 인상의 단일성 부각에 노력했다는 점은 긍정적으로 바라볼 수 있다.

세 번째, 작품의 시간 구성의 변화 양상에 대한 논의를 통해서는 일인칭 서술 상황이나 인물 시각적 서술 상황을 주로 택한 김동인, 염상섭 소설에 나타나는 텍스트 시간의 우세 양상과 주석적 서술 상황을 선택한 현진건 소설의 스토리 시간 우세 양상이 확인되었다. 1920년대 초반 단편 소설에서 시간 구성의 방식은 편지나 일기와 같은 특별한 매체, 혹은 액자 소설과 같은 독특한 형식을 서술의 주 기교로 사용함으로써 인물의 내면 운동을 형상화하는 것을 작품의 주된 목적으로 할 경우 스토리 시간에 비해 텍스트 시간이 상대적으로 확장됨을 알 수 있었다. 반대로 현진건의 소설에서 주로 발견되는 것처럼 주석적 서술 상황을 채택하고, 사건의 진행의 작품의 서사 구조의 중심을 이루는 소설에서는 인물의 내면 탐구가 그 자체로서 의미를 지닌다기보다 신소설을 비롯한 전대(前代)의 소설이 그러하듯 사건의 진행 자체가 작품의 서사 진행에 있어 중요한 의미를 획득하게 됨으로써 상대적으로 스토리 시간이 우세한 양상을 띠고 나타남을 확인할 수 있었다.

분석의 대상이 된 세 작가들은 각기 나름의 방식을 통하여 전대 소설의 극복과 지양을 모색한 것으로 판단된다. 이들 중 그 작품의 실험성에 있어 현진건은 다른 두 작가에 비해 전대 소설의 영향을 가장 깊이 받고 있는 것으로 판단된다. 김동인과 염상섭도 각각 「배따라기」와 장편 『만세전』 이후의 작품들에서는 1920년대 초기 작품이 보여준 실험성이 소멸되고 잘 짜여진 틀에 안주하는 경향 역시 확인할 수 있었다. 한편, 애초에 본 논문이 논의의 대상에서 제외하였던, 이 시기 작품 속에 나타난 시간 의식에 관련한 연구는 차후의 과제로 남는다.

이상에서 살펴 본 여러 서사적 기법이 이 시기에 이르러 최초로 시도된 것이라고 할 수는 없다. 앞서 언급처럼 개화기와 1910년대에 발표된 작품들 중에서도 이상의 기법적 특징이 부분적으로 발견된다. 하지만 이러한 사실과 전대 소설이 보여주는 기법의 새로움이 과연 작품의 서사 구성과 어떠한 관련을 맺고 있는가는 별개의 문제라고 할 수 있다. 즉, 1920년대 초기 단편을 통해 발견되는 제반의 서사적 특질은 그것이 이 시기에 최초로 시도되었다는 점에서라기보다는 그같은 기법의 활용을 통하여 이전과는 다른 서사적 문법이 창출되었고 서사 구성의 원리가 제기되었다는 점에서 더 큰 의미를 지닐 수 있을 것으로 판단된다. 결국, 1920년대 초반에 정착된 근대적 의미의 단편 소설은 이전 시기 소설의 지양(止揚)으로서의 의미도 동시에 지닌다고 할 수 있다.

참고문헌

1. 기본 자료

『창조』, 『폐허』, 『개벽』, 『조선 문단』, 『학지광』, 『동명』, 『김동인 전집』(조선 일보사),
　　『염상섭 전집』(민음사), 『신한국 문학 전집』(어문각), 기타

2. 국내 논저

구인환, 『한국 근대 소설 연구』, 삼영사, 1977.

권영민, 「한국 근대 소설론 연구」, 서울대 박사 학위 논문, 1984.

권영민, 『한국 민족 문학론 연구』, 민음사, 1988.

김동환, 『한국 소설의 내적 형식』, 태학사, 1996.

김상태, 「한국 현대 소설의 문체 연구」, 서울대 박사 학위 논문, 1982.

김상태, 『문체의 이론과 해석』, 새문사, 1984.

김우종, 『한국 현대 소설사』, 성문각, 1982.

김윤식. 『한국 근대 문학 양식 논고』, 아세아 문화사, 1980.

김윤식, 『염상섭 연구』, 서울대 출판부, 1987.

김윤식, 『김동인 연구』, 민음사, 1987.

김윤식, 『한국 근대 소설사 연구』, 을유 문화사, 1986.

김윤식 · 정호웅, 『한국 소설사』, 예하, 1993.

김열규 외 편, 『염상섭 연구』, 새문사, 1982.

김영민, 「1920년대 한국 문학 비평 연구」, 연세대 박사 학위 논문, 1985.

김종균, 『염상섭 연구』, 고려대 출판부, 1974.

김치홍 편, 『김동인 평론 전집』, 삼영사, 1984.

김형자, 『한국 근대 소설의 문체론적 연구』, 삼지원, 1985.

김홍식, 「1920년대 전반기 문학 활동의 의식과 실천」, 서울대 석사 학위 논문, 1981.

문유경, 「근대 단편소설의 결말 구조 유형화 연구」, 서울 사대 석사 학위 논문, 1995.

박덕은, 『현대 소설의 이론』, 박영사, 1987.

박상준, 「1920년대 초기 소설 연구」, 서울대 석사 학위 논문, 1993.

박종홍, 「김동인 연구」, 서울대 석사 학위 논문, 1982.

백　철, 『신문학 사조사』, 민중 서관, 1955(개정 증보판).

백철 외 편, 『김동인 연구』, 새문사, 1982.

손면선, 「현진건 소설의 작품 구조」, 이화 여대 석사 학위 논문, 1983.

송현호, 「한국 근대 소설론 연구」, 서울대 박사 학위 논문, 1988.

송현호, 「현진건 문학 연구」, 서울대 석사 학위 논문, 1982.

신동욱 외 편, 『현진건의 소설과 그 시대 인식』, 새문사, 1981.

신영덕, 「1920~30년대 염상섭 소설 연구」, 서울대 석사 학위 논문, 1987.

안성수, 「한국 근대 단편 소설의 플롯 연구 시론」, 중앙대 박사 학위 논문, 1989.

안한상, 「김동인의 창작관과 작품과의 상관 양상고」, 서울대 석사 학위 논문, 1983.

우남득, 『소설 읽기의 새로움』, 이가 출판사, 1993.

우한용, 『한국 현대 소설 구조 연구』, 삼지원, 1990.

유국환, 「김동인 소설의 기법 연구」, 서울대 석사 학위 논문, 1987.

유병석, 「염상섭 전반기 소설 연구」, 서울대 박사 학위 논문, 1985.

윤명구, 『김동인 소설 연구』, 인하대 출판부, 1990.

윤홍로, 『한국 현대 작가 연구』, 민음사, 1976.

이병호, 「김남천 소설의 서술 방법 연구」, 서울대 석사 학위 논문, 1994.

이재선, 『한국 개화기 소설 연구』, 일조각, 1972.

이재선, 『한국 근대 단편 소설 연구』, 일조각, 1993.

임 화, 「단편 소설의 조선적 특성」, 『인문 평론』, 1939. 10

전광용, 『신소설 연구』, 새문사, 1986.

정상균, 『한국 현대 서사 문학사 연구』, 새문사, 1992.

정선태, 「신소설의 서사론적 연구」, 서울대 석사 학위 논문, 1993.

조남현, 『한국 현대 소설 연구』, 민음사, 1987.

조연현, 『한국 현대 문학사』, 인간사, 1968.

조연현, 『한국 현대 문학사 개관』, 정음사, 1976.

조진기, 『한국 현대 소설 연구』, 학문사, 1990.

주종연, 「한국 근대 단편 소설의 형성 과정 연구」, 서울대 박사 학위 논문, 1979.

천이두, 『한국 현대 소설론』, 형설 출판사, 1983.

최원식, 「현진건 연구」, 서울대 석사 학위 논문, 1975.

최혜실, 『한국 현대 소설의 이론』, 국학 자료원, 1994.

현길언, 『현진건 소설 연구』, 이우 출판사, 1988.

3. 국외 논저

Abbot, H. P. 『Diary Fiction-Writing as Action』, Connell University, Press. 1983.

Axthelm, M. 『The Modern Confessional Novel』, Tale University Press, 1966.

Booth, W. C. 『소설의 수사학』, 이경우 역, 한신 문화사, 1990.

Chatman, S. 김경수 역, 『영화와 소설의 서사 구조』, 민음사, 1990.

Chatman, S. 『Coming to Terms』, Cornell University Press, 1990.

Doody, T. 『Confession and Community in the Novel』, Louisiana University Press, 1980.

Eills, J. M. 『Narration in the German Novelle』, Cambridge University Press. 1974.

Frye, N. 『비평의 해부』, 임철규 역, 한길사, 1995.

Genette, G. 『Discours du récit』(1972), trans. by J. E. Lewin, 『Narrative Discourse』, Cornell University Press, 1980.

Hillebrand, B. 『소설의 이론』, 박병화 · 원당희 역, 예하, 1994.

Kayser, W. 『언어 예술 작품론』, 김윤섭 역, 대방 출판사, 1984.

Lanser, S. S. 『The Narrative Act』, Princeton University Press, 1981

Martin, W. 『소설 이론의 역사』, 김문현 역, 현대 소설사, 1992.

May, C. E. 최상규 역, 『단편 소설의 이론』, 정음사, 1983.

May, C. E. 『The New Short Story Theories』, Ohio University Press, 1994.

Mendilow, A. A. 『시간과 소설』, 최상규 역, 대방 출판사, 1982.

Poster, E. M. 『소설의 이해』, 이성호 역, 문예 출판사, 1975.

Prince, G. 최상규 역, 『서사학』, 문학과 지성사, 1988.

Rimmon-Kenan, S. 최상규 역, 『소설의 시학』, 문학과 지성사, 1985.

Stanzel, F. K. 안삼환 역, 『소설 형식의 기본 유형』, 탐구당, 1982.

Stanzel, F. K. 김정신 역, 『소설의 이론』, 문학과 비평사, 1990.

Steiger, E. 이유영 · 오현일 역, 『시학의 근본 문제』, 삼중당, 1978.

Todorov, T. 『구조 시학』, 곽광수 역, 문학과 지성사, 1992.

Toolan, M. J. 김병욱 · 오연희 공역, 『서사학』, 형설 출판사, 1995.

Uspenski, B. 『소설 구성의 시학』, 김경수 역, 현대 소설사, 1992.

Watt, I. 『소설의 발생』, 전철민 역, 열린 책들, 1988.